内蒙古社会科学基金后期资助项目"谭献与晚清文坛研究"(项目编号:21HQ15)

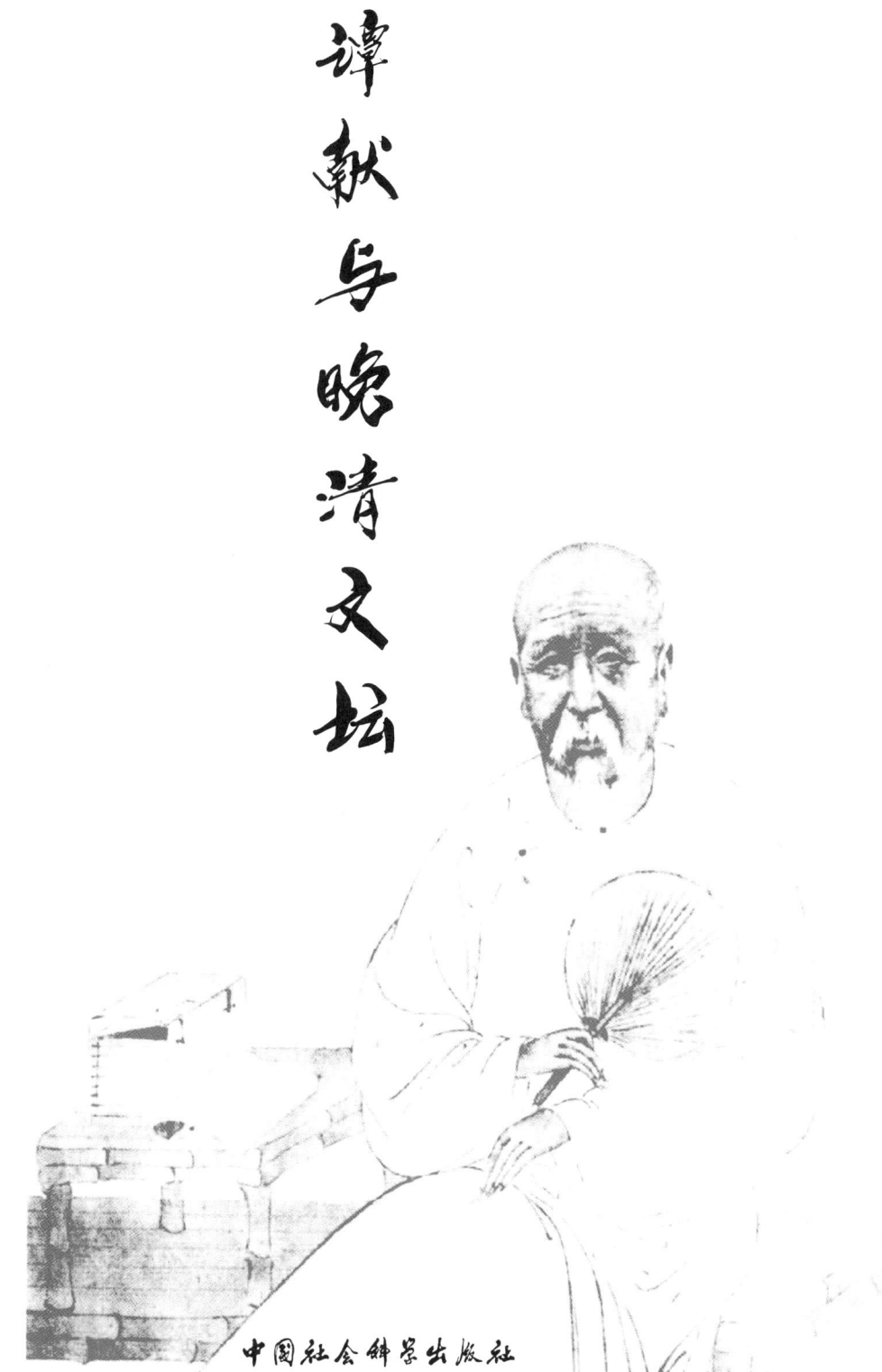

谭献与晚清文坛

刘红红 著

中国社会科学出版社

图书在版编目(CIP)数据

谭献与晚清文坛 / 刘红红著 .—北京：中国社会科学出版社，2022.6

ISBN 978-7-5227-0394-7

Ⅰ.①谭… Ⅱ.①刘… Ⅲ.①谭献（1831-1901）—古典文学研究②中国文学—古典文学研究—清后期 Ⅳ.①I206.52

中国版本图书馆 CIP 数据核字（2022）第 106755 号

出 版 人	赵剑英
责任编辑	慈明亮
责任校对	郝阳洋
责任印制	戴 宽

出　　版	中国社会科学出版社
社　　址	北京鼓楼西大街甲 158 号
邮　　编	100720
网　　址	http://www.csspw.cn
发 行 部	010-84083685
门 市 部	010-84029450
经　　销	新华书店及其他书店
印　　刷	北京君升印刷有限公司
装　　订	廊坊市广阳区广增装订厂
版　　次	2022 年 6 月第 1 版
印　　次	2022 年 6 月第 1 次印刷
开　　本	710×1000　1/16
印　　张	25.5
字　　数	433 千字
定　　价	138.00 元

凡购买中国社会科学出版社图书，如有质量问题请与本社营销中心联系调换
电话：010-84083683
版权所有　侵权必究

谭献像,杨鹏秋摹绘
(选自叶衍兰、叶恭绰编《清代学者像传》第二集)

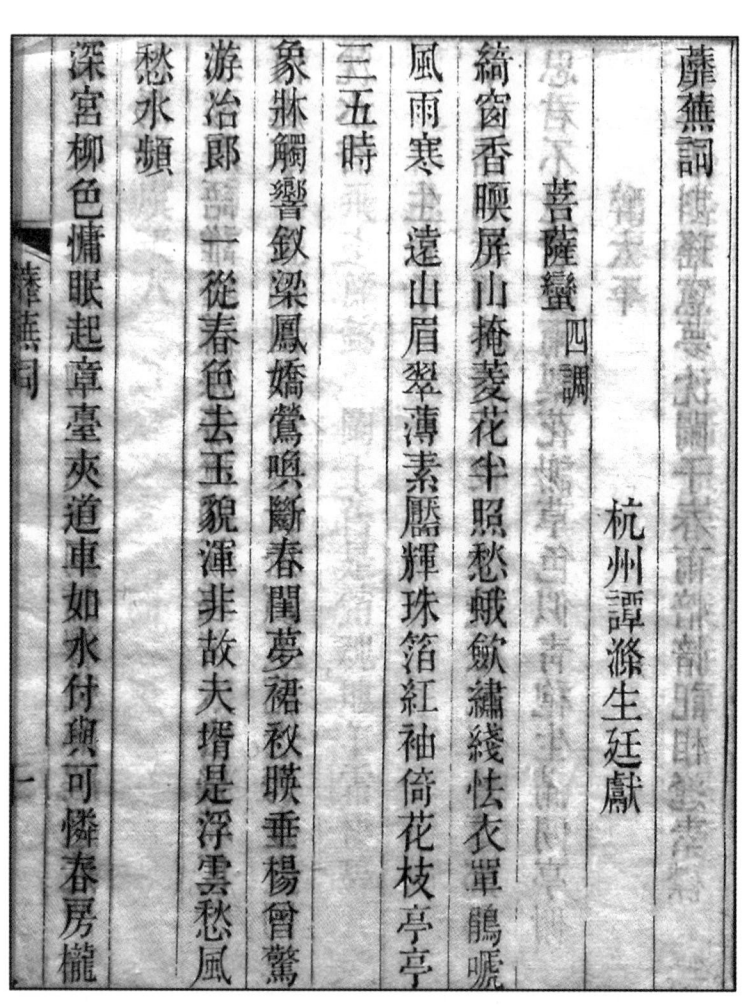

蘼蕪詞

杭州譚瀔生廷獻

菩薩蠻 四調

綺窗香暝屏山掩菱花半照愁蛾歛繡綫怯衣單鵾咮
風雨寒 遠山眉翠薄素靨輝珠箔紅袖倚花枝亭亭
三五時

象牀觸響釵梁鳳嬌鶯嚥斷春閨夢裙秋暎垂楊曾驚
游冶郎 一從春色去玉貌渾非故夫壻是浮雲愁風
愁水頻

深窨柳色慵眠起章臺夾道車如水付與可憐春房櫳

譚獻《蘼蕪詞》南京圖書館藏 咸豐七年刻本

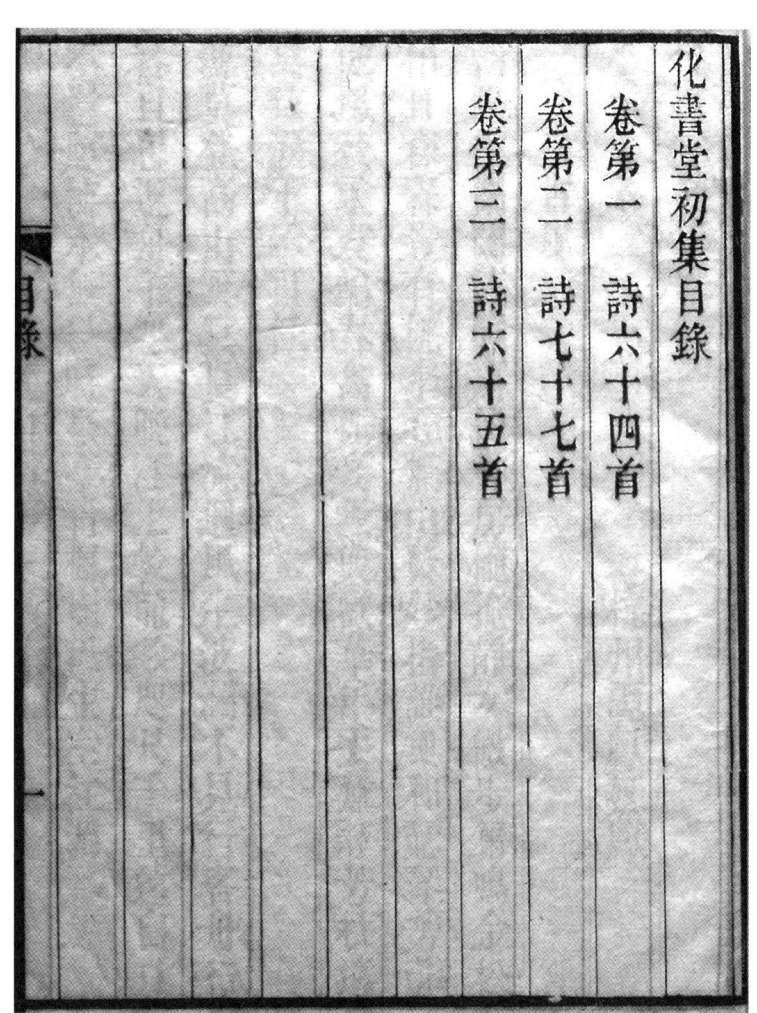

谭献《化书堂初集》南京图书馆藏 咸丰七年刻本

序

刘红红博士的《谭献与晚清文坛》即将出版，谨以此序作为祝贺。

谭献是晚清著名的文学家、文学批评家。谭献在文学创作方面成就卓著，在文学批评领域建树更钜，在晚清文坛具有重要的影响。谭献擅长诗、词、古文、骈文创作，在词创作方面与庄棫合称"庄谭"，为常州词派的继承者。在文学批评领域，谭献是名副其实的大家，在词学、诗学、骈文批评理论、书法评点、戏曲评点等领域均有发明建树。《谭献与晚清文坛》一书对此进行了全面系统的研究，举凡谭献的生平、交游结社、著述文献、诗词文创作和批评理论均作了细致的述论，将谭献作为传统文人的整体面貌呈现出来，不仅丰富了对谭献在各个文学领域成就和特点的认识，也为深刻理解谭献词学思想背景颇有助益。

在词学批评史上，谭献最突出的成就表现在各种文体批评理论的会通上。《谭献与晚清文坛》指出："谭献在词学批评中，多借鉴书论、诗论等理论来论词，融会贯通书学与词学、诗学与词学的关系，其词学批评呈现出援书论词、以诗赋论词的特点。"此乃精辟之论。《谭评词辩》中多有这种汇通例子：

如援书学论词："逆入平出，亦平入逆出"。"是提肘书法"。"书家无垂不缩之法"。

又如援诗学论词："权奇倜傥，纯用太白乐府诗法。""是学唐人句法章法。"

又如援赋学论词："陈、隋小赋缩本，填词家不以唐人为止境也。"

又如援古文学论词："以古文长篇法行之。"

以上诸例可以给研究者以启发：第一，谭献词被称为"学人之词"，由此可见端倪；第二，谭献为常州词派的嫡传，实践了张惠言所说的"与诗赋之流同类而风诵之"的思想。《谭献与晚清文坛》诸如此类的深入研讨不胜枚举，值得称道。

刘红红攻读博士学位之前已经是大学老师，因而她的求知欲及对学习机会的珍视超过当时她的同窗们。在南开大学读博士学位的三年，给我印象最深是她的认真刻苦，甚至可以用"苦读"来形容。记得当年我给博士生上课，几乎每次上课前后，刘红红准会提前来到我的办公室，手捧各种文献资料和笔记本，将准备好的问题一一提出，一直与我讨论到上课铃响起；下课之后还会尾随我回到办公室继续提问讨论。至今我还能清晰地记起当时刘红红总是带着的似有歉意的微笑和思考时紧锁的眉头。

我曾亲聆先贤教诲：做学问不怕"事倍功半"，切忌试图"事半功倍"。所谓"事"，用功之谓也；"功"，成果之谓也。学术研究是学术积累的过程，优秀的学术成果一定建立在日积月累的用功基础之上。学术来不得半点投机取巧，反而，平日读书时的许多"无用功"，或许在日后会发挥奇效。我相信，刘红红的刻苦勤奋是她事业有成的坚实基础。

是为序。

孙克强
二零二二年五月于汴梁

目 录

绪 论 …………………………………………………………… (1)
 一 研究意义 ………………………………………………… (1)
 二 谭献研究之现状 ………………………………………… (2)
 三 研究思路及研究方法 …………………………………… (17)
第一章 谭献生平著述及文学交游 ……………………………… (19)
 第一节 谭献生平述略 ……………………………………… (19)
  一 自幼失怙 勤勉读书（1832—1855）………………… (20)
  二 游学京师 七载客闽（1856—1865）………………… (21)
  三 返乡中举 会试失利（1866—1874）………………… (22)
  四 廿载薄宦 为官清正（1875—1889）………………… (23)
  五 讲学著述 奖掖后进（1890—1901）………………… (23)
 第二节 谭献交游结社考述 ………………………………… (24)
  一 谭献交游考 …………………………………………… (24)
  二 谭献结社集会考 ……………………………………… (46)
 第三节 谭献著述及其刊刻情况 …………………………… (56)
  一 词与词学文献 ………………………………………… (56)
  二 诗与诗学文献 ………………………………………… (66)
  三 文与文章学文献 ……………………………………… (68)
  四 戏曲及其他文献 ……………………………………… (71)
  五 待考文献 ……………………………………………… (72)
第二章 谭献词研究 ……………………………………………… (76)
 第一节 复堂词的内容 ……………………………………… (76)
  一 言情词 ………………………………………………… (76)
  二 政事词 ………………………………………………… (78)

三　写景咏物词 ……………………………………………… (81)
　　　四　羁旅行役之作 …………………………………………… (84)
　　　五　题画词 …………………………………………………… (86)
　第二节　复堂词的艺术风貌 ………………………………………… (89)
　　　一　寄托遥深的风格 ………………………………………… (89)
　　　二　清空元素的吸纳 ………………………………………… (90)
　　　三　透过一层的创作方法 …………………………………… (93)
　　　四　小令与慢词的创作得失 ………………………………… (95)
　　　五　和韵词展现艺术才情 …………………………………… (99)
第三章　谭献词学研究 …………………………………………………… (103)
　第一节　谭献的词体观 ……………………………………………… (103)
　　　一　尊体的词学观 …………………………………………… (103)
　　　二　辨体：词体特征与诗词之辨 …………………………… (109)
　　　三　词之正变观 ……………………………………………… (111)
　第二节　谭献的词籍校勘 …………………………………………… (113)
　　　一　词籍校勘的类别 ………………………………………… (113)
　　　二　校勘内容及方法 ………………………………………… (118)
　　　三　辑录词作入词选 ………………………………………… (120)
　第三节　谭献的词史论 ……………………………………………… (123)
　　　一　唐宋词史论 ……………………………………………… (123)
　　　二　金元明词史论 …………………………………………… (132)
　　　三　清代词史论 ……………………………………………… (133)
　第四节　词学范畴与批评方法 ……………………………………… (149)
　　　一　以"柔厚"为中心的词学范畴 ………………………… (149)
　　　二　谭献词学批评的方法 …………………………………… (160)
　　　三　示以词法及作词门径 …………………………………… (182)
　　　四　读者接受理论 …………………………………………… (189)
第四章　谭献诗歌研究 …………………………………………………… (193)
　第一节　谭献诗歌的思想内涵 ……………………………………… (193)
　　　一　纪实诗 …………………………………………………… (193)
　　　二　题画诗 …………………………………………………… (201)
　　　三　交往赠答诗 ……………………………………………… (207)

        四 山水行旅诗 …………………………………… (208)
        五 女性诗 ……………………………………… (210)
    第二节 谭献诗歌的艺术特点 ……………………………… (211)
        一 古体诗：溯源汉魏，寄托深厚 …………………… (212)
        二 近体诗：效法三唐，声情绵邈 …………………… (215)
        三 学古功深，创新不足 ……………………………… (219)

第五章 谭献文研究 ………………………………………………… (225)
    第一节 谭献文的内容 ……………………………………… (225)
        一 序跋文 ……………………………………………… (225)
        二 碑志、传状之文 …………………………………… (229)
        三 杂记之文 …………………………………………… (236)
    第二节 谭献文的审美取向 ………………………………… (240)
        一 志尚汉魏，辞隐情繁——谭献文风的渊源 …… (240)
        二 典丽婷雅，自然流畅——谭献文风的表现 …… (244)
        三 论说巧妙，笔法灵活——谭献文的句式特点 … (246)

第六章 谭献文章思想研究 ………………………………………… (248)
    第一节 谭献经世致用的诗文思想 ………………………… (248)
        一 谭献经世致用诗文思想的学术来源 ……………… (248)
        二 谭献经世致用诗文思想的具体表现 ……………… (258)
    第二节 性情与学问并重的诗文观 ………………………… (264)
        一 观时感物 舒忧娱哀 ……………………………… (265)
        二 道德学问与性情胸襟 ……………………………… (267)
    第三节 比兴说诗与宗唐的诗史观 ………………………… (275)
        一 比兴说诗，倡导风雅 ……………………………… (275)
        二 宗唐祧宋的诗史观 ………………………………… (277)
    第四节 谭献的骈文批评理论 ……………………………… (280)
        一 不拘骈散，回归汉魏的骈文思想 ………………… (280)
        二 风格论：绮丽丰缛与简质清刚的统一 …………… (289)
        三 文气论：潜气内转 ………………………………… (290)
        四 骈文史论：梳理骈文发展流变 …………………… (295)
        五 清代骈文作家论及选本批评 ……………………… (298)
    第五节 谭献戏曲评点对京剧伶人的品题 ………………… (303)

一　谭献有关梨园优伶的作品 ………………………………… (303)
　　二　谭献戏曲评点的内容 …………………………………… (307)
　　三　谭献戏曲评点折射出晚清戏曲演艺风尚的转变 ………… (311)
第七章　谭献与晚清文坛 ……………………………………… (314)
　第一节　谭献与晚清词坛 …………………………………… (315)
　　一　复堂填词图的影响 …………………………………… (315)
　　二　谭献在常州词派中的地位 …………………………… (319)
　第二节　谭献与晚清诗文 …………………………………… (320)
　　一　谭献诗在晚清诗坛的地位和影响 …………………… (320)
　　二　谭献文在晚清文坛的地位和影响 …………………… (323)
　第三节　谭献与晚清文学思想 ……………………………… (326)
　　一　谭献在近现代词学界的反响 ………………………… (326)
　　二　谭献骈文批评理论的影响 …………………………… (333)
结　语 …………………………………………………………… (335)
附录一　谭献文学年表 ………………………………………… (339)
附录二　题咏复堂填词图作品汇录 …………………………… (361)
附录三　谭献诗词文补遗 ……………………………………… (370)
参考文献 ………………………………………………………… (388)
后　记 …………………………………………………………… (399)

绪　论

谭献是晚清著名词学家，常州词派的代表人物。其诗文创作颇丰，在骈文批评领域也有突出成就。谭献编选的《箧中词》是清人选清词的经典词选。他还编纂有唐代至明代的通代词选——《复堂词录》，评点常州词派词人周济的《词辨》。谭献弟子徐珂将其论词文字辑为《复堂词话》。其词学贡献颇多。徐珂《近词丛话》云："同、光间有词学大家，前乎王幼霞给谏、况夔笙太守、朱古微侍郎、郑叔问中翰，为海内所宗仰者，谭复堂大令是也。"① 可以说，谭献是晚清四大家之前同治、光绪年间的词学大家。同时谭献词作《复堂词》亦取得了很高的成就。谭献的词学思想及词创作在晚清词学史及词史上具有重要地位。谭献曾评点李兆洛的《骈体文钞》，在骈文批评理论方面也取得了突出成就。其文学造诣是多方面的，除词作外，谭献还有诗文创作。然而目前学界多关注谭献的词学及词作研究，却鲜有对谭献诗文创作及诗文思想的研究。为全面认识谭献在晚清文坛的文学成就，故以"谭献与晚清文坛"作为本书题目。

一　研究意义

对谭献与晚清文坛的深入研究，其意义主要体现在以下三个方面：

第一，本书全面观照谭献的文学创作及文学批评理论成就，对其诗词文创作及词学、诗文观、骈文批评理论予以阐发，通过深入系统地探究谭献的文学创作及文学思想，全面了解和把握谭献在文学史上的地位，从而对谭献这一晚清重要文学家有深入的认识。

第二，谭献与晚清文坛的研究对深入认识晚清文学史有重要意义。本书有助于进一步了解晚清风云动荡的历史和作者心灵嬗变的思想史，加深

---

① 徐珂：《近词丛话》，唐圭璋编《词话丛编》，中华书局1986年版，第4226页。

对晚清社会政治剧变与士人文学创作之关系的认识，同时也可进一步认识晚清的学术思潮、文坛风貌。

第三，谭献的文学批评理论对民国及以后文学批评产生了深远影响。本书对谭献文学批评理论的系统研究，有助于重新认识谭献在晚清文学批评史中的地位及影响，从而有益于推进晚清文学批评史的研究。

二　谭献研究之现状

谭献为晚清传承常州派词学理论的著名词学家，诗、词、文兼擅，文学造诣颇高。然而目前尚无研究谭献文学的博士学位论文或专著，更无从学术发展史的角度对其文学研究状况进行总结的文章。因此，为全面了解谭献研究的状况，笔者按时间顺序分阶段、分专题对谭献的文学研究进行述评。对谭献的文学评价始于晚清，可以说，从谭献文学创作及文学理论产生之日起，就有相关的评价。对谭献的文学研究分为三个时期，晚清民国为研究的酝酿期，新中国成立至 20 世纪 70 年代为研究的发展期，20 世纪 80 年代至今为研究的繁荣期。下面分别评述各期谭献文学研究的状况。

（一）晚清民国对谭献文学的研究

晚清民国对谭献文学的评述，除了时人为谭献诗词文所作之序跋外，还散见于诗话、词话、笔记史料之中。余楙《白岳庵诗话》、吴仰贤《小匏庵诗话》、陈栩《栩园诗话》、陆以湉《冷庐杂识》、陈廷焯《白雨斋词话》、冒广生《小三吾亭词话》等均含有对谭献诗词文评价的文字。此期谭献文学研究还不是现代意义上的研究，呈现出只言片语的印象式、感悟式的研究方式，缺乏系统性。尽管如此，这些片段式的观点往往一语中的，为后世研究谭献奠定了基础。

首先，谭献的生平著述情况在晚清民国的史料、方志等文献中有所记录。修撰于民国的《清史稿·文苑传》[1] 卷四百八十六、夏寅官《谭献传》[2]、李楁《杭州府志》[3] 卷一百四十六、周庆云《历代两浙词人小传》[4] 等文献是后人了解谭献其人其作的基础资料。

---

[1]　（清）赵尔巽等：《清史稿》第 44 册，卷四百八十六，中华书局 1977 年版，第 13441 页。
[2]　闵尔昌：《碑传集补》卷五十一，民国十二年（1923）刊本。
[3]　李楁：《（民国）杭州府志》卷一百四十六，民国十一年（1922）本。
[4]　周庆云纂辑，方田点校：《历代两浙词人小传》，浙江古籍出版社 2012 年版，第 293 页。

其次,晚清民国对谭献词的认识,按时间可分为两个阶段。一是晚清至民国以前。此期对谭献词作的评价表现有三:第一,谭献词具有古厚风貌,陈廷焯以"古厚"[①]评复堂词。第二,谭献小令成就高于慢词。陈廷焯《白雨斋词话》云:"仲修小词绝精,长调稍逊。"[②]丁绍仪《听秋声馆词话》云:"谭献词笔情遒峭,小令尤工。"[③]第三,谭献词作意内言外,有家国身世之感,属于常州词派。冒广生《小三吾亭词话》云:"《复堂词》意内言外,有要眇之致。"[④]庄棫《复堂词序》曰:"家国身世之感,未能或释。触物有怀,盖风人之旨也。"[⑤]二是民国时期。此期对谭献词作的认识有两种不同观点,一种持否定态度,以胡云翼为代表。胡云翼认为谭献词作以"模拟"[⑥]为主,缺少个性和情感,只是表现了文字技巧,是清词没落的体现。另一种持肯定态度,以徐珂为代表,徐珂在《清代词学概论》中称谭献词"大雅遒逸,深美闳约,推本止庵之旨,发挥而光大之。"[⑦]徐珂肯定谭献词继承了常州词派周济作法而将比兴寄托的词学主张发扬光大。两种不同观点体现了民国时期新、旧两派词学的分歧。新旧两派的词学评价标准不同,以胡云翼为代表的新派词学推崇词的情感表现、审美功能,以徐珂为代表的旧派词学主张词的比兴寄托及社会价值。谭献属于常州词派,讲求比兴寄托及词作的社会功能,这样与谭献属于同一阵营的旧派,对谭献词作评价较高,而与谭献所属旧派相左的新派,基本上对谭献词作评价不高。需要注意的是,新派的王国维对谭献词作评价较高,认为其词深婉,成就在王鹏运之上。晚清民国时期谭献词尚未有单行本,1937年上海开明书店出版陈乃乾编纂的十卷本《清名家词》,其中第十卷收录了《复堂词》。

再次,晚清民国对谭献词学的研究。《箧中词》成为此期关注的焦点。施蛰存云:"此书(《箧中词》)于辛亥革命前后三四十年间,曾风

[①] (清)陈廷焯:《白雨斋词话》,唐圭璋编《词话丛编》,中华书局1986年版,第3870页。

[②] (清)陈廷焯:《白雨斋词话》,唐圭璋编《词话丛编》,第3876页。

[③] (清)丁绍仪:《听秋声馆词话》,唐圭璋编《词话丛编》,中华书局1986年版,第2638页。

[④] 冒广生:《小三吾亭词话》,唐圭璋编《词话丛编》,中华书局1986年版,第4671页。

[⑤] 冯乾编校:《清词序跋汇编》,凤凰出版社2013年版,第1240页。

[⑥] 胡云翼:《新著中国文学史》,北新书店1935年版,第273页。

[⑦] 徐珂:《清代词学概论》,大东书局1926年版,第12页。

行一时,以为清词选本之精要者。"① 1926年,徐珂《清词选集评》出版,该书大量引用其师谭献《箧中词》评语,足见徐珂对《箧中词》的推崇。民国对《箧中词》的评价肯定居多,如王易《词曲史》云:"《箧中词》六卷,旨隐辞微……去取甚谨。"② 吴梅《词学通论》准确概括出《箧中词》的两大优点:"搜罗富有,议论正大。"③ 民国时期,也有论者指出《箧中词》的不足,大致包括如下四点:第一,漏选清初、清末词人。叶恭绰《致刘天行函》云:"然同、光间人,谭选固多遗漏……其清初名家传记,颇多遗珠。"④ 第二,编排不成体系。唐养之《整理清词之商榷》云:"其书续集以下,旋得旋钞,实无系统。"⑤ 第三,选源不够广泛,有些词作从选本而非词人别集选录。夏孙桐《〈广箧中词〉序》云:"复堂取材,半出选本,而于专集,所见未博。"⑥ 第四,选目有失当之处,有以人存词之嫌。舍我《天问庐词话》云:"谭仲修《箧中词》祖述皋文,惟选择稍滥,不及皋文之精刻。"⑦ 民国时期正反两方面的评价有助于人们加深对《箧中词》的认识。关于谭献的词学批评,此期需要引起重视的是徐兴业《清代词学批评家述评》(1937)对谭献的评价。《清代词学批评家述评》是现代词学史上第一部词学批评史研究专著。徐兴业表明谭献的词论既宗常州派之郁厚雅正,又参之以浙派清空之旨。同时徐氏认为谭献的论词观点介乎陈廷焯"雅正说"和王国维"情感说"两者之间。

最后,晚清民国对谭献诗文及其理论的认识。第一,此期对谭献诗歌的认识延续的仍是古典文学时期之感悟式与片段式的理论特征。晚清民国对谭献诗歌的认识基本一致。大致包括以下三点:其一,谭献古体、近体诗均有成就,"五古最佳",⑧ "古风逼真《选》体,近调尤长五律"⑨。其

---

① 施蛰存著,林玫仪编:《北山楼词话》,华东师范大学出版社2012年版,第171页。
② 王易:《词曲史》,江苏教育出版社2005年版,第274页。
③ 吴梅:《词学通论》,复旦大学出版社2005年版,第139页。
④ 叶恭绰:《遐庵小品》,北京出版社1998年版,第92页。
⑤ 唐养之:《整理清词之商榷》,《申报》1935年9月21日第18版。
⑥ 叶恭绰选辑,傅宇斌点校:《广箧中词》,人民文学出版社2011年版,第1页。
⑦ 原载《民国日报》,引自朱崇才编纂《词话丛编续编》,人民文学出版社2010年版,第2291页。
⑧ (清)吴仰贤:《小匏庵诗话》卷九,清光绪刻本。
⑨ 余楳:《白岳庵诗话》,贾文昭主编《皖人诗话八种》,黄山书社2014年版,第227页。

二，谭献诗歌追慕汉魏，近唐远宋。陈栩《栩园诗话》云："《复堂诗》探源汉魏，沿及盛唐，而高浑朴实，直到古人，未尝肯落宋人一语。"①陆以湉《冷庐杂识》云："诗不作唐以后诗。"② 其三，谭献诗歌具有"婉笃深厚"③的艺术风貌，在清代杭州诗坛上不同于厉鹗、袁枚、龚自珍而自成一家。此外，此期诗选对谭献诗作有所收录，同治八年（1869）张应昌《诗铎》选谭献诗三首；宣统二年（1910）孙雄《道咸同光四朝诗史》收谭献诗歌十一首；陈衍《近代诗钞》（1923）收录谭献诗歌十四首；徐世昌《晚晴簃诗汇》（1929）收录谭献诗歌十七首。随着时间的推移，晚清民国对谭献诗歌的选录在数量上呈现出不断上升的趋势，体现了谭献诗歌的关注度在不断提高。第二，此期对谭献骈文及骈文理论的评价。民国时期最早关注谭献骈文成就的是陈钟凡。1927 年陈钟凡在《中国文学批评史·清代批评史·骈散文评》中将谭献骈文划为魏晋派④。陈钟凡揭示出谭献继承李兆洛骈散合一的理论主张，并将这一理论推广。其后金矩香《骈文概论》也肯定了谭献对推广骈散不分理论的贡献："夫骈散不分之说，自汪中、李兆洛等发之。其后谭献即以此体倡浙中，其风始盛。"⑤

（二）新中国成立至 20 世纪 70 年代的谭献文学研究

新中国成立至 20 世纪 70 年代为谭献研究的发展期。受政治环境影响，此期大陆谭献研究相对滞后，而港台地区的学者起步较早，港台地区成为谭献研究的中心。此期大陆地区主要以论著的形式对谭献文学予以提及。1963 年张舜徽在《清人文集别录》一书中肯定了谭献的骈文成就："晚清文士，大半中四六之毒颇深，俱未足称骈文高手。献独规仿六朝，取法乎上。极其所诣，固贤于李慈铭、樊增祥。以二家之文，四六格调太多，而献犹能免于斯累耳。"张氏概括谭献骈文"炼字宅句"，具有"吐辞摘藻"的特点。同时分析其骈文成就高的原因："献既少精《选》理，于《骈体文钞》诵习尤熟。"⑥虽论述不多，却言简意赅，具有启发性。

---

① 钱仲联主编：《清诗纪事》（十七）同治朝卷，江苏古籍出版社 1989 年版，第 11872 页。
② 钱仲联主编：《清诗纪事》（十七）同治朝卷，第 11870 页。
③ 徐世昌：《晚晴簃诗汇》卷一百六十四，民国退耕堂刻本。
④ 陈钟凡：《中国文学批评史》，中华书局 1927 年版，第 169 页。
⑤ 金矩香：《骈文概论》，商务印书馆 1934 年版，第 141 页。
⑥ 张舜徽：《清人文集别录》卷二十，中华书局 1963 年版，第 551 页。

1977年钱仲联撰《近百年词坛点将录》，视谭献为词坛旧头领一员，将其比作"托塔天王晁盖"，并置于卷首。钱氏充分肯定了谭献的词学地位："拓常州派堂庑而大之，彊村以前，久执词坛牛耳。"① 对其词作则臧否兼有，指出谭献学古大于创新，其词作创新不足。1979年夏承焘在《词论八评》中评价谭献词论，既肯定其词论价值在于他能较为公允地评价浙、常二派的成就与不足，又指出谭献词论的弊病，一是其词论中多有附会费解之处；二是因主张"折中柔厚"，对慷慨雄奇的豪放派作品有所不满②。1975年叶恭绰《全清词钞》在香港出版，叶氏除了选谭献词作十七首之外，还谈及谭献对同时代和后代探研词学者的影响。

此期港台地区的谭献研究成果多于大陆，港台地区是此期谭献研究的重镇。1953年黄琴书发表的《谭献对词的见解》③一文是台湾最早关于谭献词论的单篇论文。1965年汪中在《清词金荃》一书中阐明谭献词包含"清空"元素，同时也指出其词存在"气失之横，意病其悴，微伤直致，无复深华"④的弊病。1966年江润勋在《词学评论史稿》⑤一书中论及谭献词学，其观点颇有影响。如认为谭献"作者之用心未必然，而读者之用心何必不然"是"以意逆志"的方法，江氏的这一观点得到严迪昌的认同。严迪昌《清词史》也认为谭献此论是传统"以意逆志"法的深化，并具有更强的理论色彩。此外还有陈左高《谭献论词》收在1973年香港商务印书馆《艺林丛录》第九编中。1979年台湾大学林玫仪的博士学位论文《晚清词论研究》第四章论及谭献词学的研究。此期台湾也有对谭献骈文的评论，陈耀南《清代骈文通义》在肯定谭献骈散合一为通达之论的同时，也指出其骈文创作的不足："骈体则务圆熟，时入滑纤。"⑥

（三）20世纪80年代以来的谭献文学研究

此期谭献文学研究呈现出繁荣局面。研究内容涉及谭献的生平考论、著作版本、词学思想、诗词创作、诗学思想等各个不同层面，研究之广度

---

① 钱仲联：《当代学者自选文库：钱仲联卷》，安徽教育出版社1999年版，第695页。
② 夏承焘：《月轮山词论集》，中华书局1979年版，第141页。
③ 黄琴书：《谭献对词的见解》，《中国文化》（台北）1953年第1卷第5期。
④ 汪中：《清词金荃》，台湾学生书局1965年版，第133—138页。
⑤ 江润勋：《词学评论史稿》，香港龙门书店1966年版，第275—278页。
⑥ 陈耀南：《清代骈文通义》，台湾学生书局1977年版，第128页。

与深度均有较大的提升。此期的研究成果除了如以往一般以专著之附属节之形态出现外,还有数量可观的单篇论文与学位论文。目前,有关谭献研究的硕士学位论文有十二篇:萧新玉《谭献词学研究》(高雄师范大学1992年硕士学位论文);杨棠秋《谭复堂及其文学》(东海大学1993年硕士学位论文);曾沛婷《谭献词学研究》(台湾私立东吴大学2013年硕士学位论文);顾淑娟《谭献词学文献研究》(福建师范大学2012年硕士学位论文);郭燕《谭献与〈箧中词〉研究》(中山大学2006年硕士学位论文);田靖《〈箧中词〉研究》(上海交通大学2008年硕士学位论文);王娜娜《〈复堂词录〉研究》(安徽大学2014年硕士学位论文);王玉兰《谭献及其复堂词研究》,(暨南大学2010年硕士学位论文);任相梅《谭献年谱》(2007年南京大学硕士学位论文);刘育《谭献研究——以〈复堂日记〉为中心》(北京大学2010年硕士学位论文);胡健《谭献诗学研究》(云南师范大学2016年硕士学位论文);王诗雨《谭献词学观研究》(华侨大学2017年硕士学位论文)。这些论文涉及对谭献词作、词学、诗学等方面的研究。其中,台湾高雄师范大学萧新玉的《谭献词学研究》(1992)为第一篇有关谭献词学研究的硕士学位论文。台湾私立东海大学杨棠秋的《谭复堂及其文学》(1993)为第一篇探析谭献文学成就和文学思想的硕士学位论文。基于此期研究成果较多,下面分类对此期研究情况予以述评。

1. 生平考论

《中国近代学人像传》把谭献列入近代学人之列,简要评述其学术成就。《中国历代著名文学家评传·谭献评传》[①] 阐明谭献的学术思想以今文经学为主,并评述了谭献的文学成就,对其词论及词作给予充分肯定。朱德慈《近代词人行年考》第八篇《谭献词学活动征考》考述了谭献的家世生平、出处行迹、文学交游与词作系年。高拜石《贤吏能员经学家——仁和才人谭复堂佚事》[②] 以白话文形式描述了谭献的生平履历,较为通俗易懂。罗仲鼎《清末杭州文化名人谭献》[③] 一文介绍了谭献的生平

---

① 吴慧鹃等编:《中国历代著名文学家评传》第9卷,山东教育出版社2009年版,第524—531页。

② 高拜石:《贤吏能员经学家——仁和才人谭复堂佚事》,《新编古春风楼琐记》(第玖集),作家出版社2005年版,第249—251页。

③ 罗仲鼎:《清末杭州文化名人谭献》,《浙江传媒学院学报》2011年第5期。

思想及学术成就，肯定了谭献词学理论的重要贡献及其在词学史上的深远影响。南京大学任相梅的硕士学位论文《谭献年谱》（2007）是目前可见的有关谭献生平较为翔实的资料。

2. 文献辑佚与著作版本研究

版本学方面，1997年吴熊和、严迪昌、林玫仪合编的《清词别集知见目录汇编——见存书目》一书由"中研院"中国文哲研究所出版。该书对谭献词的版本情况作了详细说明。2000年李灵年、杨忠编纂的《清人别集总目》及2001年柯愈春撰著的《清人诗文集总目提要》均较为系统地梳理了谭献著述的刊刻及收藏情况。2010年华东师范大学出版社出版了由黄曙辉点校的《清代名家词选刊·复堂词》，这使得单行本《复堂词》得以面世。对于谭献的文献整理，罗仲鼎先生用力尤勤。罗先生1996年校点《箧中词》，并将其更名为《清词一千首》以便于流传。罗先生2012年整理汇编谭献诗文词，定名为《谭献集》；2016年整理《复堂词录》，这两本书均由浙江古籍出版社出版。2001年范旭仑、牟晓朋整理出版《复堂日记》全本十一卷，包括八卷本《日记》（光绪十三年《半厂丛书》本），徐彦宽据八卷本删汰的原稿整理的两卷《补录》及一卷《续录》。另外，徐珂所辑《复堂词话》并不完备，《复堂词话》第二十九至七十六则论词条目出自八卷本《复堂日记》，没有录入《复堂日记》补录及续录的论词条目。基于此，谭新红《重辑复堂词话》重新辑录补正之，该书被葛渭君收入《词话丛编补编》中。2015年人民文学出版社出版了钱基博整理编纂的《复堂师友手札菁华》。2012年孙克强等编著的《清人词话》由南开大学出版社出版。此书的编排体例与众不同，按人物编排，汇集清人及后人对该词人的褒贬评语，极具学术史价值。其中的"谭献"条收录了清代至近代有关谭献词的评论并注明出处。同时此书还收录谭献对清代词人的评语，故此书既可了解他人对谭献词的评论也可认识谭献对清人词的评价，一书而具两种功能。总之，上述著作的整理出版为学界研究谭献提供了极大便利。此外也有单篇论文涉及谭献作品的辑佚，谷曙光《梨园花谱〈群芳小集〉、〈群英续集〉作者考略——兼谈〈谭献集〉外佚作补辑》[①] 介绍了数首《谭献集》之外的散佚诗词。

---

① 谷曙光：《梨园花谱〈群芳小集〉、〈群英续集〉作者考略——兼谈〈谭献集〉外佚作补辑》，《文献》2015年第2期。

王风丽据上海图书馆所藏《谭献友朋尺牍》一书整理出《冯煦致谭献手札十一通》[①] 未刊手迹，这些手札内容涉及《箧中词》的编选、校刻情况，具有一定的词学文献价值。方智范《谭献〈复堂日记〉的词学文献价值》[②] 据全本《复堂日记》，发掘《复堂词话》之外的词学材料，彰显了全本《复堂日记》的词学文献学价值。

3. 词作及词学研究

学界对谭献词论的关注远大于对其词作的研究，任访秋《中国近代文学史》、郭延礼《中国近代文学发展史》、黄霖《近代文学批评史》、严迪昌《清词史》、莫立民《近代词史》等著作都有对谭献词论、词作的评价。这些著作肯定了谭献在推衍常州派词学中的作用。如任访秋《中国近代文学史》视谭献为清末常州词派的代表词人，指出谭献的词论以词近"变雅"说与"柔厚"说为基石。学界对其词作的认识不尽一致，一种认为谭献词作内容狭窄，郭延礼《中国近代文学发展史》认为谭献词"虽有寄托，仍所寄不深，所托不远。"[③] 另一种认为谭献词作有现实内容。严迪昌《清词史》认为谭献词作能较为真切地抒写一定的现实感受。与文学史、词史的宏观描述不同，朱德慈《常州词派通论》、王纱纱《常州词派创作研究》等对谭献的词作分析更加细化。朱德慈客观公允地评价了谭献词，他认为复堂词作寄寓了家国身世之感及其人品风骨等内容。复堂词的不足是个性削弱，有类型化特点。谭献的小令长于抒发性灵，长调擅于寄托深婉。王纱纱在《常州词派创作研究》[④] 一书中按不同类别分析了谭献词的艺术特点。赵伯陶《张惠言暨常州派词传》[⑤] 对谭献部分词作有所鉴赏。此外，台湾高雄师范大学萧新玉硕士学位论文《谭献词学研究》（1992）、台湾私立东吴大学曾沛婷硕士学位论文《谭献词学研究》（2013）对谭献词作的内涵及艺术风格有所论及。基于学界对谭献词学的关注较多，下面从五个方面分述此期谭献词学研究情况。

[①] 王风丽：《冯煦致谭献手札十一通》，《词学》（第31辑），华东师范大学出版社2014年版。

[②] 方智范：《谭献〈复堂日记〉的词学文献价值》，《南京师范大学文学院学报》2003年第3期。

[③] 郭延礼：《中国近代文学发展史》，高等教育出版社2001年版，第369—371页。

[④] 王纱纱：《常州词派创作研究》，南京大学出版社2011年版，第263—300页。

[⑤] 赵伯陶：《张惠言暨常州派词传》，吉林人民出版社1999年版，第369—403页。

(1) 谭献对常州词派的继承与发展

学界对谭献于常州词派的词学贡献关注较多,黄霖《近代文学批评史》、朱惠国《中国近世词学思想研究》等论著都有所论及。黄霖概而言之,认为谭献词论对常州词派的继承及发展表现在三方面:其一,要求词作反映时代剧变,表达作者忧思;其二,提倡柔厚之旨、虚浑之境;其三,论词为乐府之余,把词与古乐相联系,提高词体地位。① 朱惠国析而论之,认为"比兴柔厚"说体现了谭献对常州词派理论的继承,"读者本位"说体现了谭献对常州词派理论的发展。② 以"常州词派"为研究对象的论著中,或从时间空间的概念对谭献定位,如陈慷玲《清代世变与常州词派之发展》认为谭献是"跨越常派初始为地域籍贯性质群体的界定概念,转而成为在理念上、精神上跟进与推崇常派的继承者"③。或从词派发展脉络和词论传承演变对谭献进行定位,如朱德慈《常州词派通论》将常派的发展脉络分作"发轫、拓展、光大"三个时期,并将谭献列于拓展期。有关谭献对常州词派继承与发展的论文有多篇,以陈水云《常州词派的"根"与"树"——兼论常州词学的流传路径与地域辐射》为代表。陈氏认为,谭献对常州词派的贡献有三:一是"比兴柔厚"说对"意内言外"说的发展;二是通过编选《复堂词录》完成了常州词派对于唐宋词史的建构;三是通过《箧中词》建构了常州词派的统系。④

(2) 关于词学理论范畴的研究

学界对谭献词学上的"柔厚说"从多角度予以界说,对其分析可谓深入。有分析"柔厚"内涵的,认为"柔厚"包含思想情感和艺术风格两方面的含义。邱世友《词论史论稿》:"'柔厚'包括情意的忠厚和艺术表现的含蓄蕴藉。"⑤ 孙克强《清代词学》:"谭献的折衷柔厚即中庸、雅正的思想主旨和温柔敦厚表现形式及效果的结合。"⑥ 任访秋《中国近代

---

① 黄霖:《近代文学批评史》,上海古籍出版社1993年版,第286—292页。
② 朱惠国:《中国近世词学思想研究》,上海古籍出版社2005年版,第125—129页。
③ 陈慷玲:《清代世变与常州词派之发展》,台北:"国家出版社"2012年版,第211—278页。
④ 陈水云:《常州词派的"根"与"树"——兼论常州词学的流传路径与地域辐射》,《文学遗产》2016年第1期。
⑤ 邱世友:《词论史论稿》,人民文学出版社2002年版,第264页。
⑥ 孙克强:《清代词学》,中国社会科学出版社2004年版,第297页。

文学史》将"柔厚"的所指具体化:"所谓'柔',就是要运用深微婉约,委曲以致其情的手法,去表现优美、软美的形象和意境。"① 所谓"厚"包含意蕴深厚和语言庄雅、敦厚。有分析"柔厚"外延的,方智范《中国古典词学理论史》认为"折中柔厚"关涉词的艺术鉴赏理论,包括"潜气内转""返虚入浑""一波三折"三方面的内容。章楚藩《评谭献的词论》认为谭献所谓"比兴柔厚"实包含艺术手法、艺术境界和艺术风格等方面。还有结合时代背景论述"柔厚"的,迟宝东《常州词派与晚清词风》认为:"'柔厚之旨'是谭献在同光时期新的历史语境下,对词之内蕴所追求的理想目标。"② 杨柏岭也认为"折中柔厚"实质上是"柔厚衷于诗教"之意,是"'同光新政'时期儒学复归的一个反映"③。还有将谭献"柔厚"与陈廷焯"温厚"相比较的,如孙维城《论陈廷焯的"本原"与"沉郁温厚"——兼与况周颐重大说、谭献柔厚说比较》④一文认为陈廷焯"温厚"说来源于谭献"柔厚"说,二者的相同点是都重视情感的深厚,但"温厚"说的诗教色彩更浓,"柔厚"说则符合词体特性。

(3) 比兴寄托与读者接受理论

关于谭献的比兴寄托与读者接受理论,陈水云、李剑亮等人有专文论述之。针对谭献"作者之用心未必然,读者之用心何必不然"引发的讨论,出现了肯定派、否定派、折中派三种观点。其一,肯定派。以邬国平《常州词派关于词与读者接受的思考》⑤、沙先一《作者之心与读者之意——关于常州派词学解释学的研究札记》⑥为代表。邬文认为,谭献自觉区分了作者之心与读者之意,这样读者评赏作品时,不必拘泥于作品本事及作者创作意图,从而给读者提供了极大的阐发空间。沙文认为谭献关于作者之心与读者之意的论述,丰富了古代文学接受批评的相关理论,影

---

① 任访秋:《中国近代文学史》,河南大学出版社1988年版,第280页。
② 迟宝东:《常州词派与晚清词风》,南开大学出版社2008年版,第174页。
③ 杨柏岭:《词学范畴研究论集》,安徽师范大学出版社2014年版,第154页。
④ 孙维城:《论陈廷焯的"本原"与"沉郁温厚"——兼与况周颐重大说、谭献柔厚说比较》,《安庆师范学院学报》2008年第11期。
⑤ 邬国平:《常州词派关于词与读者接受的思考》,《文学遗产》1992年第5期。
⑥ 沙先一:《作者之心与读者之意——关于常州派词学解释学的研究札记》,《徐州师范大学学报》2006年第1期。

响了词学由近代向现代的转型。其二，否定派。吴世昌在《词林新话》一书中认为谭献此说导致随意解读，不符合作者之意。其三，折中派。王超、曹顺庆《常州词派与文学接受理论的嬗变与承传》① 一文认为谭献所说的文学接受不是主观的随意猜测，也要考虑创作语境，文本事实。

(4) 词选研究

谭献编有两部词选，一部是《复堂词录》，为选录唐五代至明代的通代词选；另一部是《箧中词》，系专录有清一代的断代词选。目前学界多集中于研究《箧中词》，对《复堂词录》的关注还有待深入。

首先，对《箧中词》的研究。以《箧中词》为研究对象的硕士学位论文有四篇②。罗仲鼎《谭献及其〈箧中词〉》③ 一文是最早对《箧中词》作专门探讨的单篇论文，该文认为谭献以词论家及词作家的双重身份编选的《箧中词》，对于晚清词坛所产生的影响极大。李睿《清代词选研究》④ 一书有专节论及《箧中词》，视其为具有总结意义的清人选清词。对《箧中词》研究的论文，大致有两种类型：一是将《箧中词》放在常州词派词选发展进程中考察。如李睿《论常州派选词之演变》⑤ 一文采用纵向分析法，将《箧中词》置于常州派词选演变历程中加以考量，揭示《箧中词》词选机制的不断完善。二是从《箧中词》入手，揭示其选词思想、词史意义等。赵晓辉《从选本看谭献对常州词派词统之接受推衍》⑥ 一文认为，《复堂词录》选唐宋词有承继张惠言及周济词选意旨，而《箧中词》选清词则宗法发扬常派之词统。林友良《谭献〈箧中词〉浅探》⑦

---

① 王超、曹顺庆：《常州词派与文学接受理论的嬗变与承传》，《古代文学理论研究》（第27辑），华东师范大学2007年。
② 以《箧中词》为题的硕士学位论文有两篇，分别为郭燕《谭献与〈箧中词〉研究》，硕士学位论文，中山大学，2006年；田靖《〈箧中词〉研究》，硕士学位论文，上海交通大学，2008年。有专章涉及《箧中词》的硕士学位论文有两篇，顾淑娟《谭献词学文献研究》，硕士学位论文，福建师范大学，2012年，第二章为《箧中词》的词学文献价值；曾沛婷《谭献词学研究》，硕士学位论文，东吴大学，2013年，第四章为《箧中词》编选分析。
③ 罗仲鼎：《谭献及其〈箧中词〉》，《浙江广播电视高等专科学校学报》1994年第3期。
④ 李睿：《清代词选研究》，安徽大学出版社2011年版，第279页。
⑤ 李睿：《论常州派选词之演变》，《古籍研究》2005年第1期。
⑥ 赵晓辉：《从选本看谭献对常州词派词统之接受推衍》，《湖北社会科学》2007年第4期。
⑦ 林友良：《谭献〈箧中词〉浅探》，《东吴中文研究集刊》2004年第11期。

论述了《箧中词》的选词动机、选录原则、评点内涵等，表明《箧中词》是谭献论词主张的具体实践。沙先一《选本批评与清代词史之建构——论谭献〈箧中词〉的选词学意义》[①] 从选词学角度论述了《箧中词》在清代词学建构中的意义，认为《箧中词》以推衍常派词学为编选目的，其词史建构对于民国词学的词史观影响深远。

其次，对《复堂词录》的研究。与《箧中词》相比，学界对《复堂词录》的关注不多。据笔者寓目所见，专门探讨《复堂词录》的论文有两篇。一为单篇论文，沙先一《谭献〈复堂词录〉选词学价值论略》[②] 从选词学视角分析《复堂词录》既体现常州词派词学观点，又不为宗派观念所限，客观呈现词史面貌的编纂特点。一为安徽大学王娜娜的硕士学位论文《〈复堂词录〉研究》（2014），该文论述了《复堂词录》选家、选词情况，指出了《复堂词录》对常州词派词学主张的继承和发展。笔者分析学界对《复堂词录》关注不多的原因是，《复堂词录》长期以来仅以稿本存世，未能刊刻发行，因而其对当世及后世词学的影响，与《箧中词》不可同日而语。2016年罗仲鼎整理的《复堂词录》由浙江古籍出版社出版，这为学界从事相关研究带来极大的方便。相信会有越来越多的学者投入《复堂词录》的研究中。

（5）正变观及其他

学界对谭献正变观阐发的论文，以孙克强《清代词学正变论》[③] 一文为代表。孙文认为谭献正变观以合乎"折中柔厚"为标准，其正变论上承张惠言的正声说，以体现儒家的风雅诗教为"正"的标准，是最能体现常州词派特点的正变论。此文所言甚中肯綮，是为知言之论。侯雅文《论晚清常州词派对"清词史"的"解释取向"及其在常派发展上的意义》[④] 则提出关于谭献正变观的又一说法，谭献以"词人之词"为正，其他"学人之词""才人之词"或不良的词风则被列为"旁""变"。其正

---

① 沙先一：《选本批评与清代词史之建构——论谭献〈箧中词〉的选词学意义》，《文学遗产》2009年第2期。
② 沙先一：《谭献〈复堂词录〉选词学价值论略》，《词学》（第25辑），华东师范大学出版社2011年版。
③ 孙克强：《清代词学正变论》，《中山大学学报》2008年第6期。
④ 侯雅文：《论晚清常州词派对"清词史"的"解释取向"及其在常派发展上的意义》，《淡江中文学报》2005年第13期。

变观以正变论优劣，以"正"标举理想词体，以"旁""变"来评判偏离正体的词体。傅宇斌《论谭献词学"正变"观及其对常州词派的推进》① 一文视表现手法疏越、显豁之词为"正声"之词，视表现手法含蓄、婉丽之词为"变声"之词。

对谭献词论的剖析，除上述几方面之外，还有从词史、谭献词学与经学的关系等角度阐发的论文。莫崇毅《劫后花开寂寞红——论道咸时期的"词史"写作》② 认为以谭献为代表的常州词派理论家，首先对道咸时期"词史"写作成果展开整理与批评，推扬了其中部分"比兴寄托"的词作。陈桂清的博士学位论文《清代词学与经学关系研究》③ 以专节分析谭献词学与经学的关系。傅宇斌《谭献词论与现代词学之发端》④ 分析了谭献词学的现代性因素及成因。学界普遍认为，谭献词学是由浙派转入常派。刘深《谭献与浙西词派》⑤ 一文提出了新的观点，他认为谭献融通浙派、常派，构建新的词学典范与宋词并峙。这些文章从不同角度深化了对谭献词学的研究。

4. 谭献诗文创作及理论研究

（1）谭献诗歌及诗学研究

钱仲联对谭献诗给予较多关注，其《近百年诗坛点将录》《梦苕庵诗话》《清诗纪事》《近代诗钞》等书中对谭献诗均有评价，既肯定其成就，又指出其诗缺乏创新。钱仲联《三百年来浙江的古典诗歌》一文认为："其（谭献）诗作从明代前后七子入手，同时参取了王士禛的神韵。""（谭献）论诗力主汉魏唐音，肯定明代前后七子。"⑥ 该文还提到谭献对章炳麟诗文的影响。《梦苕庵诗话》评谭献诗作"高亮华美"⑦，但缺少真味。钱氏认为谭献七绝诗成就较高，其原因在于谭献擅长小令，而七绝诗与小令在写法上有相近之处，故谭献七绝诗也具有一唱三叹、含蓄隽永

---

① 傅宇斌：《论谭献词学"正变"观及其对常州词派的推进》，《中南大学学报》2014年第3期。
② 莫崇毅：《劫后花开寂寞红——论道咸时期的"词史"写作》，《江苏师范大学学报》2015年第3期。
③ 陈桂清：《清代词学与经学关系研究》，博士学位论文，中山大学，2010年。
④ 傅宇斌：《谭献词论与现代词学之发端》，《中国诗歌研究》2014年第11辑。
⑤ 刘深：《谭献与浙西词派》，《古籍研究》2008年第2期。
⑥ 钱仲联：《三百年来浙江的古典诗歌》，《文学遗产》1984年第2期。
⑦ 钱仲联：《梦苕庵诗话》，齐鲁书社1986年版，第104—105页。

的特点。《清诗纪事》第十七卷（同治朝卷）钱仲联选录谭献诗作10首，同时汇集了各家对谭献诗歌成就之评价。《近代诗钞》钱氏收录谭献诗作66首，此书为目前选录谭献诗歌数量最多的诗集。钱仲联《近百年诗坛点将录》将谭献誉为"地进星出洞蛟童威"，并对其诗歌成就作出评价："诗宗八代、三唐，尤推重明七子……缺乏创新之处。"① 此外，袁行云编撰的《清人诗集叙录》一书简要介绍了谭献的生平行迹、文学交游、著作流传情况。他称谭献："诗出于汉、魏，不作唐以后语，无窾陋之习，然亦无新警可言。核其生平，以词学最佳，诗特逊差之耳。"② 其评价客观公允。胡健《谭献诗歌的忧生念乱意识探析》③ 是目前可见第一篇有关谭献诗歌的单篇论文。该文探讨了谭献诗歌中的忧生念乱意识，具体表现在身世之感、民生之叹和国家之忧，这种意识融入了其诗学观念中，从而丰富了其诗论。

关于谭献的诗学思想，马卫中《光宣诗坛流派发展史论》④ 认为光宣诗坛宗唐的诗风，承接了明代前后七子的诗学主张。谭献的诗学主张在光宣诗坛中属于唐诗派。谭献对明代前后七子的推崇实为宗唐诗学观的体现。郭前孔《中国近代唐宋诗之争研究》⑤ 把谭献列为光宣民初浙江宗唐诗人，认为谭献诗学观体现在如下三点：一是传承诗教传统，提倡柔厚之旨，强调诗与时代盛衰之关系。二是强调诗歌的比兴寄托，反对诗歌中有理事成分，推崇虚浑的诗境。三是宗唐抑宋。朱泽宝《论谭献的诗学思想——以〈谭献日记〉为中心》⑥ 以《谭献日记》为主，说明谭献编纂的《历朝诗录》体现了其诗学思想的不断修正。在对明代诗歌的评价中，集中展现了谭献提倡风雅的诗学宗尚。云南师范大学胡健2016年硕士学位论文《谭献诗学研究》是近年关于谭献诗学的第一篇硕士学位论文，体现了对谭献诗学思想的关注。

（2）谭献骈文及骈文批评理论研究

与民国时期陈钟凡将谭献归为"魏晋派"的说法不同，张仁青、莫

---

① 钱仲联：《当代学者自选文库：钱仲联卷》，安徽教育出版社1999年版，第683页。
② 袁行云：《清人诗集叙录》（第3册），文化艺术出版社1994年版，第2647页。
③ 胡健：《谭献诗歌的忧生念乱意识探析》，《滇西科技师范学院学报》2015年第4期。
④ 马卫中：《光宣诗坛流派发展史论》，苏州大学出版社2000年版，第276页。
⑤ 郭前孔：《中国近代唐宋诗之争研究》，齐鲁书社2010年版，第329—330页。
⑥ 朱泽宝：《论谭献的诗学思想——以〈谭献日记〉为中心》，《江苏第二师范学院学报》2015年第7期。

道才把谭献的骈文归为"六朝派"。尽管"魏晋派"与"六朝派"名称不同,但内容实质相同,都主张骈散合一。张仁青在《中国骈文发展史》中把谭献归为晚清"六朝派"的代表,其特点是:"蓄意打通骈散之藩篱,恢复骈散合一之汉魏六朝体制。"① 莫道才《骈文通论》也将谭献归为"六朝派",认为"六朝派"是清代最有影响的一派,并概括"六朝派"骈文的艺术特点:"气韵遒古,渊雅醇茂,文辞清新,少用典事,力图表现出自然流畅的美学情趣。"② 任访秋《中国近代文学大系1840—1919·散文集3》选谭献文章《卮言》《石城薛庐记》《临安怀古赋》《定香亭赋》《登城赋》五篇。认为谭献骈文规仿六朝,文辞隽秀,多怀古伤今之作。其散体文畅达易读。关于谭献骈文成就高的原因,杨旭辉《清代骈文史》承袭张舜徽《清人文集别录》之说,同时又有所补充:"观其《复堂日记》,几乎每日必研前贤骈文,尤嗜孔广森之作。故其《复堂类稿》中所作骈文诸作,吐辞摛藻,不同俗响。"③ 张伯存《复堂和知堂》④一文梳理了周树人、周作人兄弟的师承及渊源,将其文学思想追溯到同乡谭献,谭献对六朝散文的推崇,通过章太炎进而影响周氏兄弟,该文可视为谭献对后世影响的一篇力作。

关于谭献的骈文批评理论,学界关注甚少。曹虹《清嘉道以来不拘骈散论的文学史意义》⑤ 分析了谭献不拘骈散论的文学史意义,认为谭献把"不拘骈散"与挽救人心相联系,体现了文学上的更新乃思想文化形态更新的一个环节。其不拘骈散论对于古典散文向近代的过渡,有精神"先驱"的意义。谭献骈文批评理论的文献形态主要集中于两方面,一是对李兆洛《骈体文钞》的评点;二是《复堂日记》中的相关条目。前者为谭献对隋朝以前骈文的评点;后者多涉及谭献对清人编选的骈文选本及清代骈文别集的评价。吕双伟在《清代骈文理论研究》⑥ 一书中,从《复堂日记》中的相关资料出发,针对谭献评点清代骈文,分析了谭献的骈文批评理论。据笔者寓目所及,学界目前尚未从谭献评点《骈体文钞》

---

① 张仁青:《中国骈文发展史》,浙江大学出版社2009年版,第420页。
② 莫道才:《骈文通论》(修订本),齐鲁书社2010年版,第170页。
③ 杨旭辉:《清代骈文史》,人民出版社2013年版,第475页。
④ 张伯存:《复堂和知堂》,《鲁迅研究月刊》2015年第7期。
⑤ 曹虹:《清嘉道以来不拘骈散论的文学史意义》,《文学评论》1997年第3期。
⑥ 吕双伟:《清代骈文理论研究》,人民出版社2011年版,第227—232页。

入手来考察其骈文理论。谭献不仅推崇《骈体文钞》，曾数次加以评点，而且还用"骈散合一"的观点去指导创作。因而，挖掘谭献评点《骈体文钞》的理论价值是研究者需要解决的问题。

综上所述，关于谭献的文学研究，已经取得了一定的成绩，表现有二。第一，谭献词学研究成果颇丰，主要集中在"柔厚说"、词选研究及谭献于常州词派的突出成就等方面。第二，《谭献集》《复堂师友手札菁华》《复堂词录》等有关谭献文献整理的著作陆续出版，为研究谭献提供了方便。然而，目前学界对谭献的研究仍存在一些不足，主要表现为以下四点：其一，对谭献诗文成就及文学思想认识不足。其二，缺乏对谭献词学文献的整体观照。学界对谭献的词学研究关注点不够广泛，集中于对其词选的研究，对谭献的词籍序跋、词籍评点等词学文献关注甚少。对谭献的词作研究还有待深入。其三，谭献是晚清重要的骈文理论家，学界对谭献骈文批评理论的研究较少。其四，目前尚未对谭献与晚清文坛这一论题作全面系统的研究。

三　研究思路及研究方法

（一）研究思路

本书的研究思路，是在晚清文学的大背景下考察谭献的文学创作、文学思想、文学地位及影响。首先，梳理谭献的生平经历及文学交游。因为这对他的文学创作及文学思想有重要影响。其次，厘清谭献的著作版本及刊刻情况，在此基础上对其诗词文的思想意涵、艺术特点作宏观与微观相结合的深细解读。再次，探析谭献的文学思想，对其词学思想和诗文思想分别进行细致论述，分析其文学思想的深刻内涵。最后，论述谭献与晚清文坛的关系，对谭献在晚清文坛的地位与影响作出客观公允的论断。

（二）研究方法

第一，本书从基本文献的搜集考辨入手，运用"知人论世"的方法对谭献的生平、著述等内容作简要的分析和介绍，以此作为对谭献与晚清文坛研究的基础。

第二，通过文本细读的方法，对谭献的诗词文进行分类，运用归纳概括法分析评价谭献的创作成就。同时采用社会历史批评与审美批评相结合的方法，考察其作品的社会意义与审美价值。

第三，运用文献研究法，从谭献日记、年谱、诗文词、序跋等著作中蒐集有关谭献文学思想的文献资料,在此基础上深入解读并细致分析,以窥探谭献文学思想的全貌。

  第四,将谭献置于晚清文坛发展的大背景下,以期深入全面认识谭献文学的地位及影响。

第一章

谭献生平著述及文学交游

谭献是晚清著名的学者及文学家，一生历经清代道光、咸丰、同治、光绪四朝，其生平创作折射出晚清特定的时代风貌。谭献文学交游广泛，与友朋的交往对他的文学创作及文学思想具有一定影响。谭献著述颇丰，版本众多，对这些著作及版本作一明晰梳理，是研究其文学创作的前提。

第一节 谭献生平述略

谭献（1832—1901），初名廷献（一作献纶），字仲仪，号涤生，因同于曾国藩之号，后改名献，字仲修，号复堂，晚年自号半厂居士，别号眉月（一作麋月）楼主。浙江仁和（今杭州）人。同治六年（1867）举人。谭献一生著述宏富，涉及经学、史学、文学、书法、金石等诸多方面，可谓著作等身。但遗憾的是，其著述"已刊者十不逮一"[1]。文学方面，谭献工骈文，尤擅填词。著有《复堂类集》《复堂词话》等。谭献身处晚清道咸同光时期，亲身经历了晚清动荡不安的时代乱离。他曾自言："第以五十以前，遭遇之困，鲜民之痛，不死于穷饿，不殁于贼，不溺于海，皆幸耳幸耳。"[2] 他九岁时适逢鸦片战争战火燃起，成年后又经历了太平天国运动、捻军起义、中法战争、中日甲午战争及八国联军入侵北京等事件。现择要对谭献的生平经历描述如下。

---

[1] （清）谭献著，罗仲鼎、俞浣萍点校：《谭献集》，浙江古籍出版社 2012 年版，第 344 页。本书所引都使用该版本，以下只标书名和页码。

[2] 《谭献集》，第 673 页。

一　自幼失怙　勤勉读书（1832—1855）

谭献出身于世代为儒但科名不振的寒素之家，"家世读书，七叶为儒，幼有奇童之目"①。十三岁应童子试，十五岁就宗文义塾读书，补弟子员。谭献自幼丧父，家境贫寒，又体弱多病，母亲陈氏苦节抚育，极人世所不堪。谭献《复堂谕子书》有一处细节描写："十六岁，乃为童子师，岁修脯不及三十缗，养汝祖母不足，赖针纫佐之。尝力疾寒夜操作，龟手流血。予啜泣于旁，汝祖母训予曰：'汝父力学困场屋，年未四十，中道弃汝。但汝得成立，读书识道理，无忘今夕可也，徒悲何益？'"②谭献母亲靠做针线活儿维持一家生计，常常在寒冷的夜晚赶工缝衣，即使手皲裂流血，仍不中断缝衣。谭献心疼母亲，不禁落泪，而母亲劝慰，只要他能读书识理，受的苦都是值得的。从此以后谭献更加发奋读书。谭献所写的碑传中有很多对贤母节妇的讴歌之作，不能不说有其身世之感寓意其中。

需要注意的是，谭献开始学词的时间为咸丰三年（1853），是年二十二岁。谭献在《复堂词录叙》中交代了自己的学词经历：

> 献十有五而学诗，二十二旅病会稽，乃始为词，未尝深观之也。然喜寻其旨于人事，论作者之世，思作者之人。三十而后，审其流别，乃复得先正绪言以相启发。年逾四十，益明于古乐之似在乐府，乐府之馀在词……又其为体，固不必与庄语也，而后侧出其言，旁通其情，触类以感，充类以尽。甚且作者之用心未必然，而读者之用心何必不然。言思拟议之穷，而喜怒哀乐之相发，向之未有得于诗者，今遂有得于词。如是者年至五十，其见始定。③

据此可知谭献学词经历了三个阶段。第一阶段：从22岁开始填词至30岁，即咸丰三年（1853）至咸丰十一年（1861）是谭献于词"未尝深观"的阶段。谭献初学词，主要学习浙西词派，以浙派代表人物郭麐为

---

① （清）龚嘉俊修，李榕纂：《杭州府志》卷一百四十六，台北：成文出版社1975年版，第2791页。
② 《谭献集》，第678页。
③ 《谭献集》，第20页。

学习对象。"予初事倚声，颇以频伽名隽，乐于风咏，继而微窥柔厚之旨，乃觉频伽之薄。"① 同时谭献早年还向尊奉浙西词派的同乡张景祁学习填词："韵梅早饮香名，填词刻意姜、张，研声切律，吾党六七人奉为导师。"② 这一阶段，谭氏遵循孟子"知人论世"的批评方法，阐明了词学批评应联系作者身世和所处时代背景的原则。第二阶段，30 岁至 40 岁（1861—1871）是谭献受常州词派影响，尊奉张惠言、周济词学思想的时期。这从《复堂谕子书》中亦可得到证实："甲寅年馆山阴村舍，始填词，旋又弃去。后乃尊信张皋文、周保绪先生之言，锐意为之。"③ 此期谭献强化了比兴寄托的论词思想。第三阶段，40 岁至 50 岁（1871—1881），谭献坚定了论词的"比兴柔厚之旨"。在作者与读者关系上，强调"读者之用心"，重视读者的创造性。

二 游学京师 七载客闽（1856—1865）

《复堂日记》言："予以咸丰六年客京师。"④ 又谭献《七友传》言："小子二十五岁北游。"⑤ 由此可知，咸丰六年（1856），二十五岁的谭献入京师游学。谭献此次在京师的时间有三年。《道华堂诗续集叙》云："咸丰丁巳（1857）、戊午（1858）间，献客京师，多接有道。时冯公官比部、桂林朱伯韩侍御、汉阳叶润臣侍读、马平王少鹤农曹、上元许海秋起居、瑞安孙琴西侍讲，经术文章，辇下称盛。"⑥ 在京师，谭献与前辈师长冯志沂、朱琦、叶名澧、王拯、许宗衡、孙衣言、蔡寿祺交往，又与朋辈友人尹耕云、李汝钧、杨传第、庄棫、吴怀珍等切磋。谭献曾言："予之略通古今，有志于微言大义，皆此二年师友之所贶也。"⑦ 可见，谭献学问之精进与师友的交往密不可分。

咸丰九年（1859）秋，谭献应徐树铭之邀，赴福建学使幕。咸丰十

---

① （清）谭献辑，罗仲鼎校点：《清词一千首 箧中词》，西泠印社出版社 2007 年版，第 92 页。本书所引都使用该版本，以下只标书名及页码。

② 《清词一千首 箧中词》，第 200 页。

③ 《谭献集》，第 682 页。

④ （清）谭献著，范旭仑整理：《复堂日记》卷七，河北教育出版社 2001 年版，第 168 页。本书所引都使用该版本，以下只标书名、卷数及页码。

⑤ 《谭献集》，第 246 页。

⑥ 《谭献集》，第 28 页。

⑦ 《谭献集》，第 679 页。

年庚申（1860），太平军翼王石达开所属石镇吉残部攻陷福建汀州。适逢谭献与杨希闵被派往汀州看卷，谭献羁留汀州四十余日，"鄙人海客，与徐学使游，几死于汀州之寇"①。最终两人装作书商模样才得幸逃离汀州。直至第二年（1861）二月，始逃回福州，几同再生。谭献的友朋杨象济关心其安危，以为谭献丧命于汀州，"献客汀州，陷贼四十日，四方传为已死，君（杨象济）赋诗哀之，比来杭州，知予尚在，又赋一诗志喜"②。从咸丰九年（1859）至同治四年（1865），是谭献闽游七年时期。这期间除了于咸丰十年（1860）秋暂返浙江，游嘉善；咸丰十一年（1861）早春游上海外，谭献基本在福建福州寓居，"小子二十五岁北游，明年客闽，居六年归"③。他曾在福州游学使馆任职，后游厦门，其间结交谢章铤、戴望等人。

三 返乡中举 会试失利（1866—1874）

同治三年（1864），清军收复被太平军攻陷的杭州，谭献于同治四年（1865）"四月二十二日归杭州"④。受时任杭州太守的薛时雨鼓励，谭献再度参与乡试，然而不幸落第。同治五年（1866），杭州诂经精舍重建，浙江巡抚马新贻委任谭献为诂经精舍监院。同治六年（1867），马新贻奏开浙江书局，任命谭献为书局总校，同时担任校勘的还有黄以周、李慈铭、张鸣珂等三十六人。此时谭献又入浙江采访忠义局任文案，负责编纂《浙江忠义录》。同治六年（1867），三十六岁的谭献考中举人。"厕名乙科，在丁卯之岁，行年三十六矣。"⑤

谭献在《七友传》中言自己："公车往来七八年。"⑥ 谭献一生有七年时间来往京师，参加科举考试。同治七年（1868），谭献发舟北上京师参加会试。此次距初次入京刚好十年。《复堂谕子书一》云："再入都门，耆旧零落略尽，惟见许海秋先生也。"⑦ 这一年，谭献科考不如意，下第

---

① 《谭献集》，第 42 页。
② 《谭献集》，第 250 页。
③ 《谭献集》，第 246 页。
④ 《复堂日记》卷二，第 33 页。
⑤ 《谭献集》，第 41 页。
⑥ 《谭献集》，第 246 页。
⑦ 《谭献集》，第 680 页。

南归，署秀水教谕，仍兼书局、采访局事。据《复堂日记》载，谭献于同治九年（1870）、同治十年（1871）、同治十三年（1874）多次进京参加会试，无奈屡屡败北，仕途极为坎坷，为实现其政治抱负，于同治十三年（1874）捐纳为县令。

四　廿载薄宦　为官清正（1875—1889）

　　同治十三年（1874）十一月，谭献以赀为官，赴官安庆。他先后担任安徽歙县、全椒、怀宁、合肥、宿松、含山（未莅职）县令，前后共计十四年。谭献为官一任，造福一方。为官期间，认真做事，切实为民。光绪八年壬午（1882），安徽怀宁遇到洪水灾害，时任怀宁县令的谭献以工代赈，治理水患。有"贤吏能员"之称。谭献的友朋王麟书有一首诗称赞谭献秉公办事。《岁暮怀人四首》其三云："少岁才名倾万里，才过四十鬓如霜。皖中离我一千里，铁屑鞭丝听擅场。"①诗中"皖中"指安徽歙县。诗用"铁屑鞭丝"之典，《齐书·傅琰传》有："以琰为山阴令，卖针、卖糖老姥争团丝，来诣琰，琰不辨核，缚团丝于柱，鞭之，密视有铁屑，乃罚卖糖者。"诗以傅琰比附谭献，言其为官明察公正。光绪十三年（1887）九月中旬，谭献檄补含山令。十月中旬，因"疾大甚，夜呕数升，苦如蘖。次日具牍请开缺，寄上大府"②。从此，谭献息影宦途。从同治七年戊辰（1868）谭献任秀水教谕至光绪十三年（1887）谭献辞官，其仕宦时间将近二十年。谭献甘于儒素，其弟子胡念修在《复堂文续跋》中称许谭献云："先生自咸丰庚辛以后，历劫乱离，家无长物。薄宦廿年，廉泉湛然，而聚书独数万卷，世推善本。读书亦如之，丹铅寒暑不去手。著书称是，积几以数尺计，已刊者十不逮一。"③胡念修称许谭献为官清廉，并表明书籍是谭献生活的重要组成部分。谭献藏书丰富，多为善本；读书勤勉，无论寒暑从不中断；著书丰赡，可谓著作等身。藏书—读书—著书构成谭献的主要活动轨迹。

五　讲学著述　奖掖后进（1890—1901）

　　谭献五十六岁时以疾辞官回乡，"药物自随，山林腾笑，挂冠遗履，

---

① （清）潘衍桐：《两浙輶轩续录》卷四十九，清光绪刻本。
② 《谭献集》，第 684 页。
③ 《谭献集》，第 344 页。

于今五年"①。后因家境贫穷，光绪十六年（1890）谭献应往日座主张之洞之邀在湖北讲学，任经心书院山长。在担任书院院长期间，他能够会见老友，结交新朋，培育新才，同时还有闲暇从事文学创作及学术研究。谭献在《复堂谕子书》中描述这段生活为"愉快过于人世荣遇"②。光绪二十三年（1897），谭献因病辞去经心书院院长之职，回乡隐逸，以诗书自娱，锐意著述，为东南文望所归。光绪二十七年（1901）六月谭献病逝于家中，年七十。

第二节 谭献交游结社考述

谭献一生交游广泛，与友朋的交往对谭献的文学创作及文学思想产生了一定影响。谭献还参与了结社集会、唱和联吟等文学活动。下面分别考述谭献的文学交游与文学结社。

一 谭献交游考

谭献《复堂谕子书》言："吾生平获师友之益，稍稍以道义自绳，不敢过放，百过虽丛，差无诞妄之失者，系诸君子是赖。"③ "平生师友之助，等于骨肉。"④ 谭献自言从友朋处获益良多。本书主要梳理谭献的文学交游。谭献的文学交游既包括先贤前辈，又有时贤后俊。现以《复堂日记》《谭献集》为基点，参阅与谭献有交游的文人别集，考索谭献的文学交往。

（一）与前辈先贤的交往

1. 吴存义

吴存义（1802—1866），字和甫，江苏泰兴人。道光十八年（1838）进士，官吏部侍郎。著有《榴实山庄集》《榴实山庄诗钞》。《复堂日记》："予欲撰《文选疏》，盖泰兴吴师为衣钵之授。"⑤ 可见，吴存义曾

---

① 《谭献集》，第 684 页。
② 《谭献集》，第 685 页。
③ 《谭献集》，第 684 页。
④ 《谭献集》，第 682 页。
⑤ 《复堂日记》卷二，第 42 页。

教授谭献《文选》。《复堂谕子书》云:"泰兴吴和甫侍郎公督浙学,予不得与考校,而论学尤契。吾之中年虚锋略尽,渐有见素储朴之意者,吾师泰兴公教也。"① 谭献中年以后文学思想的变化,受到老师吴存义的影响。吴存义去世后,同治九年(1870)六月,谭献撰《吏部左侍郎吴公行状》述老师生平业绩,表达对老师的怀念之情。同治十年(1871),吴存义《榴实山庄集》新刻付校,谭献评吴存义作品云:"诗篇粹美隐秀,不事蹊径,而雅有师法。夙昔喜言放翁,风格颇近。词温雅,在君特、公谨间。骈文刻意梁陈,篇体少狭,然无一俗调。"② 认为吴存义诗歌有陆游风貌,词有南宋吴文英、周密之温雅,骈文模仿南朝梁陈。

2. 薛时雨

薛时雨(1818—1885),字慰农,一字澍生,晚号桑根老人,安徽全椒人。咸丰三年(1853)进士,官浙江嘉善县令、杭州知府。后历主杭州崇文书院、江宁尊经书院、惜阴书院。能诗擅词,著有《藤香馆词》《藤香馆集》。徐世昌《晚晴簃诗汇》卷一百五十四言:"(慰农)六十以后不复作诗,属其门人谭献删订全集,献为仿山谷诗例,编《桑根老人精华录》二卷行世。"③

《复堂日记》中提到薛时雨时,常冠"师"字以示尊敬,"薛慰农观察师""桑农师"。据谭献《薛中议慰农师六十寿言》云:"廷献于全椒薛夫子修相见礼,在咸丰协洽之年,著弟子籍,实同治旃蒙之岁。"④ "旃蒙之岁"据《尔雅·释天》云:"乙丑年,古称旃蒙赤奋若年。"可知,谭献于同治四年乙丑(1865)拜薛时雨为师,"献识先生卅年,受业于门亦二十载"⑤。二人常诗酒唱和,同治四年(1865)九月望日,谭献与薛时雨并诸同人赴闲福居酒楼会饮。谭献赋《水调歌头》(才上一轮月)。谭献还为薛时雨《藤香馆词》题词《大江东去》。同治七年(1868)秋,谭献为薛时雨《藤香馆诗钞》作序,指明其诗学养与性情并重。谭献还作有《石城薛庐记》《薛先生全椒村居》《灵隐山游》《云林纪游,同学使泰兴吴先生、前粮储全椒薛先生》《酒楼和薛先生》等诗文记录二人的

---

① 《谭献集》,第673页。
② 《复堂日记》卷二,第48页。
③ 徐世昌编:《晚晴簃诗汇》第4册,中国书店1988年版,第51页。
④ 《谭献集》,第114页。
⑤ 《谭献集》,第301页。

交往。光绪十一年（1895）二月，得知"薛先生正月廿二日归道山"的消息，谭献悲叹"山颓木坏，永无见期"，声称两人的关系是"廿年师事，襟抱交推，谊同休戚"①，对老师薛时雨的去世深感悲痛。

3. 何兆瀛

何兆瀛（1809—1890），字通甫，号青耜、心庵，江苏上元人。道光二十六年（1846）举人，官至两广盐运使。著有《心庵诗存》《心庵诗外》《老学后庵自订词》等。

谭献曾为何兆瀛作《老学后庵自订词叙》，序中谭献以何兆瀛的弟子自称，赞扬何兆瀛词"悱恻缠绵，固先生之词旨也"②。光绪十三年（1887）谭献于杭州拜谒何兆瀛，"八十耆英，聪明如少壮。接艺论文，如入古图画"③。谭献作《台城路·题何青耜先生〈白门归棹图〉》，评其词云："西风问渡，恁老倦津梁，柳枝非故。词笔依然，写愁无一语。"④

4. 许宗衡

许宗衡（1811—1869），字海秋，号我园，江苏上元（今南京）人。咸丰二年（1852）进士，改庶吉士，散馆授内阁中书，迁起居注主事，浮沉郎署二十余年。著有《玉井山馆诗集》《玉井山馆文略》《玉井山馆诗余》。

同治七年（1868），谭献在京师与许宗衡会面。谭献评许宗衡文云："文章高格，下视唐宋。"⑤ 评其《玉井山馆诗余》云："幽窈绮密，名家之词。"⑥ 谭献认为许宗衡词："伤心人别有怀抱，胸襟酝酿，非寻常文士。"⑦ 其成就超过王拯，与何兆瀛齐名，为近词一大宗。谭献同时还列许宗衡入清词"后七家"中。

---

① 《复堂日记》补录卷二，第305页。
② 冯乾编校：《清词序跋汇编》，凤凰出版社2013年版，第1568页。
③ 《复堂日记》卷七，第166页。
④ 《谭献集》，第652页。
⑤ 《复堂日记》卷二，第49页。
⑥ 《复堂日记》卷二，第39页。
⑦ 《清词一千首 箧中词》，第157页。

（二）与同辈时彦的交游

1. 庄棫

庄棫（1830—1878），字中白，号蒿庵，祖籍江苏丹徒，流寓泰州，先世业盐，后家道中落。官中书、候补同知，曾入曾国藩幕，于淮南书局校勘群籍。治《易》《春秋》，好微言大义，善言名理。著有《周易通义》《易纬通义》及《蒿庵词》（亦名《中白词》）。

谭献和庄棫合称"谭庄"。《复堂词话》徐珂所识跋语云："同光间，吾师仲修谭先生，以词名于世，与丹徒庄中白棫先生齐名，称谭庄。"[1] 朱祖谋《望江南·杂题我朝诸名家词集后》中有一阕题庄、谭二家词集云："皋文说，沆瀣得庄谭。感遇霜飞怜镜子，会心衣润费炉烟。妙不著言诠。"[2] 庄棫、谭献与张惠言同气相应，他们是常州词派的后劲。施蛰存《花间新集》云："中白与谭复堂齐名，二家小令，俱追踪温、韦。"[3]

据谭献《亡友传·庄棫》载，咸丰五年（1855）庄棫游京师，居萧寺中。[4] 咸丰六年（1856）谭献"客京师"[5]。在京师，谭献结交师友良多。"至于性命骨肉之交，丹徒庄中白为最挚。"[6] 据此，可推断二人于咸丰六年（1856）在京师定交："（谭）献揖君顾亭林祠下，遂称知己。"[7] 又《周易通义叙》云："献与忠棫定交京师广慧寺中，年皆二十余耳。夜阑秉烛，相与论《易》。"[8] 咸丰八年（1858），谭献与庄棫合刻词，刘履芬作《庄蒿庵谭仲修诗余合刻序》。序曰："丹徒庄蒿庵、仁和谭仲修两君客游京师，友人刻其所为词二卷，而督序于余。"[9] 刘履芬认为庄棫、谭献二人词作抒发了其"有志用世"却不得志于时的怀抱。咸丰九年

---

[1]（清）谭献著，徐珂纂：《复堂词话》，唐圭璋编《词话丛编》，中华书局1986年版，第4020页。

[2] 朱祖谋：《彊村语业》，引自龙榆生编选《近三百年名家词选》，上海古籍出版社1979年版，第141页。

[3] 施蛰存著，林玫仪编：《北山楼词话》，第606页。

[4]《谭献集》，第251页。

[5]《复堂日记》卷七，第168页。

[6]《谭献集》，第679页。

[7]《谭献集》，第251页。

[8]《谭献集》，第14页。

[9] 孙克强、杨传庆、裴喆编著：《清人词话》，南开大学出版社2012年版，第1739页。

(1859)以后,谭献与庄棫齐名,"南北皆称谭、庄,庄谓中白"①。此后两人交往密切。今存谭献《复堂词》由庄棫作序,庄棫《蒿庵词》亦由谭献题辞。两人惺惺相惜,交情甚笃。谭献文中涉及庄棫的作品有《蒿庵遗集叙》《周易通义叙》《亡友传》《古意四首和庄棫》《赠丹徒庄棫中白》《玩月和庄中白》《雪和中白》《寄中白》《寄庄中白》《凤凰台上忆吹箫·和庄中白》等。谭献对庄棫评价极高:"诚足当旷代逸才之目矣。"② 称庄棫"哀愤托于乐府古诗,回曲其辞以寓意,至倚声为长短句皆是物也"③。

谭献治词始从浙西词派,后才瓣香常州词派。谭献词学观念的转变受到庄棫影响。《复堂词录叙》言:"献十有五而学诗,二十二旅病会稽,乃始为词,未尝深观之也……三十而后,审其流别,乃复得先正绪言以相启发。"④ 谭献二十二岁(1853)开始学词,主要学习浙西词派,以浙派代表人物郭麐为学习对象。"予初事倚声,颇以频伽名隽,乐于风咏。"⑤ 三十岁(1861)以后,受常州词派影响,尊奉张惠言、周济词学思想。谭献《井华词序》云:"献既冠填词,淑艾于张皋闻、周止庵,应求于庄中白、陶子珍。"⑥ 谭献转向常派词学的重要原因是受到庄棫的影响。从谭献初学词(1853)到尊崇张惠言、周济之学(1861),中间间隔九年。在这个时间段里,咸丰六年(1856)谭献与庄棫二人在京师定交。谭献曾言:"余录《箧中词》终以中白,非徒齐名之标榜,同声之唱于,亦以比兴柔厚之旨相赠处者二十年。"⑦ 以庄棫去世的光绪四年(1878)上推二十年,为咸丰八年(1858),从这一年开始,谭献就确定了他论词的核心范畴——"比兴柔厚"。咸丰九年(1859)以后,谭献与庄棫齐名。换言之,二人的交往发生在谭献词学思想转变的时期。庄棫为常派完善之路的先驱人物,由此可推断谭献转向常州词派词学观念的一个主要原因是受到庄棫影响。二人在文学上颇有共同之处,表现有二:其一,"柔厚"是

---

① 《复堂日记》卷二,第52页。
② 《复堂日记》续录,第360页。
③ 杨钟羲撰集:《雪桥诗话续集》,北京古籍出版社1991年版,第510页。
④ 《谭献集》,第20页。
⑤ 《清词一千首 箧中词》,第92页。
⑥ (清)谭献:《井华词序》,冯乾编校《清词序跋汇编》,第1812页。
⑦ 《清词一千首 箧中词》,第214页。

两人交往过程中论诗、论词的共同标准。谭献以"柔厚"评庄棫诗。《复堂日记》言:"庄中白自泰州来……出示近年所作诗。益柔厚,匆匆不能悉诵也。"① 同时谭献以"柔厚"评庄棫词:"余录《箧中词》终以中白,非徒齐名之标榜,同声之唱于,亦以比兴柔厚之旨相赠处者二十年。"② 其二,二人在骈文批评理论方面都持骈散不分的观点。《复堂日记》言:"而先以不分骈散为粗迹、为回澜。八荒寥寥,和者实希。中白、谷成其谓之何?"③"吾辈文字不分骈散,不能就当世古文家范围,亦未必有意决此藩篱也。不谓三十年来几成风气。约略数之,如谢枚如、杨听胪、庄仲求、庄中白……皆素交。"④

2. 沈景修

沈景修(1835—1899),字蒙叔,号蒙庐,晚号寒柯。浙江秀水(嘉兴)籍,流寓江苏吴江盛泽。咸丰十一年(1861)拔贡,历署萧山县、宁波府训导,寿昌、分水教谕。著有《蒙庐诗》《井华词》等。其《读国朝诗集百绝句》尤工,又有《论国朝书家八十首》,复堂称赏其"扬摧而陈,有知人论世之学"⑤。

同治四年(1865)夏,沈景修与谭献同受知于薛时雨,在浙江书局校书。在谭氏官秀水教谕期间,两人定为莫逆之交。二人曾共同参加湖舫文会。谭氏为沈景修校定《井华词》。沈氏辅助谭献编选《箧中词》:"蒙叔寄示孔广渊莲伯《两部鼓吹轩诗余》,属入《箧中》之选。"⑥ 钱基博《复堂师友手札菁华》录有沈景修写给谭献的书信33通,可见二人交往之密切。谭献有诗词文记录二人交往情况,《和沈蒙叔纸鸢》《和蒙叔》《同蒙叔纪榆园纳妾三绝》《金缕曲·和蒙叔》等作品体现了二人在诗词上的唱和情况。《井华馆记》《欧斋记》是谭献为沈景修所作的有关文章,谭献还为沈景修诗词作序,有《蒙庐诗叙》《井华词序》。光绪二十五年(1899)十月十九日,沈景修卒,谭献撰《沈府君墓志铭》。

---

① 《复堂日记》补录卷一,第247页。
② 《清词一千首 箧中词》,第214页。
③ 《复堂日记》卷三,第59页。
④ 《复堂日记》卷八,第191页。
⑤ 徐世昌:《晚晴簃诗汇》卷一百五十七,民国退耕堂刻本。
⑥ 《复堂日记》补录卷二,第334页。

3. 刘履芬

刘履芬（1827—1879），字彦清，号㲀生，又号沤梦，浙江江山人。诸生，入赀为户部主事，充苏州书局提调，代理江苏嘉定知县，卒于任。擅文能词，著有《古红梅阁集》《沤梦词》。

咸丰七年丁巳（1857），谭献结交刘履芬。据《复堂日记》载："盖予与彦清定交京邸，在丁巳、戊午间。"① 又刘履芬《古红梅阁遗集》卷八《旅窗怀旧诗》五十注："仁和谭仲修廷献明经，戊午客都门，往还最稔。"② 两人后来"乱离奔走，南北分张"，但"书问频繁，赏析如一室"③。刘履芬曾为庄棫、谭献词作序，题曰《庄蒿庵谭仲修诗余合刻序》。刘履芬评谭献："诗宗六朝，词学五代，志趣甚高。"④ 谭献称赞刘履芬骈文有潜气内转之致，词作隽永，与其骈文成就相当。刘氏亦颇为赞赏谭献《蝶恋花》六章。刘履芬任嘉定代理知县时，因审理狱案受人掣肘，忧愤难解，遂剪喉自残。刘履芬伏节死义，谭献作《哀二士文》表彰之。

4. 张景祁

张景祁（1827—1898后），原名左钺，字孝威、号韵梅，别号新蘅主人，浙江钱塘（今浙江杭州）人，同治十三年（1874）进士，官福建连江、仙游、蒲城等县知县，晚游台湾。有《新蘅词》六卷，外集一卷。

同治六年（1867），浙江学使吴颖芳奏开浙江书局，以薛时雨为主事，张景祁、李慈铭、谭献、高伯平为总校，张鸣珂、沈景修等为分校，诸君合作共事，常有诗词唱和。同治七年（1868），谭献任秀水教谕，两人来往更为频繁，后又与张景祁一同参加会试。谭献早年学词受到张景祁的影响，"韵梅早饮香名，填词刻意姜、张，研声切律，吾党六七人，奉为导师"⑤。张景祁重视词作音律，曾校勘《词律拾遗》，谭献评曰："张韵梅校语精密固多，臆说亦不少。"⑥ 谭献还揭示了张景祁词风的演变，表明其后期词作有家国之感，经历了从学南宋到追步北宋的转变。谭献

---

① 《复堂日记》卷四，第113页。
② 严迪昌：《近现代词纪事会评》，黄山书社1995年版，第250页。
③ 《复堂日记》卷四，第113页。
④ 严迪昌：《近现代词纪事会评》，第250页。
⑤ 《清词一千首 箧中词》，第200页。
⑥ 《复堂日记》卷七，第174页。

"审定张韵梅《续词》二卷。不免老手颓唐之叹"①。认为其慢词长调有学习姜夔之处。

5. 张鸣珂

张鸣珂（1829—1908），字玉珊，一字公束，晚号寒松阁老人、窳翁，浙江嘉兴人。著有《寒松阁词》。同治四年（1865），谭献与张鸣珂、薛时雨等十一人同赴闲福居酒楼会饮。同治六年（1867），张氏与谭献共同参加湖舫文会，共事于浙江书局。

两人交情颇深，"结交十五六年，唱予数十百调"②。谭献推许张鸣珂，评价其《骈体正宗续编》可与曾燠《国朝骈体文宗》相媲美。称扬张鸣珂诗秀绝，词婉丽。谭献《苹洲渔唱序》："公束以稚圭揭橥，不佞以止庵津逮，而同有法于皋文。以为树比兴于慢、令，通弦雅于犯、引……公束去年赋《春柳》四诗，传唱东南。身世之感，民物之故，托兴如见。"③ 此序谈到两点：一是张鸣珂词学周之琦，谭献以周济为津逮，但二人比兴寄托同取法于张惠言。小令慢词均托体比兴、讲求高雅。二是张鸣珂《春柳》四诗，传唱东南，谭献与之有唱和。谭献诗词中涉及张鸣珂的作品有《张公束校经图》《忆旧游》（正潇潇风雨）等。

6. 王诒寿

王诒寿（1830—1881），字眉叔，号笙月，浙江山阴（今绍兴）人。廪贡生，候选金华县学训导，任杭州书局校理。详见谭献《亡友传·王诒寿》。著有《笙月词》《花影词》；另《水琴词》与《缦雅堂骈文》合订；《秋舫笛语》与《缦雅堂诗钞》合订。

谭献认为王诒寿为当时骈文名家，评价其《缦雅堂骈文》成就在彭兆荪、董佑诚之间。此外，谭献《笙月词序》评价其词曰："储体于洁，结想斯远。"④ 同治十年辛未（1871）六月，王诒寿为谭献《群芳小集》题词，即《洞仙歌·题复堂〈群芳小集〉》。二人在京时，与菊部伶人多有交往。谭献《蝶恋花·水香庵饯春同眉子作》、王诒寿《蝶恋花·水香庵饯春同仲修作》《珍珠帘·偕仲修饮娱园迟瑶卿不至》为二人题写的有关菊部伶人的唱和词作。王诒寿还为谭献《复堂词》题词，即《念奴

---

① 《复堂日记》续录，第357页。
② 《谭献集》，第100页。
③ 《谭献集》，第100页。
④ 《谭献集》，第100页。

娇·题谭仲修廷献〈复堂词〉》。王诒寿还作有《送谭仲仪之皖序》。

7. 吴怀珍

吴怀珍（生卒年不详），字子珍，号漱岩，浙江钱塘人。咸丰二年（1852）举人。有《待堂诗》《柳西吟馆诗》。杨钟羲《雪桥诗话三集》第十二卷言，吴怀珍"治经世之学与古文之术，诗学中唐……时粤西寇起，军事方严，漱岩习兵家言，慷慨自负，末由表见，悲歌痛饮，自署'待堂'，与中表袁卧藜谷及周炳伯虎、蔡鼎昌公重、谭仲修，有光丰五子之目"①。

据谭献《七友传》载，吴怀珍与谭献定交于"癸丑会试报罢南旋时"②。癸丑即咸丰三年（1853）。谭献在京师，与吴怀珍并称"吴、谭"③。咸丰四年甲寅（1854）夏，吴怀珍为谭献《复堂诗》一卷作序。称赏其诗"优柔善入，恻然动人"。"吴怀珍《待堂诗文》一卷，仲修所刻也。"④ "怀珍撰著散佚，谭献刻《待堂文》九首，诗二十篇。"⑤ 谭献有《送吴怀珍之金华》《祝生歌为吴子珍作》《送吴子珍北上五首》《送吴子珍南归三首》《哭吴子珍》等诗记录与吴怀珍的交往。

8. 梁鼎芬

梁鼎芬（1859—1920），字星海，又字伯烈，号节庵，广东番禺人。光绪六年（1880）进士，改庶吉士，授翰林院编修。后历官湖北襄郧荆道、按察使、署布政使。谥文忠。词为岭南名家，有《欸红楼词》一卷。

光绪十七年（1891），谭献"访梁星海于约园"⑥，并作《赠梁星海鼎芬》诗。此后两人交往频繁。二人"相望未相见，神交近十年"⑦。复堂诗中多有与梁鼎芬交往的诗篇，《过焦山怀梁星海》《星海属题画菊寄朱蓉生岭南》《又题绝句》《鹤梅楼同范仲林陈伯严梁星海易实甫》《怀星海赴王苏州之丧》。这些诗篇均作于光绪十九年（1893），可见这一年两人文字交往较多。据《复堂日记》载，谭献于光绪十九年（1893）多

---

① 杨钟羲撰集，刘承干参校：《雪桥诗话三集》，北京古籍出版社1991年版，第512页。
② 《谭献集》，第245页。
③ 《复堂日记》卷二，第52页。
④ 杨钟羲：《雪桥诗话》三集卷十二，民国求恕斋丛书本。
⑤ 《谭献集》，第246页。
⑥ 《复堂日记》卷八，第196页。
⑦ 《谭献集》，第571页。

次审定梁鼎芬诗作，评其诗"清奇古怪，真气不磨"①。梁鼎芬校审谭献《复堂词录》及《复堂文续》："星海来，还《复堂词录》写本二册、《箧中词续》卷四稿本一册。"② "星海又校《词录》一册来，欲补录白石《凄凉犯》《醉吟商》《霓裳中序第一》、稼轩《卜算子·寻春作》《感皇恩》，此可谓赏奇析疑之友矣。"③ "星海为予审定《文续》卷二，札来，答之。"④ 由此可见，梁鼎芬是谭献晚年校词、补录的重要助手。谭献《箧中词》所选陈澧词从梁鼎芬处获得，"梁节庵为东塾入室弟子，手录先生遗词见示，补列卷中"⑤。

9. 叶衍兰

叶衍兰（1823—1897），字兰台，号南雪，晚号秋梦主人，广东番禺人。咸丰六年（1856）进士，改庶吉士，散馆授户部郎中。晚年辞官归里，为越华书院主讲，教书授徒。叶衍兰与汪瑔、沈世良称"粤东三家"，为岭南著名文人。有《秋梦庵词》二卷及《秋梦庵续词》《秋梦庵词再续》各一卷。谭献终其一生未能与叶衍兰谋面，彼此为"神交"。

据《复堂日记》载，两人交往的中介是许增。谭献曾校订《秋梦庵词》，评其词"绮密隐秀，南宋正宗"⑥。光绪十八年（1892），谭献为叶衍兰《秋梦庵词钞》作序。光绪十九年（1893）八月初十日，谭献选定《岭南三家词》目录。复堂作有《琐窗寒·寄答叶兰台粤中》，叶衍兰亦作《琐窗寒·谭仲修大令献代订词集，赋此寄谢》。谭献对叶衍兰晚年词作评价甚高："翻阅《秋梦庵词》。七十老翁，旖旎风华，不露颓脱。"⑦ 评价其《秋梦庵词续》云："鲜妍修饰，老犹少壮，寿征也。"⑧

10. 许增

许增（1824—1903），字益斋，号迈孙，浙江仁和人。官道员。有《煮梦庵词》，又汇刻前人词二十八种为《榆园丛刻》，斠刻《唐文粹》

---

① 《复堂日记》续录，第367页。
② 《复堂日记》续录，第368页。
③ 《复堂日记》续录，第368页。
④ 《复堂日记》续录，第370页。
⑤ 《清词一千首 箧中词》，第298页。
⑥ 《复堂日记》卷八，第184页。
⑦ 《复堂日记》续录，第366页。
⑧ 《复堂日记》续录，第372页。

一百卷，补遗二十六卷。

"壮而纳交，首数许迈孙。"① 同治四年（1865），三十四岁的谭献始识许增于宗湘文席间，后数相见于薛时雨观察所。又《榆园记》云："同治之初，井里息烽燧，客游思故乡。许增迈孙与献先后归杭州，定交杵臼间。"② 从此，谭献与同乡许增交往近30年，二人常商榷文字，讨论金石。同治六年（1867）秋，谭献登贤淑，计偕北行，下第归，时时作近游。二人从容谈艺，终日不倦。后谭献赴官皖中，书问往复。光绪十三年（1887）夏，谭献乞假还杭州，与许增、张预商榷文字，讨论金石于榆园、听园，谭献作《榆园今雨图记》以记之。光绪十三年（1887）八月二十二日，许增作《书复堂类集后》评价谭献诗文虽浅近易解却多有言外之旨，诗文具有峻洁遒美的风貌。谭献认为许增词师法郭麐、顾翰，肯定其词作的精审。谭献诗文中与许增有关的作品包括《石交图记》《榆园丛刻序》《榆园记》《榆园今雨图记》《和迈孙元日》等。

二人的文学活动如下：其一，许增曾与谭献一同校刻《唐文粹》。张鸣珂《寒松阁谈艺琐录》卷三云："（许增）与谭仲修同校刻《唐文粹》一书，精核无比，其余各家词集皆精审可爱。"③《复堂日记》载，光绪十四年（1888），"予与许迈孙校《文粹》近一载矣"④。其二，许增曾审定谭献《七友传》《亡友传》，指出谭献《鲍母黄家传》的巨缪之处。⑤ 其三，在词学方面，谭献与许增常有切磋。二人曾校勘《片玉词》，商刻龚自珍词作及诸家词话。

11. 王尚辰

王尚辰（1826—1902），字北垣，号谦斋，晚年自号遗园老人、五峰居士，安徽合肥人。同治年间贡生，官至翰林院典籍。有《谦斋诗集》《遗园诗馀》。

王尚辰《遗园诗馀自序》云："甲申夏，交谭仲修，畅聆绪论，得所皈依。"⑥ 由此可知，光绪十年甲申（1884），谭献与王尚辰定交。《复堂

---

① 《谭献集》，第684页。
② 《谭献集》，第223页。
③ （清）张鸣珂：《寒松阁谈艺琐录》卷三，清宣统上海聚珍仿宋印书局本。
④ 《复堂日记》卷七，第175页。
⑤ 《复堂日记》续录，第356页。
⑥ 冯乾编校：《清词序跋汇编》，第1663页。

谕子书》中谭献称二人"一见倾心，定千秋金石之交"①。"谭献宰合肥与王伯垣尚辰酬唱最多。"② 王尚辰诗有家学渊源，"名父之子，如颈有瑰，宜谦斋之大昌于诗也"③。谭献曾审定王尚辰《谦斋诗集》七册，后选其典雅诗一百十四首入《合肥三家诗钞》。谭献指出王尚辰诗的变化过程，其诗早年学杜，不免质直；中年经历战乱，与杜诗在精神上相契，但缺乏含蓄变化。晚年王诗转益多师，趋于平淡。王尚辰晚年才从事填词，不能不说受到谭献的影响。王尚辰《缝月轩词序》云："余近六十始填词，迨谭公复堂宰吾邑，所作渐多。今集中《遗园诗余》一卷是也。"④ 王尚辰填词极为认真，改罢长吟，与谭献有相同的癖好："老去填词，吟安一字，往往倚枕按拍，竟至彻晓。"⑤ 谭献《遗园诗余跋》评王尚辰词："嵚崎历落之人，沉郁顿挫之笔。"⑥

12. 冯煦

冯煦（1843—1927），字梦华，号蒿庵，江苏金坛人。光绪十二年（1886）进士，授翰林院编修。官安徽凤阳知府，山西按察使，安徽布政使、巡抚等职。民国成立后，被任命为督办江南赈务，受聘主纂《江南通志》。著有《蒙香室词》《蒿庵类稿》等。另编刻《唐五代词选》，辑有《宋六十一家词选》十二卷。

冯煦少时曾以词求教于谭献，钱基博《现代中国文学史》云："冯煦少时尝以词质正仁和谭献。"⑦ 谭献称赏冯煦小令高情远韵，指出"时有累句，能入而不能出"⑧ 是其词作的不足。光绪八年（1882）七月，冯煦为《箧中词》作序。《箧中词》之成书，冯煦尝多与其事，不唯亲任校役，并时时献疑、商酌。谭献编选《复堂词录》时，与冯煦共同商榷讨论。光绪十五年（1889），谭献以冯煦《六十一家词选》校《复堂词录》。

---

① 《谭献集》，第 683 页。
② 王逸塘：《今传是楼诗话》，张寅彭编《民国诗话丛编》，上海书店出版社 2002 年版，第 388 页。
③ 《复堂日记》卷六，第 146 页。
④ （清）王尚辰：《缝月轩词序》，冯乾编校《清词序跋汇编》，第 1711 页。
⑤ 《复堂日记》卷六，第 146 页。
⑥ （清）谭献：《遗园诗余跋》，冯乾编校《清词序跋汇编》，第 1663 页。
⑦ 钱基博：《现代中国文学史》，上海古籍出版社 2011 年版，第 191 页。
⑧ 《复堂日记》卷四，第 89 页。

13. 陶方琦

陶方琦（1845—1885），谱名孝邈，字子缜，一作子珍，号湘湄，一号兰当，浙江会稽人。同治六年（1867）与谭献并补甲子科举人。师事李慈铭，与樊增祥齐名，光绪二年丙子（1876）恩科进士，官翰林院编修。著有《汉孳室文抄》《潩庐诗稿》《湘麋阁遗诗》《兰当词》等。

谭献《亡友传》云："君（子珍）淡雅综群籍，笃好《淮南书》，治经究心郑康成氏，文章绝丽，下笔滔滔如泉。"① 谭献还作《陶编修传》记陶方琦行谊。谭献与陶方琦二人为同年举人，交谊深厚。同治十二年（1873），谭献与陶方琦同游吼山，"与子珍有白头偕隐之约"②。陶方琦《怀谭仲修》云："平生云霞交。"③ 谭献作《吼山同陶方琦子珍》，陶方琦作《游吼山同仲修作》。陶方琦与谭献都喜好《淮南子》。陶方琦劬学穷经，《复堂日记》云："浙东群英茹古力学，子珍、彦清为职志。"④ 谭献认为陶方琦诗高秀，词有三变，初学姚燮，伤于碎涩，后学姜夔、张炎，词格一变。做官以后，词作清绮平正。陶方琦去世后，谭献审定其诗词，并搜集其遗佚，刻诸鄂中。

14. 樊增祥

樊增祥（1846—1931），字云门，号樊山，湖北恩施人。同治六年（1867）举人，光绪三年（1877）进士，累官至陕西布政使、江宁布政使、护理两江总督。师事张之洞、李慈铭。有《樊山词》，又选编《微云榭词选》。

谭献与樊增祥于同治十三年（1874）在京邸定交。《复堂日记》载，同治十三年甲戌（1874），"与宜昌樊增祥云门定交"⑤。又谭献《樊山集叙》云："谭生内交樊子，在甲戌之夏。"⑥ 自此以后，两人交往不断，樊增祥之官长安，谭献作《黄鹤仙人歌送樊增祥云门之官长安》，樊增祥亦作《仲修同年以长歌赠行次韵报之》诗和之。谭、樊二人的唱和诗篇较多。光绪十六年（1890），谭献应张之洞之请任武昌经心书院讲席，抵达

---

① 《谭献集》，第254页。
② 《复堂日记》卷三，第57页。
③ （清）陶方琦：《湘麋阁遗诗》卷一，清光绪十六年鄂局刻本。
④ 《复堂日记》卷七，第169页。
⑤ 《复堂日记》卷三，第64页。
⑥ 《谭献集》，第191页。

第一章　谭献生平著述及文学交游

武昌，与身在武昌的樊增祥再次相聚，二人在武昌有集中的交往。《复堂谕子书》云："既游鄂，故交颇有，陈蓝洲官汉川……宜昌樊云门定交京邸，矢以久要，俄焉聚首，所谓宾至如归。"①

光绪十六年前后，樊增祥以其所作诗词呈教，谭献对樊增祥的诗词多次评阅。

> 光绪十五年（1889）九月初三日：审定樊云门《樊山诗集》。朗诣嫖姚，骨韵不凡，调出嘉隆七子。而情思不匮，不徒虚响，殆可接武中唐。②
>
> 光绪十六年（1890）庚寅：云门近诗一卷，才性窈深，音辞旷逸。相其轮囷离奇，非苶楠之材，可俪樊山词。如弹丸脱手，独茧抽丝，不腻不豪，自成馨逸。③
>
> 光绪十六年（1890）二月廿四日：赴樊云门招集，携其诗词稿本回。④
>
> 光绪十六年（1890）二月廿六日：点次云门《樊山诗》一卷。⑤
>
> 光绪十六年（1890）二月廿七日：审定樊山词稿。本朝家数，遂撮竹垞、频伽之长。⑥
>
> 光绪十六年（1890）二月廿六日：云门送和诗至，长句奇篇，转韵次和如己出，以奇气运，殆将三舍避之。蓝洲诵之，亦为击节也。⑦

谭献认为樊增祥诗可接武中唐，词有浙西词派朱彝尊、郭麐之长。谭献晚年由鄂返杭后，回顾与樊增祥等友人的交游，还流露出深深的珍重之情："子珍久游，莼客新谢宾客，吟樊山有韵之文，盍禁黄垆之哭邪？"⑧

---

① 《谭献集》，第 684 页。
② 《复堂日记》补录卷二，第 336 页。
③ 《复堂日记》卷八，第 188 页。
④ 《复堂日记》补录卷二，第 339 页。
⑤ 《复堂日记》补录卷二，第 339 页。
⑥ 《复堂日记》补录卷二，第 339 页。
⑦ 《复堂日记》补录卷二，第 341 页。
⑧ 《复堂日记》续录，第 373 页。

15. 刘炳照

刘炳照（1847—1917），字光珊，号语石，江苏阳湖人。诸生，候补训导。著《留云借月庵词》。曾与谭献、郑文焯等人结寒碧词社，并任社长。人称谭献之后的词坛耆宿。

《复堂日记》记载了两人晚年的交往。光绪二十年（1894），谭献为刘炳照作《留云借月庵词叙》《洞仙歌·题刘光珊〈留云借月庵填词图〉》。光绪二十年甲午（1894）暮春望日，谭献于杭州作《留云借月庵词赠言》。刘氏还将常州后学徐佑成、李祖廉之词寄给谭献求教。可见二人在词学上的交往。

16. 吕耀斗

吕耀斗（1830—1895），字庭芝，一字定子，号鹤园，一作鹤缘，江苏阳湖人。道光二十六年（1846）举人，官至直隶天津道。有《鹤缘词》一卷。

谭献评吕耀斗诗词："诗格老成，词笔婉约，皆可观。"[①]"填词婉丽，乐府之余，而通于比兴，可讽咏也。"[②]

17. 吴昌硕

吴昌硕（1844—1927），初名俊，改名俊卿，字昌硕（亦作苍硕），又字苍石，别号缶庐、苦铁，晚以字"昌硕"行，浙江吉安人。官江苏安东县令，以擅书画篆刻名世。有《缶庐集》。

谭献曾审定吴昌硕诗，评价其诗有"幽清筜筑之声"[③]，并认为其诗有明末清初遗民诗人傅山和布衣诗人吴嘉纪之遗风。二人交往的作品，谭献有《吴仓硕芜园诗》《吴昌硕诗序》，吴昌硕有《谭复堂先生疏柳斜阳填词图》《赠复堂先生》等诗。

18. 郑襄

郑襄（1836—?），字湛侯，一作赞侯，湖北江夏人。官太湖知县，有《久芬室诗集》。有词见《湘社集》。

《复堂日记》载，同治十三年（1874），谭献与郑襄在皖中缔结"文

[①]《复堂日记》续录，第405页。
[②]《谭献集》，第195页。
[③]《复堂日记》卷八，第187页。

字交"①。谭献称与郑襄为"同官道义之交"②。复堂评价郑襄诗歌波澜老成，取径甚正，敦厚似陆游，不足之处是缺少跌宕排奡，律诗结句多弱。谭献还结合郑襄的仕宦经历说明其诗风的变化，大致有三：其一，"少作韶令，皖稿多淡雅。律诗作仄调拗体，亦疏古"③。其二，"游黔入蜀，又尝赴山海关军前，入晋藩幕中，一变而为矫亢之格"④。其三，"近三年鄂督幕府，心力稍颓放矣"⑤。谭献评郑襄《蜀行日记》有郦道元《水经注》意。对郑襄曾参与湘社一事也有提及："宁乡程颂万子大，在长沙联湘社唱酬……而吾友江夏郑湛侯，以风尘吏虱其间，刻行《湘社集》。"⑥郑襄视谭献诗有中唐诗貌。《谭献集》中有多首诗作记录谭献与郑襄的交往。

19. 张预

张预（1840—1910），字子虞，号虞庵，浙江钱塘人。光绪九年（1883）进士，历官江苏候补道、湖南学政。著有《崇兰堂诗存》《崇兰堂文初存》《骈体文存》《崇兰堂遗稿》《量月楼词》等。

谭献与张预同为同治六年（1867）举人。张预论文主张骈俪，谭献主张骈散合一。同治四年（1865）九月望日，谭献与张预等十一人，赴闲福居酒楼会饮，有诗词唱和之作。同治六年（1867），谭献与张预等十五人参加湖舫文会并共同参与浙江书局的校书工作。光绪十三年（1887）七月十九日，谭献寓楼以眉月楼命名，张预赠诗中有"斋厨近市东门莱，水槛通船北墅□"⑦一联，谭献将此联作为楹联以张之。谭献评张预文章云："才气跌宕，轨范先正，稍未洗伐耳。"⑧谭献《忆昙庵记》谈及张预。还为张预的父亲张道作《张先生传》。

20. 王麟书

王麟书（1828—1887），字松溪，浙江钱塘人。同治十三年（1874）

---

① 《复堂日记》卷三，第65页。
② 《谭献集》，第42页。
③ 《复堂日记》卷八，第188页。
④ 《复堂日记》卷八，第188页。
⑤ 《复堂日记》卷八，第188页。
⑥ 《复堂日记》卷八，第198页。
⑦ 《复堂日记》补录卷二，第322页。
⑧ 《复堂日记》卷四，第84页。

进士，官江西万安知县。撰《慕陔堂诗钞》《慕陔堂乙稿》。谭献《亡友传》记王麟书行迹。

同治六年（1867），谭献与王麟书同在浙江书局校理群籍，"献与王子共晨夕且五年"①。谭献《慕陔堂诗序》中评王麟书其人"夷然退然……得于吾乡先正之流风馀韵"。评其诗"多山水萧寥之音，不与朋辈角其奇而奇……情至而文生，触绪而兴感"②。王麟书去世前，曾作《病亟矣，胸中实无一事，作诗留别仲修》诗云："知君性急数归程，君未来时我欲行。拖泥带水寻归路，赏月迎风约再生。笙鹤九天皆我侣，莺花三月待公盟。皖公山下年来别，记取千秋万古情。"③可见二人情谊深厚。

21. 王咏霓

王咏霓（1838—1915），字子裳，号六潭，浙江黄岩人。光绪六年（1880）进士，官安徽凤阳知府。工诗文，善书，兼善篆刻，书具金石气。著有《函雅堂集》。光绪十三年（1887）王咏霓赴欧洲及日本考察，作《道西斋日记》。

王咏霓与谭献为同年，谭献在《六潭文集叙》中评价其文"多有古昔所未具"④。赞扬其《函雅堂诗》多描绘异域风光，开辟了诗歌未有之境界。《箧中词》选王咏霓词二首。

22. 孙德祖

孙德祖（1840—1908），字彦清，浙江会稽（今绍兴）人。同治初，曾与邑中诸子结皋社。同治六年（1867）举人，官长兴教谕、淳安教谕。曾参与修《慈溪县志》，工诗文，又以词名，著有《寄龛文存》《寄龛词》《寄龛诗质》《寄龛甲乙丙丁志》《读鉴述闻》等多种。

谭献与孙德祖为同年，"同治丁卯以同年生，相见如素交"⑤。谭献评其诗"矜重清峻，可谓逸才"⑥。为其《寄龛文赓》作序，评其文："本末穷其曲折，博约衷之情性。"⑦

---

① 《谭献集》，第153页。
② 《谭献集》，第153—155页。
③ 《复堂日记》卷七，第166页。
④ 《谭献集》，第167页。
⑤ 《谭献集》，第167页。
⑥ 《复堂日记》卷二，第38页。
⑦ 《谭献集》，第166页。

23. 缪荃孙

缪荃孙（1844—1919），字炎之，一字筱珊，号艺风，江苏江阴人。光绪二年（1876）进士，官翰林院编修。著有《艺风堂文集》《续碑传集》等。

光绪二十四年（1898），谭献曾评阅缪荃孙《常州词录》。顾廷龙《艺风堂友朋书札》收录有缪氏与谭献的书札，现择要罗列如下：

> 《常州词》校改处均已寓目，不误。大序引鄙论为同心之言，亦牙、旷之赏矣。①
>
> 《常州词》序例、目录，傅云已寄金陵讲席，现在另印，给阅未来。②
>
> 《常州词》全读，又须补辑《箧中词》，此事安得有人删正重次，一快夙心。③
>
> 《常州词集》全本，颇思先睹，翻帑一过，亦欲补《箧中词》也。此上筱珊先生。献顿首。廿六晨。④

从缪荃孙与谭献的书札来看，主要有三方面内容：一是谭献审定缪荃孙《常州词录》序例、目录。二是谭献认为可采录《常州词录》词作入《箧中词》续卷。三是缪荃孙《常州词录》的序言引用谭献之语，谭献视缪荃孙为知音，表明二人在词学观点上的趋同，都为常州词派的代表人物。

24. 马赓良

马赓良（1835—1889），字幼眉，号鸥堂，浙江会稽（今绍兴）人，室名鸥水草堂，有《鸥堂诗》《鸥堂遗稿》。

据《复堂日记》载：谭献与马赓良于同治九年庚午（1870）定交。谭献以"江东独秀，非君莫属"⑤ 称赏马赓良。同治十二年（1873）春，

---

① 顾廷龙：《艺风堂友朋书札》（下），上海古籍出版社1980年版，第682页。
② 顾廷龙：《艺风堂友朋书札》（下），第686页。
③ 顾廷龙：《艺风堂友朋书札》（下），第686页。
④ 顾廷龙：《艺风堂友朋书札》（下），第691页。
⑤ 《谭献集》，第27页。

谭献与马赓良同游禹穴，认为其"诗近大历，文亦略近中唐"①。谭献为马赓良《鸥堂诗》作序，评其诗如王维，神似而非形似。称其诗"穷极正变，而五金一冶，八音成乐，若性若习，若忘若遗"②。《箧中词》选马赓良词作二首。马赓良为六卷本《复堂日记》作序。

25. 杨传第

杨传第（1805？—1861），字听胪，号汀鹭，江苏阳湖（今常州）人。包世臣婿。咸丰二年（1852）举人，官候补知府。著有《汀鹭诗馀》一卷。

据谭献《亡友传》载：咸丰五六年（1855—1856），杨传第入京会试，馆内阁侍读汉阳叶名澧邸，与谭献、尹耕云、李汝钧、吴怀珍、庄棫定交。《箧中词》中谭献评杨传第词云："宛邻词派不绝如线。"③认为其咏物之作《双双燕·咏蝶》一腔凄凉哀怨，神似王沂孙。谭献另有《赠阳湖杨传第》等诗。

26. 袁昶

袁昶（1846—1900），字爽秋，一字重黎，晚号渐西村人。浙江桐庐人，光绪二年（1876）进士，官至太常寺卿。著有《渐西村人诗初集》《安般簃集》《于湖小集》等。

1900年义和团运动兴起，袁昶力主镇压。八国联军进犯大沽，朝议和战，袁昶与徐用仪、许景澄、立山、联元等反对利用义和团力量围攻各国使馆，因忤慈禧太后，袁昶与许景澄同时被处死。谭献撰《资政大夫太常寺卿袁府君墓碑》称袁昶："偶陟事变，以死报国。"④同时撰《公祭许少宰袁太常文》称袁昶："死得其所，清议云尔。"⑤谭献在《樊山集叙》中引用李慈铭语，称樊增祥与袁昶诗齐名。谭献评袁昶："《浙江乡人诗》以玄为体，以质为用，颇近《箧中》《极玄》二集，中唐北宋间可参位置。惟病其存录过繁耳。"⑥认为袁昶《浙江乡人诗》与中唐《箧中集》《极玄集》相近，不足是存录过多，有芜杂之病。谭献有《送袁卧

---

① 《复堂日记》卷三，第56页。
② 《谭献集》，第27页。
③ 《清词一千首 箧中词》，第165页。
④ 《谭献集》，第342页。
⑤ 《谭献集》，第342页。
⑥ 《复堂日记》续录，第366页。

归新城》《寄答袁章京昶并柬南海张侍郎荫桓》《访旧一章赠芜湖关使袁重黎》《同袁大夫游赭山塔院》等诗记录与袁昶的交往。

27. 谢章铤

谢章铤（1820—1903），字枚如，福建长乐人。光绪三年（1877）进士，官内阁中书。主江西白鹿洞书院、福建致用书院等。有《赌棋山庄集》。

谭献于同治二年（1863）在闽中初识谢章铤，《复堂日记》卷一云："访长乐谢章铤枚如……闽中学人可以称首。"[1] 当时以谢章铤、刘勋为代表的闽中词人唱和颇盛，社集有《聚红榭诗词》之刻。同治三年（1864），谢章铤赠送谭献《聚红榭雅集诗词》四种，谭献评价谢章铤在闽中词社中的地位："枚如社中巨手，词人能品。"[2] 谭、谢二人交情深厚，光绪年间，谭献在合肥任职，两人相隔千里，但仍交往不断。光绪十一年（1885），谢章铤将《赌棋山庄文集》七卷自江右寄给谭献，谭献肯定谢氏之文直抒胸臆，不立间架。

28. 周星诒

周星诒（1833—1904），字季贶，号窳翁，河南祥符人，官福建福宁府知府。有《窳櫎诗质》《勉葸词》。

谭献评《勉葸词》云："婉笃微至，如卫洗马渡江时，倾倒一世，令人怊怅不能自已。"[3] 评其诗云："朴属微至，于古人近元次山，今人则莫子偲。"[4]

29. 龚橙

龚橙（1817—?），字公襄，号石匏，又号孝拱，龚自珍之长子，有《诗本谊》。谭献在《亡友传·龚公襄传》中提到二人之交谊："献二十余岁，兄事之。"[5] 谭献服膺龚橙学问，龚橙"求微言于晚周、西汉，摧陷群儒，闻者震骇"[6]。谭献倾向于今文经学，受到龚自珍、龚橙的影响。

---

[1] 《复堂日记》卷一，第 2 页。
[2] 《复堂日记》卷一，第 11 页。
[3] （清）谭献：《勉葸集序》，冯乾编校《清词序跋汇编》，第 1438 页。
[4] （清）孙雄辑：《道咸同光四朝诗史》乙集卷二，上海古籍出版社 2013 年版，第 278 页。
[5] 《谭献集》，第 249 页。
[6] 《谭献集》，第 249 页。

30. 高炳麟

高炳麟（1832—1865），一作炳麐，字昭伯，号我庵居士，浙江仁和人。诸生。著有《我庵遗稿》二卷。

咸丰元年辛亥（1851），二十岁的谭献与高炳麟定交。二人互相赠诗。《高炳麟传》云："既冠，与谭献定交，平居相厉以义，既以诗推之，又往复论文。"① 谭献与高炳麟交谊深厚，二人并称"谭高"。《复堂日记》言："即论交游，齐名忝窃：二十岁前称谭高，盖昭伯。"② 高炳麟及其父高学淳曾将谭献二十岁时的诗集《化书堂集》三卷刻印成册，《复堂谕子书》云："二十岁时，高古民先生及令子昭伯，刻《化书堂集》三卷。"③

(三) 与后学少俊的交往

1. 徐珂

徐珂（1869—1928），原名昌，初字仲玉，改字仲可，浙江杭县（今杭州市）人。光绪十五年（1889）恩科举人，官内阁中书，改同知。曾为袁世凯幕僚，戊戌变法失败后归里，后任职于商务印书馆，并加入南社。其词学论著有《清代词学概论》《清词选集评》《历代词选集评》《历代闺秀词选集评》《近词丛话》《词讲义》《词曲概论讲义》等。有《纯飞馆词》。

徐珂曾师事谭献，谭献曾评注周济《词辨》以指点徐珂学词规范，"及门徐仲可中翰，录《词辨》索予评泊，以示规范。"④ 徐珂为谭献入室弟子，有"谭门颜子"之称。徐珂深于词学，尝呈所习诗文词，谭献亲为点定。谭献曾作《点绛唇·题徐仲可〈纯飞馆题词图〉》。光绪庚子（1900）年，徐珂将散见于谭献文集、日记、《箧中词》及《谭评词辨》中的词论辑录为《复堂词话》。

2. 胡念修

胡念修（1873—1903后），字灵和，号右阶，一作幼嘉，有刻鹄斋、灵仙馆、卷秋亭、问湘楼等室名。浙江建德人，光绪间附贡生，官江苏候

---

① 《谭献集》，第243页。
② 《复堂日记》卷二，第52页。
③ 《谭献集》，第682页。
④ （清）谭献：《词辨跋》，（清）黄苏等选评《清人选评词集三种》，齐鲁书社1988年版，第190页。

补道。著有《灵芝仙馆诗钞》《灵芝仙馆词钞》《卷秋亭词钞》《问湘楼骈文初稿》，辑有《刻鹄斋丛书》等书。胡念修是清末浙江建德县重要的刻书家。

谭献对弟子胡念修的诗歌、骈文均有评价。复堂写有《灵芝仙馆诗叙》，认为胡念修《灵芝仙馆诗》与《问湘楼俪骈文》同本异末，其诗词清丽自然，其骈文清婉无俗调。作为弟子，胡念修对保存谭献的文集功不可没。"胡幼嘉来谈……又云明年谋刻《复堂文续》。以所为诗属审定，为加墨讫。"① 光绪二十七年（1901）辛丑，《复堂文续》五卷刻本收在胡念修《刻鹄斋丛书》刻本中。

3. 邵章

邵章（1872—1953），谱名孝章，字伯絅，号崇百，别号倬庵，浙江仁和人。光绪二十九年（1903）进士，官至奉天提学使。师事谭献。有《云淙琴趣》三卷。

夏敬观《忍古楼词话》云："杭县邵伯絅太史章，谭复堂先生之高足弟子也。著有《云淙琴趣》三卷，词境上追梦窗，守律极严，纯取生涩，不袭故常，可谓尽能事。"② 邵章在词作上追求涩味，受其师谭献影响。

4. 高骏烈

高骏烈，字仿青，一字舫琴，自号拜经生，安徽宿松人。清末廪贡生，肄业湖北经心书院，师从谭献，学习经史子、古文词赋、金石谱录等，以考据名于当时。后任辰州总教习，卒于讲次。著有《诸生上书》一卷、《上皖抚书》一卷、《舫琴集》十一卷、《楚游草》一卷。

谭献有《送仿青》《沄上题襟集题辞》诗提及二人交往。谭献曾评点弟子高骏烈的诗文："洁静而未尽精微，朴至而未能柔厚，为慊。"③ 可见，谭献对弟子的诗学旨趣以柔厚为宗旨。此外《复堂师友手札菁华》有高骏烈写给老师谭献的书信一通，书札中记录了作为弟子的高骏烈向夫子谭献请教有关董仲舒著作的校勘问题，高骏烈言："《董子春秋》卓乎，属辞比事之教，视何氏《公羊解诂》异同可微辨也……夫子审正错误、校定篇章，诚千秋继业也。"④ 表现出对老师校勘成就的肯定。

---

① 《复堂日记》续录，第411页。
② 夏敬观：《忍古楼词话》，唐圭璋编《词话丛编》，中华书局1986年版，第4820页。
③ 《复堂日记》续录，第375页。
④ 钱基博整理编纂：《复堂师友手札菁华》（下），人民文学出版社2015年版，第1163页。

5. 钟依三多

钟依三多（1871—1941），原姓钟木依，改汉姓张，字六桥，别署可园、鹿樵，蒙古正白旗人，生于杭州。光绪十七年（1891）举人，官杭州知府、归化副都统、库伦驻防大臣。辛亥后官国务院诠叙局局长。著有《可园文钞》《粉云庵词》等。三多曾拜师于谭献门下，曾与徐珂、赵逢年共同校刊《谭评词辨》。

《复堂师友手札菁华》收录了谭献与三多的书信十三通。三多以晚学、受业者自称，来往书信多记录三多将创作的诗词作品诸如《念奴娇·题吏隐著书图》《摸鱼儿·题仲可纯飞馆填词图》《洞仙歌·书怀》《踏莎行·阑干》《鹊桥仙·月》等向谭献请教。

谭献《可园诗钞叙》评三多诗有啴缓、旷邈之致，同时又期待其诗能做到"端重、雄杰"①。三多既向王廷鼎学词，能够青出于蓝而胜于蓝。三多又拜谭献为师，向他学词："三六桥先生曾学词于仲修"②，谭献评价三多《粉云庵词》："清婉是其本色，浅直犹初入手耳。"③

6. 易顺鼎

易顺鼎（1858—1920），字实甫、中硕，号眉伽，晚号哭庵。湖南龙阳人，易佩绅之子。光绪元年（1875）举人，官河南候补道、广西右江道、广东钦廉道。工诗词及骈文，尤以诗名，与樊增祥并称"樊易"。

易顺鼎曾以诗词请谭献审定，谭献为易顺鼎《魂南集》题诗，即《题易硕甫魂南集》，评其作品云："叔子贤嗣，世以为撞破烟楼者也。"④用苏轼《答陈季常书》之"撞破烟楼"典故，比喻子辈胜过父辈，认为易顺鼎诗歌成就超越乃父易佩绅之上。

二　谭献结社集会考

谭献参与的社集较多，现按时间顺序考索如下：

（一）益社（道光、咸丰年间）

道光、咸丰年间，周星誉与友人于浙江绍兴结益社。"益社"之名源

---

① 《谭献集》，第188页。
② 舍我：《天问庐词话》，朱崇才编纂《词话丛编续编》，人民文学出版社2010年版，第2292页。
③ 《复堂日记》续录，第364页。
④ 《复堂日记》续录，第367页。

于《论语》："益者三友，友直、友谅、友多闻。"孙雄《道咸同光四朝诗史》乙集卷二周星誉名下诗话云："道咸间，先生（周星誉）家居，举益社于浙东，如许梦西、陈珊士、王平子、孙莲士、李莼客、谭仲修暨涑人、季况两先生均隶社籍。"① 由此可知，周星誉、许槤（字梦西）、陈寿祺（字珊士）、王星诚（字平子）、孙廷璋（字莲士）、李慈铭（号莼客）、谭献（字仲修）、周星誉（字涑人）、周星诒（字季况）九人为"益社"的成员。社集一年两次，诗词兼课。

（二）鸣秋之社（1854—1855）

咸丰甲寅（1854）、乙卯（1855），时年23岁的谭献与吴怀珍、高学淳、高炳麟、高望曾、高传谨、蒋恭亮、顾镠等九人结鸣秋之社。以道义相劘切，每次集会皆有诗文结集。谭献在为高学淳所作《清故中宪大夫道衔候选府同知高先生行状》一文中提道："咸丰甲寅、乙卯间，献年二十余，同志吴怀珍辈八九人，联鸣秋之社，以道义相劘切，每集皆记以诗文。昭伯犹未病，与群从望曾字荼庵、传锦字子容者皆在。先生辄引后进，密坐燕语，若折行辈与论交者。"② 这里明确说明清代咸丰甲寅（1854）、乙卯（1855）年间，谭献与同仁结鸣秋之社，社团成员包括高学淳、吴怀珍、高炳麟（字昭伯）、高望曾、高绥曾（又名传锦，字子容）等人。咸丰四年（1854）秋，高望曾作词《丑奴儿慢·吟秋词社第四集同宾梅、涤生、子真家饮江古民叔、昭伯兄集潘廉访湖楼》："湖天梦冷，正是蟹肥时候……"③ 这首词作的标题中"涤生"即指谭献。谭献初名廷献，号涤生。而标题中有"吟秋词社第四集"字样，表明鸣秋之社曾有多次集会。

（三）湖舫文会（1867）

同治六年丁卯（1867），谭献与江浙文士共举湖舫文会，湖舫文会是以薛时雨为主，由薛时雨指导的以书院弟子为主要成员的文社。据《复堂日记》载：同治六年（1867）三月，姚季眉集江浙文士为湖舫文会。参与盟会者有薛时雨、谭献、史鼎、周炳炎、袁建荦、费玉仑、沈荣、李

---

① （清）孙雄辑：《道咸同光四朝诗史》乙集卷二，上海古籍出版社2013年版，第277页。
② 《谭献集》，第75页。
③ （清）高望曾：《荼梦庵词稿》，《清代诗文集汇编》第677册，上海古籍出版社2010年版，第676页。

宗庚、张鸣珂、钟受恬、王麟书、张预、董慎言、陆召南、沈景修、陈豪16人："湖舫文会以慰农薛师为主。盟会者溧阳史鼎梅生、山阴周炳炎榄身、黄岩袁建莘星葩、归安费玉仑旦泉、山阴沈荣少凤、嘉兴李宗庚子长、张鸣珂玉珊、钱塘钟受恬子珊、王麟书松溪、张预子虞、仁和董慎言仁甫、谭廷献仲修、陆召南子鸿、秀水沈景修蒙叔、仁和陈豪蓝洲十六人。"① 与会者多为书院肄业生徒，其中"谭廷献仲修"即谭献。书院肄业生徒因舫课而结文社，是为"湖舫文会"。据薛时雨《藤香馆诗钞》卷四诗歌《西湖饯春曲湖舫第一集》《王叔彝观察庆勋邀作湖舫第二集，余因病失约社中，遂以余不至为题，以坐无车公不乐分韵病中率赋六首呈诸同社》《湖舫第三集，秦淡如都转出其尊公小岘侍郎苏祠落成手卷属题敬赋四律》《湖舫第四集，送王苇南观察荫棠之金衢严道新任，分韵得从字》《湖舫第五集，送戴涧邻观察同年槃赴温州任四首》《湖舫第六集，以此为题分韵得月字》《湖舫第七集，余因足疾不出，淡如都转移席仰山楼迟宗湘文观察源瀚不至，淡如用少陵初秋苦热诗韵调之，即和原韵二首》《湖舫第八集，杨豫庭观察叔怿招丁价藩中翰入社，同泊照胆台赏雨分韵得来字》等诗题来看，湖舫文会至少有八次雅集及相关的文学活动。每次雅集均有以某一主题为中心的诗歌创作，而在同仁的文学创作活动中，谭献的创作较为突出。据薛时雨《嘉兴得见登科诸生多获隽者喜赋》："红旗摇漾出晴烟，帖写泥金驿路传。五色云占文字瑞，九茎芝耀榜花鲜。"② 诗下自注："谭廷献、张预皆湖舫文会第一。"可见谭献在湖舫文会中的诗文创作表现出众。

（四）戴园集会（1871—1874）

同治十年（1871）至同治十三年（1874），谭献于杭州戴园校书，据施补华《校书戴园与同事诸君子》："同是役者为黄以周元同、王诒寿眉叔、董慎言仁甫、高骏麟仲瀛、陈豪蓝洲、张预子虞、王麟书松溪及仲修、仪父等二十四人，种学绩文，并时英妙。"③ 可知，同事校书者有黄以周、王诒寿、董慎言、高骏麟、陈豪、张预、王麟书、谭献、李宗庚、

---

① 《复堂日记》卷二，第37页。
② （清）薛时雨：《嘉兴得见登科诸生多获隽者喜赋》，《藤香馆诗钞》卷四，《清代诗文集汇编》第671册，上海古籍出版社2010年版，第655页。
③ （清）施补华：《校书戴园与同事诸君子》，施补华《泽雅堂诗集》卷五，清光绪十六年雨研堂刻本。

施补华等二十四人。谭献与其文酒唱和，极一时文燕之乐。谭献及其友朋常提及戴园文酒之乐，如谭献《慕陔堂诗叙》云："当是时，大府奏开书局，群士辐辏，其人皆抗心希古，雅有志尚，而不无蜂起之论，犹记酒酣耳热，夜阑秉烛于听园小楼之上，吴兴施均父、桐乡沈谷成、仁和陈蓝洲、钱塘张子虞抵掌论文，各树一义，往往头没杯案，声振屋瓦。"① 谭献《戴园寓兴同诸子》叙曰："堂前鸳鸟，长吟乐府之诗；江上杨枝，试奏相思之曲。但通奇字，寂寞著书；未买名山，艰难种树。况乃芙蓉采撷，桂树淹留，鲁遽之瑟有声，昭文之琴不鼓。无端哀乐，已到中年；即论文章，谁堪千古？北风雨雪，出门有歧路之悲；西方美人，怀古结好音之慕。斐然有述，来者难诬矣。"② 同治十三年（1874）十一月，谭献纳赀为官，赴官安庆。离别戴园，作《戴园留别五章》遣怀。

光绪元年（1875），王诒寿作词《金缕曲·怀谭献》。词前有小序："往岁与仲修、松溪、蓝洲、子虞诸子同客戴园，极一时文燕之乐……"（《笙月词》卷四）光绪三年（1877）施补华有诗《得仲仪安庆、蓝洲武昌书，两君皆薄宦思归，并述昔年戴园文酒之乐，风流云散，一别如雨，万里之外，阅之抚然》记之。施诗曰："戴园文酒事全非，西燕东劳各自飞。塞外干戈行更远，春来邱垄梦相依。六年作吏风尘满，万里开书涕泪挥。一例杭湖好烟水，从余商买钓鱼矶。"③ 王诒寿、施补华同为戴园校书的成员，其诗词回忆昔日戴园文酒之乐，可见当年戴园集会的盛况。

（五）池上小集（1883—1884）

《池上小集》是谭献任怀宁县令时与友人的唱和之作，时间为光绪九年（1883）至光绪十年（1884）之间。《池上小集》结集有六集，分别为《池上题襟小集》《池上迎秋小集》《寿华吟馆小集》《池上送秋小集》《池上第四集》《池上第五集》。六次雅集共创作诗篇四十四首，词作一首，序跋三篇。关于《池上小集》的唱和情况，谭献友人袁昶在《寿谭仲修同年六十》中予以提及："昼披讼牒争求判，夜接词人数举杯。"诗下有注："君宰怀宁，集方存之、冯笠尉诸胜流觞咏精蓝，刻《池上小

---

① 《谭献集》，第154页。
② （清）谭献：《戴园寓兴同诸子》，《复堂类集》，《清代诗文集汇编》第721册，第101页。按：此处《谭献集》有误，据《清代诗文集汇编》第721册《复堂类集》修正。
③ （清）施补华：《泽雅堂诗二集》卷七，清光绪十六年两研斋刻本。

集》。"① 由此可知，谭献在任怀宁县令时，于政务之暇与友人诗酒唱和。光绪丙戌（1886）谭献在安庆把这些唱和之篇结集成一卷并将其付刻，题名《池上小集》，附在《合肥三家诗钞》之后，《池上小集》后被谭献收入《复堂类集》中。《池上小集》题名下列有参与雅集的诗人共十六人，依次为善化阎炜、代州冯焌、当涂唐莹、桐城方宗诚、祥符周星誉、桐城方昌翰、任邱边保枢、仁和谭献、武进管乐、丹徒邹增翰、钟祥胡志章、胡志章之子胡颖发、营山方维濬、寿州方长华、襄阳邓文凤，金匮顾森书。需要说明的是，这十六人是包含了六次集会的总人数，对于每次集会的具体人数来说，情况又有差别，如《池上题襟小集》的集会人数为八人，《寿华吟馆小集》的成员有六人。现分别对六次雅集的唱和情况作一介绍。

1.《池上题襟小集》

金武祥《粟香随笔·粟香二笔》卷八曾提及《池上题襟小集》："安庆城之东南角，负阜面城，有浙人逆旅馆焉。谭仲修大令权篆怀宁，尝集僚友于此，饮酒赋诗，有《池上题襟小集》。"② 由此可知，《池上题襟小集》为谭献在怀宁作县令时，于安庆城东南角设馆与友人的诗酒唱和之作。《池上题襟小集》雅集的时间是光绪九年癸未（1883）三月，大致在农历三月三日上巳节前后，此时谭献在安庆属邑怀宁县为官，方治理完水患，为政小有成绩，闲暇时与同人在安庆城南宾馆池上集会唱和，后由阎炜作图记之。周星誉《池上题襟小集》序文云："光绪九年，岁在癸未。田日向登，蚕月告至。谭君仲仪吏事既修，寓欢林淑。城之东隅，樾馆斯在。演畅稽阴，写其土思，乡人所侨置者也。君乃牵拂，相招宾主八人，饮酒其间。俯临大江，东流浩淼，春为之远，赋诗饯之。九年三月，妙合偶然。阎君海晴图写其事，而誉为之叙曰：'永和一觞，酒痕千古。卓尔仙才，飘然胜集。前尘往矣，邈不可追，妙墨初写，翌日不再，固已。'"③ 由此序言可知，周星誉以《池上题襟小集》比附王羲之《兰亭集》，表明此次雅集群贤毕至。《池上题襟小集》宾主共八人。据《复堂日记》载："春晚为池上题襟之集，代州冯笠尉、桐城方柏堂、祥符周涑

---

① （清）袁昶：《安般簃集》诗续辛，《清代诗文集汇编》第761册，第372页。
② （清）金武祥：《粟香随笔》之《粟香二笔》卷八，清光绪刻本。
③ （清）谭献辑：《池上小集》，光绪丙戌刻本。

人、桐城方涤俦、任邱边卓存。以疾不至者，善化阎海晴、当涂唐子愉。绿阴如语，白水可盟。城堞参差，廊阶旷奥，雨余风日，春服既成。酒半笑言，古人如接。亦一时风尘中清集。"① 池上题襟雅集的主持者为谭献，宾客是冯焌、方宗诚、周星誉、方昌翰、边保枢、阎炜、唐莹。此次雅集以《池上题襟小集》为题而作有唱和诗篇，共创作十一首诗、两篇序跋。

2.《池上迎秋小集》

《池上迎秋小集》是《池上题襟小集》的续集。《复堂日记》载，光绪九年癸未（1883）："池上题襟馆招管才叔、胡稚枫、邹墨宾、方宗屏、边卓存、周涑人、方隽叔为迎秋之集。瓜果筵开在万绿阴中、乱蝉声里，投间谈艺，说有观空。客散庭间，梧月散乱。今夕盖人间七夕也。"② 此次雅集的时间在光绪九年（1883）七夕，地点为池上题襟馆，参与雅集的诗人有谭献、管乐、胡志章、邹增翰、方昌翰、边保枢、周星誉、方维瀞共八人。是年的七月六日为立秋，即立秋日为雅集前一日，故雅集名为"迎秋"。此次雅集的特点是"和前韵"。所谓"和前韵"，即以所和前诗的韵字来押韵，也称为"步韵"或"次韵"。

3.《寿华吟馆小集》

胡志章《寿华吟馆小集》序文曰："时维九月，节届重阳。晶宇澄鲜，喜游氛之净扫；绪风凄厉，感急景之将临。思取畅于灵襟，亦藉摅夫羁抱。爰驰芜启，奉约苕岑。半郭半村，矮屋新葺；为农为圃，比邻而居。远山一眉，时窥垣墙之外；浅水四面，宛在蒹葭之中。可称林泽之游，不减濠梁之兴。清思雪浣豪，无待于题糕；野性风疏狂，何嫌夫落帽。又况邑有神君，户兆维鱼之梦；坐皆妙士，门无题凤之人。寻池上之前欢，添客中之韵事。伏波横海，我辈徒为袖手之观；时过境迁，他年请认泥爪之印。志章谨启。"③ 由此可知，《寿华吟馆小集》的主持者是胡志章，"寻池上之前欢，添客中之韵事"点明雅集的地点不在池上，而在胡志章的居所寿华吟馆，故名《寿华吟馆小集》。序文中用唐代诗人刘禹锡"题糕"之重阳题诗及东晋孟嘉"落帽"之重阳登高的典故，表明雅集的时间为重阳节前后。又据《复堂诗》卷八载，谭献有《重九后一日胡稚枫寿华吟馆分韵得佳字》一诗，可知此次雅集的具体时间是光绪九年

---

① 《复堂日记》卷六，第 132 页。
② 《复堂日记》卷六，第 133 页。
③ （清）胡志章：《寿华吟馆小集》，（清）谭献辑《池上小集》，光绪丙戌刻本。

（1883）九月十日。参与《寿华吟馆小集》的成员共六人，分别为胡志章、周星礜、方昌翰、谭献、胡颖发、方长华。雅集的诗歌以"分韵"的方式呈现。"分韵"，又称"赋韵"，取分配、赋予之意。指作诗时先规定若干字为韵，各人分拈韵字，依韵作诗，多用于宴乐聚会。从《寿华吟馆小集》所作诗篇来看，此次雅集截取陶渊明《〈饮酒〉其四》中的"秋菊有佳色"五字，有"秋有佳色"分韵诗四首，周星礜拈得"秋"字作七言律诗一首、方昌翰拈得"有"字作五言古诗一首、谭献拈得"佳"字作五言古诗一首、胡志章拈得"色"字作五言古诗一首。按照分韵诗的创作规则，雅集中应有分韵诗得"菊"字之作，但"寿华吟馆小集"未有相关诗篇录入，故作诗者为何人不得而知。此外，《寿华吟馆小集》于四首分韵诗后附胡颖发、方长华七言诗各一首，共计六首。

4.《池上送秋小集》

《池上送秋小集》雅集的时间约在光绪九年癸未（1883）之深秋，地点在池上，故又名为"池上第三集"。唐莹《送管才叔》诗有"题襟池上续春游"句，可知此次雅集有续《池上题襟小集》之意。雅集成员有唐莹、周星礜、方昌翰、谭献四人，此次雅集的缘起是为雅集的成员之一管乐送行，故以《送管才叔》为题，结集有同名诗篇五首，分别为唐莹七律二首、周星礜七律一首、方昌翰七律一首、谭献七绝一首。

5.《池上第四集》

顾森书《池上第四集·题方涤侪洧水归舟图》有诗云："十月林泉菊尚黄，晚节傲霜讵云偶。"于此可知，《池上第四集》的时间约在光绪九年癸未（1883）十月。唐莹《池上第四集》诗中有"复翁选客涤翁主"句，可知"池上第四集"由方昌翰组织召集，谭献辅其拟定雅集诗人。参与此次雅集的诗人有方昌翰、顾森书、邓文凤、谭献、邹增翰、胡志章、唐莹共七人。需要说明的是，唐莹因病未能赴往，但也作同题诗一首，故将其计入雅集成员之中。《池上第四集》以"题方涤侪洧水归舟图"为题，有七首同题之作，分别为顾森书七言古体诗一首、邓文凤七律一首、谭献杂言诗一首、邹增翰七古一首、胡志章七古一首、方昌翰七古一首。又附唐莹七言诗一首。

6.《池上第五集》

《池上第五集》的时间据顾森书《池上第五集》："雪晴日杲杲，茂宰开精神"诗句，可推知大致为光绪九年（1883）之冬。又据方昌翰《上元前一日雪霁，邹墨宾太守、谭仲修大令招为池上第五集，即送边卓存太守于役巢湖》① 诗题，可知《池上第五集》的具体时间是在光绪十年甲申（1884）上元前一日，即正月十四日。又此次雅集中所描写的景物，如方昌翰"寻春池上花鸟狎，近人乳燕声呢喃"及顾森书"雪晴日杲杲"，其时令正是冬末春初，与《池上第五集》的雅集时间正月相吻合。《池上第五集》的缘起据胡志章《池上第五集》诗序所言："送边太守筦榷居巢"及方昌翰《上元前一日雪霁，邹墨宾太守、谭仲修大令招为池上第五集，即送边卓存太守于役巢湖》诗题，可知此次雅集是为边保枢之官巢湖送行而作。与前面的五次雅集相比，此次雅集的规模相对较小。参与"池上第五集"的诗人共四人，分别为顾森书、方昌翰、谭献、胡志章，共有诗歌五首。依次为顾森书五言古体诗一首、方昌翰七言古体诗一首、谭献四言一首、胡志章七言二首。

（六）教弩台之集（1884—1885）

教弩台，亦名点将台。史载，三国时期，曹操四次到达合肥，临阵指挥，筑此高台教练强弩兵将，以御东吴水军，故名教弩台。教弩台之集为谭献在安徽合肥任地方官时参与的文学雅集。教弩台之集前后有两次，第一次是光绪十年甲申（1884）冬至日的《教弩台消寒第一集》。谭献《教弩台消寒第一集》诗云："浮云无尽此登台，至日相召共举杯。"② 表明雅集时间为冬至日。王尚辰有诗题《甲申冬至后一日，复堂迩台邀诸同人登教弩台，作消寒会赋此》③。谭献作有《消寒杂咏九首》④，由此诗内容可推知参与教弩台消寒第一集的成员有谭献、王尚辰、黄冰臣、罗锡畴、毛鸿、陈义、方子听、梅徵君、李屯尉。第二次是光绪十一年乙酉（1885）重阳节教弩台之集。据《复堂日记》卷六载，光绪十一年乙酉（1885）重九，"风日如春，人意安善。祓除愁病，啸侣登高，乃有教弩台之集。明教寺僧设伊蒲供客。高台舒啸，九日壶觞，醉把茱萸，遥续龙山故事"⑤。谭献作《九日教弩台登高》诗，王尚辰有诗《重九仲修大令招集教弩台》记之，有句云："胜会频年恨不多，招提有约亟相过。门回

---

① （清）方昌翰：《虚白室文钞》卷九，光绪十三年刻本。
② 《谭献集》，第535页。
③ 钱基博编纂：《复堂师友手札菁华》（上），第61页。
④ 《谭献集》，第545页。
⑤ 《复堂日记》卷六，第146页。

落日双峰影,缨濯寒泉一掬波。荷锸世难容我醉,鸣琴谁解听君歌。浮生已醒春婆梦,愿向蒲团面达摩。"① 王德名亦有诗《和仲修师重九登教弩台秋感韵》《复堂师以重阳登教弩台五古见示,敬步原韵》(《澹雅居小草》)。

(七) 遗园吟秋社 (1884—1885)

光绪十年甲申 (1884) 秋,谭献诸人于合肥结遗园吟秋社。王德名作诗《甲申秋杪,伯受偕邑侯谭仲修先生结遗园吟秋社,同人均有和章,敬步原韵》②。王德荣诗《阴斜隐夕阳红》序云:"溯甲申、乙酉年,邑侯谭仲修结吟秋社。郡守黄冰臣联消寒会。"③ 由此序言,可知遗园吟秋社的结社时间为光绪十年甲申 (1884)、光绪十一年乙酉 (1885)。成员有谭献、王尚辰 (号遗园)、王德名 (王尚辰次子,字修甫)、王德荣 (王尚辰幼子,字芗甫) 等人。

(八) 香华墩清集 (1885)

香华墩清集为谭献在合肥任地方官时参与的文学集会。《复堂日记》光绪十一年乙酉 (1885) 载:"长夏赴长沙陆兰生、无为吴骍仙、合肥王缉甫、王衡甫、梁缉轩香花墩观荷清集,以予与谦斋为客。云容下幕,日气如烰。藕花红白,香远益清。翠盖擎凉,碧蒲筛影。青山一角,危亭接空,帆度城阴,望与之远。文字之饮,餐胜聆善。诸子有诗中画、画中诗,不负此出郭寻幽也。"④ 由此可知,参与香华墩清集的成员有陆兰生、吴骍仙、王缉甫、王衡甫、梁缉轩、谭献、王尚辰七人。谭献还作诗《香华墩清集同谦斋作示同游诸子善化陆兰生、无为吴骍仙、合肥王辑甫、衡甫、梁辑轩》以记此次集会。

(九) 豁庐小集 (1891)

光绪十七年 (1891) 秋八月,高云麟邀请谭献、俞廷瑛、杨葆光、王廷鼎、杨文莹、钟依三多等人于高氏别业——豁庐举行文学雅集。《复

---

① (清) 谭献辑:《合肥三家诗钞》,光绪丙戌刻本。
② 王德名:《澹雅居小草》,王世溥辑《合肥王氏家集》,清光绪二十三年木活字本。转引自任相梅《谭献年谱》,硕士学位论文,南京大学,2007年。
③ 王德荣:《枚苏遗草》,王世溥辑《合肥王氏家集》,清光绪二十三年木活字本。转引自任相梅《谭献年谱》,硕士学位论文,南京大学,2007年。
④ 《复堂日记》卷六,第143页。

堂日记》卷八载：光绪十七年辛卯（1891），"泛高氏秋水杭，赴白叔豁庐之约。雨中拨棹，山容如沐。远想元章，近思石谷。座客张雨生刺史丹青名家，置身烟峦云水中，当以自然为师。舟入花港，舣豁庐。花竹隐秀，亭榭不华。哦诗絮酒，谈谐尽欢。坐无杂宾，难得此雨湖清集。"①谭献有诗歌《白叔招集豁庐同俞廷瑛小甫、杨葆光古韫、王廷鼎梦薇、杨文莹雪渔、钟依三多六桥作》《豁庐小集》及文章《豁庐记》记录这次雅集。三多写给谭献的一札书信题为《二十八日谭仲修、高白叔两先生招同杨丈雪渔、俞丈小甫、杨丈古韫暨王梦薇师集豁庐，看牡丹即席赋谢》，可见雅集内容包括赏牡丹花、诗词创作等。三多的这封书信详细介绍了与会成员的创作情形："豁庐主人……邀领春光牡丹，芳劈锦笺，争招少长，鲰生欣忝列，游扬竹间水际，开雅会吟裾拂拂沾天香，一花一种具一色，不数魏紫兼姚黄。绿者，花翻绿蝴蝶；红者，蕊绽红玉房；黑有昆仑白晶毯，花花叶叶皆相当。一翁忽抚花枝笑，《清平调》拟追楚狂（谓小甫丈）；一翁花里忽起舞，艳歌欲续白侍郎（谓古韫丈）；一翁临花探彩笔，欲寄朝云书几行（谓雪渔丈）；一翁对花调胭脂，想为花传《八宝妆》（谓梦薇师）。可怜四绝萃花下，更看酬唱长吟长，愧我苦呻不成句，徒劳搜索穷枯肠……"② 由此可知，此次雅集，俞廷瑛作《清平调》诗、杨葆光、杨文莹各作诗一首、王廷鼎作《八宝妆》词一首，三多因未有相关作品而深表遗憾。

（十）寒碧词社（1899）

　　光绪二十五年（1899），刘炳照、谭献、郑文焯、左运奎、金武祥、许巨楫、金石等人结寒碧词社于苏州。因谭献以老疾辞，刘炳照被推为社长。刘炳照写给谭献的书信写道："岁晚境迫，社作寥寥……预约来年仲春以后，每月三期，以一年计之，即可会选成帙，渠别号石翁……拟合刻近来唱和及社作为一编，名曰'石言'，蒙允赐叙。"③ 由此可知，词社成员飞笺唱酬，每月活动三期，社课以邮筒往来，拟题征诗。刘炳照曾将寒碧词社的唱和之作汇集为一编，请求谭献作序。刘炳照将自己在寒碧词社第一集己亥长至节《念奴娇》词、寒碧词社第二集《疏影》词、

---

① 《复堂日记》卷八，第 200 页。
② 钱基博编纂：《复堂师友手札菁华》（下），第 1126 页。
③ 钱基博编纂：《复堂师友手札菁华》（下），第 941 页。

词社第九集《百字令》词、词社第十集《辘轳金井》等词作呈请谭献教正。

通过考索谭献的文学结社及集会情况，可知谭献在人生的各个不同时期均有结社集会。早年在家乡参与益社、鸣秋社；在浙江书局任职期间，参与湖舫文会、戴园集会；在安徽任地方官时，参与的集会尤多，先后有池上小集、教弩台之集、遗园吟秋社、香华墩清集等雅集，晚年参与了豁庐小集、寒碧词社。如果说谭献早年、中年的文学结社有切磋技艺，提高自我诗词创作水平的初衷的话，那么谭献晚年参与文学集会则因其文坛威望，具有指导同人创作的意味。纵观谭献人生不同时期的文学结社，可以看到，谭献的文学结社对于激发文人创作热情、抒发晚清士人性情怀抱、反映晚清文学生态、推动地域文学的发展等方面具有重要影响。

第三节　谭献著述及其刊刻情况

谭献著述丰赡，先后编定成《化书堂初集》《复堂类集》《箧中词》等行世。他不仅有诗、词、文等各类文学作品的创作，而且有词学、诗学、骈文批评理论、书法评点、戏曲评点等各种著述，这些文字也被后人收集整理，校勘刻印，行之于世。谭献的著作因刊刻年份不同，出现了不同的版本。本书据吴熊和等人所编《清词别集知见目录汇编——见存书目》，李灵年、杨忠编纂的《清人别集总目》，柯愈春《清人诗文集总目提要》对谭献的著作版本及刊刻情况梳理如下。

一　词与词学文献

谭献既创作有《蘼芜词》《复堂词》等词集，又有词话、词选、词学书札、词籍序跋等词学文献，下面笔者逐一梳理其版本及刊刻情况。

（一）谭献词的版本情况

谭献《复堂词》先后多次刊行，卷数、首数各本不同。据吴熊和、严迪昌、林玫仪合编《清词别集知见目录汇编——见存书目》可知，谭献词有《复堂词》一卷本、《复堂词》二卷本、《复堂词》三卷本及《复堂词续》《蘼芜词》五种。现将各种版本的情况梳理如下：

《复堂词》一卷本的版本有以下几种：其一，《复堂词》一卷，稿本，现存浙江省余杭图书馆、浙江省临海县博物馆。其二,《复堂词》一卷,咸丰九年(1859)刻本。其三,《复堂词》一卷,光绪八年(1882)刻《箧中词》本,现存杭州大学图书馆及施蛰存藏书处。其四,《复堂词》一卷,光绪刊复堂诗集本,现存南京图书馆。其五,《复堂词》一卷,清刻本,现存北京师范大学图书馆。其六,《复堂词》一卷,民国八年刊本,现存复旦大学图书馆。其七,《复堂词》一卷,陈乃乾《清名家词》本。其中较为通行的本子有两种,一是光绪八年(1882)刻《箧中词》本[1]。《箧中词》今集卷六收谭献词92首。《箧中词》一卷本(92首)与《复堂类集》己卯本(103首)相比,除去相同的篇目(92首),少了《复堂类集·复堂词》卷一《双双燕》(渐花事了)、《长亭怨》(看春老),卷二《玉楼春》(青山日日流莺语)、《丁香结》(妆镜人非)、《贺新郎》(野水方清浅)、《百字令》(云英为水)、《小重山》(陌上依然草色薰)、《瑞鹤仙影》(越阡度陌)、《摸鱼儿》(唱潇潇)、《壶中天慢》(眉痕吐月)、《无闷》(云幕银屏)、《满江红》(天上人间)12首词作。多了《少年游》(高楼烟锁)一首,共相差11首。二是陈乃乾编《清名家词》本,由上海开明书店1937年出版。该书不分卷,录谭献词104首。词作篇目与《谭献集》所收卷一、二词相同。

《复堂词》二卷本的版本有以下几种:其一,《复堂词》二卷,咸丰七年刻三子诗选本,现存上海师范大学图书馆。其二,《复堂词》二卷,同治四年刊复堂诗集本,现存上海师范大学图书馆。其三,《复堂词》二卷,光绪五年己卯(1879)《复堂类集》本。其四,《复堂词》二卷,民国四年刊复堂类集本,现存南京大学图书馆。《复堂词》二卷本的通行本为光绪五年己卯(1879)《复堂类集》本,共收词103首。

《复堂词》三卷本的版本有以下几种:其一,《复堂词》三卷,同治四年刊本,今存上海图书馆。其二,《复堂词》三卷,光绪十一年乙酉(1885)仁和谭氏刊《半厂丛书》初编《复堂类集》本。其三,《复堂词》三卷,光绪十三年(1887)仁和谭氏刊《半厂丛书》初编《复堂类集》本。其四,《复堂词》三卷,谭献著,黄曙辉点校,2010年华东师范大学出版社出版,收入《清代名家词选刊》中,该本为《复堂词》单行

---

[1] 顾廷龙主编,《续修四库全书》编纂委员会编:《续修四库全书》第1732册集部词类,上海古籍出版社2002年版,第699—709页。

本，使用较为广泛。《复堂词》三卷本的通行本为《复堂类集》乙酉（1885）《半厂丛书》本，该本在《复堂词》二卷本光绪五年己卯（1879）《复堂类集》本的基础上，增加《浪淘沙》（芳意久阑珊）等32阕，另附友朋唱和词《百字令》5首。此本录复堂词共135首。

《复堂词续》及《蘼芜词》的版本情况如下。

《复堂词续》一卷，计十三阕，刊于《文澜学报》第三卷第二期，于民国二十六年由浙江图书馆编印出版（此本为铅印本），杭州古籍书店1987年影印出版。《蘼芜词》一卷，谭献撰，咸丰七年刊《化书堂初集》本，现存南京图书馆。共44阕。高学淳为《蘼芜词》作序，署"咸丰甲寅（1854）闰秋古民高学淳序"。《蘼芜词》有25首词作与《谭献集·复堂词》重复，但《蘼芜词》部分字句在《复堂词》中有所修改，有19首词为《复堂词》所无。

1.《蘼芜词》与《复堂词》的关系

关于《蘼芜词》与《复堂词》的关系，学界有两种说法。一种观点认为《蘼芜词》即《复堂词》的别名。如叶恭绰《全清词钞》言："谭献有《复堂词》三卷，一名《蘼芜词》。"[①] 陈铭《谭献评传》也持此说。另一种观点认为《蘼芜词》是《复堂词》的一部分，两者不能画等号。朱德慈《常州词派通论》言："《蘼芜词》是谭献最早词集名，仅一卷，附刻于其咸丰七年所刻《化书堂初集》。计44阕，后续有所作，才结成三卷，名之《复堂词》，有光绪八年始刻《半厂丛书》本。故《蘼芜词》只是《复堂词》的一部分，不能说《复堂词》一名《蘼芜词》。"[②] 朱德慈的观点修正了《蘼芜词》不能等同于《复堂词》的错误观点，但他认为《蘼芜词》为《复堂词》一部分的观点，仍有待商榷。笔者通过细致比对《蘼芜词》与《复堂词》后发现，《蘼芜词》共一卷，录词作44首，这44首词作中，有25首词与《谭献集·复堂词》重复，有19首词为《复堂词》所无。故笔者认为《蘼芜词》为谭献早年作品，《复堂词》后出，两者部分词作有所交叉，但《蘼芜词》有19首词为《谭献集·复堂词》所无，因而不能认为《蘼芜词》是《复堂词》的一部分，两部词作的写作时间不同，是谭献不同时期的两部词作。

---

① 叶恭绰：《全清词钞》第二十六卷，中华书局1982年版，第1338页。
② 朱德慈：《常州词派通论》，中华书局2006年版，第149页。

2.《蘉芜词》的特点

《蘉芜词》具有以下三个特点。

首先,《蘉芜词》为谭献早年的词作,《复堂词》后出,《蘉芜词》的个别字词在《复堂词》中有改动的痕迹,后者明显对前者进行了加工润色。《蘉芜词》与《复堂词》相同篇名细微改动对照表罗列如表 1-1 所示。

表 1-1 《蘉芜词》与《复堂词》相同篇名细微改动对照表

篇名	《蘉芜词》本	《复堂词》本
《菩萨蛮》(朱弦解语谁堪诉)	朱弦解语谁堪诉,银筝掩抑新声苦	朱弦掩抑声如诉,钿蝉金雁飞无数
《苏幕遮》(绿窗前)	小拨琵琶,月荡凉烟碎	小拨檀槽,月荡凉烟碎
《摸鱼儿》(悄无人)	红桥双屐芹泥滑,寂寞踏青伴侣	红桥双屐芹泥滑,寂寞踏青游侣
《摸鱼儿》(悄无人)	天涯远,不断行云吹去	天涯远,不断行云去去
《鹧鸪天》(城阙烟开玉树斜)	井华曾照翩翩袖,巷陌疑闻隐隐车	井华曾照翩翩袖,巷口疑闻隐隐车
《清平乐》(东风吹遍)	楼前塞雁飞还,楼边多少江山	楼前塞雁飞还,愁边多少江山
《湘春夜月》(忒迷离)	红楼缥缈,无寐吹箫	朱楼缥缈,无寐吹箫

通过对比,可以看出《复堂词》对《蘉芜词》进行了修改。修改的具体表现主要有二,一是语言更为典雅。如《苏幕遮》(绿窗前)这首词作,由"小拨琵琶,月荡凉烟碎"改为"小拨檀槽,月荡凉烟碎"。"琵琶"用语直白,"檀槽"是指用檀木制成的用以乐器架弦的槽格,以"檀槽"借代琵琶,用语雅驯。又如将《菩萨蛮》"朱弦解语谁堪诉,银筝掩抑新声苦"改为"朱弦掩抑声如诉,钿蝉金雁飞无数",语言更为典雅。二是更符合词的平仄格律规范。现以《摸鱼儿》(悄无人)为例,比照《蘉芜词》本与《复堂词》本的平仄用韵情况:

《摸鱼儿》(《蘉芜词》本)

悄无人、绣帘垂地,轻寒恻恻如许。东风送暖衣才卸,还又绕楼疏雨。春好处,怕落了梅花。便算青春暮。红儿笑语。道薜荔墙根,秋千索下,芳草绿无数。　　天涯远,不断行云吹(《复堂词》本作:去)去。征鸿归计休误。红桥双屐芹泥滑,寂寞踏青伴(《复堂词》本作：游）侣。从间阻。任折柳听莺，年少判虚度。怀人正苦，更卷起重帘，芜烟漠漠，斜日暗南浦。①

按照《摸鱼儿》的词谱格式：下阕首句的平仄格式为："平平仄，仄仄平平仄仄。"② 据此说来，谭献《摸鱼儿》（悄无人）的下阕，在《蘼芜词》本中作"天涯远，不断行云吹去"。《复堂词》本为"天涯远，不断行云去去"，两相对照，《复堂词》本更符合平仄格律。同样，《摸鱼儿》下阕第五句的词谱格式应为：平仄仄平平仄。《蘼芜词》本"寂寞踏青伴侣"显然不及《复堂词》本的"寂寞踏青游侣"更符合平仄要求。

其次，《蘼芜词》的部分词作与《谭献集·复堂词》相比，在词牌下有标题或小序，详细交代创作缘起，词的内容指向更为明确。现将《蘼芜词》与《复堂词》相同篇目的标题小序对照情况，如表1-2所示。

表1-2 《蘼芜词》与《复堂词》相同篇目之标题、小序对照表

篇目	《蘼芜词》本	《复堂词》本
《丑奴儿慢》（晴云做暖）	序：十一月十八日暖然如春，偕寄梦生，步湖上，自六桥至南屏，落叶上衣，寒芦点鬓，遥望枫林深处，犹有残红。岁序惊心。行歌互答。凄然有身世之感也	无序言
《青衫湿》（春寒未有晴时候）	标题：愁雨	无标题
《南浦》（杯行渐尽）	标题：送别	无标题
《洞仙歌》（阑干溅碧）	标题：积雨空斋作	标题：积雨
《角招》（近来瘦）	序：次日复与槐榭生蒋氏昆季泛湖遇雨，和白石自制黄钟清角调一曲，亦甲寅年作也	标题：荷花 无序言
《摸鱼儿》（悄无人）	标题：春雨	无标题

通过表1-2可清晰看到，《蘼芜词》本的谭献词之序言和标题较为详细，有助于了解词作的创作背景。

最后，《蘼芜词》有部分词为谭献词他本所无，可补谭献词之遗，具有文献价值。南京图书馆所藏《蘼芜词》共44首，除去与《谭献集·复堂词》重复的25首外，《蘼芜词》还有19首词为罗仲鼎《谭献集·复堂

---

① （清）谭献：《蘼芜词》，咸丰七年刻本。
② （清）舒梦兰编撰，王新霞、杨海健注解：《白香词谱》，人民文学出版社2011年版，第410页。

词》所未收。需要说明的是，南京图书馆所藏《复堂词》一卷本（咸丰九年刻本），除了 25 首词与《蘼芜词》《谭献集》相同外，还有 4 首词与《蘼芜词》相同，分别为《壶中天慢》（庭轩如故）、《水龙吟·春思用少游韵》《昭君怨》（烟雨江楼春尽）、《临江仙·拟湘真阁》。据笔者寓目所见，《蘼芜词》至少有 15 首为《复堂词》所未收。这说明《蘼芜词》并不是《复堂词》的别名，而是谭献早年的词作，这 15 首词对于了解谭献早年词的创作情况，具有重要意义，同时也可补谭献词之遗，具有文献价值。现特将这 15 首词简要罗列如下，《生查子》（牵衣话别时）[①]、《醉太平》（金杯酒斝）、《高阳台》（玉树花残）、《虞美人》（枯荷不卷池塘雨）、《甘州》（厌潇潇满耳碎愁心）、《忆秦娥》（风凄凄）、《齐天乐》（明湖荡漾阑干影）、《江城子》（萧萧落木尽江头）、《一萼红》（最零星）、《醉花阴》（江上归来逢立夏）、《高阳台》（桨落潮平）、《鹊桥仙》（轻云不动）、《湘月》（林间叶脱）、《徵招》（渔郎已去无消息）、《八六子》（绕离亭）。详见附录三之谭献诗词文补遗。

由以上不同版本的复堂词，可知复堂词的总数。罗仲鼎点校的《谭献集》将三卷本《复堂词》即复堂类集乙酉《半厂丛书》本（135 首）与浙江图书馆馆刊录补《复堂词续》一卷本（录词 13 首）合刊，又补《箧中词》刻本所独有《少年游》一首，故罗仲鼎《谭献集》录复堂词共计 149 首。据此可知，谭献词作的数量，包括罗仲鼎收复堂词 149 首及《蘼芜词》罗氏未收的 19 首，共计 168 首。

（二）谭献的词学文献

谭献的词学文献包括词话、词选、词学书札、词籍评点、词籍序跋等类。

1. 《复堂词话》

光绪二十六年庚子（1900），徐珂将散见于谭献文集、日记、《箧中词》及《谭评词辨》中之词论，汇辑成《复堂词话》一卷，计一百三十一则。前四则为《复堂词录序》《箧中词序》《词辨跋》《复堂词自序》。第五则至二十九则，录自《谭评词辨》。第三十则至七十七则，录自《复堂日记》。第七十八则至卷末录自《箧中词》。《复堂词话》的版本有三：一是徐珂所纂的《心园丛刊》本，于 1925 年梓行于世。二是人民文学出

[①] （清）谭献：《蘼芜词》，咸丰七年刻本。

版社1959年出版的《中国古典文学理论批评专著选辑》校点本,由顾学颉校点。顾氏将《复堂词话》《介存斋论词杂著》《蒿庵论词》合为一册。三是《词话丛编》本。唐圭璋于1986年据《心园丛刊》本辑入《词话丛编》。需要说明的是,徐珂所辑《复堂词话》并不完备①,武汉大学谭新红重新辑录补正,名之曰《重辑复堂词话》②,共五卷。其中卷一辑录自《复堂日记》,卷二录自《谭评词辨》,卷三、卷四录自《箧中词》,卷五收录谭献词籍序跋22篇,书札1通。葛渭君将其收入《词话丛编补编》第二册中。

2. 词选

(1)《箧中词》

《箧中词》是谭献编选的清代词选本。分今集六卷,续集四卷。今集六卷,录清初顺康以迄同光之作,选录吴伟业至编者同代词人庄棫共209人,词作590余首,附己作《复堂词》1卷,计92首。续集四卷仿补人补词之例,选录自边浴礼至许增共190余位作家(重出十余人),词作370余首。《箧中词》甄选词家近四百人,收词千余首,评点六百余则。谭献论词宗尚张惠言、周济为代表的常州词派,推尊词体,强调作品要有寄托。所录词大都附简要评语或系总评于作家。行世后影响深远,被当代词家推崇备至。有光绪八年(1882)刻《半厂丛书》本。为醒目和通俗起见,2007年罗仲鼎将《箧中词》改名为《清词一千首》。《清词一千首》对光绪八年刻本《箧中词》的改动有二,一是重新调整了目录编排次序,把分拆于各卷的同一作家的作品予以合并。二是为凑足一千首,把《箧中词》中单独成卷的今集6卷《复堂词》92首全部删去,而据叶恭绰《全清词钞》另附谭献词作17首作为附录。这样,《清词一千首》的优点是方便阅读,但不足是无法看到谭献对哪些词人词作有所补充。而光绪八年(1882)刻《半厂丛书》本《箧中词》,体现了谭献编纂《箧中词》原貌及《箧中词》续集补人补词情况,更能看出谭献编《箧中词》的本意。

《箧中词》仿唐代元结《箧中集》之意,限于箧中所有。关于"箧

---

① 徐珂《复堂词话》所辑录的《复堂日记》的底本为八卷本《复堂日记》,而对于被八卷本删汰掉的原稿和光绪十三年后所记《日记》中的词话并未收入。

② 谭新红辑:《重辑复堂词话》,葛渭君编《词话丛编补编》,中华书局2013年版,第1157—1319页。

中"一名的解释，有两种说法，一见于光绪四年（1878）谭献《箧中词》自序："至于填词，仆少学焉。得本辄寻其所师，好其所未言，二十余年而后写定，就所睹记题曰'箧中'。"① 一见于光绪八年（1882）冯煦《箧中词序》。其言曰："仲修有《箧中词》今集之选，始自国初，迄于并世作者，而以所为《复堂词》一卷附焉。刻于江宁，属为校字……第就箧中所存，甄采百一，布之四方，以为喤引。"② 两种说法，一说为将箧中所有内容结集成卷，一说为从箧中挑选部分内容而撰成："谭序之意，似谓箧中所贮二十年来抄录所得，写定成编，故命曰《箧中词》。冯序之意，则以为但就箧中所存书选录成编，故曰《箧中词》。二说未知孰是？"③ 从选源来看，《箧中词》的选源很丰富，而且明确表明"其题词名者从别集，仅题名者从诸家选本"④。换言之，为区别选源，凡从别集选录者兼题词人词集（如题"王士禛贻上《衍波词》"），计70家。凡从诸家选本征选者则仅题词人姓名，计142家。谭献的好友张鸣珂在写给谭献的书信中，对《箧中词》给予很高的评价："词选精美之极，草窗《绝妙好词》之后，可以雄踞一席矣。"⑤ 周密的《绝妙好词》为南宋雅词词选，张鸣珂认为《箧中词》继美周密《绝妙好词》，选词以雅为正，为清代词选的经典之作。叶衍兰在写给谭献的书信中也称赞《箧中词》云："《箧中》之选，格律精严，□诵回环……敢以巴人俚曲尘溷骚坛？"⑥ 叶衍兰也表明了《箧中词》选词以雅正为标准。

（2）《复堂词录》

《复堂词录》共十一卷，是谭献编纂的通代词选。具体编纂过程中，谭献与冯煦共同商榷，选定唐五代、宋金元、明代词家三百四十二人，共录词一千零五十三首。⑦ 卷一为唐五代词，卷二至卷八为宋词，卷九收金元人词作，卷十录明代词作，卷十一为词论。《复堂词录序》言："先是

---

① 《清词一千首 箧中词》，第1页。
② 《清词一千首 箧中词》，第1页。
③ 施蛰存著，林玫仪编：《北山楼词话》，第170页。
④ （清）冯煦：《箧中词序》，《清词一千首 箧中词》，第1页。
⑤ 钱基博编纂：《复堂师友手札菁华》（中），第810页。
⑥ 钱基博编纂：《复堂师友手札菁华》（下），第1065页。
⑦ 谭献《复堂词录序》云收录一千四十七首词作，不包括后来增添姜夔三首，辛弃疾二首，后蜀后主附苏轼《玉楼春》一首，若加上这增添的六首，《复堂词录》共收录词作一千零五十三首。

写本朝人词五卷，以相证明。复就二十二岁以来，审定由唐至明之词，始多所弃，中多所取，终则旋取旋弃，旋弃旋取，乃写定此千篇，为《复堂词录》前集一卷，正集七卷，后集二卷。"① 可见，谭献二十二岁时即着手《复堂词录》的编纂，此书从搜辑、整理、补充、删汰到最后完稿，历时三十年，于光绪八年（1882）编定。这年谭献五十岁，是其词学理论的成熟期和词学创作的高峰期。《复堂词录》在作者生前及身后均未能刊行，仅有抄本留世，但亦残缺不全，分存于国家图书馆和浙江图书馆。2016年罗仲鼎整理的《复堂词录》由浙江古籍出版社出版，这为谭献的研究者提供了极大的便利。

《复堂词录》有四点值得注意：第一，选录标准较为公允，主要以词作艺术性为选录准则，入选作品多数为艺术上较完美，历来广为传诵的名篇。第二，容量适中。全书选词一千零五十三首，既包括历代公认的名家名篇，又适当容纳某些个性突出的作家作品，便于人们了解历代词坛的概貌。第三，能够兼容并包词学史上不同风格不同流派的词人词作，对各家入选作品保持适当的比例。第四，谭献对南宋遗民词人及明末忠烈之士的词作似乎有所偏爱，这些作品大多感情浓烈、风格沉郁，表现了谭献对忠臣义士的敬仰之情。《复堂词录》与《箧中词》相比有两点不同。其一，《复堂词录》为唐代至明代的通代词选，《箧中词》系有清一代的断代词选。其二，《复堂词录》中大量引用前人词评，正如谭献自序所言："其大意则折衷古今名人之论，而非敢逞一人之私言。"② 这样做的好处是尽可能做到客观公允，避免偏见，但遗憾的是不能看到谭献的评语。而谭献在《箧中词》中直接发表个人意见，时有精彩评语。

3. 词学书札：以《复堂师友手札菁华》为中心

钱基博整理编纂的《复堂师友手札菁华》于2015年由人民文学出版社出版。手札中有关词学的内容大致有二，一是保存了大量友朋的词作。如王尚辰、张鸣珂、刘炳照、樊增祥等人与谭献的书信中，多录有诗词作品，书信中往往冠以"复堂主人大词坛教正"或"复堂主人词宗教正"的字样，请谭献教正。这些书札一方面保存了诗词作品，具有文献价值。如刘炳照《语石词隐》等作品即在与谭献的书札中得以呈现；另一方面

---

① 《谭献集》，第21页。

② 《谭献集》，第21页。

也体现出以诗词相互交流，以文会友的性质。二是书札中谈及一些有关词学话题的细节，具有极高的词学价值。如友朋推荐的词人词作，作为《箧中词》的选词来源，在书信中有所体现。沈景修写给谭献的书信中提到杨廷栋、陈寿熊、杨秉桂几位词人词作水平较高，信中沈景修推荐这几位词人词作给谭献，询问是否可入《箧中词》。笔者查阅《箧中词》后发现《箧中词》确实选录了这些词人词作。《箧中词》选录杨廷栋二首，陈寿熊一首，杨秉桂二首，这些词人词作显然出自沈景修的推荐。

4. 词籍评点

《谭评词辨》是谭献为指导弟子徐珂学词而对周济《词辨》所作的评点。谭献针对具体作品示以作词之法，度人金针。因周济《词辨》所录为唐宋词，故谭献的评点体现了其唐宋词学观。齐鲁书社1988年出版的尹志腾校点《清人选评词集三种》一书收录了谭献评点周济《词辨》。

5. 词籍序跋

词籍序跋是清代词学文献的重要组成部分，往往具有极高的理论价值。据冯乾编校《清词序跋汇编》载，谭献所撰词籍序跋计有三十余篇。分别为《校刻衍波词序》《微波词叙》《重刻拜石山房词序》《秋梦庵词钞序》（其一）、《秋梦庵词钞序》（其二）、《粤东三家词钞序》《寒松阁词序》《苹洲渔唱序》《梦草词题词》《紫藤花馆词跋》《东鸥草堂词序》《勉憙集序》《藤香馆词》题词、《蒿庵词序》《愿为明镜室词稿序》《莲漪词题识》、宋浣花诗词合刻题词之谭献《摸鱼子·和泖生韵赠咏春》《笙月词序》《老学后庵自订词叙》《泥雪堂词钞跋》《遗园诗馀跋》《蕉窗词评语》《蕉窗词叙》《缝月轩词录题辞》《留云借月庵词叙》《留云借月庵词赠言》（其一）、《留云借月庵词赠言》（其二）、《眠琴阁词序》《井华词序》《鹤缘词序》《蘉波词题识》《醉庵词别集跋》《蹇庵词序》等，这些序跋主要为评论清代词人词作的特点和价值，是谭献词学思想的重要载体。

6.《片玉词考异》

谭献对周邦彦词作曾细心研读，撰有《片玉词考异》二卷补遗一卷。据蒋哲伦、杨万里编撰的《唐宋词书录》[①]可知，浙江图书馆藏有稿本《片玉词考异》。《复堂日记》有多则条目记载谭献撰定《片玉词考异》

---

① 蒋哲伦、杨万里编撰：《唐宋词书录》，岳麓书社2006年版，第286页。

的细节。《复堂日记》载光绪十三年（1887）："校新刻《片玉词》。尽记《历代诗余》《草堂诗余》《词综》《词律》异同。写定考异百余事。"① 又光绪十三年（1887）十一月初三日："校《片玉词》。尽记《历代诗余》诸书异同。"②

二　诗与诗学文献

谭献有《复堂诗》十一卷，《复堂诗续》一卷。《复堂诗》及《诗续》共计诗作925首。早年《化书堂初集》录诗三卷共205首（其中有39首与复堂诗卷一的篇目相同），去除重复的篇目，谭献共创作有1091首诗歌。谭献还有《合肥三家诗钞》《汉铙歌十八曲集解》等诗学著作。

（一）谭献诗的版本情况

其一，《化书堂初集》诗三卷（附《蘼芜词》一卷），咸丰七年（1857）刻本。现存南京图书馆。《复堂谕子书》："学诗最早，二十岁时，高古民先生及令子昭伯，刻《化书堂集》三卷。"③ 潘衍桐《两浙輶轩续录》载："献冠年弄翰，高古民（名学淳）丈激赏折杨，刻《化书堂集》三卷，传布浙西。"④ 据此可知，《化书堂初集》为谭献二十多岁时所作诗集，由其朋友高学淳及其子高炳麟刻录而成。《化书堂初集》诗三卷，卷一收录诗歌六十四首，卷二录诗七十七首，卷三录诗六十四首，共计二百零五首。邵懿辰作有《谭子化书堂诗叙》，序云："气初生物，物生有声，声有刚柔，清浊好恶，咸发于声。心气华诞者，其声流散；心气慎信者，其声顺节；心气鄙戾者，其声腥丑；心气宽柔者，其声温和。信气中易，义气时舒，和气简备，勇气壮力。听其声，处其气，考其所为，观其所由，以其前观其后，以其隐观其显，以其小瞻其大，此文王所以官人也，此舜所闻六律、五声、八音、七始，咏以出内五言也。凡气出乎虚，入乎虚，其响疾不可以控搏，其声传不可以留匿，色臭味去，气稍远矣，而声最近，故曰凡声阳也。谭子以'化书'名其堂，以'化书堂'名其诗，化之用，其不以气乎？气之用，其不以声乎？声之用，其不以诗乎？吾将

---

① 《复堂日记》卷七，第171页。
② 《复堂日记》补录卷二，第326页。
③ 《谭献集》，第682页。
④ （清）潘衍桐编纂，夏勇、熊湘整理：《两浙輶轩续录》第十三册，浙江古籍出版社2014年版，第3796页。

于诗观谭子之声,于声观谭子之气,作《化书堂诗叙》。"① 邵懿辰认为谭献诗是其声其气的体现。谭献友朋袁昶对其《化书堂初集》充分肯定,袁昶《简仲修》云:"化书谭子绿玉佩,自是谪仙入绝尘。嬴壤张缯气为缥,冰天叩角弦复春。胸无凡语能惊俗,笔有千秋信入神。寺里双松同偃蹇,近来佳句掇皮真。"② 又袁昶《寿谭仲修同年六十》云:"化书传得云孙大,独抱遗经作素臣。"③ 此外,陆以湉《冷庐杂识》云:"杭州谭涤生茂才廷献,幼有神童之称。诗不作唐以后诗,所著《化书堂初集》,佳什綦多。"④ 这些评语表明谭献《化书堂初集》的诗歌成就之高。

其二,《复堂诗》一卷本,咸丰七年(1857)刻《三子诗选》本。据王同舟《中国文学编年史》(晚清卷)载:"咸丰七年(1857),蔡寿祺辑《三子诗选》刊于京师。收邓辅纶《白香亭诗》一卷,谭献《复堂诗》一卷、《复堂词》一卷,庄棫《蒿庵诗》一卷、《蒿庵词》一卷。"⑤

其三,《复堂诗》三卷本,同治元年(1862)年刻本。据《复堂谕子书》言:"三十岁时在闽复刻《复堂诗》三卷、词一卷。"⑥

其四,《复堂诗》四卷本,咸丰九年(1859)刻本。

其五,《复堂诗》九卷本,该本的刊刻情况如下:首先,《复堂诗稿》九卷,词二卷,同治四年乙丑(1865)刻本,现存上海图书馆、中国社会科学院等处。其次,《复堂类集》己卯本。光绪五年己卯(1879),《复堂类集》(21卷)初刻,所录作品不全。凡文四卷、诗九卷、词二卷,日记六卷。

其六,《复堂诗》十一卷本,即《复堂类集》光绪十一年乙酉(1885)《半厂丛书》本。光绪乙酉(1885),《复堂类集》(26卷)刊印,共录文四卷、诗十一卷、词三卷,日记八卷,付杭州书局刻之,收入谭献《半厂丛书》中。

其七,《复堂诗续》一卷,念劬庐丛刻初编本,民国二十年(1931)

---

① (清)邵懿辰:《半岩庐遗文》,《清代诗文集汇编》第635册,上海古籍出版社2010年版,第261页。
② (清)袁昶:《简仲修》,《渐西村人初集》,中华书局1985年版,第65页。
③ (清)袁昶:《安般簃集》诗续辛,清光绪袁氏小沤巢刻本。
④ 钱仲联主编:《清诗纪事》(十七)同治朝卷,第11870页。
⑤ 王同舟主编:《中国文学编年史》(晚清卷),湖南人民出版社2006年版,第137页。
⑥ 《谭献集》,第682页。

铅印。徐彦宽"手录得复堂丈未刻诗一帙"①，共 66 首，收入《念劬庐丛刻初编》，刊印行世。

（二）谭献的诗学文献

谭献文集中有大量的诗文序跋，这些诗文序跋是谭献诗学思想的重要载体。除此之外，谭献还选编《合肥三家诗钞》，并撰有《汉铙歌十八曲集解》流传后世。

1. 《合肥三家诗钞》

《合肥三家诗钞》二卷，又名《合肥三家诗选》。光绪十二年丙戌（1886）谭献于安庆刊刻此书。谭献在安徽合肥做官时，收合肥三家诗而成集。合肥三家，指清代道光、咸丰年间安徽合肥三诗人徐子苓、戴家麟、王尚辰。《合肥三家诗钞》选徐子苓诗 63 首，戴家麟诗 34 首，王尚辰诗 114 首，一以雅正为旨归。含有谭献评语。

2. 《汉铙歌十八曲集解》

据《复堂日记》载：同治十二年癸酉（1873）六月十九日，谭献撰《汉铙歌十八曲集解》一卷。《汉铙歌十八曲集解》序云："仪（谭献）流连声诗，稍通旨趣。尝欲理董为言志之导，吾友陈子公迈，以是曲问，炎夏昼长，偶发陈允倩《采菽堂古诗选》、张翰风《宛陵书屋古诗录》、庄葆琛《汉铙歌句解》、陈秋舫《诗比兴笺》四书，剿刺要删。略下己意，为集解一卷。自晨至暮，遂以卒业。"② 是书采录陈祚明《采菽堂古诗选》、张琦《宛陵书屋古诗录》、庄述祖《汉铙歌句解》、陈沆《诗比兴笺》之说颇多，谭献己见较为简略，以比兴说诗，持论平正。《青鹤》1936 年第 4 卷第 20 期、21 期、22 期刊登《谭复堂遗稿真迹》，内容为《汉铙歌十八曲集解》，是为谭献手稿。又台北市新文丰出版公司 1988 年出版的"丛书集成续编本"中收录谭献纂《汉铙歌十八曲集解》。

三 文与文章学文献

谭献有《复堂文》四卷，《复堂文续》五卷，共 260 篇文章，谭献另有《复堂日记》以及评点李兆洛《骈体文钞》等骈文批评文献。

---

① 《谭献集》，第 599 页。
② （清）谭献：《谭复堂遗稿真迹》，《青鹤》1936 年第 4 卷第 20 期。

（一）谭献文的版本情况

其一，《复堂文》一卷本，咸丰九年（1859）刻本。

其二，《复堂文》四卷本。有《复堂类集》己卯本与《复堂类集》乙酉《半厂丛书》本两种。前者为光绪五年己卯（1879）《复堂类集》（21卷）初刻本，所录作品不全。凡文四卷、诗九卷、词二卷，日记六卷。后者为光绪乙酉（1885），《复堂类集》（26卷）再刻本。该本共录文四卷、诗十一卷、词三卷、日记八卷，付杭州书局刻之，收入谭献《半厂丛书》中。

其三，《复堂文续》五卷，有两个版本。一为光绪二十五年（1899）刻本。一为光绪二十七年（1901），谭献弟子胡念修校刻的《刻鹄斋丛书》本。该本为谭献晚年自定《复堂文续》五卷，共计160篇，内容多于《复堂类集》所录。可惜《文续》"刻甫过半，先生已归道山。"① 后由其弟子胡念修在光绪辛丑（1901）主持刻成面世，收入《刻鹄斋丛书》中。

（二）《复堂日记》

复堂"读书日有程课，凡所论著，櫽栝于所为日记"②。这表明《复堂日记》记录了谭献的读书谈艺之言。马赓良在六卷本《复堂日记》序中称是书为札记之书："无子目，先后略以时次，谈艺六七，山水、交游间二三。"③《复堂日记》绝大多数系年不系月日，日记于读书心得、议论及考订记叙颇详。钱锺书认为《复堂日记》："独能尽雅"，且"情思婵媛，首尾自贯，又异乎札记之伦，少以胜多，盖勿徒然。"④ 范旭仑、牟晓朋认为《复堂日记》为"半部诗文评加半部读书札记的集萃。"⑤ 其内容包括谭献关于文学、经学、史学、子学、小学、金石版本、校刊古籍等的心得体会，其中评论古今文章流派及学术传衍之语，诚恳之中别有慧解。

《复堂日记》有六卷本、八卷本、十一卷本、不分卷本四个不同本

---

① 《谭献集》，第345页。
② （清）赵尔巽等：《清史稿》第44册，卷四百八十六，中华书局1977年版，第13441页。
③ 《复堂日记》，"序"第7页。
④ 《复堂日记》，"序"第2页。
⑤ 《复堂日记》，第418页。

子。六卷本为光绪五年己卯（1879）《复堂类集》初刻本，所录不全。八卷本为光绪十一年乙酉（1885）《复堂类集》本。十一卷本相对完整。不分卷本为稿本。《复堂日记》八卷本时间起自同治元年（1862），止于光绪十七年（1891），共三十年。《复堂日记》十一卷本，从同治元年（1862）至光绪二十七年（1901），即谭献三十一岁至七十岁的编年记录都在此书之中。2001年范旭仑、牟晓朋整理出版《复堂日记》十一卷，包括八卷本《日记》及徐彦宽整理的两卷《补录》（据八卷本删汰的原稿整理而成）和一卷《续录》（八卷本刊后续写的日记）。钱基博《复堂日记补录序》言："《补录》者，让清光绪十七年辛卯以前之所刊余也；《续录》者，辛卯以后之所嗣笔也。"① 即《复堂日记》补录补充了谭献同治元年（1862）至光绪十七年辛卯（1891）日记所录内容，《复堂日记》续录记录了从光绪十七年（1891）至光绪二十七年（1901）谭献去世这一时间段的日记。南京图书馆、浙江图书馆、浙江省博物馆、浙江大学图书馆等处藏有《复堂日记》六十一册，此本不分卷，为稿本。时间起讫为"同治元年（1862）闰八月至光绪二十七年（1901）六月"②。

张鸣珂《寒松阁谈艺琐录》卷二评《复堂日记》云："日记中穿穴经史，辨正古书，可以继钱辛楣之《养新录》、姚姜坞之《援鹑堂笔记》者也。"③ 李格《（民国）杭州府志》卷一百四十六亦云："凡所论著，櫽栝于所为日记，盖顾氏《日知录》、钱氏《养新录》之亚也。"④ 张鸣珂、李格把谭献《复堂日记》与顾炎武《日知录》、钱大昕《养新录》、姚范《援鹑堂笔记》相提并论，可见其学术造诣之高。

（三）谭献的文章学文献

谭献骈文批评理论的文献形态主要集中于两方面，一是对李兆洛《骈体文钞》的评点。2010年台湾世界书局出版了李兆洛选，谭献评《骈体文钞》，该书收录谭献对隋朝以前骈文的评语，方便研究者窥探谭献的骈文批评思想。二是《复堂日记》中有关骈文批评的条目，多涉及谭献对清人所编骈文选本及清代骈文别集的评价。

---

① 《复堂日记》，"序"第5页。
② 吴钦根：《谭献〈复堂日记〉稿本的发现及其价值》，《古典文献研究》2018年第21辑下卷。
③ （清）张鸣珂：《寒松阁谈艺琐录》卷二，清宣统上海聚珍信宋印书局本。
④ 李格：《（民国）杭州府志》卷一百四十六，民国十一年本。

四 戏曲及其他文献

(一) 戏曲著作

谭献著有《增补菊部群英》《群英续集》戏曲笔记，各一卷。两书均为研究早期京剧之重要资料，均收入张次溪所编的《清代燕都梨园史料》中。

1. 《群芳小集》

《群芳小集》，又名《增补菊部群英》，为戏曲史料集。清麋月楼主（谭献）撰。作于同治十年（1871），系作者留连京师，出入歌台舞榭，对同治年间在北京演出的著名昆曲演员徐小香、朱莲芳、梅巧玲、王湘云、时小福、沈风林、余紫云、陆小芬、王楞仙等30人品评吟咏的梨园花谱。此书传世版本，乃清末刻本。书前依次是王诒寿的序、题词，河阳生题辞。正文参习《诗品》，将优伶按上品、逸品、丽品、能品、妙品分为五类，每类后附有赞诗。

2. 《群英续集》

《群英续集》，戏曲杂记，清麋月楼主（谭献）撰，为《群英小集》拾遗补阙之续作，故又名"群英小集续集"。作于同治十三年（1874）。内容包括沧海遗珠、昆山片玉、群英续选等。补录优伶十五人，所选优伶均赋七绝一首为赞评。共收咏赞同治年间在北京演出的戏曲演员乔蕙兰、张小芳、周素芬、姚宝香、喜瑞、朱蔼云、秦风宝、陈芷云、刘宝玉、谢宝云、李亦云、江双喜、李玉福、陈喜凤等人的诗词20多首。书后有麋月楼主诗词、河阳生题词、兰当词人跋文。

3. 评注《怀芳记》

谭献曾评注《怀芳记》。《怀芳记》，萝摩庵老人撰，其人不详，是书有麋月楼主（谭献）附注，成书于光绪二年（1876）仲秋。《复堂日记》言："检《怀芳记》。此书乔河帅为鞠部作也。前年阮霞青示予稿本，郑湛侯录副，予为补注。近日传抄者多，予谋付新安黄氏刻之。"[1] 其书搜罗较广，所述类皆实录，而麋月楼主（谭献）之附注亦资补充，颇可参考。

此外，谭献还为陈烺传奇剧本《玉狮堂十种曲》之《玉狮堂后五种

---

[1] 《复堂日记》补录卷二，第283页。

曲》作序，评论曰："一唱三叹，旨在风骚；五角六张，感兼身世。"① 表明《玉狮堂后五种曲》抒发作者坎坷的身世遭遇。

（二）其他著作②

1.《董子定本》《淮南子校本》

胡念修《复堂文续跋》言："先生精研丙部，尤以《董子》《淮南》二书，致力为最深。其中鉴别独到之处，直发千余年来读者未洩之秘。窃谓先生之校《董子》，似四明全氏之《水经》；校《淮南》，似吴兴戴氏之《管子》，有过之无不逮也。"③ 谭献的弟子胡念修将谭献校注的《董子》《淮南子》分别比附于全祖望之《七校水经注》、戴望之《管子校正》。虽不无溢美之词，但也体现了谭献于《董子》《淮南子》两部书的用力之深。遗憾的是，这两部书均藏箧未梓。

2.《非见斋审定六朝正书碑目》

谭献专力于研究金石碑版之学。同治元年（1862）十月，谭献在福建与魏锡曾合著书法著作——《非见斋审定六朝正书碑目》，其中附有谭献的评语。光绪二年（1876）三月谭献在安庆重录此书。谭献友人袁昶《寄仲修三首》其一："衙官才压杭兼厉，草隶源融魏与梁。"诗下自注："君与稼孙论书，具有微解。"④ 表明谭献在书法评点上有独到之处。

3.《经心书院续集》

谭献辑《经心书院续集》十二卷，光绪二十一年（1895）湖北官书处刻本。现存中国国家图书馆。

五　待考文献

谭献造述勤劬，著作"积几以数尺计，已刊者十不逮一"⑤。谭献曾整理编定《历代诗录》《复堂文录》等选本。可惜的是，这些选本未能流

---

① 《谭献集》，第205页。
② 非谭献编著而收录在《半厂丛书初编》中的其他著作有：其一，吴怀珍《待堂文》一卷，光绪十五年（1889）刊。其二，龚橙《诗大谊》一卷，光绪十五年（1889）刊。其三，（清）张鉴春撰《西夏纪事本末》三十六卷首二卷，光绪十一年（1885）刊。其四，（清）舒梦兰辑，（清）谢朝征笺，张荫桓校《白香词谱笺》四卷，光绪十一年（1885）刊。
③ 《谭献集》，第345页。
④ （清）袁昶：《安般簃集》诗续己，清光绪袁氏小沤巢刻本。
⑤ 《谭献集》，第344页。

传下来。谭献曾手批江顺诒《词学集成》，今未知藏所。另据南开大学图书馆馆藏谭献《半厂丛书初编》光绪十五年（1889）刻本目录所示"二编嗣出"的著作有：《董子重定本》《影宋本〈淮南鸿烈解〉附释文》《〈意林〉校释》《说文声律》《复堂文余》（三卷未刻）。这些著作的存佚情况不得而知。另据《复堂类集》目录可知，谭献有《金石跋》三卷未刻，今未知藏所。另外《复堂日记》中记录谭献撰写的部分作品，于今未能窥得。

1. 《历代诗录》

谭献曾整理编定《历代诗录》，包含《古诗录》《唐诗录》《金元诗录》《明诗录》《国朝诗录》等。今存佚未详。

2. 《复堂文录》

《复堂日记》卷一，同治二年（1863）癸亥："取张受先本《两汉文》，删辑百余篇为《复堂文录》初编，大旨以经义治事为归，不欲繁也。"①

《复堂日记》补录卷二，光绪五年（1879）十月十七日："阅《国朝文录》全毕，欲选录其中数十篇，以为《复堂文录》壬编。"② 今存佚未详。

3. 手批江顺诒《词学集成》

《复堂日记》补录卷二，光绪十三年（1887）十一月朔日："徐仲玉来，携《乐府补题》及予手批《词学集成》去。"③ 今存佚未详。

4. 《重建醉翁亭记》

《复堂日记》补录卷二，光绪七年辛巳（1881）闰八月二十日："代薛时雨撰《重建醉翁亭记》。"④ 今存佚未详。

5. 《易象大学通解》序、《乐记订补章句》序

《复堂日记》卷四，光绪三年丁丑（1877）："休宁丞张大心子赤著《易象大学通解》……又著《乐记订补章句》……走笔为两序。"⑤ 今存佚未详。

---

① 《复堂日记》卷一，第6页。
② 《复堂日记》补录卷二，第289页。
③ 《复堂日记》补录卷二，第332页。
④ 《复堂日记》补录卷二，第298页。
⑤ 《复堂日记》卷四，第79页。

6.《廖巡抚六十寿叙》

《复堂日记》续录，光绪廿一年乙未（1895）正月初四日："撰《廖巡抚六十寿叙》。同官于戒严之日，谀颂大吏。虽卖文生活，捉刀者亦非英雄矣。"① 今存佚未详。

7.《李审言学制斋文序》

《复堂日记》续录，光绪二十七年辛丑（1901）四月初七日："撰《李审言学制斋文序》成，走笔属草，不能工也。"② 今存佚未详。

8.《玉琴斋词跋》

《复堂日记》补录卷二，光绪十五年戊子（1889）正月十一日："代许益斋跋《玉琴斋词》。"③《玉琴斋词跋》是谭献代许增为清代余怀《玉琴斋词》所作的序跋，今存佚俟考。

9.《论章公弗文书》

《复堂日记》续录，光绪十八年壬辰（1892）十二月十四日："作《论章公弗文书》与春圃。自以为忠告善道矣，不识少年人不足已自封否。"④ 今存佚不详。

10.《赠释朗珠名继海嘉兴楞严寺住持序》

《复堂日记》续录，光绪二十六年庚子（1900）九月十二日："撰《赠释朗珠名继海嘉兴楞严寺住持序》稿脱，文伯所属。作不难而写难，此手已不为我用矣。"⑤ 今存佚未详。

11.《翁铁梅母夫人墓表》

《复堂日记》续录，光绪二十六年庚子（1900）十二月十四日："撰《翁铁梅母夫人墓表》脱稿。不识冯梦华志铭何如。"⑥ 今存佚不详。

12.《王中丞杰都护传》

《复堂日记》补录卷一，同治五年丙寅（1866）八月初一日："撰《王中丞杰都护传》，自谓近《旧唐书》。"⑦ 今存佚未详。

---

① 《复堂日记》续录，第373页。
② 《复堂日记》续录，第413页。
③ 《复堂日记》补录卷二，第333页。
④ 《复堂日记》续录，第365页。
⑤ 《复堂日记》续录，第410页。
⑥ 《复堂日记》续录，第412页。
⑦ 《复堂日记》补录卷一，第233页。

13. 《重建天竺法喜寺碑记》

《复堂日记》补录卷一，同治五年丙寅（1866）八月二十日："代中丞撰《重建天竺法喜寺碑记》。"[①] 今存佚未详。

14. 《重刻旧唐书跋》

《复堂日记》补录卷一，同治十一年壬申（1872）正月十九日："作《重刻旧唐书跋》，代湘乡中丞作。"[②] 今存佚不详。

[①] 《复堂日记》补录卷一，第 233 页。
[②] 《复堂日记》补录卷一，第 254 页。

第二章

谭献词研究

冒广生《小三吾亭词话》卷一称谭献为"倚声巨擘……仲修早岁与庄仲白齐名,其后又与张韵梅、张公束有浙西三词家之目"①。冒广生既指出谭献与庄棫并称,宗法常州词派,也表明了谭献与张鸣珂、张景祁齐名,是浙西三词家之一。由这些评语可知,谭献词作取得了很高的成就。下面分别从复堂词的内容与艺术两方面来分析复堂词的成就。

第一节 复堂词的内容

复堂词从创作内容上有言情词、政事词、写景咏物词、羁旅行役之作、题画词五类,现逐一分析每一类词作之情感内蕴。

一 言情词

谭献的言情词大致有两类,一类为无寄托之作,言情体物,极为细微,描摹女子细腻的情感,符合词体多描写爱情的特点。如《鹧鸪天》(绿酒红灯漏点迟)云:"腰支眉黛无人管,百种怜侬去后知。"②此二语谓离别之后,女子孤独寂寞,瘦损腰肢,无人怜惜,而这种情思却是离别之后才发现的。此语揭示了日常生活中一种不大引人注意的道理,与纳兰性德"当时只道是寻常"句,同样耐人寻味。复堂言情词的另一类为"托志帷房,眷怀君国"③ 的有寄托之作。这类词作运用美人香草的比兴手法,别有寄托,有词人的家国身世之感寓意其间。这类有寄托的爱情词

---

① 冒广生:《小三吾亭词话》,唐圭璋编《词话丛编》,中华书局1986年版,第4671页。
② 《谭献集》,第628页。
③ (清)庄棫:《复堂词序》,冯乾编校《清词序跋汇编》,第1240页。

第二章　谭献词研究

作以《蝶恋花》六首为代表，陈廷焯《白雨斋词话》卷五评曰："仲修《蝶恋花》六章，美人香草，寓意甚远。"① 兹以《蝶恋花》六首其一、其四为例，分析其寄托之意。《蝶恋花》六首其一：

> 楼外啼莺依碧树。一片天风，吹折柔条去。玉枕醒来追梦语。中门便是长亭路。　眼底芳春看已暮。罢了新妆，只是鸾羞舞。惨绿衣裳年几许。争禁风日争禁雨。②

此词表面写爱情遭遇风雨的摧残，实则以风雨比喻兵甲未息，同时含有词人自身前途茫茫，不能实现理想抱负的哀伤。此作对春归的惋惜和对爱人不归的哀怨或许正寄托了作者的"家国身世之感"。又如《蝶恋花》六首其四：

> 帐里迷离香似雾。不烬炉灰，酒醒闻馀语。连理枝头侬与汝，千花百草从渠许。　莲子青青心独苦。一唱将离，日日风兼雨。豆蔻香残杨柳暮。当时人面无寻处。③

这首词采用比兴寄托手法。"连理枝头侬与汝，千花百草从渠许"以连理枝头、千花百草起兴，表达彼此相恋的深情，写出了情意的深笃。用"莲子青青心独苦"寄托词人对国势衰微的忧虑和哀伤，以"豆蔻香残杨柳暮，当时人面无寻处"比喻政治理想的破灭。王国维以"寄兴深微"④评价这首词，表明他既肯定了此词采用的比兴寄托手法，又读懂了词作背后的政治寄托。当然也有将描写爱情与寓意寄托在一首词中表现的词作，如《蝶恋花》其五：

> 庭院深深人悄悄。埋怨鹦哥，错报韦郎到。压鬓钗梁金凤小，低头只是闲烦恼。　花发江南年正少。红袖高楼，争抵还乡好。遮断

---

① （清）陈廷焯：《白雨斋词话》卷五，唐圭璋编《词话丛编》，中华书局1986年版，第3873页。
② 《谭献集》，第625页。
③ 《谭献集》，第625页。
④ 严迪昌：《近现代词纪事会评》，第249页。

行人西去道，轻躯愿化车前草。①

此词上片描写女子细腻的相思之情，传神绝妙。通过女子与鹦哥之间的一个小镜头，表现了女子相思入骨的情态以及天真稚气的性情。"低头只是闲烦恼"写女子沉重烦闷的情思，"只是"两字用得极妙，以直陈的方式表达女子无法排遣的伤离怨别之思，具有强调的作用。"闲"字暗示女子的烦恼无时不在。下片想象情郎在江南生活的情景。煞拍"遮断行人西去道，轻躯愿化车前草"二句，沉痛至极。女子宁愿化身为车前草，也要挡住情郎西去的道路，表达了女子为爱情甘愿献身的执着精神。与李商隐"春蚕到死丝方尽，蜡炬成灰泪始干"有异曲同工之妙。同时此二语含有更为宽广深厚的比喻象征意义，寄托了一种为美好理想而始终不渝甚至甘愿献身的品格。这首词既有纯粹的爱情描写，也有寄托情怀。

二 政事词

政事词是指谭献创作的一些叙述朝政变化及重要事件之词，这些词表达了谭献的政治主张和抱负，表现出深刻的忧患意识及感时伤己、壮志难酬的悲剧情怀。庄棫曾为《复堂词》作序："仲修年近三十，大江以南，兵甲未息，仲修不一见其所长，而家国身世之感，未能或释，触物有怀，盖风人之旨也。"② 所谓"兵甲未息"，显指当时太平天国与清军的不断交锋。谭献词作对"兵甲未息"之境况也有所反映。如《桂枝香·秦淮感秋》：

瑶流自碧，便作就可怜，如许秋色。只是烟笼水冷，后庭歌歇。帘波淡处留人影，袅西风、数声长笛。彩旗船舫，华灯鼓吹，无复消息。　　念旧事、沉吟省识。问曾照当年，惟有明月。拾翠汀洲，密意总成萧瑟。秦淮万古多情水，奈而今、秋燕如客。望中何限，斜阳衰草，大江南北。③

---

① 《谭献集》，第 625 页。
② （清）庄棫：《复堂词序》，冯乾编校《清词序跋汇编》，第 1240 页。
③ 《谭献集》，第 643 页。

第二章 谭献词研究

  这首词写太平天国之乱后，秦淮河一带的破败荒凉景象。太平军控制长江、太湖流域之后，战事不断。湘军攻占南京时，屠城三日，破坏甚大，致使全城一片萧条。词人用今昔盛衰的对比手法，寄寓历史兴亡的感慨。烟寒水冷，难觅往日之彩船、华灯。回忆往事，更是物事皆非，只有明月还如当年一样照着多情的秦淮河水，望着大江南北的一片萧瑟，令人心碎。末尾借秋燕带出斜阳衰草的荒凉并非仅局限于秦淮一地，而是大江南北。将视野扩展至神州大地，使结拍显得宏阔坚劲，使词境有了拓展。此景暗寓晚清国事，是清朝"同治中兴"后日薄西山局面的投影。"词写得回肠荡气，一波三折，意境幽涩，色调凄凉，可谓哀婉深至。"[①] 又如《一萼红·吴山》：

  黯愁烟，看青青一片，犹误认眉山。花发楼头，絮飞陌上，春色还似当年。翠苔畔、曾容醉卧，听语笑、风动画秋千。一曲琴丝，十三筝柱，原是人间。　　细数总成残梦，叹都迷踪迹，只有留连。劫换红羊，巢空紫燕，重来步步回旋。尽消受、云飞雨散，化蝴蝶、犹绕旧阑干。不分中年到时，直恁荒寒！[②]

  此词用铺叙笔法描绘词人今昔春日在吴山所历之情景，以强烈的反差，突出战乱造成的灾难。"红羊劫"一般用作国家灾难的代名词，谭献借用此语，指太平天国事。"劫换红羊，巢空紫燕"二句，一言国难，一谓燕子无巢可依。谭献这里既抒写国家多难的悲愤心情，又谴责战乱给社会造成巨大破坏，造成人民流离失所的惨状。又如《渡江云·大观亭同阳湖赵敬甫、江夏郑赞侯》：

  大江流日夜，空亭浪卷，千里起悲心。问花花不语，几度轻寒，怎处好登临。春幡颤袅，怜旧时人面难寻。浑不似、故山颜色，莺燕共沉吟。　　销沉，六朝裙屐，百战旌旗，付渔樵高枕。何处有藏鸦细柳，系马平林。钓矶我亦垂纶手，看断云飞过荒浔。天未暮，帘前只是阴阴。[③]

[①] 郭延礼：《中国近代文学发展史》，山东教育出版社1990年版，第370页。
[②] 《谭献集》，第634页。
[③] 《谭献集》，第642页。

大观亭在安徽怀宁县西正观门外，位踞山上，背倚大龙山，前临长江。登高远眺，千里长江，尽收眼底。此处上扼武昌、九江，下扼安庆、铜陵，为兵家必争之地，太平军曾与清军在此激战。序中的赵敬甫名熙文、郑赞侯名襄。赵氏在清军江南大营时，词人曾与其同登大观亭。这首词写词人登高望远的感慨万千，作者心潮起伏，不免人世苍凉的悲怆之感，也有一腔热血无处挥洒的慷慨之情。词作开端化用谢朓名句"大江流日夜，客心悲未央"，悲凉之气、盛衰之感贯穿全篇。上片写故人难逢、江山易改。词境含蓄，以"人面难寻"的怅惘象征词人理想的幻灭。故山改换颜色，以"莺燕沉吟"喻心情悲苦。下片写因之生发的忧时伤世怀抱。词作末尾以垂钓江矶，看断云飞渡，天阴未暮，于无边的消沉与失望中显露一丝希望，使境界高悬而不至黯淡。徐沅《词综补遗序》曾言："道、咸以来，世途艰难，词流忾叹，又一时矣。于时复堂惆怅述情，如诗家之有庾信。"[1] 徐沅以庾信之诗比附谭献词作。南朝梁代的庾信因羁留北朝，其诗常有国破家亡之痛和故国乡关之思，谭献所处的晚清政局动荡不安，内忧外患层出不穷，其词作多感伤国势之衰微。

　　谭献词中对时事题材多有所涉及，表现出谭献关怀现实的热情。值得注意的是，谭献词中屡次出现与"离骚"相关的语词，如《秋霁·嘉善吴蜀乡〈南湖秋帆画卷〉》云："载酒游踪，读骚心事，远天雁程萧瑟。"[2]《满庭芳·和王六潭》云："却行来楚泽，吟遍骚心。海上初生明月，天涯照、几处罗襟。襟前浣，酒痕和泪，泪比酒痕深。"[3] 这两处提到的"骚心"，与萧瑟之景相联系。《醉太平·万涧民〈空羚诗思图〉》云："今情古情，长亭短亭。竹枝赠与湘灵，续离骚未成。"[4]《齐天乐·秋夜用榆园韵》云："酸辛咽透，只老我离骚，初心终负。"[5]《蝶恋花·题瑞石山民画兰》云："憔悴灵均曾作赋，芳意如何，离思朝还暮。"[6] 这三首词中的"离骚"则与伤感之情相关，表现出复堂有与屈原一样的报

---

[1] 徐沅：《词综补遗序》，林葆恒辑，张璋整理《词综补遗》第1册，上海古籍出版社2005年版，第3页。

[2]《谭献集》，第656页。

[3]《谭献集》，第657页。

[4]《谭献集》，第657页。

[5]《谭献集》，第660页。

[6]《谭献集》，第651页。

国热忱,但终究不得施展其政治抱负的悲哀之情。"美人香草,百年难忘今夕"①表达了谭献忠君爱国的志向百年难忘。正如刘履芬《庄蒿庵谭仲修诗余合刻序》所言:"古之所遇,及今已陈;心之所游,托辞于兴。方今逆贼鸱张,天命申讨,两君年近三十,皆有志用世,顾方忧处菰芦,奔走衣食,不得已著此无益之言。"②谭献所作之词抒发了他"有志用世"的怀抱。

三 写景咏物词

谭献的咏物词既有以花卉、自然风物为表现对象的作品,如《绮罗香·白莲》《角招·荷花》《木兰花慢·桃花》《无闷·早雪》《大酺·问政山中春雨》《诉衷情·村燕》等,又有以铜印、古镜等金石古玩为表现对象的咏物之作,如《水调歌头·东坡铜印》《水调歌头·汉龙氏镜为遗园赋》《满江红·汉十二辰镜和谦斋》等。

谭献咏物词一方面描摹物态极为生动,如《湘春夜月》(度方洲):"人在万梅花下,耐几分风雪,有几分香"③句,诚为警策之语,既写出梅花不畏严寒、暗香袭人的特点,同时也表达了人在经历磨难之后才能有所成就的人生哲理。《大酺·问政山中春雨》:"无端敲竹雨,响空阶疑是,故人双屐。"④写春雨滴落在竹上的声响仿佛故人的木屐之声,从听觉的角度描摹极工。《无闷·早雪》:"早是镂冰试手,送大地、无尘山河冷"⑤句用拟人手法,写大雪带给人间之一尘不染。《湘春夜月》(忒迷离):"燕子绕梁飞遍,为怕伊憔悴,替垒香巢。"⑥用拟人手法,写燕子同情女子的孤单憔悴,梁下筑巢陪伴女子以慰其寂寥。另一方面,谭献咏物词或托物言志,或借物抒怀,其咏物词多数作品不是单纯咏物,而是寄寓着深刻的意涵。正如沈祥龙《论词随笔》所云:"咏物之作,在借物以寓性情。凡身世之感,君国之忧,隐然蕴于其内,斯寄托遥深,非沾沾焉

---

① 《谭献集》,第 647 页。
② 孙克强、杨传庆、裴喆编著:《清人词话》,第 1739 页。
③ 《谭献集》,第 633 页。
④ 《谭献集》,第 644 页。
⑤ 《谭献集》,第 649 页。
⑥ 《谭献集》,第 620 页。

咏一物矣。"① 刘熙载《艺概·词概》言："昔人词咏古咏物,隐然只是咏怀,盖其中有我在也。"② 谭献的咏物词体现了不黏不脱、借物言志的创作特点。

谭献吟咏自然风物的词作,大多浸透着浓重的感伤情调,传达出萧索哀飒的悲音。于苍茫之景观中,折射出时代的萧索氛围。如《无闷·早雪》："凄紧,在人境。比卧老空山,一般孤迥。已误了华年,那堪重省。"③ 表达了词人感慨年华流逝而无所作为的悲苦之情。《绮罗香·白莲》："远水生秋,消受和烟和露。怜往日、罗袜凌波,愿化身、胆瓶深护。恁禁得、摇荡真圆,银塘连夜雨。"④ 词人想化为胆瓶来呵护白莲花,但无奈河塘连夜风雨的侵袭,词人借咏莲抒发自己意欲为改变行将没落的清廷所做的努力,但无奈一己之力太过微薄,而清廷又遭受外敌入侵、内忧不断的处境。《木兰花慢·桃花》："鬓影误年华。记渡江用楫,停辛伫苦,别梦都差。"⑤《角招·荷花》："叹绿鬓、消磨尊酒。莫遣箫声更奏。怕双泪、湿青衫,人归后。"⑥ 这两首词都借咏花卉表达词人感伤自己年华老大而常年漂泊、功业无成的心境。

谭献以金石古玩为表现对象的咏物词,因吟咏对象的特殊性,词人往往跨越历史的长河,与古人古物对话,因而此类词作表现的词人情感更为深沉。如《满江红·汉十二辰镜和谦斋》:

> 天上人间,难得此、长圆明月。羌付与,舞鸾羞影,凉蟾慵齧。耐冷不随孤剑化,拂尘浑似轻绡滑。更扣来,碧玉一声声,真尤物。　兴亡过,情先竭。文字古,磨还灭。喜沉埋无恙,尚方珍迹。十二辰中铅有泪,千年劫后鸿留雪。奈镜边,心事笑啼难,何堪说。⑦

关于这首词的创作背景,《复堂日记》有所交代:"数年前合肥东郭

---

① （清）沈祥龙:《论词随笔》,唐圭璋编《词话丛编》,中华书局1986年版,第4058页。
② （清）刘熙载:《艺概·词概》,唐圭璋编《词话丛编》,中华书局1986年版,第3704页。
③ 《谭献集》,第649页。
④ 《谭献集》,第632页。
⑤ 《谭献集》,第645页。
⑥ 《谭献集》,第623页。
⑦ 《谭献集》,第649页。

有人掘地得古镜，谦斋得之，以示予。色如绿玉，纽旁十二辰。外阑铭曰：'尚方作竟真大巧，上有仙人不知老。渴饮玉泉饥食枣，浮游天下敖四海。受敝金石，长保二亲子孙。'篆文丽茂，惟省笔太甚，然决非后世仿造也。"① 这首词上阕描摹古镜的物态。开端不直说所咏之物为古镜，而用以镜喻月的比喻及与镜相关的典故含蓄点明咏古镜。以镜喻月，言指古镜长圆明亮，胜过人间的天上明月。接着用《异苑》："厨宾王有鸾，三年不鸣。夫人曰：'闻鸾见影则鸣。'乃悬镜照之，冲霄一奋而绝。"之"鸾鸟舞镜"典故，再次表明所咏之物为镜。随后写汉十二辰镜的做工精良，虽历经千年，但拂去尘土后仍似轻绡一样柔滑光润，叩击敲打之，犹如碧玉一样清脆悦耳。词人从触觉、听觉等角度描摹汉十二辰镜的外观，不禁感叹其历经千年而仍保存完好。下阕抒情，以古镜沉埋千年而安然无恙与人事之兴亡变迁作对比，表达物是人非的感慨。"十二辰中铅有泪，千年劫后鸿留雪"分别化用李贺《金铜仙人辞汉歌》："忆君清泪如铅水"及苏轼《和子由渑池怀旧》："人生到处知何似？应似飞鸿踏雪泥"语意，皆表达人事已非的感伤之情。词作结尾处以十二辰镜外阑铭文之"受敝金石，长保二亲子孙"的美好愿望，表达千年之后的事与愿违，暗指词人当时所处乱世之动荡不安。又如《水调歌头·东坡铜印》：

  明月几时有，化为百东坡。文章寿比金石，眼底古人多。天上星官名姓，翠落峨眉山影。著手一摩挲。党禁偶然有，尘劫几番过。 随朝直，同远谪，未销磨。此中空洞无物，棱角尚嵯峨。拈到如神诗笔，付与朝云拂拭，印印想婀娜。好事风流者，持此傲随和。②

这首词大致创作于光绪十七年（1891）谭献六十岁时。《复堂日记》卷八载："岁除，许迈孙以新得东坡名印索诗文。曰苏轼之印，铸铜，中空，师钮，径宋三司布帛尺，寸四分弱，篆势拙劲。匣盖铭曰：'眉山苍苍，大块文章，兽纽头，篆鸟迹。中空无物，何止容卿辈数十。景仁仲则。'甫方摩挲古物，子用、白叔来，拉赴丰乐桥头，买醉尘中。"③ 由此

---

① 《复堂日记》卷六，第146页。
② 《谭献集》，第659页。
③ 《复堂日记》卷八，第205页。

可知,谭献与友朋通过赏玩东坡铜印,表达了对苏轼文章与人品的仰慕之情。词中"此中空洞无物,棱角尚嵯峨"句既是对东坡铜印质地与型式的描绘,东坡铜印的造型为中空之状。同时又是对苏轼历经政治磨难却仍旷达处世的人生态度的肯定。此句谭献承接清代诗人黄景仁"中空无物,何止容卿辈数十"诗意,表达了对苏轼人格的钦慕之情。"拈到如神诗笔,付与朝云拂拭,印印想婀娜"句,由东坡铜印联想到苏轼的文采风流,与词作开端的"文章寿比金石"相呼应。整首词以东坡铜印为触媒,抒发了词人对苏轼千秋文章与旷达人格的向往之情。

四 羁旅行役之作

谭献一生因游学、游宦之故前后共有二十多年长期漂泊在外。谭献二十四岁至二十六岁初次游学京师;二十七岁至三十三岁入福建徐树铭幕府,有七年客闽的经历;谭献三十六岁再次入京师参加会试,无奈科场败北,屡考进士不第。为实现政治抱负,谭献四十二岁捐官为县令,之后有十四年在安徽为官。游学游宦的人生经历使谭献深感羁旅漂泊之苦:"雨暗家山入渺茫,近闻烽火复苍黄。凉浆麦饭寻常事,岁岁清明在异乡。"①"四载中秋四地易,风光应笑劳劳客……年过四十且五十,不早树立将如何。"②"独立悲秋感衰盛,世事身事同蹭蹬。"③这些诗句表达了复堂在羁旅漂泊中感伤华年易逝而自身无所作为的伤感之情。谭献词中有大量反映其羁旅漂泊人生经历之作,如:

《甘州》:问萧条、底事走天涯,席帽拂黄尘。又当筵红烛,金尊中酒,惆怅逢春。④

《金缕曲·唐鄞月夜怀劳平甫》:飘零我亦泥中絮。叹明明、入怀月色,夜深还去。⑤

《南浦》:杯行渐尽,便天涯,芳草送征轮……我是近来消瘦,

---

① 《谭献集》,第 433 页。
② 《谭献集》,第 508 页。
③ 《谭献集》,第 397 页。
④ 《谭献集》,第 631 页。
⑤ 《谭献集》,第 634 页。

最恹恹,伤别复伤春。①

《丁香结·舟夜寄陶汉逸武昌》:问少年游处,记断梦、几辈天涯尘土。②

《摸鱼儿·用稼轩韵自题〈复堂填词图〉》:短衣匹马天涯客,遥见乱山无数。③

《金缕曲·题瑷碪轩主瑶台小咏》:我已飘零后。向天涯、何堪重忆,凤城尊酒。④

《绮罗香·白莲》:飘零人事尽改,休唱田田旧曲,江南乐府。⑤

这些词作无不昭示着词人漂泊天涯的痛楚,这痛苦不仅是词人常年漂泊、颠沛流离之苦,还有词人伤感韶华流逝而功业难就及世路艰辛、怀才不遇的悲哀之情。《金缕曲·江干待发》最能体现谭献羁旅漂泊的复杂心绪:

> 又指离亭树。恁春来、消除愁病,鬓丝非故。草绿天涯浑未遍,谁道王孙迟暮。肠断是、空楼微雨。云水荒荒人草草,听林禽、只作伤心语。行不得,总难住。　　今朝滞我江头路。近篷窗、岸花自发,向人低舞。裙衩芙蓉零落尽,逝水流年轻负。渐惯了、单寒羁旅。信是穷途文字贱,悔才华,却受风尘误。留不得,便须去。⑥

词中"又指离亭树"着一"又"字,"渐惯了、单寒羁旅"着一"惯"字,皆表明词人离别漂泊之频繁,漂泊羁旅是词人生活的常态,令人无限伤感。"鬓丝非故""逝水流年轻负"表明词人在漂泊中感伤时光流逝,而自己已年华老大。"裙衩芙蓉零落尽"用李商隐《无题》(照梁初有情)中"裙衩芙蓉小"语。据冯浩《玉溪生诗注》的解释,李商隐

---

① 《谭献集》,第 621 页。
② 《谭献集》,第 647 页。
③ 《谭献集》,第 648 页。
④ 《谭献集》,第 658 页。
⑤ 《谭献集》,第 632 页。
⑥ 《谭献集》,第 626 页。

这首诗为寄内诗。"盖初婚后,应鸿博不中选,闺中人为之不平,有书寄慰也。"① 谭词或借以表达自己怀才不遇的伤感。"信是穷途文字贱,悔才华、却受风尘误。"既悲慨个人的怀才不遇,又叹息时代的衰颓。总之,这首词通过描写旅人阻滞江头的困窘,表达人生难以抉择的困惑,词人以"行不得,总难住""留不得,便须去"的唱叹,写尽江湖倦客屡经别离、羁旅漂泊的痛苦以及身处穷途、怀才不遇的愤懑。

五 题画词

谭献创作的题画词共 33 首,占谭献词作总数的五分之一。其题画词的具体题材内容如表 2-1 所示。

表 2-1　　　　　　　　谭献题画词创作情况统计表

相关人物	词牌	词题内容
徐珂	点绛唇	题徐仲可《纯飞馆题词图》
万钊	琐窗寒	题《姜露庵填词图》,用王碧山韵
万钊	醉太平	万涧民《空羚诗思图》
刘炳照	洞仙歌	题刘光珊《留云借月庵填词图》
谭献	摸鱼儿	用稼轩韵,自题《复堂填词图》
许增	柳梢青	再题《鹭梦庵填词图》
李慈铭	一萼红	爱伯《桃花圣解庵填词图》
李慈铭	绮罗香	题李爱伯户部《沅江秋思图》,用梅溪韵
许增	齐天乐	许迈孙《煮梦庵填词图》
张景祁	更漏子	题《新蘅词墨》
释永光	卜算子	同乡属题《曼陀罗室遗稿》
倪鸿	百字令	和张樵野观察题倪云劬《花阴写梦图》
包瓒甫	洞仙歌	题包瓒甫《随庵读书图》
吴子述	珍珠帘	题吴子述《春眠风雨图》
何兆瀛	台城路	题何青耜先生《白门归棹图》

---

① 冯浩:《玉溪生诗注》,转引自赵伯陶《张惠言暨常州派词传》,吉林人民出版社 2000 年版,第 371 页。

续表

相关人物	词牌	词题内容
厉鹗	清平乐	用樊榭韵，题《溪楼延月补图》
宗载之	风入松	用俞国宝韵，题宗载之《陌上寻钿图》
甘元焕	西河	用美成金陵词韵，题甘剑侯《江上春归图》
王尚辰	瑞鹤仙影	白石客合肥自度此曲，予用其韵，题王五谦斋《小辋川图》
纳兰性德	拨香灰	成容若自度曲《题张意娘簪花图》
李古愚	烛影摇红	李古愚《吏隐著书图》
羊复礼	南楼令	羊辛楣《花溪吹笛图》
陶方琯	解语花	陶少贇《珊帘试香图》
葛莲汀	尉迟杯	葛莲汀《南湖春泛图》
易顺鼎	柳梢青	易仲实《海天落照图》
金安清	最高楼	金眉老《烟雨寻鸥图》卷中有王定甫通政、陈实庵编修、蒋鹿潭大使、宗湘文郡守及眉老唱和词
吴蜀乡	秋霁	嘉善吴蜀乡《南湖秋泛画卷》
叶襄云	摸鱼儿	题陈容叔同年室叶襄云夫人遗缋，用张鹿仙韵
弹琴仕女	南歌子	题弹琴仕女
顾媚	小重山	用定山堂韵，题顾横波小象
李香君	虞美人	题李香君小象
胡研樵	古香慢	为胡研樵题桂花画扇
瑞石山民	蝶恋花	题瑞石山民画兰

由表 2-1 可知，谭献题画词包括题填词图、题景物图、题人物图等类别，其中题填词图尤多。谭献所作《摸鱼儿·用稼轩韵，自题〈复堂填词图〉》影响尤为深远，谭献的友朋以复堂烟柳填词图为题，创作了大量诗词文作品，体现了谭献在当时文坛的影响（详见第七章第一节谭献与晚清词坛）。谭献所作题画词，大部分是受人之托，题赠画作。题画赠词最多者为李慈铭、万钊，所题画作各有两幅。尤可注意的是，谭献题画词中题目出现了"用××韵""和××""同乡属题"等字眼，表明其题画词有文人共同题咏、相互交流词艺、逞才炫技的因素。如《百字令·和

张樵野观察题倪云劬〈花阴写梦图〉》:"云英为水,荡春魂一片,落花浮席。鹦鹉帘栊人在否,属付东风留客。雷送车尘,月裁扇影,容易双成只。美人香草,百年难忘今夕。　见说坠梦迷离,游仙大小,乐府翻新拍。多少相思红豆树,未抵明珠三百。种柳光阴,牵萝身世,付与谁怜惜。千丝织尽,支机天上余石。"① 这首词是谭献为岭南词人倪鸿《花阴写梦词》所作的题画词,张荫桓也有词题《花阴写梦图》。谭献此词既为题写《花阴写梦图》而作,又是对张荫桓词的唱和,一词而兼有两种功能。倪鸿《花阴写梦词》来源于蒋士铨"坐花阴,将写梦"(谭宗浚《花阴写梦词序》)之语。谭献这首词上片写花,下片点梦,其中的"美人香草,百年难忘今夕""种柳光阴,牵萝身世,付与谁怜惜"有渴望建功立业却怀抱未得施展的感慨。又如《虞美人·题李香君小象》:

东风冷向花枝笑,转眼花枝老。淡烟依旧送南朝,留得美人颜色念奴娇。　天涯一样文章贱,公子时相见。酒杯倾与隔江山,山下无多杨柳不堪攀。②

关于这首词的创作本事,郭则沄《清词玉屑》卷九云:"曲园先生诗云:'千秋两柄桃花扇,前是香君后栗娘。'栗娘姓沈,吴中名妓,色艺冠一时,归周云将为妾。甫二年而云将卒,矢志不再嫁。又五年而逝。云将生时,藏有任渭长画扇,一面写折枝桃花,一面写李香君小像。谭仲修为题《虞美人》词云云。道希(文廷式)和云……云将亡后,扇存栗娘所。冒钝宦(冒广生)为云将甥,悯栗娘守节死,为之作传,名流咸有题咏,曲园(俞樾)诗亦作于是时。"③ 可见,这首词虽是谭献为周云将所藏任渭长画扇而作的题画词,但关涉周云将的小妾沈栗娘。沈栗娘守节而死,其品节之高堪比李香君,故谭献、俞樾、文廷式等名流多有题咏之作讴歌之。这首词谭献紧扣画扇内容而作,画扇的两面分别绘有折枝桃花和李香君小象。谭献词作上片描绘画扇上所绘折枝桃花,由桃花想到南明时的李香君。下片借写李香君品性之高洁来褒扬沈栗娘。

---

① 《谭献集》,第647页。
② 《谭献集》,第658页。
③ 尤振中、尤以丁编著:《清词纪事会评》,黄山书社1995年版,第887页。

第二节　复堂词的艺术风貌

谭献作为一代词学宗师，他的词作达到了较高的水准，本书将复堂词的艺术风貌归纳为五点，下面将详细展开分析。

一　寄托遥深的风格

谭献早年学习浙西词派，三十岁以后受常州词派影响，词作具有比兴寄托之旨。谭献词作有寄托深远的艺术特点，符合常州词派的创作原则。朱祖谋《彊村语业》卷三之《望江南·杂题我朝诸名家词集后》评谭献词云："皋文说，沆瀣得庄、谭。感遇霜飞怜镜子，会心衣润费炉烟。妙不著言诠。"饶宗颐《朱彊村论清词〈望江南〉笺》云："庄棫、谭献二人皆发扬茗柯词说，'不著言诠'谓谭献论词语约而旨微也。"[1]饶先生的笺注表明谭献词学理论对常州词派的皈依。王国维以"深婉"[2]概括谭献词作风格。冒广生称："复堂词，意内言外，有要眇之致。"[3]徐珂《近词丛话》评复堂词云："幼眇而沉郁，义隐而指远，腼臆而若不可于明言。盖斯人胸中别有事在，而官止于令，莘然不能行其志，为可太息也。"[4]徐珂指明谭献以词寄托其无法施展的政治抱负。谭献早年的《蘼芜词》多寄兴写怀之作，高学淳《蘼芜词序》云："春花秋月，不少寄兴之章；暮雨朝霞，大有写怀之句。读谭子新词一编，洵足媲美前贤，远过今人矣。"[5]其《复堂词》有家国身世之感，合风人之旨，得"意内言外之趣"[6]。谭献既有以闺情寄托家国情怀之作，又有托物言志的咏物词作，这些作品是复堂寄托家国情怀的载体。诚如陈作霖《箧中词跋》云：

---

[1] 饶宗颐：《朱彊村论清词〈望江南〉笺》，《文辙》，台湾学生书局1991年版，第772页。

[2] 王国维：《人间词话删稿》，唐圭璋编《词话丛编》，中华书局1986年版，第4260页。

[3] 冒广生：《小三吾亭词话》卷一，唐圭璋编《词话丛编》，中华书局1986年版，第4671页。

[4] 徐珂：《近词丛话》，唐圭璋编《词话丛编》，中华书局1986年版，第4226页。

[5] （清）高学淳：《蘼芜词序》，冯乾编校《清词序跋汇编》，第1239页。

[6] （清）庄棫：《复堂词序》，冯乾编校《清词序跋汇编》，第1240页。

"《复堂词》一卷……高情逸韵,寄托遥深。"① 徐珂《清代词学概论》云:"谭复堂师所作词,大雅遒逸,深美闳约,推本止庵之旨,发挥而光大之。"② 谭献用比兴寄托之法来创作词,使得其词具有寄托遥深的风格特点。如《长亭怨慢·霜风渐尽,书和廉卿》:"又消受、江枫低舞,几遍清霜,落红盈路。返照苍茫,乱山憔悴黯无绪。怅花吹絮,曾目送,春风去。往日倚楼人,早领略、芳容愁苦。　　薄暮。望昏鸦宿雁,却向隔城烟树。长亭载酒,道休负、别时言语。记得是、豆蔻梢头,怕回首、寻芳前度。奈一晌停车,林际叶声如雨。"③ 词的上片写秋日的枫叶落红满路,如同春花一样的飘零,以春花秋叶的凋零比喻青春流逝,一去不返。下片以长亭送别之场景,表达凄凉意绪。词境凄婉,寄托了词人的时事之悲。又如《金缕曲·唐鄩月夜怀劳平甫》:"木叶飞如雨。绕空舟、惟闻暗浪,悄无人语。篷背新霜侵衣袂,冷压釭华不吐。料此际、微吟闭户。三径萧萧蓬蒿满,记从前、裙屐欢难补。春去也,惜迟暮。　　飘零我亦泥中絮。叹明明、入怀月色,夜深还去。芳草变衰浮云改,况复美人黄土。算生作、有情原误。莫倚平生丹青手,看寻常、颜面皆行路。哀与乐、等闲度。"④ 这首词有词人的伤春迟暮之悲、前途渺茫之喟叹,同时又包含有对家园故国的眷恋,多种情感交织在一起,寄托深远。

二　清空元素的吸纳

谭献"论词之旨,亦宗常州派之郁厚雅正,而时参之以浙派'清空'之旨,盖得论词之正焉"⑤。谭献在理论上推衍常派词学,同时对于浙派推崇的清空之境亦有吸取。叶衍兰称谭献:"诗文皆汉魏遗音,词则姜、张正轨。"⑥ 汪鋆在写给谭献的书信中,称谭献"词则以石帚作首,而运以王、吴彩绘,又非吴门戈氏讲律而不问"⑦。两封来自友朋的书信皆指明谭献于南宋清空骚雅派词人姜夔、张炎词皆有取法。正因如此,谭献词

---

① 孙克强、杨传庆、裴喆编著:《清人词话》(下),第 1778 页。
② 徐珂:《清代词学概论》,山西人民出版社 2015 年版,第 12 页。
③ 《谭献集》,第 618 页。
④ 《谭献集》,第 634 页。
⑤ 徐兴业:《清代词学批评家述评》,无锡国专 1937 年印行。
⑥ 钱基博编纂:《复堂师友手札菁华》(下),第 1064 页。
⑦ 钱基博编纂:《复堂师友手札菁华》(下),第 1052 页。

具有了清空的特点。"清空"既指意境的清虚空灵,也指运用虚字,使语言章法呈现出灵动流转的特点。

首先,复堂词具有清虚空灵的意境。如《金缕曲·江干待发》:"又指离亭树。怅春来、消除愁病,鬓丝非故。草绿天涯浑未遍,谁道王孙迟暮。肠断是、空楼微雨。云水荒荒人草草,听林禽、只作伤心语。行不得,总难住。　今朝滞我江头路。近篷窗、岸花自发,向人低舞。裙衩芙蓉零落尽,逝水流年轻负。渐惯了、单寒羁旅。信是穷途文字贱,悔才华、却受风尘误。留不得,便须去。"① 这首词写江湖倦客常年漂泊的痛苦,以及词人年华老大、怀才不遇的感伤。上阕的"空楼微雨"几句以景写情,渲染词人之愁绪。以空楼、细雨、行云、流水、林禽等环境景物之描写,营造出空灵之意境,表达了词人的凄婉之情。词作抒情真挚内敛,妙在虚实之间,兼浙西、常州二派之长。叶恭绰《广箧中词》卷二评曰:"如此方可云清空不质实。"② 此词清空而意蕴深厚,不流于浮滑,堪称力作。又如《渡江云·大观亭同阳湖赵敬甫、江夏郑赞侯》:"大江流日夜,空亭浪卷,千里起悲心。问花花不语,几度轻寒,怅处好登临。春幡颤袅,怜旧时人面难寻。浑不似、故山颜色,莺燕共沉吟。　销沉,六朝裙屐,百战旌旗,付渔樵高枕。何处有、藏鸦细柳,系马平林。钓矶我亦垂纶手,看断云、飞过荒浔。天未暮,帘前只是阴阴。"③ "钓矶"三句,用姜太公未出仕时隐于渭滨垂钓的典故,表达词人胸怀远大理想抱负,不甘寂寞消沉,愿有所作为。结尾以暮色阴沉收束,暗示时局尚未开明及自己对实现理想尚无足够信心。体现了谭献作为晚清知识分子既想有所作为来挽救日薄西山的清王朝,又无能为力的无奈之情。舍我《天问庐词话》认为此词"钓矶我亦垂纶手""看断云飞过荒浔"之类,"置诸《白云集》中,当不能辨其真伪。"并评价谭献词作"师法白云,殊能得其神味"④。舍我指出谭献词学习南宋张炎,具有清空之意境。汪中在《清词金荃》中阐明谭献词取境清空:"复堂词疏劲能使气,凄戾善用意,正以取境清空,故造遣自适,视夫祖述朱、厉,矜为浙派者,有淄

---

① 《谭献集》,第 626 页。
② 叶恭绰选辑,傅宇斌点校:《广箧中词》,人民文学出版社 2011 年版,第 119 页。
③ 《谭献集》,第 642 页。
④ 舍我:《天问庐词话》,朱崇才编纂《词话丛编续编》,人民文学出版社 2010 年版,第 2291 页。

渑之别。"① 汪中指出谭献的清空不同于浙西词派朱彝尊、厉鹗的清空，而将常派的寄托用意与浙派取境清空融合为一体。刘永济在《词论》中说："清空云者，词意浑脱超妙，看似平淡，而意蕴无尽，不可指实。其源盖出于楚人之骚，其法盖由于诗人之兴。"② 谭献论词亦溯源风骚，重视比兴寄托，所谓"洋洋乎会于风雅"。

其次，复堂词运用虚处传神的表现手法，体现清空之特点。在表现手法上，清空多遗貌取神，摄事物之神韵。"清空"之"空"，即"空灵"之谓。"空灵"者忌实忌满，主张写作手法上虚实相生，给人留下想象和回味的空间。如谭献《浣溪沙》云：

> 昨夜星辰昨夜风，玉窗深锁五更钟。枕函香梦太匆匆。　帘阁焚香烟缥缈，阑干撇笛月朦胧。碧桃花下一相逢。③

这首词写夜间一次难忘的约会，词的前半部分重在描写"玉窗""帘阁""阑干"的环境，营造了一种清空、缥缈的意境氛围，其中的情节过程、人物形象等一概略去，任由读者去补充发挥，直到最后才点明约会。陈廷焯评曰："通首虚处传神，结语轻轻一击，妙甚。"④ 可谓一语中的，颇具识力。此类手法的运用在谭献词中还有《蝶恋花》：

> 栀子花残蝴蝶瘦，镜里晨昏，总是愁时候。梦到江南人在否。断魂付与青青柳。　过尽春风三月后，门外斜阳，马上休回首。私语难忘今日酒，玉阑干畔携双袖。⑤

这首词写闺中女子对意中人的深情，但在表达情感上却不道破，而用景物描写含蓄表达闺中女儿的情思。做到了遗貌取神，故汪中评此词云："此清空之语，含无限之深情，当胜过'庭院深深人悄悄'数阕也。"⑥

---

① 汪中：《清词金荃》，台湾学生书局1965年版，第134页。
② 刘永济：《词论》，上海古籍出版社1981年版，第66页。
③ 《谭献集》，第622页。
④ （清）陈廷焯：《白雨斋词话》，唐圭璋编《词话丛编》，中华书局1986年版，第3875页。
⑤ 《谭献集》，第627页。
⑥ 汪中：《清词金荃》，台湾学生书局1965年版，第135页。

又如《临江仙·和子珍》：

> 芭蕉不展丁香结，匆匆过了春三。罗衣花下倚娇憨。玉人吹笛，眼底是江南。　　最是酒阑人散后，疏风拂面微酣。树犹如此我何堪。离亭杨柳，凉月照毵毵。①

这首词通篇写愁。开篇用李商隐"芭蕉不展丁香结，同向春风各自愁"的语典，表明词写愁怀。"罗衣花下倚娇憨"三句，描写女子的动作和神态。"玉人吹笛，眼底是江南"，营造出清空之境，玲珑透彻。下片抒写离别之愁。通过酒阑人散、疏风拂面、凉月照柳的特定场景，描绘出色调冷清、景物疏淡的画面，用景物描写来表现离愁。这首词的妙处是通过用典及造境，逐层渲染愁郁之情，具有清空的特点。

三 透过一层的创作方法

谭献词多运用透过一层的创作方法，从而使词作具有深厚的风格。"透过一层"之说来源于陈廷焯、程千帆对谭献词作的评价。陈廷焯评复堂词有"透过一层"之论，他评价谭献《青门引》云："'人去阑干静。杨柳晚风初定。芳春此后莫重来，一分春少，减却一分病。'透过一层说，更深，即'相见争如不见'意。"②"芳春"三句，透过一层言相思之情。陈廷焯以"无情语实为多情语"来阐释"透过一层"。这里不直说春意愈浓愈容易勾起人的怀念，而从反面点出作者为思念所苦，宁可春色越少越好，甚至希望芳春莫来，免增相思，更衬出相思之深。把想要摆脱而无法摆脱的思念之苦，表现得十分细腻，从而增加了情感的厚度。

谭献《复堂词自序》云："周美成云：'流潦妨车毂。'又曰：'衣润费炉烟。'辛幼安云：'不知筋力衰多少，只觉新来懒上楼。'填词者试于此消息之。不佞悦学卅年，稍习文笔，大惭小惭，细及倚声。乡人项莲生，以为'不为无益之事，何以遣有涯之生'，其言危苦，然而知二五而

---

① （清）谭献：《复堂词》，咸丰九年刻本。
② （清）陈廷焯：《白雨斋词话》，唐圭璋编《词话丛编》，中华书局 1986 年版，第 3874 页。

未知十也。"① 这段文字虽然短小，却意味深长。程千帆《〈复堂词序〉试释》一文认为，《复堂词自序》中所举周邦彦、辛弃疾的词句运用了"透过一层想"的表现技巧，这种技巧既有利于增加情感的厚度与广度，也有利于达成儒家的"忠恕之道"，是实现复堂一贯追求的"温柔敦厚""忠爱缠绵"等诗教理念的创作手法。②

值得注意的是，谭献不仅在理论上主张运用透过一层的创作手法，而且在自己的词作中实践了"透过一层"的表现技巧。下面以《长亭怨》为例，分析谭献"透过一层"的表现技巧。

> 看春老、飞花飞絮，燕子来时，绿窗朱户。不浣闲愁，漫煎离恨奈何许。妾魂销矣，最恨是、沙头树。相送客舟行，却不道、天涯从此。　　欲暮。想征衫乍解，双袖泪痕无数。玉环锦带，是纤手、背人亲付。算此后、步步关情，似花发、空阶无主。更不遣分明，凄断柔肠一缕。③

此词写女子的相思离别之情，上片实写女子送别男子的场景，下片从虚处落笔，通过层层悬想表达女子的离愁别绪。本来是写女性的相思离别之情，却从对面着笔，从空间上推想男子也在思念她，"想征衫乍解"句是闺中女子想象漂泊他乡的游子，一定也在想念自己。"算此后"句则在时间上推想将来，写相思之情。这样由此及彼、由现在想到未来，运用透过一层的表现技巧来表达女子的相思之情，增加了情感表达的厚度。

谭献词中多次用到这一技巧，如：

> 《贺新郎·和人》：疏雨重帘烟漠漠，花色雨中新好。又只怕、花随人老。④

---

① 《谭献集》，第617页。
② 程千帆：《〈复堂词序〉试释——清人词论小记之一》，华东师范大学中文系、古典文学研究室编《词学研究论文集》（1911—1949），上海古籍出版社1988年版，第372页。
③ 《谭献集》，第627页。
④ 《谭献集》，第626页。

《大酺》：年年挑菜日，怕多露、门外青芜湿。①

《洞仙歌》：徐起拂青琴，弦上尘生，凭传语、知音归早。怕此去、秋声满江亭，剩把酒登楼，乱鸿衰草。②

《临江仙·纪别》：啼痕欲写脸边霞，无言强忍，怕染路旁花。③

《二郎神》：宝瑟比人，春花同笑，芳景怕成秋苑。还只恐，后夜风风雨雨，画帘愁卷。④

《角招·荷花》：欲寻云际岫，荡桨采菱，多刺伤手。⑤

《芳草·送别》：算此后、翠衾梦断，梦亦疑猜。⑥

《忆旧游》：秋凉。绮怀减，想似水僧寮，润到衣裳。⑦

《丁香结·舟夜寄陶汉逸武昌》：眉头曾有旧恨，更遣新愁来补。⑧

《苏幕遮》：病谁深，春似醉，陌上桃花，门内先憔悴。⑨

这些词作的共同点是多用"又只怕""还只恐""算此后""更遣"等领字，在表意上或替别人想，或单就自己想，或由自己想到别人，或在时间上由现在想到过去、未来等，或在空间上由这里想到那里。总之通过"透过一层"技巧的娴熟运用，谭献使得其词常臻化实为虚、返虚入浑之境，增添了词作含蓄隽永、曲折深婉之美。

四 小令与慢词的创作得失

小令与慢词的划分，本文采用王力先生《汉语诗律学》的观点，即"词只须分为两类：第一类是六十二字以内的小令……第二类是六十三字以外的慢词。"⑩ 今存谭献词的数量共计168首，其小令与慢词的创作数

---

① 《谭献集》，第646页。
② 《谭献集》，第622页。
③ 《谭献集》，第642页。
④ 《谭献集》，第641页。
⑤ 《谭献集》，第623页。
⑥ 《谭献集》，第624页。
⑦ 《谭献集》，第634页。
⑧ 《谭献集》，第647页。
⑨ 《谭献集》，第621页。
⑩ 王力：《汉语诗律学》（下），中华书局2015年版，第547页。

量如表2-2所示。

表2-2　　　　　谭献小令、慢词创作数量统计表　　　　　单位：首

谭献词	小令	慢词	合计
蘼芜词（《谭献集》所无）	8	11	19
复堂词卷一	30	18	48
复堂词卷二	23	33	56
复堂词卷三	11	21	32
复堂词续	5	8	13
合计	77	91	168

从创作比例来看，小令创作数量为77首，占谭献词作总数的46%，慢词创作数量为91首，占谭献词作总数的54%。慢词创作数量略高于小令。从创作时间来看，前期小令居多，后期慢词创作占上风。谭献小令、慢词各具特色，都取得了很高的成就。其小令在抒写性灵方面表现为优，慢词在表现家国寄托方面成就突出。下面分别分析谭献小令与慢词的创作。

首先，谭献小令的创作。谭献小令在抒写性灵，无寄托地写景、言情方面，佳篇较多，具有唐五代小令的风貌。前人对谭献小令创作评价较高。如陈廷焯《白雨斋词话》云："仲修小词绝精，长调稍逊。"① 丁绍仪《听秋声馆词话》云："笔情遒峭，小令尤工。"② 下面结合具体作品分析之。谭献《望江南》：

　　东风路，如画是家山。草色却随流水绿，夕阳只在有无间。燕子话春寒。③

这首词以短短二十七字描绘了一幅江南初春山水画，表达了词人对故

---

① （清）陈廷焯：《白雨斋词话》，唐圭璋编《词话丛编》，中华书局1986年版，第3876页。
② （清）丁绍仪：《听秋声馆词话》，唐圭璋编《词话丛编》，中华书局1986年版，第2638页。
③ 《谭献集》，第637页。

乡的深情厚爱。又如《蝶恋花》：

> 庭院深深秋梦断，玉枕新凉，雨气和愁乱。一炷炉香烧渐短。空房无语芳心软。　小胆惺忪谁是伴，瘦到支离，病比年年惯。眼底朱阑千里远。西风几点南飞雁。①

这首词细腻刻画了闺中女子的心理，将其幽怨之情曲折道出。"小胆惺忪"用纳兰性德《青衫湿遍·悼亡》："忆生来，小胆怯空房"句意，写出女子闺中孤苦的情景。"瘦到支离，病比年年惯"写女子身心憔悴，原因是独守空闺，无人为伴，而意中人分别有年，远在千里之外，回乡无望。又如《昭君怨》云："烟雨江楼春尽，盼断归人音信。依旧画堂空，卷帘风。　约略薰香闲坐，遥忆翠眉深锁。鬓影忍重看，再来难。"此词对女性神态、心理的描写，得西蜀花间词人神韵。尤其首句"烟雨江楼春尽，盼断归人音信。"极似温庭筠《梦江南》："梳洗罢，独倚望江楼。过尽千帆皆不是，斜晖脉脉水悠悠，肠断白蘋洲"词作意境，但语言比温词更为凝练。陈廷焯《白雨斋词话》评此词云："深婉沉笃，亦不减温、韦语。"②又如《清平乐》云："东风吹遍，稚柳垂清浅。云树朦胧千里远，望断高楼不见。　楼前塞雁飞还，愁边多少江山。忍把棉衣换了，玉梅花下春寒。"此词被陈廷焯评为"逼近五代人手笔"③。"云树朦胧千里远，望断高楼不见"比喻词人茫然若失的心态，词作折射出晚清传统知识分子迷惘彷徨的心理感受。

谭献小令的不足是模拟较多，从语言、结构、手法等方面有同于温庭筠、冯延巳之处，故创新性不足。如《浪淘沙》（未雨已沈沈）："一片东风吹乍起，江上愁心。"④ 显然模仿冯延巳《谒金门》："风乍起，吹皱一池春水"词句。故严迪昌批评说，谭词"意象语辞力求古式，恪遵前人

---

① 《谭献集》，第623页。

② （清）陈廷焯：《白雨斋词话》，唐圭璋编《词话丛编》，中华书局1986年版，第3873页。

③ （清）陈廷焯：《白雨斋词话》，唐圭璋编《词话丛编》，中华书局1986年版，第3875页。

④ 《谭献集》，第645页。

范型,于是不免类型化"①。其评语可谓一语中的,指出谭献词作的不足。谭献小令的意象有重复之处,如"啼痕"意象在谭献小令中多次出现。《青衫湿》:"青衫湿处,看来却似,点点啼痕。"②《浣溪沙·舟次吴门》:"玉枕啼痕犹昨日,翠楼人语已他乡。"③《浪淘沙》:"玉树向人凋,角枕无聊,啼痕新旧总难销。"④《临江仙·纪别》:"啼痕欲写脸边霞,无言强忍,怕染路旁花。"⑤《蝶恋花》:"点点啼痕垂广袖,夕阳又是愁时候。"⑥意象重复单调。此外,施蛰存也批评谭献有温、韦词之弊,即存在刻意寄托,词旨深晦的弊病:"中白与谭复堂齐名,二家小令,俱追踪温韦。然刻意求寄托,遂使词旨惝恍,不赋不比,盖两失之。炼字琢句,亦各有未到。"⑦

其次,谭献的慢词创作。从谭献词的总体创作来看,慢词数量居多。这显示出谭献词作的渐趋成熟。谭献后期慢词的创作比例明显增加,这与他所处的乱世有很大关系。谭献慢词的长处在于寄托深婉。身处乱世,谭献在词中多表达家国身世之感。而慢词的容量体制更适合词人在较长的篇幅里铺叙曼衍表现深重的家国情怀。如《尉迟杯·西湖感旧,周韵同潘少梅丈作》:

平堤路。正落照、欲下城头树。离离草色城阴,前日钿车来处。东风宛转,吹不醒、离魂梦南浦。却相逢、柳外黄昏,送他双燕归去。　　回头海国浮云,难忘是、园林坐石萍聚。唱彻家山浑萧瑟,话几许、零歌断舞。如今又、江深草阁,但添得、巴山一夜语。问飘来、甚处箫声,倚楼应是愁侣。⑧

这首词写朋友之间的离别之情,却将离别的落寞孤寂之感、个人的抑

---

① 严迪昌:《近代词钞》,江苏古籍出版社1996年版,第1419页。
② 《谭献集》,第620页。
③ 《谭献集》,第627页。
④ 《谭献集》,第629页。
⑤ 《谭献集》,第642页。
⑥ 《谭献集》,第655页。
⑦ 施蛰存著,林玫仪编:《北山楼词话》,第606页。
⑧ 《谭献集》,第633页。

郁不遇之怀、家国时世之悲等多种情怀寓意其间，情感内涵丰富。词作上片写送别友人的场景。下片写与友人天各一方，回想昔日相聚畅谈之情景，今日倍感凄凉。其中的"海国浮云""家山萧瑟"等语，寄托着家国时事之悲。谭献慢词的成就得到现代词学研究者的认同。严迪昌《清词史》认为，谭献长调胜于小令，主要在于其长调创作较有创新性："如《渡江云》写兵荒马乱时世的气氛有切近感。又如《金缕曲·江干待发》抒发志不得申、才未能尽而又不甘绝望的情怀。"① 沈轶刘《繁霜榭词札》云："然谭之所长，并不在此，乃在长调……观谭之慢词，逞意卷舒，尽脱枷锁，放笔直书，徐见真面，成就竟出其立说范围之外。"② 沈轶刘、富寿荪《清词菁华》云：（谭献）"慢词扫却陈言，辞意特出，用力最深。论献之能事，实在长调。"③

五 和韵词展现艺术才情

谭献词"格皆谨密，词不虚泛"④，严守音律。吴昌硕《谭复堂先生疏柳斜阳填词图》云："倚声律细推红友，问字车多碾白堤。最好西湖听按拍，酒船撑破碧玻璨。"⑤ 诗中的"红友"是指清代词律家万树。吴昌硕肯定了谭献词作声律严谨，有推扬万树《词律》之处。又姚鹓雏《示了公论词绝句十二首》其六言："修门词客今谁在，只有云门与复堂。语秀真能夺山绿，律严差可比军行。"⑥ 也表明谭献词作具有格律谨严的特点。其和韵词充分展现了谭献的艺术才情。谭献和韵词有 37 首，占总数的 20% 以上，和韵词既有用宋代词人词韵，又有用清前期词人词韵，还有和友人词韵。关于谭献和韵词的创作情况，见表 2-3。

---

① 严迪昌：《清词史》，人民文学出版社 2011 年版，第 533 页。
② 沈轶刘：《繁霜榭词札》，张璋等编纂《历代词话续编》（下），大象出版社 2005 年版，第 845 页。
③ 沈轶刘、富寿荪选编：《清词菁华》，安徽文艺出版社 1986 年版，第 302 页。
④ 闻野鹤：《恻簃词话》，朱崇才编纂《词话丛编续编》，人民文学出版社 2010 年版，第 2335 页。
⑤ （清）吴昌硕：《缶庐诗》卷四，清光绪十九年刻本。
⑥ 姚鹓雏：《姚鹓雏文集》（诗词卷），上海古籍出版社 2009 年版，第 236 页。

表 2-3　　　　　　　　　谭献和韵词创作情况表

和韵分类	用韵词作			
用宋人词韵	《湘月》和石帚自制曲,一解其声哀怨,实有不自知者	《角招》和白石自制黄钟清角调一曲	《徵招》和白石老仙黄钟下徵调	《瑞鹤仙影》白石客合肥自度此曲,予用其韵,题王五谦斋《小辋川图》	《眉妩》用白石戏张仲远韵,柬迈孙
	《八六子》和淮海词一调,柬顾子真、高仲瀛	《水龙吟》春思用少游韵	《千秋岁》海隅信宿,旅病倦游,用少游韵	《西河》用美成金陵词韵,题甘剑侯《江上春归图》	《尉迟杯》西湖感旧,周韵同潘少梅丈作
	《绮罗香》题李爱伯户部《沅江秋思图》,用梅溪韵	《双双燕》绿阴词同廉卿作,用梅溪韵	《琐窗寒》连夕与子珍步月,秋心眇绵,感赋此解,用玉田韵	《琐窗寒》题姜露庵《填词图》,用王碧山韵	《摸鱼儿》用稼轩韵,自题《复堂填词图》
	《风入松》用俞国宝韵,题宗载之《陌上寻钿图》			
用清前期词韵	《临江仙》拟湘真阁	《拨香灰》成容若自度曲《题张意娘簪花图》	《清平乐》用樊榭韵,题《溪栖延月补图》	《小重山》用定山堂韵,题顾横波小象	
用友人词韵	《一尊红》用遗园韵,志感	《齐天乐》秋夜用榆园韵	《百字令》秋感和榆园	《摸鱼儿》题陈容叔同年室叶襄云夫人遗绩,用张鹿仙韵	
	《更漏子》题《新薋词墨》用卷中韵	《虞美人》和缪筱珊除日渡汉江	《凤凰台上忆吹箫》和庄中白	《长亭怨慢》霜枫渐尽,书和廉卿	《鹊桥仙》新月和莲卿
	《长亭怨》燕台愁雨和陶子珍	《贺新郎》野水用蒹塘、庄眉叔唱和韵	《百字令》和张樵野观察题倪云劭《花阴写梦图》	《金缕曲》和蒙叔	《一尊红》送春和高茶庵
	《水龙吟》桐绵和邓石瞿诸璞庵	《满庭芳》和王六潭	《满江红》汉十二辰镜和谦斋		

　　由表 2-3 可知,第一,复堂和韵词用宋代词人词韵,和韵最多的两宋词人是姜夔、秦观、周邦彦、史达祖,分别为五首、三首、二首、二首。其次是张炎、王沂孙、辛弃疾、俞国宝,均为一首。从和韵的宋代词人可以看到谭献对姜夔词作的偏爱,同时和韵的词人以南宋词人为多,和韵词作多为慢词长调,体现出谭献对长调慢词的创作热情。第二,用清代前期词人词韵。谭献用陈子龙、纳兰性德、厉鹗、龚鼎孳词韵各作词一

首。第三，和友人韵共计 13 首。这些友朋包括王尚辰（2 首）、许增（2 首）、张炳堃（1 首）、张景祁（1 首）、缪荃孙（1 首）、朱孝起（2 首）、庄棫（1 首）、陶子珍（1 首）、顾翰（1 首）、庄缙度（1 首）、张荫桓（1 首）、沈景修（1 首）、高望曾（1 首）、邓濂（1 首）、王咏霓（1 首）等人。谭献的这些和韵词作体现了其艺术才能。

谭献的不少追和之词显示了相当高的艺术水准，达到了方驾原作甚至等而上之的高度，下面笔者选择与原作情境较为相类的和作进行对比研读。

首先，来看缪荃孙《虞美人》及谭献《虞美人·和缪筱珊除日渡汉江》：

缪荃孙《虞美人》

萋萋芳草和烟织，渐远春消息。汉江江水碧于油，试问几时回转向西流。　　晴川依旧留高阁。无地招黄鹤。平生踪迹似杨花，不料今年今夕尚天涯。①

谭献《虞美人·和缪筱珊除日渡汉江》

鬓丝凋后难胜织，何处寻消息。汉皋晴日路如油，暖到杨枝人散旧风流。　　轻烟迢递生楼阁，来去休留鹤。春迟春早任飞花，争似行云亡尽水亡涯。②

通过两首词的相互比照，可知谭献的《虞美人》和作严格按照缪荃孙《虞美人》原作之词韵押韵，谭献和韵之才情可见一斑。不仅如此，缪荃孙原作末尾以杨花比喻自己的漂泊，不免感伤。而谭献和作末尾写景开阔，"行云亡尽水亡涯"言漂泊是生活的常态，含有规劝朋友缪荃孙不必感伤之意。

其次，除了小令的和韵词表现精湛外，谭献的长调和韵词也技高一筹，试看周邦彦抒发盛衰兴亡之感的《西河·金陵怀古》与谭献之和作：

---

① 《谭献集》，第 667 页。
② 《谭献集》，第 667 页。

周邦彦《西河·金陵怀古》

佳丽地,南朝盛事谁记。山围故国绕清江,髻鬟对起。怒涛寂寞打孤城,风樯遥度天际。　断崖树、犹倒倚,莫愁艇子曾系。空馀旧迹郁苍苍,雾沉半垒。夜深月过女墙来,伤心东望淮水。　酒旗戏鼓甚处市。想依稀、王谢邻里,燕子不知何世。向寻常巷陌人家,相对如说兴亡、斜阳里。

谭献《西河·用美成金陵词韵,题甘剑侯〈江上春归图〉》

江上地,长亭草树犹记。梦回故国渺乡心,断鸿唤起。万方一概听笳声,烟波来去无际。　耿长剑,何处倚,杨枝渡口船系。乌衣巷畔有春风,晚芦故垒。倒吹泪点上征衣,知他江水淮水。　女墙夜月过小市,照飞蓬、归来千里。往事几回尘世,只龙蟠虎踞,山形依旧,还枕滔滔、寒流里。①

周词通篇为寂寥衰飒之景,不胜其怀古伤逝之悲。唐圭璋《唐宋词简释》云:"此首金陵怀古,檃栝刘禹锡诗意,但从景上虚说……起言'南朝盛事谁记',即撇去史实不说。'山围'四句,写山川形胜,气象巍峨。第二片,仍写莫愁与淮水之景象,一片空旷,令人生哀。第三片,借斜阳、燕子,写出古今兴亡之感。"②谭词用美成金陵词韵,抒发的情感却不局限于周词的古今兴亡之感,同时"万方一概听笳声""倒吹泪点上征衣"句折射出外敌入侵、战乱频仍的时代乱离,包含有词人对国事的担忧及个人失意的伤感,可谓百感交集,愁绪纷乱。

本节从五个方面分析谭献词的艺术风貌。复堂词具有寄托遥深的风格;创作中运用透过一层的表现技巧,使词作呈现厚重之感;其词能兼具清空之词境;其小令慢词各有特色,前期小令创作居多,有唐五代小令风貌,但模拟较多,创新不足。后期慢词创作比例较大,在慢词这一较大容量的体制中,表达深厚的家国情怀,艺术成就较高。谭献的和韵词展现了其艺术才情,体现了其词作格律谨严的特点。

---

① 《谭献集》,第638页。
② 唐圭璋选释:《唐宋词简释》,上海古籍出版社1981年版,第138页。

第三章

谭献词学研究

谭献不仅是晚清著名的词人,而且是晚清卓有建树的词学家。其词学思想内容丰富,涉及尊体与辨体的词体观;词在唐代到清代发展演变的词史论;以"柔厚"为中心的词学批评范畴及援书论词、以诗赋论词的批评方法等方面。

第一节 谭献的词体观

谭献既试图拉近词与诗的距离,于词体有尊体之论;同时又辨析词体区别于诗体的独特之处,于词体有辨体之说。除此之外,谭献还对词的正变观有独到见解。下面逐一论述之。

一 尊体的词学观

叶恭绰《广箧中词》卷二言:"仲修先生承常州派之绪,力尊词体,上溯风骚,词之门庭,缘是益廓,遂开近三十年之风尚,论清词者,当在不祧之列。"[①] 尊体是常州词派的一贯主张,张惠言提出词要意内言外,通过讲求词作的比兴寄托来提高词体地位,目的是使词"与诗赋之流同类而风诵"[②]。周济提出"词史说"及词"寄托出入"说来推尊词体。张惠言、周济推尊词体,目的是使词与诗赋文笔具有同样的地位。谭献尊体的词学观是对常州词派尊体观的继承,具体说来,谭献通过如下四个方面来推尊词体。

---

① 叶恭绰选辑,傅宇斌点校:《广箧中词》,人民文学出版社2011年版,第121页。
② (清)张惠言:《词选序》,唐圭璋编《词话丛编》,中华书局1986年版,第1617页。

其一，通过"上溯风骚"的方式，指明词关乎风雅比兴，以寄托说作为尊体的手段。《复堂词录序》云："愚谓词不必无《颂》，而大旨近《雅》。于《雅》不能大，然亦非小，殆《雅》之变者与？其感人也尤捷，无有远近幽深，风之使来。是故比兴之义，升降之故，视诗较著，夫亦在于为之者矣。上之言志，永言次之。志洁行芳，而后洋洋乎会于《风》《雅》。雕琢曼辞，荡而不反，文焉而不物者，过矣靡矣，又岂词之本然也哉？"① 这里，谭献阐明词接近于"变雅"。"变雅以比兴为表现特征，避免直露浅白，思想情感的表达曲折回环，所以更为感人。"② 清代词学尊体的手段之一就是通过比兴寄托来实现。词体应关乎风雅，不应该雕琢曼辞，走向"荡而不返、傲而不理，枝而不物"的迷途。谭献《愿为明镜室词稿序》云："夙所持论，主于风谕，归于比兴，而恶夫世之以小慧为词者。"③ 谭献将词抬高到风雅比兴的高度。

其二，从文体发展的角度，追溯词体的渊源来推尊词体。谭献找到词与上古诗、乐的关系。他认为词为古代雅乐之遗。王灼《碧鸡漫志》卷一云："古歌变为古乐府，古乐府变为今曲子，其本一也。"④ 谭献的观点与王灼有相似之处。他追溯词与音乐的关系，下列文字较为典型：

《眠琴阁词序》云：夫新莺晚燕、芳草落华，因寄所托，触绪亡端，则倚声长短之句，乐府所掌，原于骚雅，常谈者见不谈与？⑤

《井华词序》云：夫词为诗余，固不足为定论也。古者采诗入乐，八代之铙歌、三调即入乐之诗。唐五七言古近体分，词始萌芽。将以乐府之归墟，溯滥觞于三百。宋元名家，可以兴观、不忘比兴者，曷敢以俳优畜之？国朝文儒，微言大义之学，推极于文章之正变。于是乎倚声乐府无小非大，雅郑之音，昭昭然白黑分矣。⑥

《愿为明镜室词稿序》云：词为诗余，掌之乐府。声音之道，入人最深。唐人敛其吟叹歌行之才，滥觞厥制。至于五代，竞好新声。

---

① 《谭献集》，第20页。
② 孙克强：《清代词学批评史论》，上海古籍出版社2008年版，第112页。
③ （清）谭献：《愿为明镜室词稿序》，冯乾编校《清词序跋汇编》，第1505页。
④ （宋）王灼：《碧鸡漫志》，唐圭璋编《词话丛编》，中华书局1986年版，第74页。
⑤ （清）谭献：《眠琴阁词序》，冯乾编校《清词序跋汇编》，第1753页。
⑥ （清）谭献：《井华词序》，冯乾编校《清词序跋汇编》，第1812页。

第三章 谭献词学研究

顾其音抗坠,其旨闳约,如五言之有苏李矣。缠令慢调,宋世日出,遂极其变。然而大晟协律之奏,施诸朝庙,《花间》《草堂》,诗教最近,故不得目为小文也。圣朝文治迈古,贤人君子,类有深湛之思、澹雅之学。倚声虽其一端,亦必溯源以及流,崇正以尽变,而词益大。六七十年间,推究日密,持论日高。阮亭、羡门惭其雅,其年、锡鬯失其才。乃至尧章、叔夏,亦不能匿其瑕,其升庵、元美之桃已久矣。①

谭献认为词为乐府之余,既有音乐性,又有教化功能。他为词体溯源,认为词传承古乐,梳理出词之教化功能的脉络演变:词为乐府之遗,一方面乐府传承了骚雅精神,则词从根本上讲是雅的。另一方面,谭献认为,词传承乐府的音乐性,而这种音乐是有教化功能的雅乐,他梳理了从汉乐府、唐近体诗、宋代大晟词以至清词,雅乐教化功能的体现。词在唐代基本定型,词从唐代可歌的近体诗发展而来,五代词好为新声,宋代出现了慢调缠令之体,到宋中期的大晟词,朝庙之奏,是为雅乐。宋元词的名家,词作多与"比兴"密不可分。清词崇正而尽变,扭转了明代杨慎、王世贞词作俗化的不良风气。词体地位渐次提高,在词中寓有微言大义,视倚声为归于比兴的雅音。

除上列材料之外,谭献《复堂词录序》一文对词与音乐的关系有更为明确的表述:"词为诗余,非徒诗之余,而乐府之余也。律吕废坠,则声音衰息,声音衰息,则风俗迁改。《乐经》亡而六艺不完,乐府之官废,而四始六义之遗荡焉泯焉。夫音有抗坠,故句有长短;声有抑扬,故韵有缓促。生今日而求乐之似,不得不有取于词矣。"② 这段话有两点值得注意,第一,词为乐府之余,而非不入乐的徒诗之余,词与音乐有密切关系。词的句式长短、词韵的高低都与音乐有相同之处。谭献从词的形式和词韵的角度阐明词与音乐的联系,词句形式的长短不一与词韵的缓促变化,都与音乐的高低起伏有关。第二,词体是从古乐演变而来。"古乐之似在乐府,乐府之余在词。昔云:'礼失而求之野。'其诸乐失而求之词乎?"③ 在经历了《乐经》亡佚、乐府之官废弃之后,词由于是古乐之遗,

---

① (清)谭献:《愿为明镜室词稿序》,冯乾编校《清词序跋汇编》,第1505页。
② 《谭献集》,第20页。
③ 《谭献集》,第21页。

在古乐失传后,词还留存,词体因此传承了古乐以乐教民的传统。"谭献主张在今日求乐之似'当取之于词',实际上是强调应该把词与《诗》《书》《礼》《乐》《易》《春秋》置于同等的地位……这是对清代尊体观念特别是周济尊体思想的发展,也是同、光词坛尊体意识日益高涨的重要体现。"① 谭献为推尊词体,从音乐的角度将词与上古雅乐相联系,从而使词与儒家乐教相挂钩。继谭献之后,民国时期也有相同的论调,如冯秋雪《冰簃词话》云:"词或曰诗余,不知实乐之余也。六艺《乐》居其次,而佚亡久。居今日而求乐之似者,不能不取诸词矣。"② 需要注意的是,谭献为推尊词体,而将词与承载道德教化功能的古乐相联系。但是词体产生的实际情形是,词与燕乐有密切关系,其音乐性并非是有教化功能的上古雅乐,而是有娱乐功能的隋唐燕乐。

其三,谭献以词体与诗文赋等其他文体并论,肯定词体与其他文体具有同等地位。谭献《东鸥草堂词序》:"士不稽古,目为小道,乌睹六义之遗乎?六义首风,必优柔而善入,则填词为近。"③ 谭献认为词是六义之遗,为风人遗则,词具有诗教功能,这是词尊体的体现。谭献《〈箧中词〉序》视词为"立言"之一,把词与赋同等并列,体现了对词体的推尊:"昔人之论赋曰:'惩一而劝百。'又曰:'曲终而奏雅',丽淫丽则,辨于用心。无小非大,皆曰立言。惟词亦有然矣。"④ 谭献认为词同汉赋一样具有"惩一而劝百""曲终而奏雅"的社会功能。不仅如此,谭献在具体的词学评点中,往往以诗论词,以赋论词(见第三章第四节词学范畴与批评方法),打通文体界限,在文学批评中体现出对词体的推尊。

其四,谭献从词的表现内容出发,认为词体和诗体一样能够承载厚重的家国情怀,推扬"词史"说来提高词体地位。陈水云在《清代的"词史"意识》一文中,对清代"词史说"的表现形式及理论背景有所阐发:"'词史说'是清代词学的一项建树……它形成的理论背景是清代诗学'诗史'说的流行及清代词学尊体观念的抬头。"⑤ 谭献在词学批评中多次

---

① 陈水云:《论同光之际江浙词坛的词学思想》,《北方工业大学学报》2000年第4期。
② 冯秋雪:《冰簃词话》,杨传庆、和希林辑校《辑校民国词话三十种》,台湾:花木兰文化出版社2016年版,第106页。
③ (清)谭献:《东鸥草堂词序》,冯乾编校《清词序跋汇编》,第1437页。
④ (清)谭献:《〈箧中词〉自序》,《清词一千首 箧中词》,第1页。
⑤ 陈水云:《清代的"词史"意识》,《武汉大学学报》2001年第5期。

提到"词史",表现出他对词史写作的推崇。值得注意的是,"词史说"在谭献之前早已有之,为纵向了解"词史说"的来龙去脉,有必要梳理一下"词史说"的发展进程。

首先,"词史"说法的历史回顾。"词史说"受"诗史说"的启发而提出,是词学对诗学观念的借鉴。清代陈维崧、周济等人即受"诗史说"启发而提出"词史说"。陈维崧《词选序》云:"选词所以存词,其即所以存经存史也夫。"① 陈维崧总结了词选中以词存史的编选意图。周济《介存斋论词杂著》云:"感慨所寄,不过盛衰,或绸缪未雨,或太息厝薪,或已溺已饥,或独清独醒,随其人之性情、学问、境地,莫不有由衷之言……诗有史,词亦有史,庶乎自树一帜矣。"② 他认为作者以诗词表达一己内心的真实感受,以文学的形式反映时代的兴亡盛衰,这样的诗词即具有"史"的意义。周济将诗、词并举,具有鲜明的词史意识。尽管他们以词史比附诗史的着眼点不同,但相同之处都是联系"诗史"讲"词史",将"词史"与"诗史"的审美意蕴等同对待。

其次,周济从创作层面总结了"词史说"的意涵。与词话中以本事存词的编纂体例、词选中以词存史的编选目的不同,周济首次从创作角度提出系统的词史理论。周济的"词史"说是从其"感慨所寄,不过盛衰"的论述中推衍而来的。所谓"感慨所寄,不过盛衰"的内涵就是:对将要发生动乱的预感("绸缪未雨")、对苟安局面的担忧("太息厝薪")、积极有为的儒家情怀("已溺已饥")、迫不得已的独善其身("独清独醒")。他所倡导的这些寄托之情均与动乱的时代息息相关。关于这一点,从纵向角度看常州词派词作情感指向的流变更能说明问题。常州词派在张惠言的时代,词作的情感表达多为个人的怨悱之言,抒发的是士人个体的"感士不遇"之情。到周济的时代,情感指向提升到表达家国情怀的高度。周济要求将词与社会现实相联系,重视诗词的社会政治功能,倡导"诗有史,词亦有史"。可见,从张惠言到周济,由于外部政治环境的日趋恶化,士人在词作的情感表达上经历了从独善其身到兼济天下的转换。"这不仅极大地拓展了作品的表现空间,提升了作品的思想境

---

① (清)陈维崧:《词选序》,张惠民等编《唐宋词集序跋汇编》,江苏教育出版社1990年版,第414页。

② (清)周济:《介存斋论词杂著》,唐圭璋编《词话丛编》,中华书局1986年版,第1630页。

界,也显示出在封建末世社会里知识分子强烈的经世意识。因此,对于周济的'词史'说,不能简单等同于一般的'诗史'说,它应该是秉承着变风变雅精神、着重表现衰世的社会景象、体现着贤人君子忧国忧民情怀的深刻内涵……如果说周济是'词史说'的倡导者,那么谭献则是以'词史'为标准落实到词学批评的实践者。"①

最后,谭献以"词史"为标准的词学批评实践。谭献在《箧中词》中对关涉历史、反映世变的作品反复称扬,表现出对词史写作的高度肯定。如汪清冕《齐天乐》(劫灰堆里兵初洗),写兵乱之后的破败荒凉,流露出深沉的历史感慨和乱世余哀,被谭献评为:"浩劫茫茫,是为词史。"②王宪成《扬州慢·壬寅四月过扬州用白石韵》(水国鱼盐)写扬州往日的繁华与今日的冷落,反映了鸦片战争给扬州带来的毁灭性打击。谭献评云:"嵯纲既坏,海氛又恶,杜诗韩笔,敛抑入倚声,足当词史。"③张景祁《秋霁·基隆秋感》写法军侵占基隆,抒发了词人存身艰难、归家无计的痛苦情怀,表达了词人对大清帝国行将衰落的哀伤以及对神州命运的忧虑。被谭献称为:"笳吹频惊,苍凉词史,穷发一隅,增成故实。"④谭献评蒋春霖《踏莎行·癸丑三月赋》云:"咏金陵沦陷事,此谓词史。"⑤评范凌双《迈陂塘·癸丑七夕和吴让之》云:"词史。"⑥这两首词均作于癸丑年,即咸丰三年(1853),这一年三月太平天国攻克南京,正式建立与清王朝对峙的农民革命政权。战火迅速蔓延,大江南北,普遍卷入战乱之中。谭献以"词史"评价这两首词,是基于这两首词作反映了太平天国运动的动荡时局。蒋春霖《水云楼词》用大量篇幅描写太平天国战争以后南京城的颓败和荒凉,词作中所表现的时代离乱与词人的自我感受,确为当时社会生活的实录。谭献认为《水云楼词》是"清商变徵之声","流别甚正,家数颇大",蒋春霖也因之被谭献称许为"倚声家杜老"⑦。

---

① 陈水云:《晚清词学"温柔敦厚"说之检讨》,《台大中文学报》2014年第45期。
② 《清词一千首 箧中词》,第330页。
③ 《清词一千首 箧中词》,第149页。
④ 《清词一千首 箧中词》,第200页。
⑤ 《清词一千首 箧中词》,第180页。
⑥ 《清词一千首 箧中词》,第170页。
⑦ 《清词一千首 箧中词》,第185页。

概而言之，谭献的词史观念是指词作内容为表现有关国家命运的大事，以忧生念乱的意识为主，具有觇世变的史学价值。如谭献评民族英雄邓廷桢的词作云："然而三事大夫，忧生念乱，竟似新亭之泪，可以觇世变也。"① 谭献推崇邓廷桢词作的缘由是其词反映现实的厚度，其词具有观世变的社会政治功能。

二 辨体：词体特征与诗词之辨

如果说谭献推尊词体，体现了词体向诗体靠拢，力图使词体像诗体一样具有较高地位的话，那么谭献有关词的辨体之说，则是要保持词体异于诗体的独特之处。谭献认为，词体与诗体的不同表现在如下三点。

其一，表现方式不同。词比诗更能表现比兴之义。词比诗有更加突出的形象性、生动性，而又更为含蓄蕴藉。《复堂词录序》："其感人也尤捷，无有远近幽深，风之使来。是故比兴之义，升降之故，视诗较著，夫亦在于为之者矣。"② 词体的表达与诗体有很大的不同，词体不必像诗歌那样严肃庄重。词的文体特性，可以引发读者丰富的联想："又其为体，固不必与庄语也，而后侧出其言，旁通其情，触类以感，充类以尽。甚且作者之用心未必然，而读者之用心何必不然。言思拟议之穷，而喜怒哀乐之相发，向之未有得于诗者，今遂有得于词。"③ 词体的特殊性在于其可以用艳语的外壳、运用香草美人的比兴手法表达严肃的内容。"正因为词体表现方式的委婉曲折，含蓄蕴藉，所以可以使读者有更大的余地发挥联想……甚至得到作者未曾措意的旨趣。这种效果是诗中所不曾见到的，在词中得到奇妙的体现。"④

其二，词能够表达比诗更细微的情感，不宜在诗中表达的情感可以在词中表达。"与诗相比，词别具特色，可以表达诗所不能、不易、不便表达的内容。"⑤ 谭献《井华词序》："沈子澄心，超然物表，哀乐可忘，而不能无所于寄，乃以可言者寄之诗。一言当言，未及得言者，脉脉焉以寄

---

① 《复堂日记》卷六，第 142 页。
② 《谭献集》，第 20 页。
③ 《谭献集》，第 20 页。
④ 孙克强：《清代词学批评史论》，第 112 页。
⑤ 孙克强：《清代词学批评史论》，第 105 页。

之词。"① 即表明诗词的不同，词体可以表达诗体不便言说的情感。正如王国维所言："词之为体，要眇宜修。能言诗之所不能言，而不能尽言诗之所能言。"

其三，词体的音乐特性。谭献讲求词体的言志功能，这是词体向诗体靠拢的表现。同时谭献又试图保持词体自身的属性，故重视词体的音乐性。词是音乐文学，词体对音乐性特别强调。"词非徒诗之余，乐府之余"，词非不入乐的诗歌之余，而是合乐的乐府诗之余，表明词体的音乐属性。关于这一点，谭献在词的理论主张与创作实践中皆有表述。具体表现有三。

首先，谭献认为最好的词作应是思想性与音乐性的合一。所谓"上之言志永言"②，好的词作兼具"诗言志"的思想性与"歌咏言"的音乐性。谭献《秋梦庵词钞序》云："窃尝推大乐府，赓续兴观，以为短长其字则情罔勿章；玲珑其声则听亡不浃。"③ 词既有"情罔勿章"的思想性，也具有"玲珑其声"的音乐性。词是屈曲其旨、玲珑其声的统一。

其次，谭献注重词作声律，在《箧中词》评语中有所体现。谭献评赵对澂词云："野航名隽之才，运思婉密，而激楚亦学苏、辛，倚声可当名家。惟以阑入散曲，微茫处未免染指。佳篇不止于此，往往韵杂律疏，未能多诵。"④ 赵对澂词学苏轼、辛弃疾，豪放是其本色，但有时词曲不分，趋于曲之俗，有韵律杂疏之病。谭献评黄景仁《丑奴儿慢》（日日登楼）曰："名作。于律太疏。"⑤ 指出黄景仁此词音律的不足。对赵对澂、黄景仁的评语从反面表现出谭献严守格律，追求词作谐婉的美学旨趣。《箧中词》评语中从正面体现谭献强调词作声律的例子有："诚庵撰《词律拾遗》，搜采极博，审音矜慎，倚声家功臣也。"⑥ 谭献肯定了徐本立（号诚庵）《词律拾遗》在万树《词律》的基础上搜罗富有，补《词律》未收之调，未备之体，对倚声度曲之法的完善做出了贡献。又"顺卿谨于持律，剖及豪芒，道光间吴越词人从其说者，或不免晦涩窈离，情文不

---

① （清）谭献：《井华词序》，冯乾编校《清词序跋汇编》，第1812页。
② 《谭献集》，第20页。
③ （清）谭献：《秋梦庵词钞序》，冯乾编校《清词序跋汇编》，第1669页。
④ 《清词一千首 箧中词》，第254页。
⑤ 《清词一千首 箧中词》，第82页。
⑥ 《清词一千首 箧中词》，第282页。

副；然实为声律诤臣，不可就便安而偭越也。"① 戈载（号顺卿）谨于持律，曾撰有《词林正韵》，在词韵探索方面有突出贡献。谭献表明填词者必须遵循音律，不能与音律有所背离。既要考虑词体的音律词调，又不能为音律词调所奴役。以上从《箧中词》正反两面评语，可见谭献对词作声律的重视。

最后，谭献在理论上注重词作的声律，而他自己的词作也践行了这一点，即重视音律，具有格律谨严的特点（详见第二章第二节复堂词的艺术风貌）。

三 词之正变观

《复堂日记》云："近拟撰《箧中词》。上自饮水，下至水云，中间陈、朱、厉、郭、皋文、翰风、枚庵、稚圭、莲生诸家，千金一冶，殊呻共吟。以表填词正变，无取刻画二窗、皮傅姜、张也。"② 由此可见谭献编纂《箧中词》以区分词之正变的目的。谭献在《词辨跋》中说："予固心知周氏之意，而持论小异：大抵周氏所谓变，亦予所谓正也。而折中柔厚则同。"③ 这里提到谭献与周济正变观的差异。为便于说明谭献关于词的正变观，本书通过梳理常州词派张惠言、周济的正变观，以了解谭献正变观与常州词派词论家正变观的异同。

首先，张惠言的正变观以价值判断立论。张惠言《词选序》中列入正声的词人包括唐代"深美闳约"的温庭筠，宋代"渊渊乎文有其质"的张先、苏轼、秦观、周邦彦、辛弃疾、姜夔、王沂孙、张炎等词人。未列入正声的包括五代之际的新调，宋人词中的柳永、黄庭坚、刘过、吴文英等所谓"淫词""鄙词""游词"以及宋以后失去比兴寄托之旨的词作。值得注意的是，列入正声的词人中既有属于婉约派的秦、周，也包括豪放词人如苏、辛等。正声词人词作的相同之处是体现了"比兴变风之义，骚人之歌"。可见张惠言的正变观不以风格区分，而探源于风骚，以词作思想性及比兴寓意为划分标准。张氏扬正抑变，对变体一概否定。

其次，周济的正变观以风格形态为划分依据。周济《词辨》区分词

---

① 《清词一千首 箧中词》，第129页。
② 《复堂日记》卷二，第37页。
③ （清）周济选，谭献评：《词辨》，（清）黄苏等选评，尹志腾校《清人选评词集三种》，齐鲁书社1988年版，第190页。

的正变。一卷正声录温庭筠、韦庄、秦观、周邦彦、吴文英、王沂孙、张炎等十八家词,二卷变声录李煜、苏轼、辛弃疾、姜夔等十三家词。周氏所谓正声,就是"蕴藉深厚""归诸中正"之意,风格上大致为婉约之作,而"骏快驰骛,豪宕感激"则为正声之次,即变体,风格上为非婉约之作。周济《词辨》的变体"皆委曲以致其情,未有亢厉剽悍之习"①。这里所说的正变,显然有主次之分,但周济对于变体未全盘否定,只是比正声稍差一点而已。"正、变二体仅为风格形态不同,然皆为周济所设立的学词典范。在对待正变的态度上,虽有主次之分,却并无太大的轩轾,表现出与张惠言词学观念的差异,说明周济在继承张惠言词学理论的基础上,开始了自己的探索和建树。"②

最后,谭献的正变观以风雅为正,传承张惠言正变观,与周济正变观微有差异。"大抵周氏所谓变,亦予所谓正也。"周济从风格的角度认为李后主词为变。他认为李后主词风格"骏快驰骛,豪宕感激",虽能委曲以致其情,但与正体的"蕴藉深厚"不同。谭献的正变观以体现儒家诗教为正,是以思想性而不是风格作为正声的标准:"谭献的正变论上承张惠言的正声说,以体现儒家的风雅诗教为'正'的标准,是最能体现常州词派特点的正变论。"③谭献认为李后主是正而不是变,着眼点是从李后主词作的思想内容出发,李后主的亡国哀伤之词,体现了国家危亡时期的忧患意识。这样从思想性而言,谭献认为李后主词为正。

这样看来,谭献的正变观比周济的正变观,设格较宽。或者说谭献与周济的正变观有各自不同的评判标准。谭献以思想性为区分正变的依据,而周济以风格的婉约与非婉约作为正变的标准。周济所谓的非婉约作品,有可能是思想性高的作品。因而周济所谓"变",谭献亦认为是"正"。周济所谓的"正"是作品风格的婉约,谭献所谓的"正"着眼点是作品的思想性。如周济《词辨》将鹿虔扆《临江仙》(金锁重门荒苑静)列为"变",谭献评曰:"哀悼感愤,终当存疑,当以入正集。"④谭献认为这首词可视为词之"正",原因是此词抒发了鹿虔扆作为后蜀遗臣的亡国

---

① (清)周济:《词辨序》,《清人选评词集三种》,第144页。
② 孙克强主编:《中国历代分体文论选》(上卷),北京交通大学出版社2006年版,第356页。
③ 孙克强:《清代词学批评史论》,第158页。
④ (清)周济选,谭献评:《词辨》,《清人选评词集三种》,第177页。

之痛，词作感情深厚。又谭献评李后主《虞美人》（风回小院庭芜绿）、《虞美人》（春花秋月何时了）二阕曰："二词终当以神品目之。"① 这两首词周济认为是"变"，谭献却以神品评价之，谭献肯定李煜这两首词的原因也是基于词作反映了深切的故国之思。又谭献在《箧中词》中评蒋春霖词作云："《水云楼词》固清商变徵之声，而流别甚正，家数颇大，与成容若、项莲生二百年中分鼎三足。咸丰兵事，天挺此才，为倚声家杜老。"② 他认为蒋春霖词作是词之正体，着眼点是蒋春霖词作反映时事，具有忧患意识，可见谭献的正变意识是立足于词旨观念的。又《复堂词录》中谭献选文天祥《大江东去》（水天空阔）词作，引用刘熙载语："有风雨如晦，鸡鸣不已之意，不知者以为变声，不知乃变之正也。"③ 也是从词作的思想性出发，来确立正声的标准。

第二节 谭献的词籍校勘

谭献校勘的书籍种类丰富，《复堂日记》记录了谭献校勘的书籍有《骈体文钞》《吕氏春秋》《淮南子》《山海经》《老子》《列女传》《文粹》《慎子》《文子》《说苑》《双研斋笔记》《新序》等，这些文献涵盖了骈文、散文、小说、笔记等多种文体。不仅如此，谭献的校勘对象也包括词籍在内。谭献的词籍校勘类别较为多样，既有词集，又有词学书目，既有前人所编词籍，也有时人所编词集。下面逐一分述之。

一 词籍校勘的类别

（一）词总集

谭献对前代词选和当代词选都有所校勘。谭献曾校勘《绝妙好词》："校《绝妙好词》。往时评泊与近日所见义微不同。盖庚午至今十三年矣。"④ 还曾计划对前代选本进行删正："予欲仿渔洋《十种唐诗》例，

---

① （清）周济选，谭献评：《词辨》，《清人选评词集三种》，第175页。
② 《清词一千首 箧中词》，第185页。
③ （清）谭献纂，罗仲鼎、俞浣萍整理：《复堂词录》卷八，浙江古籍出版社2016年版，第404页。
④ 《复堂日记》卷六，第130页。

取《花间》《尊前》《草堂》《花庵》《中兴》《元儒草堂》各选删正之。"① 谭献特别重视清代编者的词籍,《复堂日记》多次记录了他对本朝人所编《历代诗余》《国朝词综补》《国朝词综续编》等词籍及自己编纂的《复堂词录》之校勘。

首先,校勘《历代诗余》,此选本为清代康熙年间奉敕所编的前人词选。谭献指出其存在作者误入之处:"阅《历代诗余》。名氏与《花间》《草堂》多不同,如《忆王孙》之四时词作李甲、《太常引》之作元妓,则断为《诗余》误也。"②

其次,校勘丁绍仪《国朝词综补》。同治二年(1863),谭献阅读丁绍仪《国朝词综补》稿本,对其评价不高:"扬王昶侍郎之波,集中辈行错落,闻见浅陋。予所见近人词多丁所未见。"③ 后校勘《国朝词综补》,指出其缺点有三。其一,以词存人,佳篇不多。"丁氏意在备人,补王氏《词综》、黄氏《续词综》所未及,故佳篇不多觏也。"④ 其二,舛迕处、重复处较多。"校丁氏《词综补》……意在博采,去取无义例,而舛迕复重尤多。颇以为恶札,但记名姓而已。"⑤ "至五十八卷以后,未刻之十八卷则全未注,而与黄选重出尤夥。殆难一一厘正矣。"⑥ 其三,与王昶、黄燮清选本相比,丁绍仪所补词多漏注、存在字句异同之处。"复校《词综补》。其例凡王氏、黄氏已选之人注'补词'字,乃多漏注……中有字句异同,不知孰为善本。至五十八卷以后,未刻之十八卷则全未注,而与黄选重出尤夥。殆难一一厘正矣。"⑦

再次,校勘黄燮清《国朝词综续编》。是编由嘉善太守黄安涛及黄燮清辑,宗子城刻录,诸可宝校勘而成。"《续编》成于海盐黄韵甫大令,开创于黄霁青太守也,大令女夫宗子城太守刻于武昌。"⑧ 是书校勘不精,谭献指出《词综续编》将南宋词人张孝祥《念奴娇·洞庭》的词作署名

---

① 《复堂日记》卷四,第90页。
② 《复堂日记》补录卷二,第299页。
③ 《复堂日记》卷一,第5页。
④ 《复堂日记》补录卷二,第319页。
⑤ 《复堂日记》补录卷二,第332页。
⑥ 《复堂日记》补录卷二,第332页。
⑦ 《复堂日记》补录卷二,第332页。
⑧ 《复堂日记》补录卷二,第265页。

丹阳荆㸌之误："书肆取《词综续编》回……卷一载丹阳荆㸌《念奴娇·洞庭》词，即张于湖'洞庭青草'一阕，不知何以误入。于湖此词南宋最有名，《绝妙好词》且首列。二黄公必非未寓目者，可异。此书刻时，诸迟菊同年任校勘事，暇当作书告之。"①

最后，校勘谭献本人所编《复堂词录》。谭献以冯煦《宋六十一家词选》校《复堂词录》，两选"颇有异同"，而"毛本所据殊多可取"②。为保证《复堂词录》选录词作的精审，谭献不仅自己校勘《复堂词录》，还请朋友梁鼎芬校勘，"星海又校《词录》一册来，欲补录白石《凄凉犯》《醉吟商》《霓裳中序第一》、稼轩《卜算子·寻春作》《感皇恩》，此可谓赏奇析疑之友矣"③。梁鼎芬在校勘之外，还提出应补录姜夔、辛弃疾的部分词作，现存《复堂词录》目录中有姜夔、辛弃疾的相关词作，可见谭献采纳了梁氏的观点。

（二）词别集

谭献对宋人、清人别集都有校勘。首先，宋词别集的校勘。宋人别集中，谭献对周邦彦《片玉词》校勘尤勤，《谭献日记》记录了谭献对《片玉词》的校勘情况：

> 光绪十三年（1887）十一月初二日：校《片玉词》，为丁氏新刻《西泠词萃》本。迈孙校汲古本，是正脱误不少。予病中杜门，更为发箧雠对，与迈孙结习同深。④
>
> 光绪十三年（1887）：校新刻《片玉词》。尽记《历代诗余》《草堂诗余》《词综》《词律》异同，写定考异百余事。⑤
>
> 光绪十三年（1887）十一月初三日：校《片玉词》。尽记《历代诗余》诸书异同。徐诚庵《词律拾遗》记《历代诗余》异字有予所校本不异者，岂《历代诗余》有别本邪？⑥
>
> 光绪十三年（1887）十一月初八日：夜检《乐府雅词》《阳春白

---

① 《复堂日记》补录卷二，第265页。
② 《复堂日记》补录卷二，第334页。
③ 《复堂日记》续录，第368页。
④ 《复堂日记》补录卷二，第325页。
⑤ 《复堂日记》卷七，第171页。
⑥ 《复堂日记》补录卷二，第326页。

雪》，补校《片玉词》。①

以上条目表明，谭献于光绪十三年（1887）先后四次校勘新刻《西泠词萃》本《片玉词》，通过《历代诗余》《草堂诗余》《词综》《乐府雅词》《阳春白雪》及万树《词律》校对《片玉词》异同，写定考异百余事。

其次，清词别集的校勘。谭献与当时词人交往密切，常受友人委托审定其词，这里有两类情况。一是校刻，友人出于刻词出版之需，为保证词籍质量，请谭献校勘，校勘的目的是为词籍的刻录及传播。如谭献的朋友许增，曾校刻王士禛《衍波词》写本，在未刻录之前，请谭献审定，光绪十三年，谭献作《校刻衍波词序》："迈孙旧藏《阮亭诗余》一卷，只三十调，有尚书自叙，为当日手定之本。今据以校勘，并存叙目附后……然则予与迈孙，垂白之年，方与研寻先正之绪余，微吟寄想，世事都忘，亦古今人之不相及也。"②《复堂日记》载，光绪十三年丁亥（1887），谭献"阅《阮亭诗余》一卷，与予旧藏写本微异"③。可见谭献也参与了许增《衍波词》的校刻。此外，谭献应朋友蒋坦刻录词籍的需求，校勘蒋坦《百合词》。"（蒋坦）蔼卿刻《百合词》，属予校定，已三十年矣。"④二是校定词籍，谭献往往在审定词籍之时，品评词作高下。《复堂日记》中记有谭献校勘审定江顺诒《愿为明镜室词》、沈景修《井华词》、叶衍兰《秋梦庵词》、沈昌宇《泥雪词》、张景祁《续词》、胡念修《灵芝仙馆诗词》等人词集。现将相关条目罗列如下：

同治十一年壬申（1872）：江君秋珊，旌德人，刻《愿为明镜室词》，来属论定。有婉润之致，不伧劣也。欲为删削，江君固有意重刻。⑤

光绪十四年（1888）二月廿八日：为蒙叔校定《井华词》一卷。

---

① 《复堂日记》补录卷二，第326页。
② 冯乾编校：《清词序跋汇编》，第19页。
③ 《复堂日记》卷七，第166页。
④ 《清词一千首 箧中词》，第267页。
⑤ 《复堂日记》卷二，第52页。

婉约可歌，亦二张伯仲间。二张谓韵梅、玉珊也。①

光绪十五年（1889）己丑：番禺叶南雪太守衍兰，介许迈孙以《秋梦庵词》属予读定。绮密隐秀，南宋正宗。②

光绪十八年（1892）十月初五日：审定亡友沈子佩昌宇《泥雪词》，录存九十首，选二首入《箧中词》。才人失职，触绪皆商音也。③

光绪十八年（1892）闰月廿二日：审定张韵梅《续词》二卷。不免老手颓唐之叹。④

光绪二十六年（1900）二月十六日：审定胡右阶《灵芝仙馆诗词》一过。其自言不以清废丽、不以丽废清，志之所在。予将序言，亦勖其即以此为成就、为印证。填词未尽曲折，可诵者少。⑤

由上可知，谭献在审定友朋词集的同时，对这些词人的词作进行品评，指出其长处与不足。由于谭献的词学造诣高，其词评对这些词人极具参考价值。换言之，谭献审定友朋词集后提出的审定意见往往被其友人采纳进而重刻词集，从而保证了词集的质量。如江顺诒欲刻《愿为明镜室词》，在谭献审定之后，参考谭献的审定意见，有意重新刻录。除了对清词别集的校勘，谭献还校点纳兰性德《饮水词》及常州词派词集《同声集》。同治六年（1867）十一月初二日："点诵成容若《饮水词》袁兰生选本。风格更高出蒋鹿潭矣。有明以来词手，湘真第一，饮水次之，陈（其年）、朱（竹垞）而下皆小家也。"⑥同治十二年（1873）四月十三日："点定《同声集》。凡七家……以王季旭为名家、定庵为绝手，余无讥焉。"⑦

(三) 词学专书

谭献曾校审《白香词谱笺》《词律拾遗》等词学专书。《白香词谱》

---

① 《复堂日记》补录卷二，第 328 页。
② 《复堂日记》卷八，第 184 页。
③ 《复堂日记》续录，第 362 页。
④ 《复堂日记》续录，第 357 页。
⑤ 《复堂日记》续录，第 407 页。
⑥ 《复堂日记》补录卷一，第 234 页。
⑦ 《复堂日记》补录一，第 257 页。

原为舒梦兰（字白香）于清代嘉庆年间所作，是一部简明、通用的词谱。《白香词谱笺》的笺者谢朝徵，字韦庵，为清代同治、光绪年间人。谢朝徵仿照厉鹗、查为仁《绝妙好词笺》体例，详列词作者姓名、里居、出处和当时文献掌故。谭献审校该书，是应朋友张荫桓之请："是书为张樵野奉常（张荫桓）权皖臬时属为正定付刻。本非可传之业，以谢君身后，奉常将寄其哀逝之心也。"①"廉访（张荫桓）亡友谢韦庵有《白香词谱笺》稿本。网罗亦富，所托未尊，不能追厉笺《绝妙好词》也。属予校正付刻。"② 谭献认为谢朝徵《白香词谱笺》虽模仿《绝妙好词笺》体例，却所托未尊，不能与《绝妙好词笺》同日而语，尽管如此，他仍应友朋之托校定此书。《复堂日记》补录卷二记录了谭献校定此书的细节："校正谢韦庵《白香词谱笺》四卷，先改写定讹字，尚须陈书一一雠定。"③ 谭献还曾审定徐本立《词律拾遗》。既肯定其补充万树《词律》之遗，网罗散失，搜罗广博，"审音矜慎，倚声家功臣也"④；又指出其弊："不无袭谬因讹。且生涩俗陋之调求备，殆可废也。"⑤

二 校勘内容及方法

（一）校勘内容

谭献词籍校勘的内容包括正作者之误、改正讹字、校列异文等方面。

1. 正作者之误

其一，谭献以《花间集》《草堂诗余》校《历代诗余》，改正《历代诗余》所记词作者之误。"阅《历代诗余》。名氏与《花间》《草堂》多不同，如《忆王孙》之四时词作李甲、《太常引》之作元妓，则断为《诗余》误也。"⑥ 其二，指出《词综续编》将张孝祥《念奴娇·洞庭》作丹阳荆塶《念奴娇·洞庭》之误："书肆取《词综续编》回……卷一载丹阳荆塶《念奴娇·洞庭》词，即张于湖'洞庭青草'一阕，不知何以误入。

---

① 《复堂日记》补录卷二，第 303 页。
② 《复堂日记》卷六，第 135 页。
③ 《复堂日记》补录卷二，第 303 页。
④ 《清词一千首 箧中词》，第 282 页。
⑤ 《复堂日记》卷七，第 174 页。
⑥ 《复堂日记》补录卷二，第 299 页。

于湖此词南宋最有名，《绝妙好词》且首列。二黄公必非未寓目者，可异。"①

2. 改正讹字

谭献在《复堂日记》光绪十年（1884）九月十九日条记录："校正谢韦庵《白香词谱笺》四卷，先改写定讹字，尚须陈书一一雠定。"② 表明其校勘内容包括改定讹字。

3. 校列异文

谭献通过不同版本的比对，校勘《片玉词》，写定考异文字：

  光绪十三年（1887）：校新刻《片玉词》。尽记《历代诗余》《草堂诗余》《词综》《词律》异同，写定考异百余事。③

  光绪十三年（1887）十一月初三日：校《片玉词》。尽记《历代诗余》诸书异同。徐诚庵《词律拾遗》记《历代诗余》异字有予所校本不异者，岂《历代诗余》有别本邪？④

值得注意的是，谭献的校词内容与清末王鹏运、朱祖谋所订的校词五例有相似之处。清末王鹏运和朱祖谋在校勘南宋词人吴文英《梦窗词》时，商定了校词五例，作为依循的准则："一曰正误。凡讹字之确有可据者，皆一一为之是正……一曰校异。校勘家体例，最重胪列异文，以备考订……一曰补脱……一曰存疑……一曰删复。"⑤ 王鹏运、朱祖谋校勘《梦窗词》的五条校词原则，后来被认同为词籍校勘的基本原则。对照谭献的词籍校勘内容，其改正讹字与校列异文两条，正与王鹏运、朱祖谋校词五例的前两条相同。由此可推断，清末王鹏运、朱祖谋的校词五例是在谭献校勘词籍的基础上发展并丰富的。可以说，谭献的词籍校勘具有开启之功，其词籍校勘为清末王鹏运、郑文焯、朱祖谋词籍校勘盛况的到来导夫先路。

---

① 《复堂日记》补录卷二，第 265 页。
② 《复堂日记》补录卷二，第 303 页。
③ 《复堂日记》卷七，第 171 页。
④ 《复堂日记》补录卷二，第 326 页。
⑤ （清）王鹏运：《梦窗甲乙丙丁稿·述例》，《四印斋所刻词》，上海古籍出版社 1989 年版，第 887—889 页。

(二) 校勘方法

史学家陈垣先生在《〈元典章〉校补释例》一文中，提出了著名的"校法四例"。"校法四例"被胡适誉为"中国校勘学的一部最重要的方法论"①。"校法四例"分别是指对校法、本校法、他校法和理校法。他校法在谭献词籍校勘中运用较多。他校法，即以其他书籍来校勘所校词籍。谭献利用词选、词谱等对词籍进行校订。具体表现有二，其一，谭献校勘《片玉词》时，通过《历代诗余》《草堂诗余》《词综》《乐府雅词》《阳春白雪》及万树《词律》进行他校："校新刻《片玉词》。尽记《历代诗余》《草堂诗余》《词综》《词律》异同，写定考异百余字。"②"夜检《乐府雅词》《阳春白雪》，补校《片玉词》。"③ 其二，谭献以冯煦《宋六十一家词选》校勘《复堂词录》。光绪十五年（1889）三月十三日："以《六十一家词选》校《复堂词录》，略竟一过，颇有异同。毛本④所据殊多可取。"⑤

三 辑录词作入词选

谭献在词籍校勘之余，亦为编纂词选做了些辑录工作。谭献从其他词籍中辑录词作的原因是为编纂词选即《箧中词》《复堂词录》服务。《箧中词》为有清一代词选，《复堂词录》为唐代至明代的通代词选。以谭献一人之力编纂如此巨著，故不得不从其他词籍中选录词作。这些词作一旦被选入词选之中，就体现了"选家手眼"，即选家的编选宗旨。换言之，谭献的词作辑录是他从其他词籍中选录能体现其编选宗旨的词作入词选之中。具体说来，谭献从《听秋声馆词话》《历代诗余》《国朝词综补》《国朝词综续编》等词籍中选录词作入《箧中词》《复堂词录》之中。

其一，从丁绍仪《听秋声馆词话》中辑得词作编入《复堂词录》《箧中词》。谭献编《复堂词录》时，"从丁绍仪《听秋声馆词话》中抄得明

---

① 胡适：《校勘学方法论——序陈垣先生的〈元典章校补释例〉》，《胡适书评序跋集》，岳麓书社1987年版，第315页。

② 《复堂日记》卷七，第171页。

③ 《复堂日记》补录卷二，第326页。

④ 冯煦《宋六十一家词选》根据明代毛晋汲古阁所刻《宋六十名家词》选成，故名"毛本"。

⑤ 《复堂日记》补录卷二，第334页。

第三章 谭献词学研究

季钱忠介、张忠烈二词,如获珠船"①。《箧中词》选刘勷一首,于其词作后作如下说明:"闽中词人道、咸间唱和颇盛,予在闽所识,如刘赞轩、谢枚如辈,皆作手也。社集有《聚红榭诗词》之刻,箧中佚去,从丁氏《听秋声馆词话》补录一二,当更访之。"②可见,《箧中词》所选刘勷(字赞轩)词作是从《听秋声馆词话》中辑得。此外,《箧中词》续集中的词作也有从《听秋声馆词话》所采录者,《复堂日记》光绪十三年(1887)五月朔日条载:"予补入《箧中词续集》者数十篇耳。《听秋声馆词话》所采之词,亦有采入此集者。"③

其二,谭献采录《词综》未收而《历代诗余》收录的词作入《复堂词录》:"写定《复堂词录》……从《历代诗余》甄采,补朱、王二家《词综》所无,盖十之二。"④

其三,从丁绍仪《国朝词综补》中选录词作入《箧中词》。《箧中词》对此有所记录:"前卷刻成,祥符周季贶以丁氏词编已刻之四十一卷至五十八卷,又未刻写本十八卷属校,复采获二十余调如右。"⑤"三十年前客闽,与无锡丁君杏舲相识,君方纂《词综补编》……丁君书刻于吴中,四十卷中著录千余人,予掇箧中未备者,别裁续录如右。"⑥这两条材料表明谭献先后两次从《国朝词综补》中辑录词作入《箧中词》。第一次从《国朝词综补》选二十多首词入《箧中词》;第二次从《国朝词综补》中选录词篇入《箧中词》续卷,以补箧中未备之需。《复堂日记》载光绪十三年(1887)五月朔日:"录丁杏舲《词综补》……用补人补词例,搜辑至四十卷,可谓勤矣。惟以意在补人,不无泛滥。予补入《箧中词》续集者数十篇耳。"⑦这条材料也可作为《箧中词》续集从《国朝词综补》中辑得词作的旁证。

其四,在校勘《国朝词综续编》的同时,选录《国朝词综续编》词作入《箧中词》。对于《国朝词综续编》,谭献在《箧中词》做了如下处

---

① 《复堂日记》卷六,第131页。
② 《清词一千首 箧中词》,第240页。
③ 《复堂日记》补录卷二,第319页。
④ 《复堂日记》卷六,第131页。
⑤ 《清词一千首 箧中词》,第289页。
⑥ 《清词一千首 箧中词》,第299页。
⑦ 《复堂日记》补录卷二,第319页。

理。其一，从《国朝词综续编》辑得三首词作入《箧中词》："茗柯词四十六首久欲评注全本，遗饷学子，病懒未就。今就《宛邻词选》附录及《词综续编》所采，合录十阕，菁华略备。"① 谭献采录了《国朝词综续编》所选张惠言《相见欢》（年年负却花期）、《木兰花慢》（是春魂一缕）、《玉楼春》（一春长放秋千静）三首与《宛邻词选》附录张惠言七首词作入《箧中词》，这十首词基本体现了张惠言词作的精华所在。其二，"《词选》附录诸家黄氏《续编》未载，今删取附茗柯后，以志派别"②。对于黄氏《续编》未载的宛邻派词人张琦、恽敬、钱季重、李兆洛、丁履恒、陆继辂、金式玉、郑善长等，谭献在《箧中词》中将其词作附在张惠言词作之后，以展现宛邻词派的整体风貌，体现了谭献对常州词派词作的偏爱。

校勘最早用于经史校勘，谭献不仅校勘经史之作，同时也校勘词籍。诚如吴熊和先生言："清末校词之风，盖承乾嘉学派校订经史之余绪，将校雠之学扩展到了集部的词籍。"③ 清代末年，校勘经历了从经史校勘到词籍校勘的历程，谭献以校勘经史的态度从事词籍校勘，《复堂日记》载谭献校勘词籍极为认真："倚声小集，雠对异同，亦如扫尘，旋去旋生。读书真非躁心之事。"④ 谭献认为校勘词籍需具备沉潜治学的态度，在谭献看来，词籍校勘与经史校勘同等重要，对词籍的校勘客观上提高了词的地位，是词学尊体的体现。此外，谭献的词籍校勘具有开启之功。继谭献词籍校勘之后，清末王鹏运、郑文焯、朱祖谋的词籍校勘最为人称道："前辈笃好之专，用力之勤，钻研之深，搜集之富，校勘之精，为中外学者提供大量研究资料，奠定祖国词学复兴之基础，贡献巨大，功不可没。"⑤ 然而清末王鹏运等人词籍校勘的盛况并不是一蹴而就，在王鹏运之前，正是有谭献这样的词学批评家从事词籍校勘工作，才迎来清末词籍校勘盛况的到来。

----

① 《清词一千首 箧中词》，第102页。
② 《清词一千首 箧中词》，第102页。
③ 吴熊和：《〈彊村丛书〉与词籍校勘》，《唐宋词通论·附录》，浙江古籍出版社2008年版，第413页。
④ 《复堂日记》补录卷二，第326页。
⑤ 唐圭璋：《朱祖谋治词经历及其影响》，《词学论丛》，上海古籍出版社1986年版，第1019页。

第三节 谭献的词史论

谭献作有《复堂词录》《箧中词》两种词选,这两部词选梳理了唐代至清代的词史脉络。《复堂词录》收录唐代至明代词作,由此可以窥得谭献对唐宋及金元明词史的认识。《箧中词》选录有清一代词作,于此可以探得谭献对清代词史的看法。

为直观了解谭献于不同时代所选词作、词人数量情况,特制"《复堂词录》选词情况统计表"如表 3-1 所示。

表 3-1　　　　　　　《复堂词录》选词情况统计表

朝代	词作数量	词人数量	卷数
唐五代	147 首	39 人	卷一
宋代	770 首	235 人	卷二至卷八
金元时期	75 首	43 人	卷九
明代	67 首	25 人	卷十

由此表可知,谭献描述了从唐五代至明代各个不同时期词的发展情况。从所选词作及词人数量的多少可以看出,宋代词作及词人数量位居第一,表明宋词发展的繁荣。唐五代虽为词体的初步建立时期,但所选词作数量位居第二,表明谭献对唐五代词作的重视。金元明三代词作数量相对较少,这与金元明时期是词发展的衰落期有一定关系。下面按照时间顺序分阶段分析谭献的词史论。

一　唐宋词史论

谭献在《复堂词录》中对唐五代至明代的词人词作均有选录,其中部分词人的词作选录较多。词人词作数量选录的多少是衡量选家手眼的一个重要标准。

为了解谭献于唐代至明代对具体词人的词作选录情况,特制"《复堂词录》选录较多词人词作数量统计表"如表 3-2 所示。

表 3-2　　　　《复堂词录》选录较多词人词作数量统计表

朝代	词人	词作数量（首）	词人	词作数量（首）	备注
唐五代	温庭筠	29	韦庄	14	
	冯延巳	27	李煜	11	
宋代	周邦彦	32	苏轼	17	北宋词人9人，南宋词人9人
	秦观	27	姜夔	17	
	辛弃疾	26	陈允平	16	
	吴文英	20	贺铸	12	
	欧阳修	20	李清照	12	
	张炎	20	柳永	11	
	王沂孙	19	晏殊	11	
	周密	19	史达祖	11	
	晏几道	19	张先	10	
金元时期	元好问	9	张翥	9	
明代	陈子龙	25	刘基	6	
	夏完淳	6	杨慎	4	
	杨基	4	高启	3	

由此表可以窥得谭献的唐宋词史观。谭献以晚唐北宋词为高，同时能客观正视南宋词的成就。下面从四个方面分析之。

首先，谭献所选唐宋词家，体现了常州词派重比兴寄托的词学宗尚。这主要表现在两方面。其一，谭献所选唐宋词家，有传承张惠言、周济等常州词派词选之处。唐五代词人中，谭献选温庭筠词作数量最多，宋代词人中，选秦观词作数量居于所选宋词人的第二位。对温庭筠、秦观词作的推崇，体现了谭献受张惠言《词选》的影响。张惠言《词选》选词数量最多的两位词人分别是温庭筠（18首）、秦观（10首），原因是张惠言认为温庭筠词有深美闳约之旨，秦观词多含比兴寄托。周济《宋四家词选》选周邦彦（26首）、辛弃疾（24首）、吴文英（22首）、王沂孙（20首），原因是从王沂孙词作的有寄托入手，经过吴文英、辛弃疾达到北宋周邦彦词无寄托的浑化境界，即："问涂碧山，历梦窗、稼轩以还清

第三章 谭献词学研究

真之浑化。"① 谭献受《宋四家词选》影响，选录周邦彦、辛弃疾、吴文英、王沂孙词作也较多。

谭献于北宋词人，除了通过选词数量体现倾向性外，在《箧中词》的评点中也有所体现。谭献对秦观、贺铸词加以肯定，如评汪潮生《百字令》（漏声初转）云："少游、方回有此替人。"② 评刘履芬《疏影》（西风起矣）云："方回逝矣，百身何赎。"③ 评吴翌凤《满庭芳》（花气浮春）云："琴箫俊韵，秦七去人不远。"④ 谭献对于周邦彦词作的喜爱，除了选录词作数量最多外，还体现在《箧中词》的评点及花大力气校勘周邦彦《片玉词》上。《箧中词》评张琦《六丑·见芙蓉花作》（怅秋光渐老）云："美成思力。"⑤ 评王诒寿《解语花·虎林旅次有赠》（初三月子）云："一结沉痛，得美成之髓。"⑥ 评吴廷燮《解连环》（峭寒轻阁）云："语语有意，善学清真。"⑦ 评蒋敦复《大酺》（问一重山）云："神似清真。"⑧ 评钱季重《六丑·朱藤》（正木棉乍试）云："写仿清真，唐临晋帖，终非廖莹中所能为。"⑨ 评庄棫《垂杨》（东风几日）云："哀于片玉，厚于屯田。"⑩ 评乔守敬《法曲献仙音》（晴绿憎憎）云："似南宋人和清真词体。"⑪

谭献曾校刻周邦彦《片玉词》，《复堂日记》有多条相关记载：

> 校新刻《片玉词》。尽记《历代诗余》《草堂诗余》《词综》《词律》异同。写定考异百余事。⑫

---

① （清）周济：《宋四家词选目录序论》，唐圭璋编《词话丛编》，中华书局1986年版，第1643页。
② 《清词一千首 箧中词》，第124页。
③ 《清词一千首 箧中词》，第193页。
④ 《清词一千首 箧中词》，第89页。
⑤ 《清词一千首 箧中词》，第102页。
⑥ 《清词一千首 箧中词》，第196页。
⑦ 《清词一千首 箧中词》，第153页。
⑧ 《清词一千首 箧中词》，第190页。
⑨ 《清词一千首 箧中词》，第105页。
⑩ 《清词一千首 箧中词》，第212页。
⑪ 《清词一千首 箧中词》，第169页。
⑫ 《复堂日记》卷七，第171页。

校《片玉词》，为丁氏新刻《西泠词萃》本。迈孙校汲古本，是正脱误不少。①

校《片玉词》。尽记《历代诗余》诸书异同。②

夜检《乐府雅词》《阳春白雪》，补校《片玉词》。③

谭献对周邦彦的词用力最深，不仅多次校勘周邦彦《片玉词》，比对不同版本，写定《片玉词考异》，而且于《复堂词录》一书中选周邦彦词作最多，为32首，体现了他对周邦彦词的推崇。

其二，谭献不局限于张惠言、周济所选词家，还标举唐五代词人冯延巳，选录其词作27首，认为冯词也体现了常州词派讲究比兴寄托的词学理念。谭献评冯延巳《蝶恋花》（六曲阑干偎碧树）云："金碧山水，一片空濛，此正周氏所谓'有寄托入、无寄托出'也。"④谭献用此语形容词作达到的浑化境界。"揣摩谭献之意，大概是指词作虽有华美的外在形像，但其中却别饶一种浑灏流转的韵致，使人发包蕴无限之想。"⑤

其次，谭献推崇晚唐北宋词作，以南宋词为学词门径，经过学南宋达到北宋的高境，肯定由南追北的创作倾向。周庆云《历代两浙词人小传》于谭献小传下云："论词尤有元解。大约以南宋为导师，以北宋为极轨。"⑥可见谭献对于南北宋词的看法与周济《宋四家词选目录序论》中所言："南宋有门迳，有门迳故似深而转浅；北宋无门迳，无门迳故似易而实难"⑦及"问涂碧山，历梦窗、稼轩以还清真之浑化"⑧有相似之处。即认为南宋词为学词的入门阶段，北宋词为词的较高境界。谭献《梦草词题词》云："未透南渡之关，则无轻言北宋；未启秦、周之户，

---

① 《复堂日记》补录卷二，第325页。
② 《复堂日记》补录卷二，第326页。
③ 《复堂日记》补录卷二，第326页。
④ （清）谭献：《复堂词话》，《复堂词》，华东师范大学出版社2010年版，第61页。
⑤ 方智范：《周济词论发微》，《词学》（第3辑），华东师范大学出版社1985年版，第136页。
⑥ 周庆云纂辑，方田点校：《历代两浙词人小传》，第293页。
⑦ （清）周济：《宋四家词选目录序论》，唐圭璋编《词话丛编》，中华书局1986年版，第1645页。
⑧ （清）周济：《宋四家词选目录序论》，唐圭璋编《词话丛编》，第1643页。

则无高挹残唐。"① 这里谭献认为南宋词为学词门径，晚唐五代词为词的最高境界，即经过学南宋达到北宋、晚唐五代的高境，肯定由南追北的创作倾向。又谭献《留云借月庵词叙》言："比受其《留云借月倚声别集》……而溯其流，而脉其源，晚唐阃以堂奥，五季掖其梯级，词之本末，具于是焉。"② 认为晚唐五代词为词的初始阶段及词作成就较高时期。又《箧中词》评价张景祁词云："韵梅早饮香名，填词刻意姜、张，研声切律……乱定重见，君已摧锋落机，谢去斧藻……倚声日富，规制益高，骎骎乎北宋之坛宇。江东独秀，其在斯人乎？"③ 表明张景祁词作早年学南宋词，中年以后词作规制更高，有北宋词的风貌。谭献肯定了张景祁词学的转向。《复堂日记》言："近代诸家类能祧南宋而规北宋，若孙氏与予所举二十余人，皆乐府中高境，三百年所未有也。"④ 这里谭献认为清代词人远尊南宋而以北宋为矩镬，北宋词是词中的高境，言语中含有推崇北宋词之意。除了推崇北宋词外，谭献对晚唐词作也给予充分肯定。谭献《紫藤花馆词跋》云："尊者践南唐之迹，虽未开町畦，而清真婉约，自是本色词人。"⑤ 认为刘观藻《紫藤花馆词》有晚唐五代南唐词风貌，是合乎本色的婉约词。谭献的友人刘炳照在《仁和谭仲修大令献》一诗中评价谭献"论词取径高，南唐逮北宋"⑥，也表明谭献对晚唐北宋词的崇尚。

谭献推崇晚唐北宋词的原因有三。其一，谭献认为只有晚唐北宋词具有拙、重的特点，南宋词作有浅、快之弊。谭献《莲漪词题识》云："词以深婉为主，然不讳浅，浅语必快；不讳拙，拙语必重。浅而快，南宋人亦能之；拙而重，非晚唐北宋不能为。都雅名隽，深婉之律筏也。"⑦ 言语中有推崇晚唐北宋词之意。其二，北宋词具有真挚自然的词风。北宋词在情景关系的处理上，往往触景生情，情从景生，具有自然真挚的特点。而南宋词则有主题先行的意味在其中，景物描写以情感为中心，有刻意为

---

① （清）谭献：《梦草词题词》，冯乾编校《清词序跋汇编》，第 1342 页。
② （清）谭献：《留云借月庵词叙》，冯乾编校《清词序跋汇编》，第 1740 页。
③ 《清词一千首 箧中词》，第 200 页。
④ 《复堂日记》卷二，第 54 页。
⑤ （清）谭献：《紫藤花馆词跋》，冯乾编校《清词序跋汇编》，第 1371 页。
⑥ （清）刘炳照：《感知集》，《清代诗文集汇编》第 766 册，第 5 页。
⑦ （清）谭献：《莲漪词题识》，冯乾编校《清词序跋汇编》，第 1526 页。

之之嫌，其情景关系的处置不及北宋词作自然。况周颐《蕙风词话》卷二云："盖写景与言情，非二事也。善言情者，但写景而情在其中。此等境界，唯北宋人词往往有之。"① 徐珂《词讲义》言词之情景关系曰："北宋人词惟取当前情景，无穷高极深之致，南宋不然。善言情者但写景而情在其中，此等境界，北宋人往往有之。盖北宋词多就景叙情，故珠圆玉润，四发玲珑，至南宋一变而为即事做景，则深者反浅，曲者反直矣。"② 谭献在《箧中词》中评毛奇龄《南柯子》（驿馆吹芦叶）曰："北宋句法。"③ 为便于说明，特引此词如下：

　　　　驿馆吹芦叶，都亭舞柘枝。相逢风雪满淮西。记得去时残烛，照征衣。　　曲水东流浅，盘山北望迷。长安书远寄来稀。又是一年秋色，到天涯。

　　这首词抒写思友之情，完全从与友人的聚别情景落笔，无一处用典，也无一句刻意求奇，而自有真挚动人的情韵。毛奇龄此词浅易中蕴含真情，正有"珠圆玉润，四照玲珑"之妙。谭献《箧中词》赞之为"北宋句法"，可谓别具只眼。此外，谭献对北宋词的推崇还体现在如下几个例子中，如评庄棫《夜飞鹊·落叶》（河桥送行处）云："顿挫排荡，深入北宋之室。"④ 评汪全德《绿意·春草和玉雨》（春愁如绮）云："北宋名篇，柔淡秀折。"⑤ 评纳兰性德《台城路·塞外七夕》（白狼河北秋偏早）云："逼真北宋慢词。"⑥ 其三，谭献推崇北宋主要受常州词派词学观的影响。《复堂日记》载："杭州填词为姜、张所缚，偶谈五代北宋，辄以空套抹杀。"⑦ 谭献指出浙西词派片面推崇南宋词，仅仅以南宋姜夔、张炎为学习对象，忽视了唐五代、北宋词的成就。谭献作为常州词派的代表，

---

① （清）况周颐：《蕙风词话》，唐圭璋编《词话丛编》，中华书局1986年版，第4425页。
② 徐珂著，陈谊整理：《词讲义》，转引自上海图书馆历史文献研究所编《历史文献》（第十三辑），上海古籍出版社2009年版，第82页。
③ 《清词一千首 箧中词》，第37页。
④ 《清词一千首 箧中词》，第214页。
⑤ 《清词一千首 箧中词》，第119页。
⑥ 《清词一千首 箧中词》，第27页。
⑦ 《复堂日记》卷二，第34页。

与浙西词派推崇南宋的姜夔、张炎相对,以五代北宋词为旗帜。为张大常州词派的词学宗尚,谭献强调张惠言、张琦对北宋词的推崇。"翰风与哲兄同撰《宛邻词选》……其所自为,大雅遒逸,振北宋名家之绪。"① 谭献认为张琦(字翰风)及其兄长张惠言之词,对于推重北宋词功不可没。徐珂《清代词学概论》云:"同光以还,有谭、王、郑、朱、况之迭主词坛,而学者乃知宗尚北宋,以深美闳约为归,佻巧奋末之风,自此而杀。"② 徐珂指出谭献、王鹏运、郑文焯、朱祖谋、况周颐等人崇尚北宋词风,从而扭转了佻巧奋末的不良风气。

再次,谭献在推重北宋词的同时,也能客观认识其不足。据《复堂日记》载:"黄襄男刻《自知斋集》行世……填词性不甚近,又喜学北宋质直处。北宋之质当学,直处不当学。"③ 复堂认为北宋词的质朴自然处可学,而直白处因缺少含蓄蕴藉,故不当学。

最后,谭献推崇北宋词,但对于南宋词也能认识其价值。这可从四方面来认识。

其一,常州词派推崇北宋,但并不否定南宋。如周济《宋四家词选》的四家王沂孙、辛弃疾、吴文英、周邦彦,其中三个是南宋词人,一个为北宋词人。谭献曾言:"嘉庆以来五六十年,南国才人雅词日出,不仅常州流派,大都取裁南宋,婉约清超,拍肩挹袖。"④ 这里,谭献表明了常州词派也有从南宋取资之处。常州词派对于南宋辛弃疾的词作是肯定的。谭献评吴伟业《满江红·蒜山怀古》(沽酒南徐)云:"涩于稼轩。"⑤ 评沈谦《东风无力·南楼春望》(翠密红疏)云:"神似稼轩。"⑥ 评严绳孙《双调望江南》(歌宛转)云:"稼轩之神。"⑦ 评承龄《金缕曲·蜡泪》(莫剪灯花穗)云:"善学幼安。"⑧ 这些评语体现了谭献对辛弃疾词作的肯定。谭献认为南宋词的优秀之作,多有传承北宋周邦彦之处。对于学周

---

① 《清词一千首 箧中词》,第 103 页。
② 徐珂:《清代词学概论》,大东书局 1926 年版,第 13 页。
③ 《复堂日记》卷三,第 76 页。
④ 《清词一千首 箧中词》,第 314 页。
⑤ 《清词一千首 箧中词》,第 1 页。
⑥ 《清词一千首 箧中词》,第 19 页。
⑦ 《清词一千首 箧中词》,第 52 页。
⑧ 《清词一千首 箧中词》,第 116 页。

邦彦的南宋词人吴文英、王沂孙也加以肯定。《谭评词辨》评吴文英词云："正面已足。深湛之思，最是善学清真处。"① 评周密词云："南渡词境高处，往往出于清真。"②

其二，如表3-2所示，谭献于两宋选词数量最多的词人中，北宋词人9人，南宋词人9人。诚如杨柏岭所言："晚清词家在更为推尊晚唐五代北宋词时，又大多能从一种融通的眼光审视词体正变问题。"③ 谭献于《复堂词录》中选南宋词作最多的词人有姜夔、辛弃疾、陈允平、吴文英、张炎、王沂孙、史达祖、周密、李清照九人。除了辛弃疾、吴文英、王沂孙词作体现了常州词派的词学理念外，谭献发现了姜夔词具有幽涩的特点。"浙派为人诟病，由其以姜、张为止境，而又不能如白石之涩、玉田之润。"④ "莲生古之伤心人也。荡气回肠，一波三折，有白石之幽涩而去其俗。"⑤ 一般认为姜夔词具有清空的特点，谭献发现了姜夔词是清空与幽涩的统一体，换言之，谭献推崇的南宋词人是为其常州词派的词学观点服务。

其三，谭献指出了南宋词的优点与不足。"南宋人词，情语不如景语，而融法使才，高者亦有合于柔厚之旨。"⑥ 这里既指明南宋词的不足在于为情造景，同时也表明南宋词的优秀词作，合乎柔厚旨归。"南宋词敝琐屑饾饤。朱、厉二家，学之者流为寒乞。"⑦ 指出南宋词的弊病在于琐屑饾饤。但同时肯定其长处，可见谭献对于南宋词，也能有持平之论。如评曾行浲《琐窗寒》（疏柳摇寒）云："遒峭之致，南宋高手。"⑧ 评叶衍兰《秋梦庵词》云："绮密隐秀，南宋正宗。"⑨ 评王庭《暗香·汉口夜泊》（半城落日）云："南渡乐章之奥。"⑩ 评龚翔麟《南浦》（人柳乍

---

① 谭新红辑：《重辑复堂词话》卷二，葛渭君编《词话丛编补编》，第1199页。
② 谭新红辑：《重辑复堂词话》卷二，葛渭君编《词话丛编补编》，第1199页。
③ 杨柏岭：《正变说与晚清词家的词学史观念》，《淮北煤炭师范学院学报》2003年第4期。
④ 《清词一千首 箧中词》，第71页。
⑤ 《清词一千首 箧中词》，第142页。
⑥ 《复堂日记》卷二，第47页。
⑦ 《清词一千首 箧中词》，第92页。
⑧ 《清词一千首 箧中词》，第211页。
⑨ 《复堂日记》卷八，第184页。
⑩ 《清词一千首 箧中词》，第10页。

三眠）云："南宋本色。"① 评姚正镛《霓裳中序第一·同砚山吴陵城西看木芙蓉》（微飙荡静碧）云："精粹南宋深处。"② 评许宗衡《百宜娇·冰花》（镂玉无烟）云："使事如水中盐味，长于换意，深入南宋之室。"③ 评况周颐、端木埰、王鹏运等人的《薇省同声集》"优入南渡诸家之室。"④ 除了从广义的角度肯定南宋词具有诸如遒峭、绮密隐秀、长于换意的优点之外，谭献还以南宋的具体词家来肯定南宋词的长处，如评承龄《忆旧游·送春》（怎燕子莺儿）云："草窗胜境。"⑤ 评乔守敬《扫花游·次廓父登城北楼韵》（女墙一桁）云："幽怨而磊落，得力草窗。"⑥ 评潘德舆《望海潮·中秋无月》（栏杆醉拍）云："亦在草窗、玉田间，何遽北宋。"⑦ 评郑善长《绿意·残荷》（芳塘曲处）云："叔夏却步。"⑧ 评赵彦俞《潇潇雨》（咿哑停弱橹）云："玉田佳境。"⑨ 评张鸣珂《南浦》（溪雨夜帘纤）云："今之张春水。"⑩ 评张四科《迈陂塘·秋荷》（问江南）云："火攻碧山。"⑪ 评彭孙遹《宴清都·萤火》（四壁秋声静）云："绝似中仙。"⑫ 评张景祁《双双燕·秋燕》（玳梁对语）云："缭曲往复，不数梅溪。"⑬ 这些评语体现了谭献对于南宋词人周密（号草窗）、张炎（字叔夏，号玉田，以春水词得名，人称"张春水"）、王沂孙（号碧山，又号中仙）、史达祖（号梅溪）的肯定。

其四，谭献指明清末由南北宋之争趋于兼取南北宋词的态势。"幼遐洁精，夔笙隐秀，将冶南北宋而一之，正恐前贤畏后生也。"⑭ 谭献表明王鹏运、况周颐词学观点趋于冶南北宋词于一炉的特点。这也表明谭献能

---

① 《清词一千首 箧中词》，第60页。
② 《清词一千首 箧中词》，第176页。
③ 《清词一千首 箧中词》，第156页。
④ 《复堂日记》卷八，第204页。
⑤ 《清词一千首 箧中词》，第116页。
⑥ 《清词一千首 箧中词》，第168页。
⑦ 《清词一千首 箧中词》，第118页。
⑧ 《清词一千首 箧中词》，第109页。
⑨ 《清词一千首 箧中词》，第188页。
⑩ 《清词一千首 箧中词》，第208页。
⑪ 《清词一千首 箧中词》，第75页。
⑫ 《清词一千首 箧中词》，第32页。
⑬ 《清词一千首 箧中词》，第199页。
⑭ 《清词一千首 箧中词》，第346页。

客观认识南北宋词的得失,如评何兆瀛《台城路·过废寺》(修蛇曲折城南路)云:"南宋平夷之韵,北宋峭折之思。"①

二　金元明词史论

　　金元明三朝为词发展的衰落期,然而仍有部分词人词作成就斐然。谭献在《复堂词录》中于金元明三代所选词作最多的三位词人,分别为金代的元好问(9首),元代的张翥(9首),明代的陈子龙(25首)。值得注意的是,这三人的词作特点与谭献的词学主张深相契合。《复堂词录》引用张炎及刘熙载语评元好问词。张炎曰:"遗山词深于用事,精于炼句,其风流蕴藉处,不减周、秦。"刘熙载曰:"疏快之中自饶深婉。"②元好问词具有含蓄深婉的特点,正体现了谭献推崇词作要有比兴的词学主张。《复堂日记》评价张翥、陈子龙词云:"词自南宋之季几成绝响,元之张仲举稍存比兴,明则卧子直接唐人为天才。"③元代的张翥,词作多用比兴。明代的陈子龙,词作具有晚唐风貌。而注重词作的比兴及推崇晚唐词风正是谭献词学思想的组成部分。

　　谭献于明代最推崇的词人是陈子龙,《复堂日记》中与陈子龙有关的条目多为褒扬之语:

>　　有明以来词手,湘真第一,饮水次之,陈(其年)、朱(竹垞)而下皆小家也。④
>
>　　周稚圭有言,成容若,欧、晏之流,未足以当李重光。然则重光后身惟卧子足以当之……明则卧子直接唐人为天才。⑤
>
>　　阅《明词综》。明自陈卧子外,几于一代无词。拟略取数十首,列《箧中词》之前也。⑥

　　从这些条目可以得出两点认识。首先,谭献认为陈子龙(字卧子,

---

① 《清词一千首　箧中词》,第160页。
② (清)谭献纂,罗仲鼎、俞浣萍整理:《复堂词录》,第460页。
③ 《复堂日记》卷二,第54页。
④ 《复堂日记》补录卷一,第234页。
⑤ 《复堂日记》卷二,第54页。
⑥ 《复堂日记》补录卷二,第271页。

有《湘真阁》词集）是明代成就最高的词人。所谓"有明以来词手，湘真第一"，"明自陈卧子外，几于一代无词"等语表现出谭献对陈子龙词作的极大推崇。其次，谭献之所以肯定陈子龙词作，原因是其词继承了南唐李煜词风，有抒发一己真性情的特点，同时"直接唐人为天才"，有唐五代词风貌，由此可看出谭献论词倾向于唐五代北宋词。

概而言之，《复堂词录》能够兼容词学史上不同风格不同流派的词人词作，对各家入选词作保持恰当的比例。除了选录体现常派词学宗尚的词家之外，谭献也选录其他词人，客观反映当时词坛发展情况。例如浙派宗尚的词人姜夔和张炎，分别入选了17首和20首。选1首的词人有187人，占总人数（342人）的55%；选5首以下（含5首）词人共301人，占总人数（342人）的88%；选6—10首的词人共19人，占总人数（342人）的6%；选11首以上词人共22人，占总人数（342人）的6%。正如沙先一所说："谭献编纂《词录》《箧中词》的意图，更多地则在于以选本的形式呈现千年词史，勾勒千年词史的演进。"[①]

三　清代词史论

谭献于清代词史风貌有细致深入的描述。首先，按时间顺序排列清代前十家、中七家、后十家共二十七家词人。其次，将清代词人按类别分为词人之词、学人之词、才人之词三类，标举词人之词为词学典范。再次，对清代重要的词学流派如浙西词派、常州词派的功过是非作了中肯评价。最后，描绘出晚清不同地域的词作风貌。下面逐一分析之。

（一）排列清代二十七家词人

谭献在《复堂日记》中交代了清代重要的词家二十七人："嘉庆时孙月坡选七家词，为厉樊榭（厉鹗）、林蠡槎（林蕃钟）、吴枚庵（吴翌凤）、吴谷人（吴锡麒）、郭频伽（郭麐）、汪小竹（汪潮生）、周稚圭（周之琦），去取精审。予欲广之为前七家，则辕文（宋征舆）、葆汾（钱芳标）、羡门（彭孙遹）、渔洋（王士禛）、梁汾（顾贞观）、容若（纳兰性德）、遹声（沈丰垣），又附舒章（李雯）、去矜（沈谦）、其年（陈维崧）为十家。后七家，则皋文（张惠言）、保绪（周济）、定庵（龚自

[①] 沙先一：《谭献〈复堂词录〉选词学价值论略》，《词学》第25辑，华东师范大学出版社2011年版。

珍)、莲生(项鸿祚)、海秋(许宗衡)、鹿潭(蒋春霖)、剑人(蒋敦复),又附翰风(张琦)、梅伯(姚燮)、少鹤(王锡振)为十家……近代诸家类能祧南宋而规北宋,若孙氏与予所举二十余人,皆乐府中高境,三百年所未有也。"① 这段文字表明谭献在孙麟趾《清七家词选》所选七家词人的基础上增添前十家、后十家,从而描绘了清代前十家、中七家、后十家共二十七家词人。《箧中词》对这二十七家词人的词作均有选录,为直观了解所选情况,特制《箧中词》所选清代二十七家词人词作数量统计表如表3-3所示。

表 3-3　《箧中词》所选清代二十七家词人词作数量统计表

分期	流派	词家	词作数量	备注
前十家	云间词派	宋征舆	8首	
	云间词派	李雯	8首	
	云间词派余响	沈谦	7首	西泠十子之一
	广陵词坛词人	王士禛	8首	才人之词
	广陵词坛词人	彭孙遹	8首	
	阳羡词派	陈维崧	9首	
	词人之词	纳兰性德	25首	
		顾贞观	5首	独抒性灵
		钱芳标	10首	有黍离之伤　才人之词
		沈丰垣	8首	有黍离之伤
中七家	浙西词派	厉鹗	18首	乾隆词坛词人
		吴翌凤	8首	枚庵高朗
		郭麐	6首	频伽清疏
		吴锡麒	2首	词学樊榭
		林蕃钟	7首	吴门宗浙派词群的代表
		汪潮生	7首	东巢词深入宋贤之室
		周之琦	5首	截断众流

---

① 《复堂日记》卷二,第54页。

续表

分期	流派	词家	词作数量	备注
后十家	常州词派	张惠言	10首	学人之词
		周济	10首	学人之词
		龚自珍	6首	
		许宗衡	5首	近词一大宗
		张琦	3首	
		王锡振	4首	
		蒋敦复	4首	
	词人之词	项鸿祚	21首	
		蒋春霖	23首	
	浙西词派	姚燮	2首	

此表有三点值得注意。其一，谭献客观梳理了清代不同发展时期的重要词家。前十家基本代表了清初词坛的发展情况，中七家大致代表了清代乾隆年间词坛风貌，后十家代表了清代嘉庆、道光以后词坛的创作情况。其二，前中后的三段分期基本囊括了清代重要流派的代表词人。前十家词人涉及清初的云间词派（宋征舆、李雯及以沈谦为代表的云间词派的余响）、广陵词坛的代表人物（王士禛、彭孙遹）、阳羡词派的代表词人陈维崧以及抒发性灵的纳兰性德、顾贞观等词人。中七家词人多为浙西词派的代表人物（厉鹗、林蕃钟、吴翌凤、吴锡麒、郭麐）。后十家以常州词派为主，张惠言、周济、龚自珍、许宗衡、张琦、王锡振、蒋敦复均为常州派词人。其三，从所选词作数量可知，谭献在清词家中推崇纳兰性德（25首）、蒋春霖（23首）、项鸿祚（21首）。在谭献看来，清代词人成就最高的不是常派词人，也不是浙派词人，而是有"词人之词"称谓的纳兰性德、蒋春霖、项鸿祚三人。

（二）标举词人之词为词学典范

谭献之前，王士禛《倚声集序》划分词人流别："有诗人之词，唐、蜀、五代诸人是也；有文人之词，晏、欧、秦、李诸君子是也；有词人之词，柳永、周美成、康与之属是也；有英雄之词，苏、陆、辛、刘是也。"① 王士禛按创作主体将词人类型划分为诗人之词、文人之词、词人之词、英雄之词四类。王士禛对于词人类别的划分对谭献词人之词、学人之词、才人之词的区分或有启发。

1. 词人之词、学人之词、才人之词的划分

谭献在《箧中词》中有一段关于词人之词、学人之词、才人之词的表述：

> 文字无大小，必有正变，必有家数。《水云楼词》固清商变徵之声，而流别甚正，家数颇大，与成容若、项莲生二百年中分鼎三足……或曰："何以与成、项并论？"应之曰："阮亭、葆酚一流，为才人之词，宛邻、止庵一派，为学人之词，惟三家是词人之词，与朱、厉同工异曲，其他则旁流羽翼而已。"②

这段文字大致有两点含义：其一，以创作主体的身份为依据区分出才人之词、学人之词、词人之词三种不同类型的词。大致说来，"才人之词"专指诗才而言，以作诗为主，词为诗之余事。或可理解为用作诗之法作词。如王士禛（神韵诗派）、钱芳标（云间诗派）的主要身份是诗人，其词作不免体现其诗才。"学人之词"专指经史学者而言，以学问为词，如张惠言、周济的主要身份是经史学家，其词作不可避免地表现出创作者的胸襟学问。"词人之词"专意填词，在词风上追求本色，"情感丰富，哀感顽艳，极缠绵婉约之致"③。如纳兰性德、项鸿祚、蒋春霖三家以情韵取胜，哀怨动人，且仅以词知名，谭献特称之为"词人之词"。其二，评判三类词艺术水平的高低。在谭献看来，词人之词成就最高，才人之词、学人之词为"旁流羽翼"，在艺术上次于词人之词。谭献《箧中词》对不同类别的词人词作均有选录，但从数量上可看出谭献的倾向，如表3-4所示。

---

① （清）王士禛：《倚声集序》，《带经堂集·渔洋文集》，《清代诗文集汇编》第 134 册，上海古籍出版社 2010 年版，第 1231 页。
② 《清词一千首 箧中词》，第 186 页。
③ 沙先一、张晖：《清词的传承与开拓》，上海古籍出版社 2008 年版，第 50 页。

表 3-4　　《箧中词》不同类别词人词作选录数量统计表

词作类别	词人	词作数量
词人之词	纳兰性德	25 首
	蒋春霖	23 首
	项鸿祚	21 首
类似词人之词	厉鹗	18 首
	朱彝尊	18 首
学人之词	张惠言	10 首
	周济	10 首
	龚自珍	6 首
	张琦	3 首
才人之词	钱芳标	10 首
	王士禛	8 首

从表 3-4 可知，首先，谭献选录数量最多的词人是纳兰性德、蒋春霖、项鸿祚，这三人正是词人之词的代表。其次，选录数量较多的词人是朱彝尊、厉鹗，各十八首。谭献肯定其成就，认为这二人与词人之词有异曲同工之妙，但同时认为他们的词作仍有瑕疵。谭献云："锡鬯、其年出，而本朝词派始成。顾朱伤于碎，陈厌其率，流弊亦百年而渐变。锡鬯情深，其年笔重，固后人所难到。"① 指出朱彝尊（字锡鬯）词情感深沉，有类似词人之词的一面，但同时其词存在琐屑饾饤的不足。谭献评厉鹗词云："太鸿思力，可到清真，苦为玉田所累。"② "填词至太鸿，真可分中仙、梦窗之席，世人争赏其饾饤窳弱之作，所谓'微之识碔砆'也。"③ 这里谭献化用元好问《论诗绝句三十首》之"少陵自有连城璧，争奈微之识碔砆"句意，以元稹评杜甫未能得其真髓，表明世人未能辨认厉鹗词的真面目。谭献极力辩驳世俗对厉鹗词的刻板印象，欣赏其思力似周邦彦，但"苦为玉田所累"一语表明谭献对其仍有微词。可见，谭献认为朱彝尊、厉鹗之词优劣互见，不够精美纯粹，故在总体成就上屈居纳兰性德、蒋春霖、项鸿祚三家词之下。最后，谭献在学人之词、才人之词的选

---

① 《清词一千首 箧中词》，第 52 页。
② 《清词一千首 箧中词》，第 67 页。
③ 《清词一千首 箧中词》，第 71 页。

录数量上明显低于词人之词，可见谭献对词人之词的推崇。除此之外，谭献还在《复堂日记》中表现出他对纳兰性德、蒋春霖、项鸿祚词的称扬：

> 点诵成容若《饮水词》袁兰生选本。风格更高出蒋鹿潭矣。有明以来词手，湘真第一，饮水次之，陈（其年）、朱（竹垞）而下皆小家也。①
> 赞侯抄示蒋鹿潭未刻词十余首。甚工，百年来真无第二手也。②
> 杭州填词为姜、张所缚，偶谈五代北宋，辄以空套抹杀，百年来屈指惟项莲生有真气耳。③

谭献认为，明清以来，纳兰性德的《饮水词》仅次于陈子龙词，宜为清词第一。蒋春霖词百年来无第二手，项鸿祚词百年来惟有真气。从这些评语明显可以看出谭献对三家之词的高度肯定。

2. 词人之词的特点

谭献认为纳兰性德、蒋春霖、项鸿祚词三足鼎立，为词人之词的典范。三家词具有两方面的共同特征。

其一，三家词的共同点是抒情写意，表现伤心人的别有怀抱，有忧生念乱的意识。谭献评价项鸿祚云："百年来，屈指惟项莲生有真气"④，"莲生古之伤心人也。荡气回肠，一波三折，有白石之幽涩而去其俗，有玉田之秀折而无其率，有梦窗之深细而化其滞，殆欲前无古人。"⑤谭献强调项鸿祚词有"真气"，是古之伤心人，"其实也就是词人的赤子之心，出之于自然流露，不必靠学问堆砌起来的，而伤心的原因则是源于世变乱离、精神上缺乏出路"⑥。谭献又言："以成容若之贵、项莲生之富，而填词皆幽艳哀断，异曲同工，所谓别有怀抱者也。"⑦他认为纳兰性德与项

---

① 《复堂日记》补录卷一，第234页。
② 《复堂日记》补录卷二，第265页。
③ 《复堂日记》卷二，第34页。
④ 《复堂日记》卷二，第34页。
⑤ 《清词一千首 箧中词》，第142页。
⑥ 黄坤尧：《清词三大家与"词人之词"的审美变异》，《吉林师范大学学报》2016年第5期。
⑦ 《清词一千首 箧中词》，第142页。

鸿祚词的共同点是都抒发了个人抑郁、伤感的怀抱。蒋春霖与纳兰性德、项鸿祚相比，凄楚的心境无不相同。谭献评蒋春霖云："《水云楼词》固清商变徵之声，而流别甚正，家数颇大，与成容若、项莲生二百年中分鼎三足。咸丰兵事，天挺此才，为倚声家杜老。"① 蒋春霖亲身经历了太平天国战争的时代乱离，其词作如实反映了战争之残酷、百姓之苦难，抒发了一种深沉的末世之悲。风格沉郁顿挫，艺术感染力极强。总之，三家之词皆表现性情襟抱，以情韵取胜，哀怨动人，"项鸿祚论词有艳、苦、郁、深之说，纳兰性德重视忧患意识，蒋春霖词则仿效杜诗反映战乱之作，忠爱之情自然流露，更将词中的沉郁意蕴发挥得淋漓尽致"②。

其二，三家词都具有南唐、北宋词的气韵神貌，体现出谭献对南唐、北宋词风的推崇。谭献评纳兰性德词云："容若长调多不协律，小令则格高韵远，极缠绵婉约之致，能使残唐坠绪绝而复续。"③ 高度肯定了纳兰性德小令的成就，认为其小令韵味悠长、缠绵婉约，有南唐词的韵味。又谭献评项鸿祚《忆云词》云："莲生仰窥北宋，而天赋殊近南唐。《丁稿》一卷遍和五代词，合者果无愧色。"④ 也点明项鸿祚词具有南唐北宋风貌。对于蒋春霖《水云楼词》，谭献评曰："婉约深至，时造虚浑，要为第一流矣。"⑤ 又评其《南浦·春草》词云："南唐之骨，北宋之神，此才独擅。"⑥ 表明蒋春霖词亦具有南唐北宋词之风神。

（三）公允评价浙派、常派的功过得失

谭献对清词史上的重要词人能够客观评价其得失，既肯定其合理之处，又指出其存在的偏颇，如："锡鬯、其年出，而本朝词派始成。顾朱伤于碎，陈厌其率，流弊亦百年而渐变。锡鬯情深，其年笔重，固后人所难到。嘉庆以前，为二家牢笼者十居七八。"⑦ 这里有两点值得注意。其一，由陈维崧开创的阳羡词派、朱彝尊开创的浙西词派在清代词史上占有

---

① 《清词一千首 箧中词》，第185页。
② 黄坤尧：《清词三大家与"词人之词"的审美变异》，《吉林师范大学学报》2016年第5期。
③ 《清词一千首 箧中词》，第26页。
④ 《复堂日记》卷二，第37页。
⑤ 《复堂日记》卷二，第37页。
⑥ 《清词一千首 箧中词》，第181页。
⑦ 《清词一千首 箧中词》，第52页。

重要地位，其影响直至嘉庆年间常州词派走上词坛之前。其二，谭献客观评价了朱彝尊与陈维崧词作的得失，朱彝尊词情感深沉却伤于琐碎，陈维崧词用笔厚重却有粗率之失。谭献既能客观公允评价朱彝尊、陈维崧创作的得失，又能以持平之语评价浙西词派、常州词派的功过得失："常州派兴，虽不无皮傅，而比兴渐盛。故以浙派洗明代淫曼之陋，而流为江湖；以常派挽朱、厉、吴、郭（频伽流寓）佻染饾饤之失，而流为学究。"①这里，谭献既肯定浙西词派倡导的"醇雅"对拯救清初淫曼词风的作用，也肯定常州词派倡导的"比兴寄托"对挽救浙西词派饾饤之失的功绩。同时也看到浙西词派、常州词派各自的弊病。浙派词的流弊在于油滑轻佻，琐屑堆砌，缺乏真情实感；而常派词的弱点在于隐晦机械，有学人之词平钝廓落之弊。这些都体现了谭献作为常州词派理论批评家不囿于宗派之见而能实事求是的可贵之处。周庆云《历代两浙词人小传》于谭献小传下云："论词尤有元解……于浙中词派、常州词派之流别，剖析毫芒。"②具体说来，谭献对浙派、常派均有正反评价。下面详细分析之。

1. 谭献既批评浙派局限于学习南宋，有空疏浮滑之弊，又肯定其拯救清初淫曼词风的历史功绩。具体表现在他对浙派词学主张及词选的评价中。

其一，谭献对浙派词学主张从四方面予以评说。

首先，批评浙西词派仅局限于学习南宋姜夔、张炎。"阅王氏《词综》四十八卷、二集八卷。王侍郎去取之旨本之朱锡鬯，而鲜妍修饰，徒拾南渡之沂。以石帚、玉田为极轨。不独珠玉、六一、淮海、清真皆成绝响，即中仙、梦窗深处全未窥见。"③谭献指出王昶《国朝词综》只局限于推举姜夔、张炎，未曾注目于北宋。实则北宋晏殊、欧阳修、秦观、周邦彦等词人及南宋王沂孙、吴文英也有可学之处。浙派只学南宋姜夔、张炎的局限到了嘉庆年间常州词派登上词坛之后，由常州词派对其加以纠正。"填词至嘉庆，俳谐之病已净。即蔓衍阐缓貌似南宋之习，明者亦渐知其非……近时颇有人讲南唐北宋，清真、梦窗、中仙之绪既昌，玉田、石帚渐为已陈之刍狗。"④谭献指出浙派学南宋姜夔、张炎，倡导清空醇

---

① 《复堂日记》卷三，第72页。
② 周庆云纂辑，方田点校：《历代两浙词人小传》，第293页。
③ 《复堂日记》卷三，第72页。
④ 《复堂日记》卷三，第72页。

第三章 谭献词学研究

雅之风，而流于空疏枯寂之弊。而补偏救弊的常派宗尚南唐北宋词，讲求比兴寄托，以丰富词作意涵。其次，谭献批评浙派学习姜夔、张炎的清空而未学得姜夔的幽涩、张炎的圆润。"浙派为人诟病，由其以姜、张为止境，而又不能如白石之涩，玉田之润。"① 再次，批评浙派碎屑饾饤，空疏浮滑，于寄意处有所忽略。"南宋词敝，琐屑饾饤。朱、厉二家，学之者流为寒乞。"② "《乐府补题》别有怀抱。后来巧构形似之言，渐忘古意，竹垞、樊榭不得辞其过。"③ 批评浙西词派的空疏薄滑之弊。最后，谭献对浙派的长处也予以肯定。谭献对浙派在自身发展过程中的修正给予肯定："枚庵高朗，频伽清疏，浙派为之一变。"④ 此外谭献在《箧中词》中表现出对浙派推尊的"清空"说的认同。如评方濬颐《垂杨》（春来忆远）云："清空如话。"⑤ 评万钊《酷相思·忆鹤涧》云："涧民诗人之词，清空不质实。"⑥ 评刘炳照《梅子黄时雨》（无数楼台）云："词赋本意，清空幽袅，直到古人。"⑦ 评顾贞观《南乡子·捣衣》云："清空若拭。"⑧ 评厉鹗《声声慢·停琴仕女图》云："如此方是清空不质实。"⑨ 评庄棫《凤凰台上忆吹箫》（瓜渚烟消）云："清空如话。不至轻僄，消息甚微。"⑩ 评贺双卿《惜黄花慢·孤雁》云："清空一气如拭。"⑪ 评王鹏运《齐天乐·秋光》云："野云孤飞，去来无迹。"⑫ 评王嵩《满庭芳》（中酒心情）云："野云孤飞，去留无迹，妙在语言之外。"⑬ 这里有两点值得注意，一是谭献或直接以"清空"二字表明词作特点，或以"野云孤飞，去留无迹"譬喻词作具有清空词境；二是谭献评价的有"清空"

---

① 《清词一千首 箧中词》，第 71 页。
② 《清词一千首 箧中词》，第 92 页。
③ 《清词一千首 箧中词》，第 71 页。
④ 《清词一千首 箧中词》，第 91 页。
⑤ 《清词一千首 箧中词》，第 251 页。
⑥ 《清词一千首 箧中词》，第 341 页。
⑦ 《清词一千首 箧中词》，第 353 页。
⑧ 《清词一千首 箧中词》，第 21 页。
⑨ 《清词一千首 箧中词》，第 71 页。
⑩ 《清词一千首 箧中词》，第 212 页。
⑪ 《清词一千首 箧中词》，第 220 页。
⑫ 《清词一千首 箧中词》，第 345 页。
⑬ 《清词一千首 箧中词》，第 73 页。

特点的词人，浙西词人仅厉鹗一人，其他则为非浙派词人。这表明"清空"非浙派词人的专属，"清空"作为一种词境，具有遗貌取神，寄意于象外的特点。谭献推赏清空的词境，故在自己的词作中也融入了清空的元素（详见第二章第二节复堂词的艺术风貌）。

其二，对浙西词派《词综》系列词选的评价。《词综》是朱彝尊、汪森精心编纂的一部大型词选，以醇雅为选录标准，为推行浙西词派的词论主张服务。《词综》产生之后，形成了一个以《词综》为选系的词选，它们分别是王昶的《国朝词综》、黄燮清的《国朝词综续编》、丁绍仪的《国朝词综补》、黄霁青的《续词综》、陶梁的《词综补遗》等。据谭献的评价，《词综》系列词选具有如下四个特点。

首先，以《词综》为准则，以补遗和续编《词综》为宗旨。"阅王氏《词综》四十八卷，二集八卷，王侍郎去取之旨本之朱锡鬯。"① "阅无锡丁绍仪杏舲《国朝词综补》稿本。扬王昶侍郎之波。"② 其次，大都卷帙浩繁，以补人补词为主，佳篇不多。如王昶《国朝词综》四十八卷，二集八卷，共五十六卷。黄燮清《国朝词综续编》二十四卷。丁绍仪《国朝词综补》五十八卷，续编十八卷，共七十六卷。黄霁青《续词综》廿四卷。陶梁《词综补遗》二十卷。这些系列词选的编纂目的在于补人补词，谭献言："借丁杏舲选《词综补》四十卷归阅。丁氏意在备人，补王氏《词综》、黄氏《续词综》所未及，故佳篇不多觏也。"③ 又《复堂日记》载："录丁杏舲《词综补》……用补人补词例，搜辑至四十卷，可谓勤矣。惟以意在补人，不无泛滥。"④ 再次，校勘不精，舛误颇多。如谭献指出黄燮清《国朝词综续编》将张孝祥《念奴娇·洞庭》作丹阳荆楫《念奴娇·洞庭》之误："书肆取《词综续编》回……卷一载丹阳荆楫《念奴娇·洞庭》词，即张于湖'洞庭青草'一阕，不知何以误入。于湖此词南宋最有名，《绝妙好词》且首列。二黄公必非未寓目者，可异。"⑤ 又丁绍仪《国朝词综补》舛连处、重复处较多："校丁氏《词综补》……

---

① 《复堂日记》卷三，第72页。
② 《复堂日记》卷一，第5页。
③ 《复堂日记》补录卷二，第319页。
④ 《复堂日记》补录卷二，第319页。
⑤ 《复堂日记》补录卷二，第265页。

意在博采，去取无义例，而舛迕复重尤多。颇以为恶札，但记名姓而已。"① 最后，由于这些词选意在补人补词，保存了丰富的词作，故谭献以这些词选为选源，选录词作入《箧中词》中。如谭献从丁绍仪《国朝词综补》中选录词作入《箧中词》。《箧中词》对此有所记录："前卷刻成，祥符周季贶以丁氏词编已刻之四十一卷至五十八卷，又未刻写本十八卷属校，复采获二十余调如右。"② "三十年前客闽，与无锡丁君杏舲相识，君方纂《词综补编》……丁君书刻于吴中，四十卷中著录千余人，予掇箧中未备者，别裁续录如右。"③ 这两条材料表明谭献先后两次从《国朝词综补》中辑录词作入《箧中词》。除了《国朝词综补》外，谭献还选录《国朝词综续编》词作入《箧中词》。谭献从《国朝词综续编》辑得三首词作入《箧中词》。"茗柯词四十六首久欲评注全本，遗饷学子，病懒未就。今就《宛邻词选》附录及《词综续编》所采，合录十阕，菁华略备。"④ 谭献采录了《国朝词综续编》所选张惠言《相见欢》（年年负却花期）、《木兰花慢》（是春魂一缕）、《玉楼春》（一春长放秋千静）三首与《宛邻词选》附录张惠言七首词作入《箧中词》，这十首词作基本体现了张惠言词的精华所在。

2. 谭献既肯定了常州词派的尊体及比兴寄托的理论价值，又指出常派存在学问有余、性情不足之弊。具体表现在他对常派词学观点及词选的评说中。

首先，谭献评说常州词派的理论主张表现在四个方面。其一，称扬常派推尊词体。肯定了张惠言、张琦为提高词体地位做出的贡献："倚声之学，由二张而始尊耳。"⑤ 同时称扬周济传承二张尊体之说，使词取得与诗、赋、文辞相同的地位："周氏撰定《词辨》《宋四家词笺》，推明张氏之旨而广大之，此道遂与于著作之林，与诗赋文笔同其正变也。"⑥ 其二，肯定常派比兴寄托的理论价值。"常州派兴，虽不无皮傅，而比兴渐

---

① 《复堂日记》补录卷二，第 332 页。
② 《清词一千首 箧中词》，第 289 页。
③ 《清词一千首 箧中词》，第 299 页。
④ 《清词一千首 箧中词》，第 102 页。
⑤ 《清词一千首 箧中词》，第 103 页。
⑥ 《清词一千首 箧中词》，第 113 页。

盛。"① 常州词派的比兴寄托理论，注重词作的思想意涵，可以医治浙派末流琐屑饾饤、空疏油滑之弊。"以常派挽朱、厉、吴、郭佻染饾饤之失"② 肯定了常派比兴之论对于纠正浙派末流俳谐之病、曼衍之习的功绩。对周济"词非寄托不入，专寄托不出"的观点高度肯定，认为它不仅适用于词的创作，也是其他文学体裁应遵循的普遍规律："以有寄托入，以无寄托出，千古辞章之能事尽，岂独填词为然！"③ 其三，勾勒出常州词派的师承谱系，阐明常州词派由张惠言、张琦发端，经过董士锡，再传到周济的师承谱系："茗柯《词选》出，倚声之学日趋正鹄。张氏甥董晋卿造微踵美，予未得其全集。止庵切磋于晋卿，而持论益精……止庵自为词精密纯正，与茗柯把臂入林。"④ 张惠言、张琦是兄弟，董士锡是张惠言的外甥，常州词派的传承由张惠言、张琦到董士锡，是以亲缘关系得以传承。周济为董士锡友人，与董士锡交流切磋，受其影响，以"比兴寄托"之说传承张惠言"意内言外"说，发展壮大了常州词派。常州词派由董世锡到周济的传承，不同于前期的亲缘传承，是为学缘传承，体现了常派词学传承路径的扩大。其四，指出常派存在牵强附会及学问有余、性情不足之弊。谭献指出常州词派的弊病之一是由于一味强调比兴寄托，强求微言大义，易流于牵强附会。常州词派的弊病之二是其存在"平钝廓落"⑤ 之处。"这是由于常州派言比兴而少论词境，谈寄托而少及性情。"⑥ 常派词人多为学者，长于深厚沉婉，富于词作内涵，是为"学人之词"。而不善学者，过求幽折，指向不明，致使读者无从把握其意，缺乏灵气与个体真性情。谭献作为常州词派中人对常派弊病没有回护，而是客观指出不足，体现了其公允的评价。

其次，对常州词派词选的评价。谭献对常州词派词选诸如张惠言、张琦《宛邻词选》、周济《宋四家词选》、张曜孙《同声集》、刘逢禄《词雅》等均有评点。大致表现为如下三点。

其一，指出比兴寄托是常州词派词选的选词宗旨。《宛邻词选》以比

---

① 《复堂日记》卷三，第72页。
② 《复堂日记》卷三，第72页。
③ 《复堂日记》卷二，第65页。
④ 《清词一千首 箧中词》，第113页。
⑤ 《清词一千首 箧中词》，第109页。
⑥ 邱世友：《词论史论稿》，人民文学出版社2002年版，第336页。

兴寄托为选词标准,周济《宋四家词选》是"以有寄托入,无寄托出"作为标尺的门径词选,"陈义甚高,胜于《宛邻词选》。"①张曜孙《同声集》收道光、咸丰间词人九家,"以继《宛邻词选》。深美闳约之旨未坠,而佻巧奋末者自熄"②。其编选取向传承《宛邻词选》深美闳约之旨。刘逢禄"尝撰《词雅》五卷八十家三百首,自叙以为:'唐、五代、宋氏所传,才士名卿闳意眇指,正变声律具矣'……《词雅》一编,不知传写尚有其人否?"③刘逢禄《词雅》今不传,但从其自序所言"闳意眇指"之语可见其选词宗旨与张惠言相近。

其二,表明常州词派词选出于宗派需要,标举北宋词。基于这个原因,谭献对《宛邻词选》赋予了更多内涵。"认为张惠言的《词选》出于创常州派、取浙派而代之的明确意识,并认为张氏之论皆与浙西词派相对立。"④"翰丰(张琦)与哲兄同撰《宛邻词选》,虽町畦未尽,而奥窔始开。其所自为,大雅遒逸,振北宋名家之绪。"⑤这里谭献认为张惠言有意标举北宋,以与浙派推崇南宋相对立。

其三,对常派词选的不足有所揭示。如潘德舆批评张惠言《词选》选词过于严苛,有遗珠之憾,存在将五代北宋词"宏音雅调,多被排摈"的缺点。谭献对潘德舆这一批评表示赞同,认为:"其针砭张氏,亦是诤友。"⑥换言之,谭献也认为张惠言《词选》选词存在偏狭之处。谭献认为《宋四家词选》词作多取材于朱彝尊《词综》,未为广泛。"检阅周止庵《宋四家词选》。皆取之竹垞《词综》,出其外仅二三篇。"⑦又认为《同声集》一意追随《宛邻词选》,有"平钝雷同"⑧之訾。谭献的词学宗尚倾向于常州词派,然而难能可贵的是,他既肯定常派的功绩,又指出常派的不足,这是他高于常州词派其他词人的地方。

---

① 《复堂日记》卷二,第 65 页。
② 《清词一千首 箧中词》,第 346 页。
③ 《清词一千首 箧中词》,第 266 页。
④ 孙克强:《清代词学批评史论》,第 271 页。
⑤ 《清词一千首 箧中词》,第 103 页。
⑥ 《清词一千首 箧中词》,第 118 页。
⑦ 《复堂日记》补录卷二,第 299 页。
⑧ 《清词一千首 箧中词》,第 346 页。

(四) 描述晚清不同地域的词作风貌

谭献《箧中词》梳理了清词史的发展脉络，除了对清代有影响的词派诸如阳羡词派、浙西词派、常州词派的得失有所评价之外，对于晚清诸如岭南（粤东、粤西）、闽中、湖湘等不同地域的词坛风貌，谭献均有评定。

首先，对粤东词人创作情况的描绘："岭南文学流派最正……填词有陈兰甫先生，文儒蔚起，导扬正声。叶南雪为春兰，沈伯眉为秋菊，婆娑二老，并秀一时。约梁君星海将合二集，益以寓贤汪玉泉，为《粤三家词》云。"① 这里谭献勾勒了粤东词人的主要代表人物有陈澧（字兰甫）、梁鼎芬（字星海，陈澧入室弟子）以及有"粤三家词人"之称的叶衍兰（号南雪）、沈世良（字伯眉）、汪瑔（字玉泉）。

谭献对陈澧词风有所概括："兰甫先生，孙卿、仲舒之流，文而又儒，粹然大师，不废藻咏，填词朗诣，洋洋乎会于风雅，乃使绮靡奋厉，两宗废然知反。"② 这里谭献将陈澧比作荀子、董仲舒之类的学者，陈澧以文儒身份作词，是为学人之词。同时陈澧在粤东是开疆拓土、引领词学风雅风气的人物。"东塾先生（陈澧），文而又儒，开示承学。"③ 谭献认为"粤三家词人"是继陈澧之后广东词坛能传承风雅精神的词人："接武三家，比物比志。绮藻丽密，意内而言外；疏放豪逸，陈古以刺今。"④ 谭献曾应叶衍兰之请，参与《粤三家词钞》篇目的选定工作："叶兰台属选《岭南三家词》，为沈伯眉、汪玉泉及兰翁，今日始就。审定圈识，写目录寄去。沈为《楞华馆词》，汪为《随山馆词》，叶为《秋梦庵词》。"⑤ 并且谭献作有《粤东三家词钞序》，对三家词分别作出评价："佩玉千声，流水九曲。书艺正宗，逆入平出。此楞华之谛也。送远碧草，登楼青山。目之所际，春秋佳色。此随山之珍也。锦瑟幽忆，奇珠转圜。徘徊徘徊，采诗入乐。此秋梦之禅也。"⑥ "沈世良《楞华词钞》犹如冠绝古今的书法剧迹《兰亭集序》，透露出萧疏的名士风范；汪瑔《随山馆词钞》记录

---

① 《清词一千首 箧中词》，第 303 页。
② 《清词一千首 箧中词》，第 296 页。
③ （清）谭献：《粤东三家词钞序》，冯乾编校《清词序跋汇编》，第 1793 页。
④ （清）谭献：《粤东三家词钞序》，冯乾编校《清词序跋汇编》，第 1793 页。
⑤ 《复堂日记》续录，第 371 页。
⑥ （清）谭献：《粤东三家词钞序》，冯乾编校《清词序跋汇编》，第 1793 页。

了词人的游幕历程，意境开阔疏朗；叶衍兰《秋梦庵词钞》多有悼亡之作，将哀怨的心曲表现得婉曲幽深。"①

其次，对粤西词人创作情形有所总结。谭献《秋梦庵词钞序》云："献投老以来，同声斯应。岭表贤达，天涯素心。东有汪芙生、沈伯眉，望风怀思；西有王幼霞、况夔笙，抚尘结契。池波共皱，井水能歌。出门有必合之车，异曲有同工之奏。"② 这段文字表明晚清岭南词坛，粤东有汪瑔、沈世良、叶衍兰等词人，粤西则有王鹏运、况周颐等词人与之遥相呼应。谭献总结王鹏运、况周颐词作风格云："幼遐洁精、夔笙隐秀，将冶南北宋而一之，正恐前贤畏后生也。"③ 对其从南北宋之争中解脱出来，而走向将南北宋熔铸的词学观极为称颂。除了王鹏运、况周颐这两位著名的粤西词人外，谭献对于王鹏运、况周颐之前有影响的粤西词人苏汝谦、王锡振也给予肯定："桂林山水奇丽，唐画宋词之境，苏君（苏汝谦）超超，非少鹤（王锡振）丈所能掩，亦不负灵区矣。后起有王幼遐、况夔笙，宫商举应，伶翟争传已。"④ 这样谭献勾勒出粤西词人的代表，先后有苏汝谦、王锡振、王鹏运、况周颐等人。

再次，谭献对晚清闽中以谢章铤为首的聚红榭词社的创作风貌有所描绘。"闽中词人道、咸间唱和颇盛。予在闽所识，如刘赞轩、谢枚如辈，皆作手也。社集有《聚红榭诗词》之刻。"⑤ "阅《聚红榭雅集诗词》。《聚红榭》者，闽中社集合刻所作，长乐谢枚如持赠……枚如社中巨手，词人能品。徐云汀、李星汀亦高出辈流。"⑥ 这里谭献提及闽中词人谢章铤（字枚如）、刘勷（字赞轩）、徐一鹗（字云汀）、李应庚（字星汀）结社，社集为《聚红榭诗词》，故又名"聚红榭词社"。其中以谢章铤成就最高。谭献又总结闽中聚红榭词社的词学宗尚为高扬苏辛豪放词风："闽中《聚红榭雅集诗词》倚声似扬辛、刘之波；惟枚如多振奇独造语，

---

① 左岩：《〈粤东三家词钞〉与"粤东三家"之命名》，转引自左鹏军《岭南学》（第3辑），中山大学出版社2009年版，第85页。
② （清）谭献：《秋梦庵词钞序》，冯乾编校《清词序跋汇编》，第1669页。
③ 《清词一千首 箧中词》，第346页。
④ 《清词一千首 箧中词》，第339页。
⑤ 《清词一千首 箧中词》，第240页。
⑥ 《复堂日记》卷一，第11页。

赞轩较和婉入律。"① 表明闽中聚红榭词社有辛弃疾、刘过等辛派词人的创作风貌。

最后，谭献对以易顺鼎、程颂万等为代表的湘社词坛的创作情况有所述及。《复堂日记》载，光绪十七年（1891），"宁乡程颂万子大在长沙联湘社唱酬，如二易、何、王，英英侠少。而吾友江夏郑湛侯以风尘吏虱其间，刻行《湘社集》"②。这条材料表明，光绪十七年（1891）湘社在长沙成立，程颂万（字子大）为发起人，参与湘社的成员有易顺鼎、易顺豫、何维棣、王景峨、王景松、郑襄等，其社集为《湘社集》。谭献评云："湘社词人齐驱掉鞅，子大芳兰竟体，骚雅芬菲。"③ "易氏二妙，倚声家之丁、陆矣。"④ 此外，谭献还关注到某一地域有影响的群体，如清代道光年间江苏吴江的陈寿熊、杨秉桂、沈曰富三人，谭献称其为"吴江三家，学行敦茂，文辞尔雅。寓兴长短句，是为绪余，是为正轨"⑤。又如宗山、边葆枢、吴唐林、邓嘉纯、俞廷瑛合刻的《侯鲭词》，在杭州一带传唱，颇有影响。故谭献对这五人的词作予以选录。"以上五家（宗山、边葆枢、吴唐林、邓嘉纯、俞廷瑛）合刻《侯鲭词》，传唱西泠。"⑥

总之，谭献以公正中肯的态度评定了有清一代有影响的词家词派，其影响极为深远，有些评价几成定论，被当时和后来的词学界普遍接受并广为沿用。如民国时期冯秋雪《冰簃词话》云："词之有宋，犹诗之有唐。有清一代，词学大昌，集宋之成者也……纳兰容若，则升南唐二主之堂；朱竹垞、陈其年、厉樊榭也，则容与乎白石、梅溪、玉田、梦窗之间……张皋文则集两宋之精英，开词家未有之境；项莲生则从白石、玉田、梦窗而超出其外；龚瑟人则合周、辛一炉而冶，作飞仙剑侠之音；蒋鹿潭则与竹垞、樊榭异曲同工，胜朝杜工部也。鹿潭而后，虽有作者，然大都从字句间彫琢，有辞无气，过此目往，恐成广陵散矣。"⑦ 冯秋雪这里对纳兰

---

① 《复堂日记》卷八，第 186 页。
② 《复堂日记》卷八，第 198 页。
③ 《清词一千首 箧中词》，第 348 页。
④ 《清词一千首 箧中词》，第 285 页。
⑤ 《清词一千首 箧中词》，第 318 页。
⑥ 《清词一千首 箧中词》，第 273 页。
⑦ 冯秋雪：《冰簃词话》，杨传庆、和希林辑校《辑校民国词话三十种》，台湾花木兰文化出版社 2016 年版，第 107 页。

性德、张惠言、项鸿祚、龚自珍、蒋春霖等清词家的评价，明显可见化用谭献评语的痕迹，这恰说明谭献对清词评点的精准。

第四节 词学范畴与批评方法

谭献的词学批评涉及"柔厚""涩""虚浑"等词学范畴；援书论词、以诗赋解词的词学批评方法；评点周济《词辨》示后学以词法及作词门径；读者接受理论四个方面。下面逐一分析之。

一 以"柔厚"为中心的词学范畴

谭献使用的词学范畴十分丰富，试举例如下：厚（柔厚、温厚、忠厚）；涩（幽涩、深涩）；虚浑（浑雄）；重拙大（重笔、拙致、大笔）；高（高秀、高华、高格）；深（深异、深警、深细、深婉）；隽（名隽、深隽、隽永、奇隽）；奇（振奇、幽奇）；幽（幽森、幽微、幽遐、幽袅、幽靓、幽艳、幽茜、幽艳、幽秀）；丽（柔丽、婉丽、绵丽、绮丽）；峭（逋峭、峭折、峭茜、幽峭、森竦、森峻威夷）；淡（古淡、柔淡、冲淡、凄淡）；疏（疏俊、疏宕）；密（丽密、绮密、婉密）；雅（淡雅、骚雅、风雅、雅健）；婉（和婉、凄婉、婉曲、婉约）。

以上所举之词学范畴仅仅是谭氏使用中部分较为成系统者，谭献所用其他词学范畴还有许多。在这些词学范畴中，有一些是借鉴诗学而来，如"柔厚""虚浑"；有一些是引用传统词学范畴，如"名隽""逋峭"来自郭麐《词品》。下面就谭献词学的核心范畴"柔厚"及"涩""虚浑"展开论述。

（一）词学范畴之"柔厚"

"柔厚"是谭献论词的核心，谭献《词辨跋》言："大抵周氏所谓变，亦予之所谓正也。而折中柔厚则同。"[①] 所谓"折中"，中正平和也；"柔厚"，温柔敦厚也。谭献在词学上的"折中柔厚"与谭献在诗学上"于忧生念乱之时，寓温厚和平之教"[②] 的主张大体相同，体现了其词学"柔

---

① （清）周济选，谭献评：《词辨》，《清人选评词集三种》，第190页。
② 《谭献集》，第9页。

厚"说受其诗学观的影响。

关于谭献的"柔厚"说，任访秋、邱世友、陈水云等诸多学者皆有论说（见绪论谭献研究之现状）。本书试图在前人研究的基础上，对谭献的"柔厚"说作深入细致阐发。谭献词学的"柔厚"说内涵丰富，既包括内容层面的意蕴深厚，又包括艺术层面的含蓄蕴藉，即以顿挫、顺逆等笔法、章法将词之意蕴曲折道出，从而增加词作的意味深厚之感。从表述方式来看，除了用"柔厚幽夐"①"柔厚衷于诗教"②的"柔厚"表述之外，谭献还常用"温厚""忠厚"等相关语汇，如"温厚悱恻"③"语语温厚"④"萧条温厚"⑤"一何温厚"⑥"悱恻忠厚"⑦等。这些不同的表述丰富了"柔厚"说的内涵。下面分两个方面来分析谭献"柔厚"说的意涵。

1. 内容层面的意蕴深厚：以思想情感的厚度为旨归

谭献为顾翰所作《重刻拜石山房词序》言："刻意填词，思旨高迥，声哀厉而弥长，又未尝不折衷柔厚，使人识安雅之君子。"⑧需要注意的是，一般意义上的"柔厚"指哀而不伤的中和之美，而这里"声哀厉而弥长"显然不符合传统意义上情感适中的柔厚。谭献将其归入"折衷柔厚"的原因是词作的"思旨高迥"。换言之，是词作内容的思想深度使词作具有"厚"的属性。可见谭献的"柔厚"不仅仅是从风格立论，同时也兼顾词作的思想内容。思想内容层面的"柔厚"具体来说包括两方面含义，其一，将家国身世之感寄于物象的有寄托之厚。其二，直接反映忧生念乱意识的"词史"之作具有思想厚度。

首先，来看有寄托之厚。谭献论词主张比兴寄托，其柔厚之旨首先指将家国身世之感寄于物象的有寄托之厚。如谭献评贺双卿《惜黄花慢·孤雁》（碧尽遥天）云："忠厚之旨，出于风雅。"⑨评沈岸登《浣溪沙》

---

① 《清词一千首 箧中词》，第68页。
② 《清词一千首 箧中词》，第298页。
③ 《清词一千首 箧中词》，第293页。
④ 《清词一千首 箧中词》，第213页。
⑤ 《清词一千首 箧中词》，第80页。
⑥ 《清词一千首 箧中词》，第321页。
⑦ 《清词一千首 箧中词》，第9页。
⑧ （清）谭献：《重刻拜石山房词序》，冯乾编校《清词序跋汇编》，第963页。
⑨ 《清词一千首 箧中词》，第220页。

（自在珠帘不上钩）云："比兴温厚。"① 这里谭献将风雅、比兴与柔厚相联系，意在表明柔厚指词作的内容深厚。谭献《箧中词》评宋徵舆《蝶恋花·秋闺》（宝枕轻风秋梦薄）云："悱恻忠厚。"② 评蒋春霖《虞美人》（水晶帘卷澄浓雾）云："斜阳烟柳，谢其温厚。"③ 这两首词集中体现了谭献推崇的有寄托的厚。为便于说明，特引这两首词细作分析：宋徵舆《蝶恋花·秋闺》："宝枕轻风秋梦薄。红敛双蛾，颠倒垂金雀。新样罗衣浑弃却。犹寻旧日春衫着。　偏是断肠花不落。人苦伤心，镜里颜非昨。曾误当初青女约。只今霜夜思量着。"明末宋徵舆与陈子龙、李雯等倡几社，以古学气节相砥砺，称"云间三子"。明朝灭亡后，宋徵舆曾在清朝做官。谭献认为这首词别有寄托，通过女子不着新装却寻旧衣的细节反映了词人对前朝的怀念，以"曾误当初青女约"比喻词人仕清以后的悔意与忧伤。词作的深厚，体现在以女子的情感表达词人仕清后的悔恨之情。蒋春霖《虞美人》："水晶帘卷澄浓雾。夜静凉生树。病来身似瘦梧桐。觉道一枝一叶怕秋风。　银潢何日销兵气。剑指寒星碎。遥凭南斗望京华。忘却满身清露在天涯。"词的上阕以"瘦梧桐"自喻，"一枝一叶怕秋风"写尽词人的凄凉之感。下阕写家国深忧，点明这种凄凉之感来自对战乱时局的忧虑。末二句，化用杜甫"每依北斗望京华"诗意，写夜深遥凭南斗星，仰望京城，竟不知身上沾满了露水，委婉表达了词人忧念时局及对朝廷安危的关切之情。谭献评曰："斜阳烟柳，谢其温厚。"认为这首词温柔忠厚，超过了辛弃疾《摸鱼儿》（更能消几番风雨）一词。正是因为此词表达了词人深沉的家国之忧，故具有温厚的词旨。此外，谭献《蕉窗词评语》评女性词人邓瑜曰："有生气，有真气，一洗绮罗粉泽之态。以石瞿之慧兄、璞斋之婉俪，门内唱和之盛，有徐淑、李清照所不逮者。循览终卷，独举《丁卯西湖》一曲入《箧中词》续选，以当禾黍之歌。"④ 这里表明谭献《箧中词》选邓瑜《金缕曲·丁卯秋日游西湖》词的缘由是其词抒发了悲悯故国破败的黍离之感。由此可见，谭献编纂《箧中词》的选录宗旨是词作表现内容的意蕴深厚。

其次，直接反映忧生念乱意识的"词史"之作具有思想厚度。谭献

----

① 《清词一千首 箧中词》，第60页。
② 《清词一千首 箧中词》，第9页。
③ 《清词一千首 箧中词》，第182页。
④ （清）谭献：《蕉窗词评语》，冯乾编校《清词序跋汇编》，第1671页。

在《箧中词》中对关涉历史、反映世变的作品反复称扬，表现出对词史写作的高度肯定，这是因为谭献认为关涉家国题材的词作内容能使词作在思想内容上具有厚度（详见第三章第一节谭献的词体观）。

2. 艺术层面的柔厚：以含蓄蕴藉为标的

谭献的"柔厚"说除了强调词作内容的意蕴深厚之外，更包含有艺术上通过委婉的语言表达及曲折的手法使词作具有含蓄不尽、韵味无穷的审美特征。这也是"温柔敦厚"的题中应有之义。孔颖达《毛诗正义》释"温柔敦厚"云："'温'谓颜色温润，'柔'谓情性和柔。《诗》依违讽谏，不指切事情，故云温柔敦厚，是《诗》教也。"所谓"依违讽谏"就是对统治者的讽谏，不直言君之过失，而是通过委婉曲折的方式表达出来。由此可见，温柔敦厚本身包含有艺术表达上的含蓄不尽。邱世友《温柔敦厚辨》表明"柔厚"指词的含蓄蕴藉、深婉缠绵的特点。谭献评乔守敬《点绛唇》（着意寻春）云："温厚有余味。"① 可见"柔厚"能使词作有韵味。具体说来，艺术层面的"柔厚"包括如下三点。

首先，"柔厚"表现为风格上的中和之美。谭献评周密《解语花》（暗丝罥蝶）下片"浅薄东风，莫因循、轻把杏钿狼藉"句曰："柔厚在此，岂非《风》诗之遗。"② 词以东风比喻恶势力，以东风使花凋谢，象征恶势力对美好事物的摧残，委婉表意，呈现出怨而不怒、温柔敦厚的美学风貌。又如薛时雨《木兰花慢》（问春风来处）借闺中之思比喻作者的忠厚之情。词中"想东君恩重，料非薄幸，只是缘悭""盼书来、重整旧云鬟"以闺中思妇对丈夫不归的体谅以及梳洗打扮盼望夫君归来的举动，体现了怨而不怒、哀而不伤的诗教精神。谭献评此词"温厚得诗教"③。其着眼点在于词作情感表达的不愠不火，深得中和之美。又如韦庄《菩萨蛮》（洛阳城里春光好）这首词的开头两句"洛阳城里春光好，洛阳才子他乡老"用对比句式表达了词人思想的矛盾和内心的苦闷。洛阳的春光令人陶醉，而洛阳的才子却终老他乡。这其中的隐痛是时移势易、家破国亡。这两句语淡而悲，情深而婉。委婉表达了词人的故国之思，兴亡之感。故谭献评曰："项庄舞剑，怨而不怒之义。"④

---

① 《清词一千首 箧中词》，第169页。
② （清）周济选，谭献评：《词辨》，《清人选评词集三种》，第165页。
③ 《清词一千首 箧中词》，第166页。
④ （清）周济选，谭献评：《词辨》，《清人选评词集三种》，第148页。

其次，含蓄蕴藉的"柔厚"有赖于笔法之厚。谭献认为通过对面着笔法、加倍法等笔法可使词作含蓄蕴藉，从而实现词作的情感深厚。如谭献评柳永《倾杯乐》（木落霜洲）"想绣阁深沉，争知憔悴损、天涯行客"句云："忠厚悱恻，不愧大家。"① 这里的"忠厚"得益于从对面着笔的笔法运用。柳永此词写羁旅行役之苦，这三句就对方设想，思妇深居闺房，怎能体会到行客憔悴天涯的苦处。本写自己思念远方的佳人，却反说佳人未必知征人之苦，运实于虚，借人映己，使文势更为跌宕，情思更为缠绵凄惨。显然，这里谭献所指的"忠厚"主要指用曲折委婉的方式来表达深厚的情感。又如吴文英《风入松》（听风听雨过清明）的结尾两句"惆怅双鸳不到，幽阶一夜苔生"，用"幽阶一夜苔生"的景物描写，含蓄表达了词人望人不来的惆怅心境。谭献评曰："温厚。"② 此句以景结情，表意含蓄有韵味，合乎温柔敦厚之旨。谭献评价晏几道《临江仙》（梦后楼台高锁）末二句"当时明月在，曾照彩云归"云："所谓柔厚在此。"③ 此二句表达了词人对歌妓红粉飘零的真挚同情，以虚写传神，情思绵邈，深得含蓄深婉之妙。谭献评陈克《谒金门》（花满院）"红雨入帘寒不卷，小屏山六扇"二句曰："帘既不卷，屏又掩之，亦加倍写。"④ 评顾翰《清平乐》（翠阴如扫）云："得文章加一倍法。"⑤ 评史承谦《一萼红》（楚江边）云："加一倍法。"⑥ 加倍法能使词作的意蕴表达更为深厚。

最后，章法上的曲折腾挪、回旋顿挫有助于词作艺术之"厚"。如谭献评欧阳炯《南歌子》（岸远沙平）云："未起意先改，直下语似顿挫。'认得行人惊不起'，顿挫语直下。"⑦ 评吴熙载《霓裳中序第一》（花光动木末）曰："曲折。"⑧ 评厉鹗《齐天乐》（瘦筇如唤登临去）曰："顿

---

① （清）周济选，谭献评：《词辨》，《清人选评词集三种》，第152页。
② （清）周济选，谭献评：《词辨》，《清人选评词集三种》，第164页。
③ （清）周济选，谭献评：《词辨》，《清人选评词集三种》，第152页。
④ （清）周济选，谭献评：《词辨》，《清人选评词集三种》，第161页。
⑤ 《清词一千首 箧中词》，第245页。
⑥ 《清词一千首 箧中词》，第76页。
⑦ （清）周济选，谭献评：《词辨》，《清人选评词集三种》，第148页。
⑧ 《清词一千首 箧中词》，第170页。

挫跌宕。"① 评王允持《解连环》（乱帆零雨）曰："敛抑断续。"② 评毛健《疏影》（秦箫怨咽）曰："玩其断续之妙。"③ 这些评语皆强调词作章法上的曲折跌宕。

如上分析了谭献"柔厚"说的意涵，谭献讲求词作思想内容的厚度，因而肯定了寄托家国情怀及反映历史的忧生念乱的词作，同时又重视词作艺术上通过笔法、章法使词作含蓄蕴藉、意蕴深厚。

（二）词学范畴之"涩"

谭献在词学批评及骈文批评中都提到"涩"。如《骈体文钞》中谭献评陆韩卿《与沈约书》云："颇有拙致，亦近涩体。"④ 此处，谭献认为"拙"与"涩"相近，说明"涩"在谭献看来，是被肯定的范畴。"涩"具有事物初始阶段朴拙的特点。谭献在词学批评中对"涩"体有较多的阐发。

首先，"涩"在词学批评中的溯源及流变。"涩"这一词学范畴最初是作为词的弊病而被批评的。南宋张炎《词源》强调："词要清空，不要质实。清空则古雅峭拔，质实则凝涩晦昧。"⑤ 认为词质实则容易晦涩凝滞。又提出："词之语句，太宽则容易，太工则苦涩。"⑥ 张炎认为词的语句太雕琢则易至于"涩"。后世多有承接此说者，如明代俞彦《爱园词话》："立意命句，句忌腐、忌涩、忌晦。"⑦ 清代吴衡照《莲子居词话》云："词忌雕琢，雕琢近涩，涩则伤气。"⑧ 他们对"涩"基本持否定态度。从正面开始肯定"涩"的是常州派词人包世臣。包世臣《月底修箫谱序》称："感人之速莫如声，故词别名倚声。倚声得者又有三，曰清，曰脆，曰涩。不脆则声不成，脆矣而不清则腻，脆矣清矣而不涩则浮。屯

---

① 《清词一千首 箧中词》，第66页。
② 《清词一千首 箧中词》，第61页。
③ 《清词一千首 箧中词》，第73页。
④ （清）李兆洛选，谭献评：《骈体文钞》，世界书局2010年版，第342页。本书所引都使用该版本，以下只标书名及页码。
⑤ （宋）张炎：《词源》，唐圭璋编《词话丛编》，中华书局1986年版，第259页。
⑥ （宋）张炎：《词源》，唐圭璋编《词话丛编》，第265页。
⑦ （明）俞彦：《爱园词话》，唐圭璋编《词话丛编》，中华书局1986年版，第400页。
⑧ （清）吴衡照：《莲子居词话》，唐圭璋编《词话丛编》，中华书局1986年版，第2403页。

田、梦窗以不清伤气；淮海、玉田以不涩伤格，清真、白石则能兼三矣。"包氏将"涩"看作词中必有之一体。其中批评张炎"以不涩伤格"颇有意味。"张炎词以清空为人称道，而与清空相对的质实则恰恰是涩的原因。'清矣而不涩则浮'实为批评张炎词清而浮，要用'涩'加以补救。"① 周济《论词》一书以"婉、涩、高、平四品分之。"② 可见，周济把"涩"作为词体的一种艺术风格加以肯定。谭献着眼于整体全局，认为词应具有"深涩""幽涩"之美。谭献《蹇庵词序》云："填词以涩，又谓离合顿挫，通于行文。大端则词尚比兴，小而字句各有气类，勿以片瑕累连城。"③ 这里，谭献正面肯定"涩"是填词者应有的美学追求。

其次，谭献词论中的"涩"包括以下三个方面。

其一，深涩有助于体现柔厚之旨。关于"涩"论，谭献在其骈文批评及词学批评中均有论及。《复堂日记》言："阅《骈体正宗》。此事莫盛于乾嘉之际……洪北江文琢句最工，而渊雅之气渐减；然由涩得厚，亦第一义。"④ 复堂于骈文批评中肯定了洪亮吉骈文由涩得厚，于词学批评中亦认同深涩能使词体现柔厚之旨。《箧中词》云："予初事倚声，颇以频伽名隽，乐于风咏，继而微窥柔厚之旨，乃觉频伽之薄。又以词尚深涩，而频伽滑矣，后来辨之。"⑤ 这里谭献提及"深涩"，认为"涩"乃词体本应具有的特质。谭献将"深""涩"与"薄""滑"对举，肯定词的深涩，反对剽滑。《箧中词》选赵庆熺《陌上花》（西风墙角）词一首，词后评曰："秋舲先生词名甚著，窃尝议其剽滑，不能多录。"⑥ 可见，在谭献看来，剽滑是词之弊，赵庆熺词剽滑，故谭献在入选其词时颇为慎重。与剽滑相对，谭献提倡词应深涩，认为深涩、幽涩能体现词的柔厚之旨。谭献评余燮《疏影》（溶溶冷月）云："殊有幽涩之致。"⑦ 评何兆瀛《月

---

① 孙克强：《以梦窗词转移一代风会——晚清四大家推尊吴文英的词学主张及意义》，《河南大学学报》2007年第4期。

② （清）潘祖荫：《宋四家词选序》，唐圭璋编《词话丛编》，中华书局1986年版，第1658页。

③ （清）谭献：《蹇庵词序》，冯乾编校《清词序跋汇编》，第1952页。

④ 《复堂日记》卷二，第40页。

⑤ 《清词一千首 箧中词》，第92页。

⑥ 《清词一千首 箧中词》，第128页。

⑦ 《清词一千首 箧中词》，第336页。

下笛》(一抹荒烟)云:"幽涩,为玉田所无之境。"① 评李良年《疏影·秋柳》(旗亭陇首)云:"涩处可味。"② 评李茨《凄凉犯·芦花》(荻花萧瑟)云:"亦脆亦涩。"③ 评吴伟业《满江红·蒜山怀古》(沽酒南徐)云:"涩于稼轩。"④ 评程承澍《六州歌头》(乳鹅屏底)、《月下笛》(脱叶收萤)云:"词妙在涩,二调直到汴宋。"⑤ 这些以"涩"为主的评语,显然是正面的肯定。

其二,以"涩"治"滑"。周济《介存斋论词杂著》云:"梦窗非无生涩处,总胜空滑。况其佳者,天光云影,摇荡绿波,抚玩无极,追寻已远。"⑥ 周济肯定了吴文英词生涩胜于浮滑。沈祥龙《论词随笔》言:"词能幽涩则无浅滑之病,能皱瘦则免痴肥之消。观周美成、张子野两家词自见。"⑦ 此处,幽涩作为医治浅滑的药方被肯定。"幽涩"一词表明"涩"经由"幽"的掺入与整合,"脱去了'涩'范畴原有的呆滞板重,变得更为沉静深邃了。'幽'者,隐也,深也,是深邃而含敛,潜静而庄雅。谭献称项鸿祚词'有白石之幽涩而去其俗,有玉田之秀折而无其率,有梦窗之深细而化其滞',其境差可相拟。"⑧ 舍我《天问庐词话》云:"仲修论词主涩,足为特识。近世之词,多流于滑。药滑之法,惟一'涩'字,庶几能除其病根。"⑨ 舍我表明谭献主张深涩的词论,见识不凡,深涩可以起到疗救晚清时期浙派末流词作空疏剽滑之弊的作用。

其三,"涩意"与"涩笔"的区分。《复堂日记》云:"阅丹徒冯煦梦华《蒙香室词》。趋向在清真、梦窗,门径甚正,心思甚邃;得涩意,惟由涩笔。时有累句,能入而不能出。此病当救以虚浑。"⑩ 谭献意在表

---

① 《清词一千首 箧中词》,第160页。
② 《清词一千首 箧中词》,第55页。
③ 《清词一千首 箧中词》,第309页。
④ 《清词一千首 箧中词》,第1页。
⑤ 《清词一千首 箧中词》,第351页。
⑥ (清)周济:《介存斋论词杂著》,唐圭璋编《词话丛编》,中华书局1986年版,第1633页。
⑦ (清)沈祥龙:《论词随笔》,唐圭璋编《词话丛编》,中华书局1986年版,第4055页。
⑧ 汪涌豪:《涩:对诗词创作另类别趣的范畴指谓》,《文学遗产》2010年第6期。
⑨ 舍我:《天问庐词话》,朱崇才编纂《词话丛编续编》,人民文学出版社2010年版,第2292页。
⑩ 《复堂日记》卷四,第89页。

明,"涩"有"涩意"与"涩笔"的区分。

首先,他强调的是"涩意","心思甚邃,得涩意",涩意即指思想感情的深厚。后来况周颐论涩,又发挥了复堂的论点,别出新意说:"涩之中有味,有韵,有境界,虽至涩之调,有真气贯注其间。"① 词之涩在意境,在情味,与谭献的论点基本一致。"真气贯注其间",首先要有真实的思想感情。这就是谭献所说的"意涩"的基本因素。由此,谭献论词尚涩,便使其柔厚之说更显特色。"涩"用之得当,可增加词的厚度。

其次,强调"涩"不可堕入滞塞枝桠之末路。对于在推崇"涩意"时可能带来的作词弊病"涩笔",复堂提出以"虚浑"匡救之。"虚"指向"清空","浑"意在"浑成"。体现了谭献对"涩"的辩证认识。谭献肯定的是涩而不滞,"有梦窗之深细,而化其滞"②。所谓"咽而后流,得涩字法"③。在谭献看来,"涩"如水之咽而后流,"涩"是词作在内容表达上经曲折之后的流畅,从而使词作增加厚度,是"意涩"。徐珂《词讲义》解释"涩":"不滑曰涩,如水之咽而后流,若如唐徐彦伯文之为涩体,专在字面,则成浙派之恆饤矣。"④ 徐珂以唐代徐彦伯之文为例,说明"涩"非字面之"涩"。《全唐诗话》卷一载徐彦伯文章好为涩体:"徐彦伯为文,多变易求新,以凤阁为鹓阁,龙门为虬户,金谷为铣溪,玉山为璃岳,竹马为篠骖,月兔为魄兔。进士效之,谓之'涩体'。"⑤ 这里的"涩体"是指故意在诗中用怪字僻典,奇语涩句的诗体。徐珂为谭献弟子,其对"涩"的解释,中心意旨是表明"涩"非指奇句涩语的晦涩之笔,而是意涩,"是在审美克难中实现的渐进自然之妙,犹如探喉而出、弹丸脱手……'涩'中须见深、幽、柔、厚"⑥。

舍我《天问庐词话》对此也有所提及:"近数十年,作者多趋重梦窗,盖因仲修有'涩'字之论。'涩'即棘练之简称,而梦窗则专以棘练

---

① (清)况周颐撰,屈兴国辑注:《蕙风词话辑注》,江西人民出版社2000年版,第249页。

② 《清词一千首 箧中词》,第142页。

③ 《清词一千首 箧中词》,第325页。

④ 徐珂著,陈谊整理:《词讲义》,转引自上海图书馆历史文献研究所编《历史文献》第十三辑,上海古籍出版社2009年版,第99页。

⑤ 张福勋:《宋代诗话选读》,内蒙古人民出版社1988年版,第111页。

⑥ 杨柏岭:《晚清民初词学思想建构》,安徽大学出版社2004年版,第304页。

见长者也。如'黄蜂频扑秋千索,有当时纤手香凝'、'断红若到西湖底,搅翠澜,总是愁鱼'等句,皆想入非非,非率尔操觚者所能做到。惟棘练太甚,则难免牵强不通,学者所当慎也。"① 舍我也表明"涩"若超出了一定的度,则会出现牵强不通的"涩笔"。谭献论词主张"深涩",同时其词的创作也实践了"涩"论。舍我《天问庐词话》:"三六桥先生曾学词于仲修,故其知仲修最详。尝谓予曰:仲修不多填词,综其生平,不过百余阕。每填一阕,必易稿数十次,每有历数月之久,尚未脱稿者。予闻此言,益信仲修主涩之论,实由经验而来也。"② 可见,其"涩"论在晚清民国词坛颇有影响。蒋兆兰《词说》自序:"逮乎晚清,词家极盛,大抵原本风雅,谨守止庵'导源碧山,历稼轩、梦窗以还清真之浑化'之说……而宁晦无浅,宁涩无滑,宁生硬无甜熟,炼字炼句,迥不犹人,戛戛乎其难哉!其间特出之英,主坛坫,广声气,宏奖借,妙裁成。在南则有复堂谭氏,在北则有半塘王氏,其提倡推衍之功,不可没也。"③ 晚清词学形成了以晦涩、生硬代替浅滑、甜熟的词学风尚。这种词学祈向的出现与谭献及王鹏运的提倡密不可分,蒋兆兰肯定了谭献涩论的影响。杨寿枏《云薖词话》:"近代词派,争尚梦窗,思路幽邃,组织精工,足矫平直庸滥之弊。而于古人一唱三叹之意,则渐微矣。"④ 杨氏对于"涩"论的功过有较为公允的评价,他注意到"涩"在医治剽滑的同时,若运用失当,则失去词作之美。

(三) 词学范畴之"虚浑"

"虚浑"一词源于《诗品》之"雄浑":"大用外腓,真体内充。返虚入浑,积健为雄。具备万物,横绝太空。荒荒油云,寥寥长风。超以象外,得其环中。持之非强,来之无穷。"郭绍虞解释说:"何谓浑?浑,全也,浑成自然也。所谓真体内充,又堆砌不得,填实不得,板滞不得,所以必须复还空虚,才得入于浑然之境……一方面超出乎迹象之外,纯以

---

① 舍我:《天问庐词话》,朱崇才编纂《词话丛编续编》,人民文学出版社 2010 年版,第 2292 页。
② 舍我:《天问庐词话》,朱崇才编纂《词话丛编续编》,第 2292 页。
③ 蒋兆兰:《词说》,唐圭璋编《词话丛编》,中华书局 1986 年版,第 4625 页。
④ (清)杨寿枏:《云薖词话》,屈兴国编《词话丛编二编》,浙江古籍出版社 2013 年版,第 1868 页。

空运，一方面适得环中之妙，仍不失乎其中，这即是所谓返虚入浑。"①黄霖《近代文学批评史》解释谭献所云之"虚浑"："虚浑是作者能人又能出的关键，是给读者留有想象余地的基础，然究其含义，实为含蓄委婉，不露痕迹之谓，与张惠言之兴于微言，低徊要眇以喻其致及周济等强调浑化、浑涵等一脉相承，不同的只是谭献明确地选用了一个'虚浑'的概念而加以标榜罢了。"②谭献词学中论及"虚浑"大致包括如下两点。

其一，"虚浑"是婉约而浑成。谭献云："阅蒋鹿潭《水云楼词》。婉约深至，时造虚浑，要为第一流矣。"③谭献评张炎《高阳台·西湖春感》中"能几番游？看花又是明年"句云："运掉虚浑。"④陈匪石解释云："盛时不再，无限低徊，语意极悲，笔力绝大，谭献以'运掉虚浑'称之，其笃论矣。"⑤沈祖棻解释谭献所云"运掉虚浑"："盖指其命意虽有变迁，而用笔则空灵而不露圭角也。"⑥谭献以"运掉虚浑"表明词人委婉含蓄表达好景不在，时事变迁的感慨，情感深沉而用笔含蓄空灵。可见，"虚浑"由诗学话语中的刚健浑厚，进入词学语境中，意指婉约而浑成。由诗学中的刚健浑厚转为词学中的婉约浑成，不变的是浑厚，变动的是从刚健到婉约。"虚浑"进入词学语境中被赋予了词体特有的女性特征。

其二，"虚浑"是无寄托的浑然天成。《复堂日记》载："阅丹徒冯煦梦华《蒙香室词》……时有累句，能入而不能出。此病当救以虚浑。"⑦谭献认同周济"词以有寄托入，以无寄托出"的观点，而冯煦词能做到有寄托的"入"，而难以达到无寄托"出"的高妙境界。谭献认为想要达到此境界，就需"运用丰美联翩艺术形象的朦胧性与多意性，创作出极富意蕴张力的浑融词境。"⑧即依赖"一片空濛"的虚浑词境才能做到无寄托的"出"。谭献评冯延巳词云："金碧山水，一片空濛，此正周氏所

---

① （唐）司空图著，郭绍虞辑注：《诗品集解》，人民文学出版社1963年版，第4页。
② 黄霖：《近代文学批评史》，上海古籍出版社1993年版，第290页。
③ 《复堂日记》卷二，第37页。
④ （清）谭献著，顾学颉校点：《复堂词话》，人民文学出版社1984年版，第24页。
⑤ 陈匪石编著：《宋词举》，金陵书画社1983年版，第4页。
⑥ 沈祖棻：《宋词赏析》，北京出版社2014年版，第222页。
⑦ 《复堂日记》卷四，第89页。
⑧ 黄志浩：《论周济词论范畴对举的建构特色》，《东南大学学报》2009年第5期。

谓'有寄托入、无寄托出'也。"① 这里所说的"金碧山水,一片空濛"是一种浑然的境界,"作者可能有寄托融入词中,而却无寄托的痕迹,扑朔迷离,浑然天成"②。"金碧山水"指艺术形象的鲜明性,"空濛"则是指艺术境界的浑成性。谭献将空濛的境界与无寄托画上等号。谭献评王沂孙《高阳台》(残雪庭阴)曰:"《诗品》云:'反虚入浑',妙处传矣。"③"反虚入浑"四字,体现了词作所达到的超出迹象、浑成自然的艺术境界。

二 谭献词学批评的方法

谭献在词学批评中,多借鉴书论、诗论等理论来论词,融会贯通书学与词学、诗学与词学的关系,其词学批评呈现出援书论词、以诗赋论词的特点,下面分别论述之。

(一) 援书论词④

谭献夙好金石碑版及书法,他与魏稼孙合著《非见斋审定六朝正书碑目》,并附有评语。谭献与碑学名家吴昌硕交谊深厚,又自称为书法家许梿的私淑弟子。正因为谭献在书学上濡染较深,故在其词学批评中,常使用书法术语来沟通书学与词学的关系。将书学与词学相联系来论词,是谭献词论的一个特点。"谭献结合书法理论,对词的创作以及呈现的境界,有巧妙的比喻,尤其注重谈词的用笔和笔势的问题,对字法、句法、章法皆有独到的看法,使评点变得极有个人特色。"⑤ 现将谭献援引书学术语论词的章法、笔法,举例如下。

其一,起笔、行笔、收笔的书法规则在词学批评中的体现。书法技法中讲求起笔、行笔和收笔的动作规范及准则。刘熙载《书概》云:"逆

---

① (清)谭献:《复堂词话》,《复堂词》,华东师范大学出版社2010年版,第61页。
② 谢桃坊:《中国词学史》,巴蜀书社2002年修订版,第349页。
③ (清)谭献著,顾学颉校点:《复堂词话》,人民文学出版社1984年版,第24页。
④ 关于书论与词论的探讨,可参见杜庆英《词论与书论——援书论词的批评理论研究》,博士学位论文,南开大学,2017年,本书主要针对谭献的词论与书论展开论述。
⑤ 徐秀菁:《清代常州派四部词选评点唐宋词研究》,博士学位论文,台湾"中央大学",2014年,第185页。

入、涩行、紧收，是行笔要法。"① 起笔有 "欲右先左、欲下先上" 的逆入；行笔有所谓的 "中锋行笔"；收笔有 "无垂不缩，无往不收" 之说。谭献将书法中的逆笔（逆入平出）、中锋、缩笔（无垂不缩）等引入词学批评中，现逐一分析谭献所言书学术语在词学批评中的用意。

首先，"逆入平出" 与逆笔。

"逆入平出" 是书法的笔法论术语。指下笔时，笔锋欲左先右、欲右先左、欲下先上，欲上先下，即从相反的方向逆锋入纸，随后以转锋行笔，使笔毫平铺而出，空势收锋，此谓 "逆入"。行笔时，笔毫平铺而出，做到中锋用笔，此谓 "平出"。谭献在词学批评中多次引用书法的 "逆入平出"。《粤东三家词钞序》云："佩玉千声，流水九曲。书艺正宗，逆入平出。此楞华之谛也。"② 这里谭献用 "逆入平出" 的书法术语评价粤东三家词人之一的沈世良《楞华室词》。谭献评王曦《水龙吟》（迢迢万里长空）云："书家所谓逆入平出。"③ 评徐珂《疏帘淡月》（罗浮春暖）云："笔能逆入平出。"④ 评吴翌凤《桂枝香》（蘋风吹晚）云："善用逆笔。"⑤ 评周邦彦《六丑》（正单衣试酒）："愿春暂留，春归如过翼，一去无迹" 三句云："逆入平出，亦平入逆出。"⑥ 陈匪石《宋词举》对此解释云："'愿春暂留'，是不忍'虚掷'，'春归如过翼'，则竟成'虚掷'。谭献曰：'逆入平出，亦平入逆出。' 前者以意言，后者以笔言。实则作者此时已入化境，并无平逆之成心耳。"⑦ 具体说来，"逆入平出" 以意言，即从词意表达来看，春天的逝去是必然，词人不忍春天逝去，希望春天能暂时留下，"愿春暂留" 与春天必然逝去的词意表达相比，是逆入；而写春归像飞鸟一样，一去不回的 "春归如过翼，一去无迹" 句是平出。"平入逆出" 以笔言，这首词表达词人对春天逝去的惋惜之情。从写法来说，"愿春暂留" 的留春正体现了惜春之情，紧扣词题而写，是故

---

① （清）刘熙载：《书概》，潘运告编注《中国历代书论选》（下），湖南美术出版社2007年版，第274页。

② （清）谭献：《粤东三家词钞序》，冯乾编校《清词序跋汇编》，第1793页。

③ 《清词一千首 箧中词》，第132页。

④ 《清词一千首 箧中词》，第352页。

⑤ 《清词一千首 箧中词》，第88页。

⑥ （清）周济选，谭献评：《词辨》，《清人选评词集三种》，第155页。

⑦ 陈匪石编著：《宋词举》，金陵书画社1983年版，第67页。

为平入。"春归如过翼,一去无迹"则写春天的逝去,不管怎么挽留春天,春天还是走了,无法停止留下的脚步,因而是"逆出"。又如周邦彦《花犯》(粉墙低)上阕:"粉墙低,梅花照眼,依然旧风味。露痕轻缀。疑净洗铅华,无限佳丽。去年胜赏曾孤倚。冰盘同燕喜。"谭献评"'依然旧风味'句,逆入;'去年胜赏曾孤倚'句,平出"①。"依然旧风味"是由眼前梅花联想到昔日梅花,将时间引向过去,故为逆入,"去年胜赏曾孤倚"句,以去年领起,承接旧风味,回忆去年独自雪中赏梅的情景,"胜赏曾孤倚。冰盘同燕喜"两句是对去年之我的追述,自思去年孤倚寒梅、与花同醉的情事。全此将过去赏梅之状描绘出来,时间由引入回忆到从回忆中走出,是为平出。陈洵《海绡说词》评云:"'旧风味'从去年虚提……然后去年逆入,今年平出,相将倒提,梦想逆挽,圆美不难,难在浑劲。"②

其次,"中锋"在词学批评中的引用。

中锋亦称"正锋",指运笔时将笔的主锋保持在点画中间,以区别于偏锋。"锥画沙""印印泥""屋漏痕"均中锋之喻。为使点画圆润,历来书法家多主张"笔笔中锋",因笔锋在点画中间运行时,墨汁顺笔尖流注而下,均匀渗开,达于四面。墨到之处皆有笔在,写出的线条才能骨立血丰,神采焕发,故中锋乃书法之根本笔法。元代赵孟頫《识王羲之七月帖》云:"书,心画也,观其笔法正锋,腕力遒劲,即同其人品。"③清代笪重光《书筏》云:"古今书家同一圆秀,然惟中锋劲而直,齐而润,然后圆,圆斯秀矣。"④赵孟頫、笪重光关于"中锋"的解释,表明中锋运笔,具有遒劲、劲直的风貌。谭献于《骈体文钞》评曹植《王仲宣诔》云:"此书家谓中锋也。不尚姿致,而骨干伟异。"⑤骨干伟异正是中锋用笔的艺术效果。谭献评沈世良《兰陵王·感旧用片玉词韵》(锦波直)云:"笔笔中锋,清真法乳,此调几成广陵散矣。"⑥"笔笔中锋"不仅要求在横平竖直时用中锋,而且要求在转折处也能出之以中锋。而周邦彦词

---

① (清)周济选,谭献评:《词辨》,《清人选评词集三种》,第158页。
② 陈洵:《海绡说词》,唐圭璋编《词话丛编》,中华书局1986年版,第4869页。
③ 陶明君编著:《中国书论辞典》,湖南美术出版社2001年版,第133页。
④ (清)笪重光:《书筏》,潘运告编注《中国历代书论选》(下),第130页。
⑤ 《骈体文钞》,第576页。
⑥ 《清词一千首 箧中词》,第303页。

确能做到在曲折处用力,"美成词,大半皆以纡徐曲折制胜,妙于纡徐曲折中,有笔力,有品骨,故能独步千古"①。谭献肯定了沈世良这首词能传承周邦彦于曲折处见笔力的作法,所谓:"笔笔中锋,清真法乳。"又谭献评柳永《倾杯乐》(木落霜洲)云:"耆卿正锋,以当杜诗。"② 此条评语谭献结合书学术语的"正锋"及诗学中的杜诗来作评点,谭献以书法中正锋用笔,写出的字厚重有力,不轻佻散漫,易产生浑厚劲健的效果来比拟柳永词中浑朴厚重之作可与杜诗相比。

最后,"无垂不缩"与缩笔。

"无垂不缩,无往不收"是书法的笔法论术语。指运笔之笔势有来有往、有去有回、有放有收、有运有止的用笔基本原则。"无垂不缩"是指写竖画至笔画终了时,须将笔锋回缩;"无往不收"是指写横画至笔画终了时,应将笔锋向左回收,以求起笔与收笔的前后呼应,笔画含蓄,圆实有力的效果。姜夔《续书谱·真书》云:"翟伯寿问于米老曰:'书法当何如?'米老曰:'无垂不缩,无往不收。'此必至精至熟然后能之。"③可见"无垂不缩"之法,笔画含蓄,是书法进入成熟状态后达到的境界。将这一理论移至词学批评中,也指词作具有含蓄蕴藉之美。周济《宋四家词选目录序论》曰:"词笔不外顺逆反正,尤妙在复在脱。复处无垂不缩,故脱处如望海上,三山妙发。"④《词学集成·江顺诒续词品二十则》中"用笔"条云:"无波不回,无露不垂。得缩字诀,是谓之词。弩张剑拔,雨骤风驰。雄而且健,窃恐非宜。用我五色,组彼千丝。但求羚角,莫画燕支。"⑤ 江顺诒认为,词不宜采用激烈奔放的抒情方式,波折、垂露都需要回锋,故"缩"笔的使用可使词作首尾照应,浑融和谐。

谭献评厉鹗《八归》(初翻雁背)云:"无垂不缩。"⑥ 评王士禛《醉花阴·和漱玉词》(香闺小院闲清昼)云:"含凄垂缩,尚不堕入曲

---

① (清)陈廷焯:《云韶集辑评》,孙克强等辑《白雨斋词话全编》,中华书局2013年版,第96页。
② (清)谭献撰:《复堂词话》,唐圭璋编《词话丛编》,中华书局1986年版,第3990页。
③ (宋)姜夔:《续书谱》,潘运告编注《中国历代书论选》(上),第372页。
④ (清)周济:《宋四家词选目录序论》,唐圭璋编《词话丛编》,中华书局1986年版,第1645页。
⑤ (清)江顺诒:《词学集成》,唐圭璋编《词话丛编》,中华书局1986年版,第3300页。
⑥ 《清词一千首 箧中词》,第70页。

子。"① 为便于分析,特引王士禛《醉花阴·和漱玉词》:"香闺小院闲清昼。屈戌交铜兽。几日怯轻寒,箫局香浓,不觉春光透。　韶光转眼梅花后。又催裁罗袖。最怕日初长,生受莺花,打叠人消瘦。"此词通过周围美好环境的烘托,巧妙刻画人物内心深处的空虚落寞。全词未着一"愁"字,而"愁"却于字里行间可见。末尾一句,又将愁推至高潮。故谭献评云:"含凄垂缩,尚不堕入曲子。"② 这首词由于运用了垂缩之法,故具有含蓄蕴藉的特点,而免去成为俗曲之嫌。又谭献评温庭筠《更漏子》(玉炉香) 曰:"'梧桐树,三更雨。不道离愁正苦。一叶叶,一声声。空阶滴到明。'似直下语,正从'夜长'逗出,亦书家无垂不缩之法。"③ 谭献指出温庭筠"梧桐树,三更雨"句看似一气之下,实则有词作的内部章法。这几句正是承接"夜长"二字而写,体现了书法上的无垂不缩之法。"夜长"二字是"垂","梧桐树,三更雨"句体现了"缩"。陈匪石《宋词举》更进一步指出:"温、韦小令作法,句句垂,句句缩,言尽意不尽,比兴之体,深厚之旨,以蕴藉出之。"④ 陈氏表明垂缩之法使词作蕴藉深厚。

　　朱庸斋《分春馆词话》对"无垂不缩"之法也有所解释:"用笔之法……有'无垂不缩、无往不复'者,即用笔将说尽而又未尽,此手法梦窗所惯用。具体而言,即在一组之中,将意道出又使不尽,而另用笔转换别一意境,常州派所谓'笔笔断、笔笔续',乍看似不相衔接,实则其中有脉络贯注。"⑤ 朱庸斋以用笔欲尽而未尽,意脉似断实连解释"无垂不缩",与谭献的解释深相契合。徐珂《词讲义》以"留"释"无垂不缩"云:"词笔有宜留住者,盖书家有无垂不缩之法,词亦然。贵能句句缩,意欲畅达而语不能住,即有一泻无馀之病,宜有以留之,如策骑者之悬崖勒马也。"⑥ 朱庸斋也指出陈洵的"留"字诀与"无垂不缩"相似:

---

① 《清词一千首 箧中词》,第11页。
② 《清词一千首 箧中词》,第11页。
③ (清) 周济选,谭献评:《词辨》,《清人选评词集三种》,第146页。
④ 陈匪石编著:《宋词举》,金陵书画社1983年版,第62页。
⑤ 朱庸斋:《分春馆词话》,张璋等编纂《历代词话续编》(下册),大象出版社2005年版,第1140页。
⑥ 徐珂著,陈谊整理:《词讲义》,转引自上海图书馆历史文献研究所编《历史文献》(第十三辑),上海古籍出版社2009年版,第72页。

述叔（陈洵）所用"留"字诀，必使内气潜转，与之相配。故能得"无垂不缩，无往不复"之妙。其境虽乍断乍续，其气则通篇流转，不易骤学也……述叔填词倡议"留"字诀。所谓"留"者，是一层意境未尽，又另换一层，意未尽达，辄即转换。所谓笔笔断，笔笔续，将前人含蓄蕴藉之说，使之更隐晦；然有脉络贯注，有暗承暗接，遥承遥接处，仓猝不易懂。①

陈洵的"留"字诀具有垂缩之妙，既有意未尽达，转换表述的含蓄之美，又在章法上具有潜气内转、脉络贯通的特点。

其二，谭献将重笔、大笔等与碑版书法风格相似的笔法引入词学批评中。

中国书法中的碑与帖是两种不同的艺术风格，从审美上讲，碑派书风追求质朴刚健、雄健豪放之美；帖派书风追求飘逸潇洒、妍美巧媚之美。清代嘉庆、道光以前，书法崇尚法帖。至学者兼书法家阮元提出"南北书派""北碑南帖"之后，邓石如、包世臣、康有为等竞相发起提倡北碑，便形成与崇帖相对峙之尊碑学派，碑学遂大盛。晚清碑学大兴，谭献交往的友人吴昌硕是碑学名家，陶濬宣尊碑绌帖。受时代风气与交友之影响，谭献在书学上也持尊碑绌帖的观点。"展心云《稷山论书诗》一卷。绝句百首，畅发南北分隶派别，自注至数万言。语多心得，于予凤旨亦多笙磬之同。"②《复堂日记》有多条记录谭献对碑版书法的热爱，如："心云以重出人间之《郭有道碑》拓本见示，奇宝也。"③谭献在书学上尊碑绌帖，这在其骈文批评中有所体现。谭献于《骈体文钞》中评司马相如《难蜀父老》云："相如文如中郎碑版，右军正书。"④评江文通《齐太祖诔》云："直以碑版之体行之，所谓累列其行也。"⑤评徐修仁《北魏崔敬邕墓志铭》云："北魏碑版，古法尚存。提掇铺陈，未始不意在变

---

① 朱庸斋：《分春馆词话》，张璋等编纂《历代词话续编》（下册），大象出版社2005年版，第1146页。
② 《复堂日记》绪录，第358页。
③ 《复堂日记》补录卷二，第322页。
④ 《骈体文钞》，第56页。
⑤ 《骈体文钞》，第103页。

化。"① 这三条评点都以汉魏碑版来比拟文章的古朴厚重，明显有褒奖之意。而谭献评徐孝穆《陈公九锡文》云："霸先崛起功绩，炳如胪陈，事实尚非出于夸饰，文于元茂，便似晋帖唐临。"② 评班固《宾戏》云："从容平实，不免晋帖唐临。"③ 这两处评点用晋帖唐临的书法术语比喻文章平实而缺乏独创，显然含有贬义。又谭献评钱季重《六丑·朱藤》（正木棉乍试）云："写仿清真，唐临晋帖，终非廖莹中所能为。"④ 钱季重这首咏物词模仿周邦彦《六丑·蔷薇谢后作》而作，从章法结构、意绪蕴涵及部分字句，都可看到模仿周邦彦的痕迹，故谭献评其如唐临晋帖，仅仅是模拟之作，未能达到如南宋廖莹中翻刻《淳化阁帖》《绛帖》的逼真境界。谭献在文学批评中以汉魏碑版、晋帖唐临为喻所做的评价，从其语含褒贬中，可见其对汉魏碑版书法的推崇。

　　谭献在审美追求上倾向于碑学的拙朴浑厚。而重笔、拙笔、大笔等笔法的运用皆有助于形成这种审美趣味。谭献反对唐临晋帖，提倡碑学，故与碑学相关的术语如重笔、拙笔、大笔、屈曲洞达、力透纸背在其词学评点中多次提到。

　　刘熙载《书概》云："秦碑力劲，汉碑气厚，一代之书，无有不肖乎一代之人与文者。"⑤ 吴德旋《初月楼论书随笔》云："书家贵下笔老重，所以救轻靡之病也。然一味苍辣，又是因药发病。要使秀处如铁，嫩处如金，方为用笔之妙。臻斯境者，董思翁尚须暮年，而可易言之耶！"⑥ 书家下笔凝重老辣，以克服线条轻佻浮浅的弊病。谭献《莲漪词题识》云："词以深婉为主，然不讳浅，浅语必快；不讳拙，拙语必重。浅而快，南宋人亦能之；拙而重，非晚唐北宋不能为。都雅名隽，深婉之律筏也。"⑦ 这里表明谭献对晚唐五代词所用重笔、拙笔的推崇。陈匪石承接谭献的说法，也肯定词笔的拙重："词笔无害于拙，唯拙故重，重则无浅薄浮滑之

---

① 《骈体文钞》，第559页。
② 《骈体文钞》，第127页。
③ 《骈体文钞》，第604页。
④ 《清词一千首 箧中词》，第104页。
⑤ （清）刘熙载：《书概》，潘运告编注《中国历代书论选》（下），第272页。
⑥ （清）吴德旋：《初月楼论书随笔》，潘运告编注《中国历代书论选》（下），第221页。
⑦ （清）谭献：《莲漪词题识》，冯乾编校《清词序跋汇编》，第1526页。

病，而入浑之基在焉。世之犯纤、犯薄、犯滑者，皆自命不拙耳。"① 陈氏认为拙重之词笔能避免词作的浅薄浮滑。朱庸斋《分春馆词话》云："词有重拙大、境界之说，均须以用笔表达……重，用笔须健劲；拙，即用笔见停留，处处见含蓄；大，即境界宏阔，亦须用笔表达。"② 唐圭璋言："颜鲁公书力透纸背就是拙重大，出于至诚不假雕饰就是拙重大。因此，真挚就是拙，笔力千钧就是重，气象开阔就是大。'为君憔悴尽，百花时'、'不如从嫁与，作鸳鸯'、'除却天边月，没人知'、'觉来知是梦，不胜悲'，都是真情郁勃，都是拙重大。"③ 下面分别分析"大笔""重笔"等在谭献词学评点中的使用情况。

首先，"大笔"。王羲之《笔势论》曰："夫临文用笔之法，复有数势，并悉不同。或有藏锋者大，（藏锋在于腹内而起）侧笔者乏（亦不宜抽细而且紧），押笔者入（从腹起而押之）……"④ 所谓"藏锋者大"，指在书法创作时用笔腹发力，从而形成中实饱满的书写效果。"大"即指笔力饱满、气势浑厚。隋朝僧人智果《心成颂》论字体结构的基本原则云："孤单必大：一点一画，成其独立者是也。"⑤ "孤单必大"是对一些笔画少或结构简单的字在章法中的处理原则。这些字在书写时，笔画不能太细太薄，用笔要厚重，要写出精神，这样写出的字就不会势单力薄。此处之"大"蕴含着沉着大气之意。谭献评李后主《相见欢》（林花谢了春红）云："濡染大笔。"⑥ 评范仲淹《苏幕遮》（碧云天）云："大笔振迅。"⑦ 评林蕃钟《南浦·题范青照苍茫独立图》（薄雾散愁阴）云："大笔压榨，士衡所谓警策。"⑧ 评金庄《清平乐》（凄凉晚色）云："大手

---

① 陈匪石：《旧时月色斋词谈》，屈兴国编《词话丛编二编》，浙江古籍出版社2013年版，第2588页。

② 朱庸斋：《分春馆词话》，张璋等编纂《历代词话续编》（下册），大象出版社2005年版，第1141页。

③ 秦惠民、施议对辑：《唐圭璋论词书札》，《文学遗产》2006年第3期。

④ （晋）王羲之：《笔势论并序》，上海书画出版社、华东师范大学古籍整理研究室编《历代书法论文选》，上海书画出版社2012年版，第34页。

⑤ （隋）智果：《心成颂》，潘运告编注《中国历代书论选》（下），第94页。

⑥ （清）谭献：《复堂词话》，《复堂词》，华东师范大学出版社2010年版，第65页。

⑦ （清）谭献：《复堂词话》，《复堂词》，华东师范大学出版社2010年版，第66页。

⑧ 《清词一千首 箧中词》，第81页。

笔。"① 评叶衍兰《珍珠帘·题高唐神女图》（楚天环佩清秋迥）云："直揭本旨，大笔淋漓。"② 这些所谓的"大笔"具有共同之处，即境界开阔，情感真挚。而左辅《南浦·夜寻琵琶亭》（浔阳江上）为吊古伤今之词，感慨深沉，沉郁蕴藉。词作有忧国忧民、悲时伤世之情，故谭献评云："濡染大笔，此道遂尊。"③ 谭献讲重笔、大笔、拙语，或对况周颐"重拙大"有一定影响。"况周颐所谓的'大'，乃其自谓'大气真力'，即用质拙之笔写真情。"④ 可见，况周颐词学理论中的"大"有可能受到谭献之影响。

其次，"重笔"。书法是用软的毛笔书写汉字的艺术，轻重是书法的常用手段之一。王羲之《书论》云："笔是将军，故须迟重。心欲急不宜迟，何也？心是箭锋，箭不欲迟，迟则中物不入。"⑤ 此以将军喻笔，言行笔须稳重有力。孙过庭《书谱》论及钟繇、张芝及王羲之、王献之书法云："或重若崩云，或轻如蝉翼；导之则泉注，顿之则山安。"⑥ "重若崩云""轻如蝉翼"是指这些书法大家的作品呈现出或重或轻的整体风貌特征。"重"是成熟的书法作品所应具备的美感特点。与书学上的轻重之分相类似，词学上也有轻重之别。周济《介存斋论词杂著》云："词有高下之别，有轻重之别。飞卿下语镇纸，端己揭响入云，可谓极两者之能事。"⑦ 温庭筠词秾艳，下语镇纸，可谓极重笔之致，而韦庄词清丽，揭响入云，可谓尽轻快之笔。

谭献在词学评点中也用到"重笔"。谭献曰："锡鬯情深，其年笔重，固后人所难到。"⑧ 陈维崧笔重的表现在于其"渲染故国之思掷地有声……抒发人生不平之情真挚深沉……用典艺术手法沉郁浑成。"⑨ 温庭筠《南歌子》："手里金鹦鹉，胸前绣凤凰。偷眼暗形相。不如从嫁与，

---

① 《清词一千首 箧中词》，第 219 页。
② 《清词一千首 箧中词》，第 322 页。
③ 《清词一千首 箧中词》，第 94 页。
④ 孙克强：《清代词学》，中国社会科学出版社 2004 年版，第 355 页。
⑤ （晋）王羲之：《书论》，潘运告编注《中国历代书论选》（下），第 41 页。
⑥ （唐）孙过庭：《书谱》，潘运告编注《中国历代书论选》（下），第 124 页。
⑦ （清）周济：《介存斋论词杂著》，唐圭璋编《词话丛编》，中华书局 1986 年版，第 1629 页。
⑧ 《清词一千首 箧中词》，第 52 页。
⑨ 刘东海：《顺康词坛群体步韵唱和研究》，上海古籍出版社 2013 年版，第 474—479 页。

作鸳鸯。"其末尾三句抒写清纯少女对爱情的大胆表白。谭献评云："尽头语，单调中重笔，五代后绝响。"① 温庭筠《南歌子》："倭堕低梳髻，连娟细扫眉。终日两相思，为君憔悴尽，百花时。"这首词写女子的相思，"纯用拙重之笔。起两句，写貌，'终日'句，写情。'为君'句，承上'相思'透进一层，低回欲绝"②。谭献评"为君憔悴尽，百花时"云："'百花时'三字，加倍法，亦重笔也。"③ "百花时"正是良辰美景，在这时"憔悴尽"，更觉难堪，所以是加倍法。又严绳孙《南歌子》（积润初消砌）咏闺怨，上片以良辰美景无人与共，故而触景伤情；下片写时光流逝，而人物百无聊赖的幽怨。整首词托意言外，凄婉欲绝。故谭献评云："能用重笔。"④ 蒋敦复《兰陵王·秋柳用清真韵》（暮烟直）为咏柳之作，而通篇不著一"柳"字，而代之以"香绵""怨絮"等词，含蓄隐秀。将秋柳之色涵摄于萧瑟秋景中，反衬出作者的心境，凄楚感人，故谭献评曰："以深重之笔，发绵邈之思。"⑤ 况周颐《蕙风词话》卷一云："重者，沉着之谓。在气格，不在字句。"⑥ 况周颐所谓的"重"指词中的思想情感，而不在字句语言。况氏关于"重"的解释与谭献所言之"重笔"有吻合之处。

再次，与重笔相关的是"力透纸背"。"力透纸背"为笔力论术语，用以形容书法的遒劲有力。颜真卿《述张长史笔法十二意》云："自兹乃悟用笔如锥画沙，使其藏锋，画乃沉着。当其用笔，常欲使其透过纸背，此功成之极矣。"⑦ 明代董其昌《画禅室随笔论书·评旧帖·跋赤壁赋后》云："此《赤壁赋》庶几所谓欲透纸背者，乃全用正锋，是坡公之《兰亭》也。"⑧ 刘熙载《书概》云："书要力实而气空，然求空必于求实，

---

① （清）周济选，谭献评：《词辨》，《清人选评词集三种》，第147页。
② 唐圭璋：《唐宋词简释》，上海古籍出版社1981年版，第7页。
③ （清）周济选，谭献评：《词辨》，《清人选评词集三种》，第147页。
④ 《清词一千首 箧中词》，第52页。
⑤ 《清词一千首 箧中词》，第191页。
⑥ （清）况周颐：《蕙风词话》，唐圭璋编《词话丛编》，中华书局1986年版，第4406页。
⑦ （唐）颜真卿：《述张长史笔法十二意》，潘运告编注《中国历代书论选》（下），第254页。
⑧ （明）董其昌：《画禅室随笔论书·评旧帖》，潘运告编注《中国历代书论选》（下），第97页。

未有不透纸而能离纸者也。"① 谭献在词学批评中也用到"力透纸背"一词，用以体现词作的情感深沉或表现方式的浑厚有力。如汤贻汾《长亭怨慢·衰柳》（更谁向）为词人感时伤怀之作，整首词感物比兴，凄婉欲绝，故谭献评云："力透纸背。"② 盖因词作表现的凄婉欲绝之情与书法上用笔的"力透纸背"有相通之处。又谭献评钟景《高阳台》（瘦竹敲凉）云："着色透纸，清谈如面语。"③ 评周邦彦《花犯》（粉墙低）下片"相将见、脆圆荐酒，人正在、空江烟浪里"二句云："如颜鲁公书，力透纸背。"④ 这两句以出人意表之笔，由现时的感受、昔年的回忆，又跳到来日的想象，体现了词思的跳跃，在时间上跳到梅子已熟时，在空间上跳到空江烟浪里，从而使词境于峰回路转之际又进入了另一天地。上句写人，由眼前飞坠的花瓣想到将来梅子成熟时的青绿脆圆，"下句写人，但所写的是将出现于另一时空之内的人，是预计梅子荐新之时，人已远离去年孤倚、今年相逢之地，而正在江上的扁舟之中。"⑤ 陈洵《海绡说词》评云："只'梅花'一句点题，以下却在题前盘旋。换头一笔钩转。'相将'以下，却在题后盘旋，收处复一笔钩转。往来顺逆，盘控自如，圆美不难，难在拙厚。"⑥ 陈洵《海绡说词》言："'去年'逆入，'今年'平出，'相将'倒提，'梦想'逆挽。圆美不难，难在浑劲。"⑦ 陈洵以拙厚、浑劲评价"相将见"句，与谭献以"力透纸背"的评语有相似之处，都表明周词尽管在时空上呈现出跳跃性，却无突兀之感，这得益于内部章法的浑厚面貌。

最后，"屈曲洞达"在谭献词学批评中的引用。袁昂《古今书评》云："蔡邕书骨气洞达，爽爽有神。"⑧ 包世臣《艺舟双楫·历下笔谭》云："用笔之法见于画之两端，而古人雄厚恣肆令人断不可企及者，则在画之中截。盖两端出入操纵之故，尚有迹象可寻，其中截之所以丰而不

---

① （清）刘熙载著，金学智评注：《书概评注》，上海书画出版社2007年版，第154页。
② 《清词一千首 箧中词》，第234页。
③ 《清词一千首 箧中词》，第354页。
④ 谭新红辑：《重辑复堂词话》卷二，葛渭君编《词话丛编补编》，第1197页。
⑤ 夏承焘等：《宋词鉴赏辞典》（上），上海辞书出版社2013年版，第786页。
⑥ 陈洵：《海绡说词》，吴熊和主编《唐宋词汇评 两宋卷》，浙江教育出版社2004年版，第984页。
⑦ 陈洵：《海绡说词》，唐圭璋编《词话丛编》，中华书局1986年版，第4869页。
⑧ （南朝梁）袁昂：《古今书评》，潘运告编注《中国历代书论选》（上），第74页。

怯、实而不空者，非骨势洞达，不能幸致。"① 可见，洞达呈现出雄厚、丰实的美学风貌。刘熙载《书概》云："书之要，统于'骨气'二字。骨气而曰洞达者，中透为洞，边透为达。洞达则字之疏密肥瘦皆善，否则皆病。"② 刘熙载意指书法点画的"力实"，应达到中心和外界均"透"的境地。骨气洞达，字乃无病。康有为《广艺舟双楫·取隋》曰："昔人称中郎书曰：'笔势洞达'，通观古碑，得洞达之意，莫若隋世。"③ "洞达"有笔力气势流畅通达、深明大气之意，与帖学的巧媚妍丽不同，隋朝的碑版书法最得洞达之意。谭献在骈文批评中用到"屈曲洞达"。如《骈体文钞》中谭献评陈霸先《答贞阳侯书》云："遒峻。屈曲洞达，如中郎八分。"④ 以"屈曲洞达"的书法术语表明文章笔力的雄健超拔。又评庾子山《周大将军怀德公吴明彻墓志铭》云："有难言之隐无不尽之辞，屈曲洞达，此之谓开府'清新'。"⑤ 以尽辞言说其家世生平，如书法之中边俱透，以屈曲洞达形容无不尽之辞。

词学批评中，谭献评蒋春霖《琵琶仙》（天际归舟）云："屈曲洞达，齐梁书体。"⑥ 评庄棫《壶中天慢》（行云何处）云："屈曲洞达，一转一深。"⑦ 评郭麐《高阳台》（暗水通潮）云："中边俱彻。"⑧ 评张惠言《木兰花慢·游丝同舍弟翰风作》（是春魂一缕）云："屈曲洞达。"⑨ 这些评点兼以"屈曲洞达"表明词作表情达意的丰实、充分。下面以张惠言《木兰花慢·游丝同舍弟翰风作》为例说明之。

> 是春魂一缕，销不尽，又轻飞。看曲曲回肠，愁依未了，又待怜伊。东风几回暗剪，尽缠绵、未忍断相思。除有沉烟细裊，闲来情绪还知。　　家山何处栖迟。春容易，到天涯。但牵得春来，何曾系住，依旧春归。残红更无消息，便从今、休要上花枝。待祝梁间燕

---

① （清）包世臣：《艺舟双楫》，潘运告编注《中国历代书论选》（下），第238页。
② （清）刘熙载著，金学智评注：《书概评注》，上海书画出版社2007年版，第151页。
③ （清）康有为：《广艺舟双楫》，潘运告编注《中国历代书论选》（下），第351页。
④ 《骈体文钞》，第352页。
⑤ 《骈体文钞》，第562页。
⑥ 《清词一千首 箧中词》，第186页。
⑦ 《清词一千首 箧中词》，第212页。
⑧ 《清词一千首 箧中词》，第92页。
⑨ 《清词一千首 箧中词》，第101页。

子，衔他深度帘丝。①

此词通过对"游丝"的吟咏，抒发词人对春天的感受。以"游丝"牵来春天又无法系住春天，抒发词人留春、爱春、惜春、叹春、怨春的复杂感情。谭献《箧中词》对此词的评语是"屈曲洞达"，评价切中肯綮。"'屈曲'指的是此词低徊要眇的笔致，恰似飘忽不定、难以捉摸的游丝一般，若断若连、似接非接；'洞达'指的是'喻其致'，千回百转，摇曳乃现。透过作者迷离的赋手可见出其深潜的文心，感受到词的主人公借游丝透发出的缕缕幽约怨悱之情。"②

此外，"一波三折"等其他书法术语在谭献词学评点中的引入。"一波三折"最早用于书论中，指写字笔法的细致曲折。"波"，书法中的捺；"折"是转换笔锋的方向。王羲之《题卫夫人〈笔阵图〉后》云："每作一波，常三过折笔；每作一点，常隐锋而为之。"③ 三过折笔，指作波或捺笔时，起笔要束得紧，颈部要提得起，捺处要铺得满，拓得开。所谓一笔之中有三过折也。"一波三折"从书学移入词学中，也指代词作笔法的曲折变化。谭献评王鹏运《宴清都》（欢意随春减）云："每作一波，恒三过折。"④ 评江皋《江神子·秋柳》（几枝疏树近斜阳）云："每作一波，恒三过折。"⑤ 这两处评点皆用书学的初始表述，体现了对书学理论的借鉴。谭献评项鸿祚亦提到其词一波三折，有荡气回肠之妙："莲生古之伤心人也。荡气回肠，一波三折。"⑥ 除了对词作的整体把握用到"一波三折"之外，谭献在揭示词作某句的曲折多变也用到"一波三折"。如评辛弃疾《祝英台近》（宝钗分）上阕之"断肠点点飞红，都无人管，更谁劝，流莺声住"句云："一波三过折。"⑦ 此句写片片落红乱飞，无人管束得住，更没有谁能劝止群莺啼鸣，留下春天的脚步。从"飞红"到

---

① 《清词一千首 箧中词》，第 101 页。

② 吴翠芬：《一缕幽约怨悱的春魂——读张惠言〈木兰花慢·游丝同舍弟翰风作〉》，《文史知识》1990 年第 9 期。

③ （晋）王羲之：《题卫夫人〈笔阵图〉后》，潘运告编注《中国历代书论选》（上），第 39 页。

④ 《清词一千首 箧中词》，第 345 页。

⑤ 《清词一千首 箧中词》，第 17 页。

⑥ 《清词一千首 箧中词》，第 142 页。

⑦ 谭新红辑：《重辑复堂词话》，葛渭君编《词话丛编补编》，第 1204 页。

"啼莺"，从惜春到怀人层层推进，在婉曲转折中渲染了闺妇惜春怀人之情。

（二） 以诗赋解词

谭献言："填词。长短句必与古文辞通，恐二十年前人未之解也。"① 谭献认为词与古文辞赋有相通之处，他打破了词与诗文、辞赋的文体界限，在其词学评点中出现大量以赋解词，以诗解词的现象。可以说在谭献这里，明显体现了词学向诗学的靠拢。

首先，谭献以赋解词。张惠言《词选序》云："今第录此篇，都为二卷，义有幽隐，并为指发，几以塞其下流，导其渊源，无使风雅之士，惩于鄙俗之音，不敢与诗赋之流同类而风诵之也。"② 张惠言试图提高词的地位，将词与赋相类比，在其《词选》评点中，即以赋解词，如评温庭筠《菩萨蛮》十四首，视其为一个整体，评云："此感士不遇也。篇法仿佛《长门赋》，而用节节逆叙。"③ 谭献不仅认同张惠言对温庭筠《菩萨蛮》组词的评点，认为："以《士不遇赋》读之最确。"④ 而且在其评点中沟通赋与词两种文体来评词。如果说张惠言以赋解词只是偶一为之的话，那么谭献则是有意识地在其评点中以赋解词。

谭献有意抬高"赋"笔。这是因为"比兴是传递生命体验的一种沉厚方式，但赋笔未尝不是词家人文关怀的一种直接方式"⑤。同时词史思维的延展更需要有直陈其事的赋笔。谭献评蒋春霖《扬州慢》（野幕巢乌）云："赋体至此，转高于比兴矣。"⑥ 蒋春霖这首词用铺排的赋法将战争的劫难描摹得淋漓尽致，而丝毫没有粗豪、叫嚣之弊，故谭献认为此词用赋的艺术手法来表现，艺术效果高于用比兴手法。具体说来，谭献在词中以赋解词有下列两种情形。

其一，指词中用到了赋的表现手法，除了赋体常用的铺陈直叙外，还包括工整的造句、文采华丽的赋迹及内容雅正的赋心。刘勰《文心雕

---

① 《复堂日记》补录卷二，第278页。
② （清）张惠言：《词选序》，唐圭璋编《词话丛编》，中华书局1986年版，第1617页。
③ （清）张惠言录，刘崇德、徐文武点校：《词选：附续词选》，河北大学出版社2006年版，第115页。
④ （清）周济选，谭献评：《词辨》，《清人选评词集三种》，第146页。
⑤ 杨柏岭：《晚清民初词学思想建构》，安徽大学出版社2004年版，第299页。
⑥ 《清词一千首 箧中词》，第181页。

龙·诠赋》云："赋者，铺也，铺采摛文，体物写志也。"① 刘熙载《艺概·赋概》云："赋，辞欲丽，迹也；义欲雅，心也。"② 刘熙载认为赋的形式（赋迹）是华丽而有文采，赋的内容（赋心）是雅正。谭献评张惠言《水调歌头·春日赋示杨生子掞》五首云："胸襟学问，酝酿喷薄而出。赋手文心，开倚声家未有之境。"③ 张惠言这五首词运用赋的铺陈手法，围绕春感，从不同侧面、不同角度反复进行铺叙，故谭献评其词有赋手文心。谭献评秦观《望海潮》（梅英疏淡）之下片"西园夜饮鸣笳。有华灯碍月，飞盖妨花"句云："陈、隋小赋缩本。填词家不以唐人为止境也。"④ 陈匪石《宋词举》对此做出解释："'华灯'八字，一片富丽华贵气象，造句之工，如齐梁小赋。"⑤ 谭献欣赏秦观在炼词造句方面与齐梁小赋的精于造句有相同之处。又如谭献评周邦彦《大酺》（对宿烟收）中"墙头青玉旆，洗铅霜都尽，嫩梢相触"三句云："辟灌皆有赋心，前周后吴，所以为大家也。"⑥ "墙头"三句写出被雨水洗得一尘不染的墙头新竹用嫩梢相互碰触的动人景象。谭献认为周邦彦此三句用赋的作法咏春雨，得春雨之精神。谭献评李符《疏影·帆影》（双桨且住）词云："惝恍迷离，意有所指，绝似六朝赋手。"⑦ 为分析的方便，特引此词如下：

双桨且住。趁风旌五两，挂席吹去。侧浸纹波，一片横斜，不碍招来鸥鹭。忽遮红日江楼暗，只认是、凉云飞度。待翠娥、帘底凭看，已过数重烟浦。　　摇漾东西不定，乍眠碧草上，旋入高树。荻渚枫湾，宛转随人，消尽斜阳今古。有时淡月依稀见，总添得、客怀凄楚。梦醒来、雨急潮浑，倚榜又无寻处。

此词描叙帆影，词人用白描、铺叙手法描绘出不同空间、不同时间情

---

① （南朝梁）刘勰著，王运熙、周锋译注：《文心雕龙译注》，上海古籍出版社2016年版，第64页。
② （清）刘熙载：《艺概》，上海古籍出版社1978年版，第95页。
③ 《清词一千首 箧中词》，第101页。
④ （清）周济选，谭献评：《词辨》，黄苏等选评《清人选评词集三种》，第153页。
⑤ 陈匪石编著：《宋词举》，金陵书画社1983年版，第114页。
⑥ （清）周济选，谭献评：《词辨》，黄苏等选评《清人选评词集三种》，第156页。
⑦ 《清词一千首 箧中词》，第55页。

形下的帆影。"从白天和月夜两个侧面去写,从'侧浸纹波'到'斜阳今古',写日中之帆影,而又有水中、楼头、碧草高树与'荻渚枫湾'之不同。"① 最后写月影牵动词人的"客愁"。通过对不同类型帆影的描写表达了词人的旅思客愁与今古兴亡的历史感慨。谭献指明了此词具有六朝咏物赋情韵兼胜的特点。"全词既咏帆影,又写客愁,虽极尽刻画,却浑然天成,不见痕迹,是帆是人,亦物亦我,帆影、旅愁融为一体,情韵兼胜,堪称咏物上乘之作。"②

其二,从词作的表现内容来看,以辞赋作比,表明词作具有与辞赋相同的功能。如宋征舆《浪淘沙令·秣陵秋旅》:"雁字起江干。红藕花残。月明昨夜照更阑。酒醒忽惊秋色近,回首长安。零落晓风寒。乡梦须还。凤城衰柳不堪攀。木落秦淮人欲去,无限关山。"谭献于《箧中词》中评这首词为"缩本《哀江南赋》。"③ 盖因此篇在题材内容的表现方面与庾信的《哀江南赋》相似。本篇题为"秣陵秋旅",作者抓住秋天这一特定时间与秣陵这一特殊地点及明清易代之际人物的特别身份及特有感受,加以铺绎蔓衍,于旅人乔木之思、时光蹉跎之叹的背后,隐喻着深切的铜驼荆棘之悲,神州陆沉之痛。尽管词作篇幅短小,却蕴含有丰富的情感。从某种意义上说,羁留北朝的庾信在《哀江南赋》中所表达的身世故国之感,于千载之下,可从宋征舆的这篇小词中找到共鸣。又谭献评吕泰《洞仙歌》(韶华冉冉)云:"自注:兰成《怨歌行》诸篇,往往自喻。偶赋《洞仙歌》,以当《感士不遇赋》。"④ 评汪潮生《木兰花慢·秋感》云:"士不遇赋,不徒作孤愤语。"⑤ 评潘钟瑞《长亭怨慢》(最无奈)云:"士不遇赋,含凄古淡。"⑥ 评许宗衡《百宜娇》(倚帽愁烟)云:"宋玉微词,兰成小赋。"⑦ 评赵对澄《凤凰台上忆吹箫》(芍药阶前)云:"《长门赋》本是寓言,消息可以微悟。"⑧ 评端木埰《齐天乐》(一

---

① 贺新辉主编:《全清词鉴赏辞典》,中国妇女出版社 1996 年版,第 613 页。
② 黄拔荆编著:《中国词史》(下卷),福建人民出版社 2003 年版,第 285 页。
③ 《清词一千首 箧中词》,第 9 页。
④ 《清词一千首 箧中词》,第 356 页。
⑤ 《清词一千首 箧中词》,第 125 页。
⑥ 《清词一千首 箧中词》,第 326 页。
⑦ 《清词一千首 箧中词》,第 157 页。
⑧ 《清词一千首 箧中词》,第 253 页。

声弹指分今昔）云："思旧之赋，主客千秋。"① 谭献将词作与《感士不遇赋》、宋玉及庾信（字兰成）赋作、《长门赋》《思旧赋》等辞赋作品相比照，正是着眼于词作的题材内容与辞赋内容的相似性。

其次，以诗解词。表现在如下几个方面。

其一，谭献将词与诗歌类比，其评点中涉及的诗歌范围极广，包括《诗经》《楚辞》、汉魏古诗、唐诗、明代前后七子之诗等，凡诗中某一方面与词作相似之处，谭献兼予以提及。

> 评周密《解语花》（暗丝罥蝶）"浅薄东风，莫因循、轻把杏钿狼藉。尘侵锦瑟。残日绿窗春梦窄"句云：柔厚在此，岂非《风》诗之遗。②
>
> 评周邦彦《满庭芳》（风老莺雏）"地卑山近，衣润费炉烟"二句云：《离骚》廿五，去人不远。③
>
> 评姜夔《暗香》（旧时月色）"翠尊易泣，红萼无言耿相忆"句云：深美有《骚》《辨》意。④
>
> 评韦庄《菩萨蛮》（红楼别夜堪惆怅）云：亦填词中《古诗十九首》，即以读《十九首》心眼读之。⑤
>
> 评庄盘珠《菩萨蛮·春兰》（群芳逞媚韶光里）云：古诗高境。⑥
>
> 《微波词叙》：（钱枚）玄微其思，锵洋其音，如谢朓、柳恽之诗，所谓芳兰竟体者已。⑦
>
> 评刘履芬《蝶恋花》（细草平沙三月暮）云：江淹已拟惠休诗。⑧
>
> 评赵对澄《虞美人·怀友人塞外》云：夺胎李益诗句，声可

---

① 《清词一千首 箧中词》，第343页。
② （清）周济选，谭献评：《词辨》，《清人选评词集三种》，第165页。
③ （清）周济选，谭献评：《词辨》，《清人选评词集三种》，第157页。
④ （清）周济选，谭献评：《词辨》，《清人选评词集三种》，第185页。
⑤ （清）周济选，谭献评：《词辨》，《清人选评词集三种》，第147页。
⑥ 《清词一千首 箧中词》，第224页。
⑦ （清）谭献：《微波词叙》，冯乾编校《清词序跋汇编》，第679页。
⑧ 《清词一千首 箧中词》，第194页。

裂竹。①

　　评徐本立《贺新郎》（夜色明于水）云：白傅诗篇，不嫌太尽。②

　　评钱芳标《忆少年》（小屏残烛）云：原出义山。③

　　评梁佩兰《山花子·湘妃庙》（水阔潇湘见二妃）云：善学唐人。④

　　（孙麟趾）《绝妙近词》，去取矜慎，殆可继踵草窗，冲澹幽微，如读中唐七言诗。⑤

　　评沈传桂《高阳台》（酒薄欺寒）云：以温、李诗笔入词，自是精品。⑥

　　评金应珹《临江仙》（篆缕厌厌人悄悄）云：如明七子之拟古。⑦

　　谭献以"如读某诗""如某诗"等形式沟通词与诗的关系，将词与诗作类比，在词学评点中打破了诗词的文体界限，以诗衡词成为谭献词学评点的一个特点。

　　谭献在词学批评中多次出现以杜诗类比的现象。如谭献评柳永《倾杯乐》（木落霜洲）云："耆卿正锋，以当杜诗。"⑧"谭献认为柳词中浑朴厚重的优秀之作可比杜诗。"⑨柳永这首词的首句"木落霜洲"，以气势而言可与杜诗"无边落木萧萧下"相比。除了在风格取向上比附杜诗外，凡词作内容、写法、意境等方面与杜诗相似之处，谭献也加以比附。如谭献评蒋春霖云："咸丰兵事，天挺此才，为倚声家杜老。"⑩ 评蒋春霖《东

---

① 《清词一千首 箧中词》，第253页。
② 《清词一千首 箧中词》，第282页。
③ 《清词一千首 箧中词》，第29页。
④ 《清词一千首 箧中词》，第62页。
⑤ 《清词一千首 箧中词》，第314页。
⑥ 《清词一千首 箧中词》，第145页。
⑦ 《清词一千首 箧中词》，第107页。
⑧ （清）谭献撰：《复堂词话》，唐圭璋编《词话丛编》，中华书局1986年版，第3990页。
⑨ 欧明俊：《"词中杜甫"说总检讨》，《中国韵文学刊》2007年第2期。
⑩ 《清词一千首 箧中词》，第186页。

风第一枝·春雪》（糁草疑霜）云："忧时盼捷，何减杜陵。"① 这两条评语着眼点在于蒋春霖词多反映咸丰年间太平天国战事，表现忧国忧民情怀，风格沉郁顿挫，与杜甫反映安史之乱的诗歌内容及沉郁顿挫的诗歌风格相似。又如评苏汝谦《摸鱼儿》（叹飘零）云："溅泪惊心，杜陵诗句。"② 评徐倬《金缕曲·中秋月食》（碧海晶帘卷）云："词中杜陵，此境宋人未有，遗山、伯雨之流也。"③ 均表现出词作所写内容与杜甫诗表现重大题材的相似度。从模拟杜甫诗笔的角度着眼的，如评周邦彦《满庭芳》（风老莺雏）下片"且莫思身外，长近尊前"二句云："杜诗韩笔。"④ 即着眼于此词风华清丽的景物与孤寂凄凉的心情相交错，乐与哀相交融，苦闷与宽慰相结合，构成一种转折顿挫的风格。类似的评点还有评杨葆光《瑶华·承露盘》云："杜诗韩笔，凌厉无前，此事自关襟抱。"⑤ 评王宪成《扬州慢》（水国鱼盐）云："薤纲既坏，海氛又恶，杜诗韩笔，敛抑入倚声，足当词史。"⑥ 评周济《徵招·冰钲》云："掷笔空际，伟岸深警，如读杜诗。"⑦

其二，谭献从不同角度寻求词与诗的关系，大致说来，主要从诗词题材内容、风格、意境等方面作比拟。以下作具体分析。

第一，题材内容的比拟。如谭献评周之琦《瑞鹤仙》（柳丝征袂绾）云："仲宣灞岸之篇。"⑧ 此词写作者离京外任途中的感慨之情，与王粲离开长安避难荆州的诗篇在内容表现上有相同之处。又如谭献评苏轼《贺新凉》（乳燕飞华屋）云："颇欲与少陵《佳人》一篇互证。"⑨ 谭献认为苏轼这首词写绝代佳人的孤立无依、高洁寂寞，与杜甫《佳人》诗中"天寒翠袖薄，日暮倚修竹"的那位虽遭遇不幸却有高洁品格的佳人形象有异曲同工之处。这些评点皆着眼于词作内容与诗歌内容的相似。

第二，风格、意境上的类比。谭献评范仲淹《渔家傲》（塞下秋来风

---

① 《清词一千首 箧中词》，第183页。
② 《清词一千首 箧中词》，第338页。
③ 《清词一千首 箧中词》，第23页。
④ 谭新红辑：《重辑复堂词话》，葛渭君编《词话丛编补编》，第1197页。
⑤ 《清词一千首 箧中词》，第327页。
⑥ 《清词一千首 箧中词》，第149页。
⑦ 《清词一千首 箧中词》，第111页。
⑧ 《清词一千首 箧中词》，第121页。
⑨ 谭新红辑：《重辑复堂词话》，葛渭君编《词话丛编补编》，第1203页。

景异）云："沉雄似张巡五言。"① 评陈澧《疏影·苔痕越台词社作》（空庭雨积）云："如太白古风，多少和婉。"② 评李煜词云："后主之词，足当太白诗篇，高奇无匹。"③ 评曹溶《霓裳中序第一·镜》云："沉着似盛唐诗。"④ 评杨秉桂《摸鱼子》（耐清馨）云："幽抑怨断，如读晚唐人诗。"⑤ 这里的沉雄、和婉、高奇、沉着、幽怨皆从风格角度探讨词与诗的相似处。下面以范仲淹《渔家傲》（塞下秋来风景异）为例做一分析。范仲淹这首边塞词，写边塞风光，意境沉雄开阔，抒报国热情，气概悲壮苍凉。此词在风格上与唐代张巡誓守睢阳对抗安史叛军时，写下的慷慨悲壮的诗篇有相似之处。又如评李清照《浣溪沙》（髻子伤春懒更梳）云："易安居士独此篇有唐调，选家炉冶，遂标此奇。"⑥ 评彭孙遹《生查子·旅夜》云："唐调。"⑦ 所谓"唐调"，当指词作格高韵胜，富有诗的意境。评周之琦《思佳客》（帕上新题间旧题）云："唐人佳境，寄托遥深。珠玉、六一之遗音也。"⑧ 也明确词作在意境上有唐诗含蓄蕴藉的境界。

其三，谭献从诗词作法上加以类比。如评江泰钧《满江红·辛酉送春》（恁遣春归）云："开阖关锁，唐人诗法。"⑨ 评王沂孙《齐天乐·蝉》（一襟余恨宫魂断）云："此是学唐人句法、章法。"⑩ 谭献具体探讨了小令与乐府短章、唐诗绝句作法的相同性以及慢词与七言古诗、古文作法的相似之处。

据马兴荣等主编的《中国词学大辞典》一书可知，关于词的起源，有几种说法，一、古已有之。二、源于乐府。三、源于六朝。四、源于唐代的近体诗。五、源于燕乐。谭献《复堂词录》卷十一"词论"中引用了有几条关于词起源的说法：刘熙载（《艺概·词曲概》）曰："词导源

---

① （清）谭献撰：《复堂词话》，唐圭璋编《词话丛编》，中华书局1986年版，第3993页。
② 《清词一千首 箧中词》，第296页。
③ （清）谭献撰：《复堂词话》，唐圭璋编《词话丛编》，第3993页。
④ 《清词一千首 箧中词》，第7页。
⑤ 《清词一千首 箧中词》，第317页。
⑥ （清）周济选，谭献评：《词辨》，《清人选评词集三种》，第172页。
⑦ 《清词一千首 箧中词》，第32页。
⑧ 《清词一千首 箧中词》，第122页。
⑨ 《清词一千首 箧中词》，第257页。
⑩ （清）谭献撰：《复堂词话》，唐圭璋编《词话丛编》，第3992页。

于古诗，故亦兼具六义。六义之取，各有所当，不得以一时一境尽之。"①朱弁（《曲洧旧闻》）曰："词起于唐人，而六代已滥觞也。"② 张惠言（《词选序》）曰："词者，盖出于唐之诗人，采乐府之音以制新律，因系其词。故曰词。"③谭献引用这些条目，表明他对这些说法的认同，他对有关词起源的古诗说、六朝说、唐诗说都有择录。这些说法皆揭示了诗体与词体某些方面的共性，具有一定的合理性。因此谭献在词学评点中往往与唐诗、乐府类比，表明词与古乐府、唐诗的渊源。

第一，谭献揭示词与乐府、唐诗在作法上的传承性。

评温庭筠《南歌子》（似带如丝柳）云：源出古乐府。④

评曹言纯《步蟾宫》（凤胫灯小添油灼）云：黄韵甫曰："小令触绪生情，琐琐如道家常，深得古乐府神理。"⑤

评王士禛《点绛唇·春词和潄玉韵》（水满春塘）云：源出小乐府。⑥

评王诒寿《虞美人》（峭帆风里眠难稳）云：婉丽。真小乐府。⑦

评沈谦《清平乐·罗带》（香罗曾寄）云：小乐府遗意，与俳词只隔一尘，须严辨之。⑧

评钱芳标《薄幸·故衣》（褳裆残线）云：取裁六朝乐府，声情亦肖似矣。⑨

评刘过《玉楼春》（春风只在园西畔）云：能用齐梁小乐府意法入填词，便参上乘。⑩

---

① （清）谭献纂，罗仲鼎整理：《复堂词录》，第533页。
② （清）谭献纂，罗仲鼎整理：《复堂词录》，第528页。
③ （清）谭献纂，罗仲鼎整理：《复堂词录》，第530页。
④ （清）周济选，谭献评：《词辨》，《清人选评词集三种》，第147页。
⑤ 《清词一千首 箧中词》，第98页。
⑥ 《清词一千首 箧中词》，第11页。
⑦ 《清词一千首 箧中词》，第195页。
⑧ 《清词一千首 箧中词》，第18页。
⑨ 《清词一千首 箧中词》，第30页。
⑩ （清）周济选，谭献评：《词辨》，《清人选评词集三种》，第187页。

评王士禛《蝶恋花·和漱玉韵》(凉夜沉沉花漏冻) 云：深于梁陈。①

评沈传桂《踏莎行·春尽作》(细绿迷鸦) 云：晚唐乐府之遗。②

评蒋日豫《贺新凉》(梦雨敲诗屋) 云：乐府雅辞。③

评温庭筠《梦江南》(梳洗罢) 云："过尽千帆皆不是，斜晖脉脉水悠悠"，犹是盛唐绝句。④

评林蕃钟《梅子黄时雨》(残叶离亭) 云：虽未空际盘旋，而婉约有晚唐人绝句意思。⑤

评蒋春霖《三姝媚·送别黄子湘》(相思堤上柳) 云：如诵中晚唐绝句诗。⑥

评钱芳标《双双燕·逢长安旧歌者》(记休沐宴) 云：固是推衍唐人，正是词家本色。⑦

如上这些评点意在表明词体与乐府、唐诗绝句的渊源关系，表明词在题材、声情、意法等方面与乐府的相似性，谭献用具体的评点揭示词与诗歌在诸多方面的趋同性。这些评点多着眼于词中小令与乐府短章、唐诗绝句的关系。

第二，谭献有意识地寻求慢词与诗文在作法上的相同点。谭献注意到慢词与七言歌行体诗、古文写法有相似之处，即都具有叙事性及铺叙展衍、开阖动荡的章法特点。谭献评周邦彦《六丑》(正单衣试酒) 云："但以七言古诗长篇法求之，自悟。"⑧ 评辛弃疾《摸鱼儿》(更能消几番风雨) 云："权奇倜傥，纯用太白乐府诗法。"⑨ 评辛弃疾《汉宫春·立

---

① 《清词一千首 箧中词》，第 13 页。
② 《清词一千首 箧中词》，第 146 页。
③ 《清词一千首 箧中词》，第 331 页。
④ 《清词一千首 箧中词》，第 147 页。
⑤ 《清词一千首 箧中词》，第 81 页。
⑥ 《清词一千首 箧中词》，第 182 页。
⑦ 《清词一千首 箧中词》，第 29 页。
⑧ (清) 谭献：《复堂词话》，《复堂词》，华东师范大学出版社 2010 年版，第 63 页。
⑨ (清) 周济选，谭献评：《词辨》，《清人选评词集三种》，第 182 页。

春》(春已归来)云:"以古文长篇法行之。"① 谭献所评这三首词均为慢词,慢词尤其注重章法结构。他认为七言古诗长篇法、李白乐府诗法、古文长篇法与慢词的作法存在相似性,这种相似性即叙事性及章法的开阖有度。众所周知,七古长篇最重要的特点是叙事,在叙事中开合动荡,往复腾挪。刘熙载《艺概·诗概》言:"伏应转接,夹叙夹议,开合尽变,古诗之法。"② 李白乐府诗波澜迭起,艺术结构具腾挪跌宕之妙。而周邦彦慢词具有较强的叙事化倾向,章法曲折多变、开合动荡。辛弃疾慢词亦讲究章法之开阖。因此慢词与七言古体诗及古文在作法上有相似处。

三 示以词法及作词门径

谭献作有《谭评词辨》,专门为弟子徐珂指示学词门径。谭献《〈词辨〉跋》"及门徐仲可中翰,录《词辨》,索予评泊,以示规范。"③ 谭献通过对周济《词辨》所选词作的细微评点、解析,示范徐珂学词之作法。陈匪石《声执序》云:"学倚声四十年,师友所贻,讽籀所得,日有增益,资以自淑。第念远如张炎、沈义父、陆辅之,近如周济、刘熙载、陈廷焯、谭献、冯煦、况周仪、陈锐、陈洵,其论词之著皆示人以门径。"④ 陈匪石提到词论著作中涉及作词之法的著者包括谭献,说明谭献词论中含有作词之法。徐珂《康居笔记汇函》云:"秀水金甸丞观察蓉镜,尝于丁卯仲冬,与珂论谭复堂师所评之周止庵《词辨》,其言曰:'复堂论词有深诣。其于王半塘何如,吾不知;以较况夔笙必过之。《词辨》评语,著眼在用笔用墨,神味不论。'"⑤ 金蓉镜认为谭献词学评点有高于况周颐之处,其对《词辨》的评点着眼于词作的用笔用墨等具体作法。谭献从两大方面示以词法,一是示以词的关键部位之作法,二是有意识地指明词作的开合之处,示以词作章法上的呼应。下面分论之。

首先,从词的关键部位看章法。词的结构,偏重于对词的起句、过片、结句等关键部位的分析。词的章法,"偏重于词人在安排结构时主观

---

① (清)周济选,谭献评:《词辨》,《清人选评词集三种》,第183页。
② (清)刘熙载:《艺概》,上海古籍出版社1978年版,第72页。
③ (清)谭献:《词辨跋》,《清人选评词集三种》,第190页。
④ 陈匪石:《声执序》,唐圭璋编《词话丛编》,中华书局1986年版,第4921页。
⑤ 徐珂:《康居笔记汇函》,山西古籍出版社1997年版,第412页。

的匠心经营，尤偏重于意脉、层次、勾勒等结构手段"①。词的结构与章法是相通的。前人从词的作法角度讲词的结构章法，主要从词体的三个关键部位来分析章法，即起句、过片、结句。如沈义父《乐府指迷》云："作大词，先须立间架，将事与意分定了。第一要起得好，中间只铺叙，过处要清新，最紧是末句，须是有一好出场方妙。小词只要些新意，不可太高远，却易得古人句，同一要炼句。"② 这里的"大词"即指慢词，慢词尤其注重章法结构，沈义父提到慢词的起句、中间、过片、末句等如何安排的问题。《复堂词录》卷十一"词论"引张炎《词源》："填词先审题……其起结须先有成局，然后下笔，最是过变勿断了曲意。"③ 表明谭献对词的起句、过变、结句作法的重视。

其一，词作起句的表现技法。词作如何开端，前人论说颇多。如沈义父《乐府指迷》云："大抵起句便见所咏之意，不可泛入闲事，方入主意。咏物尤不可泛。"④ 沈义父意在强调词作起句宜切题而不宜空泛。沈雄《古今词话·词品》云："起句言景者多，言情者少，叙事者更少。大约质实则苦生涩，清空则流宽易。"⑤ 沈雄意在表明词的起句写景多，抒情叙事少，因以情或事开端，易产生生涩或宽易之弊，不及以景开端，符合词体婉约蕴藉的审美特质。谭献在前人基础上明确提出词作起句的几种方法。

第一，以扫为生之法。刘永济云："词家起句，有以扫为生之法……盖先扫去一层意思，然后入本题也。"⑥ 以扫为生，指的是特意以一情境之结，转而下开另一情境，本以为话已说至尽头，此情此景已再无描绘可能，却转而带出另一层感受，写出另一番体悟。谭献评欧阳修《采桑子》（群芳过后西湖好）"群芳过后西湖好"句云，"扫处即生。"⑦ 谭献评周邦彦《齐天乐·秋思》（绿芜凋尽台城路）"绿芜凋尽台城路"句云，

---

① 张仲谋：《宋词欣赏教程》，南京大学出版社2015年版，第164页。
② （宋）沈义父：《乐府指迷》，唐圭璋编《词话丛编》，中华书局1986年版，第283页。
③ （清）谭献纂，罗仲鼎、俞浣萍整理：《复堂词录》，第528页。
④ （宋）沈义父：《乐府指迷》，唐圭璋编《词话丛编》，中华书局1986年版，第279页。
⑤ （清）沈雄：《古今词话》，唐圭璋编《词话丛编》，中华书局1986年版，第838页。
⑥ 刘永济：《微睇室说词》，上海古籍出版社1987年版，第77页。
⑦ 谭新红辑：《重辑复堂词话》，葛渭君编《词话丛编补编》，第1195页。

"亦是以扫为生法。"①

第二，飞鸟侧翅式的侧入法。这种开头的起法，是"先将题意说了，随即侧入另生一意。"② 谭献评吴文英《忆旧游·别黄澹翁》首句"送人犹未苦，苦送春、随人去天涯"云："飞鸟侧翅。"③ 评张炎《解连环·孤雁》起句"楚江空晚，怅离群万里，恍然惊散"云："亦是侧入。"④此两处评语皆揭示词作起句所用的侧入法。

第三，一气旋折法。谭献评张炎《甘州·饶沈秋江》（记玉关）云："一气旋折，作壮词须识此法。"⑤ 盖"此词以事之曲折为文之波澜……在玉田词中，为直抒胸臆之作，通篇一气直下，不使一提笔、转笔、衬笔，尤见力量。"⑥ "这种写法要求作品起势旺盛，开篇即波涛汹涌，狂飙突进，中闻激流回旋，奔腾起伏，于回旋中蓄势待发，然后从高处盘旋直落主题。一篇之中，作者不用提捏、转折或映衬之法，而是一气贯注，冲波逆折，笼罩全局。作者诸般感情，排闼而出，有如长江大河一泻千里，不可阻遏。"⑦

第四，逆入法。谭献结合书法的"逆入平出"表明词作开端有逆入法。如评周邦彦《六丑·蔷薇谢后作》："愿春暂留，春归如过翼，一去无迹"三句云："逆入平出，亦平入逆出。"⑧ 这种起法，一般适用于词作内容涉及今昔的时间转换，逆入法一般从过去的时间引入词篇。

在提出词作起句的这四种方法之外，谭献还指出词作起句应避免有粗犷之气，如评辛弃疾《永遇乐·京口北固亭怀古》（千古江山）云："起句嫌有犷气。"⑨ 这与谭献主张词作和婉有所背离，故谭献不赞成起句有粗犷之气。同时谭献还指出起句若平平，后文需陡转，才能使词章具有"文似看山不喜平"的效果。如吴文英《点绛唇·试灯夜初晴》："卷尽愁云，素娥临夜新梳洗。暗尘不起。酥润凌波地。　　辇路重来，仿佛灯前

---

① 谭新红辑：《重辑复堂词话》，葛渭君编《词话丛编补编》，第1196页。
② 刘永济：《宋词声律探源大纲；词论》，中华书局2007年版，第169页。
③ 谭新红辑：《重辑复堂词话》，葛渭君编《词话丛编补编》，第1199页。
④ 谭新红辑：《重辑复堂词话》，葛渭君编《词话丛编补编》，第1201页。
⑤ 谭新红辑：《重辑复堂词话》，葛渭君编《词话丛编补编》，第1201页。
⑥ 陈匪石编著：《宋词举》，金陵书画社出版1983年版，第9页。
⑦ 宋绪连、钟振振主编：《宋词艺术技巧辞典》，吉林文史出版社1998年版，第263页。
⑧ （清）周济选，谭献评：《词辨》，《清人选评词集三种》，第155页。
⑨ 谭新红辑：《重辑复堂词话》，葛渭君编《词话丛编补编》，第1205页。

事。情如水。小楼熏被。春梦笙歌里。"此词开端围绕题目"试灯夜初晴"来写景，用嫦娥破愁颜、新梳洗的拟人手法点出月夜。故谭献评"卷尽愁云"句云："此起稍平"。下阕"辇路重来，仿佛灯前事"，转入叙事。旧地重来却物是人非。故谭献评"辇路重来，仿佛灯前事"句云："便见拗怒。"① 又如评吴文英《齐天乐》（烟波桃叶西陵路）云："虽亦是平起，而结响颇遒。"② 这些例子皆在说明，起句平平，则后文需有波澜，以达到结构的起伏有致。

其二，词的过片（有时又称过变、换头）是联系上下片词情承转的关键处。关于过片的作法，前人论述较多。如张炎《词源》云："最是过片，不要断了曲意，须要承上接下。"③ 刘体仁《七颂堂词绎》云："中调长调转换处，不欲全脱，不欲明粘。"④ 周济《宋四家词选目录序论》曰："吞吐之妙，全在换头煞尾。古人名换头为过变，或藕断丝连，或异军突起，皆须令读者耳目振动，方成佳制。"⑤ 其论说的共同点是指明过片要处理好上下片关系，起到承上启下的作用。刘体仁所言的"不欲全脱，不欲明粘"与周济所说的"藕断丝连"是指过片有似离实合的作法，即"词的过片表面看似乎脱离了上片所言而转入他意，但内里仍然相互关联，情思幽隐而意脉不断"⑥ 这种方法在过片中常用。

谭献在评点周济《词辨》中于词作换头处多用"章法"二字表明，所谓"换头见章法。"⑦ 从上片过到下片，必须衔接贯穿，不能割断词义。如谭献评张炎《高阳台·西湖春感》（接叶巢莺）云："换头（'当年燕子知何处'）见章法。玉田云：'最是过变，不可断了曲意。'"⑧ 评周邦彦《尉迟杯》（隋堤路）下片"因念旧客京华"句云："章法。"⑨ 评王

---

① 谭新红辑：《重辑复堂词话》，葛渭君编《词话丛编补编》，第1199页。
② 谭新红辑：《重辑复堂词话》，葛渭君编《词话丛编补编》，第1199页。
③ （宋）张炎：《词源》，唐圭璋编《词话丛编》，中华书局1986年版，第258页。
④ （清）刘体仁：《七颂堂词绎》，唐圭璋编《词话丛编》，中华书局1986年版，第619页。
⑤ （清）周济：《宋四家词选目录序论》，唐圭璋编《词话丛编》，中华书局1986年版，第1646页。
⑥ 陶文鹏、赵雪沛：《唐宋词艺术新论》，南开大学出版社2015年版，第164页。
⑦ （清）周济选，谭献评：《词辨》，《清人选评词集三种》，第170页。
⑧ （清）周济选，谭献评：《词辨》，《清人选评词集三种》，第170页。
⑨ （清）周济选，谭献评：《词辨》，《清人选评词集三种》，第158页。

沂孙《琐窗寒·春思》(趁酒梨花)下片("曾见"句):"章法。"① 评吴文英《忆旧游·别黄澹翁》(送人犹未苦)下片"西湖断桥路":"章法。"② 这些例子均说明谭献对过片承上启下作用的重视。此外,谭献又提出了"拓成远势,过变中又一法"③。他在评点王沂孙《齐天乐·萤》(碧痕初化池塘草)时提及此法。此词换头"楼阴时过数点,倚阑人未睡,曾赋幽恨"三句,承上启下,先写自己长夜难眠,看到几点萤火而兴起幽恨之怀。但这一怀幽恨已不再局限于上片所言的个人身世,而是由此感发进而追怀千古兴亡的历史,从而为下片的抒写亡国之恨作铺垫。换头三句由上片的身世之感转入下片的亡国之恨,在语意表达上有所拓展,故谭献名其曰"拓成远势"。

其三,关于词的结句,谭献在评点中也极为重视。谭献之前的词论家对词结句之作法谈及较多。沈义父《乐府指迷》云:"结句须要放开,含有余不尽之意,以景结尾最好。"④ 从中可以看出结句以情韵悠长为审美取向。沈祥龙《论词随笔》认为:"结有数法,或拍合,或宕开,或醒明本旨,或转出别意,或就眼前指点,或于题外借形。"⑤ 以上各家从不同角度对词的结句之法作了概括。谭献对结句的艺术极为重视,如评薛时雨《临江仙》(雨骤风驰帆似舞)云:"结响甚遒。"⑥ 评黄泾祥《扫花游》(一天梦影)云:"起结甚工。"⑦ 谭献在评点中表达了他对词结句的看法。具体说来,包括如下三点。

第一,小令结句用重笔。谭献评温庭筠《南歌子》(手里金鹦鹉)结句"偷眼暗形相。不如从嫁与,作鸳鸯"云:"尽头语,单调中重笔,五代后绝响。"⑧ 评温庭筠《南歌子》(倭堕低梳髻)尾句"为君憔悴尽,百花时"云:"'百花时'三字,加倍法,亦重笔也。"⑨ 刘坡公谈及填词起结法时云:"小令篇幅甚短,著墨不多,中间无回旋之余地,故其起处

---

① (清)周济选,谭献评:《词辨》,《清人选评词集三种》,第169页。
② (清)周济选,谭献评:《词辨》,《清人选评词集三种》,第162页。
③ 谭新红辑:《重辑复堂词话》,葛渭君编《词话丛编补编》,第1200页。
④ (宋)沈义父:《乐府指迷》,唐圭璋编《词话丛编》,中华书局1986年版,第279页。
⑤ (清)沈祥龙:《论词随笔》,唐圭璋编《词话丛编》,中华书局1986年版,第4051页。
⑥ 《清词一千首 箧中词》,第166页。
⑦ 《清词一千首 箧中词》,第172页。
⑧ (清)谭献撰:《复堂词话》,唐圭璋编《词话丛编》,中华书局1986年版,第3989页。
⑨ (清)谭献撰:《复堂词话》,唐圭璋编《词话丛编》,中华书局1986年版,第3989页。

须意在笔先,结处须意留言外,起处不妨用偏锋,结处最宜用重笔……小令结语,如温庭筠之'一叶叶,一声声,空阶滴到明'正是用重笔也。此等句法,极锻炼,亦极自然,故能令人掩卷后犹作三日之想。"① 结句用重笔可使词作产生情感表达更为深厚的艺术效果。

第二,小令结句用缩笔。谭献评温庭筠《更漏子》(玉炉香)结句"梧桐树,三更雨。不道离愁正苦。一叶叶,一声声。空阶滴到明。"云:"似直下语,正从'夜长'逗出,亦书家无垂不缩之法。"② 唐圭璋《唐宋词简释》云:"下片承'夜长'来,单写梧桐夜雨,一气直下,语浅情深。"③ 俞平伯《唐宋词选释》云:"谭评末句不大明白。后半首写得很直,而一夜无眠却终未说破,依然含蓄,谭意或者如此罢。"④ 结句用缩笔可使词作具有含蓄蕴藉的艺术风貌。

第三,肯定结句有韵味、结句振起、结句出奇的作法。如谭献评唐珏《水龙吟·浮翠山房拟赋白莲》结句"奈香云易散,绡衣半脱,露凉如水"云:"一唱三叹,有遗音者矣。"⑤ 评王沂孙《齐天乐·萤》(结笔)"已觉萧疏,更堪秋夜永"句云:"绕梁之音。"⑥ 评史达祖《双双燕》(过春社了)末句"愁损翠黛双蛾,日日画阑独凭"云:"收足,然无余味。"⑦ 对于尾句有韵味的词作给予肯定,而对结尾没有余味的词作提出批评。又如谭献评辛弃疾《木兰花慢·滁州送范倅》(老来情味减)结句"目断秋霄落雁,醉来时响空弦"云:"只结语沉郁肮脏,振起全词。"⑧ 评周邦彦《齐天乐》(绿芜凋尽台城路)结尾"醉倒山翁,但愁斜照敛"二句云:"结束出奇,正是哀乐无端。"⑨ 否定结句率意之作,如评周邦彦《尉迟杯》(隋堤路)末句"有何人、念我无聊,梦魂凝想鸳侣"云:"收处颇率意。"⑩

---

① 刘坡公编著:《学词百法》,中国书店 2014 年版,第 49 页。
② 谭新红辑:《重辑复堂词话》,葛渭君编《词话丛编补编》,第 1193 页。
③ 唐圭璋:《唐宋词简释》,上海古籍出版社 1981 年版,第 7 页。
④ 俞平伯:《唐宋词选释》,人民文学出版社 1979 年版,第 23 页。
⑤ 谭新红辑:《重辑复堂词话》,葛渭君编《词话丛编补编》,第 1202 页。
⑥ 谭新红辑:《重辑复堂词话》,葛渭君编《词话丛编补编》,第 1200 页。
⑦ 谭新红辑:《重辑复堂词话》,葛渭君编《词话丛编补编》,第 1198 页。
⑧ 谭新红辑:《重辑复堂词话》,葛渭君编《词话丛编补编》,第 1204 页。
⑨ 谭新红辑:《重辑复堂词话》,葛渭君编《词话丛编补编》,第 1196 页。
⑩ 谭新红辑:《重辑复堂词话》,葛渭君编《词话丛编补编》,第 1197 页。

其次，谭献在《词辨》的评点中，有意识指明词作的开合之处，示范以词作章法上的呼应，意在表明词的章法应讲究开合，呼应。刘熙载《艺概·词曲概》曰："词之章法，不外相摩相荡，如奇正、空实、抑扬、开合、工易、宽紧之类是已。词中承接转换，大抵不外纡徐斗健，交相为用。所贵融会章法，按脉理节拍而出之。"① 刘熙载在论词之章法时提到"开合"以及"承接转换"，并提出按脉理节拍而出之的具体方法。刘熙载从理论上所做的阐释，不免具有抽象性。而谭献通过具体作品的评点，以批注的形式表明词作的开合之处及章法的起承转合，极具操作性。如谭献评辛弃疾《摸鱼儿》（更能消几番风雨）云："'见说道、天涯芳草无归路'句，开。'君不见玉环飞燕皆尘土'句，合。"② 评唐珏《水龙吟·浮翠山房拟赋白莲》（淡妆人更婵娟）："（上片）'太液池空，霓裳舞倦，不堪重记'句，开，下片'珠房泪湿，明珰恨远，旧游梦里'句，合。"③ 谭献注重词作章法的呼应，既有上下片的呼应，也有首尾的呼应。如谭献评周邦彦《齐天乐》（绿芜凋尽台城路）"（下片）荆江留滞最久"句，应（上片）"殊乡"④。评周邦彦《六丑》（正单衣试酒）中"残英小、强簪巾帻。终不似，一朵钗头颤袅，向人欹侧"四句，应"愿春暂留"；"漂流处、莫趁潮汐。恐断红、尚有相思字，何由见得"三句，应"春归如过翼"。⑤ 这两个例子是词作下片与上片的呼应。而评冯延巳《蝶恋花》（几日行云何处去）末句"依依梦里无寻处"呼应首句之"何处去"⑥，是首尾的呼应。

谭献不仅在评点中示以词作之开合、呼应，而且对词作的承接转换之处也予以明确说明。如评温庭筠词《菩萨蛮》五首，将其视为一个整体，并于此词章法的起承转合之处予以特别标示。

小山重叠金明灭，鬓云欲度香腮雪。懒起画蛾眉，弄妆梳洗
_{起步}

---

① （清）刘熙载：《艺概·词曲概》，唐圭璋编《词话丛编》，中华书局1986年版，第3698页。
② 谭新红辑：《重辑复堂词话》，葛渭君编《词话丛编补编》，第1204页。
③ 谭新红辑：《重辑复堂词话》，葛渭君编《词话丛编补编》，第1201页。
④ 谭新红辑：《重辑复堂词话》，葛渭君编《词话丛编补编》，第1196页。
⑤ 谭新红辑：《重辑复堂词话》，葛渭君编《词话丛编补编》，第1197页。
⑥ 谭新红辑：《重辑复堂词话》，葛渭君编《词话丛编补编》，第1194页。

迟。　　照花前后镜，花面交相映，新贴绣罗襦，双双金鹧鸪。
　　水晶帘里玻璃枕，暖香惹梦鸳鸯锦。江上柳如烟，雁飞残月
天。　　藕丝秋色浅，人胜参差剪。双鬓隔香红，玉钗头上风。_{触起}
　　玉楼明月长相忆，柳丝袅娜春无力。门外草萋萋，送君闻马嘶。_提
画罗金翡翠，香烛消成泪。花落子规啼，绿窗残梦迷。_{小歇}
　　宝函钿雀金鹧鸪，沉香阁上吴山碧。杨柳又如丝，驿桥春雨
时。_{指点今情}　　画楼音信断，芳草江南岸。鸾镜与花枝，此情谁得知？_顿
　　南园满地堆轻絮，愁闻一霎清明雨。雨后却斜阳，杏花零落_{余韵}
香。　　无言匀睡脸。枕上屏山掩。时节欲黄昏，无聊独倚门。①_{收束}

五首词作中凡标明"起步""触起""提""小歇""追叙""指点今情""顿""余韵""收束"处，皆示以词作的章法与意脉。五首词呈现出情感的起伏变化，以"懒起画蛾眉，弄妆梳洗迟"为开端，带出"江上柳如烟，雁飞残月天"的梦境，同时又有所追忆，在描绘的情境中，表达"此情谁得知"的无奈，最后在"无聊独倚门"中收束全篇。谭献的评点示以章法之井然。

四　读者接受理论

所谓读者接受理论是指谭献在词学批评中能较为自觉地论及读者对选择、界定词旨所起的作用，从词学的角度补充、丰富了古代接受文学批评的理论，而与西方的接受美学存在相似之处。故本文根据中国古代接受文学批评理论，借鉴西方接受美学的相关概念加以概括，名之曰读者接受理论。谭献词学批评中提到的"作者之用心未必然，而读者之用心何必不然"充分体现了这一理论。《复堂词录叙》云："又其为体，固不必与庄语也，而后侧出其言，旁通其情，触类以感，充类以尽。甚且作者之用心未必然，而读者之用心何必不然。"②谭献自觉区分作者之意与读者之心，认为读者可以不胶着于作者的创作意图及作品本事，而做出新的阐释。

---

① （清）周济选，谭献评：《词辨》，《清人选评词集三种》，第146页。
② 《谭献集》，第21页。

"谭献更重视从接受的角度上去充分肯定读者联想的自由。"① 谭献评苏轼《卜算子》（缺月挂疏桐）云："皋文《词选》，以《考槃》为比，其言非河汉也。此亦鄙人所谓'作者未必然，读者何必不然'。"② 张惠言引鲖阳居士之说逐字逐句解释苏轼《卜算子》词云："'缺月'，刺明微也。'漏断'，暗时也。'幽人'，不得志也。'独往来'，无助也。'惊鸿'，贤人不安也。'回头'，爱君不忘也。'无人省'，君不察也。'拣尽寒枝不肯栖'，不偷安于高位也。'寂寞吴江冷'，非所安也。"③ 以说明此词与《考槃》诗一样，是一首有政治含义的词作。由于张惠言的解释过于牵强而招致后人的批评，谭献对此加以回护，认为张惠言并非不着边际的河汉之言。谭献认为，不管苏轼创作这首词的本意如何，作为读者的张惠言，完全可以从自己的阅读体验出发，提出对词作的解释。即使这种解释与作者的创作本意不符。这里，谭献充分肯定了读者接受的能动性。谭献的读者接受理论，有三点值得注意。

其一，谭献的读者接受理论是对常州词派阐释理论及接受理论的修补与完善。常派词论发端于张惠言，完善于周济，推衍于谭献。他们关于词的接受批评，呈现出不断完善的趋向。常州词派的张惠言、周济、谭献皆为常州学派的代表，治经讲求经世致用，治词注重微言大义。张惠言"锤幽凿险"的解词方式具有极大的主观性，其词分句析的方法，不免有穿凿附会之嫌。周济、宋翔凤"仁者见仁，智者见智"的观点修正了张惠言牵强附会释词的不良倾向。周济《介存斋论词杂著》云："初学词求有寄托，有寄托则表里相宣，斐然成章。既成格调，求无寄托，无寄托则指事类情，仁者见仁，知者见知。"④ 周济将"仁者见仁，知者见知"看作词进入"既成格调"的高级阶段后给读者带来的审美体验。而谭献提出"作者之用心未必然，而读者之用心何必不然"的见解与周济之说遥相呼应，是对张惠言过于落到实处的阐释方法的修订与完善。谭献比张惠言的高明之处在于，他对词作含有的意蕴不作穿凿附会式的比附，只大概言说词作含有寄托之旨，至于具体寄托何种意蕴，任由读者发挥主观能动性去作出判断。如谭献评宗山《一萼红》（映斜阳）云："一味本色语，

---

① 黄霖：《中国文学批评通史·近代卷》，上海古籍出版社1996年版，第290页。
② （清）谭献：《复堂词话》，《复堂集》，华东师范大学出版社2010年版，第67页。
③ （宋）鲖阳居士撰：《复雅歌词》，唐圭璋编《词话丛编》，中华书局1986年版，第60页。
④ （清）周济：《介存斋论词杂著》，唐圭璋编《词话丛编》，中华书局1986年版，第1630页。

为有寄托，为无寄托，乐府上乘。"① 需要注意的是，谭献的读者接受理论表明，读者对词作的解读应是多元的，然而谭献在词学批评的具体实践中却多倾向于词作的比兴寄托之旨。如"语含比兴"②"托兴幽遐"③"托兴人事"④"因寄所托"⑤"诗人比兴"⑥"寓兴徘徊，深于骚辨"⑦"民物之怀，触绪自露"⑧"字字离骚屈宋心"⑨"郁伊喷薄，触类而长"⑩。这些例子表明谭献对词作的解读呈现出单一化的倾向，从而出现词学理论与词学批评实践的背离。这归因于谭献作为常州词派代表，沾染了好言微言大义的不良习气。

其二，谭献的读者接受理论推动词学由近代向现代的转型。其读者接受理论具有较强的现代性，与西方接受美学的相关论述有相通之处。"谭献第一次明确提出读者在文学创作活动中的作用，将中国传统的以作者、作品为本位的考证、鉴赏、阐释活动转向以读者为本位的接受、再创造活动……契合了现代文艺学意义上的接受理论。"⑪ 谭献对作者之意与读者之心的区分，为现代词学批评的建构提供了理论的启发，如王国维"境界"说侧重从哲理角度阐发作品意义，顾随、叶嘉莹重视阐发词的感发功能。他们所阐发的"应该是解释者的读者之心，而不一定是作者之真意，这也从一个方面体现了常州派词学解释学思想的价值"⑫。

其三，谭献的读者接受理论丰富了中国古代文学接受批评的相关理论。在谭献之前，中国古代在阐释学和文学批评中有一个尊重解释自由和读者能动创造的传统。如董仲舒的"《诗》无达诂"、陆九渊的"六经注我"、钟惺的诗为"活物"说，王夫之"作者用一致之思，读者各以其情

---

① 《清词一千首 箧中词》，第 270 页。
② 《清词一千首 箧中词》，第 83 页。
③ 《清词一千首 箧中词》，第 320 页。
④ 《清词一千首 箧中词》，第 303 页。
⑤ 《清词一千首 箧中词》，第 343 页。
⑥ 《清词一千首 箧中词》，第 77 页。
⑦ 《清词一千首 箧中词》，第 339 页。
⑧ 《清词一千首 箧中词》，第 311 页。
⑨ 《清词一千首 箧中词》，第 346 页。
⑩ 《清词一千首 箧中词》，第 307 页。
⑪ 朱惠国：《中国近世词学思想研究》，上海古籍出版社 2005 年版，第 131 页。
⑫ 沙先一、张晖：《清词的传承与开拓》，上海古籍出版社 2008 年版，第 81 页。

而自得"[①]、屈大均"以我范围古人，不以古人范围我"[②]、贺裳"盖有出之者偶然，而览之者实际也"[③]。在前人基础之上，谭献提出"作者之用心未必然，而读者之用心何必不然"的主张无疑是对中国古代文学接受批评理论的丰富与完善。

[①]（清）王夫之：《姜斋诗话笺注》，人民文学出版社1981年版，第4页。
[②]（清）屈大均：《广东文选自序》，欧初、王贵忱主编《屈大均全集》，人民文学出版社1996年版，第41页。
[③]（清）贺裳：《载酒园诗话》，郭绍虞编选，富寿荪校点《清诗话续编》，上海古籍出版社2016年版，第251页。

第四章

谭献诗歌研究

谭献今存诗歌一千多首，题材多样，体裁兼备，抒情、叙事、议论杂出。谭献诗歌宗法汉魏六朝，下及三唐。谭献的诗名虽为词名所掩，但诗歌也取得了一定的成就。其诗作数量（1091首）远远多于词作数量（168首），可以说，谭献诗歌更能完整地反映其人生轨迹及创作心态。

第一节 谭献诗歌的思想内涵

谭献诗歌不仅数量众多，而且题材广泛。大致而言，包括反映动乱时事及关心民生疾苦的纪实诗篇、题画诗、朋友间的交往赠答诗、山水行旅诗、女性诗。下面逐一分析这些诗篇的意涵。

一 纪实诗

谭献亲身经历了咸丰十年（1860）的汀州之乱，险些丧命，自此之后，其诗歌多记述时事，反映民生疾苦，表现出忧生念乱的意识。具体说来，包括如下几点。

首先，谭献用诗歌记录了晚清特定历史时期发生的一些重大事件，诸如太平天国运动及鸦片战争等大事件在其诗中都有反映，这些诗歌因此具有了史料价值。

第一，对太平天国运动的反映。谭献站在清廷的立场，赞扬在太平天国战斗中壮烈牺牲的义士、官民，褒扬他们的英勇献身精神。如《义士行书张炳垣传后》："班超布衣一诸生，奇功三十六人成。奇功绝域尚可立，胡乃义士歼名城。谁与男子张应庚，宛转虎口蓁棘荆。翻城反正再三试，云作死气鼓死声。气经百折不少挫，事败狂寇魂犹惊。是时大帅亦雄杰,艰难百战扬麾旌。一念持重事机失,坐甲遂老十万兵。西风秦淮草不青,汉月犹照将军营。卅年高歌洗兵马,来吊国殇胸不平。伊予悲歌向燕市,田生握手浊酒倾。奇闻涕泪述同志,烈士骨相终徇名。辱哉降官亦男子,朽骨遗臭迷纵横。至今五夜蒋山上,义士精气为列星。"① 谭献此诗讴歌了为打击太平军势力而甘做内应,事败后为国捐躯的义士张丙垣。《十朝诗乘》卷十七对此诗的创作本事或创作背景有所交代:"张丙垣继庚为诸生,负才略。咸丰癸丑陷贼中,变姓名隶北王。北王所辖凡数千人,张察其解事者,时为陈说大义,述以利害,皆色然动。乃与乡人谋各就亲知,潜相结合。于是楚北人被胁者皆附之,湘、粤人亦踵至。区画粗定,遂以五千人具名,上书向忠武,愿为内应。忠武甚喜。既与之约,乃失期。城中人咎张语不诚,稍稍散。而张不时往来向营,受贼遏察,亦屡濒于败。然其众犹千余人。乃约于甲寅二月五日杀神策门守目,纳外兵。及期,外兵不至,以雨辞。事败,张被收,刑毒备至,穷及党羽。张受刑毕,则曰:'吾党甚夥,趣以册来。'册至,则指其剽勍能为贼出死力者,以笔识其名,贼及骈戮之,十日中死四百余,锋锐大损,渐悟其诈,坚令指出鄂籍及江宁人。张迄不语,绝粒至死,贼举其尸輘裂之,与张同谋者皆得脱,然自是无复谋应外兵者矣。"② 由此可知,谭献此诗描述张丙垣于咸丰癸丑(1853)潜入太平军内部,"翻城反正再三试"为清廷做内应,但最终因清廷援兵不至而壮烈牺牲。"是时大帅亦雄杰,艰难百战扬麾旌。一念持重事机失,坐甲遂老十万兵。"对以向忠武为代表的朝廷轻怠纵寇的行为,颇有微词。诗歌末尾通过张丙垣与降将的对比,再次歌颂张丙垣英勇不屈,舍生殉国的高风亮节。此诗史料价值极高。又如《汤都督挽诗》:

  烽火金陵竟不支,将军泪洒退耕时。朝冠止水酬恩地,衣带文山绝命诗。人识鬓眉遗像肃,天生忠孝一家私。大江潮落苍茫际,遥指灵风卷桂旗。③

---

① 《谭献集》,第524页。
② (清)龙顾山人纂,卞孝萱、姚松点校:《十朝诗乘》,福建人民出版社2000年版,第699—700页。
③ (清)谭献:《化书堂初集》卷二,咸丰七年刻本。

此诗题中的汤都督,即汤贻汾(1778—1853),清代画家。其祖父汤大奎官福建凤山知县,守城殉职,其父荀业同死。汤贻汾以祖、父难荫袭云骑尉,晚年退居南京。咸丰三年(1853)太平军攻克金陵,汤贻汾聚众守城,极力对抗。城破时,赋绝命诗,全家殉清廷而死。谭献此诗以文天祥拒不投降元朝、宁死不屈的精神比拟汤贻汾,讴歌汤贻汾忠于清廷,在南京奋力抵御太平军、城破后壮烈殉国、慷慨就义的事迹。

此外,谭献还以自己的亲身经历,描写太平天国起义所造成的战乱带给人民的苦难。咸丰十年庚申(1860),太平军攻陷福建汀州,二十九岁的谭献被羁留汀州四十余日,他作有五古长篇《悲愤》诗,叙说羁留汀州时的情状。此诗计七百余字,模仿蔡文姬《悲愤诗》的写作手法,描写战乱带给人民的创伤。先用叙事的笔法再现战争带给百姓的灾难。"瘦马载妇女,肥马载健儿。撞门搜捉人,搜得怒斫之。或解死人屦,践血污我衣。我衣旋亦解,驱我从之归。黠贼虑我死,步步相前后。晨来劝食饮,暮宿复拘守。性命在皇天,就死亦何有。愤其残生民,将卒战争久。"① 再用写实手法记录太平军对其威逼利诱的劝降经过:"逡巡四十日,一日比一年。辨论从衡起,吾舌幸尚存。或怵以槁街,或诱以国恩。书生既不武,羁留复何云。"最后,写谭献的脱身过程及无力挽救同被羁留之人的心理纠葛:"比贼许我释,恻恻同羁人……临行愤乏力,拔此数千众。诘旦与吾友,脱身走城南。城南多白骨,乌鸢来相侵。贼去子姓来,生死悲难任。面目久已非,魂魄虚招寻……视息百年中,念此魂九逝。"② 诗歌细致入微地写出了战乱的萧索凋敝和人心的惶惶不安。历经汀州之变,谭献受到了极大的震撼,对于战乱带来的苦难有了更多的体会。咸丰十一年辛酉(1861),太平军攻占杭州。"故乡忽残毁,群盗横戈矛。"③ 此时谭献身在福州,道阻不得归,其家眷均在杭州,谭献母亲陈氏殁于乱中。《秋雨五章》写谭献对身在杭州的家人、朋友的挂念。

其一

呜呼下土干何时,劲风木落巢亡枝。寇来如风阿兄死,寇退不退

---

① 《谭献集》,第 440 页。
② 《谭献集》,第 441 页。
③ 《谭献集》,第 434 页。

犹相持。脊令塌翅日色薄，急难我远久始知。皋亭山中桂树晚，淹留不归将何之。_{时妇、子居皋亭山中。}

其二

家书不来已二月，梦中吾母多白发。梦忘离乱未问讯，猛雨惊起意荒忽。游子泪与檐溜注，虚牖生寒切肌骨。今年三党如衰草，岭云海雾魂飞越。_{舅氏妇翁，贼来皆死。}

其三

暮夜雨气昏北窗，浩如乘舟绝大江。平生故人在何处，鸡鸣如晦思难降。言官左迁尹杏农待诏死吴子珍，乡里贴危韦布悚。_{杭城复后，尚未得周伯虎、袁敬民辈消息。}更从海隅问庄棫，黄鹄一逝何由双。[①]

《秋雨五章》第一首写谭献对妻儿的忧虑。用"劲风木落巢亡枝"比喻太平军攻陷杭州后，谭献的妻儿因战乱逃离杭州而避地皋亭山下。第二首写对母亲的挂念。因战乱无法得知家中的消息，谭献牵挂母亲之安危。在梦中见到了日思夜想的母亲，谭母于是年在乱中罹难而殁。第三首写对友朋的思念，在那个风雨如晦、鸡鸣不已的岁月里，朋友尹耕云被贬，吴怀珍在乱离中去世，周伯虎、袁敬民消息未通，庄棫身在远方，平生故人因战乱而遭遇坎坷。

第二，谭献诗对鸦片战争也有所反映。鸦片战争之后，中国沦为半殖民地半封建社会，西方列强在租界处建起了国中之国，成为近代中国殖民地的标记。咸丰、同治年间谭献途经上海租界，作《夷场行》杂记黄浦变化情景，表达了一种深沉的愤懑：

人间何地无沧桑，平填黄浦成夷场。高高下下嘘蜃气，十十五五罗蜂房。青红黄绿辨旗色，规制略似棋枰方。门前轮铁车硠硠，人来辟户摇银铛。倒映窗牖颇黎光，左出右入迷中央。兜儞窃停言语咙，笑指奇器纷在旁。铜壶银箭人官废，自鸣钟表矜工良。五金光气出巨冶，百宝追琢来重洋。水舂机上织成匹，磁引筒中火具扬。银镂尺表测寒暑，电景万里通阴阳。我非波斯胡，目眙安能详。中原贵远物，一握兼金偿。矧乃阿夫容，其毒能腐肠。世等酸醎者，直以饕飨当。

[①] 《谭献集》，第436页。

乌乎！利薮召兵甲，烽燹廿载盈海邦。不诛义律纵虎兕，哩唎呋出尤猖狂。大沽一胜申国讨，伏莽仍忧粤与江。九州禹服万物备，何烦重译通梯航。广州南岸仰吾铁，闭关不早师陶璜。圣人先见在故府，烟尘海上天苍凉。皇惑万怪有销歇，大风去垢朝轩皇。①

诗写上海黄浦成为夷人的场地，揭露鸦片战争后，列强在中国强建租界。诗中描绘了玻璃窗、自鸣钟、水春机、磁引筒、水银温度计等外来事物。谭献痛恨鸦片对国人的毒害："矧乃阿夫容，其毒能腐肠。世等酸醎耆，直以饔飧当。"描述鸦片输入中国后，举国上下嗜食成瘾，忘记了国家民族的命运和前途，诗人深为忧虑。"大沽一胜申国讨，伏莽仍忧粤与江"既有对敌胜利的喜悦之情，也有内患仍在的忧虑。推其语意，盖指第二次鸦片战争中，官军在天津大沽炮台重创英法联军一事。然而，当时清廷仍面临严重的内忧。"伏莽"为草寇盗匪，谭献意指太平军的势力不断扩大，农民起义运动对清廷的统治造成了压力，这种状况令人忧虑。

对于抵制西方列强向国人倾销鸦片的民族英雄林则徐，谭献高度赞扬。《赠太保林文忠公则徐》："林公出闽中，溟渤与怀抱。留侯如妇女，富贵致身早。琼厓气萧森，珠澥流浩淼。中有英吉利，扬帆飑风矫。流毒阿夫容，奇技时辰表。历宦公镇粤，忧心惄如捣。凿舟沈俦俪，纵火燔轻窕。奇计出精诚，岂徒尚智巧。安坐制千里，威名被百草。得公三四辈，华夏敢纷扰。"②谭献讴歌林则徐在广东查禁鸦片（又名阿夫容）并将鸦片焚毁的壮举。"得公三四辈，华夏敢纷扰。"希望朝廷能多几个像林则徐这样的贤臣，那样国家就能无忧了。谭献不仅赞扬贤臣抵御外敌入侵，同时对于下层民众为保卫家园奋起反抗的义举也高度肯定。《黎里行》："荒村日落饥乌啼，风来残垒何凄凄。乌子八九啄人骨，模糊战血沾涂泥。东南日日名城破，吹笳万里军声播。百年生聚忽萧条，天心未悯耕氓懦。吴江黎里衣冠乡，小戎一赋人知方。藩篱欲固不得固，坐见弱肉投封狼。发发烈风吹劲草，等死何如国殇好。百战健儿徐与陈，书生不向画堂老。欲避桃源何处村，传芭击鼓为招魂。当日雄师先解甲，云旗衔怨过营门。"③诗歌描写战争的破坏以及吴江黎里作为衣冠之乡，当地百姓为保

---

① 《谭献集》，第431页。
② （清）谭献：《化书堂初集》卷三，咸丰七年刻本。
③ 《谭献集》，第455页。

卫家园，昂扬赴战。

第三，谭献能透过同治中兴的表面繁荣，洞悉朝廷的隐忧，体现了谭献居安思危的忧患意识。如《述征》："同治七年中，海寓趋澄清。东南归耕凿，西北犹戈兵。王路阻荆棘，蕃舶通沧溟……日夜盛歌舞，间井谁忧生……臣从浙江来，遗黎出沸羹。旷土无人耕，谷贱还伤氓。颇道齐鲁间，弓刀尚连营……一陈正大雅，乐府谁予赓。"① 此诗作于同治七年（1868），太平天国运动已于同治三年（1864）被清廷剿灭，清廷在政治上出现了一个平静时期，下开洋务运动，有所谓的"同治中兴"之说。但谭献居安思危，时刻关心国家安危、百姓福祉。他看到了清廷的隐忧，西北犹有战乱，西方列强的船舶已然入境。而官员们过着歌舞升平的享乐生活，百姓生活困顿，贫富差距悬殊，山东一带时有农民起义军揭竿而起。

其次，谭献蒿目时艰，以诗歌反映民生疾苦。《野望》《乱后过临清》《新河作》《古离别》等诗，或写乱后萧条之景；或言民生艰难之情；或叙田园荒芜，百姓流离之状，皆真实而动人。"床头麦已尽，租吏犹打门"② 写出百姓生活困窘，但还要被租吏盘剥的境况。除了租吏的剥削，百姓还遭遇天灾。如《流民行》云："黄河动地从西来，仲秋八月秋风哀。河堤一决五百丈，波涛滚滚歌风台。汉家汤沐今沉埋，冯夷天吴若挽推。万家井灶没水底，老幼无处收残骸。沛县四门昼不开，邳州之城安在哉？泛滥复及旁郡邑，奔逃夫妇兼童孩。千门万户藏百舟，哭声不闻波如雷。十日水缩失家室，门间只识墙根槐。百里一望皆污莱，扶男携女共流徙。千人担负行天涯，风霜满目如挤排。前行后行忽已乘，日食一餐相追逐。夜披星月荒郊宿，人家丐食拙言词。百钱升米供饘粥，岂无玉色娇儿女。岂无衣锦厌粱肉，负薪缚草踯躅行。那能颜色无凄促，道旁亦有问讯者。言语不通拦道哭，自言恨不随流去。鬼魂聚首依乡曲，武林谭子倚蓬门。初闻此语心蹙蹙，河鱼大上古所有。河伯不仁罹此毒，方今圣皇及圣相。缮完合著防河录，寄语流民莫叹嗟，春耕迟尔牵黄犊。"③ 此诗写咸丰年间黄河地区洪水泛滥成灾，破坏了百姓赖以生存的家园故土，使百姓流离失所，不得不流亡他地、生不如死的困境。晚清社会动荡不安，《复

---

① 《谭献集》，第463页。
② 《谭献集》，第516页。
③ （清）谭献：《化书堂初集》卷一，咸丰七年刻本。

堂日记》记录了清代同治、光绪年间自然灾害频发、流民载道、变故百出的社会状况：

> 同治四年（1865）六月初八日：自淫雨以来，越中海塘决口漫衍，人民田庐均遭沉没，有年遂成巨灾。①
>
> 光绪二年丙子（1876）：皖、豫间蝗起；闽有戕官之变；畿辅齐鲁大旱，请赈；豫章大水初退，流民载道；福州漂没人民，官收之尸六千具。噫！②
>
> 光绪二年丙子（1876）：安庆城中地生毛，古占曰兵起民不安，岂天心尚未厌乱邪？剪发之妖捕治无方，土人乘机夺货御人。舒桐以北几断行旅，颍亳蝗蝻盈野，建平客民哄杀教民，变故百出。③
>
> 光绪八年壬午（1882）：自四月下旬淫霖不已。安庆六邑多被水，潜山蛟发尤漫滥，毁城入市，水高数丈，死人如莽。潜山令陈慎容涵川仅以身免，栖山冈，三日不得食。浮骸丛柩，蔽江而下。暑雨怨咨，伐蛟典坠。垂簪临民上者，若何怵惕以淡灾恤遗黎耶？太湖、怀宁、宿松、望江皆告灾，英山亦灌城，数百里间化鱼鳖者几千人矣。④
>
> 光绪十七年辛卯（1891）：今年数千里亢旱，讹言四出，中外多故，乱端萌蘖。吾乡情事与楚北等，闻苏、常间乡井有避地者矣。⑤

"人民田庐均遭沉没"，"流民载道；福州漂没人民，官收之尸六千具"，"颍亳蝗蝻盈野""浮骸丛柩，蔽江而下"，"数百里间化鱼鳖者，几千人矣"……谭献用日记的形式真实记录了当时水患蝗灾频发、战争频仍的社会实情及百姓遭遇的苦难。死亡人数之多，波及范围之广，令人触目惊心。正因为目睹了百姓的苦难，谭献常怀同情之心，渴望能为百姓奉献一己的微薄之力。谭献未做官前，他希望做官的友朋能为百姓着想。

---

① 《复堂日记》补录卷一，第229页。
② 《复堂日记》卷三，第70页。
③ 《复堂日记》卷三，第70页。
④ 《复堂日记》卷六，第130页。
⑤ 《复堂日记》卷八，第199页。

《飞蝗行呈德化万侍郎》云："风起黄尘暗淮甸，飞蝗东来密于霰。去年赤地数千里，扬豫亢旱炎风煽。蝗虫一过野如刈，驱之顿跌伤人面。野夫面伤哭向天，蝗食新禾人食荐。大兵凶车莽相接，至今沉疴益瞋眩。淮蔡之间非寻常，人材雄鸷古今见。异兽饥渴虞唐突，已痛黄巾盈郡县。自计贫无负郭田，哀时欲绘流民卷。吾师少宰方述职，藉手拜上蓬莱殿。"①此诗用写实手法描写淮甸（淮河区域）的蝗虫灾害。当地民众备受天灾人祸之苦，除了遭遇蝗虫侵食农田之苦外，还要经历战争的创伤。谭献同情民生疾苦，希望万侍郎能将流民疾苦陈说于朝廷，为民众排忧解难。谭献自己做官后，作为一个下层官吏，总是想方设法为百姓谋利。谭献为官施行仁政，安徽歙县官廨卧室挂着"何忍鞭笞夸健吏，试从衾影问初心"②的楹联。可见他做官后尽心竭力为百姓谋福祉，是一位关心民生疾苦的好官。谭献担任怀宁县令时，为解决水患带给百姓的灾难，提出治理方案，"窃以为州不及五里者，当禁居民，勿贪微租。坐视圆颅方趾者寝食蛙蝇之乡，则可以任其生灭，无伤地利，无病民生也"③。建议官员不要贪图微小的租税而让百姓在自然灾害频发的土地上种植庄稼，这样百姓就不会因为天灾频发而颗粒无收。谭献站在百姓的角度，出发点是保障百姓利益。可见他作为一个官员的仁爱之心。谭献担任全椒县令时写有《行县作》诗："我数行县周四郊，寒风飒飒长林梢。三旬不雨襄水缩，土块干坼堆塘坳。徒杠舆梁各废坏，乘舆功用同悬匏。江山风气颇朴遫，闻昔列郡雄南谯。衣冠婷雅成往事，箫鼓殷盛思前朝。南瞻钟阜可攀接，庐霍远矣畴能招。环滁之山列粉障，繁霜晨未凌寒消。即今岁恶老农苦，谷贱不敌麦价高。上集归来掩屋叹，颜色黯似三重茅。嗟嗟催科亦吏责，忍用觖挞搜脂膏……"④此诗描写百姓疾苦。安徽全椒县遭遇严重的旱情，百姓收成不容乐观，谷贱伤农。作为县令的谭献不忍"鞭挞黎庶"，向处于水深火热中的百姓收租，表现了一个正直官员爱民如伤的高尚情操，真切感人。吴怀珍称其诗"优柔善入，恻然动人"⑤，评价可谓中肯。

---

① 《谭献集》，第396页。

② （清）谭献著，范旭仑、牟晓朋整理：《谭献日记》卷四，中华书局2013年版，第73页。

③ 《复堂日记》补录卷二，第301页。

④ 《谭献集》，第517页。

⑤ 《谭献集》，第377页。

二 题画诗

谭献的题图诗在其诗歌创作中占有一定的比例,按照内容有如下几类:一是有关山林隐逸的题画诗;二是有关思亲、孝亲的题画诗;三是有关乡邦文献的题画诗;四是有关金石书画的题画诗。

首先,谭献创作了诸如《题种蔬养鱼图》《题应敏斋布政移家鉴曲图》《山阴倪师旦寒江独钓图诗》《阎海晴刺史炜皖江归棹图》等以归隐为主题的题画诗。这类题画诗,谭献往往绘景,图画的怡人景色与所咏人物的归隐情怀融为一体。如《题王止轩稽山揽秀图》:"春风被崇兰,空谷与怀新。繁馨匪自达,采撷视其人。君子有独照,古古合天真。复矣千秋想,来轸武前尘。白云方露彼,物物类宜亲。崇光既云泛,杂佩且自陈。譬彼临流纲,一振亡凡鳞。于越山岩岩,悦性贶以神。古今亡文字,冥若失昏晨。香草自然芳,怀袖相依因。"① 诗歌围绕"揽秀"二字,描绘了稽山一带的秀丽景色,崇兰、白云、流水、越山营造了一个风景怡人的境地,与王止轩的淡泊宁静之心境相互契合。又如《题应敏斋布政移家鉴曲图》:"君不见贺季真,贤达高尚辞风尘。又不见陆务观,兵间农亩诗情换。千古江山又寂寥,荷衣蕙带相招邀。一篇传唱《遂初赋》,秋云写影稽山遥。稽山山下镜水碧,孰解缨绂寻渔樵。永康大夫峨金貂,丹青图画民歌谣。功成拂袖若黄鹄,顾影青青鬓未凋。登车南北千万里,晚恋一曲鉴湖水。载得琴书作寓公,人间风雨思君子。有约扁舟逐子皮,青春枉渚求兰芷。篇章忠爱古诗人,侪辈功名多烈士。西子湖漘舣画船,越王台下复留连。西风张翰归来日,千里蓴羹话古贤。棹歌声歇樵唱继,闲门黛色争芳妍。卫公不归花木老,萧萧瑟瑟思平泉。雨散云飞感畴昔,衰庸素发归如客。蕺山故里百年荒,樵风未挂芳泾席。得展新画图,兴怀古裙屐。沧江一卧烟波宅,回首高歌拓金戟。药物随身大布衣,相从俛与遨山泽。"② 这首题画诗从贺知章晚年还乡、归隐镜湖及陆游晚年回到浙江山阴老家的事典引出题画的内容为"应敏斋移家鉴曲"。题目中的应敏斋即应宝时(1821—约1880),号敏斋,浙江永康人。以军功授苏松太道,擢江苏按察使,加布政使衔。乞休侍亲,侨寓杭州,晚年隐居绍兴。本诗

---

① 《谭献集》,第563页。
② 《谭献集》,第564页。

即写应宝时功成身退，归隐鉴湖。诗歌描绘了湖光水碧、兰芷葳蕤的鉴湖美景，含有鉴湖是归隐之地的不二选择之意。

除了描绘归隐之地的景色之美外，此类题画诗还表达了所咏人物的淡泊情怀。如《山阴倪师旦寒江独钓图诗》："天空水气敛，木落云阴裂。蓑笠不逢人，寒江夜来雪。钓丝本无心，钩曲良不屑。得鱼换村沽，稍觉双耳热。四顾绝闻见，孤光长不灭。养此虚白心，蒙庄复何说。"① 这首题画诗在描绘了独钓寒江的场景之后，用《庄子·人间世》"虚室生白"语，比喻倪师旦内心达到了澄澈虚静的境界。又如《钟祥胡先生倚楼看镜图》："三月莺花又暮春，百年师友属何人。名山珍重传孙子，耆旧依稀见性真。日饮此中惟有酒，风流并世愿为邻。行藏勋业皆骈拇，白石清泉是化身。"② 以赏花饮酒描绘钟祥胡归隐的乐趣，指出功勋业绩如同骈拇枝指一样为多余无用之物，唯有山间林泉是最好的归宿，表达了向往隐逸的情怀。

其次，谭献题画诗以思亲、孝亲为主题结撰而成。如《题杨凌霄望云思亲图》《题江馆思亲图》《题梦家山图》《题许豫生大夫青灯课读图》《王孝子发冢图》是这类诗歌的代表。《题江馆思亲图》："迟迟故山云，叶叶映江水。望望吾亲舍，脉脉感游子。空斋清无尘，芳草何旖旎。寸草亦有心，结恋春如驶。江皋舟一叶，去来过我里。归时见颜色，态疑如梦里。慰怀书盈寸，日月问甘旨。悠然江上云，客心同逦迤。"③ 此幅图由两部分组成，一部分写故山风物让漂泊的游子眷恋不已；另一部分则描绘游子浪迹江湖，因思念亲人，驾着一叶扁舟回归故土，让亲人产生"乍见翻疑梦"的惊喜之情。《题杨凌霄望云思亲图》："亲存不逮养，云去何能留。耿耿哀鲜民，绵绵至千秋。岁时霜露肃，欲拜无松楸。何时化精卫，所愿凌阳侯。从母梦寐中，儿今亦白头。稍学蓦大夫，择术行陵邱。山下云英英，瞻望涕横流。志安他人亲，聊赎百愆尤。如何富贵家，轻别旷膳羞。无为爱日长，愧等行云浮。"④ 这首题画诗具有浓厚的孝亲思想。诗写母亲去世，杨凌霄因未能尽孝道而愧疚感伤，"亲存不逮养，云去何能留"意同"树欲静而风不止，子欲孝而亲不在"，表达了尽孝要及时的

---

① 《谭献集》，第 455 页。
② 《谭献集》，第 532 页。
③ 《谭献集》，第 601 页。
④ 《谭献集》，第 548 页。

思想。谭献这首诗将自己的身世之感投射其中。他自幼丧父，全靠母亲苦节抚育，但不幸的是谭母在太平军攻陷杭州时殉难，谭献深感自己还没来得及孝亲而母亲已与世长辞，内心愧疚不已，故谭献在题写这首思亲图诗时，与杨凌霄产生了情感共鸣。与《题杨凌霄望云思亲图》类似，有谭献身世之感投射其间的另一首题画诗是《题许豫生大夫青灯课读图》。这首题画诗与母教有关，同时描述了寡母艰难抚孤的情形：

> 仕学本诗书，贤明后必昌。君子秉母训，兰茝毓奇芳。南海有洄复，前沉后则扬。中原衢巷歌，通籍为循良。伊何道山归，孤儿倚北堂。譬若短灯檠，寂寞照更长。依依读书声，古贤遥相望。鸣机正督课，共此尺寸光。未几绍家风，蹑冠垂华裳。母及睹子贵，名实日辉皇。禄养虽未逮，含笑先公旁。然藜此高辉，人间烛微茫。江海七千里，寻源始滥觞。角卯海盈耳，言言永不忘。求忠孝子门，拥彗涉康庄。退思对青灯，温故复琅琅。蓬飞游八闽，世德孰能详。愿笺列女传，柱下永可藏。①

诗题中的许豫生即许贞干（1850—1914），字豫生。侯官（今福建）人，光绪十八年进士。许豫生自幼丧父，许母在艰难困苦中激发其子发愤读书。这首诗描绘许豫生青灯课读的情景："譬若短灯檠，寂寞照更长。依依读书声，古贤遥相望。鸣机正督课，共此尺寸光。"深夜短灯高举，灯下是刻苦读书的学子及纺织补衣供养孩子读书的寡母。读书、纺织共用一灯，可见生活的贫寒。漫漫长夜，许母织布的鸣机声与许豫生的读书声常相伴随，表达了对母教的歌颂。许母通过持之以恒的督导，以织布等手艺勤俭持家，设法为其子提供一个良好的读书环境，体现出寡母抚孤的艰难不易。诗的结尾处讴歌许母持之以恒的课读终使其子考取功名，光耀门楣。"禄养虽未逮，含笑先公旁"句写许母无福消受儿子有所成就后的俸养，不幸与世长辞。谭献与许豫生有相似的身世经历，题写此图时，产生了情感共鸣。追忆母教，表彰贞妇节母的艰难抚孤，褒扬她们以巨大的个人牺牲和良苦用心激发其子发愤读书的高尚品行。

再次，谭献的题画诗以对乡邑文献的题咏为表现对象。如《题岁暮

---

① 《谭献集》，第605页。

归书图》:"儒流有家法,积书遗子孙。枕经绵世泽,弃叶此清门。无何遘尘劫,过眼同烟云。良金与美玉,往往攡为薪。吾乡孙氏贤,毓德涵天真。乱定且缮完,抱椠还勤辛。先世达中秘,目录久犹新。守阙方求补,诚至若通神。得之抵千百,馨香祀长恩。岁晚感霜霰,故纸竟回春。琳琅归故主,整比拂微尘。策府喜抱残,师友此名臣。可知名家传,还我百世珍。读书胜求田,观书叹慕频。古昔名山藏,传之必其人。继承勿坠废,凿楹益纷纶。"① 这首题画诗的创作与清代杭州著名的私家藏书楼——孙氏寿松堂有关。寿松堂从第一代主人、乾隆时举人孙宗濂始,经过数代经营,前后流传几近三百年。不幸的是,寿松堂藏书毁于太平天国战乱,"咸丰辛酉(1861),寇烟再炽,寒家所藏图籍,尽付云烟"(孙峻《八千卷楼藏书志序》)。寿松堂的第三代主人孙峻(1869—1936),幼时即好目录之学,成年后竭力搜罗昔日寿松堂藏书。曾得寿松堂旧藏宋刊本《名臣碑传琬琰集》,请人绘成《岁暮归书图》,邀请俞樾、丁丙、张宗祥、谭献等名流题诗。本诗即谭献题写的《岁暮归书图》诗。此诗肯定了孙氏世代以藏书为业,为保存杭州乡邦文献做出了不朽的贡献。"无何遘尘劫,过眼同烟云"句写咸丰十年(1860)至十一年(1861),太平军攻克杭州,官私藏书受到极大毁坏,寿松堂的大多数图籍付之劫灰。所幸孙氏后人孙峻致力于搜访昔日寿松堂幸存之书,"守阙方求补,诚至若通神。得之抵千百,馨香祀长恩"。终于访得寿松堂旧藏刊本。谭献高度赞扬杭州孙氏世代藏书的丰功伟绩,认为藏书事业是与著书立说比肩的名山事业。

清代先后有两部辑录浙江地区诗歌的大型诗集,即嘉庆年间阮元所编的《两浙輶轩录》与光绪年间潘衍桐所编的《两浙輶轩续录》。"輶轩"为古代使者之车,这两部诗集分别为阮元、潘衍桐出任浙江学使时所编,故以之为名。《两浙輶轩录》是清代两浙诗歌发展史的文献缩影,对于浙江地域文学以及清代诗史研究都具有重要价值。光绪十七年(1891),《两浙輶轩续录》编纂写定,谭献作《题潘峄琴学使缉雅堂校诗图》《西园涉趣图题诗赠潘学使别》等诗题咏此书,凸显这部浙地大型诗集的重要文献价值。《题潘峄琴学使缉雅堂校诗图·〈輶轩续录〉写定》:

---

① 《谭献集》,第610页。

第四章 谭献诗歌研究

> 太史行述职,陈诗观民风。正变一以区,群言折其衷。小筑松菊间,芥石知所从。雨人飒流润,大云垂高空。学士起领海,东郭渊原通。仪征一再传,苍然大山宫。乡国文献坠,阙遗且尘封。婴绂与韦布,丝鼎力有穷。轺轩迹往轨,难易或匪同。虚访鋈自归,羽羽栖厥丛。连卷盈缃几,栋楠俌良工。悬知风月夜,衣冠集庭中。衰孱愧不文,汉水飘游踪。蜀国揖赵君,怀古语从容。大楚综群言,九流镜儒宗。使车接两贤,大宅神为丰。秋莲定余香,缉佩今再逢。庶几石渠臧,越唱此于喁。湖北使者赵尚辅翼之,四川人,方刊定《湖北丛书》五百卷。①

此诗开篇点明诗歌应具有反映现实的功能,学使的职责是观风察政。"学士起领海,东郭渊原通。仪征一再传,苍然大山宫。"点出潘衍桐(广东南海人)出任浙江学使,继武阮元(江苏仪征人)的《两浙轺轩录》而编纂《两浙轺轩续录》。表彰了潘衍桐搜集乡邦文献的功绩。结尾处肯定了赵尚辅《湖北丛书》与潘衍桐《两浙轺轩续录》一样都是荟萃乡邦郡邑之书,这些书籍大规模地汇辑郡邑文献,对于弘扬地域文化具有重要意义。除了作诗表彰《两浙轺轩续录》的编纂,谭献在日记中对其也有所推扬:

> 光绪十七年辛卯(1891):学使者潘峄琴侍读,陈兰甫先生弟子也,徵文考献,方续辑《轺轩诗录》,以继阮文达公前轨。采听虚车,以校定见属。两月来,目治者宁波、湖州、金华、杭州之全,绍兴十之二,嘉兴十之三,乡邦艺苑,使者采风,不及百年,波澜莫二。代兴之祝,慨当以慷。②

> 光绪十七年辛卯(1891):翻阅潘学使《两浙轺轩续录》。以两年日月,当兵革散失之余,成此钜观。希仪徵之前轨,网罗亦云劳矣。不独故人姓氏卷卷而有,往时歌笑,惝恍前尘;而所采列鄙人论述亦卷卷而有,竟有不自记忆者。③

这些材料有两点值得注意,一是赞扬潘衍桐《两浙轺轩续录》遵循

---

① 《谭献集》,第 573 页。
② 《复堂日记》卷八,第 195 页。
③ 《复堂日记》卷八,第 205 页。

阮元《两浙輶轩录》的编纂体例及采编方式，采录浙江全省诗歌，对于保存浙江一地的诗歌做出了贡献。二是表明《两浙輶轩续录》成书于战乱年代，却搜罗富有，卷帙浩繁、蔚为大观，基本包括了浙江一地的诗人。其中有采录谭献评语，足见谭献在两浙的影响之大。

最后，谭献题画诗以题金石书画为表现内容。谭献有收藏金石书画的癖好，同时与金石书画家有交往，在交往中有题写金石书画之诗作。如《题褚守隅祭碑图》：

骨董非君事，岩搜乐访碑。可求经史阙，如接汉唐时。俎豆贞奇寿，装褫寄远思。祭书循旧例，万卷手同胝。

翠墨染彬邻，萧斋友古人。吉金尊礼器，片石集贤宾。先辈留精拓，名山又贡新。心香拈一片，文字契天真。①

诗歌再现了褚守隅在书斋中祭拜碑帖的图景：水阁之中，一位布衣文士对着满屋的碑帖，拱手膜拜。后面的书架上，摆满了布函古书。图画的主人公褚守隅是近代名士褚德彝。褚德彝（1871—1942），原名德仪，避宣统讳更名德彝，字守隅，号礼堂，浙江余杭人。精于金石之学，所藏碑帖拓本极富。这首题画诗表现褚德彝对翠墨、金石拓片的热爱，实为谭献的夫子自道。又如《题吴窓斋画柏为凌尘遗赋》："郁郁恒青柏，清高为写真。后凋比君子，古木抱长春。自结空山友，浑忘陌路尘。苍然如一日，酹酒愿为邻。""寄意在山林，风霜深复深。花丛惟一笑，物外得同心。寒碧分奇石，栖迟倚短琴。悠然歌古调，老杜托长吟。"② 标题中的凌尘遗，即凌霞，字尘遗，善画梅，工诗。有目录学著作《癖好堂收藏金石书目》一卷，收录所藏金石书目约四百种。这首题画诗为题写吴窓斋画柏、凌霞画梅而作。松柏、梅花历来是君子的比德之物。"岁寒，然后知松柏之后凋也"的松柏及凌寒独自开的梅花是君子高洁人格的化身。又如《题许欣庵画册》："林间把臂约何人，饮罢微吟属句新。画里有诗诗有画，好凭二妙写天真。""余晖花外借斜阳，洗研池头草自芳。一片古怀长脉脉，风来远送是何香。""竹柏青青秋不寒，鹓鸰林下语前欢。

---

① 《谭献集》，第606页。
② 《谭献集》，第612页。

第四章　谭献诗歌研究　　207

深春寻梦谁先觉,好在高人画里看。""倚风三弄笛依依,上下离亭旧曲非。记否短长杨柳树,黛痕犹在故人衣。"① 许欣庵是浙江书画家,以山水画闻名,曾作有《泉塘许欣庵山水》画。这四首题画诗刻画出许欣庵山水画栩栩如生、诗画合一的意境美,把握了许欣庵绘画的真谛。

三　交往赠答诗

谭献的交游十分广泛（详见第一章第二节谭献交游结社考述）,友朋交往赠答的诗篇在谭献诗集中占有很大比重。这些诗篇的内容大致说来包括如下三个方面。

其一,表达友朋相聚的欢乐及共同志趣:"逆旅每多风雨夕,清尊共散古今愁。"② 写谭献与朋友冯焯相遇时把酒言欢的情景。《赠邢世铭子膺》:"最宜丘壑不宜官,尘外相逢结古欢。"③《吼山同陶方琦子珍》:"廿年心力未著书,名山笑我当何如,白头与子来结庐。"④ 表达了与朋友邢世铭、陶方琦相约共同归隐田园的愿望。

其二,抒发自己与友人的漂泊之苦及怀才不遇之伤感。"前年上巳桐庐山,去年上巳长安道。岭表今年作寒食,南浦春风迷碧草。"⑤ "屈宋才仍老郑虔,行吟流落竟华颠。"⑥ "吁嗟名山走复出,而我亦是菰芦人。"⑦ 这些诗句表明谭献与友人经历颠沛流离之苦。不仅如此,谭献还抒写了友人不被赏识的痛苦:"绨袍珍重怜知己,玉剑飘零愧霸才……少年浪说枚乘笔,人世难逢袁绍杯。"⑧ "袁绍杯"语出《后汉书·郑玄传》,用大将军袁绍款待儒者郑玄之典,比喻朋友朱孝起在乱世得不到统治者的赏识。《送袁卧归新城》云:"予已不得意,子今行路难。江湖尊酒别,风雨客衣单。"⑨ 表达谭献与袁昶不得志于时的相同人生遭遇。《寄湛侯》:"平

---

① 《谭献集》,第613页。
② 《谭献集》,第522页。
③ 《谭献集》,第493页。
④ 《谭献集》,第480页。
⑤ 《谭献集》,第426页。
⑥ 《谭献集》,第536页。
⑦ 《谭献集》,第495页。
⑧ 《谭献集》,第385页。
⑨ 《谭献集》,第387页。

生同拙宦，赠处尚无忘。"① 写出谭献与郑襄仕途不顺的相同命运。

其三，在赠答诗中通过对友朋的期许，表达谭献渴望建功立业，在政治上有所建树的雄心壮志。《答郑襄》："有时程吏职，黾勉前修赴。"②《赠阳湖吴唐林》："黾勉济时器，毋为儿女仁。"③ 勉励郑襄、吴唐林在政治上有所作为。《送陈闰甫入都》："老我难忘伏枥心，人间合有飞黄皂。"④ 以"老骥伏枥，志在千里"的语典表达老当益壮，渴望报效朝廷的热忱。《送六桥都尉北上》："侧听诏书殷若渴，书生才望本同优。"⑤ 用《世说新语》会稽虞騑才望兼之的典故，肯定朋友才智声望兼备，期待朋友三多六桥在政治上大展宏图。

可见，谭献的交往赠答诗内容丰富，是谭献心路历程的曲折反映。身处乱世，谭献既渴望在政治上有所建树，试图挽救日薄西山的清廷于既倒，同时因个人长期沉沦下潦，官职卑微，无法实现自己的壮志，故而在赠答诗中表达自己怀才不遇的隐痛，也流露出入世不得志之后的出世之思。

四　山水行旅诗

谭献平生遍游燕、赵、齐、鲁、皖、闽、沪等地，其人生经历表明他在北京、山东、安徽、福建、上海、杭州、南京等地都留下了足迹。谭献创作的山水行旅诗对所经之地的风景多有描绘。

首先，谭献将壮美与柔美的自然风景行诸笔端，既描绘雄伟开阔之景，又细腻体察秀丽明媚的自然风光。如谭献笔下的黄浦江浩渺开阔："渺渺春申浦，真从林际看。风擎帆力健，波逼日光寒。"⑥ 安徽歙县的大洪岭层叠险峻，《登大洪岭》云："崟崎刺天出，叠翠为表里。何意千百折，拂拂襟袖底。飞洪百道散，喷玉无首尾。辛苦出人间，万浊待此水。缮性山灵招，矜类仆夫瘁。槃槃重累人，未可狎行李。二分足外垂，邪险在尺咫。坦坦恃吾心，惕惕慎所履。其颠望仙亭，群渴得茗喜。稍息醉饱

---

① 《谭献集》，第 523 页。
② 《谭献集》，第 493 页。
③ 《谭献集》，第 430 页。
④ 《谭献集》，第 509 页。
⑤ 《谭献集》，第 607 页。
⑥ 《谭献集》，第 430 页。

心,复掩嚣尘耳。下视更陡绝,投石食顷止。未能投簪隐,恐泥垂堂理。一劳绝万念,空谷想予美。"① 写出大洪岭险峻陡峭之势,大洪岭有层层叠叠的阶梯,行人即使不担负行李,攀登大洪岭也十分辛苦。"二分足外垂,邪险在尺咫"用形象之笔,写出过道之狭窄,稍有不慎,即有性命之忧。又如描写浙西地势险要的仙霞岭:"千峰无起止,一向互明灭。关门匹夫守,岩壁孤径绝。阳九当革命,龙战野玄黄。动摇五诸侯,凭陵异姓王。"② 仙霞岭位于浙闽交界之地,崇峦深锁,绝壁千寻。因其重要的战略地位,成为兵家必争之地。又如福建漳州的万松关为险要关隘,是闽南的军事重镇:"群峰积铁无尺土,大木攒生不知数。幽崖石室相对启,薜萝在眼人何所。吁嗟重关一夫守,九州之险何不有……万松南峙仙霞北,闽峤风烟奈尔何。"③ 万松关山岩交错,怪石嶙峋,到处是悬崖峭壁,这座关隘构成了一道天然屏障,有"一夫当关,万夫莫开"之势。位于江苏镇江的金山寺在诗人笔下也别具风貌:"笳鼓声销战气收,金山无恙出中流。江光自上南朝寺,春色遥连北固楼。飞鸟回翔来去客,浮云变灭古今愁。"④ 诗写第一次鸦片战争时期英军进犯镇江,金山寺虽经历战乱破坏,但依然安然无恙,诗人在描写金山寺与北固楼春色相连,展现其优美景色的同时,也透露出诗人对国事战事的隐忧。

与描写险峻雄伟之景相对,谭献还描绘了秀丽怡人的风光,如《新安江》云:"群峰紫翠浮若空,众鸟点点栖屏风。澄江无恙清澈底,不见古人见流水。舟师倚楫行忘劳,珠寒练湿来招招。中流一放可百里,夕阳拂树严滩高。游鳞无事惊冠盖,西风窈窕吹萝带。听尽吴吟复越吟,秋心迥出黟山外。"⑤ 诗人沉醉于群峰环绕、江水清澈、鸟栖屏风、鱼翔浅底的优美自然环境中,忘记了旅途劳顿之苦,在宁静的自然环境中身心得到了放松。又如谭献对故乡风物《镜湖》的描绘:"风日越州城,镜湖如镜明。"⑥ 镜湖之明净给诗人留下了深刻的印象,以至于谭献描绘他处景物时也以杭州之美景相比,如《新河作》:"微湖新荷一万柄,红妆婀娜临

---

① 《谭献集》,第 508 页。
② 《谭献集》,第 423 页。
③ 《谭献集》,第 437 页。
④ 《谭献集》,第 473 页。
⑤ 《谭献集》,第 510 页。
⑥ 《谭献集》,第 383 页。

明镜。故乡风物西子湖，远山如黛何娟净。"① 谭献笔下未经战乱破坏的微湖犹如西湖一样有婀娜多姿之荷花，有山清水秀之美景。

其次，谭献的山水行旅诗多反映战乱的时事。《夜宿中庙》云："浪花云叶共浮浮，对此泓峥我欲愁。水底有山如照镜，人家种柳易悲秋。二更月出凉无际，千顷波平翠不收。巢父曹公同一梦，隐沦战伐两难留。"② 面对幽雅恬静的自然景物，诗人不禁对时光流逝、景物变化，有所感触。诗人的"愁"中有一种时世之叹。又如《春风楼》："年来兵甲东南满，剑气还愁出夜分。"③《安庆》："一概军容寒战垒，万家民事俭江城。"④《江村晓起望小孤山》："战伐当前日，中流倚此峰。"⑤ 这些行旅诗皆折射出时事之动乱。《江行杂诗》："悲凉烽火连三月，迢递家书抵万金。难得多情李别驾，平安两字未浮沉。"⑥ 这首行旅诗用杜甫"烽火连三月，家书抵万金"语意表达了谭献在战乱中对亲人的思念。《天津》："七十二沽云气昏，暮天箫吹是津门。元戎小队貔貅远，海国楼船虎豹尊。"⑦ 写津门遭遇帝国列强的侵袭，情况十分危急。他如描写苏州虎丘经历战火的摧残："云物蛇门霁，烟光虎阜春。战余千里道，老我十年人。"⑧ 写战火波及面之广及百姓所受苦难之重。

五 女性诗

谭献对贞女节妇多有歌颂，作有多首褒扬节妇、孝女、烈妇、贞女的诗篇。具体表现有三：其一，褒扬节妇艰难抚孤。如《惟山十一章章四句为嘉定钱节妇作》《诸暨徐母二世双节坊诗》《舒节母诗》等。《舒节母诗》云："视彼贞松枝，后凋凌岁寒。爰乃奇女子，节错根同槃。"以松柏不惧严寒比喻舒母历经磨难而贞节犹存。诗中写到舒母在丈夫为国殉难之后，独自抚孤并培养儿子成才的经历："展翼去弹矢，母存雏自安。

---

① 《谭献集》，第 397 页。
② 《谭献集》，第 543 页。
③ 《谭献集》，第 433 页。
④ 《谭献集》，第 491 页。
⑤ 《谭献集》，第 506 页。
⑥ 《谭献集》，第 436 页。
⑦ 《谭献集》，第 466 页。
⑧ 《谭献集》，第 463 页。

拮据营危巢，习飞振羽翰。"① 诗歌肯定了舒母艰难抚孤的高尚行为。其二，旌表女性的孝道。如《徐孝妇诗》："一割瘳母氏，再割疗慈姑。两胻不能三，亡术生贤夫……何愿为皋苏，药物姑所须。"② 表彰徐孝妇割肉疗亲的孝道，堪称女德的典范。其三，表彰女性对待婚姻的忠贞，《自从行为会稽王烈妇作》《谢烈妇挽歌》《乍浦吴烈妇诗》等诗均肯定女性殉夫的行为。这些篇什不免带有谭献的阶级局限。因此，对于谭献旌表女性品德的诗作，应肯定其颂扬女性艰难抚孤的篇什，对于那些割肉救亲、殉夫守节的思想我们应区别对待。

第二节　谭献诗歌的艺术特点

林直《舟过嘉兴寄怀谭仲修献学博》评复堂诗云："昔年曾读复堂诗，按拍兼成幼妇辞。"③ 这里林直用《世说新语·捷悟》杨修解读曹娥碑背"黄绢幼妇，外孙齑臼"八字为"绝妙好辞"之典，肯定谭献诗歌语辞之妙。谭献共创作有1091首诗歌，就体裁而言，包括古体诗、律诗、绝句等类别。谭献各体诗歌的创作数量，笔者统计如表4-1所示。

表 4-1　　　　　　　谭献各体诗歌创作数量统计表　　　　　　单位：首

诗歌数量\诗歌体裁	五古	五律	七律	七绝	七古	五绝	四言诗	六绝
复堂诗及诗续	278	165	161	116	103	84	17	1
化书堂初集	65	26	28	17	22	8		
合计	343	191	189	133	125	92	17	1

由表4-1可知，谭献创作数量最多的是五言古诗和五言、七言律诗，而这也是谭献获得较高评价的诗歌体裁。余楳《白岳庵诗话》云："杭州言风雅者近推谭涤生廷献，刊有《复堂诗》行世。古风逼真选体，近调尤长五律。"④ "选体"是与唐以后近体诗相对而言的诗体。主要指仿照

---

① 《谭献集》，第603页。
② 《谭献集》，第470页。
③ （清）林直：《壮怀堂诗》三集卷八"越游集"，清光绪三十一年羊城刻本。
④ 余楳：《白岳庵诗话》，贾文昭主编《皖人诗话八种》，黄山书社2014年版，第227页。

《文选》诗而作的五言古诗。余楸肯定了谭献诗在五言古体诗及五言律诗中的成就。陈钟英在写给谭献的书信中评价其诗云:"往余尝读谭君之诗,五言由齐梁上溯风骚,得嗣宗志隐味深之旨,七言步趋七子而入盛唐之室,沉雄绵丽,时见风格,俨然犹复矜庄其度,渊然其神,不□多作,非其至者必削。"① 陈钟英褒扬谭献五言古诗有阮籍诗寄托遥深的特点,七言诗沉雄绵丽,步武明代前后七子而有唐诗风味。

前人对谭献的诗歌评价颇多。吴怀珍《复堂诗序》评谭献诗云:"优柔善入、恻然动人,使人歌呼悲愉而无以自主,要与古作者同出于性情之正者。"② 陈栩《栩园诗话》云:"道咸后,吾杭诗家以谭仲修先生廷献为最著……所著《复堂诗》,探源汉魏,沿及盛唐,而高浑朴实,直到古人,未尝肯落宋人一语。"③ 徐世昌《晚晴簃诗汇》云:"复堂殚精朴学,谨守乾嘉以来诸大师家法,著述斐然,诗溯源汉魏六朝,婉笃深厚,武林近世诗家,樊榭、随园、定庵,才地迥别,造诣攸殊,皆能以其所学,转移风气,主一时坛坫,复堂所作,恒出三家畦町之外。"④ 钱仲联《梦苕庵诗话》云:"谭仲修复堂诗,古体格高,不作宋以后语。近体不废明青邱、北地,声情骨干,高亮华美,于清人则宋荔裳为近,所欠者真味耳。"⑤ 钱仲联也表明谭献古体诗格调颇高,近体诗有明代高启、李梦阳遗风,其诗高亮华美,与清初宋琬诗风相近,美中不足的是缺少真味。综合前人对谭献诗歌的评价,大致说来,谭献的诗歌具有三个特点,其一,古体诗溯源汉魏,有寄托深厚的风貌。其二,近体诗声情绵邈,有唐诗风味。其三,学古功深,创新不足。下面分别论述之。

一 古体诗:溯源汉魏,寄托深厚

吴仰贤《小匏庵诗话》云:"近世言诗家,大抵喜工丽者学玉溪……若夫原本六义,上准风骚,则古调莫弹,斯道如线,近读杭州谭仲修孝廉

---

① 钱基博编纂:《复堂师友手札菁华》(下),第1203页。
② 钱仲联主编:《清诗纪事》(十七) "同治朝卷",江苏古籍出版社1989年版,第11869页。
③ 钱仲联主编:《清诗纪事》(十七)"同治朝卷",第11872页。
④ 徐世昌:《晚晴簃诗汇》卷一百六十四,民国退耕堂刻本。
⑤ 钱仲联:《梦苕庵诗话》,张寅彭主编《民国诗话丛编》,上海书店出版社2002年版,第242页。

献诗，可谓大雅复陈矣，复堂诗集中五古最佳，美不胜采。"① 吴仰贤表明谭献诗歌上溯《诗经》十五国风及楚辞《离骚》，具有古雅之美，同时谭献五言古诗成就颇高。陶濬宣《丙戌仲春寄赠仲修先生同年即题复堂集》诗云："五言创高格，十载混尘官。并世谁同调，青琴不惜弹。风骚原比兴，幽思寄无端。"② 邓濂写给谭献的书信云："（谭献）古今体诗及乐府较前所见者，尤卓绝风骚之旨、金石之声。"③ 陶濬宣、邓濂二人都指明谭献诗歌多用比兴寄托手法，合乎风骚之旨。陈钟英也表明谭献五言诗与阮籍诗寄托遥深的特点相似："由齐梁上溯风骚，得嗣宗志隐味深之旨。"④ 谭献的五言古体诗溯源汉魏，多用比兴手法，具有寄托深厚的艺术风貌。如谭献参加科举考试前所作《古意》二首：

其一

明镜化为月，天涯照别离。明月化为镜，闺中照鬓丝。铅华日以暗，良人日以远。春晚例憔悴，不怨衣带缓。邻女嫁过毕，自媒亡是非。房栊宛然静，不语缝裳衣。今年双燕飞，应非旧相识。只恐去年时，见妾当窗织。

其二

三五二八年，蛾眉尔许长。春风有期信，待我君子堂。出门行步工，忽坠双明珰。弃之泥土中，还如匣间藏。徘徊江南春，花花自成行。拂拭玉马鞭，结客少年场。脱手亡所赠，脉脉掩洞房。归来卷单衾，自惜双鸳鸯。⑤

关于这首诗的创作背景，《复堂日记》有所交代："春秋闱十一试，未有如今年之不欲战者。草草不可以告友朋。夜月大好，赋《古意》二章。"⑥ 由此可知，此诗抒发了谭献屡试不中的感慨之情。诗用香草美人

---

① （清）吴仰贤：《小匏庵诗话》卷九，张寅彭主编，吴忱、杨焄点校《清诗话三编》（玖），上海古籍出版社2014年版，第6610页。
② 钱基博编纂：《复堂师友手札菁华》（中），第595页。
③ 钱基博编纂：《复堂师友手札菁华》（下），第1083页。
④ 钱基博编纂：《复堂师友手札菁华》（下），第1203页。
⑤ 《谭献集》，第483页。
⑥ 《复堂日记》补录卷一，第260页。

的比兴手法,以女子不遇良人,邻女已嫁夫婿比喻自己科举考试屡试不第的处境。诗中"三五二八年,蛾眉尔许长"写闺中女子貌美,可惜无人青睐。而邻女纷纷有了归宿,自己却只能玉藏匣中,任是江南春色怡人,也只能"脉脉掩洞房""归来卷单衾",作者不得志的抑郁之情于此可见一斑。除了在诗歌中寄托个人怀才不遇的感伤之外,谭献在诗歌中也寄托家国情怀,如:

残雪
<small>安邱曹桂醍《小塘咏雪》云:"独秉阴凝气,发为冷澹情。瞳瞳初日出,何处可容卿。"盖有所讽。</small>

人去玉京游,寒生旧画楼。皖山亡恙在,几夕白君头。冷澹阴凝句,兴观群怨俦。曹风重有感,如雪悟《蜉蝣》。①

谭献此诗触物起兴,由残雪好景不长,很快被太阳的光芒融化联想到《诗经·曹风·蜉蝣》。蜉蝣是一种生命短暂的飞虫,相传朝生暮死,故常用来比喻人命危浅,也被当作浑浑噩噩、不知死期将至的目光短浅者的象征。《曹风·蜉蝣》悲叹曹国的贵族不顾国家危在旦夕,只知"衣裳楚楚"地过着醉生梦死的生活。表达了一个头脑清醒的曹国大夫对行将没落的前途发出的无奈的悲叹。这里谭献用比兴手法含蓄表达了他对晚清没落朝政的哀叹之情。又如《寒夜对月同蒋坦》云:"林空夜无风,雁群声萧萧。虚窗受寒月,星沉天宇高。天涯未云远,行云不可招。与子眺江山,目极心为劳。月华澹孤景,空斋益无聊。飞霜兰蕙尽,春风吹故条。"② 这首诗借景抒情,所描绘的景色诸如空林、寒月、飞霜等皆为萧瑟黯淡之景。诗人以萧瑟之景比喻象征晚清动荡之政局,"与子眺江山,目极心为劳"表达了谭献对时局的担忧,整首诗写来含蓄蕴藉,具有寄托深厚的风貌。

袁昶写给谭献的书信评价其诗云:"大作再四捧读,抑扬吐纳,沉郁之思,澹雅之笔,兼有其胜……秉要执本,触物造端之义,宛转关生。"③ 表明谭献诗沉郁澹雅,多用比兴手法。谭献五言古诗的部分作品,由于刻

---

① 《谭献集》,第 537 页。
② 《谭献集》,第 386 页。
③ 钱基博编纂:《复堂师友手札菁华》(中),第 520 页。

意追求寄托，写得较为隐晦。如《落月》云："娟娟凉月堕，未堕只余晖。已阙风生雾，临分露湿衣。幌尘双照景，查石旧支机。欲划横山蔽，蛾眉一瞬非。"① 若没有序言的交代，很难得知此诗的题旨为感伤知己之离别。《落月》序曰："落月，伤知己也。杜甫诗云：'落月照屋梁，犹疑见颜色。'关山辽远，感逝伤离，遂形于言。"

谭献的五古长篇以《悲愤》为代表。《悲愤》为五言长篇叙事诗，叙述自己因战乱羁留汀州的情状，反映时代动乱带给人民的苦难。谭献在写作《悲愤》诗时，无疑受到汉魏时期蔡琰《悲愤诗》的启发。蔡琰《悲愤诗》以自叙的口吻述说汉末董卓之乱时自己被俘掠至南匈奴的经历，以诗人的亲身经历为根据，具体再现了汉末社会动乱的真实面貌以及广大人民遭受的深重灾难和痛苦。谭献的《悲愤》诗不仅在写作模式上效仿蔡琰，而且在个别字句上也有模仿的痕迹。如蔡琰《悲愤诗》云："马边悬男头，马后载妇女。长驱西入关，迥路险且阻。"谭献《悲愤》云："瘦马载妇女，肥马载健儿。撞门搜捉人，搜得怒斫之。"② 可见，谭献对汉魏诗的心追手摹。

二　近体诗：效法三唐，声情绵邈

庄棫《复堂书目序》："仲修为古近体诗于咸丰时，一变乾嘉以来宋诗之习，由空同入少陵以上诸人之室，久益切劚汉魏六朝，而能自成一家言。既而采其所蓄，乃靡不精贯。"③ 这里，庄棫表明谭献诗歌始于学习明代李梦阳（号空同子），渐入杜甫诗歌佳境，体现了谭献诗具有唐诗风貌。下面就谭献近体诗的创作情况作一细致分析。

首先，谭献五言律诗的创作数量仅次于五言古诗，且其五律诗歌的成就较高，创作了许多优秀的五言律诗。如《望月忆女》：

　　生汝过三岁，从无百里分。月如娇女面，人倚秀州云。索果爷频唤，敲门笑已闻。今宵依母膝，不见母欢欣。④

---

① 《谭献集》，第439页。
② 《谭献集》，第440页。
③ （清）庄棫：《蒿庵文集》卷六，《清代诗文集汇编》第711册，第216页。
④ 《谭献集》，第461页。

诗写望月忆女,通过视觉、听觉描写在想象中描述小女形象。"月如娇女面,人倚秀州云"句,诗人想象天上的一轮明月仿佛是小女娇憨的面庞,月旁的云彩仿佛是小女可爱的身影。"索果爷频唤,敲门笑已闻"通过小女"索果""敲门"的动作及"唤爷"、朗笑的声音,展现活泼可爱的小女形象,表达了诗人对小女的怀念之情。末尾"今宵依母膝,不见母欢欣"写母亲望月怀远,思念身在异乡的父亲,而平时活蹦乱跳的小女儿,今晚安静地依偎在母亲膝旁。言外之意,小女也和母亲一样在思念父亲。写出了女儿的懂事聪慧。此诗与杜甫《月夜》:"遥怜小儿女,未解忆长安"在传达遥忆儿女之情上,各臻其妙。故钱仲联《梦苕庵诗话》评此诗云:"情至之文,杜老'香雾云鬟'一什后,有数杰作。"[1]又如《小云栖》云:

隔竹暝烟迷,林寒无鸟啼。梅花香不断,微雨到招提。门外鉴湖水,亭山相向低。萧然远公社,随意问幽栖。[2]

这首五言律诗写诗人于烟雨迷离时造访浙江绍兴鉴湖旁小云栖寺的情景。微雨过后,青青绿竹、梅花暗香飘动,景色怡人。在山水环绕下的寺庙成为诗人内心向往之地。其中,前三联写景,竹林、鸟啼、花香、湖水、亭山营造出静谧的氛围。尾联抒情,用东晋高僧慧远于庐山东林寺结"远公社"之典,表达诗人对此山林之境的向往之情及高雅的隐逸情怀。钱仲联《梦苕庵诗话》评此诗:"一气呵成,深得唐贤三昧,惜不令渔洋老人见之。"[3] 认为此诗颇有王士禛所推崇的神韵余味。又如《顾子鹏寒林独步图》:"寂寞淮流尚氏秦,寒林负手独吟身。无多黄叶古今水,如此青山醒醉人。"[4] 此诗也颇得王士禛所谓的"神韵"之妙。陈衍《石遗室诗话》评此诗"风调极似渔洋山人《感旧集》所载申凫盟,潘孟升两绝句。申云:'日日秋阴命笋舆,故人天上得双鱼。荷花未老村醪熟,为道无闲作报书。'潘云:'寒鸦毂毂雨疏疏,荞麦风轻上鲙鱼。忆得往时

---

[1] 钱仲联:《梦苕庵诗话》,齐鲁书社1986年版,第104页。
[2] 《谭献集》,第481页。
[3] 钱仲联:《梦苕庵诗话》,第104页。
[4] 《谭献集》,第522页。

寒食节，全家上冢泊船初.'"① 王士禛《渔洋山人感旧集》是一部体现神韵风貌的诗选，陈衍以《渔洋山人感旧集》所选申涵光（号凫盟）、潘高（字孟升）两绝句比拟谭诗，表明其诗具有神韵。

其次，谭献"七绝最多佳构，盖复堂工词，尤工小令，一唱三叹，余音绕梁，移以入诗，自是当行出色"②。钱仲联点明谭献七绝成就较高的原因是他擅写小令，而小令与绝句在作法上有相似之处，都有节短韵长、含蓄蕴藉的特点。故擅写小令的谭献在绝句创作上也收获颇多。如《高邮》二首：

兰桨盈盈动水滨，栖鸦点点度湖漘。便从衰草微云里，想见风流淮海人。

秦邮驿前夕照沉，露筋祠下天阴阴。明珰翠羽无消息，一片珠湖是此心。③

此二诗写诗人途经江苏高邮的所见所感。第一首诗围绕高邮名人秦观展开。高邮是秦观的故乡，谭献路经高邮，不禁想起秦观《满庭芳》词："山抹微云，天粘衰草"的名句，有感而发写下此诗。第二首诗围绕高邮露筋祠结撰而成。王士禛曾有《题露筋祠》诗："翠羽明珰尚俨然，湖云祠树碧于烟。"论者推为此题绝唱。谭献在提及露筋祠里的女神之后，转笔写高邮境内的三十六湖，从而将诗人途经高邮时所见的景物形象生动地描绘出来。又如《对酒赠吴焕采》："尊前握手诉飘零，离笛声中酒易醒。欲寄愁心与杨柳，不堪摇落短长亭。"④ 以送别诗的常见意象"尊酒""离笛""杨柳""长亭"描绘了送别的场景，表达了友朋之间的深情，具有唐诗风味。又《绝句》二首云："老女愁蛾只自怜，舞衣何处斗婵娟。归来阿母如相问，广袖长眉异昔年。""点点林鸦拂曙琴，楚天凉雨夹江深。从渠水调无人听，弹尽平生一片心。"⑤ 摹写歌女晚年遭际与凄凉心境，有所寄托，具有言短意长、耐人寻味的艺术风貌。

---

① 陈衍：《石遗室诗话》，人民文学出版社2004年版，第66页。
② 钱仲联：《梦苕庵诗话》，第104页。
③ 《谭献集》，第418页。
④ 《谭献集》，第401页。
⑤ 《谭献集》，第496页。

此外，谭献一些描写友情及写景的绝句，颇得唐诗风神。如：

《酒家遇杨子》：客去不去辕驹鸣，长安市上藏姓名。门外北风天欲雪，与君把酒说荆卿。①

《柬万涧民》：昨宵黄鹤楼头月，冷浸空江欲曙时。我寄愁心二千里，苍烟丛里觅君诗。②

《厦门留别》：瀣上风涛不可期，人间霜雪欲何之。朱丝微物能悲喜，弹向天涯是别离。③

《常州闻歌》：屋梁初日动微云，花气衣香两不分。如水清歌听不得，江天落叶正纷纷。④

《姥山》：中流袖拂姥山青，叶下依稀似洞庭。湖水湖烟迷处所，《九歌》无意问湘灵。⑤

《晚霞》：江上年年爱晚霞，霞边三五野人家。春情已罢秋心老，客路依然负菊花。⑥

《沪渎杂诗四首》其二：

沪渎风烟入望遥，春申浦口送归潮。楼头一夜溟濛雨，付与荒寒似六朝。

怀抱何时得好开，模糊蜃气出楼台。剧怜清浅蓬莱水，曾照麻姑鬓影来。⑦

《秋色绝句四首》其二：

五云咫尺望觚棱，欲赋甘泉病未能。玉宇琼楼三十六，西风莫近最高层。

终古长安有狭斜，相逢夹毂不容车。可能明月时时满，无奈浮云处处遮。⑧

---

① 《谭献集》，第403页。
② 《谭献集》，第571页。
③ 《谭献集》，第443页。
④ 《谭献集》，第419页。
⑤ 《谭献集》，第543页。
⑥ 《谭献集》，第527页。
⑦ 《谭献集》，第430页。
⑧ 《谭献集》，第414页。

这些绝句声情绵邈，具有言短意长、兴象玲珑的特点，堪为唐诗之上乘。正如陈钟英所云："往余尝读谭君之诗……七言步趋七子而入盛唐之室，沉雄绵丽，时见风格，俨然犹复矜庄其度，渊然其神。"① 谭献七言诗学习明代前后七子，沉雄绵丽，有盛唐诗风。

三　学古功深，创新不足

谭献对前人诗歌的语辞多有借鉴融化之处。谭献化用《诗经》及汉魏的诗句有："春日载阳时，仓庚鸣喈喈"（《绍古十首》之《感》）用《豳风·七月》"春日载阳，有鸣仓庚"句。"袗彼絺绤凄以风，空床胡为烂锦衾"（《吁嗟篇》）用《邶风·绿衣》"絺兮绤兮，凄其以风"句。"明发东方千骑至，含情永夜拂流黄"（《古意四首和庄棫》其四）用《陌上桑》"东方千余骑，夫婿居上头"句。"东南孔雀飞何处？西北高楼望所思"（《艳体四章》其三）化用"孔雀东南飞""西北有高楼"句而成。"远望当归歌当哭"（《秋风引》）化用汉乐府《悲歌》："悲歌可以当泣，远望可以当归。""铅华日以黯，良人日以远。春晚例憔悴，不怨衣带缓。"化用《古诗十九首》之《行行重行行》："相去日以远，衣带日以缓"句。"终古长安有狭斜，相逢夹毂不容车"（《秋色绝句》）化用《乐府古辞·长安有狭斜行》："长安有狭斜，狭斜不容车"句。"盈盈怀袖尚馨香，意外行吟江汉长"（《柬程蒲孙邓石瞿》）用《古诗十九首·庭中有奇树》"馨香盈怀袖，路远莫致之"句。"明月光光星欲堕，景沉积水几时归"用北朝乐府民歌《地驱乐歌》："月明光光星欲堕，欲来不来早语我"句。"思君如流水，不信有东西"（《古离别》）用徐干《室思》："思君如流水，何有穷已时"句。"明月鉴薄帷，流景照空林"（《明月》）用阮籍《咏怀诗》："薄帷鉴明月，清风吹我襟"句。"涧松郁郁树成畦，森耸城头草不齐"（《赠南皮张祖继》）用左思《咏史》"郁郁涧底松，离离山上苗。"

谭献化用唐诗的诗句有："飘萧白发三千丈，企待名山五百年"（《和何心庵先生消寒》）化用李白《秋浦歌》之"白发三千丈"句。"先生今老矣，万言不及一杯水"（《答德化蔡编修丈寿祺》）、"万言何如一杯水，未免资郎羞犬子"（《戴园留别五章》其三）、"读书不闻道，万言一

---

① 钱基博编纂：《复堂师友手札菁华》（下），第1203页。

杯水"化用李白《答王十二寒夜独酌有怀》"吟诗作赋北窗里,万言不及一杯水"句。"吾闻一夜飞度镜湖月,古人兴逐秋鸿发"(《镜湖行赠王继香》)用李白《梦游天姥吟留别》"我欲因之梦吴越,一夜飞度镜湖月"句。"怀人海上生明月,回首长安有狭斜"(《海上索居寄京邑诸游好》)用张九龄"海上生明月"句。《江行杂诗》:"悲凉烽火连三月,迢递家书抵万金"① 直接用杜甫《春望》"烽火连三月,家书抵万金"句。"怀抱何时得好开,模糊蜃气出楼台"(《沪渎杂诗》)用杜甫《秋尽》:"不辞万里长为客,怀抱何时得好开"句。"轻尘朝雨杨柳新"(《黄鹤仙人歌送樊增祥云门之官长安》)用王维"渭城朝雨浥轻尘,客舍青青柳色新"句意。谭献《古意四首和庄棫》其四:"沉沉少妇郁金堂,画帐茱萸自有芳。凤管新声倾下蔡,龙城征戍向江阳。桂华婉娈三秋暮,锦字迷离万里长。明发东方千骑至,含情永夜拂流黄。"化用初唐沈佺期《古意呈补阙乔知之》:"卢家少妇郁金堂,海燕双栖玳瑁梁。九月寒砧催木叶,十年征戍忆辽阳。白狼河北音书断,丹凤城南秋夜长。谁谓含愁独不见,更教明月照流黄。"两诗相对照,可见明显的模仿痕迹。从这些例子,我们不难看出,在化用借鉴前人诗句方面,谭献不仅仅是在字句及语意上的简单模拟,更为可贵的是,他能在前人作品的基础上进行点化、变异,显示出对艺术传统的因袭与超越。

马綗章《效学楼述文内篇》之"读谭复堂诗"条目云:"杜陵诗祖,学者众矣。挚友孙退宜先生得其拙处,谭复堂先生悟其灵处,然拙可学,而灵不可学,亦真伪所由分也……谭集超超元著,不著意字句,而字句愈不苟;不讲求间架,而间架愈牢固……谭诗深于《选》而神于杜者也。非《选》无以植其体,非杜无以尽其变。集中《录别》《宝剑篇》《上滩行》《新河作》诸诗,几欲前无古人,而杜老苍秀峻洁,此境已有筚路功矣。然谭诗学杜,气格乃不相同,可为百世之师。"② 马綗章指出谭献诗学杜甫,有杜诗苍秀峻洁的风格。其诗得益于对《昭明文选》与杜甫诗歌的浸染渗透。谭献为夏曾传所撰《在兹堂诗序》言:"薪卿之诗,吐音高亮,而托兴幽奇,出入于萧《选》,成就于杜陵,虽未见其止,而鄙人

---

① 《谭献集》,第436页。
② 马綗章:《效学楼述文内篇》,余祖坤编《历代文话续编》(下),凤凰出版社2013年版,第1871页。

第四章　谭献诗歌研究　　221

尤有同调之感也。"① 这里谭献称赞夏曾传（字薪卿）诗歌学习萧统《文选》及杜诗，谭献有同调之感，意在表明谭献诗歌也学习《文选》及杜诗。钱仲联《近代诗钞》言及谭献："诗宗八代、三唐，尤推重明七子，与李慈铭持论相近，但李不甚言八代。至于自作，慈铭不出清中叶浙派范围，谭则步趋明七子及王渔洋，虽高谈八代，却不像邓辅纶、王闿运那样宗尚选体。总之都缺乏创新之处。"② 钱仲联指出谭献诗歌的不足之处在于，一味模拟，缺乏创新。钱仲联《梦苕庵清代文学论集》评谭献诗词云："自为词托体风骚，一代正宗。然学古功深，创新犹嫌未足。方之于诗，殆如北地（李梦阳）、信阳（何景明）之摹盛唐，白香（邓辅纶）、湘绮（王闿运）之仿汉魏，难免映庵（夏敬观）之消矣。"③ 钱仲联认为谭献诗有模仿汉魏诗及唐诗的痕迹。翻阅谭献诗，模拟之作占有一定比例。

首先，谭献诗中明确标明效法汉魏六朝的诗有《幽兰诗一首效齐梁体》《杂曲效江总》等。《幽兰诗一首效齐梁体》云："幽兰生空谷，馨香发几时。西陵乘油壁，北渚弄参差。宛转春莺语，婵娟芳桂枝。河汉盈盈隔，乌鹊去何之。"④ 南朝齐梁体诗多讲求音律对偶，词藻浮艳。谭献这首诗即具有齐梁体诗辞藻华丽的特点。南朝的江总有《杂曲》三首，为艳诗题材，语意委婉真挚。谭献模拟江总诗，作《杂曲效江总》三首，现将两诗对照如下：

江总《杂曲》三首其一

　　行行春逐蘼芜绿，织素那复解琴心。乍悒南阶悲绿草，谁堪东陌怨黄金。红颜素月俱三五，夫婿何在今追虏。关山陇月春雪冰，谁见人啼花照户。

谭献《杂曲效江总》三首其一

　　茱萸结佩蕙为纕，燕燕接翅白玉堂。云飞雨散在远方，三春柳枝无故芳。中有佳人带明月，三五二八倚瑶瑟。天上长河晓自沉，海中

---

① 《谭献集》，第 158 页。
② 钱仲联编撰：《近代诗钞》（第 1 至 3 卷），江苏古籍出版社 2001 年版，第 568 页。
③ 钱仲联：《梦苕庵清代文学论集·近百年词坛点将录》，齐鲁书社 1983 年版，第 159 页。
④ （清）谭献：《化书堂初集》卷一，咸丰七年刻本。

蓬岛寻还没。入门左顾鸳行罗,镜中离泪横素波。衣裳金翠有时有,鞍马尘埃多复多。掩闺独处婵娟子,博山无复双烟起。行人任尔脱帩头,足下由来恋乡里。①

两首诗都写春闺少妇怀念出征的丈夫,都写得真挚委婉,清新自然,没有流于轻靡。谭献诗在篇幅上有过之而无不及,描写的细腻程度较江总诗略胜。谭献还作有和陶诗,如《光绪丙戌八月自宿松赴行省阻风长枫用陶公规林诗韵二首》,表现出对陶渊明诗歌的喜好之情。

  陶渊明《庚子岁五月中从都还阻风于规林二首》
  行行循归路,计日望旧居。一欣侍温颜,再喜见友于。鼓棹路崎曲,指景限西隅。江山岂不险,归子念前涂。凯风负我心,戢枻守穷湖。高莽眇无界,夏木独森疏。谁言客舟远,近瞻百里余。延目识南岭,空叹将焉如。

  自古叹行役,我今始知之。山川一何旷,巽坎难与期。崩浪聒天响,长风无息时。久游恋所生,如何淹在兹。静念园林好,人间良可辞。当年讵有几,纵心复何疑。②

  谭献《光绪丙戌八月自宿松赴行省阻风长枫用陶公规林诗韵二首》
  陶公八十日,我愧久淹居。岁华去冉冉,州府来于于。苍葭晞白露,黄鸟止邱隅。志士怀不遂,老矣失修涂。行路遘危飙,卧楫阻平湖。始知无远近,云覯忽复疏。非徒感疏密,况乃死生馀。飘风朝且夕,明发当何知。

  半生既道长,动足迷所之。淹留此枉渚,犹幸无程期。披襟赋快哉,得失亦有时。风水各无心,勿复怨今兹。果为藏壑舟,桡楫良可辞。咫尺有阻修,归去复奚疑。③

---

① 《谭献集》,第506页。
② 袁行霈:《陶渊明集笺注》,中华书局2003年版,第187页。
③ 《谭献集》,第550页。

陶渊明原作由被阻穷湖、不得归家的情景，感叹羁旅行役之苦，抒发了诗人厌倦官场、对清静自在田园生活的向往之情。谭献和韵诗写自己奔波于仕途，欲施展政治抱负，无奈身逢乱世，怀抱不得施展，末尾表达了归隐田园的愿望。

其次，谭献作诗有意模仿唐诗。谭献的朋友郑襄认为复堂诗有中唐风貌。《复堂日记》云："郑湛侯（郑襄）每以中唐人目予，尚不知果到武元衡、权德舆否。"① 同时，谭献有模仿中唐诗人的诗作。《复堂日记》载："自怀宁至合肥纪行诗久未属草，今日仿钱起《江行无题》之体格，成五言绝句十六首于舆中，未必智过其师也。"② 中唐诗人钱起创作有旅途杂诗《江行无题》的五言绝句共一百首，谭献效仿钱起《江行无题》而作《江行杂题》纪行诗五言绝句十六首，记录其自怀宁至合肥的行旅感受。又《复堂日记》载："自申至戌，撰《答全椒先生长律》一篇，虽不堕长庆，终觉杜陵健手去人远矣。乃知坐论则易，措手颇难。"③ 由日记的记录可知，谭献写诗有意以唐诗作为创作典范。如《戴生行送子高之邵武》："戴生三载三乘桴，海若见之为叹吁。群飞之水十年不得息，关河水陆皆畏涂。君不见，谭生风尘玉貌改，懂哉十死完厥躯，杭州再陷亡其孥……送人作郡离亭雨，复送良知适邵武。儒林循吏行同方，东京宗范非其伍。谭生欲行人事夺，同舟膺泰徒虚语。独漉歌，鸲鹆舞。悲欢一往皆尘土。童山日陟门间毁，朝餐未觉秋荼苦。我昔扬帆出海东，且霾不见扶桑红。皇惑万怪息闻见，曼衍不计谁鱼龙。即今桑田处处变，人事波涛安可穷。暴鰓跋扈等闲事，须臾销歇随长风。金丹大药望可见，欲发秦弩无良弓。戴生行矣歌谁继，中流一壶那可致。闽领东西百仞高，苍茫合有霾愁地。北风雨雪待我来，携手同行肯遽弃。君不闻，筑城思坚剑思利。"④ 诗题中的戴子高即戴望，这首诗写送别友人，用鲍照《代淮南王辞》"筑城思坚剑思利，同盛同衰莫相弃"之语典，表达了谭献与戴望的深情厚谊。诗中穿插写时代之乱离，感慨人世沧桑之变，情感跌宕起伏。戴望读后评曰："得太白之神，不遗其貌，此长句正宗也。"⑤ 可见这首歌

---

① 《复堂日记》补录卷二，第316页。
② 《复堂日记》补录卷二，第304页。
③ 《复堂日记》补录卷一，第254页。
④ 《谭献集》，第443页。
⑤ 《复堂日记》补录卷一，第216页。

行体诗，有太白风神。他如《镜湖行赠王继香》："吾闻一夜飞度镜湖月，古人兴逐秋鸿发。若邪云门似图画，倒景湖光相出没。"① 诗情之逸兴湍飞与李白相似，有太白遗音。这些诗篇的艺术风貌诚如郭传璞所言："胎息灵均，纫兰为佩，咳唾太白，呼月作盘，清越其音，绵惙其思，赞叹未阕，而翰藻忽临，信乎文章之有神也。"②

袁行云《清人诗集叙录》评谭献诗云："其诗出于汉、魏，不作唐以后语，无窳陋之习，然亦无新警可言。"③ 袁氏指出谭献诗歌溯源汉魏，其诗有典雅之处，但摹古较多，创新不足。以上从谭献诗歌古体诗之溯源汉魏，近体诗之效法三唐以及其诗在语辞上对前代诗歌的借鉴等方面，表明谭献诗的这一特点。对于这一点我们应该结合晚清近代的诗坛背景加以理解。当时谭献所处的晚清时代，模拟古人的诗作成为风气，这是时代使然，是古典诗歌在走向近代之前的回光返照。

---

① 《谭献集》，第 476 页。
② （清）郭传璞：《报谭仲修书》，张鸣珂《国朝骈体正宗续编》卷八，清光绪十四年寒松阁刻本。
③ 袁行云：《清人诗集叙录》（第三册），文化艺术出版社 1994 年版，第 2647 页。

第五章

谭献文研究

谭献于诗词文皆有创作，目前学界对其词体创作评价最高，诗次之，而对复堂文的关注最少。谭献有《复堂文》四卷，《复堂文续》五卷，共260篇文章。谭献既创作散体文，也撰有骈文。复堂文也取得了一定的成就。

第一节 谭献文的内容

从创作题材来说，谭献文包括序跋文、碑志文、传状之文、杂记文等不同类别，下面逐一分析谭献文的思想内涵。

一 序跋文

序跋文是谭献文章的大宗，占总数的42%之多。序跋文是谭献文艺思想的重要载体。其内容涉及文学类序跋、艺术类序跋、学术类序跋、谱牒类序跋等类别。

第一类为文学类序跋，包含复堂作品的自序；题前人及友朋诗词文的序跋。其主要内容是对文学作品所做的评价，于此可以窥得谭献的文学思想。其中，谭献为友朋而作的序跋文所占比重较大。这说明谭献在当时的文坛颇有声望。当时向谭献索序者比比皆是，谭献不甚推辞，往往借序谈艺叙情。此等情状在《复堂日记》及《复堂师友手札菁华》中皆有记录。这里有三点值得注意。

首先，单个诗人诗作的序跋，这些诗人多为有相似经历或成就相当的诗人。如吴昌硕与崔适（分别作有《吴昌硕诗序》《崔适觯庐诗叙》）为挚友，三多与完颜彝斋（分别作有《可园诗钞叙》《逸园初稿叙》）

同为少数民族诗人，袁昶与樊增祥（分别作有《浙江乡人诗序》《樊山集叙》）以诗歌并称。谭献在为这些诗人作序时，既表明所评诗人诗作的优点，又指出其不足之处。如谭献评价袁昶与樊增祥诗歌各有特点："樊诗跌宕，华于才者干于道；袁诗懿美，默存者道，而卷舒者才。"① "袁有道气，君（樊增祥）有古怀，当相视而莫逆。"② 同时谭献在诗文序跋中表明诗人应该努力的方向，体现了与友人文学上的相互切磋。如《可园诗钞叙》评三多《可园诗》具有啴缓和柔、旷邈的风貌之后，谭献对其有更高的期许，即由"啴缓和柔"转向"端重"，由"旷邈"转向"雄杰"，"更得端重雄杰，参变而益上，则夫锻炼陶冶成一家，抗千古矣"③。

其次，谭献对浙地名家士族的作品给予格外关注，认为他们既具有史料价值，是地方志的重要组成部分，又体现了家族文学的繁荣。如浙江甬东谢遹声荟萃自明中叶至清代三百余年谢氏一家之诗，撰《谢氏世雅集》十卷。谭献《谢氏世雅集叙》评之曰："诗者，古之所以为史。献私智窥论畴昔之言，恒以丁部之总集可附于史家。然则会稽章先生撰郡县志，以文徵别编，推明遗意，缉眘一门之著作，文在是则献在是。家乘之有合集，以方志之文徵例之。"④ 谭献认为一个家族的诗集，其作用相当于章学诚方志三种体例中的"文徵"一体，能够保存史料，具有历史价值。又如《钱氏家集叙》记浙江仁和湖墅钱氏家族，为吴越武肃王之后裔，读书尚礼，良士名臣代有其人。自清代乾隆年间，钱屿沙、钱枚、钱东生、钱松壶、钱小谢、钱秋峴等人在文学政事方面颇有成就。谭献认为《湖墅钱氏家集》可以"表山川之名胜，光志乘之纪载"⑤，即该集对于充实地方志的内容不无裨益。《翕园诗叙》记会稽陶氏兄弟陶方琦（字子缜）、陶心云、陶仲彝、陶栗园、陶伯瑛、陶同叔、陶苣田人各有集，诗歌风貌各自不同："夫以一家昆仲，壎篪迭和，人各有集。观于子缜之诗，湛澹有道气；心云之诗，闳博苞余味；仲彝之诗，秀出含清音；栗园之诗，俊拔立奇概；伯瑛、同叔诗不数见，度亦寓目琅玕者已。"⑥ 又如

---

① 《谭献集》，第191页。
② 《谭献集》，第191页。
③ 《谭献集》，第188页。
④ 《谭献集》，第147页。
⑤ 《谭献集》，第173页。
⑥ 《谭献集》，第178页。

谭献对杭州夏氏家族夏松如、夏凤翔、夏鸾翔、夏曾传、夏曾佑祖孙三代的文学成就给予充分肯定。夏氏一门风雅，堪称文学世家，谭献称"夏松如先生《留余堂集》，出入骚、雅，跌宕昭彰。"① 评夏凤翔诗："哀乐殊致，而风调可观。""紫笙（夏鸾翔）诗不多作，高华朗诣，近陈、隋人。"②"薪卿（夏曾传）之诗，吐音高亮，而托兴幽奇。"③ 谭献对仁和高氏家族的文学成就也予以肯定，《慕陔堂诗叙》："高氏一门，则古民（高学淳）、宰平（高学治）二先生，子容（高绥曾）、茶庵（高望曾）、昭伯（高炳麟）、仲瀛（高骖麟）、白叔（高云麟），亦人人之珠，家家之玉。"④《诒砚堂诗序》对高炳麟、高望曾、高绥曾"三高"的诗歌成就分别作了评价："献少好朋交，劬于耆炙，而里巷相慕悦，积素累旧之欢，盖莫先于三高矣。昭伯（高炳麟）肫肫渊渊……今《我庵遗稿》体兼杜、韩，虽散佚之余，犹窥见其学行；茶庵（高望曾）跌荡，游于四方，诗词隽永，抗希中唐、北宋，虽仕宦不得志，而《茶梦庵集》垂声艺林；子容（高绥曾）笃厚有文，未冠能诗，从宦岭南，少长归来，篇章清远，撷苏、陆之菁英，矜慎不多作，晚岁虽离群，属草尤鲜。此《诒砚堂诗》二卷，情灵谐邕，托兴幽微，虽无愧于古作者，然所蕴有余于文也。"⑤ 表明"三高"诗各有特点，高炳麟诗体兼杜、韩，为学人之诗，高望曾诗词隽永，高绥曾《诒砚堂诗》托兴幽微。

最后，序跋中对文学作品的评价体现了谭献的文学思想（详见第六章谭献文章思想研究）。这些诗词文序跋是谭献表达文学思想、艺术主张的重要载体。诗词文序跋为后人研究谭献的文学主张以及晚清文坛状况、社会文艺思潮，提供了丰富的第一手资料。

第二类为艺术类序跋，复堂在这类序跋中探讨了金石书画等文艺的普遍规律。如《茭隐图跋》云："图者钱杜、程庭鹭、沈焯皆名笔，足张名园。山人（白厓山人高芗龄）俾予读画，予则于三君同绘名山一宅，川

---

① 《谭献集》，第156页。
② 《谭献集》，第157页。
③ 《谭献集》，第159页。
④ 《谭献集》，第154页。
⑤ （清）谭献：《复堂类集》，《清代诗文集汇编》第721册，上海古籍出版社2010年版，第206页。罗仲鼎点校《谭献集》自开始至"献谢病里居"段落缺失，今从《清代诗文集汇编》中补录。

岚亭榭，草树云物，高下远近，结构一一不同，可以悟文章蕃变，同此事理。奇正撼写，一一不同，有如此图。惨淡经营，惟此意匠。读王、裴辋川唱和，各有寄托，画理文心，是一是二，请与山人证明之。"① 钱杜、程庭鹭、沈焯三名家同绘《荄隐图》，而所绘图景各自不同。表明绘画者对同一图景的认知不同。王维、裴迪的辋川唱和诗篇，同样是以一个景物为题的创作，而诗篇风貌却各自不同。谭献由此得出画理与文心有相通之处。又《砚景叙》云："见夫古今名贤遗砚，日出于世，铭识磊落，往往因寄所托……乃如谢文节桥亭卜卦，文文山之'玉带生'，流传数百年，铭辞寥寥，尊若彝鼎……钤山佞相，题判故砚，尚在中书之堂。相传移触辄有拂逆，非戾气尚可中人，实则人人呵为不祥，不欲著手摩挲而已。"② 通过人们对贤臣如谢枋得、文天祥遗砚的赏爱及佞臣之钤山故砚的避之唯恐不及，说明人们对名贤遗砚的赏爱，往往是基于对名贤高尚人格的追慕之情。所谓："品藻人伦，激扬在风义，而物特其寄焉耳。"③ 又如谭献认为，明代儒学大师刘宗周的遗物海天旭日砚可与文天祥之玉带生砚、谢枋得之桥亭卜卦砚相媲美。"固与玉带镌铭之品，桥亭卜卦之材，鼎峙千秋者矣。"正是基于对刘宗周崇高人品的敬仰，其海天旭日砚得到了后世的不断完缮修治："是砚（海天旭日砚）也，仍世完贞，磨忠肝以砥墨；因人增重，琢山骨以些魂。"④

第三类为学术类序跋，涉及历史、校勘、子部要籍等的序跋。这充分说明谭献涉猎广博，学养深厚。史学书籍的序跋有《〈养吉斋丛笔〉叙》《重刻〈西斋偶得〉叙》《重刻〈四史疑年录〉叙》等。光绪年间杭州人吴振棫撰《养吉斋丛笔》二十六卷，《余笔》八卷，内容专记有清一代的职官制度、祭祀庆典、宫殿苑囿、内府编纂、宫廷政事、名胜古迹、士林佳话、奇闻趣事等。谭献为之作序，表明是书编撰的目的为"函雅故，通古今，徵文盛世，由此其选也。"⑤《西斋偶得》三卷为蒙古族学者博明希哲的读书杂记，随笔纂录舆地、史事、术数、易经、器物等，援古证今，辨证考订。谭献作《重刻〈西斋偶得〉叙》，称赞是书云："《西斋

---

① 《谭献集》，第 215 页。
② 《谭献集》，第 143 页。
③ 《谭献集》，第 144 页。
④ 《谭献集》，第 234 页。
⑤ 《谭献集》，第 174 页。

偶得》三卷，洞达九流端之见也，然而融铸卷轴，知所折衷，既发于硎，则千金就冶矣。"① 肯定其史料价值。校勘学方面，谭献作有《新校本文粹叙》等。《新校本文粹叙》谈及谭献与许增共同校勘姚铉《唐文粹》的目的："但欲为唐贤遗文千数百篇读定一善本，而后知振八代之衰，固不独昌黎韩氏一人而已也。"② 谭献精于小学，文字学方面的序跋有《说文〈徐氏未详说〉叙》《〈双砚斋笔记〉序》等。浙江海宁许溎祥辑《说文徐氏未详说》一卷，纂录诸家有关宋代徐铉《说文解字》解释中的未详之处，谭献撰序，称其有功学林，"可使承学之士，于凤昔之症结渐解，而因以识文字之大原，举一反三之学也。"③ 邓廷桢《双砚斋笔记》以研讨经书中的文字、音韵、训诂为主，尤其重视声韵。正如谭序所说，《双砚斋笔记》"首说六艺，次小学，次群书。其中又先声音，后文字，而后以说诗词者附焉。"④ 此外，谭献还为子部要籍作序跋，如《〈意林〉叙》《〈董子〉叙》。

第四类为谱牒类序跋。这类序跋是指谭献作有《慈溪县志序》《湖墅小志叙》《歙庠里吴氏宗谱叙》等关于地方志及族谱的序跋，详见第六章第一节谭献经世致用的诗文思想。兹不赘述。

二 碑志、传状之文

谭献碑志、传状文多为写人散文，其记述的对象大致可分为朝廷官吏、绅民义士、乡贤友朋、孝女节妇四种，以下笔者将逐一展开论述。

第一类写人散文的描写对象为有卓越功勋的文武大臣及勤政爱民的循吏荩臣。谭献多以赞扬的口吻表彰良吏荩臣之奉公守法以及他们为国为民的高尚品节，表达对这些人物的敬仰之情。这类文章往往折射出晚清特定时期的历史背景，因而具有史料价值。《皇清诰授光禄大夫赠太子太保山东巡抚霍钦巴图鲁世袭一等轻车都尉张公神道碑铭》的传主为文德武功兼备的清朝将领张曜。碑文以张曜在文武方面所建立的功绩结撰而成，具体表现为以下几个方面：其一，咸丰初，河南捻军起义，遍地狼烟，张曜在河南固始县参与编练团练，阻击捻军。"破巨捻李士林汝南，以收复光

---

① 《谭献集》，第 163 页。
② 《谭献集》，第 133 页。
③ 《谭献集》，第 138 页。
④ 《谭献集》，第 161 页。

山、息县功得官。"① 其二，张曜军事才干突出，练就了一支能征善战的嵩武军，在与捻军、太平军作战中屡立战功，成为继湘军、淮军之后的又一支劲旅。"厥后驱驰绝徼，开边载绩，西陲万里，底定之勋，繄惟此军，抗湘、淮之颜行，若与为后劲云。"② 清廷因是赏赐张曜"霍钦巴图鲁"（勇士之意）称号。其三，西征新疆，战功卓著。光绪二年（1876）张曜以提督名义统率嵩武军随左宗棠出征新疆，击溃了盘踞新疆的白彦虎，并迫使沙皇俄国归还伊犁。"进克吐鲁番，联络群帅拔乌鲁木齐。白彦虎遁俄，俄人归我伊犁，新疆式定。左公倚公成大功，乃以重任期公，密陈于廷。"③ 清廷以"一等轻车都尉"的荣誉对张曜予以表彰。张曜为保全祖国领土完整、巩固西北边防做出了重要贡献。其四，任命山东巡抚，勤政爱民，造福一方。当时黄河在山东境内有多处溃口，水患日益严重，张曜"到官期年，奔走河干垂三十旬，淫霖倾坻，单骑沐雨，察险工泥涂……"④ 一年有近三百天的时间奔走于河干间，张曜在山东不仅治理黄河水患，而且还在青州建立海岱书院，修复曲阜洙泗书院，"投戈谈艺，学道爱人，素所蓄积者然也。"⑤ 光绪十七年（1891）七月，张曜在黄河上监工时，"疽发于背"，不幸离世。清廷宣布赠张曜太子太保，谥勤果，入祀贤良祠，并在济南、杭州等地建立专祠纪念。

除了表彰朝廷重臣外，谭献还作文歌颂勤政爱民的下层官吏，表达"小官多则天下治"的思想。"所贵乎循吏者，以其勤民也。勤民也者，亲民者也。"⑥ 如《陆大夫墓志铭》写浙江山阴人陆枚，任安徽桐城马踏石巡检，兴举废坠，"为梁治道，饥者饘之，病者药之，未足多也"⑦。道光年间，陆枚蠲金创众，造救生船，拯救数十人。陆枚仁而爱人，在治所设育婴堂，改变当地溺女之俗，使得女婴全活无算。谭献不禁感叹："乱定元气未完，又潦岁也，安得大小吏勤如大夫，仁如大夫，威惠如大夫，庶有苏乎？"表达了谭献希望朝廷能多一些勤政爱民的循吏来为国分忧，

---

① 《谭献集》，第293页。
② 《谭献集》，第294页。
③ 《谭献集》，第294页。
④ 《谭献集》，第295页。
⑤ 《谭献集》，第295页。
⑥ 《谭献集》，第69页。
⑦ 《谭献集》，第69页。

体现了谭献关心朝廷安危的政治热忱。《许府君家传》写浙江海宁人许楗在山东平度为官，治理有方。"服官垂三十年，兴革利弊必果，锄恶必严，居劳怨之地，恒人所不堪，毅然任之。"① 堪称循吏。《章府君家传》写古州府君章桂庆为官治理有方，"官古州五年，为设州以来，循良称首。顾心力竭，触瘴疾病，遂卒于官。"② 文章通过具体事件说明章桂庆的治绩："古州者，诸葛征蛮故垒在焉，险恶阻声教。康熙辟土，遂为通衢重镇，殷繁难治。君开敏善断，事至立剖。方创设抽厘，所司苛敛，众商方哄，将怵之以兵。君曰：'如是则速祸'。肩舆从一人，入众中，恺恻喻利害，遂解散。"③ 当时抽取厘金的商业税刚实行不久，有关部门滥征赋税引发民众不满，民众准备以武力对抗之，章府君通过动之以情，晓之以理的方法，解除了群斗事件。以具体事例说明章桂庆治绩卓然，令人信服。

第二类描写对象为太平天国战乱中殉难的绅民义士。如《义冢碑》《浙江忠义祠碑》《崇义祠碑》等皆为表彰在战争中殉难者而作的碑文。《崇义祠碑》写浙江建崇义祠，目的是纪念殉变犯难之官吏绅民。《朱联华传》为浙江江山的朱联华、朱联萼兄弟立传，写他们作为普通百姓，却能率领民众抵抗贼寇，最终战死的义举。歌颂他们"临难勿苟免"④ 的精神。《缪太仆家传》的传主缪树本，世居常熟。为保卫家园，缪府君与妻子张淑人从容殉国。文末的论赞曰："府君之死，可谓从容矣。身糜于豺虎，而所施设，卒完危城，岂轻于一掷哉？闺门之贤，与荩臣比烈懿已。"⑤《皇清诰授光禄大夫前兵部右侍郎赠尚书谥文节戴公墓表》的传主戴熙，浙江钱塘人。"尝主讲西湖崇文书院，掖承学之士于大雅。晚际时艰，捍卫井里，以身许国，慷慨正命，卓乎大贤，足以矜式国人。"⑥ 戴熙在抵御以李秀成为首的太平军进犯杭州时殉职，以身许国。《冯童子诔》写冯焯之子冯福基为抵抗太平军，置药甑釜，不惜牺牲自己的性命，与太平军同归于尽。"独以弱干运其奇策，置药甑釜。群凶饇饱，忘生殉

---

① 《谭献集》，第 239 页。
② 《谭献集》，第 265 页。
③ 《谭献集》，第 264 页。
④ 《谭献集》，第 52 页。
⑤ 《谭献集》，第 58 页。
⑥ 《谭献集》，第 288 页。

变，甘于同尽。"① 需要注意的是，谭献的这类文章站在清廷统治阶级的立场，视太平军为贼寇，其观点不免带有阶级局限。但这类文章内容丰富，作为历史文献具有一定价值。

第三类为丰才啬遇的朋友。谭献在这些连蹇不遇的友朋身上，寄寓了文士失职的悲哀之情。由于所写人物与谭献的交往较为密切，故包含着作者极强的感情深度与强度。如《七友传》《亡友传》的传主多为谭献的同乡同道，这些人大多是科场败北，穷困潦倒的寒士，虽才华出众，却由于"无门户以招致，无缟纻以结欢"②，他们或死于战乱，或亡于穷厄，或抑郁而夭折，或坎坷以终生。谭献在哀悼友人不幸遭遇的同时，对当时扼杀人才的黑暗社会提出了尖锐的批判。

《七友传》写谭献回忆与陈炳、俞之俊、高炳麟、高望曾、陈炳文、吴怀珍、袁凤桐七人的交往，为朋友的离世黯然神伤。《七友传》："友七人，乡里纳交，久要不忘平生之言者也。"③ 谭献回忆友人对自己文学创作及文学思想的影响。七友中的陈炳与谭献谈论诗歌创作，建议他应该从学习《文选》、唐诗入手，对谭献帮助极大，令他难以忘怀。陈炳文指导谭献五七言诗的创作，认为作诗先要多读儒家典籍，蓄养心志，"时献锐意为五七言诗，乃驰戒之。以为不如多求儒先书，治气以养志，人子之身，骛此浮藻，则敦朴易散，古诗人不易为，今诗人不足为也"④。谭献作诗为文重视学养道德，无疑受到陈炳文的影响。《亡友传》为谭献感念平生故人凋落殆尽而作，十八位传主依次为蒋恭亮、蒋坦、朱孝起、沈瑜、周炳元、王汝霖、程耀采、龚橙、杨象济、董慎言、杨传第、庄棫、戴望、魏锡曾、王诒寿、陶方琦、王麟书、高传锦。这十八人多为诸生、贡生，沉沦下僚，怀才不遇。谭献伤感朋友的离逝，为失去知音而黯然神伤，"今兹感逝，未有宿草，人琴之亡，以此终篇矣"⑤。又如《田砚斋遗文叙》是谭献应赵桐孙之请为浙江嘉兴褚二梅《田砚斋遗文》所作之序，序中写到褚二梅连蹇不遇的人生经历："生天才逸宕，闻见极博，能为扬、班而不登著作，能为徐、庾而不备侍从。有弟早丧，而未极伦常之

---

① 《谭献集》，第106页。
② 《谭献集》，第241页。
③ 《谭献集》，第246页。
④ 《谭献集》，第245页。
⑤ 《谭献集》，第255页。

乐；有家遭毁，而生于忧患之余。予交游中文士失职者，生其一也。"①褚二梅才华出众却沉沦下僚，身逢乱世而家园被毁，其遭际令人同情。值得注意的是，谭献写友人的遭遇，借他人之酒杯浇己之块垒，实为谭献自身遭遇的体现。正如《复堂类集自叙》所云："皮骨奔走，游未陟五岳；一行作吏，名未挂朝籍。山鸡之舞，候虫之鸣，尚足以言文哉？"② 谭献有满腔的报国热忱却怀才不遇，只担任下层官吏，未能充分施展自己的政治抱负。

第四类是为女性立传。谭献旌表的对象包括烈妇、节妇等贤明妇人及贞女、孝女、烈女等符合妇德的女性。《来孝女传》讴歌孝顺父亲的来姓三女子，长女来凤筠溺水救父、次女来凤荪刮臂和药疗父、三女来凤梧承露盈囊疗父，谭献称道来氏三女救父的孝行。《沈贞妇李氏墓铭》赞扬吴江李龙镶之女在未婚夫沈维铦去世后，守志不嫁。《书黄节妇事》讴歌蒋孺人刮臂疗夫，在丈夫黄紫卿去世后，蒋孺人辛苦抚养遗孤，有烈妇之志。《鲍母黄夫人家传》表彰鲍母深明大义，毁家纾难，帮助乡人在安徽歙县修建大洪岭。乡人为表达对黄夫人功绩的赞扬，命名大洪岭之亭为"夫人亭"。③《书会稽董母》赞扬董母贤明，有远见卓识，有高尚品行。谭献详书之，以备"輶轩"之采。谭献讴歌女性的文章有两点值得注意：

其一，讴歌烈妇以死殉夫，以此来比况男子也应为国献身。《书绩溪曹烈妇传后》云："窃不意井臼之间，从容比谢、刘，若此性行然邪？吾必谓之学昔之文武大臣，丧师就执，不食求死。霖雨屋漏，振衣而起，衣裳之爱，岂顶踵之可捐乎？春秋斧钺，名在'贰臣'，亦惟不逮弱女子彻帷帐之勇而已。后之君子，有鉴于斯。"④ 认为曹烈妇从容殉夫，堪比宋末气节之士谢枋得绝食而死、明末刘宗周绝食殉国。这里，谭献以女子比况男子，认为弱女子尚且能从容殉夫，男子更应为国效命。《黄姚二烈妇传》的黄烈妇刮臂疗夫，疾不愈，绝食殉夫："烈妇一弱女子，死志坚决，一瞑而万世不视。迹其言动，何从容也，抑亦儒门之女，士人之妻，闻见夙矣。死也其归也，然烈妇宜有憾焉。君子假年，则可以抽簪劝学，贻威姑以令名，今之死也，志则未竟。如其身为丈夫，则又伏节死义者，

---

① 《谭献集》，第 171 页。
② 《谭献集》，第 3 页。
③ 《谭献集》，第 279 页。
④ 《谭献集》，第 211 页。

由此其选也。"① 谭献讴歌烈妇的殉夫行为,实则表达男子也应"伏节死义"。谭献曰:"烈妇侍夫疾同,无子同。黄氏有叔奉姑,姚氏有兄公奉舅,皆同,两烈妇可死矣。吾治史籍,可死而不死者,士大夫多矣,亦且有名公卿焉。凡此皆二烈妇所不愿闻者。"② 谭献认为黄、姚二烈妇均无子嗣需抚育,二人殉夫的行为是死得其所。这尽管体现了谭献思想中保守的一面,但更深的含义是谭献以女子殉夫的壮举与公卿大夫的伏节死义相比照,历史上的公卿大夫在出处大节上,不能如二烈妇殉夫那样,视死如归,杀身成仁。谭献以二烈妇的举动,意在表明公卿大夫也当义无反顾为国献身。

其二,讴歌节妇艰难抚孤,表达谭献对母亲苦节抚育的感恩之情。因有谭献自己的身世体验,写来真挚感人。《复堂谕子书》云:"吾少孤露,襁褓失怙。汝祖母陈太宜人,苦节抚育,极人世所不堪。童幼善病,不意全济至今日。古云:'节妇有后'。予至今日者,天非爱不肖子,所以报汝祖母也。"③ 谭献在这封写给子女的书信中,陈说自己自幼丧父又体弱多病,全靠母亲陈太宜人辛苦抚育。谭献回忆母亲靠做针线活儿维持一家生计,常常在寒冷的夜晚赶工缝衣,即使手皲裂流血,仍不中断。同治二年癸亥(1863),谭献得知母亲去世的消息后,悲痛欲绝:"癸亥,予仍寓福州,汝母挈子浮海至,始闻汝祖母殉难之耗。呜呼!吾自此不得为人子,遂不足为人。虽门户所系,腼焉视息而已绝于天,死于心也已。"④ 谭献对母亲感情深厚,因此凡与谭母一样深明大义、艰难抚孤的女性,他都极力歌颂。《施母墓志铭》写施补华母亲艰难抚孤:"所遗二男,旁无强近之亲,室无御冬之蓄。邻里敦勉,两郎废学,出就负贩,可谋升斗。母曰不然,身未亡人,图保单门。君子忧道,惟食不谋。安贫读书,横经为士。于是饘粥艰于再食,光辉窘于四壁。风晨雨夜,缲丝不休。恒所坐处,当膝皆穿,古昔断机,无以过也。"⑤ 施补华母亲深明大义,放弃让其子废学读书的想法,毅然做出让其子安贫读书的决定。施母靠日夜做女红供养施补华读书。《旌表节孝吴母顾太淑人墓志铭》写吴唐林之母在丈

---

① 《谭献集》,第 278 页。
② 《谭献集》,第 278 页。
③ 《谭献集》,第 678 页。
④ 《谭献集》,第 680 页。
⑤ 《谭献集》,第 110 页。

夫亡故之后，矢节不二，抚孤读书，文中言："太淑人曰：'茕疚故乡，《鸱鸮》之诗，毁室取子。小君贞疾，时时归宁，未亡人何所托命？然立锥无地则可，儿子废学则不可。吾君高才清白吏，子孙可杂庸保乎？'乃挈唐林就学旧姻管氏，寄庑读书。"①体现了吴母克服困难，坚持让子女读书，以完成丈夫未竟之业，实现家族的振兴。《诰封朝议大夫莫君墓志铭》写莫仕高的母亲黄太恭人，抚孤造家。"君婉婉母侧，出入无方，午夜机声与读书声，比邻相闻也。"②谭献在对施母、吴母、莫母的赞扬中含有对谭母的怀念之情，身世之感包含其间。又如《文学屈先生妻节孝陈宜人家传》讴歌屈母陈宜人，节衣缩食抚育子女，后遭兵乱而殉难。屈母陈宜人与谭母陈宜人的人生经历极为相似。结尾的论赞之语总结云："'不孝鲜民也，生二岁而孤。母陈宜人早寡，与屈母同，贫辛与屈母同。不孝弱冠，橐笔游于四方。年三十方客侯官，而杭州陷，病母殉节，又与屈母同。哀哉！'"③这里谭献将屈母与谭母相比，二人都早寡，都辛苦抚育遗孤，都在战乱中殉难。谭献为屈母陈宜人作传，含有对自己母亲的怀念与感恩，在这些传记中，可看到谭献母亲的影子。

需要注意的是，谭献为烈女节妇及贤明女性作传，传主有的确实体现了古代妇女的高尚情操，但有些篇章以赞扬的口吻，歌颂了某些有乖常理的愚忠愚孝行为，如刲臂疗夫、未嫁守节等，这固然是时代的局限，但也反映了作者的保守思想。如《鲍母黄夫人家传》言："世传往往以刲臂和药，吁神减算，为妇孺之愚，抑亦知其愚不可及乎？愚不可及，则诚不可渝，请征夫人。"④谭献认为刮臂和药虽看似愚昧，但却是忠诚的表现，这些思想我们应区别对待。

谭献的写人散文，主人公多集中在两浙地区，或生于斯长于斯，或仕宦旅居于浙地；或为浙地历史名人，或为谭献同时代的友朋。谭献写人散文关注曾在浙地有影响或值得书写的乡贤人物，体现了他对保存浙江乡邦文献的重视。

---

① 《谭献集》，第72页。
② 《谭献集》，第312页。
③ 《谭献集》，第60页。
④ 《谭献集》，第279页。

三 杂记之文

谭献的杂记类散文按内容可分为亭台楼阁记、金石书画记、人事杂记三类。

第一类为亭台楼阁记，多为优美的写景散文，同时寓有文人高雅的情趣。《豁庐记》：

> 豁庐者，高氏别业。伊惟世德人望，百年主人，白叔性行高朗，多文有声，高步远想，豁如也。五岁以来，得地于古花港之旁，循定香桥迤西百武，次第卜筑。有榭有廊，有亭有渡，地有栎七八章，疏野山泽之观，霜时繁丽，无事春妍，榜于门曰"红栎山庄"。入门右顾，修竹数百个，移桂莳菊，隐秀离尘。庐五楹，挹爽峰壑，目与无尽，湖波沦漪，荷夫渠之国也。莲叶如云，我知鱼乐，曰"田田榭"。叠石幽靓，曲径若灭若天成，侧身入磊砢中，呼啸相答。石上旧刻"仇池"字，故曰"小有天"。级而登小阁，曰"藏山"，著书避世之意与？庐左三楹，不施涂泽，入坐悠然，如百年老屋。面秦亭山，全湖旷远，倚云林诸峰，若俯首而入户也，曰"且住轩"。白叔集孟襄阳句"开轩面场圃""长揖谢公卿"以见意。湖滨插槿篱，锄地半弓；有召平之瓜，元修之菜。庐外曲阑四五十尺，阑外穿深竹而出，适临水结栅，巨若梁者，客乘秋水航而至，度梁舣舟，登若桥亭，可以俯钓，曰"鸥渡"。旁有三椽，可安枕席，曰"南溪渔舍"，殆昌黎诗云"可居亦可过"者耶。因树为屋，翦茅覆之，容一胡床，颜以"读雪声近独息"。架木交互，小施丹绿为板屋，两人翼之而趋，曰"就菊亭"，花时餐英，手一尊徙倚焉。于是春岚夏木，秋月冬霙，白叔衔杯薄醉，蟪被忘晓。群从以子韶为长，随叔父，携手诸弟，枕藉古书卷，就云水中读，翠墨碑拓，篆分今隶，皆与岩棱林态相映发。①

豁庐为高氏（高云麟）的园林山庄，此文描述高氏园林别业豁庐的美景，谭献以移步换景的写作手法介绍了豁庐的亭台廊榭。门前的"红

---

① 《谭献集》，第 225 页。

栎山庄",入门右顾有荷花之国的"田田榭",沿着曲折的小径,拾级而上,有"藏山"阁……高氏园林景物的命名具有浓郁的文人雅趣。"且住轩""鸥渡""南溪渔舍""就菊亭"等的命名多取自古典诗词,富有古雅之韵。谭献写出了豁庐的幽美僻静以及文人的雅致情趣。读此亭台之记,读者仿佛置身其中,如临其境一般游览了高氏别业。这类文字,几乎可以媲美吴均、陶弘景的作品。又如《井华馆记》记沈景修的读书、谈艺生活:"今者塘蒲未晚,水石可盟,浣征衣之尘,叩奚囊之句。予于沈子蒙叔,三生物外之游,十载路歧之别。胸有千秋,未忘文字;家无半亩,共乐琴书。井华馆者,望仙山而可达,在人境而无喧。江蓠杜若,眇矣离忧;菊秀兰衰,遝哉尺素。可以延徐、庾于室,坐曹、刘于堂。洞房之中,闻秦七黄九之咳,棐几之侧,写颜筋柳骨之真。沈子于此焚甘蕉之弹文,却舒荷之曲盖。十步之内,既生芳草,新汲之水,惟种昌阳。颜子山之小筑,借东坡之隽句。若夫莺初燕晚,茶熟香温,壶卢《汉书》,持以下酒,梁间禊帖,来自榷场。却世味以引年,餐古芬而明视。于是题老妪之扇,挥中散之弦。大云赞公之房,扫除初地;残月耆卿之句,歌唱人间。笑出山为小草,寄故人以当归。献交澹忘言,情深不唾。兰苕冉冉,结尘中之佩;篁竹依依,下风前之拜。汲同此绠,平已无波,清泠一杯,泚笔记之云尔。"① 此文记谭献的朋友沈景修于"望仙山而可达,在人境而无喧"的井华馆中从事诗词文创作,同时读书谈艺、练习书法,是文人读书、谈艺生活的写照。

第二类为金石书画记。谭献金石书画记的主要内容包括两方面,其一,题写画中人物,把画中人的举止神态生动细致地描绘出来。如谭献撰《榆园今雨图记》。其文曰:"图成于光绪丁亥秋八月。写照凡六人,陈笔砚几上,手一卷将题写者,为榆园主人仁和许增迈孙,时年六十四;凭几指画有所赏析者,仁和谭献仲仪,年五十六;坐隐呼童进一卷者,秀水沈景修蒙叔,年五十三;凝立执卷侧耳者,平湖徐惟琨伯腾,年五十二,君盖微聋;披竹行且前者,钱唐张预子虞,年四十八,图成而君已北上。支竹炉石侧煎茶童子,则主人长男金绶,年亦三十三矣,字伯若。"② 此文提及《榆园今雨图》中的六人,将许增、谭献、沈景修、徐惟琨、张预、

---

① 《谭献集》,第223页。
② 《谭献集》,第228页。

许金绶这六人在画中的神态一一描绘出来。其二，借题写金石书画，表达人物的高雅情趣。《石交图记》写谭献朋友许增对金石古玩的热爱："人图一石，传神写照。古有金兰之簿，今有石交之图，丹青可传，謦欬不远。"①《欧斋记》是谭献为好友沈景修收藏金石善本的书斋而作："有如沈子，居寂寞之滨，读书稽古，抗志千秋，一贡王廷，卞玉遭摈。于是心之所寄，端本道德，萧然山水文字之间。而金石之好，笃于嗜炙。自童少至五十之年如一日，颇于意外得名迹古拓，则欣然摩挲，不知户外风雨声。"②末尾以沈景修对金石的热爱堪比编撰《集古录》的北宋金石收藏家欧阳修，称其"蓄道德而能文章""有真性情而真嗜好"。沈氏对金石书画的热爱，体现了其性情之真，道德之厚。

　　第三类为人事杂记，多记录有关乡里、教育、善举义行等方面的文章（详见第六章第一节谭献经世致用的诗文思想）。如《国朝平度州知州厅壁题名记》记与谭献科举考试同榜录取的许颂鼎，在担任山东平度刺史时将曾在平度州任职的有建树的官员题壁之事。"刺史乃盱衡往昔，稽之志乘，书开国以来长官氏里，题于堂庑。知人论世之学，徵继志述事之孝，则在官之经术，饰治以名其家。"③谭献认为这是保存历史的一种方式。《全椒崇善堂记》记全椒崇善堂为扶危济困，经纪仁术之堂。建立崇善堂的目的是周济贫乏、扶危解难。谭献曾做过秀水教谕、担任过浙江诂经精舍掌教、安徽宿松县问经精舍讲肄，晚年应座主张之洞之邀担任湖北武昌经心书院山长，一生数度受聘为书院院长，从事教育。其文章也多有与教育相关的内容。《宿松县重修试院记》为宿松试院重建，问经精舍初辟的纪事之文。光绪十二年（1886），谭献在安徽宿松做官，经战乱破坏的宿松试院得以重修，同时谭献被委任为问经精舍讲肄。"宿松试院，略仿棘闱之制，有坊表，有重门，龙门以上，堂阶庑夹，悉如制式。文场东西，四出分置，盖容二千八百人之列坐，称壮县之规模矣。"④由此可知，重修后的宿松试院的建造架构及其规模之大。文章末尾，谭献强调了重修试院的意义："君子学以致其道，则夫试院之立，亦以佐黉舍之教，而导

---

① 《谭献集》，第102页。
② 《谭献集》，第226页。
③ 《谭献集》，第216页。
④ 《谭献集》，第218页。

于棘闱之先者矣……商量旧学，推究六经，而拾遗补艺焉。"① 以试院培养人才，表明了谭献重视教育的思想。

除以上几大类散文之外，谭献还撰有表达自己经邦济世政治热忱的经世之文。吴怀珍曾表明谭献具有较高的政治才干："其学独有所成就，能通古今治乱，言天下得失如指诸其掌，国家大政刑大典礼，能讲求其义。"② 谭献《衢言》《续衢言》二文为讨论治国安民之术的政论文。文章提出了大乱之后朝廷图谋恢复的一些政治、经济方针政策。《衢言》一文作于两浙肃清之后、战乱恢复之初，是写给朝廷的献策之文。文中极言民生凋敝之甚、胥吏冗多为奸、象教淫祠迷乱人心、奢侈之风太甚等问题，提出了解决这些问题的对策："理垦荒，束胥吏，止淫祀，戒奢侈。"③ "欲长治久安，则正人心，厚风俗，语似阔疏，政无急于此者。"④ 这些举措体现了谭献的政治才能。《续衢言》则是谭献为改革漕弊而向当局献言献策。谭献还作有几篇有关历史人物的史论文。在对历史人物的评价中，表明应以古为鉴，吸取殷鉴不远的教训，为现实政治服务。如《桑维翰论》云："尝取欧阳公'本末不顺，而与夷狄共事者，常见其祸，未见其福'数言，反复读之，未尝不叹石晋之亡，维翰之死，理有必然，而千古之谋国者，所当奉之为炯戒也夫。"⑤ 石敬瑭为夺取后唐的江山，在桑维翰等人的怂恿下将燕云十六州割让给契丹，以讨得契丹人的援助。建立后晋后，屈辱地向契丹国主称臣，他自称儿皇帝。谭献的言外之意是警戒清廷不该依靠列强之力治国。《山涛王戎论》写西晋山涛、王戎作为国之重臣，不为国家选拔人才，而只知中饱私囊，满足一己的贪欲："先后十余年间，贪庸如山涛、王戎者，一再败坏之，鄙夫可与事君也与哉?"⑥ 结果导致国家无治国之才，山涛、王戎二人难辞其咎。谭献以史为鉴，表达其政治思想，"大臣谋国，有进退人才之柄，则必求文武之材，备内外之职，足以持常而御变。"⑦ 谭献认为，大臣与国家休戚与共，大臣有为

---

① 《谭献集》，第 219 页。
② 《谭献集》，第 377 页。
③ 《谭献集》，第 125 页。
④ 《谭献集》，第 11 页。
⑤ 《谭献集》，第 124 页。
⑥ 《谭献集》，第 121 页。
⑦ 《谭献集》，第 121 页。

国选拔人才的职责，而人才是治国的根本。

第二节　谭献文的审美取向

谭献散体文畅达易读，骈文规仿六朝，文辞隽秀。《复堂文》卷四所收《明堂赋》等 27 篇基本为骈文，其他祭文、书信也多以骈文形式结撰而成。谭献骈文在其文的创作中占有一定比例，更多是有骈有散，不拘于有韵之文与无韵之笔之界限，做到了骈文之韵与散文之气的完美融合。

一　志尚汉魏，辞隐情繁——谭献文风的渊源

许增《书复堂类集后》评谭献诗文"峻洁遒美"[①]。钱锺书表明谭献文章"志尚魏晋，辞隐情繁"[②]。马赓良评谭献文云："旨趣超旷，词华简赡，刻而不露，淡而益腴。"[③] 这些评价皆表明谭献文章具有简洁凝练、表意丰富的特点，与汉魏文风深相契合。谭献文风的渊源表现有三。

其一，谭献散文宗法汉魏，具有汉魏文风。从谭献友朋的评价、后人的评语可以窥得其宗尚汉魏文章的取向。陆心源评谭献文有先秦两汉文章遗风，推扬谭献为一代文宗："捧读之下，驰逐马、班，凌厉韩、柳，其奥博瑰玮，渊渊乎先秦两汉之遗，今日文宗，推君独步矣。"[④] 邓潜评谭献文云："文则渊懿淳茂，直追汉京，盖董、刘之亚匹矣。"[⑤] 邓潜认为谭献文有汉代董仲舒、刘向之风貌。薛福成更指出谭献在经学、文学上对汉代的推崇："方今时事多艰，需才孔亟，执事文章政事上追两京。"[⑥] 叶衍兰评谭献云："诗文皆汉魏遗音。"[⑦] 袁昶《寿谭仲修同年六十》其五诗云："身愿为云逐东野，公真健笔继西京。"[⑧] 袁昶表明谭献有西汉文章风

---

① 《谭献集》，第 673 页。
② 《复堂日记》，第 3 页。
③ 《复堂日记》，第 8 页。
④ 钱基博编纂：《复堂师友手札菁华》（上），第 154 页。
⑤ 钱基博编纂：《复堂师友手札菁华》（下），第 1083 页。
⑥ 钱基博编纂：《复堂师友手札菁华》（下），第 1076 页。
⑦ 钱基博编纂：《复堂师友手札菁华》（下），第 1064 页。
⑧ （清）袁昶：《安般簃集》诗续辛，《清代诗文集汇编》第 761 册，第 372 页。

貌。陈钟英评其文曰:"考据详而精,论议核而当,气味纯乎魏,而文生于情,言皆有物,无无所为而为者,则且陵跨建安而进于汉京,盖谭君于艺苑之源流得失,究极贯串,咸有折衷,博乎其学,粹乎其养,言皆通达,治体而可见诸施行,非独文人之文也。"① 陈钟英表明谭献文章具有考据详精,议论得当,情文相生,言之有物的特点,同时由于谭献闻见广博,其文不是文人之文所能牢笼的。

谭献文的创作实践表现出他对汉魏文章的崇尚与皈依。如谭献人物传记的末尾常有"谭献曰""论曰""赞曰"的形式,以论赞之语对所叙人物及事件作一番评论。这种写法是对司马迁《史记》"太史公曰"论赞体的继承。如《陶府君家传》末尾的论曰:"府君学而后仕,迹其治莠民,毅然不挠,所谓不为威疚者也。官舍萧然,贫无以敛,不为利回者在是。若而人者在下位,以厉世磨钝,如其登进于上,岂不可以扶危定倾也与?"② 这里的论赞之语是对陶庆怡为官生涯的肯定,赞扬陶府君之治绩及为官之清廉,借此发表议论,如此良才若受命于朝堂之上,必能扶危定倾,婉转含蓄表达了对陶府君不得重用的悲哀之情。又如《张先生传》的论赞之语别有特点,在论赞语中插入对张炳杰之师陆璈(字云九)先生博学多才的细节描写。论曰:"云九陆先生,振奇人也。献年十三,见陆先生于秋鸿馆。时盛暑,陆先生散髻,摇儿童所弄赤纸小扇,右手持酒杯,谈谐百态。客有叩《后汉书》《三国志》者,陆先生诵史文如流,俄而佐以稗官家言,阖坐绝倒。献虽童子,甚敬畏之。陆先生终已不遇,竟死于酒,旅葬德州。高第弟子如张先生,复老诸生,晚丁乱离,以身殉孝。著述等身,曾不中寿。天乎!"③ 末尾做出评价,表明陆先生与张先生皆学问渊博,却生逢乱世怀才不遇,表达了对他们才华不得施展的惋惜之情。

其二,谭献骈文具有魏晋文风。从谭献的自述、他人的评价可以窥得其对魏晋文章的宗尚。谭献《答林实君书》云:"献以训诂小学治经,适得其末,而又不详密。三十以后,差有窥于微言大义……杂文三卷,稿草未及写定。又性好晋、宋、齐、梁文士之作,雕琢曼辞,无当大雅,不足为左右助也。"④ 这里谭献明言自己对于魏晋文章的喜好之情。夏寅官

---

① 钱基博编纂:《复堂师友手札菁华》(下),第 1203 页。
② 《谭献集》,第 270 页。
③ 《谭献集》,第 57 页。
④ 《谭献集》,第 40 页。

《谭献传》云:"少孤露,溺苦于学,好为六朝三唐骈俪文,二十五六以后潜心经训古子,有志于微言大义。"表明谭献二十五岁以前雅好六朝三唐骈文,后来转向古训经传的治学道路。邓濂将谭献之文比作六朝任昉之文:"足下才综九能,识镜千古,学道之效,奏于弦歌,等身之书,寿于金石,以任彦昇之笔兼沈休文之诗……"① 钱基博《〈复堂日记〉补录序》认为谭献文章具有魏晋风格:"于绮丽丰缛之中,存简质清刚之制,取华落实,弗落唐以后窠臼。"② 张舜徽《清人文集别录》称赏谭献骈文取法魏晋六朝,高出同时代的李慈铭、樊增祥:"献为文炼字宅句,深有得于晋、宋、齐、梁文辞之奥。晚清文士,大半中四六之毒颇深,俱未足称骈文高手,献独规仿六朝,取法乎上,极其所诣,固贤于李慈铭、樊增祥。以二家之文,四六格调太多,而献犹能免于斯累耳。"③ 同时分析其骈文成就高的原因:"献既少精《选》理,于《骈体文钞》诵习尤熟,宜其吐辞摛藻,不同恒响也。"④ 表明了谭献骈文以汉魏六朝为宗尚,故能免于整栗之弊,而有清转之妙。大致说来,谭献骈文有如下两点值得注意。

首先,谭献骈文具有骈散合一的特点。朱启勋《复堂文续叙》云:"近代文家不分骈散,既除门户,或越藩篱。管窥之见,主张文粹,通古今之变,酌华实之中,接墙宇于选廎,截波澜于天水,观先生文,若合符节。"⑤ 表明谭献文不分骈散。如谭献《公祭许少宰袁太常文》:"惟光绪二十六年九月十三日,同人致祭于许、袁二君子之灵曰:呜呼,惟同志之断金,固不回于百折。矢济险而特危,殉国步之蹉跌。繄厉学而入仕,洞中外之时艰。犯舟楫于洪涛,愿勿试于飙烂。泣血以斯上陈,就所商榷而言。逆耳则死,死有遗憾。怀诚未至,留此坎陷。趋走京外,显擢高资。敢云遂志,愚贞是师。死得其所,清议云尔。揆厥荩念,惕息不已。伊群言之表忠,倾论定于将来。溯名山之结交,指湖水之萦洄。草茅涕泪,巾佩前游。逝矣十旬,从此千秋。陈一尊之絮酒,忆当年之笑语。二君已联辉于星辰,吾辈终缠绵于风雨。哀哉尚飨。"⑥ 文章打破以往祭文多用四

---

① 钱基博编纂:《复堂师友手札菁华》(下),第1077页。
② 《复堂日记》,第5页。
③ 张舜徽:《清人文集别录》卷二十,中华书局1963年版,第551页。
④ 张舜徽:《清人文集别录》卷二十,第551页。
⑤ 《谭献集》,第119页。
⑥ 《谭献集》,第342页。

言韵语的格式，以四六句为主，杂以少数八言句式，骈散结合，文气舒缓。祭文写时任总理衙门大臣的许景澄及时任太常寺卿的袁昶二人因直言进谏，反对用义和团排外而被清廷处死，祭文抒发了对许景澄、袁昶二人为国尽忠却遭不测的悲哀之情，同时讴歌他们死得其所，必将千秋流传。

其次，谭献文章追慕汉魏六朝，而其骈文创作实践却不尽能达到汉魏六朝的文风。谭献自言："作文好魏晋人语，从骈俪入，不能摆落华藻，无所为挈静精微也。"① 不能摆落华藻是谭献骈文的不足之处。陈耀南《清代骈文通义》指出谭献骈文有滑纤之弊："（谭献）雅好歌词，骈体则务圆熟，时人滑纤，譬如《知非斋诗序》务以数目作对；《梦辞序》满纸陈言；《魏烈女墓碣》等亦采溢于情，无大家风范。"② 谭献所作《知非斋诗序》多以数目作对："当十人而足了，岂一行而遂废……鸣球而和于九变，废瑟而应于一堂也已……五言美文，《选》楼可上；七字长句，海内何人？……惟'十九'之寓言，求'三百'之得所……道在一贯，才长九能。"③ 篇中之数对连篇累牍，有刻意为之之嫌。

其三，谭献文有常州文派之风貌。谭献以常州派张惠言为学习对象。汪鋆评谭献文云："文在宛邻嗣响又不待言，服习之余，弥深高望。"④ 吕耀斗评谭献文曰："足下诗学、词学均以茗柯立论为宗，故源流独正，加以枕葄酝酿……即欧阳子见之，不能不放出一头地，何况余子。"⑤ 刘师培《论近世文学之变迁》谓常州之文，以阳湖张氏（张惠言）、长洲宋氏（宋翔凤）最著，二人"均工绵邈之文，其音则哀而多思，其词则丽而能则……近人惟谭仲修略得张、宋之意"⑥。章太炎《自述学术次第》云："时乡先生有谭君者，颇从问业。谭君为文，宗法容甫（汪中）、申耆（李兆洛）。虽体势有殊，论则大同矣。"⑦ 这些评语均表明谭献对常州文派的继承。常州文派的代表作家有张惠言、宋翔凤、李兆洛等人，其创作

---

① 《谭献集》，第 682 页。
② 陈耀南：《清代骈文通义》，台湾学生书局 1977 年版，第 128 页。
③ 《谭献集》，第 97 页。
④ 钱基博编纂：《复堂师友手札菁华》（下），第 1052 页。
⑤ 钱基博编纂：《复堂师友手札菁华》（下），第 934 页。
⑥ 刘师培：《中国近三百年学术史论》，时代文艺出版社 2009 年版，第 207 页。
⑦ 章太炎、刘师培等撰：《中国近三百年学术史论》，上海古籍出版社 2006 年版，第 124 页。

呈现出"学问与文章相得、气势与文采并重"[1]的风貌。谭献曾撰《庄仲求小传》,自谓"略似常州文格"[2]。可见,谭献文章有常州文派之风貌。

二 典丽婟雅,自然流畅——谭献文风的表现

薛福成写给谭献的书信一通评价谭献文云:"仆始至浙东,即闻士大夫藉藉然称复堂之名不容口,而同年中三数人尤盛道之。以为汪容甫、龚定庵流也……董、刘之文,枚、傅之诗,晏、周之词,兼能并擅,卓绝一世。曩游西泠,爱其风土之清淑,山水之秀丽,窃谓蕴奇郁采,必当有才士兴于今者,及读大集,典丽婟雅,称其山川,盖西湖灵秀之气,皆钟于执事矣。江东独步,非君其谁?"[3]薛福成高度肯定了谭献诗词文兼擅。他结合杭州钟灵毓秀的特殊地域,以"典丽婟雅"评价谭献之《复堂类集》。许增《书复堂类集后》以"峻洁遒美"[4]评谭献诗文。朱启勋《复堂文续叙》云:"读《复堂文续集》,可谓综述性灵,根柢训典者矣。"[5]这些评点表明谭献的文章具有气韵遒古、渊雅醇茂,文辞清新等特点,表现出自然流畅的美学趣味。如《榆园丛刻叙》:"夫菌朔蟪春之年,烟亭云上之士,悠悠物外,且与天游,默默众中,乃共影语。出未建五丈之旗,手欲散千金之产,抑情学道而未可,行歌互答之无人。于是媚古千载,杜门一编。落花入帘,乃知晼晚;南山当户,岂有神仙。赠芍药而可离,泣琼瑰而如梦。风行水逝,雁过声留。系离忧于芳草,证小品之般若。昔人闲情偶寄,亿兴而成,有前辙矣。结流莺为比邻,共蠹鱼之身世。岂无天禄巨编,出清静符命之校上;抑有兔园短册,是长乐老子之家珍。亦曰能贤,无落吾事,如品庾郎鲑菜之味,如罗东坡怪石之供。中山一传,臣今老不中书;文房四友,将以遗夫远者。识大识小,来者难诬;见仁见知,古人不作。但使香温茶熟,风定花闲,坐泉石之间,招琴酒之客,纵横卷轴,荣落早忘,摩挲几案,笑言俱古。非勤小物,宜结古欢。所谓耗壮心,遣余年者,榆园先生抑亦感慨系之矣。"[6]《榆园丛刻》为许

---

[1] 曹虹:《阳湖文派研究》,中华书局1996年版,第95页。
[2] 《复堂日记》补录卷二,第337页。
[3] 钱基博编纂:《复堂师友手札精华》(下),第1074页。
[4] 《谭献集》,第673页。
[5] 《谭献集》,第119页。
[6] 《谭献集》,第198页。

增退隐杭州时所编,这篇文章表现了许增怡然于校勘古籍之乐,其中"庾郎韭菜"用《南齐书·庾杲之传》中庾杲之家境清贫、只吃韭菜之典,表现出对许增淡泊宁静、穷年校书的肯定。此文骈语散句相间,语辞清新,峻洁洗炼。又如《可园诗钞叙》言钟依三多《可园诗》"如春山之秀色可餐,如秋月之朗人怀抱,如入柳阴曲径,闻流莺之宛转,如栖幽岩,披松风之泠泠,听流水之溅溅。抑亦啴缓和柔,而无俗韵,又复旷邈若山林之士,何早成若此?"① 用形象之比喻,工整之句式,概括出钟依三多诗有啴缓、旷邈之致。又如《嘉善乘风亭碑》:

> 乘风亭者,浙江嘉善士民为肃毅伯李公筑也。公名鸿章,安徽合肥人。甄极图书,兼资文武,由翰林出为江南监司。惟时东南鼎沸,蛾贼结聚。沿江上下,殆二千里。公升坛誓众,杀敌致果,旋拜江苏巡抚之命。滔滔肥水,谁迎谢石之师;屹屹霸上,方结亚夫之陈。公以犬牙之错,唇齿之依,惟彼平江,襟喉吴会。逆渠李秀成,负隅长洲之苑;浙西诸郡县,掎角大枪之屯。公不以主客自疑,不以畛域自画,以为浙师格在上游,形势中沮。虎有牙须,益肆其豪,蹶而拔之,乃制厥命。于是楼船之军,次飞之士,呼则波立,叱则墉摧。七里之城,一鼓可下。公曰:徐之。乃以同治二年三月,春水方生,阳侯效顺,蒙童直进,草树皆飞。郭令公之一出,导骑传呼;飞将军之行夜,没石饮羽。五两决云,万丑塞穴。公轻舟薄城,鸣炮警贼,喘喙惕息,矢不敢发。公归军中,谓将佐曰:"贼在吾目中矣。"虽破竹之势,迎刃必解;而盖世之气,先声夺人。魏塘百里,秀州分区,循此而东,传檄皆下。非上智何以洞几,非神勇何以制胜?公平吴高于王濬,百战威于乐毅。昔斩蛟有台,犹铭布衣之烈;长风可借,孰践平生之言?登斯亭者,其亦颂壮猷,贾馀勇也乎?亭既落成,杭州谭献纪叙斯文,勒诸贞石云尔。②

这篇骈文描写李鸿章以摧枯拉朽之势击败了以李秀成为首的太平军,讴歌李鸿章智勇双全。通篇五百余字,用典六处,"滔滔肥水,谁迎谢石

---

① 《谭献集》,第188页。
② 《谭献集》,第103页。

之师"用东晋谢石、谢玄率军在淝水破秦之典。"屹屹霸上,方结亚夫之陈"用汉代周亚夫平定吴楚七国之乱的典故。"郭令公之一出,导骑传呼"用唐代安邦重臣郭子仪的典故。"飞将军之行夜,没石饮羽",用李广没石饮羽之典形容李鸿章的英勇善战。"公平吴高于王濬,百战威于乐毅"句,又以西晋时期攻灭孙吴的大将王濬和战国后期攻打齐国,连下七十余城的燕国名将乐毅来称赞李鸿章。这些典故运用得自然贴切,体现了李鸿章的军事才能。此文骈散合一,用典贴切,无繁缛之病,有清新刚健的特点,表现出自然流畅的审美情趣。

三 论说巧妙,笔法灵活——谭献文的句式特点

谭献文精心结撰,论说巧妙,笔法灵活。复堂文的句式特点表现在如下两点。

其一,文章开端,用排比句型。如《小辋川图后序》开篇云:"夫闲房曲榭,酒德琴歌,三余读书,一门风雅,则昔者之小辋川也。彻其墙屋,薪木毁伤,训狐啼而硕鼠走者,兵间之小辋川也。山川重秀,城郭是而人民非,折柳采莲,主客思旧,是今日之小辋川也。"① 开端对比描写昔日小辋川、兵间小辋川、今日小辋川的不同景物,以引起下文。又如《吴昌硕诗序》云:"献游吼山,刺船石宕间,心目惝恍,状之曰:'如梁如屋,玲珑四垂,如荷夫渠,藤蔓嫋嫋,如无所著',此山水之创获也。在全椒,独行桃花林,月出,无人语,心目惝恍。记之曰:'红雨已霏,残英在树,新月照之作雪色,不辨其为浅绛深红也',此花木之创获也。沪上逆旅,安吉吴君沧石,倾盖如故。读所作诗歌,心目惝恍,题辞曰:'老梅一花香一春,怪松化石何轮囷。便从月小山高处,想见嶔崎历落人',此文字之创获也。"② 开端连用三个"创获",分别为游历吼山时的山水之创获、独行全椒桃林时的花木之创获、于沪上逆旅读吴昌硕诗歌的文字之创获,通过排比句式的使用,高度肯定了吴昌硕诗歌的成就。又如《薛中议慰农师六十寿言》以骈文形式结撰而成,通过自己与老师薛时雨几方面的比较,列四异四同,排比工整,句式整饬。《千龄初集记》云:"是集也,亦可谓四美具矣……天运方转,道气自长,即论后凋,同兹生

---

① 《谭献集》,第29页。
② 《谭献集》,第179页。

意，则献岁发春，会之时也……积素累旧，脱略前期，平居里巷，缠绵夙梦，则友助扶持，会之地也……鸟啼花发，成案等于毗牽，则老成典刑，会之盛也……参出世法，问末座之少年；与古人居，任旁观之刻画，则酒颂琴心，会之雅也。"① 以"会之时""会之地""会之盛""会之雅"的排比句式表明千龄初集有四美并具的特点。

其二，前后呼应型。如《六潭文集叙》开篇引用李赞皇（李德裕）言："譬如日月，终古常见，而光景长新"语，意在表明文章应递迁递变，结尾处又云："李赞皇言：'譬如日月，终古常见，而光景长新'，吾于王子之文益信。"② 首尾引用李赞皇语，表明王咏霓闻见广博，作为使臣来往于邦国之间，其文章在内容上出现了新变。又如《合肥三家诗钞序》以"江淮之间固多异人哉！"开篇，结尾重言"江淮之间，固多异人哉！"③ 句式首尾呼应，以惊叹之语称赞合肥三家诗人徐子苓、戴家麟、王尚辰。《方柏堂辅仁录叙》开端言："伊古贤人君子，未有独学而无友者也。"结尾云："世有独学而无友者，尚其憬然于相人偶之旨矣夫。"④ 首尾句式呼应，表明方柏堂纂集友人赠处之言为《辅仁录》是"益者三友"的体现。《石城薛庐记》写谭献老师薛时雨在杭州和石城（南京）两地设教，两地皆建有"薛庐"，前后两处"薛庐"的描写有呼应之处。描写杭州薛庐为："盖尝设教于杭州西湖之上，浙江东西著弟子籍者数百人。去思之颂，亦既盈耳。群弟子以先生客也，乃结屋湖滨，表游息之迹，氏之'薛庐'。先生大布之衣，邛竹之杖，相羊其间。"描写南京薛庐为："淮流、钟阜间，束带自修，以名节自许，诚义欲用于世，著弟子籍者，又数百人。逡巡十年，向学益众，有德有造，盛于浙江东西。先生大年六十有三，称东南老师。群弟子以先生少长于是也，乃结屋山麓，表游息之迹，氏之'薛庐'。先生大布之衣，邛竹之杖，相羊其间，如在杭州而加乐焉。以土风之近乡，而钓游之所习也。"⑤ 这样的描写，意在强调尊师重教以及学生对老师的爱戴之情。

---

① 《谭献集》，第 229 页。
② 《谭献集》，第 167 页。
③ 《谭献集》，第 151 页。
④ 《谭献集》，第 136 页。
⑤ 《谭献集》，第 34 页。

第六章

谭献文章思想研究

谭献的文章思想极为丰富,既有经世致用的文学思想,又有观时感物,抒发个人情感的理论主张。既重道德学问又重性情胸襟。论诗有宗唐倾向。在这些思想之外,更为难能可贵的是,其骈散合一的骈文批评理论是对古代骈文批评理论的丰富与完善。其戏曲评点反映了晚清戏曲风尚的演变。下面分节论述谭献的文章思想。

第一节 谭献经世致用的诗文思想

谭献的学术思想与他所处的风云变幻、动荡不安的晚清政局有十分密切的联系。谭献所处的晚清社会,内忧外患不断,内有持续十多年的太平天国运动及捻军起义;外有鸦片战争、中法战争、甲午中日战争、八国联军入侵北京等事件。谭献作为传统知识分子,试图从儒家思想中寻求治乱之方。谭献的学术思想以经世致用为出发点,其诗文思想受其学术思想影响,也具有经世致用的特点。下面分别论述之。

一 谭献经世致用诗文思想的学术来源

陈三立在写给谭献的书信中,曾评价谭献曰:"微言综儒墨,孤抱剧豪雄。"[1] 陈三立总结了谭献在学术上崇尚儒学及微言大义之今文经学。《复堂日记》言:"献束发以来,亦欲寻求治乱之本,约之六经。徵之万物,纵横之三古之陈迹、万里之风会,出其所测识者,拟撰《学论》。"[2]

---

[1] 钱基博编纂:《复堂师友手札菁华》(下),第1026页。
[2] 《复堂日记》卷七,第155页。

谭献自十五岁束发之年起，即试图从儒家思想中寻求经世致用的治国方略。大致说来，谭献从常州今文经学、章学诚史学、颜李实学等传统儒家学说中取资。谭献《师儒表》首列庄存与、汪中、章学诚、龚自珍四人为绝学门。"今海内多事，前五十年之文章，已可测识。盖贤者如汪容甫、龚定庵、周保绪诸君子，智足以知微也。"① 谭献认为龚自珍等人致力于讲求微言大义的今文经学，这种学问有益于社会政治。这是谭献将绝学列于经师、文儒之上的缘由。下面从四个方面分析谭献经世致用的学术思想。

（一）心折常州学派今文经学

谭献生于道光十二年（1832）。清代道光、咸丰年间，今文经学蔚然成风。谭献治经亦讲求微言大义，推崇今文经学。吴怀珍《复堂诗序》言谭献为学"能通古今治乱，言天下得失如指诸其掌，国家大政刑大典礼，能讲求其义"②。《清史稿·谭廷献传》云："少负志节，通知时事。国家政制典礼，能讲求其义。治经必求西汉诸儒微言大义，不屑屑章句。"③ 谭献治经蕲向西京，归宗常州庄氏，论学每以微言大义为准则。谭献对常州今文经学的学者极为推崇："吾于古人无所偏嗜，于今人之经学，嗜庄方耕、葆琛二家。"④ 这里的庄方耕、庄葆琛分别指庄存与、庄述祖。庄存与（1719—1788），字方耕，江苏武进（今常州）人，清代经学家，尤精于春秋公羊学，常州学派的开创者。庄述祖（1750—1816），庄存与之侄，字葆琛，江苏武进人。于今文经学研究精密。

自咸丰七年游学京师之后，谭献对经史诸子之学一直潜研不辍，学术上倾向于讲微言大义的今文经学，对常州庄氏之学推崇备至。他认为"方耕侍郎之《春秋》冠绝古今无二。"⑤ 谭献从十五岁开始阅读张惠言之弟张琦所编的《宛邻书屋古诗录》，他对常州学派私淑已久，"庄中白尝以常州学派目我，谐笑之言，而予且愧不敢当也。盖庄氏一门，张氏昆季，申耆、晋卿、方立、稚存、渊如皆尝私淑，即仲则之诗篇又岂易抗颜

---

① 《谭献集》，第9页。
② 钱仲联主编：《清诗纪事》（十七）同治朝卷，第11869页。
③ （清）赵尔巽等：《清史稿》第44册卷四百八十六，中华书局1977年版，第13441页。
④ 《谭献集》，第682页。
⑤ 《复堂日记》补录卷一，第208页。

行乎?"① 庄棫视谭献为常州学派中人,谭献虽谦称愧不敢当,但心折常州学派。除了此处提到私淑庄氏一门、张惠言、张琦、李兆洛、董士锡、董佑诚、洪亮吉、孙星衍、黄景仁之外,《复堂日记》中多次出现谭献对常州经学、文学的阅读和评论,私淑之意,跃然纸上。

(二) 服膺章学诚史学

庄棫《复堂书目序》:"及同读章氏书而后知仲修之学与章氏近。平生获益,亦章氏书为多。"② 由此可见,谭献思想受到章学诚的影响较大。钱基博《〈复堂日记〉补录序》言及谭献的学术思想:"以吾观于复堂,就学术论,经义治事,蕲向在西京,扬常州庄氏(庄存与、述祖、绶甲祖孙父子)之学;类族辨物,究心于流别,承会稽章氏(学诚)之绪。惟《通义》徵信,多取《周官》古文,而谭氏宗尚,独在《公羊》今学;蹊术攸同,意趣各寄。"③ 可见,谭献认同常州庄存与、庄述祖、庄绶甲的经术文章与章学诚的通识古今。除了对常州学派今文经学的推崇之外,谭献对章学诚的史学服膺最深。"章氏之识冠绝古今,予服膺最深。"④ 谭献在《章先生家传》一文中肯定了章学诚"六经皆史"说及其在方志学方面的建树:"先生学长于史,尝谓六经皆史,《书》与《春秋》同原,《诗》教最广,太史陈之,官礼制作,与《大易》之制宪,明时圣王经世之大,皆所以为史也。"⑤ 认为其《方志立三书议》具有重要意义。同时说明章学诚学术的渊源,得益于刘向、刘歆父子辨章学术、考镜源流目录学的影响:"先生文不空作,探原官礼,而有得于向、歆父子之传。"⑥ 谭献将章学诚《文史通义》奉为鸿宝,"时置案头,晨夕相对,车袠可共"⑦,表明自己的愿望:"治经史未竟之业,得一卷书,附庸于胡石庄、章实斋两先生,于愿足矣。"⑧ 于此亦可见出谭献对章学诚的服膺之深。具体说来谭献对章学诚的推崇,主要体现在如下两方面。

---

① 《复堂日记》卷二,第44页。
② (清) 庄棫:《蒿庵文集》卷六,《清代诗文集汇编》第711册,第216页。
③ 《复堂日记》,第5页。
④ 《复堂日记》卷一,第17页。
⑤ 《谭献集》,第236页。
⑥ 《谭献集》,第237页。
⑦ (清) 俞樾:《与谭仲修》,《俞曲园先生书札》,新文化书社1931年版,第19—20页。
⑧ 《复堂日记》卷二,第38页。

其一，致力于访求及补刻章氏遗书。谭献曾搜访章学诚《文史通义》写本，并将其刻印发行。《复堂日记》有多则条目记录其访求《文史通义》《章氏遗书》的细节，现择录如下：

> 同治元年（1862）九月廿日：偕子高访孙梦九司马，阅其藏书目。予携《文史通义》归，阅之。①
>
> 同治三年（1864）：于书客故纸中搜得章实斋先生《文史通义》《校雠通义》残本，狂喜，与得《晋略》同。章氏之识冠绝古今，予服膺最深。往在京师，借叶润臣丈藏本，在厦门借孙梦九家抄本，读之不啻口沫手胝矣。不意中得之，良足快也。②
>
> 同治十年辛未（1871）：借朱子清《文史通义》写本阅之。仅刻本十之四五，有《杂说》二篇为刻本所未有。记在厦门借孙氏写本有《教弟子作文法》一卷，亦未刻。李莼客言章氏遗稿十余册在越中，南归当渡江访之。③
>
> 同治十二年癸酉（1873）：癸酉春正下旬一日，幞被度江……此行盖欲访章实斋遗书、邵二云《南都事略》。④
>
> 同治十二年癸酉（1873）：书肆访书，章、邵书未有踪。⑤
>
> 同治十二年癸酉（1873）：得陶子珍书，访得《章氏遗书》《文史通义》《校雠通义》，版刻在周氏，同年介孚名福清之族人也。辗转得之，不虚吾渡江一行。⑥
>
> 同治十二年癸酉（1873）：《章氏遗书》板至，残佚五十四页。取予藏本，上木翻刻补完。此书终以予故，得再行于世矣。⑦
>
> 光绪廿一年（1895）三月初六日：章实斋遗书目录多所未见，而教子弟读书作文法，目亦未具，故予前撰家传特著之。借黔刻

---

① 《复堂日记》补录卷一，第207页。
② 《复堂日记》卷一，第17页。
③ 《复堂日记》卷二，第49页。
④ 《复堂日记》卷三，第56页。
⑤ 《复堂日记》卷三，第57页。
⑥ 《复堂日记》卷三，第57页。
⑦ 《复堂日记》卷三，第58页。

《章氏遗书》行。①

由这些条目可知，谭献约于咸丰七年（1857）游学京师时，在叶润臣家里首次看到《文史通义》。后于同治元年（1862）九月在厦门孙梦九家借得抄本。又于同治三年（1864）无意中购得《文史通义》和《校雠通义》残本。同治十年（1871）谭献入京参加会试时，从朱子清处借得《文史通义》写本，惜为残本。又从李慈铭处获知章氏遗稿在越中的消息，决定南归访书。谭献于同治十二年（1873）赴绍兴访得章氏遗稿。谭献对章学诚遗书的访求可谓不遗余力，他根据多年来搜集到的各种藏本对《文史通义》进行补刻。在他任职于杭州书局时，将其刻录并印行。《章先生家传》云："《通义》写本得读于厦门大梁板刻，浙东兵后，献渡浙江，访得于会稽周氏祠堂，亦阙佚矣。出箧中旧本，补刻于杭州书局，印行广州，有'伍氏丛书本'。近岁先生后裔又重刻于黔，于是来学日开，遗书津逮矣。"② 杭州书局的这个补刻本，对于扩大《文史通义》的影响功不可没。"据出版史专家井上进先生的考察，在《文史通义》的传本中，多是这个浙局补刻本。"③

其二，谭献服膺章学诚，突出表现在三方面，即认同章学诚"表方志为国史""官师合一""诗教至广，其用至多"的观点。

首先，谭献肯定了章学诚方志为国史取裁的观点。《复堂日记》言："阅《文史通义·外篇》。表方志为国史，深追《官》《礼》遗意。此实斋先生所独得者……悬之国门，羽翼六艺，吾师乎！吾师乎！"④ 这里表明谭献对章学诚方志之学的推崇。章学诚明确表明地方志是历史的观念。指出"志乃史裁""志属信史""志乃史体"。章氏认为方志的任务是为朝廷修纂国史和正史提供资料。"朝廷修史，必将于方志取其裁。"由于方志和国史有关，因此方志从一开始就具有"公"的性质，而非像当时对方志的一般看法那样，认为方志只是地方历史地理及文化的汇总，是地方官为自己在任期间的业绩歌功颂德的"私"的工具。

谭献在文章中多次表达了对章学诚方志之学的推扬。如《寄龛文赓

---

① 《复堂日记》续录，第376页。
② 《谭献集》，第236页。
③ 王标：《谭献与章学诚》，《杭州师范大学学报》2009年第1期。
④ 《复堂日记》卷一，第20页。

叙》云："乡先生章实斋氏，昔尝推大方志，以当国史乘与梼杌，晚周登为宝书。"①《慈溪县志序》云："古者掌道，方志垂于经训。迄今郡县有志，盖昔分国记史之遗则。所以揽山川，谘利病，旌别淑慝，有司之措注，人才之兴衰，民风之厚薄，莫不具见本末，铺陈终始，非寻常纪述小文比也。"②《湖墅小志序》云："郡邑之志，章实斋推为古国史之遗。推究盛衰，彰瘅是非，咸源出于史法。窃谓隘而至于一村一镇一山一水，古今目录，往往有纪载成编，附庸志乘。我浙之乌镇、塘栖，艺林不废。湖墅附郭，三门三关，都会之衿袖也。山水嘉胜，士女昌丰，一隅而可考古风，可稽掌故，先贤记述，未尝传之其人。"③ 这三篇文章皆表明谭献的观点：第一，谭献把地方志提到国史的高度，对地方志的地位给予充分肯定。地方志乃"分国记史之遗则"，为"国史之遗"。第二，地方志具有考察民风，旌表贤良，为政治服务的功能。谭献《与歙县诸仕宦论修方志书》云："献窃闻之，古者列国有史，今之郡县志书当之矣。《周官》外史掌道方志，所以陈四方之风，备柱下之要。删非图经，游记仿也……庶几《歙志》续修，备一邦之史策，布诸海寓，垂诸将来。使程忠壮、汪越国之勋贤，程、朱之阙里，盛益盛，传益传。"④ 谭献再次表明修方志的目的在于酌古准今，施于政教，御患安民，有补于世。

国有史，地有志，家有谱。所谓"家乘与国史相表里"⑤。除了肯定章学诚的方志之学，谭献对族谱的价值也极为认可。《歙庠里吴氏宗谱叙》言："国史之有系表，家乘之有族谱，凡以因流溯源，推本逮末，大宗小宗之家法，原于官礼者也。"⑥ 谭献追溯家谱的起源，称其原于《官礼》，同时肯定了家谱的功能："夫宗支之谱系，纪录其迹也，必有收宗睦族之礼，述祖昌家之心寓乎其间。"⑦ 认为家谱记录家族血脉的渊源、绵延，传之后人，以期收报本追远、敬宗收族之效。谭献作有与家谱相关的文章，如《徐通奉支祠记》《南浔周氏祠堂记》为有关浙江一地支祠、

---

① 《谭献集》，第166页。
② 《谭献集》，第163页。
③ 《谭献集》，第162页。
④ 《谭献集》，第40页。
⑤ 《谭献集》，第265页。
⑥ 《谭献集》，第161页。
⑦ 《谭献集》，第162页。

家祠的文章。《徐通奉支祠记》记浙江桐乡徐氏以敦厚起家，家族日益繁茂。除建有宗祠外，又立支祠。所谓："礼有大宗之祠以合族，有小宗之祠以亲亲。"①《南浔周氏祠堂记》为记录浙江乌程南浔周氏家祠而作："周氏商业既世，一一本于儒术，非逐末之鬼锁者流。夫是以家祠肇兴，已有儒生起家科举，源远斯流长。"② 谭献对浙地徐氏支祠、周氏家祠的记录，用意在于表明这些祠堂的建立可使风俗醇厚、人心稳定，对于宗族制度的维系与发展起到重要作用。《徐通奉支祠记》言："习闻家教，执勤矢俭，尚友读书，有浸成风俗者，所谓不出家而成教于国，徐氏先世有焉。"③《乌程南浔周氏三世稻村府君家传》言："谭献曰：《大学》记曰：'君子不出家而成教于国。'明哲之言，则士先器识而后文艺。周氏父子兄弟以俭昌家，以善逮众，以仪式衣冠以佐助君相。安得如此父子兄弟，落落然参错天下，则治升平纯太平之世，不难致矣。今也据乱，跂予望之。"④ 这些家族以俭昌家，诗书传家，"不出家而成教于国"。谭献认为如果每个家族都能如此，则国家兴盛指日可待。

其次，谭献推扬章学诚"治教无二，官师合一"之说，提出"天下无私书，天下无私师"的主张。《复堂日记》言："阅《文史通义·外篇》……吾欲造《学论》曰：'天下无私书，天下无私师。'正以推阐绪言，敢云创获哉！"⑤ 这里谭献申说自己所说的"天下无私书，天下无私师"源自章学诚。又谭献《上座主湖北督学张先生书》言："欲著一文，名曰《学论》，未属草也。其大要四言耳，曰：天下无私书，天下无私师，人才皆出于学，国政皆闻于学。继而读《明夷待访录》，则黄先生发其凡焉。"⑥《复堂日记》亦言："献束发以来，亦欲寻求治乱之本，约之六经，徵之万物，纵横之三古之陈迹、万里之风会，出其所测识者，拟撰《学论》。大要四言，曰：天下亡私师，天下亡私书；人材毕出于学，国政皆闻于学。而梨洲黄子二百年已著此议。"⑦ 谭献早年以文名，自咸丰

---

① 《谭献集》，第220页。
② 《谭献集》，第221页。
③ 《谭献集》，第220页。
④ 《谭献集》，第262页。
⑤ 《复堂日记》卷一，第20页。
⑥ 《谭献集》，第37页。
⑦ 《复堂日记》卷七，第155页。

七年游学京师后，转向研究经史之学，试图从经史中寻求治国方略。他曾计划撰写《学论》一书，并将此书的大致要义概括为四句话："天下无私书，天下无私师，人才皆出于学，国政皆闻于学。"这些思想与黄宗羲、章学诚的观点存在相似之处。谭献文章中反复申说其"天下无私书，天下无私师"的观点：

《石城薛庐记》：古者友教四方……抑又闻古之人七十致仕，大夫为父师，士为少师，故曰天下无私师。①
《许教授家传》：谭献曰：天下有私师，师道亡矣……许先生为公家之师，承学之士，庶乎其得所归耶，何其鲜与？②
《厦门义学记》：天下之大，有司之众，苟其著为令甲，修明学制，事始一乡，教成国学，则天下可以无私师，而人才毕出于学矣。③

谭献"天下无私师"的观点，表明他试图借助传统儒学力量来挽救晚清政权所面临的社会政治危机。戊戌变法（1898）之后，清政府表现出用官师治教合一之策来巩固统治基础的态势。君主和士大夫都必须接受儒家的教导，承认圣王合一的理想，努力去实现"官师治教合一"的理想秩序。张荣华指出，谭献对章学诚"六经皆史"说的理解和阐发，主要是"突显章氏命题的内在精神是标举'官师治教合一'之旨……所谓天下无私书，不仅是要说明六经皆官书，而且强调官师合一的六艺精神贯通并支配诸子著述和史书"④。

最后，谭献认同章学诚"诗教至广，其用至多"之说，在诗文观上表现为重视诗文的社会政治功能（详见第六章第一节谭献经世致用诗文思想的具体表现）。

(三) 推崇清初颜李实学及胡承诺学说

谭献《师儒表》列颜元、李塨入大儒门，位居第三。列胡承诺、黄

---

① 《谭献集》，第34页。
② 《谭献集》，第55页。
③ 《谭献集》，第34页。
④ 张荣华：《章太炎与章学诚》，《复旦学报》2005年第3期。

宗羲、顾炎武入通儒门。谭献讲求实用，反对桐城派空谈义理。因同光年间，内忧外患严重，空谈心性无益于治国安邦，于是谭献主张颜李学派的实学，以实学救弊时世。钱穆先生曾指出颜元、李塨与章学诚学说的相同点是都"重事功而抑著述"①"重践履而轻诵说"②。谭献认为"颜李学说"高于顾炎武、黄宗羲之处在于其能实践朴学，折衷六艺，"李刚主（李塨）承颜氏学，不事空言心性，以六艺三物为教，近世之巨儒"③。颜李学派强调真知力践，以经世致用为宗旨，这是谭献推崇颜李学说的主要原因。

谭献对清初学者胡承诺极为推许，认为顾炎武、黄宗羲与之相比，大有不如。如言："读《绎志》六日一过。胡先生粹然一出于正，可见施行。视亭林（顾炎武）更大，视潜斋（应㧑谦）更实，视梨洲（黄宗羲）更确，视习斋（颜元）更文。"④谭献对胡承诺《绎志》的推崇着眼于其体用之学。有清一代，究心胡氏之学者，始于乾嘉间常州兼学者、文人于一身的张惠言与李兆洛。谭献既心仪常州学派，则欣赏胡承诺固然。胡承诺为明代崇祯举人，入清不仕，究心学术。谭献称其为"楚学之大宗"⑤，"通经致用，命世儒者。"⑥ 其《绎志》一书，谭献评之为"通儒之言，有体有用，足以信今垂后者也"⑦。称赞是书"言性道者，朴属微至，推究本末；言治理者，黄钟大镛，重规叠矩。诚经国大业、不朽盛事也"⑧。而叹其学说"生当阳九，未见施行"⑨。可谓推崇备至。

（四）吸纳西学

晚清之际，列强入侵，国家内忧外患不绝，故谭献接受"师夷长技以制夷"的理念，学习西方的各种长处，不仅局限于形而下的器物层面，也学习形而上的制度层面，试图通过学习西方来寻找御侮安邦之策。谭献

---

① 钱穆：《中国近三百年学术史》，商务印书馆 1997 年版，第 441 页。
② 钱穆：《中国近三百年学术史》，第 442 页。
③ 《复堂日记》卷一，第 21 页。
④ 《复堂日记》卷二，第 35 页。
⑤ 《复堂日记》补录卷一，第 239 页。
⑥ 《复堂日记》卷一，第 26 页。
⑦ 《复堂日记》续录，第 405 页。
⑧ 《复堂日记》卷一，第 27 页。
⑨ 《复堂日记》卷一，第 27 页。

在安徽为官期间，与李鸿章的老师徐子苓有交往。晚年应洋务派代表人物张之洞之邀担任湖北经心书院院长，也接触到洋务派"中体西用"的思想。正如萧华荣所言："根植于特殊的时事之变，洋务运动开出了'中学为体，西学为用'的经世致用的新路向。"① 谭献留心西学，着眼点在于"师夷长技以制夷"，通过吸纳西方的进步学说试图使国家富强。《复堂日记》中有多则有关谭献对西学态度的条目，现择要列之如下：

> 假谲人行箧《天演论》读毕。西学中之微言大义殊有精邃，不敢易视。②
> 重检《时务报》所载《盛世元音》及重译《富国策》，此皆有实有用者。③
> 阅《瀛海新论》上中下三篇，粤人张君撰。文气渊茂，持论明通，有识之士，有用之文。④
> 高仲瀛来谈艺。究心实学，有志于天文律算，乃欲通西人之术，以求制夷，可谓大义凛然。⑤
> 南皮张芗涛先生，予举主也。视学蜀中，撰《书目答问》，可谓学海之津梁、书肆之揭橥，固今日一大师。⑥

这几条资料表明，谭献曾阅读《天演论》《富国策》《瀛海新论》等书籍，这些著作具有经世致用的功能，为有用之文。谭献对究心实学的高仲瀛加以赞同，表明他学习、吸纳西学的目的是寻求制夷之方。张之洞（号芗涛）是谭献的座师，其所撰《书目答问》以"经世致用"为指导思想，以"中学为体，西学为用"为准则，谭献对此书的评价极高，说明他对中体西用之学的认同。值得注意的是，甲午战争失败之后，谭献更多从制度层面关注西学，表现出对西方经济学及进化论等先进理念的关注，"呈现出鸦片战争以来知识分子思索中国前途时，由'器物'到'精

---

① 萧华荣：《中国诗学思想史》，华东师范大学出版社1996年版，第370页。
② 《复堂日记》续录，第403页。
③ 《谭献日记》续录，第386页。
④ 《复堂日记》补录卷二，第311页。
⑤ 《复堂日记》卷二，第34页。
⑥ 《复堂日记》卷四，第82页。

神'的现代性追求的轨迹"①。此外,《谭献日记》中"有用"一词反复出现:

> 同治九年(1870)十二月十三日:借得沈石渠《诗铎》。是书二十六卷,为张仲甫丈纂辑;以有用之言为宗旨,于诗教颇见其大。②
> 光绪二年(1876):阅《诗铎》。张中书仲甫丈撰……其义以有用为主,殆法《文章正宗》。③
> 光绪五年(1879):杨惺吾寄《历代地理沿革图》至。补六、马两家所未备,颇有益于世用。④

可见,谭献的学术思想既扎根于传统,又紧密联系时代。无论是传统思想中的今文经学、史学、实学,还是"中体西用"的新型思想,谭献吸纳这些思想的原因在于欲以此解决晚清社会所面临的严峻现实问题和社会矛盾。

二 谭献经世致用诗文思想的具体表现

谭献曾言:"明以来,文学士心光埋没于场屋殆尽,苟无摧廓之日,则江河日下,天可倚杵。予自知薄植,窃欲主张胡石庄、章实斋之书,辅以容甫、定庵,略用挽救。"⑤ 谭献不满于士人为文只知八股制艺,而倡导实学,试图用胡承诺、章学诚、汪中、龚自珍的经世致用之学改变士人埋头八股制艺的不良文风。受经世致用学术思想影响,谭献的文学思想也主张有实有用,这从他自己的表述中可窥一二。《复堂日记》载:"予治文字,窃以有用为体,有余为诣,有我为归,取华落实。二十余年,耳目差不眩变。"⑥ 光绪十三年谭献撰写的《虚白室集序》言:"往日妄言文章,辄曰有实,曰有用。"⑦ 这表明,谭献认为文章的宗旨是有实有用。

---

① 杨联芬主编:《中国散文通史》(近代卷),安徽教育出版社2012年版,第4页。
② 《复堂日记》补录卷一,第245页。
③ 《复堂日记》卷三,第73页。
④ 《复堂日记》卷四,第90页。
⑤ 《复堂日记》卷三,第59页。
⑥ 《复堂日记》卷二,第48页。
⑦ 《谭献集》,第153页。

"有实"即重视作品的思想内容，反对空言无事实之文。"有用"即文章要有益于社会政治。有实有用成为谭献文学思想的重要组成部分。

谭献诗文的"有实有用"思想可从两方面加以考量：一是从形式而言，反对片面追求语言的华丽而言之无物。如《虚白室集序》言："若夫抑扬措注而言家法，俽色选声而号名家，匪用掎摭，心窃耻之。"① 谭献反对"藻绘为文章"，否定空谈"体势""声病"，造成文章的华而不实。他认为诗文应"植体经训，原本忠孝"②。"诗也者，根柢乎王政，端绪乎人心，章句纂组，盖其末也。"③ 认为章句辞采的形式为诗歌之末，王政人心的内容是诗歌之本。二是从内容而言，认为文章可以观风会，诗可以观教化。其一，文章要与政治教化相关，"文章之事知政知化，夙昔持论如是。"④《复堂文录甲叙》表明其选录文章的原则是立言经教，推究世用："古者学以为治，陈言朝廷之上，荦荦大者，贯五德之运，通万国之情。其次因事纳忠，一简有一简之益，一篇有一篇之用，如日月之烛幽，蓍龟之决事。"⑤ 其二，复堂认为"以诗为教"包含诗歌以温柔敦厚为本，以兴观群怨为用两部分。具体说来包括以诗观时代风尚、观政教得失的诗歌功能及温柔敦厚含蓄蕴藉的诗歌风貌两方面。

首先，重视以诗观政。诗歌是反映政治和世运的晴雨表，通过诗歌可以感知政治的清明与昏暗。谭献《明诗》云：

> 献尝服膺会稽章先生之言曰："诗教至广，其用至多。"而又师其论文之言，持以论诗。求夫辞有体要，万变而不离其宗。进退古今，以求其合，盖千一而绌然。而一代政教，一时风尚，则可以观焉。世盛则草野皆和平之音，世乱则衣冠皆噍杀之音。流连风月，奔走声气，虽甚繁鄙，而可觇灵长。悲悼感愤，穷戚酸嘶，虽甚迫狭，而可识兵凶。严刑峻法，世变日亟，则群乐放废，家家自以为老庄。放僻邪侈，名实不副，而不耻干进，人人自以为屈、贾。之数者几相感召，如环无端。无病而呻与乐忧者，非人情耳。有道术者，依仁据

---

① 《谭献集》，第 153 页。
② 《谭献集》，第 23 页。
③ 《谭献集》，第 17 页。
④ 《复堂日记》卷三，第 69 页。
⑤ 《谭献集》，第 15 页。

义，履中蹈和，则上合六义；怀才抱朴，言志永言，则旁通九流，卓矣茂矣。①

蔡长林对这段文字解释说："文章求其体要，在万变不离其宗。亦即不论形式如何变化，内容所载，仍是一代政教、一时风尚，而后可从中观其风会，识其盛衰，可谓皆有与乎世运也……所以流连风月之鄙辞，可以觇性灵之寡长；悲悼穷蹙之嘶吼，可以识兵凶之迫狭。而严刑峻法之治，放僻邪侈之时，各有其特殊之显相，皆所以为观风会盛衰之所资。由是文章之业，非仅关乎诗之靡丽，非徒与于文之排比，而在于求其体要，寓盛衰于几微之际。谭献所谓'诗可以观化者'以此。"②

诗文可观世运的又一体现是谭献对朋友王咏霓、薛福成等描绘世界局势的文字加以赞扬。谭献认为出使英、法、美等国的王咏霓，其诗能够反映当时世界局势的变化："王子裳比部同年《函雅堂诗》蓄思隐轸，而吐音高亮，可以形四方之风，洞当世之变者。表海壮游，开昔人未有之诗境。"③ 复堂为王咏霓所作《六潭文集叙》云："吾同年友黄岩王咏霓子裳者……从使臣于来宾之国，所以联邦交而洞情伪，身所经历，而神明识量又足以贯终始而握机。以故先后数年，述事穷理之文，多有古昔所未具。"④ 王咏霓因出使邦国而见识广博，其文在内容表现上对传统题材有所突破。谭献对王咏霓诗文所表现出的新内容持肯定态度。谭献还曾阅读薛福成《出使日记》并称赞之："所载能举其大，于欧洲形势及其所学与船车、火器、阿芙蓉均有确当之论。"⑤ 这些评价体现了谭献以诗文观世变的思想。

其次，作诗要符合温柔敦厚的蕴藉之美。谭献反对诗歌无病呻吟，认为诗人应"依仁据义，履中蹈和"来言志永言，如此方能合乎六义、旁通九流。其实质是讲究诗歌要温柔敦厚。谭献对诗歌的这一功能深信不疑。《复堂日记》记载他对诗歌的看法："言诗之旨，推本六义，曰温柔

---

① 《谭献集》，第 9 页。
② 蔡长林：《文章关乎经术——谭献笔下的骈散之争》，《东华汉学》2012 年第 16 期。
③ 《复堂日记》卷八，第 191 页。
④ 《谭献集》，第 168 页。
⑤ 《复堂日记》续录，第 356 页。

敦厚，曰思无邪。"① 谭献认为诗歌的主旨应该体现诗六义，具有温柔敦厚的诗教精神。

《唐诗录序》云："折衷诗教，匪用爱憎，庶闳达方雅，与为商榷云尔。"②"折衷诗教"即重视诗歌的教化作用及诗歌温柔敦厚的含蓄之美，这是谭献编选《唐诗录》的宗旨所在。"诗教"一词最早出自《礼记·经解》。孔子曰："入其国，其教可知也。其为人也，温柔敦厚，《诗》教也。"孔颖达《毛诗正义》释云："《诗》依违讽谏，不指切事情，故云温柔敦厚，是《诗》教也。"这里，温柔敦厚是通过"依违讽谏，不指切事情"的言说方式实现的。何为"依违讽谏"？孔颖达曰："依违谲谏，不直言君之过失。故言之者无罪，人君不怒其作主而罪戮之；闻之者足以自戒，人君不自知其过而悔之。"可见通过"依违谲谏"的委婉方式言说人君过失，从而规劝统治者，体现了温柔敦厚的诗教。具体到谭献讲的"折衷诗教"，主要表现在变而不失其正的诗歌中。《金亚匏遗诗叙》云："献窃闻之，《诗》有《风》有《雅》，则有正有变。庙堂之制，雍容揄扬，著后嗣者，正雅尚已。天人迁革，三事忧危，变雅之作，用等谏书，流而为《春秋》家者，非亡位者之事。"③ 这里，谭献提到《诗经》的风雅有正变之分。正风正雅，以歌颂为主；变风变雅，为乱世之作，以讽谏为主。"变风变雅"的表述最早见于《诗大序》："至于王道衰，礼义废，政教失，国异政，家殊俗，而变风变雅作矣……故变风发乎情，止乎礼义。"变风变雅是王道衰微、礼义废弛的乱世产物，诗人在乱世抒发感情要合乎礼义，用委婉方式表达对统治者的规劝，是变而不失其正，符合温柔敦厚的诗教精神。谭献认同这样的创作方式：

《学宛堂诗序》：名山大川，有以振动其气志，而忧生念乱，则不能无悲悼感愤之辞，然其中之春容而夷愉者如故也……世治则可以歌咏功德，扬盛烈于无穷。世乱则又托微物以极时变，风论政教之失得，绸缪婉笃于伦理之中。④

《东埭文稿序》：处乎平世，弹琴以乐先王之风，稽古载笔，发

---

① 《复堂日记》卷四，第90页。
② 《谭献集》，第17页。
③ 《谭献集》，第184页。
④ 《谭献集》，第25页。

挥名义，以告安雅之君子。又或不幸阳九兵甲，所见闻多激昂，时复憔悴，易感于怀抱。叔季之风教，且稍稍远于先王，于是婉笃其辞而不伤，条鬯其旨而不矫，惟有道之人，乃能为有道之文。①

正风正雅多为治世的歌功颂德之作，变风变雅是乱世之音，它应托微物以极时变，所谓"绸缪婉笃于伦理之中""婉笃其辞而不伤"，即用委婉方式对政治得失做出评价——讽政教以谏得失，但又须不失雅诗怨悱不乱的风度。谭献认同用比兴手法委婉讽谏时政，表现忧生念乱，有悲悼感愤之辞却能做到春容夷愉，无噍杀之音。谭献赋予诗教以调和治乱盛衰的政治功能，"以诗教来敦厚人品，保证儒家纲纪之不坠"②。

基于经世致用的诗文思想，谭献提出如下三点看法。

其一，强调言之有物，肯定意内言外之文。《徐先生遗文跋》云："徐仲平先生盖洞乎艺必达道，儒非空言，与会稽章氏《文史通义》同笙磬之音，但使学于古人者，优柔餍饫。读徐先生此篇，意内言外，可以摧陷廓清剽贼之文、虚憍之文、空言无事实之文、谐笑酬酢俳优之文，皆如大风之吹垢……献平生之言文章二要，曰有实，曰有用，庶几质诸先生而无疑。"③这里谭献肯定了徐仲平文章言必有物，讲求实用，与章学诚《文史通义》的写作宗旨相契合。谭献将"意内言外"之文与剽贼之文、虚憍之文、空言无事实之文、谐笑酬酢俳优之文相对，言下之意是好的文章是内容与形式的完美结合，"意内"指文章的思想性，"言外"指文章的艺术性。

其二，反对"张皇幽眇，为性道之空言"④。受经世致用思想影响，谭献鄙薄理学，反对桐城派空言心性。关于谭献对待桐城派的态度，《复堂日记》有所交代："少交袁凤桐敬民，严事邵位西丈，入都以后朱伯韩、王少鹤、孙琴西、冯鲁川诸先生皆附文游之末。诸君固学宋儒之学，传桐城之文。予亦究心方、姚二集，私心有所折衷，不苟同，亦不立异也。"⑤这条资料表明谭献在二十多岁入京师期间，交游中多有主张桐城

---

① 《谭献集》，第181页。
② 迟宝东：《常州词派与晚清词风》，南开大学出版社2008年版，第158页。
③ 《谭献集》，第213页。
④ 《谭献集》，第23页。
⑤ 《复堂日记》卷六，第139页。

派者，谭献对桐城派的观点有所折衷，不苟同亦不立异。钱基博在《〈复堂日记〉补录序》中言："谭氏论文章以有用为体、有余为诣、有我为归，不尚桐城方、姚之论，而主张胡承诺、章学诚之书，辅以容甫（汪中）、定庵（龚自珍）。"① 可见谭献对桐城派的观点有所疏离。谭献不喜桐城派的原因有二。第一，桐城派空谈宋学义理，不如西汉今文经学的微言大义之学有补于世。第二，桐城派主张古文，而谭献主张骈散合一。邓濂写给谭献的书信中谈及谭献独立于桐城派之外的文学宗尚。邓濂言："道咸以来，论文者多主张桐城，自一二巨子为之倡，海内学者靡然从之。其宗法之正，选词之严，诚无可议。然学者囿于其中，知其正而不知其变，其弊也多失之弱，而矫其弊者，肆其鸿博藻艳之才，以为无所不有。而驳杂之弊又生，其于文章之大本大原则皆焜乎未有闻也，独先生以淡雅之才，明通之识，划刮俗学，振起其衰，虽单文片辞，莫不持之有故，言之成理。简文云，'斯文未坠，必有英绝而领袖也者'，非先生谁与任此哉？"② 这里谈及桐城派的流弊，而谭献为文持之有故、言之成理，纠正了晚清桐城派空言性理的不良文风，邓濂高度肯定了谭献对扭转桐城派不良文风的功绩。

其三，从诗教出发，谭献批判李渔、袁枚、俞樾等人的"轻佻"之作，认为其书为"支离无用之书"。《复堂日记》记录了谭献对这些文人的批驳之词："偶借《笠翁一家言》翻阅一过。鄙猥之言，芜秽艺林。前有李渔，后又袁枚，杭州之垢也。"③ "经生有俞樾，犹文苑之有袁枚矣。若俞之诗文，则又袁枚之舆台。"④ 其中谭献对袁枚的批评，言辞最为激烈：

《古诗一首呈孙先生思澧仁渊》：吾乡溯前辈，杭厉高颉颃。西江近兀奡，美媛乏老苍。一从袁枚出，邪说何猖狂。俳优语嘲诙，鲍老舞郎当。⑤

《复堂日记》：其（袁枚）全集罅漏百出，世多达者，不待哓哓。

---

① 《复堂日记》，第6页。
② 钱基博编纂：《复堂师友手札菁华》（下），第1083页。
③ 《复堂日记》补录卷一，第284页。
④ 《复堂日记》补录卷一，第254页。
⑤ （清）谭献：《古诗一首呈孙先生思澧仁渊》，《化书堂初集》卷一，咸丰七年刻本。

独其诗之失，大似明季钟、谭，败坏风教……总之率天下人不读书、不求理、不师古、不循规矩，皆《五行志》所谓文妖也。钟、谭阴幽，近鬼，袁吊诡，近狐。洪亮吉评之，良有悬解。钟、谭纯阴，遂兆亡国，袁阴战场，亦兆东南大乱，非文章细故也。①

《明诗录序》：袁氏非通变之材，一脔知味，钟、谭为亡国之妖，去之若浼。极盛而衰，亦足知政。②

杭世骏、厉鹗、袁枚为清代杭州有名的诗人，与谭献是同乡，但谭献对这三位诗人评价截然不同。谭献肯定了杭世骏、厉鹗的诗歌成就，而批评袁枚诗歌为猖狂之邪说，风格诙谐调笑似俳优。袁枚为诗主张性灵，追求个性自由解放，对儒家诗教提出异议。谭献视袁枚为"文妖"，批评袁枚诗歌有违诗教。不仅批评袁枚，对与袁枚有相似文学追求的明末竟陵诗派钟惺、谭元春也嗤之以鼻，批评其诗为鬼为狐。正是因为其诗歌不讲究诗教，无补于世，所以才兆端了明代的灭亡。谭献对诗教的推崇程度由此可见一斑。谭献批评袁枚诗背离诗教，而对与袁枚同时代能够写诗关乎诗教之人，则大加赞扬："阅《稼书堂诗》。雍容夷愉，所谓诗可以观化者。当袁枚时，颇不染其恶习，信乎君子人也。"③ 与袁枚诗歌不同，潘惺庵《稼书堂诗》可以观政教得失，是故谭献对其评价很高。又如谭献盛赞王士禛诗，"论本朝诗，终当以渔洋为第一。"④ 个中原因是王士禛诗符合谭献的诗学取向，其诗中和敦厚，可以观政化："予服渔洋中和敦厚，可觇世运，所谓诗可以观化者在此。"⑤

第二节　性情与学问并重的诗文观

谭献既主张诗文的政教风化功能，又注重创作者性情的抒发与学问修养的蓄积，具体表现在如下两方面：

---

① 《复堂日记》补录卷一，第 239 页。
② 《谭献集》，第 19 页。
③ 《复堂日记》补录卷一，第 228 页。
④ 《复堂日记》卷一，第 8 页。
⑤ 《复堂日记》卷一，第 8 页。

一 观时感物 舒忧娱哀

如上文所言，谭献认为诗文要有"补察时政"、端绪人心的功能。除此之外，谭献认为诗文还要有"泄导人情"的作用。谭献认同温柔敦厚的诗教精神，肯定情感温和、春容夷愉的诗作。同时，谭献身经乱世，故强调抒发衰世之哀怨拗怒之情，注重以诗文反映对现实社会的忧虑以及个人在乱世中的悲愤抑郁之情。因此谭献对于抒发身世遭遇时情感激越的不得已之作也加以肯定。谭献《与夏薪卿书》言："史公说《诗》曰'不得已'，岂必雅颂皆由穷愁不得已者？学问既成，身世所值，洞见本末，触绪起兴，称心而言，传之其人，乃为不得已也。"[1] 谭献所说的"不得已"不局限于司马迁所说"发愤著书"的"不得已"，其"不得已"与写作者自身的学问身世有关，是写作者主体学问既成之后，主体与社会外界作用之下，情动于中、形于言的触物兴怀之作。

谭献文中提到了两种"不得已"，其一是指不平则鸣的不得已。"幽奇磊落之士，生而连蹇，不得已以空文自见。"[2] "夫垂空文以自见，往往贤人君子不得志于时之所为。"[3] "古圣贤人，不得已而作，文王之《易》居一焉。"[4] 这三处引文中的"不得已"显然偏指作者遭遇困顿之境况，不得志于时的不平则鸣之作。其二，"不得已"之作，还包括广义的触绪兴怀之作。谭献认为这类"不得已"诗篇的产生是家国、人事、风会、山川、民物等外在因素对诗歌影响的结果。《鹤涧诗庵诗叙》云："南昌万涧民，过江名士，少遘乱离，如杜子美之出入兵间。皮骨有奔走之叹，身行万里，天下过半焉。而寓公歌啸海上之日尤多，三十余年，家国之故，人事之迁变，风会之衰盛，山川助其奇，民物轸其虑，耳目所积，摇荡其情灵，一发于歌咏之间。"[5] 这里，谭献重视家国、人事、风会、民物等社会环境对诗人情性的陶养。这集中表现出他对"忧生念乱"的强调。结合谭献生活的动乱时代，谭献所指的"不得已"的作品往往表现为情感激越，而迥异于温柔敦厚的中和之美。对于这类变而失其正的诗

---

[1] 《谭献集》，第38页。
[2] 《谭献集》，第150页。
[3] 《谭献集》，第151页。
[4] 《谭献集》，第14页。
[5] 《谭献集》，第180页。

篇，谭献并不全盘否定。这一点在谭献对金和诗作的评价中有突出表现。清代诗人金和身历鸦片战争及太平天国运动，其《秋蟪吟馆诗》多歌咏时事，表现动荡时代的世态民情。他"以横溢之才、犀利之语写出了一己的经历和感受"①。谭献对金和诗的评价如下：

《复堂日记》续录：审定金亚匏《秋蟪吟馆诗钞》。卷一曰《然灰集》，附以风怀诗曰《压帽集》。灯下又审定其《椒雨集》之上，皆纪金陵陷后事。酸辛怒骂，不忍终卷，殆变《风》以来未有之诗境，老杜"鬼妾鬼马"之句尚不逮其奇惨矣。②

《金亚匏遗诗叙》：夫悲歌慷慨，至于穷麼酸嘶，有列国变风所未能尽者，亚匏之诗云尔。大凡君之沦陷，之鲜民，之乞食，一日茹哀，百年思痛，情动于中而形于言，于我皆同病也。《风》之变，变之极者，所谓不得已而作也。君终焉放废，不复能以变雅当谏书，《春秋》纪衰，亦布衣者所窃取。③

两处资料表明，金和（号亚匏）诗记录金陵陷后事，即太平天国攻克南京后对时局的破坏，言辞激烈，悲歌慷慨，开辟了变风以来未有之诗境，不具有用比兴手法委婉陈词——怨而不怒的美学风貌。但尽管如此，谭献也没有全盘否定这种风格。他认为这样的诗作有其存在的意义。正如他在《明诗》中所言："悲悼感愤，穷麼酸嘶，虽甚迫狭，而可识兵凶。"④ 这类诗篇虽然不够温厚，但是因为其言辞的激烈恰恰可以反映战乱带来的祸患之重，具有很高的认识价值。又如《幸草亭诗叙》云："兵革之际，天伦殉变，身孑遗耳。此恨终古，性行之郁郁者，触物即发，无一日忘，乃寓于文字，有变《风》《小雅》之流别。通籍奉使，更感世事之日非，归隐不出，逡巡老矣。流连身世之所遭占，所谓不得已而作者，诗数百篇，往往如见古人。"⑤《幸草亭诗》的作者杨文莹身经战乱，感受亲人别离夭亡之痛，内心郁郁，抒发一己悲情。其诗是乱世背景下的抒情

---

① 严迪昌：《清诗史》，人民文学出版社 2011 年版，第 957 页。
② 《复堂日记》续录，第 351 页。
③ 《谭献集》，第 184 页。
④ 《谭献集》，第 9 页。
⑤ 《谭献集》，第 196 页。

之作，与变风变雅产生的王道衰微的时代有相似之处。又如《小云巢诗录序》云："安陆李君守潜，字竹君，生当近世，无休明之遇，有忧生念乱之所托。长言永叹，发为歌诗，独弦之哀，变徵之中，出于不自知，成于不得已。"① 李守潜诗歌独弦哀歌，有变徵之音，是诗人抒发忧生念乱的不得已之作，是情感的自然流露。尽管其诗为"变徵之音"，但有认识社会的功能。这些抒发忧生念乱的不得已之作，是情感的自然流露，故谭献对这类诗作仍有肯定。如果说谭献所说的以春容夷愉的方式言悲悼感愤之辞，体现了《诗经》哀而不伤、怨而不怒的中和之美的话，那么他所说的"不得已而作"的诗篇，则传承了屈原《九章·惜诵》"发愤以抒情"，即以诗抒发悲愤之情的传统。谭献认为以春容夷愉的方式言悲悼感愤之辞与以慷慨激越方式所言的不得已之篇，这两种言说方式都有其存在的价值。谭献《合肥三家诗钞序》云："诗也者，贤人君子不得已而作也……至于希古乐道，与夫观时感物，如笙磬之同音焉。"② 认为"希古乐道"的温柔敦厚之旨与"观时感物"抒发现实感慨都是诗歌的表现功能。谭献在《春晖草堂诗序》中评夏紫笙诗："有天宝诗人忧生念乱之遗韵，然则舒忧而娱哀，犹前志也。《离骚》以降，所谓穷而后工者，其在斯乎？"③ 认为诗歌的功能是"舒忧而娱哀"，释放一己抑郁之情，并承认"忧生念乱……穷而后工"是屈原、杜甫以来诗歌创作的优良传统。由此可见，谭献的诗文思想兼容温柔敦厚及以激越之笔抒发悲情两种不同风格："它一方面不脱诗教内涵……以温柔敦厚为内涵，以社会政治为指归，以春容和平为至境；另一方面，它重视诗人的人生际遇，强调诗人的个人真情，突出诗歌安定人心、疏导人心的作用，甚至认可变风变雅所不能容纳的'变之极者'的诗歌。"④ 这些不同方面都是谭献诗文思想的组成部分，表现出谭献诗文观的通达。

二 道德学问与性情胸襟

朱启勋《复堂文续序》云："读《复堂文续集》，可谓综述性灵，根

---

① 《谭献集》，第155页。
② 《谭献集》，第151页。
③ 《谭献集》，第158页。
④ 胡健：《谭献诗学研究》，硕士学位论文，云南师范大学，2016年，第73页。

柢训典者矣。"① 朱氏对谭献文章的这一评价也适用于其诗文思想，即性情与学问并重。谭献《紫薇花馆文稿序》云："文章之士，不富于才，则枯木朽株；不宰以学，则浮华浪蕊。无无本之术业，有一贯之理要，体制门户，皆末流事。"② 谭献认为，才学是作诗为文的前提条件，如果没有丰厚的才学，那么诗文就缺少深刻的内涵。这里体现了谭献对诗人自身才学的重视。《浙江乡人诗序》评袁昶诗曰："伊昔班孟坚志《艺文》，叙道家曰：'秉要执本，清虚以自守。'而序诗赋则曰：'感物造端，材知深美，可与图事。'若是乎不相谋也，而贤人君子，缮性达情，素所蓄积，波澜莫二，吾友桐庐袁公黎以之。"③ 谭献重视诗人缮性达情与素所蓄积的统一，实则强调诗人应性情与学问并重。《书薛先生诗集后》云："先生植学以为基，好古以为泽，托事以为兴，率性以为涂。"④ 表明薛时雨以学问为根柢，从事诗歌创作，其诗具有比兴、率性的特点。《仪征王句生先生诗叙》云："先生激扬孝弟，沾溉经训。哲王之寢，有方之游。忠厚之遗，风谏之体。寝馈乎比兴，襟带乎兴观。"⑤ 王句生潜心经训，学问渊博，所作诗篇具有风雅比兴精神。简言之，薛时雨和王句生的诗歌体现了学问与性情的统一。谭献重视诗歌的抒情功能，上文已有论及。除此之外，谭献强调创作者的学问道德。谭献所指的学问道德包括经训文辞的学习及忠孝仁义道德的蓄养。谭献认为经训文辞的学习及忠孝仁义的道德是作诗为文的根本前提。

首先，植体经训，根柢训典，稽古学道是为文的前提。如：

《鹤涧诗庵诗叙》：惟夫同声相应，以文会友，原本经训，伊古有然。⑥

《李西云先生遗书叙》：杂文一卷，诗二卷，函雅故，通古今，皆有合于经训者也。⑦

---

① 《谭献集》，第119页。
② 《谭献集》，第170页。
③ 《谭献集》，第191页。
④ 《谭献集》，第101页。
⑤ 《谭献集》，第96页。
⑥ 《谭献集》，第180页。
⑦ 《谭献集》，第23页。

第六章 谭献文章思想研究

《怡志堂文集初编序》：先生之文，植体经训，原本忠孝。①

《涓上先生有获斋文集序》：先生之文，折衷经训，称心而言，论著夷粹，往往曲邕而出以平情。叙事有典则，激扬忠孝之篇，凛然如生，不必有唐、宋门户，已为歧路表之正轨。②

谭献认为文章名家多受益于经训。在这几篇文章中，谭献以"原本经训""合于经训""植体经训""折衷经训"作为评论文章的标准。正如蔡长林所言："美以经训，襃以朴至，而为谭献评论历代文章之标准。"③复堂在文章中多次提到"持之有故，言之成理"。在他看来，经训文辞是诗文应该持守的要素。

其次，谭献的文学观念是先道德而后文章，充实学养。道德和学养是为文的前提。关于这一点在《答林实君书》中有突出体现。《答林实君书》云："左右求立言之法，而以体裁下问，可谓知本而未得大本也。大本者何？曰持身，曰正学。洙泗之间，则有四教，而必推本于忠信，参也传之，树孝弟以为鹄。果其出入礼义，束躬规矩，而后通经学古，一以非圣为戒，致用为推，身正而学无不正，于是有隐然不能已于言之故。发为文章，上则范世教，下亦则古称先。粹然一出于正，即不必揣摩体势，写仿古人，而立言之法已备。……以君之年，性分超迈，盍亦潜心经训，以饬行志学为先，文章之事，则待诸优柔餍饫之后可也。"④又《虚白室集叙》云："文章之事，性习而已。性乎仁义，习乎名教，而后无愧于作者。"⑤谭献指出立言的根本要素是修持自身，充实学养，诗人需要加强自我修养，推本于忠信孝悌，以儒家的礼义为规范。做到这些，则文章的写作自然水到渠成。谭献意在强调道德的完善与学养的丰富是文章写作的前提，而道德的完善和学养的提高又需通过潜心经训来获得。由此推断，潜心经训是文章写作的必要条件。《紫薇花馆文稿序》云："文章之士，不富于才，则枯木朽株；不宰以学，则浮华浪蕊。无无本之术业，有一贯之理要，体制门户，皆末流事……吾友王孟薇，由文辞华妙入，而孟晋以

---

① 《谭献集》，第 23 页。
② 《谭献集》，第 160 页。
③ 蔡长林：《文章关乎经术——谭献笔下的骈散之争》，《东华汉学》2012 年第 16 期。
④ 《谭献集》，第 39 页。
⑤ 《谭献集》，第 152 页。

经训，甄综以物理。"① 这里谭献表明王廷鼎"孟晋以经训"，其才学是通过学习经籍义理主要是儒家经典来获得的。《留云借月庵词叙》云："刘君光珊，学有本末，托于令慢。惟敦诗说礼，而后乃刻羽流徵以宣之。"② 这里谭献也认为学养是刘炳照（字光珊）词创作的前提，学有本末、敦诗说礼，而后才有了词的创作。《道华堂诗续集叙》云："窃以为稽古学道，胸次悠然，静深有本，乃始与清景相发。"③ 谭献认为冯子明稽古学道，通过学养的充实，才使其诗与清景相发。

谭献之所以认为经训文辞为写文章的法则，是因为他认为礼义忠信在乱世中对挽救人心具有重要作用。这样，谭献的诗文思想重视经训义辞、传统道德，则意味着以讲究传统道德及经训文辞来挽救世道人心。

> 《吴竹如先生年谱书后》：中兴之期，谓非师武臣力不至此。然窃以为危而后安，斡旋气运，实儒者之效，正学之昌，而后有此承平之一日……朝廷任贤去邪，勿贰勿疑，拯天下既溺之人心，挽天下既穷之民力，礼义为甲胄，忠信为干橹，凡事有本有原。献束发读书，稍壮，南北奔走，身丁丧乱二十载，复见太平，于师友间与闻绪言，常持此论。④

> 《方柏堂辅仁录序》：人以为靖变之略，在于师武臣力，而不知贤人君子，挽人心之沦丧，昌正学于绝续，则有道义之孚，讲习之益。衣冠之耆硕振被于上，韦布之士修明于下，学术有本原，风俗因而归厚。所由廓清安定，父老以为复见太平者，贤人君子与有力焉。⑤

谭献坚信儒家思想在挽救人心之沦丧及廓清安定中的重要作用。谭献晚年受张之洞之托担任经心书院院长，在此期间，他重视儒家思想的教育，以经训文辞为必修课程。《复堂日记》载：光绪十六年（1890）"改岁十三日，南皮张师以武昌经心书院讲席相延。书院为公视学日创构，课

---

① 《谭献集》，第170页。
② 冯乾编校：《清词序跋汇编》，第1740页。
③ 《谭献集》，第29页。
④ 《谭献集》，第210页。
⑤ 《谭献集》，第136页。

郡县高才生以经训文辞，略同诂经精舍及学海堂之制。师友风期，敬诺戒行"①。对经训文辞的学习，是谭献经世致用思想的体现，诚如宁夏江所言，晚清经世派"以'复礼'为目的，着眼于解决威胁封建统治的世道人心问题，致力于'礼治'秩序稳固"②。谭献《送朱黄门丈》云："著书参史职，多难倚儒生。"③ 这里谭献表明，著书立说须有史识，社会动乱之时，需要依靠儒生来力挽狂澜。

谭献性情与学问并重的诗文观表现在两个方面：一是他提倡诗人之诗与学人之诗的统一；二是他肯定"体素储洁"的创作风貌。

首先，诗人之诗与学人之诗的统一。谭献文中有两处集中提到"诗人之诗"，现摘录如下：

> 《红芙吟馆诗叙》：夫诗者持也，持其志，无暴其气……如海琴诗，情深而文明，节短而韵长，所谓持之有故，则言之成理，诗人之诗也已。④

> 《逸园初稿叙》：完颜彝斋公子，其安雅之君子乎？昔者圣人之言，以温柔敦厚，立《诗》之本，兴观群怨，表《诗》之用……窃以为诗范性情，有君子之性，然后有诗人之诗。六义微而未尝绝也，得其遗意，逡巡流露，故劳人思妇，称心而言，不期合而自合，况夫文人学士，承父师之教，通六艺之学。扬雄氏有言："君子安雅。"诗人之诗，有不择雅以为辞乎？是所望君子矣。彝斋生世臣之家，得江山之助，尝稽古力学，无间少壮……若夫安雅之君子，折衷圣论，以温柔敦厚为本，以兴观群怨为用，则会稽章实斋氏所称"诗教最广，其用至多"者，彝斋得之。⑤

谭献认为严海琴的诗为诗人之诗，具有"情深而文明，节短而韵长"的艺术效果。他概括出诗人之诗具有情感深厚又含蓄蕴藉的特点。《逸园初稿叙》中谭献评价完颜彝斋的诗是诗人之诗，特点有二，一是以温柔

---

① 《复堂日记》卷八，第186页。
② 宁夏江：《晚清学人之诗研究》，暨南大学出版社2011年版，第169页。
③ 《谭献集》，第408页。
④ 《谭献集》，第193页。
⑤ 《谭献集》，第189页。

敦厚为本，以兴观群怨为用；二是诗范性情，以雅为辞。结合两处文字的表述可知，谭献所谓的"诗人之诗"，包含性情的要素，以风雅为旨归，具有深厚的韵味。需要注意的是，谭献认为"有君子之性，然后有诗人之诗"。诗人要具有安雅君子的素养，才能写出所谓的诗人之诗。诗人与"君子"是合二而一的，而这里的"君子"稽古力学，承父师之教，通六艺之学，很大程度上是学人。换言之，诗人和学人是合二而一的，隐含着诗人之诗与学人之诗的统一。谭献在《崔适觯庐诗叙》即阐明这一点。《崔适觯庐诗叙》言：

> 古者诗以理情性，故孔门诏小子以学《诗》，兴观群怨，非小道也。自缘情绮靡以为诗，则诗可废学。安雅君子，扶世以昌其文，劬学以泽于古者，于是乎惇敏其质，发擿其才，微显其旨，锵洋其音，束于性，勿驰于情，而又非腐木之不可雕，湿鼓之不可考。有若崔君《觯庐诗集》，才人之诗，诚学人之诗，乃诗人之诗也……人动其情，君饰其性，人惊于才，君丰于学，多识于名物，奉教于柔厚……才副兹学，性范兹情，洋洋乎会于风雅。①

学人之诗是指学人所创作的诗歌，即学人之诗的创作主体必须是学人。《崔适觯庐诗叙》中的崔适为近代经学家。初受学于俞樾，治校勘训诂之学，后受康有为影响，专治今文经学，是近代今文经学的代表人物之一。崔适可谓学人。谭献在日记中提到为崔适作诗序。《复堂日记》卷八载："归安崔适觯甫自菱湖投书，以诗稿乞序，未相识也。惇敏好学，诗有雅音，有真气，不染轻艳。尔来打油、钉铰之流当之自废。"② 他认为崔适诗有雅音，有真气，得益于他学养的深厚。《崔适觯庐诗叙》中的"安雅君子"劬学泽古，学养深厚。"才副兹学，性范兹情，洋洋乎会于风雅。"谭献意在表明，诗人要才学与性情兼备，才学是诗人创作的前提，只有具备了丰富的才学，才能创作出风雅的诗篇。

李金松在《诗人之诗、才人之诗与学人之诗划分及其诗学意义》一文中区分了诗人之诗、才人之诗与学人之诗。"才人之诗具有议论风发、

---

① 《谭献集》，第187页。
② 《复堂日记》卷八，第195页。

才情纵横、标新立异等方面的特点，学人之诗体现出学识渊博、思想深邃的特点，给人以功力精深之感。而诗人之诗则具有意蕴深厚且韵致深远的特点。"① 谭献所说的学人之诗、才人之诗、诗人之诗，其特点与此表述大致相似。"才人之诗，诚学人之诗，乃诗人之诗也。"认为才人之诗、学人之诗、诗人之诗是相互统一的。三者统一的原因是，从创作主体来说，诗人、才人、学人是"三位一体"的，从创作环节上说，诗人首先要有学人、才人丰富的学养、才识作基础，然后才能创作出情感深厚、韵味无穷的"诗人之诗"。换言之，三者的统一体现了谭献要求诗人性情与学养并重的诗学观。值得注意的是，谭献在《箧中词》中区分词人之词、才人之词、学人之词，标举词人之词为典范。在诗学批评中，谭献也区别诗人之诗与学人之诗的不同，提倡诗人之诗与学人之诗的统一。可见，谭献的词论与诗论在类别的命名上虽有相似之处，但在标榜典范上却不尽相同。体现了他在词学批评上更为严苛，崇尚抒发性情及忧生念乱意识的词人之词（详见第三章第三节谭献的词史论）；诗学批评上设格较宽，兼容诗人之诗与学人之诗的共存，这也反映了词体与诗体不同的文体属性。

其次，肯定"体素储洁"的创作风貌。谭献自称中年以后渐有见素储朴之意，是因为受到老师吴存义的影响，《复堂谕子书》云："泰兴吴和甫侍郎公督浙学，予不得与考校，而论学尤契。吾之中年虚锋略尽，渐有见素储朴之意者，吾师泰兴公教也。"② 谭献常用"体素储洁"来评价诗词文。"体素储洁"一词出自《诗品》中的"洗炼"，原文如下："如矿出金，如铅出银。超心炼冶，绝爱缁磷。空潭泻春，古镜照神。体素储洁，乘月返真。载瞻星气，载歌幽人。流水今日，明月前身。"③ 一般认为"洗炼"之意包括两方面内容，一是诗篇本身的洗炼，包括字句的锤炼、修改、润色；二是诗人情性的洗炼，涉及作者自身修养的问题。"体素储洁"属于诗人情性的洗炼。其含义是说要达到洗炼这种明净清澈的境界，从创作主体来说，需要通过自我情性的修炼，积储一种纯洁素朴的胸怀，即"储洁"。换言之，"体素储洁"就是要求创作者注重自我修养，保持情性的纯真与高洁。

---

① 李金松：《诗人之诗、才人之诗与学人之诗划分及其诗学意义》，《文学遗产》2015 年第 1 期。

② 《谭献集》，第 680 页。

③ 郁沅：《二十四诗品导读》，北京大学出版社 2012 年版，第 37 页。

结合谭献的表述，可以看出，他认为"体素储洁"包含如下三点：其一，要达到这样一种境界，就需要作者注重学养，植体忠厚。谭献《道华堂诗续集叙》云："前集四卷，体素储洁，已名其家。中更兵事，忧生念乱，而道力超然……窃以为稽古学道，胸次悠然，静深有本，乃始与清景相发。"① 这里的"稽古学道，胸次悠然，静深有本"可以作为"体素储洁"的注脚。又《吴昌硕诗叙》云："吴君渊渊游心于古，初虽性好文字，而不欲与缘饰绮靡之流，骛旦夕之名。仞兴赋诗，寄其萧寥之心、浩荡之兴而已。拨弃凡近，而体素储洁，伊昔《箧中》《极玄》二集，由此其选也。"② 谭献认为吴昌硕诗歌体素储洁，是因为吴君注重自我修养，"渊渊游心于古"，"植体忠厚，宅心和平"。可见，诗歌的体素储洁与诗人深厚的学养有关，诗人自身修养高，情性洗炼，则诗歌自然洗炼，二者是合二而为一，相互统一的。《能惧思斋遗文叙》云："展君遗文，固奇玉特珠不为少，体素储洁如其人者已。"③ 谭献表明，庄士敏其人其文都有体素储洁的特点。其二，语言的质朴流畅。《复堂日记》云："阅陈兰甫先生《东塾文集》六卷一过。先生文储洁抱朴，不事深言棘句，亦无门户之习。"④ 陈澧文章语言朴实自然，故其文章"储洁抱朴"。体素储洁要求语言经过反复锤炼之后，达到质朴、省净、流畅的境地。其三，"体素储洁"与幽远的艺术效果相联系。谭献《笙月词序》云："王子之词，储体于洁，结想斯远。"⑤《蒙庐诗叙》云："盖其玄言高寄，体素储洁，少成若性，则朋好交推之。"⑥ 王诒寿词"储体于洁，结想斯远"，沈景修诗"玄言高寄，体素储洁"。换言之，谭献认为"体素储洁"有助于帮助作者达到一种高远的艺术境界。

---

① 《谭献集》，第28页。
② 《谭献集》，第179页。
③ 《谭献集》，第199页。
④ 《复堂日记》续录，第371页。
⑤ 《谭献集》，第100页。
⑥ 《谭献集》，第176页。

第三节　比兴说诗与宗唐的诗史观

钱基博在《〈复堂日记〉补录序》中表明复堂论诗"以比兴为体，不喜黄（山谷）、陈（后山），王闿运论之所略同也"①。钱锺书《复堂日记》序中言谭献诗歌"志尚魏晋，辞隐情繁"②。二人的论断甚为中肯。谭献以比兴说诗，论诗宗唐祧宋，下面分别论述之。

一　比兴说诗，倡导风雅

谭献秉承传统儒家诗学观，论诗以比兴为体，崇尚诗歌的风雅精神，具体表现在如下两方面。

其一，谭献曾编纂《历代诗录》，虽不知散落何处，无法得见其本，但从谭献所作的《历代诗录》序跋，可窥见其选诗宗旨。《古诗录序》云："献撰录是集，亦欲推本情性，规矩《雅》《颂》，匪徒标举美文，遗饷学子。"③《唐诗录序》中声称自己不满于殷璠《河岳英灵集》、高仲武《中兴间气集》等唐诗选本的荡而无本，华而不实，故谭献的《唐诗录》以"折衷诗教，匪用爱憎"④为选录宗旨。《金元诗录序》云："予辄录当时忧生念乱之言，以求世变之亟。"⑤《明诗录序》云："甄综群言，以为是集，庶几存六义之遗意而已。"⑥从这些序言可知，谭献选录历代诗歌的出发点是体现"诗六义"，以情性为本，以诗歌反映现实，以诗为教，具有儒家诗学传统。谭献编选的《历代诗录》体现了其论诗重比兴、倡风雅的特点。如《古诗录序》云：

> 诗者，古之所以为史。托体比兴，百姓与能，劳人思妇，陈之太师。于是先师孔氏删《诗三百》，表于六艺。天人之正变，品物之蕃

---

① 《复堂日记》，第6页。
② 《复堂日记》，第3页。
③ 《谭献集》，第16页。
④ 《谭献集》，第17页。
⑤ 《谭献集》，第18页。
⑥ 《谭献集》，第20页。

庶，情伪之纷纭，渊渊乎文质之相宣也。《南》《雅》之列，遂以得所。微言绝，大义乖，破文析理，离经畔道，末学横流，由是滋蔓。然而大汉初定，日不暇给。孝武立乐府，采歌谣，《天马》登歌，汲黯兴刺，而其时朝野乡风，盖份份矣。故夫《铙歌》瑰奇，其旨也深。遗篇《十九》，其义也远。四言稍微矣，五言以立。七字之制，《柏梁》伪托，然亦滥觞。后来作者，苟其通风教之原，植比兴之体，国风小雅，嗣音不坠。东京则张、蔡振其奇，建安则曹、徐扬其采。同时之人，未尝无支离涣靡之作，然其根也朴，其枝叶以焕丽，其合者皆风谕之遗也。晚周所纪，盖无让焉。晋之诗婉，其蔽也漫，有其质者傅玄、刘琨、陶潜之为也。宋、齐之诗约，其蔽也窳，有其精者谢灵运、江淹之为也。梁之诗艳而荒矣，而武帝为最高，文士之杳眇明丽者，则沈约、柳恽有焉。陈之诗荡而不反矣，而江总其人也靡，其言也哀而挚。隋之诗敖而不理矣，而杨素其人也鸷，其言也法。北方之学，声律为疏。庾信来自江南，郁伊多感，鉴察成败之由，俯仰身世之故，盖变风之流也。综其升降，恒以运会。衡其才品，系乎邪正。性情所统，千古同之……献撰录是集，亦欲推本情性，规矩《雅》《颂》，匪徒标举美文，遗饷学子。裁断或失，时时有缘情绮靡者，错乎其间，是则予之罪也。然必有可以触类焉者，庶有知者理而董之。①

这段文字一方面表明谭献纂集《古诗录》的宗旨是合乎风雅精神，诗歌要关乎比兴，有风谕之旨；另一方面梳理了先秦至隋朝诗歌发展脉络：其一，肯定汉乐府、《古诗十九首》有深远的意旨，合乎风雅。建安诗篇也传承了风诗传统，其间特出者有东汉的张衡、蔡邕，建安时期的曹植、徐干等。晋代及六朝诗歌普遍趋向华靡，重文轻质，其间傅玄、刘琨、陶渊明诗篇重视作品内容，庾信诗符合风诗精神。谢灵运、萧衍、江淹、沈约、柳恽在诗歌艺术性方面成就突出。其二，指出了陈、隋诗荡而不反、敖而不理，背离风雅传统。值得注意的是，谭献《古诗录》于南朝的谢朓、鲍照等人未有选录。这与谭献折衷诗教，规矩《雅》《颂》的主张有关。谢朓诗声律流丽，鲍照学习民歌而婉艳，皆脱离诗教之传统，

---

① 《谭献集》，第16页。

第六章　谭献文章思想研究

于选录宗旨不合,故未选录。反映了谭献审视诗歌,以作品的思想意义及反映社会现实的深度为准则。

其二,谭献用比兴解说《汉铙歌十八曲》。他认为:"《铙歌》瑰奇,其旨也深。"① 谭献用比兴解说《铙歌十八曲》,作有《汉鼓吹铙歌十八曲集解》。是书采录陈祚明、庄述祖、陈沆之说,附谭献己见,较为简略,持论平正,以比兴说诗。如《铙歌十八曲·有所思》:"有所思,乃在大海南。何用问遗君?双珠玳瑁簪,用玉绍缭之。闻君有他心,拉杂摧烧之。摧烧之,当风扬其灰。从今以往,勿复相思。相思与君绝!鸡鸣狗吠,兄嫂当知之。妃呼豨!秋风肃肃晨风飔,东方须臾高知之。"谭献对此诗的解读不同于庄述祖、陈沆之说。谭仪曰:"张衡为《四愁诗》,效屈原以美人为君子,以珍宝为仁义,以水深雪氛为小人,思以道术为报,诒于时君而惧谗邪,不能自通。此诗之旨,大略相同。庄氏男女之辞既陋,陈修撰藩臣之言亦凿。"② 谭献认为,铙歌是雅乐。庄述祖将这首诗解释为男女之辞是鄙陋的,而陈沆所言:"此疑藩国之臣,不遇而去,自摅忧愤之时也"的解释亦有穿凿附会之嫌。谭献认为,此诗是以屈原美人之喻释臣子不得君王赏识,是用比兴手法释诗的体现。

二　宗唐祧宋的诗史观

其一,谭献论诗的宗唐倾向。谭献作有《古诗录序》《唐诗录序》《金元诗录序》《明诗录序》,由此可知,谭献曾编纂过《古诗录》《唐诗录》《金元诗录》《明诗录》。又《复堂日记》云:"予欲撰《国朝诗录》,(程恩泽诗)亦可选也。《国朝诗录》亦始事于闽中。"③ 谭献也曾试图编选有清一代诗歌为《国朝诗录》。这样谭献对历代诗歌皆有选录,除了《古诗录》为先秦至隋朝的通代选本外,其余诗选分别为唐代、金元、明代、清代诗歌的断代选本。值得注意的是,谭献于宋代未有诗选本,可见其对宋代诗歌的态度。《金元诗录序》云:"宋诗贫陋,言之不文",宋末诗有"鄙倍之习"④。谭献编纂《历代诗录》中未有《宋诗录》,但对于

---

① 《谭献集》,第 16 页。
② (清)谭献:《汉铙歌十八曲集解》,《丛书集成续编》第 53 辑,台北:新文丰出版公司 1988 年版,第 727 页。
③ 《复堂日记》卷四,第 93 页。
④ 《谭献集》,第 18 页。

宋代有唐诗风貌的陆游诗有所肯定。如认为"放翁诗广大精微,声备宫商,去杜一间。"①"放翁不立讲学门户,而纯实慷慨,志行卓然,南渡第一流也。诗篇大家,老杜后一人而已。杂文亦朗诣。"② 谭献作《金元诗录》的原因是元诗有宗唐倾向。《明诗录序》:"夫尚论作者,蔑不抗心有唐,折衷杜甫。"③ 谭献认为明代诗人多学唐诗。他推扬明代前后七子,亦是基于其"诗必盛唐"的主张。马卫中曾言:"光宣诗坛宗唐的诗风,表面上看是对王士禛、沈德潜等诗学的改造,其实也是承接了明七子的诗学主张。谭献论诗,对明七子的翻案连篇累牍。"④ 谭献认为李梦阳、李攀龙"才气高朗,篇章峻洁","二李立言之旨,实不愧于诗史"⑤。又《明诗录序》:"吾观北地李梦阳,质有其文,始终条理。匪必智过其师,亦足当少陵之史矣。先后七子,希风建安。驯至伪体,视乎别裁。接武旁流,差无懦响。"⑥ 认为李梦阳"当少陵之史",对前后七子给予很高评价。"前后七子不独诗不可诋,即其杂文均有志法古,虽不无利钝,尚不至以书义为古文,如今之所谓桐城派者。"⑦ 谭献对明七子的推扬,体现了他宗唐的诗学观。

其二,谭献论诗的祧宋主张。

谭献主张诗歌的性情、格调,推崇唐诗,认为诗歌是性情的抒发。诗歌应以比兴寄托为体,反对诗中有理事成分,不喜宋诗以理为诗。因而对能代表宋诗特点的江西诗派如黄庭坚、陈师道多有微词。对清代道光、咸丰以来的宋诗派诗人如程恩泽、莫友芝、曾国藩、江湜等的习宋作法也多有不满:

  山谷去苏尚远,并不能及半山。后人尊事太过,又以为学杜正宗,乌知山谷所学皆子美之糟粕,且其心眼亦不专属杜陵也!予别

---

① 《复堂日记》卷二,第43页。
② 《复堂日记》补录卷二,第293页。
③ 《谭献集》,第19页。
④ 马卫中:《光宣诗坛流派发展史论》,苏州大学出版社2000年版,第276页。
⑤ 《复堂日记》卷二,第47页。
⑥ 《谭献集》,第19页。
⑦ 《复堂日记》补录卷一,第220页。

有论。①

又略阅（曾国藩）诗集二册，亦欲为钟镛之响，而失之犷，亦失之矜，未免学苏、黄而先得其短。②

往年诵《郘亭诗钞》，与戴同卿交推其朴属微至，予以为次山、孟、沈之流。后见《郘亭遗诗》，则山谷、后山蹊径未化，转不逮中年之诗。③

阅程春海侍郎遗集，诗文似皆学韩，不为细响，可传不必可读。④

选江弢叔诗三数十篇。终是村里迓鼓，可以动人，不登宾筵者也。⑤

由以上资料可知，谭献对以黄庭坚、陈师道为代表的宋诗多有贬意，对清代学宋的诗人也颇有微词：曾国藩诗有苏黄诗的流弊；莫友芝《郘亭遗诗》有黄庭坚、陈师道诗歌的不良习气；程恩泽（号春海）诗学韩愈，有宋诗面貌，可传不可读。江湜诗俚俗不登大雅之堂。

需要注意的是，谭献后来对宋诗的态度有所修正，仍以宗唐为主，但认为宋诗也有其价值。谭献曾编纂《历代诗录》，从日记中可看出谭献的编选细节以及对选本的不断反思，体现了他诗学思想的不断修正。据《复堂日记》同治九年庚午（1870）条言，"十年前撰《历代诗录》，各叙流别，于今观之，殊伤偏激，藉存初见而已。"⑥从此条记录的年份上推十年可知，谭献《历代诗录》是在其三十岁左右（1860）之时，于福建徐树铭幕府任职期间所编。由于编定《历代诗录》的时间为早年，谭献认为当时的观点"殊伤偏激"，选诗取向有较为偏狭的弊病。如《复堂日记》言："往年客闽，有《唐诗录》五卷，附《古诗录》后。取径甚狭。"⑦谭献意识到这一问题，在人生的后四十年中，对历代诗录不断修

---

① 《复堂日记》补录卷二，第285页。
② 《复堂日记》补录卷二，第267页。
③ 《复堂日记》补录卷二，第297页。
④ 《复堂日记》卷四，第92页。
⑤ 《复堂日记》补录卷一，第242页。
⑥ 《复堂日记》卷二，第48页。
⑦ 《复堂日记》卷五，第122页。

正,体现了其诗学观点的变化。"予近日觉《复堂古诗》《唐诗录》均当改定。《古诗》当广采徐陵、郭茂倩、左克明之书,《唐诗》中李、杜亦当散入,不必分卷。至《宋诗录》不可不补辑,乃不遗后来口实也。"① 这里不仅体现了谭献对原有诗录的修订,同时一个最明显的修正是对宋诗态度的变化,认为《宋诗录》不得不补充纂集,表现出谭献对宋诗的关注。

第四节 谭献的骈文批评理论

谭献的骈文批评理论内容丰富,包括不拘骈散,回归汉魏的骈文思想;推崇"于绮丽丰缛之中,能存简质清刚之制"的骈文风格论;重视骈文潜气内转的文气论;梳理骈文发展流变的骈文史论;清代骈文作家论及选本批评等方面。下面逐一分析。

一 不拘骈散,回归汉魏的骈文思想

《复堂日记》言:"少交袁凤桐敬民,严事邵位西丈,入都以后朱伯韩、王少鹤、孙琴西、冯鲁川诸先生皆附文游之末。诸君固学宋儒之学,传桐城之文。予亦究心方、姚二集,私心有所折衷,不苟同,亦不立异也。"②《复堂谕子书》云:"粗有知识即好辨,位西先生诲以安溪、桐城之学,犹龂龂也。"③ 这两条资料表明谭献在二十多岁入京师期间,交游中多有主张桐城派者,谭献对桐城派的观点有所保留。谭献疏离桐城派的原因是他不同于桐城派只主张散文的观点,提出了骈散不分的主张。如果说这里谭献对骈散的态度还不明朗的话,那么谭献在《复堂谕子书》中明确表明自己的骈文立场:"作文好魏晋人语,从骈俪入,不能摆落华藻,无所为挈静精微也……吾于古人无所偏嗜,于今人之经学,嗜庄方耕、葆琛二家。文章嗜汪容甫、龚定庵二先生。骈俪尤习孔巽轩。"④ 谭献明确表明自己喜好魏晋骈文,对清代孔广森的骈文学习颇多。

---

① 《复堂日记》补录卷一,第226页。
② 《复堂日记》卷六,第139页。
③ 《谭献集》,第679页。
④ 《谭献集》,第682页。

第六章 谭献文章思想研究 281

　　谭献曾言："吾辈文字不分骈散，不能就当世古文家范围，亦未必有意决此藩篱也。不谓三十年来几成风气。约略数之，如谢枚如、杨听胪、庄仲求、庄中白、郭晚香、孙彦清、褚叔寅、樊云门、袁爽秋、诸迟菊皆素交，新知则有朱又笍、范仲林，近日始见蔡仲吹、王子裳之作；所造不同，皆是物也。至赵桐孙、张玉珊、沈蒙叔、张子虞、许竹筼、李亚白、邓石瞿则主俪体，吴子珍、高昭伯、王子庄、董觉轩、方存之、方涤俦、萧敬夫、顾子鹏、朱莘潜则主单行，殆未易通彼我之怀矣。"① 这段文字表明，谭献主张骈散不分，既不同于古文家只推崇散文的主张，也不同于将骈文与散文相对立，二者不可调和的观点，而是讲求文章的骈散结合。复堂认为："有韵之文，无韵之笔，雅有助于辞章。"② 可见，谭献有不拘骈散之论。骈散不分的理论主张在晚清几成文坛风气，与谭献同气相应的，有他的新知素交——谢章铤、杨传第、庄士敏、庄棫、郭传璞、孙德祖、褚成亮、樊增祥、袁昶、诸可宝、朱启勋、范钟、蔡篪、王咏霓等人。在对待骈散关系上，谭献认为只主张骈文及片面追求散文的做法都未得当。

　　谭献因主张骈散结合，故而对乾嘉时期有相同主张的李兆洛《骈体文钞》极为推崇。具体表现在如下两点。

　　其一，谭献一生曾多次评点《骈体文钞》。谭献《〈骈体文钞〉序》："献质惭糸奥，雅好文章，李氏斯篇恒在几席，劳人道长，无闲舟车，日月不淹，廿有余载。丹黄点勘，错出他本，缣素是非，久不自识。"③ 谭献有二十多年的时间与《骈体文钞》相伴，该书成为他常读书目之一。"复堂究心李钞（李兆洛《骈体文钞》），淹历廿稔，简眉胰尾，朱墨纷纶，自谓有益于文章机杼。"④ 谭献一生曾多次评点《骈体文钞》。《复堂日记》卷七光绪十四年戊子（1888）条载："校《骈体文钞》。是书予二十八岁时初评识于闽中者已亡失，光绪乙亥再评于金陵贡院，阅五年，庚辰三评于全椒官舍。"⑤ 由这条材料及其他相关材料，我们可以考索谭献评点《骈体文钞》的具体日期。首先，咸丰九年己未（1859），谭献二十

---

① 《复堂日记》卷八，第191页。
② 《谭献集》，第143页。
③ 《骈体文钞》，第20页。
④ 骆鸿凯：《文选学·评骘第八》，中华书局2015年版，第169页。
⑤ 《复堂日记》卷七，第178页。

八岁时于闽中初评《骈体文钞》，该评点本已亡失。其次，光绪元年乙亥（1875），四十三岁的谭献再评《骈体文钞》于金陵贡院，该本为乙亥江宁试院读定本（乙亥秋棘闱评本），识语甚略。"光绪乙亥于役锁院四十余日，白下凉秋，萧瑟而已，独处多暇，隐几微吟，重发行箧，首尾加墨，简书事竟，卒业蠹篇，初心夙好，颇有异同，进退之故，以谂群彦。"① 复次，光绪六年庚辰（1880）谭献四十八岁时于全椒官舍第三次评点《骈体文钞》。"阅数年，在安庆读《连珠》《七林》有悟，复于此本加墨。篇各下语，大旨不殊李氏。偶有独照，亦匪定论。以竢知者耳。"② 最后，谭献在1880年以后，再次评定《骈体文钞》，是为第四次评定。光绪七年（1881）闰月十七日："《骈体文钞》两年来重加评定，往往携以行县，读于村舍。今日始卒业一过。以校乙亥江宁试院读定本，颇有异同，所见固以时殊邪？"③

其二，谭献在评点《骈体文钞》中表现出其追求汉魏义法及主张骈散合一的观点。

李兆洛在《骈体文钞》中，表现出折衷骈散的批评思想，这一思想深深影响了谭献的骈文思想。正如金秬香《骈文概论》所言："夫骈散不分之说，自汪中、李兆洛等人发之。其后谭献即以此体倡浙中，其风始盛。"④ 金秬香肯定了谭献对推广骈散不分理论的贡献。谭献继承了嘉道以来不拘骈散的思想，"论文多主张骈散合一，推崇汉魏六朝，以风清骨峻、华而不靡、辞理相扶、文质相参为尚"⑤。"汉晋文章的特点是属词隶事，声色渐开，但仍有疏朴之致。"⑥ 呈现出文质相附、骈散相融的面貌。谭献即标举"汉魏义法"⑦。所谓"汉魏义法"，"即指辞意相称，文质谐和，辞与事符，骨肉停匀，而不是斤斤于词采声色"⑧。谭献评南朝梁代王筠《昭明太子哀册文》云："文质适中。辞与事副，骨肉停匀。"⑨ 评

---

① 《骈体文钞》，第20页。
② 《骈体文钞》，第20页。
③ 《复堂日记》补录卷二，第298页。
④ 金秬香：《骈文概论》，商务印书馆1934年版，第141页。
⑤ 孙福轩：《清代赋学研究》，浙江大学出版社2008年版，第290页。
⑥ 蒋寅：《中国古代文学通论》（清代卷），人民出版社2010年版，第53页。
⑦ 《骈体文钞》，第502页。
⑧ 孙福轩：《清代赋学研究》，第292页。
⑨ 《骈体文钞》，第107页。

谢朓《齐敬皇后哀策文》云："雅赡不缛。"① 都体现了其"汉魏义法"的主张。谭献在《骈体文钞》的评点中提到了他认为优秀骈文的特点："茂密神秀，文家上驷。"② "四六之上驷。峭蒨丽密。"③ "开阖动宕，情文相生，俪体之上驷也。"④ "四六意对为上。"⑤ "句法变换，四六所珍。"⑥ 由这些评语可知，谭献认为好的骈文除了具有辞藻密丽之外，更应具有思想内容与艺术表现的情文相生，句式章法的开阖变化。简言之，谭献不欣赏一味工稳整齐的骈文，而推崇骈文中有散体因素的骈散结合的文章。

谭献在《骈体文钞》的评点中申说其骈散合一的骈文理论。具体说来，包括如下三点。

首先，标举古文传统中的立意作为骈文的追求，为骈文指出向上一路。谭献评司马相如《喻巴蜀檄》云："意深重而语微婉，骨干大而脉理甚细，西京之文，去六艺未远。"⑦ 此条评语即体现了谭献对骈文立意、骨干、脉理的综合考量，他认为西汉文章语意深婉，具有质朴风貌。

谭献极为重视骈文的立意，这是因为骈文往往辞藻华美，形式的讲求容易遮蔽骈文思想内容的表达，故谭献讲求骈文的意旨，认为骈文若能"曲尽事理"，"自无浮靡之失，乃不为谈古文者鄙夷。"⑧ 所谓"事理"即是对骈文立意的重视。如下评语即体现出这一点。

> 评陆机《汉高祖功臣颂》云：有变化，有顿挫，可谓跌宕昭章矣。神完气足，意内言外，不刊之文。⑨
>
> 评袁宏《三国名臣序赞》云：意存风教。⑩

---

① 《骈体文钞》，第 106 页。
② 《骈体文钞》，第 252 页。
③ 《骈体文钞》，第 433 页。
④ 《骈体文钞》，第 64 页。
⑤ 《骈体文钞》，第 336 页。
⑥ 《骈体文钞》，第 697 页。
⑦ 《骈体文钞》，第 285 页。
⑧ 《复堂日记》卷四，第 80 页。
⑨ 《骈体文钞》，第 459 页。
⑩ 《骈体文钞》，第 477 页。

评任昉《天监三年策秀才文三首》云：非独代言，实寓讽谏。①

评曹植《七启》八首云：文士语耳。以意运，遂欲抗手枚生。②

评王融《三月三日曲水诗序》云：以意运辞，可以取法。③

评梁元帝《课耕令》云：华辞尚以意运。④

评王融《永明九年策秀才文五首》云：纯以意运，傅、任之正则。⑤

评王融《永明十一年策秀才文五首》：意胜。精深骏快，洞见症结。⑥

评任昉《为范尚书让吏部封侯第一表》云：一意之运，必缀以藻辞，骈体与古文，不能不分矣。⑦

评梁元帝《职贡图序》云：立言有体，不徒浮藻。⑧

评邢邵《请置学及修立明堂奏》云：彦和所谓扶质立干，垂条结繁之文。⑨

这里，谭献一再表明，骈文的华丽外表之下，需要以意运辞，他承认骈文的藻采之美，但也指出必须由文章的思想性作为中心，不能言之无物而一味讲求形式之美。谭献批评只讲形式的骈文，如评鲍照《侍郎报满辞阁疏》云："琢句。句奇情短，徒以琢雕为长，敷奏之体，至此渐乖。"⑩ 评陈琳《檄吴将校部曲》云："讳饰语多，遂尔嗫嚅，文不可不先质也。"⑪ 这两个例子皆从反面强调骈文不能只讲求形式，忽视思想内容的表达。

除了对各类文体的零星评点中表现出谭献对立意的重视之外，谭献在

---

① 《骈体文钞》，第 161 页。
② 《骈体文钞》，第 629 页。
③ 《骈体文钞》，第 65 页。
④ 《骈体文钞》，第 147 页。
⑤ 《骈体文钞》，第 158 页。
⑥ 《骈体文钞》，第 159 页。
⑦ 《骈体文钞》，第 274 页。
⑧ 《骈体文钞》，第 69 页。
⑨ 《骈体文钞》，第 212 页。
⑩ 《骈体文钞》，第 270 页。
⑪ 《骈体文钞》，第 288 页。

《骈体文钞》卷二十八"七类"的评点中突出强调骈文立意的重要性:"《七林》闳丽,有章法有句格,骈俪家之科律也。权其利钝,则枚叔语语用意,高不可企。陈思郁伊,意内言外,非苟作者。景阳已病蔓辞,而形容变化,不无深沉之思。继此则斧藻而已。但后人运入杂文,便见遒厚,不可不习。"①自枚乘《七发》以来,曹植《七启》、张协(字景阳)《七命》,构成骈文中一个特殊的文体——七体。其辞意相称,代表着汉晋时代的文采特点。谭献强调"七体"要有"郁伊"之情,"意内言外"之旨,而不能徒饰曼辞,为苟作之篇。正是以此为衡量标准,他认为张协《七命》"虽有丽词繁芜之句,却曲尽其妙而情思绵邈,具深沉之致,不比于其后的斧藻工艳,了无生气之作。对后世的运文入赋,运散入骈,使作品遒实厚重也大加推扬,以为开骈散融合之一途,不可不习。"②又谭献云:"文字之用,不外事理,骈俪辞夸,不能尽理之精微、事之曲折,乃为谈古文者所鄙夷。承学之士,先习陆、庾连珠,沉思密藻,析理述事,充之海河所滞,庶有达者,识予卮言。"③他认为骈文的文辞如果用来表意,而非徒然讲求形式之美的话,可以尽理之精微、事之曲折。所以,学好骈文的文辞,有助于精微地分析事理,从而与古文的析理述事具有相同功能。换言之,谭献认为骈文的文辞美有助于增加文章思想内容的说服力,二者可以共存,相得益彰。

其次,与讲究骈文的立意相关,谭献在评点中注重骈文内在的气韵、风神、风骨等。提倡汉魏风骨,追求深沉博大的气格。谭献评司马相如《封禅文》云:"迈往之韵,峻绝之骨,奇宕之气,萧疏之神。颂语不袭商周,几欲抗手。"④从气、韵、骨、神等方面肯定此文。《复堂日记》云:"蒋《评四六》阅毕。苕生之意尊庾太过,几欲尽废齐梁,不知开府之文侧调宕词,繁简多失,情韵风骨间有不逮孝穆处。蒋氏所见究不及巽轩、申耆诸君也。"⑤认为蒋士铨(字苕生)过度推崇庾信,在谭献看来,庾信文章藻饰太多,在情韵风骨方面不及徐陵。可见,谭献在骈文的主张上更为推崇文章内在的气韵风骨,在《骈体文钞》的具体评点中即体现

---

① 《骈体文钞》,第 647 页。
② 孙福轩:《清代赋学研究》,第 294 页。
③ 《骈体文钞》,第 659 页。
④ 《骈体文钞》,第 46 页。
⑤ 《复堂日记》补录卷二,第 297 页。

出这一倾向：

> 评谢庄《求贤表》云：意有主宾，辞有深浅，亦云条畅。发言条达，能尽事理，亦以稍削藻词，风骨始振。①
>
> 评王褒《圣主得贤臣颂》云：风骨学于诸子，华实化于骚赋。譬之拳勇，纯以筋节运神气，不露声色，所以为高。②
>
> 评江淹《讨沈攸之尚书符》云：劲气直达。③
>
> 评刘向《上战国策叙》云：贯以劲气。不徒浑厚。④
>
> 评江淹《诣建平王上书》云：开阖顿宕，气体岸异。⑤
>
> 评任昉《奏弹曹景宗》云：可谓笔挟风霜。骏迈曲折，气举其辞。⑥
>
> 评任昉《为齐明帝让宣城郡公表》云：刻挚奋发，气盛言宜。⑦

这些评点中提到的"风骨""以筋节运神气""劲气""气体岸异""气举其辞""气盛言宜"，表明了谭献对骈文风骨和气韵的强调。《复堂日记》谭献评陈寿祺骈文曰："编修（陈寿祺）于文事功力不深，又误于华缛，于经生词章二家均无当。骈文亦无气骨，未可与孙（星衍）、洪（亮吉）同年而语。"⑧ 显然，谭献不满于陈寿祺骈文的误于华缛及文无气骨两方面。在谭献看来，骈文应力避华缛，而必须讲求气骨。

最后，重视骈文的萧疏散淡风格。谭献曾以神情散朗、萧疏评价晋宋骈文。如评东晋戴逵《闲游赞》云："神情散朗，当时之体。萧疏是当时文体。"⑨ 评陶渊明《自祭文》云："神情散朗，称心而言。"⑩ 评东晋葛

---

① 《骈体文钞》，第 200 页。
② 《骈体文钞》，第 45 页。
③ 《骈体文钞》，第 296 页。
④ 《骈体文钞》，第 406 页。
⑤ 《骈体文钞》，第 276 页。
⑥ 《骈体文钞》，第 304 页。
⑦ 《骈体文钞》，第 273 页。
⑧ 《复堂日记》补录卷一，第 212 页。
⑨ 《骈体文钞》，第 481 页。
⑩ 《骈体文钞》，第 587 页。

洪《抱朴子序》云："散朗修饬。"① 评谢惠连《祭古冢文》云："文有萧澹之致。"② 评薛道衡《老氏碑》云："评以疏朴，颇入微。南朝文章，惟晋人有之耳。"③ 谭献对晋宋骈文的疏朴之风给予肯定。不唯晋宋，谭献对其他朝代有萧疏散淡风格的作品也表示赞同，如评东汉蔡伯喈《迁都告庙文》云："疏古跌宕。"④ 评南朝萧子良《言台使表》云："言甚切至，文气疏邕，叙述之法，亦沾被后人。"⑤ 评南朝江淹《为萧太傅谢追赠父祖表》云："江、鲍之流，求工于句，然疏古之气尚在。"⑥ 此皆表明谭献欣赏自然畅达的文风。

值得注意的是，谭献认为六朝最能体现汉魏义法的骈文家是任昉（字彦昇）、傅亮（字季友），因此谭献对任昉、傅亮二人极为推崇。"绵邈动人，季友、彦昇而外，殆鲜鼎立。"⑦ 首先，任昉、傅亮文以意为主，"纯以意运，傅、任之正则。"⑧ 其次，二人骈文讲究文气。任昉"骏迈曲折，气举其辞"⑨。"刻挚奋发，气盛言宜。"⑩ 傅亮骈文有"金玉之声，风云之气"⑪。最后，二人骈文有萧疏散淡之风。谭献肯定了任昉骈文具有神情散朗的风格。《复堂日记》："蒋心余《评次四六法海》以开阖生动论俪体，固不刊之论，而独崇子山，不能识晋宋人散朗回复之妙，故于任彦升多所不满。此通人之蔽。"⑫ 谭献认为庾信骈文藻饰太多，不及任昉骈文有散朗回复之妙，因而对蒋士铨抬高庾信，贬低任昉的看法提出了不同观点。任昉文的总体风貌是"巧丽出于自然"⑬。其骈文语言富有文采，在骈体中夹以散体，错落有致，从而使文章显得生动活泼。瞿兑之《中

---

① 《骈体文钞》，第 415 页。
② 《骈体文钞》，第 592 页。
③ 《骈体文钞》，第 16 页。
④ 《骈体文钞》，第 136 页。
⑤ 《骈体文钞》，第 201 页。
⑥ 《骈体文钞》，第 277 页。
⑦ 《骈体文钞》，第 207 页。
⑧ 《骈体文钞》，第 158 页。
⑨ 《骈体文钞》，第 304 页。
⑩ 《骈体文钞》，第 273 页。
⑪ 《骈体文钞》，第 142 页。
⑫ 《复堂日记》卷五，第 122 页。
⑬ 《骈体文钞》，第 681 页。

国骈文概论》曾言:"傅亮、任昉都可以代表晋宋与齐梁之间一种骈而兼散的作风。"① 故谭献对其二人文章推崇极高。谭献以任昉、傅亮文作为评判后世骈文的标准。如评清代梅曾亮《柏枧山房骈文》:"清深婉约,殊近彦昇、季友。"② "阅彭选《宋四六》。曲折而达,亦是一境界,源于季友、彦升者也。"③ 吕双伟分析说:"从晚明直到乾嘉时期,六朝徐庾一直被视为骈文的最高代表。特别是乾隆时官修《四库全书总目》中将庾信定为'四六宗匠',徐陵定为'一代文宗',其地位几无撼动。但随着骈文风气崇尚的变化,到光绪年间,任昉的骈文地位逐渐升高。"④ 体现了光绪年间对疏宕散逸骈文风格的推崇。

要而言之,谭献骈散结合、回归魏晋的骈文思想讲求文质并重,骈散兼行,注重骈文的内在气韵,推崇疏朗文风。这是当时文学思潮的体现:"由于时代变迁,从道咸以来骈文理论家和赋学家逐渐从俪语藻语的本色之争转向气韵风骨之辨,多从沉博绝丽的风格追求转向内在的气韵和风骨论,由六朝的绮艳而转向晋宋的疏散。寄寓个人生命悲吟和黍离之悲的作品,应和着经世致用思潮的再次兴起而成为时代主潮……骈散不是目的,而只有蕴蓄于其中的情感维度、气骨风神和致用精神才是最为重要的。"⑤《复堂日记》言:"明以来,文学士心光埋没于场屋殆尽……予自知薄植,窃欲主张胡石庄、章实斋之书,辅以容甫、定庵,略用挽救,而先以不分骈散为粗迹、为回澜。八荒寥寥,和者实希。中白、谷成其谓之何?畤人中所可哆口者,惟曰有实有用而已。"⑥ 钱基博补充言曰:"谭氏论文章以有用为体,有馀为诣,有我为归,不尚桐城方、姚之论,而主张胡承诺、章学诚之书,辅以容甫(汪中)、定庵(龚自珍),于绮丽丰缛之中,存简质清刚之制,取华落实,弗落唐以后窠臼,而先以不分骈散为粗迹,为回澜。"⑦ 这里钱基博表明谭献主张骈散不分的原因是"意在推阐汪容甫、

---

① 瞿兑之:《中国骈文概论》,世界书局1934年版,第41页。
② 《复堂日记》补录卷二,第333页。
③ 《复堂日记》卷二,第65页。
④ 吕双伟:《清代骈文理论研究》,人民出版社2011年版,第276页。
⑤ 孙福轩:《清代赋学研究》,第294页。
⑥ 《复堂日记》卷三,第59页。
⑦ 《复堂日记》,第6页。

龚定庵从容单复奇偶之间，于绮丽丰缛之中，存简质清刚之制的汉末魏晋文风"①。"在谭献心目中，好的文章家须有胡承诺、章实斋之通识，汪容甫、龚定庵之艳才，然后骈散不分，撰为有实有用之文。"② 从学术角度言之，则是"欲藉由汪容甫、龚定庵根柢经史，渊雅醇茂之文，而运以胡承诺、章实斋学术之深识，期能振救晚明以来视帖括桐城为学问文章之颓风"③。

二　风格论：绮丽丰缛与简质清刚的统一

"于绮丽丰缛之中，能存简质清刚之制"一语出自清代邵齐焘《答王芥子同年书》一文。邵齐焘《答王芥子同年书》云："平生于古人文体，尝窃慕晋宋以来词章之美，寻观往制，泛览前规，皆于绮丽丰缛之中，能存简质清刚之制，此其所以为贵耳。"邵齐焘认为骈文应将绮丽丰缛的语言形式与简质清刚的行文风格有机统一起来。骈文不仅要具有绮藻丰缛的词章之美，同时要有刚健之文气。这样才能避免骈文片面讲求形式华靡，从而达到丽而不靡的境地。

谭献认同邵齐焘的观点，崇尚"于绮丽丰缛之中，存简质清刚之制"的做法，并以之作为评价骈文风格的标准。谭献认为骈文不应局限于辞藻的丰缛绮丽，更应注重情感的古雅典则，风格的简质清刚。《复堂日记》言："阅《骈体正宗》。叔宀、圊三渐入邃古，文章气运，旋斡于不自知。朱石君稍着力。邵文有云'于绮丽丰缛之中，存简质清刚之制'；此中真际，难言之。"④ 复堂认为绮丽丰缛的词章之美与简质清刚的风格之美达到统一，实属不易。又谭献以"于绮丽丰缛之中，存简质清刚之制"作为评价骈文的标准，如评方履籛（字彦闻）骈文："方彦闻《万善华室文》六卷，玉珊寄，江西新刻。方文密栗胜董兰石（董佑诚），而骈岩不逮，绮藻丽密而未尽简质清刚者与。并世有董，固当拍肩挹袖。"⑤ 又

---

① 蔡长林：《文人的学术参与——〈复堂日记〉所见谭献的学术评论》，《中国文哲研究集刊》2012年第3期。
② 蔡长林：《文章关乎经术——谭献笔下的骈散之争》，《东华汉学》2012年第16期。
③ 蔡长林：《文人的学术参与——〈复堂日记〉所见谭献的学术评论》，《中国文哲研究集刊》2012年第3期。
④ 《复堂日记》卷二，第40页。
⑤ 《复堂日记》卷七，第161页。

"阅董方立（董佑诚）遗文。骨体清峻，音节哀婉。故当弱于子山、浅于四杰，而抗希古学，泽以经术，遂有颉颃前贤之意。视彦闻整栗不如，而清转胜之，诚一时麟凤"①。评彭兆荪骈文"极学陈隋，能密而不能疏，未免坠李义山五里雾中矣"②。这些评语表现出谭献对骈文辞藻密丽有余而文气疏散不足的批评。谭献认为方履篯骈文虽辞藻华美、整栗严密，却在风格上未做到简质清刚，不及董佑诚骈文文风的骀宕舒缓，有清刚之气。显然，谭献更为欣赏有简质清转之风的董佑诚骈文。又谭献以清刚的风格称许曾燠为骈文名家："倚枕诵曾宾谷骈文。虽时堕宋调，而清刚可味，固是名家。"③《吴学士遗文叙》中评吴鼒《国朝八家四六文钞》云："学士定八家之文，逸二汪之作，披文相质，落实取材。伐柯之则，在于简质清刚；相马之真，主于清转华妙。善于持论，夫子自道。"④ 认为简质清刚、清转华妙既是吴鼒《国朝八家四六文钞》入选骈文的标尺，又体现了吴鼒本人对骈文风格的期许。

三 文气论：潜气内转

首先，"潜气内转"的溯源及流变。"潜气内转"一词，最早出现在三国时期繁钦《与魏文帝笺》一文中："时都尉薛访车子，年始十四，能喉啭引声，与笳同音。白上呈见，果如其言。即日故共观试，乃知天壤之所生，诚有自然之妙物也。潜气内转，哀音外激，大不抗越，细不幽散。声悲旧笳，曲美常均。"⑤ 原文指的是一位驾车小童薛访车子的美妙歌喉，这位小童能凭内在功力控制自己的发声，使每个音符互相协调，形成美妙的整体效果。可见，"潜气内转"最早用于音乐领域，其意义与"喉转"相同，是一个特定的声乐技巧概念。以喉啭的方式发音，"通过气息的控制和流转，在悲声外激之前，将即将发出的声音气流向内回环曲折，避免声音的过于抗越或过于幽散，从而将悲声的力度与厚度淋漓尽致地表现出

---

① 《复堂日记》卷三，第63页。
② 《复堂日记》补录卷二，第299页。
③ 《复堂日记》补录卷二，第270页。
④ 《谭献集》，第98页。
⑤ （南朝梁）萧统编，（唐）李善注：《文选》，中华书局1977年版，第565页。

来"①。清代以前,"潜气内转"一词多用于音乐领域。从清代开始,"潜气内转"较多地被用于书法与诗文批评中。"潜气内转"的概念以音乐声调的起伏低昂,幽微要眇,引入诗文批评中,用以比拟文章意脉和情感的似断实连,若隐若现。

其次,晚清谭献将"潜气内转"这一术语用于骈文批评与词学批评中,下面分述之。

其一,谭献骈文批评中的"潜气内转"。谭献《〈续骈体正宗〉序》言:"夫车子一歌,潜气内转;中旗动操,用志不纷。士有憔悴失职,婉约言情,单词不足鸣哀,独思岂能无俪。登山临水,秋士将归;群莺杂花,春人望远。发过人之哀乐,妙天下之语言。"② 这篇序中谭献用到了"潜气内转"一词。他认为骈文和散文相比,节奏啴缓,适合表现哀感动人的情思,和"车子一歌"所形成的效果有相似之处。如果说谭献这里用到了"潜气内转"一词,是从其最初之声乐领域的概念出发的话,那么在《复堂日记》提到的几则相关条目中,"潜气内转"则直接作为术语运于骈文批评中:

> 同治二年癸亥(1863):读《中论》。冲和古秀,潜气内转。东汉人未见其偶。宜张皋文先生叹绝伦也。③
>
> 同治二年癸亥(1863):夜诵《珍艺宧文》,琅琅真作金石声。说《书》《诗》数篇,风发泉涌,而渊渊罤罤,潜气内转。④
>
> 光绪六年庚辰(1880):亡友刘履芬彦清《古红梅阁遗集》,骈俪源于洪北江,而植体清素,不为恢张,有幽咽潜转之妙;虽骨干差柔,音辞未亮,要自检点,情文不匮。⑤

谭献以"潜气内转"一词评价徐干《中论》、庄述祖《珍艺宧文》、刘履芬骈文。"不为恢张,有幽咽潜转之妙",盖指其骈文气韵的内在运

---

① 彭玉平:《词学中的"潜气内转"》,《中国分体文学学史·词学卷》,山西教育出版社2013年版,第161页。
② 《谭献集》,第95页。
③ 《复堂日记》卷一,第6页。
④ 《复堂日记》卷一,第7页。
⑤ 《复堂日记》卷四,第113页。

转。所谓"渊渊㗊㗊,潜气内转",即以骈文技巧的最高礼赞来形容庄述祖之文,称许其文章在飘逸灵动之中,潜藏内敛的才气。这些评点表明谭献注重骈文的文气。谭献曾校定并评点《骈体文钞》,他在《骈体文钞》的评点中用到了与"潜气内转"表意相近的"内转"的概念,如评吕仲悌《与嵇茂齐书》云:"尚有内转之气,故丽而不缛。"① 至于涉及转笔运气的评点就更多了,如评梁简文帝《东宫上掘得慈觉寺钟启》云:"转折有长篇法。"② 评李公辅《霸朝集序》云:"归美推大,运转如意,颇觉规模闳远,而蹊隧分明,气已渐浊。"③ 运转而气浊,实已含有潜气内转之意。还有一些与"潜气内转"表意相同的评语。如评陆士衡《豪士赋序》云:"顿挫回薄,意内言外。"④ 评刘子政《上灾异封事》云:"章法之完密,提掇起伏之明画,往古未有,来者莫继。"⑤ 评邹阳《狱中上书自明》云:"断处仍连,正言若讽,文章至此,乃尽危苦之能,然亦可矜。"⑥ 所谓"顿挫回薄""提掇起伏""断处仍连"其实就是"潜气内转"的另外一种表述。

继谭献在骈文批评中提出"潜气内转"之后,光绪二十一年(1895),朱一新在《无邪堂答问·答问骈体文》中具体阐明了"潜气内转"这一骈文批评术语的内涵:"骈文自当以气骨为主,其次则词旨渊雅,又当明于向背断续之法。向背之理易显,断续之理则微。语语续而不断,虽悦俗目,终非作家。惟其藕断丝连,乃能回肠荡气。骈文体格已卑,故其理与填词相通。潜气内转,上抗下坠,其中自有音节,多读六朝文则知之。"⑦ 这段话提到的"潜气内转,上抗下坠",从气韵的角度准确把握了骈文文体的内在特征。"骈文要以气骨为主心,在此基础上做到词旨渊雅,也要明白文章结构的向背断续之法;骈文不必语语续而不断,只有做到文辞句子表面'藕断丝连'而内部气韵不断,才能让人读出回肠荡气之魅力;文章的'气'要潜藏于内,在暗地里运转,通过骈偶文辞

---

① 《骈体文钞》,第 331 页。
② 《骈体文钞》,第 699 页。
③ 《骈体文钞》,第 69 页。
④ 《骈体文钞》,第 410 页。
⑤ 《骈体文钞》,第 176 页。
⑥ 《骈体文钞》,第 258 页。
⑦ 朱一新:《无邪堂答问》,中华书局 2000 年版,第 92 页。

音节的高低抑扬来体现出来。"① 谭献《复堂日记》对朱一新《无邪堂答问》多持肯定态度。继谭献之后，朱一新成功地将骈文理论从文辞评点的辞章之论过渡到气韵之论，完成了骈文理论从文章学理论到文学理论的转型。

其二，打通骈文与词体的文体界限，谭献认为骈文的"潜气内转"也适用于词学领域。下面分析谭献词学批评中的"潜气内转"。谭献在成书于光绪八年（1882）的《箧中词》中以"潜气内转"作为词评之语。显然这一术语在谭献骈文批评中先使用（1863），之后才出现在其词学批评中。这与谭献的文体观念有很大关系。谭献曾言："填词，长短句必与古文辞通，恐二十年前人未之解也。"② 又如《骈体文钞》谭献评点伏知道《为王宽与妇义安主书》云："六朝小启，五代填词。"③ 这里谭献将六朝小启与五代小词作类比，反映了诗词文同源异脉的文体观念。在谭献的文学观念中，"潜气内转""涩""厚"等术语及范畴在各体文学中兼可通用。谭献将"潜气内转"运用于词学批评。主要是指"词体有阴柔深缓的气质，即使表达激昂慷慨的情绪，也是内敛而归于含蓄的。"④ 谭献词评中有四处用到"潜气内转"：一处为《谭评词辨》中评辛弃疾《水龙吟》（楚天千里清秋）云："裂竹之声，何尝不潜气内转。"⑤ 另外三处见于《箧中词》中，分别为评易顺豫《台城路》（杜郎已是寻春倦）云："潜气内转。"⑥ 评郭麐《绿意·乙卯上巳》（曲池漾碧）云："曲折处有潜气内转之意。"⑦ 评朱彝尊《百字令·偶忆》（横街南巷）云："有潜气内转之妙。"⑧《水龙吟》（楚天千里清秋）这首词表达了辛弃疾试图建功立业却报国无门、英雄失路的感慨。周济曾评价辛弃疾词："敛雄心，抗

---

① 莫道才：《骈文文论：从辞章之论到气韵之说——论朱一新"潜气内转"说的内涵、来源与价值》，《文学评论》2013年第4期。
② 《复堂日记》补录卷二，第278页。
③ 《骈体文钞》，第692页。
④ 奚彤云：《中国古代骈文批评史论稿》，华东师范大学出版社2006年版，第145页。
⑤ （清）周济选，谭献评：《词辨》，《清人选评词集三种》，第182页。
⑥ 《清词一千首 箧中词》，第284页。
⑦ 《清词一千首 箧中词》，第173页。
⑧ 《清词一千首 箧中词》，第46页。

高调，变温婉，成悲凉。"① 这里的"敛、抗、变、成"即体现了潜气内转的过程，这首词正体现了这一过程。辛弃疾这首词本来要表达慷慨激烈、报国忧世的裂竹之声，却在表达之时，将纵横豪宕之气深藏掩抑，以深挚含蓄的方式表现出来，百炼刚化为绕指柔。这样表面呈现出的温婉之辞，使得贯穿词作的慷慨之气下潜内转，从而使词作具有潜气内转的审美趋向。谭献以"裂竹之声，何尝不潜气内转"评价这首词，表明词作以情感内敛的方式来表达。"潜气内转"指的是："主体情感在词中呈现的形态，有别于情感外放型，而是深藏掩抑，凄惋动人。"② 正如方智范所言："'潜气内转'合于柔厚之旨，体现了含蓄蕴藉之美。"③

由上可知，谭献在骈文与词学批评中都用到了"潜气内转"。他以"潜气内转"为基本方法和特征沟通骈文与词这两种文体。这是谭献基于诗词文同源异脉的认识，从而打通了文体的分界。骈文批评与词学批评语境中的"潜气内转"，其共同之处是在骈文和词的创作中通过内转形成力量，表达厚重的情感。骈文与词体两种文体间原理的可通性得到了谭献之后研究者的认同。如况周颐《蕙风词话》卷一："作词须知'暗'字诀。凡暗转、暗接、暗提、暗顿，必须有大气真力，斡运其间，非时流小惠之笔能胜任也。骈体文亦有暗转法，稍可通于词。"④ 况周颐体认到作词的"暗"字诀与骈文的暗转法是相通的。换言之，他表明了"潜气内转"在骈文和词中的共生性。况周颐的弟子赵尊岳在《填词丛话》卷五中言："文有'上抗下坠，潜气内转'之说。于词亦然。如上说花，下说人；上说盛，下说衰，两事不一。转按以理脉思绪，使之可通，则上下间正不必定用转折之字，读者亦不觉其扞格。理脉所在，要通人、花于一体，使两者有相同之所，即就其相同者引申发挥之，则两者自合于一。所谓'潜气'，亦即觅致此相同者，使理脉有所贯串而已。"⑤ 赵尊岳也指出骈文中

---

① （清）周济：《宋四家词选目录序论》，唐圭璋编《词话丛编》，中华书局1986年版，第1643页。

② 陈良运：《中国历代词学论著选》，百花洲文艺出版社1998年版，第636页。

③ 方智范：《谭献词论的美学意蕴》，《词学》（第十一辑），华东师范大学出版社1993年版，第55页。

④ （清）况周颐著，俞润生笺注：《蕙风词话·蕙风词笺注》，巴蜀书社2006年版，第62页。

⑤ 赵尊岳：《填词丛话》，屈兴国编《词话丛编二编》，浙江古籍出版社2013年版，第2811页。

的"潜气内转"之说于词体亦适用。赵尊岳用具体例子说明"潜气内转",从字面看有转折不衔接之处,但究之其内在理脉,却是意脉贯通的。

四 骈文史论:梳理骈文发展流变

除了阐明骈散合一的思想之外,谭献具有较强的追本溯源意识,在对《骈体文钞》的评点中,梳理出骈文的发展脉络。因李兆洛《骈体文钞》三十一卷辑入了先秦至隋的骈文,故谭献在《骈体文钞》的评点中阐明了先秦至隋朝不同历史时期骈文发展的情况,总结不同时期的骈文特点,在其评点中呈现出隋朝以前的骈文发展史。谭献描绘出骈文发展的面貌为:先秦之浑穆、汉代多质朴之体、汉魏之整栗、晋宋齐梁的疏散之体、齐梁陈代之工纤、隋文之重返朴质、初唐之阐缓等。谭献在梳理骈文发展史时,表现出对汉代古朴文风、晋宋萧散文风的向往,从中可窥见谭献论文的倾向。谭献力主汉晋之文的遒厚与深情,文质相生,这与他的骈文观是相符合的。谭献梳理隋朝以前的骈文史大致包括如下四点:

首先,先秦至秦汉时期文章。谭献总结先秦至秦汉文章风貌为自然质朴。先秦文章的特点是自然成文,有浑穆之气,谭献云:"文之至者,曰自然风行水上,非晚周先秦之文不能当之。"[①] 秦汉文章文气充沛,有浩然之势,"后人言浩乎沛然,惟秦汉人文耳"[②]。揭示此期是骈文发展的孕育期,如评李斯《上秦王书》云:"是骈俪初祖。"[③]

其次,汉魏文章。其一,对两汉文章的肯定。"汉世文章,无论纯驳,原本经术,其味深长。"[④] 汉代文章因与经学相联系,故有浑厚之气。谭献指明两汉文章由西汉疏拙文风向东汉整密文风的转变,这从谭献对《史记》和《汉书》的评价中可以看出。谭献极为赞成章学诚对《史记》《汉书》的评价:"《史记》《汉书》自叙之篇章,章实斋所谓'圆以神,方以智'者,于此昭然若揭。乍读之,以子长疏拙处多,孟坚整栗处多,用韵亦班较密。献附议。"[⑤] 谭献评东汉班固《高祖泗水亭碑铭》云:

---

① 《骈体文钞》,第 596 页。
② 《骈体文钞》,第 600 页。
③ 《骈体文钞》,第 166 页。
④ 《骈体文钞》,第 409 页。
⑤ 《骈体文钞》,第 454 页。

"渐就整密，一变西汉之格。"① 评班彪《王命论》云："起伏结撰，尽言尽意，遂成东京文体。"② 表现出文章风格在两汉之间的变化。其二，魏朝文章表现出向情辞曲畅方向发展。谭献评魏朝高堂隆《谏明帝疏》云："汉代质朴之体稍变，而情辞曲畅，拔奇于仲宣、子建之外。"③

再次，晋代及南朝骈文。谭献评东汉刘陶《上桓帝书》云："骨气奇高，而华词已开晋宋文章气运。"④ 此句揭示出晋宋骈文转向华丽的趋势。谭献同时指出晋宋齐梁文章具有萧散之体。如评西晋潘岳《夏侯常侍诔》云："清空一气，破汉魏之整栗，成晋宋之运转。"⑤ 评东晋戴安道《闲游赞》云："神情散朗，当时之体。萧疏是当时文体。"⑥ 评庾信《贺平邺都表》云："章法兜裹，一变齐梁以来疏散之体。"⑦ 从这些评语可以看出，晋宋齐梁时期的骈文有萧疏散朗之风。到了南朝梁代的庾信、徐陵之时，骈文文风又有变动，"徐、庾出而大变六朝之体势，比于诗家之沈、宋。"⑧ 初唐的沈佺期、宋之问以律诗见长，其律诗属对精密，音韵谐调，"沈宋体"在律体定型中发挥了重要作用。谭献以诗家之"沈宋"比拟骈文中的"徐庾"。意在表明，徐、庾二人在骈文朝精致工稳方向发展中做出的贡献。齐梁时期"以藻语推究事理，当时文体如此"⑨。"笔巧是当时文体。"⑩ 谭献同时指出梁代是骈文中四六之体的定型期，"四六之体至梁而成，昭明尚有朴致，元帝、简文益巧构矣"⑪。南朝梁代昭明太子萧统的骈文尚且有质朴的风貌，而梁元帝萧绎、梁简文帝萧纲则踵事增华，骈文越发重视形式之美了。由此可知，齐梁骈文出现了基本定型的四六之体，进一步发展了骈文的形式。这里说的四六之体，是由骈文而成的一种文体，由四六句组成。刘师培《文章源始》云："齐梁以下，四六之体渐

---

① 《骈体文钞》，第 5 页。
② 《骈体文钞》，第 362 页。
③ 《骈体文钞》，第 194 页。
④ 《骈体文钞》，第 188 页。
⑤ 《骈体文钞》，第 582 页。
⑥ 《骈体文钞》，第 481 页。
⑦ 《骈体文钞》，第 245 页。
⑧ 《骈体文钞》，第 343 页。
⑨ 《骈体文钞》，第 304 页。
⑩ 《骈体文钞》，第 117 页。
⑪ 《骈体文钞》，第 506 页。

兴，以声色相矜，以藻绘相饰，靡曼纤冶，文体亦卑。然律以沉思翰藻之说，则骈文一体，实为文体之正宗。"①

最后，隋朝骈文。相对南朝骈文的华丽，隋朝骈文有重返朴质及重视文章内涵的趋向。"隋世诗文，已将反质。"② 谭献评隋朝李公辅《天命论》云："承华缛之末流，稍思反质，所以兆初唐也。"③ 相对于南朝对"文"的过度重视，隋朝重"质"以改良骈文因重文轻质带来的流弊。谭献对于隋朝骈文的重质倾向表示肯定："周隋文体，得趋于正。一气盘旋，去华反质之侯。宇文一代朝宁，渐尚经训。"④ 这一观点再次体现了谭献重视骈文的立意。

除了梳理不同时代骈文的发展脉络及辨析不同时代骈文的特点之外，谭献在《骈体文钞》的评点中，对于开风气、示流变的骈文篇目往往予以特别指明，能够对文章的体貌风格作历时性考量。谭献评点《骈体文钞》中某些评语即与此相关，比如：

> 评班固《窦车骑北伐颂》云：语奇句重，下开昌黎。⑤
> 评蔡伯喈《伐鲜卑议》云：文至中郎，渐讲间架。⑥
> 评王融《求自试表》云：遣辞体势，不独为徐、庾前导，且已为王、卢开山。⑦
> 评王僧孺《与何炯书》云：此文从《报任安书》出，而冗散疲琐，几与背驰，文章升降之故可观。⑧
> 评扬雄《十二州箴》云：子云诸箴，质多于文，源出《诗》《书》者也。⑨
> 评枚叔《上书谏吴王》云：欲言难言，愈离奇愈沉痛，《国策》

---

① 刘师培著，陈引驰编校：《刘师培中古文学论集》，中国社会科学出版社1997年版，第212页。
② 《骈体文钞》，第119页。
③ 《骈体文钞》，第402页。
④ 《骈体文钞》，第148页。
⑤ 《骈体文钞》，第21页。
⑥ 《骈体文钞》，第220页。
⑦ 《骈体文钞》，第272页。
⑧ 《骈体文钞》，第339页。
⑨ 《骈体文钞》，第72页。

之体,《离骚》之神,后来无继。①

评袁千里《谢武帝启》云:激越之响,下开宋四六安石、子瞻一流。②

评王僧孺《奉府牋》云:脱颖而出,渐开唐人平实之派。③

评孔德璋《北山移文》云:俗调开山。④

评周义利《报羊希书》云:杨恽、嵇康之间,然实开纤俗之派。⑤

评梁简文帝《与湘东王论文书》云:齐梁之间,有此不阡不陌一派。颇病其有句无篇。⑥

评陈后主《太建十四年诏》云:唐调已成,尚有高简之致。⑦

评蔡伯喈《胡夫人黄氏神诰》云:以不归葬为主,开后来以一事成文之法。⑧

评蔡伯喈《光武济阳宫碑》云:碑刻之文,至伯喈别成规矩,遂为千秋效法。⑨

这些评语中,谭献或揭示文章的源流演变轨迹("源出"),或寻绎骈文发展中的细微变化("渐讲""渐开""下开""已成"等),或表明文章的开山之绩("开后来以一事成文之法""俗调开山"等)及典范作用(蔡邕碑文为千秋效仿的典范),或表明骈文的流派属性(平实之派、纤俗之派、不阡不陌一派)等。体现出谭献因流溯源的文章史观,反映出谭献对骈文的深刻认识及独到鉴赏力。

五 清代骈文作家论及选本批评

谭献在《复堂日记》中,对清代骈文作家及清人编选的骈文选本均

---

① 《骈体文钞》,第172页。
② 《骈体文钞》,第280页。
③ 《骈体文钞》,第281页。
④ 《骈体文钞》,第718页。
⑤ 《骈体文钞》,第333页。
⑥ 《骈体文钞》,第338页。
⑦ 《骈体文钞》,第119页。
⑧ 《骈体文钞》,第526页。
⑨ 《骈体文钞》,第8页。

第六章 谭献文章思想研究

有所论及。

其一，谭献对清代骈文家的评论。谭献于清代推崇汪中（1744—1794）、孔广森（1752—1786）、龚自珍（1792—1841）之文。《复堂谕子书》云："吾于古人无所偏嗜……文章嗜汪容甫、龚定庵二先生。骈俪尤习孔㢲轩。"① 这三人的文章具有取法魏晋，语简意周的特点。谭献认为龚自珍文集为清代"别集第一，亦唐以来别集第一"②。谭献推崇汪中、龚自珍文章，盖缘于二人文章承袭汉魏，取材现实、呈现出风格遒丽富艳、用典属对精当妥帖的文风。谭献推崇孔广森的骈文，是因为孔广森骈文最得魏晋骈文三昧。刘麟生《中国骈文史》指出："骈文以六朝为极致，殆无异论。然骈文作家，亦岂不知此？特囿于俗尚，作品终难跻六朝人所造之领域。即以清代骈文而论，或失之藻密，或失之纤仄，补偏抹弊，自不得不以六朝人为依归。最初持此论而能实行者，厥惟孔广森。"③ 孔广森为文善于陶冶汉魏，取法六朝既自觉又得法，气格渊雅醇茂，成就突出。《复堂日记》谈及孔广森骈文："阅《骈体正宗》。此事莫盛于乾嘉之际。五音繁会，如容甫八代奔走，如㢲轩先后骏雄，殆难鼎足。"④ 这里，谭献认为汪中、孔广森的骈文在乾嘉时期成就最高。谭献对汪中的评价尤高。汪中私淑顾炎武，为经世致用之学，在哲学、史学、文学方面都有一定成就。所作骈文，在清代骈文中被誉为格调最高。谭献对汪中的肯定表现在以下三点。

首先，谭献对汪中的学术地位给予高度肯定。《复堂日记》载："读《定庵文集》……其他序、记、志、传杂文，则犹未渝唐习，甚者且有诐气，不及容甫先生之大雅矣。"⑤ 谭献认为龚自珍文章不及汪中的典雅。谭献对汪中《述学》钦慕不已："读《述学》。汪先生文章麟凤，师资二十年，妙处不待言。"⑥ "每诵《述学》，如聆古琴瑟。生诸先生后，寝馈遗编，荣期之乐可四也。"⑦ "读《述学》一过。每展卷，则心开目明，

---

① 《谭献集》，第 682 页。
② 《复堂日记》补录卷一，第 215 页。
③ 刘麟生：《中国骈文史》，东方出版社 1996 年版，第 110 页。
④ 《复堂日记》卷二，第 40 页。
⑤ 《复堂日记》卷一，第 21 页。
⑥ 《复堂日记》卷三，第 67 页。
⑦ 《复堂日记》卷一，第 22 页。

不自知也。"① 这些条目记录了谭献阅读汪中《述学》的体验，谭献有二十多年时间在阅读汪中著作，读《述学》令谭献心开目明，妙不可言。

其次，谭献对汪中骈文骈散结合作法的推崇。"其往复自道，一笔盘折，多至十数句；于叙事中多有此体，盖学襄昭以后《左氏传》耳。"②汪中骈文无论叙事抒情，都能吸收魏晋骈文之长，写得情致高远，意度雍容，而且用典属对，精当贴切。最难能可贵的是，汪中骈文具有充实的社会内容和真实的思想情感，所谓"声色情采兼备"。谭献评价汪中《自序》《哀盐船文》《宋世系表序》《汉上琴台之铭》等骈文为振古奇作，认为可与汪中骈文比肩的有孔广森《戴氏遗书序》、孙星衍《防护昭陵碑》。李详《与钱基博四函》（之二）评汪中文章云："容甫先生之文，熟于范蔚宗书，而陈乘祚之《国志》在前，裴松之注所采魏晋文最佳，华而不艳，质而不俚，朴而实腴，淡而弥永。容甫窥得此秘，于单复奇偶间，音节遒亮，意味深长。又甚会沈休文、任彦昇之树义遣词，不敢轻涉鲍明远、江文通之藩篱。此其所以独高一代，而谭复堂先生推为绝学也。"③汪中之文有沟通骈散的倾向，其文奇偶相间，华实兼备，有魏晋文风，谭献因此对汪中骈文推崇备至。

最后，谭献评价他人文章以汪中骈文作为标准。《复堂日记》言："见张崇兰漪谷《悔庐文集》。气体高洁，语见真际……俪体三五篇，结响遒雅，志趣固法容甫先生也。"④谭献认为张崇兰《悔庐文集》骈文结响遒雅，有追随汪中骈文的痕迹。谭献自己所作《高古民丈行状》一文，"文气盎淡，绝近容甫先生，非世俗所能知"⑤，因近似汪中文风而自豪。

除了对汪中、孔广森骈文持褒奖的评价外，谭献对清代其他骈文家大多褒贬兼有。如评王昙《烟霞万古楼文》，既肯定其文有劲气直达之势，又指出其文有炫才之弊。评彭兆荪骈文有结调太熟之嫌。评吴锡麒骈文圆美可诵却古义稍失。评弟子胡念修《问湘楼骈文初稿》清婉无俗调，却

---

① 《复堂日记》卷四，第84页。
② 《复堂日记》卷三，第67页。
③ 李详：《与钱基博四函》（之二），《李审言文集》，江苏古籍出版社1989年版，第1050页。
④ 《复堂日记》卷八，第189页。
⑤ 《复堂日记》补录卷一，第243页。

有力弱之弊。评弟子徐珂"骈俪音采凡近,不见体势,情韵则非所长也。"① 如此等等,既肯定其优点,又指明其不足。

值得注意的是,谭献在对清代骈文家的评价中,表现出对唐代骈文的认可。如评吴鼒骈文为"唐人正脉,足自名家"②。评方履籛骈文"绵丽曲畅,足与开、天名手接武文坛"③。评胡敬《崇雅堂集》中的骈文"纯用唐法,亦与岑华居士(吴慈鹤)抗手"④。评王诒寿《缦雅堂骈文》"音节骨干,皆不落义山以后"⑤。评钱振伦《示朴斋骈文》"师法义山,纯用唐调;清典可味,固是雅才"⑥。这些评点中的"唐法""唐调""师法义山(李商隐)"等语,兼以唐代骈文来推举清代骈文,表现出复堂对唐代骈文成就的肯定。

其二,谭献对清人编选的骈文选本的批评。清代骈文复兴的表现是出现了大量骈文选本,这些骈文选本既有清人选清代骈文选本,也有清人选历代骈文选本。谭献对清人所编的骈文选本诸如吴鼒《国朝八家四六文钞》、张寿荣《后八家四六文钞》、曾燠《国朝骈体正宗》(收录嘉庆初年以前骈文)、张鸣珂《国朝骈体正宗续编》(收录嘉道以后代表性骈文)、姚燮《皇朝骈文类苑》、屠寄《国朝常州骈体文录》、张惠言《七十家赋钞》、李兆洛《骈体文钞》、朱又笎《骈俪文林》(此书未刊行)、钟广《骈体文略》、彭元瑞《宋四六选》、陈均《唐骈体文钞》、蒋士铨《评选〈四六法海〉》等加以评点。在这些选本中,谭献对李兆洛《骈体文钞》的评点用力最勤。谭献作有《续骈体正宗序》《吴学士遗文叙》《文林叙》《复朱又笎书》等文涉及对张鸣珂《国朝续骈体正宗》、吴鼒《国朝八家四六文钞》、朱又笎(名启勋)《骈俪文林》等骈文选本的评价。谭献对其他骈文选本则间有点评,不具系统性。"或从其选文风格,或从其整体特征,或从其作家考证等方面来立论,对于后人研究无疑具有启发作用。"⑦ 如谭献揭示《骈文类苑》与《后八家四六文钞》的关系,

---

① 《复堂日记》卷八,第195页。
② 《复堂日记》补录卷二,第296页。
③ 《复堂日记》卷三,第62页。
④ 《复堂日记》卷三,第57页。
⑤ 《复堂日记》卷五,第126页。
⑥ 《复堂日记》卷二,第53页。
⑦ 吕双伟:《清代骈文理论研究》,人民出版社2011年版,第228页。

《后八家四六文钞》是从《骈文类苑》中抽出八家翻刻而成,流传于坊间,是《骈文类苑》的浓缩版。但因急于印行,错讹较多。"阅《骈文类苑》十四卷廿四册毕。姚燮梅伯选纂凌杂,不逮曾宾谷、吴山尊。本书又不完,阙四十许篇,郭晚香尝写示搜访,不知目录中何以不列。张寿荣刻此书先成张皋文、乐莲裳、王仲瞿、王笠舫、刘孟涂、董方立、李申耆、金亚伯诸篇,坊间遂以《后八家》单行。予审定,随笔校正讹说,诚如落叶。似未付校勘,急于印行。"① 谭献又提出自己对《后八家四六文钞》所选八人的看法:"予谓皋文、申耆不当入此集。如甘亭、山尊、方彦闻、沈西邕、姚梅伯及近人顾祖香、刘彦清、王眉叔皆足名家,似不能以八家限也。"② 谭献认为张惠言、李兆洛不该列入《后八家四六文钞》之中,因所选张惠言篇目风格古雅,李兆洛文散行中多排偶之句,二人文风与四六文的风格有出入,非正宗的四六之文。故不应选入张惠言、李兆洛文。同时谭献认为四六文的名家还很多,不应该以八家为局限,他列举的彭兆荪、吴蓥、方履籛、沈涛、姚燮、顾寿桢、刘履芬、王诒寿都是四六文创作的名家。谭献的这一观点,对于我们认识清代四六文的创作情况,不无裨益。

又如谭献与朱又笏商榷关于《骈俪文林》的入选篇目问题,认为应将钱仪吉骈文及陈容叔《裕昆要录自序》选入《骈俪文林》之中。谭献还提出有关《国朝常州骈体文录》编选者的问题:"汪穰卿(汪康年)以《常州骈体文录》示我。翻绺首尾。正月在杭得庄思諴肇庆书,告我有此选,为吴翊宣孟棐与思諴同辑。吴君有序稿,亦雅令。今刻署'屠寄静山'名,而庄、吴入参校姓氏。兹事体小,度乡曲传写,亦不必借先哲以唼名。乃屠君一序远仿叔重,近学保绪,似以当大著作者,得毋齿冷邪?"③ 谭献认为《国朝常州骈体文录》当为庄蕴宽(字思諴)、吴翊宣二人共同辑纂而成,但《国朝常州骈体文录》一书在刻录之后,却署名屠寄,将庄、吴二人列入参与校勘的名单中。谭献认为该书广为搜录常州先哲骈文以成此集,有借先哲以唼名之嫌。但他肯定《常州骈体文录》的价值:"偶阅《常州骈体文录》中可独造之文,可击节赏,可折节学

---

① 《复堂日记》卷六,第 142 页。
② 《复堂日记》卷六,第 130 页。
③ 《复堂日记》补录卷二,第 345 页。

者。"① 谭献对这些骈文选本的评价，尽管多为分散的、感发式的点评，但对于深化清代骈文选本的研究，无疑具有重要的参考价值。

第五节　谭献戏曲评点对京剧伶人的品题

谭献对戏曲也颇有研究，其对京剧伶人的品题具有一定的价值。谭献有品题伶人的文学作品及评点笔记。具体说来，包括三方面内容：以诗词题赠伶人；评定花榜；制作花谱。谭献与伶人的交往，促成了与之相关的文学活动——以诗词题赠伶人。评定花榜，遥接魏晋以来的人物品藻之风，具有品第和品鉴双重含义，反映当时评价伶人以色艺为主的审美风尚。花谱制作活动成为后世了解清代戏曲艺术的重要史料。由谭献戏曲评点笔记可以窥探清代戏曲风尚的流变，其价值不容小觑。

谭献化名麋月楼主（一作眉月楼主），著有品评当时戏曲演员的笔记《群英小集》《群英续集》；评注戏曲著作《怀芳记》。《复堂日记补录》卷二载："眉月楼主，予旧号也。得小印二分许，甚精，十五年失去。予旧撰《群芳小集》《怀芳记注》皆署此号。"②《复堂文续》中有单篇文章《玉狮堂后五种曲序》，评论剧作家陈叔明的作品。此外，谭献还有以梨园优伶为描写对象的诗词创作。

一　谭献有关梨园优伶的作品

谭献有关梨园优伶的作品分为两大部分，一为戏曲评点之作，一为诗词创作。

其一，戏曲评点之作。谭献著有《群芳小集》《群英续集》戏曲笔记，各一卷。两书均为研究早期京剧之重要资料。此外，谭献还评注戏曲著作《怀芳记》。下面择要进行介绍。

1.《群芳小集》（《增补菊部群英》）

《群芳小集》，又名《燕市群芳小集》《增补菊部群英》，为戏曲史料集。清麋月楼主（谭献）撰。《复堂日记》载，"同治十年（1871）三月

---

① 《复堂日记》续录，第406页。
② 《复堂日记》补录卷二，第322页。

廿四日：予辈将为《群芳小集》，今夕先贻诸伶各一绝句"①。由此可知，此集作于同治十年（1871）。又据王诒寿《增补菊部群英》题词："则有凤城仙客，燕市寓公，来从西子之湖，解作东风之主"② 可知此集为作者入京师参加进士科考试期间，出入歌台舞榭，对同治年间在北京演出的菊部名伶徐小香、朱莲芳、梅巧玲、王湘云、时小福、沈风林、余紫云、陆小芬、王楞仙等30人品评吟咏的梨园花谱。此书传世版本，乃清末刻本。1873年3月出刊的《瀛寰琐记》第五卷曾刊载之，题名《燕市群芳小集》，且题赠诗词较后来刻本为多。书前依次是王诒寿的序、题词，河阳生题辞。后有姚华《增补菊部群英跋》。其正文参习《诗品》，将优伶按上品、逸品、丽品、能品、妙品分为五类，每类后附有赞诗。

2.《群英续集》

《群英续集》，戏曲杂记，清麋月楼主（谭献）撰。为《群英小集》拾遗补阙之续作，故又名"群英小集续集"。载录钱桂蟾等十余人，未分品第。据《复堂日记》载，此集作于同治十三年（1874）。《复堂日记》同治十三年甲戌四月初八日载："为《群芳续集》。会者二十六人，诸伶赴选者十六人，监察者六人，以觉轩与予为选人。色艺姿性，都非诸故人之耦。约略录遗珠二人，续选十人，又续得二人。稿草别具。"③

此集内容包括沧海遗珠、昆山片玉、群英续选等。补录优伶十五人，所选优伶均赋七绝一首为赞评。共收录咏赞同治年间在北京演出的戏曲演员乔蕙兰、张小芳、周素芬、姚宝香、喜瑞、朱蔼云、秦凤宝、陈芷云、刘宝玉、谢宝云、李亦云、江双喜、李玉福、陈喜凤等人的诗词20多首。书后有麋月楼主（谭献）诗词、河阳生题词、兰当词人（陶方琦）跋文。

3. 评注《怀芳记》

谭献曾评注《怀芳记》。《怀芳记》，萝摩庵老人撰，其人不详。此书是按人叙事，而麋月楼主（谭献）的附注是札记形式，有话则长，无话则短，大要不出品花论艺、评判甲乙。书成于光绪二年（1876）仲秋。《复堂日记》言："检《怀芳记》。此书乔河帅为鞠部作也。前年阮霞青示予稿本，郑湛侯录副，予为补注。近日传抄者多，予谋付新安黄氏刻

---

① 《复堂日记》补录卷一，第253页。
② 《谭献集》，第686页。
③ 《复堂日记》补录卷一，第261页。

之。"① 其书搜罗较广，所述类皆实录，而糜月楼主（谭献）之附注亦资补充，颇可参考。

此外，谭献还为陈烺传奇剧本《玉狮堂十种曲》之《玉狮堂后五种曲》作序，表明《玉狮堂后五种曲》："一唱三叹，旨在风骚；五角六张，感兼身世。"②

其二，有关梨园优伶的诗词作品。

谭献诗集中的《王郎行》《顾郎歌出塞之曲》等诗，分别是对王姓、顾姓歌郎戏曲演绎的描摹。《王郎行》："玉河桥上东风新，鸣鸠乳燕娇青春。广场跌宕一绝倒，酒痕却浣缁衣尘。酒中豪客各岸帻，急管繁弦忽然歇。晴天何处鸣春雷，当筵传唱王郎出。叩叩蛮靴短后衣，燕儿一掠已如飞。天际奇鹰锦毛动，厩中骏马兰筋肥。敌场猛士皆龙虎，意气能为项庄舞。刀剑光芒若曙星，衣裳飒沓如飞雨。风雨无端下九天，氍毹红处定场员。辟易兜鍪容荡决，嫖姚枊鼓试胡旋。胡旋舞罢妆初卸，如凤翩翩忽来下。玉立风前白袷香，曲阑语定华灯乍。王郎年几十五强，不知旖旎还昂藏。每与文游知句读，还从度曲识兴亡……是时北地复传烽，军书夜奏明光宫。安得如郎好身手，迅扫败葬回秋风。"③ 诗歌描写十五岁的王姓优伶在舞台上表演的飒爽英姿，勇武有为。诗人在观看梨园王郎表演的同时，与现实政治密切相关，希望朝廷也能在对敌作战中，多涌现出像舞台上孔武有力、意气风发的王郎一样的士兵。从这首诗描写的内容来看，王郎的戏曲演出感情激越，应为以二黄、西皮为主要声腔的京剧。谭献另一首《顾郎歌出塞之曲》："万岁千秋塞草春，鹍弦欲绝为何人。马前泪作他乡雨，不洗征衣一片尘。曲调何曾怨画师，误人第一是蛾眉。明明如烛明明月，雾隐风欺到几时。"④ 此诗亦是为梨园歌郎所作。与上首诗表现的高亢基调不同，此首诗从诗句的描述可以推测顾郎的演绎较为伤感。

谭献词集中亦有以优伶为表现对象的作品。《金缕曲·题硋碫轩主〈瑶台小咏〉》（我已飘零后）是专为晚清署名硋碫轩主人的梨园花谱《瑶台小咏》所填之词。《瑶台小咏》记述清光绪年间二十余位梨园优童之性情色艺。谭献有三首咏赠海上优伶薛瑶卿的词作。中国首份文学杂志

---

① 《复堂日记》补录卷二，第283页。
② 《谭献集》，第205页。
③ 《谭献集》，第465页。
④ 《谭献集》，第486页。

《瀛寰琐记》（第十二卷，1873年10月），刊登有诗词小集——《瑶花梦影录》，里面收录有笙月词人（王诒寿）、麋月楼主（谭献）、南湖渔隐、河阳生等人的诗词，都是咏赠海上优伶薛瑶卿的。其中谭献有词三首，兹引如下：

点绛唇·临平道中寄怀瑶卿
　　侧帽东风，轻桡剪断朝来雨。去年客路，愁听车铃语。　黛色临平，影作眉痕聚。春如许，玉人心绪，恐被眉痕误。

洞仙歌·初秋访瑶卿作
　　杨枝弄碧，系天涯心眼。几日凉风便零乱。画桥边，一片流水无声。人独立，暮角将愁吹断。　春城烟雨里，如梦帘栊，曾拂檐花笑相见。我已厌闻歌。玉笛苍凉。又吹起十年清怨。问采采芙蓉隔西洲，却树下门前，为谁留恋。

蝶恋花·水香庵饯春同眉子作
　　零乱杨枝千万缕，今日浮萍，昨日还飞絮。禅榻鬓丝春又去，东风不伴闲花住。　几点绕帘梅子雨。润到屏山，画个江潭树。门外天涯芳草暮，眉颦深浅浑无语。①

前两首词的标题明确表明伶人瑶卿，第三首"水香庵饯春同眉子作"，"眉子"，即谭献的朋友王诒寿，字眉子。《复堂师友手札菁华》王诒寿写给谭献的书信中回忆二人共同在水香庵欣赏瑶卿的戏曲表演："往时，瑶卿来皖，青眼重逢，回忆白云楼畔、水香庵中，婉约清歌连翩。"②可见，第三首也与瑶卿有关。值得注意的是，这三首词也收录在《谭献集》中。不同之处在于，题目有所变动，分别改为《点绛唇·临平道中》《洞仙歌·初秋》《蝶恋花·水香庵饯春》，三首词均将咏赞的对象瑶卿故意删去，改动的缘由是词人故意掩饰自己曾经赏玩脂粉的风流韵事，因而在题目上表现得隐晦曲折。

此外，蜀西樵也《燕台花事录》载"馥森东壁有《金缕曲》阕，此

---

① （清）王诒寿等：《瑶花梦影录》，《瀛寰琐记》第12卷，1873年10月。
② 钱基博整理编纂：《复堂师友手札菁华》（中），第645页。

乃麋月楼主为素芳周郎作。郎即甲戌花榜第一人，见为馥云主人者也。"①此书收录了谭献为馥森堂伶人周素芳所作的四首题壁词《金缕曲·都门春感，为周郎赋四阕》。由此可知，当时入京城参加科举考试的举子对梨园歌郎有一个排行榜，名为"梨园花榜"。谭献《金缕曲》咏赞的歌郎周素芳为甲戌花榜第一人。谭献在《群英续集》里推崇周素芳为昆山片玉，所谓"永嘉之末，赋闻正始之音"。另外为他作诗一首："如梦莺华似六朝，春流和月影迢迢。江山文藻今无主，独采崇兰读楚骚。"② 可见推崇之高。

二　谭献戏曲评点的内容

"士人品题男旦，主要有三种方式：以诗题赠男旦，评定花榜，制作花谱。"③ 如上已介绍了谭献以诗词题赠伶人，下面阐述谭献评定花榜及制作花谱两方面。谭献对京剧伶人的评点主要包括以下几个内容。其一，谭献在戏曲评点中从色、艺等角度着眼品评伶人；其二，仿照钟嵘《诗品》评诗有高下之分的体例，对梨园优伶分级别品鉴。下面逐一分析之。

其一，从色、艺双重角度着眼品评优伶。

谭献对戏曲艺人的评价多从其容貌体态及艺术表演的效果入手，往往以女性美作为衡量戏曲伶人的标准。这些伶人，多为男旦，年纪约十五岁左右，眉清目秀，皮肤洁白光润。徐珂《清稗类钞·优伶类》之"伶人蓄徒弟"条谈及男性优伶婉娈如女子的个中缘由："同光间，京师曲部每畜幼伶十余人，人习戏二三折，务求其精。其眉目美好，皮色洁白，则别有术焉。盖幼童皆买自地方，而苏、杭、皖、鄂为最。择五官端正者，令其学语、学视、学步。晨兴，以淡肉汁盥面，饮以蛋清汤，肴馔亦极浓粹。夜则敷药遍体，惟留手足不涂，云泄火毒。三四月后，婉娈如好女，回眸一顾，百媚横生。"④

谭献《群英续集》中的秀茹年十余岁："帖地弓腰弯复弯，十余年纪

---

① （清）蜀西樵也：《燕台花事录》，谷曙光、吴新苗主编《京剧历史文献汇编》（清代卷），凤凰出版社2011年版，第851页。
② （清）麋月楼主：《群英续集》，张次溪编《清代燕都梨园史料》，上海书店出版社1988年版，第504页。
③ 程宇昂：《明清士人与男旦》，上海古籍出版社2012年版，第404页。
④ 徐珂：《清稗类钞》第38册，商务印书馆1918年版，第12页。

正韶颜。便骑竹马来嬉戏，跌宕衣冠只等闲。"①《增补菊部群英》中位列丽品的余紫云十五岁，邹琴舫十三岁，"豆蔻春心通宛转，盈盈年纪十三余"②。他们饰演的男旦色艺绝佳：

  评刘倩云：约素能教下蔡迷，银筝曲调是乌栖。刘郎婉娈游仙侣，试向天台觅旧题。③

  评徐蓉秋：欢踪来去似惊鸿，背烛微酡酒一中。三五韶华人似玉，香名闻已冠明僮。④

  评李玉福：雪肤花貌不参差，绝似人间好女儿。铸就小名金匐叶，轻盈如与斗腰支。⑤

  谭献把刘倩云比作宋玉《登徒子好色赋》中的东邻美人"腰如束素"，"嫣然一笑，惑阳城，迷下蔡"，具有倾国倾城之美。徐蓉秋是十五岁的俊俏男童，有如同曹植《洛神赋》中洛水女神之"翩若惊鸿"的轻盈身姿，在扮演小旦角色中很有名气。李玉福有如同白居易《长恨歌》杨玉环一样的"雪肤花貌"，体态轻盈，胜过女性之美。谭献在《群英续集》题诗中把京剧伶人熙春主人钱桂蟾视为沧海遗珠，对其评价的七绝诗为："江左风流不易逢，神清卫玠最雍容。人间乍听湘灵瑟，数遍青青江上峰。"这首诗在对钱桂蟾的品藻词语上，以六朝名士来比拟伶人钱桂蟾。既表现了钱桂蟾的容貌体态，将他比作西晋美男卫玠，具有风流韵致，又从表演者给观众的听觉效果上，将他比作湘灵鼓瑟，有"曲中人不见，江上数峰青"的艺术效果，表现其在京剧演绎中的艺术造诣。

  其二，谭献对戏曲伶人的评点具有品第和品鉴双重含义。

  《复堂日记》言：同治十年（1871）四月廿一日："杨村舟次补撰《群英小集绝句》，稿别具。于是《群芳小集》定为上品三人；丽品，先声四人，继起六人；能品，先声四人，继起四人；妙品，先声四人，继起

---

① （清）麋月楼主：《群英续集》，张次溪编《清代燕都梨园史料》，第505页。
② 《谭献集》，第691页。
③ 《谭献集》，第694页。
④ 《谭献集》，第694页。
⑤ （清）麋月楼主：《群英续集》，张次溪编《清代燕都梨园史料》，第504页。

二人；逸品，先声二人，继起无人。凡三十人。"① 谭献《群芳小集》仿照钟嵘《诗品》之意，具有品第和品鉴的双重含义，既评定优劣高下，又评论其得失异同。谭献将载录的京城戏剧艺人分为上品、逸品、丽品、能品、妙品五类，作简短介绍，每类后各以一两句诗赞之。其评点结构为：以一字定品，每一类品题之下，列数位伶人，以诗加以评点。"五长三绝，领袖群芳者为上品……风韵雅远，秀骨天成者为逸品……自然倩盼，光艳照人者为丽品……艺事精妙，登场独步者为能品……风情恬雅，举止安详者为妙品。"② 上品列徐小香、朱莲芬、梅巧玲三人。此三人后来亦名列《同光名伶十三绝》中，即此一端可知谭氏的品评是经得住时间检验的。逸品列先声王顺福、王湘云二人。丽品列先声时小福、曹韵仙、李德华、沈凤林四人，继起诸桂枝、范芷湘等六人。能品列先声张芷芳、沈宝儿、王小玉、陆小芬四人，继起董度云、顾芷荪等四人。妙品列先声郑素香、沈全珍、陈芷衫、刘庆辕四人，继起徐如云、孔元福、张福官三人。

　　谭献对男旦评点的五个品级中，显然有优劣之分。上品及逸品级别较高，从评点来看，是色艺双绝的伶人；丽品次之，指容貌出众的伶人；能品又次之，具有高超演艺水平的伶人；妙品排在最后，指相貌一般，而意态娴雅、气质不凡的伶人。下面就谭献《增补菊部群英》中提及的丽品、能品、妙品中的伶人做一分析。

　　其一，谭献对菊部丽品的定义为："自然倩盼，光艳照人者为丽品"。丽品注重的是伶人容貌特征的光彩照人。比如，春华堂的范芷湘，谭献评云："芷湘如绿芙照水，红药当阶。"诗评曰："如絮歌云不动尘，溶溶初日屋梁新。愿参十地童真果，一现人间小史身。"③ 这里，谭献把范芷湘比作绿芙、红药，言其容貌出众。此外，艺兰生《评花新谱》也有对范芷湘的介绍："春华范芷湘，字亦仙，吴人。年十四，隶四喜部。柔情艳态，独占风流。每当花跌贴地，一串红牙，正如十七八女郎唱'杨柳岸，晓风残月。'性和顺，酬酢出以温柔，明月入怀，飞花媚春，似能仿佛。

---

① 《复堂日记》补录卷一，第253页。
② 《谭献集》，第688页。
③ 《谭献集》，第691页。

诗云：'静女其娈。'亦仙有焉。"① 这段文字中的"柔情艳态，独占风流"表明范芷湘光艳照人的容貌体态。并以《诗经》中的《邶风·静女》来比拟范芷湘。蜀西樵也《燕台花事录》也谈及范芷湘的装扮容貌："范主人芷湘，字亦秋，江苏人，年十七。名优小金子，出春华，癸酉时正负盛名。予初入歌场，见其作《出塞》小鬟，手捧紫檀琵琶侍王嫱侧，脂香粉腻，俏眼含波，不禁心醉。"② 这里涉及男旦范芷湘在戏曲中扮演王昭君，手捧琵琶，未成曲调先有情，秋波流动，令人无限销魂。

其二，谭献对菊部能品的定义为："艺事精妙，登场独步者为能品。"能品凸显的是伶人精湛的演艺水平。如景春堂的陆小芬，字薇仙。谭献评云："薇仙如汉宫杨柳，秋水芙蓉。"诗赞曰："清词不负《牡丹亭》，翠剪春衣觉有情。庭院无人鸣鸟歇，丁香花下坐调笙。"③ 这里谭献肯定了陆小芬在演艺《牡丹亭》的精湛表演。值得注意的是，艺兰生《评花新谱》也对陆小芬的演绎技能有所描述："景春陆小芬，字薇仙，隶四喜部，吴产也。气韵沉着，仪度幽闲。工《游园惊梦》诸剧，粉腻脂柔，真足令柳郎情死也。解音律，筵间每以筝琵为乐。与人酬答，从未出一戏谑语，真所谓落落大方者。而名亦噪甚。"④ 这里，艺兰生详细描述了陆小芬擅长演绎《牡丹亭》中的《游园惊梦》一出戏，陆小芬饰演的杜丽娘，足以令柳梦梅为之一往情深。可见，其演绎水平之高超。又如列入《增补菊部群英》能品中的春华堂顾芷荪（字小侬），谭献评云："小侬如林禽学习，神骏就羁。"诗赞曰："爽气西山看挂笏，豪情北海共衔杯。杨枝宛转风前舞，合向灵和殿里栽。"艺兰生《评花新谱》对其介绍如下："春华顾芷荪，字小侬，一作筱农。年十五，隶四喜部。丰裁庄雅，不类梨园中人。而静艳之致，时于甎甋间一露之。工昆曲，每演必与芷湘偶，珠联璧合，奚啻咏霓仙子也。"⑤ 这段文字中的"甎甋"代指舞台。

---

① （清）艺兰生：《评花新谱》，谷曙光、吴新苗主编《京剧历史文献汇编》（清代卷），第745页。

② （清）蜀西樵也：《燕台花事录》，谷曙光、吴新苗主编《京剧历史文献汇编》（清代卷），第846页。

③ 《谭献集》，第693页。

④ （清）艺兰生：《评花新谱》，谷曙光、吴新苗主编《京剧历史文献汇编》（清代卷），第749页。

⑤ （清）艺兰生：《评花新谱》，谷曙光、吴新苗主编《京剧历史文献汇编》（清代卷），第748页。

顾芷荪擅长演绎昆曲，在戏曲舞台表演中神态庄雅，令人拍案叫绝。

其三，《增补菊部群英》中谭献对妙品的定义是："风情恬雅，举止安详者为妙品。"与丽品重容貌、能品重演绎技能不同，妙品强调的是伶人的神情气质。

《增补菊部群英》列入妙品的张福官（字芷荃），谭献评云："芷荃如余霞成绮，谏果回甘。"① 谏果，橄榄别名。回甘，指韵味无穷，耐人咀嚼。这里谭献突出了张福官舞台表演带给听众的审美余韵。《评花新谱》亦有对张福官的描述："春华张芷荃，字湘航，吴人。隶四喜部。善弈工书。貌仅中人，而天性纯厚，恂恂有文士风。常结束作内家装，意态幽娴，俨然闺秀。妙识声律，竹肉齐陈，不靳其奏。与人交无疾言遽色，谈论间层次井然，令人听之忘倦。是盖以度胜者。"② 这段文字中的"貌仅中人"表明张福官相貌平平，然而神情气质非同一般，"与人交无疾言遽色，谈论间层次井然"，张芷荃以风度赢得时人的追捧。

总之，谭献对戏曲伶人的评点标准具有如下三个特点："一是色艺双绝的伶人，既有美貌，同时又具备高超的演出技艺，其演出可以打动观众，将观者不知不觉间带入戏中的意境，更加深了观者对戏的体悟；二是美艳的伶人，即以色相出众为主要看点，因其自身的外貌条件优越，直接影响到扮相的审美观感，因此美艳的伶人亦可打动人，但美艳并不等同于俗艳，气质高雅者才被视为美；三是技艺超众的伶人，此类伶人工于唱、念、做、打的功夫，或专长于其中一项，其中唱功是戏曲传统中最为重要的表演技艺之一。"③

三 谭献戏曲评点折射出晚清戏曲演艺风尚的转变

《增补菊部群英》作于同治十年（1871），谭献把戏曲伶人分五品排列等级，将重容貌的丽品排在重演出技艺的能品之前，这说明，清代同治年间，戏曲演艺风尚有重色轻艺的特点。有趣的是，谭献对成书于光绪二年（1876）的戏曲著作《怀芳记》有评注，从中我们可以窥见戏曲演艺

---

① 《谭献集》，第 694 页。

② （清）艺兰生：《评花新谱》，谷曙光、吴新苗主编《京剧历史文献汇编》（清代卷），第 749 页。

③ 李碧：《"以诗品花"：〈清代燕都梨园史料〉之伶人评点体系的生成》，《励耘学刊》2018 年第 1 辑。

风尚在光绪年间的变化。

光绪年间，京剧中的老生成为新的审美风尚。《怀芳记》补遗中，谭献附注云："都门二十年前，惟长庚、三胜、尔奎以黄腔负重名。青衫旦、刀马旦往往年稍长，艺始长。近五六年，师以教其弟子，即有喊黄腔，妆武旦，为异日包钱地。一变而为西皮，则秦声激越，哀怨盈耳，无雅俗趋之若鹜，坐上客满，至不能容。'万方声一概，吾道欲何之？'吾有私叹。"① 这则材料反映了清代戏剧风尚的转变。清代道光、咸丰年间，程长庚与余三胜、张二奎合称"老生三杰"，分别为徽、汉、京三派皮黄戏艺人的代表。谭元寿《谭派艺术溯源》："程（长庚）舞台风度庄严典雅，嗓音浑厚，唱腔高亢饱满，与余三胜、张二奎并称老生三杰。"此期的皮黄戏，正处于从徽调、汉调向后来的京剧的过渡之中。皮黄腔是西皮、二黄两种腔调的合称，是京剧的主要唱腔。"西皮"和"二黄"是两种不同的声腔，以西皮、二黄为主要腔调的剧种均属于皮黄腔系。"西皮"起源于秦腔，明末清初秦腔经湖北襄阳传到武昌、汉口一带，同当地民间曲调结合演变而成了西皮。该声腔高亢有力，明朗流畅，音程跳动大，常用于表现喜悦、激动的情绪；"二黄"源出江西、安徽一带，"由弋阳腔逐渐衍变而形成。该声腔节奏平缓、流畅平和，常用于表现悲伤、悲愤的情绪"②。

同治、光绪间，皮黄戏在北京盛极一时，名角辈出。谭鑫培、汪桂芬、孙菊仙三位老生合称"老生后三杰"，在光绪时期大放异彩。光绪年间，戏曲风尚发生了变化。个中缘由，可从两方面加以考索。

其一，这与晚清特定的时代环境有很大关系。"以二黄、西皮为主要声腔的京剧，在歌唱上讲求圆宏庄重、浑厚稳健，适应表现沉郁、肃穆悲愤、激昂的情绪，在国事日非的近代，更容易传达出整个时代的感伤与忧患意识，这就使它格外受到观众的青睐。"③

其二，老生唱腔在光绪年间愈发成熟完善。陈培仲在《谭鑫培和京剧流派的形成与发展》一文中言："例如京剧老生的唱腔，在'前三鼎甲'（即程长庚、张二奎、余三胜）时期，如黄钟大吕以高亢硬直取胜，

---

① （清）麋月楼主附注：《怀芳记》，谷曙光、吴新苗主编《京剧历史文献汇编》（清代卷），第 888 页。

② 徐元勇：《中国古代音乐史研究备览》，安徽文艺出版社 2015 年修订版，第 206 页。

③ 任访秋：《中国近代文学史》，河南大学出版社 1988 年版，第 448 页。

所谓'时尚黄腔喊似雷',正反映了当时的唱腔和'时尚'之间互相适应的关系。到了'后三鼎甲'(即谭鑫培、汪桂芬、孙菊仙)时期,经过谭鑫培的改革,尽管仍带古朴之气,但却变得悠扬婉转而富于韵味,很受群众欢迎,曾风行一时。"①

综上所述,谭献既创作有表现梨园优伶的诗词作品,又有戏曲评点的笔记著作流传,这些戏曲文献资料对于我们了解清代京剧艺术的发展具有重要意义。谭献《群英小集》对京剧伶人的分品级评点反映了士人对伶人以色艺为主要的评价标准。谭献在《怀芳记》中的评注,折射出光绪年间,时代环境的变化带来京剧演艺风尚的流变,京剧的老生角色大放异彩。通过谭献的戏曲评点,后人得以窥见清代同治至光绪年间京剧艺术的发展流变,其意义可见一斑。

---

① 戴淑娟等:《谭鑫培艺术评论集》,中国戏剧出版社1990年版,第346页。

第七章

谭献与晚清文坛

上面几章笔者从复堂诗词文的内容与艺术特点两大方面论述了谭献的文学创作情况。同时分析了谭献词学、文章思想、骈文批评理论、戏曲评点等文学批评理论方面的建树，这一章论述谭献文学及文学理论与晚清文坛的关系。

晚清文学起于清道光二十年（1840），其间经过咸丰凡十一年、同治凡十三年、光绪凡三十四年，至宣统三年（1911）止，一共包括七十多年的时间。这一时期，可以说是中国历史上比较特殊的一个阶段。从外部形势看，西方列强用坚船利炮打开了中国闭关锁国多年的大门，使中国从此陷入了半殖民地半封建社会；从国内形势看，这一时期政治运动风云变幻，此起彼伏。与社会现实相关，此期文学也迥然不同于前代文学，呈现出强烈的政治性、战斗性和文化转型的特点。与清初及清中叶相比，晚清文坛呈现出一些不同的特点，一是"新旧相争"。从龚自珍到黄遵宪，再到章炳麟、秋瑾，直到南社，这是一类作家，可称之为新潮派；从宋诗派到同光体，再到桐城派、常州派，这又是一类作家，可称之为传统派。晚清诗文界正是新旧两派并驾齐驱的一个时代。其二是"诗文兼善"。晚清的作家只要能写诗的，一般也能作文；能散文的，也必能写诗；甚而至于写诗、作文的也都能填词。其三是"东南兴盛"。此期作家主要分布在东南沿海一带，这与资本主义的发展和城市经济的繁荣有关。[①]

晚清薛福成在写给谭献的书信中对谭献的文学成就做出评价："董、刘之文，枚、傅之诗，晏、周之词，兼能并擅，卓绝一世。"[②] 认为谭献文章有汉代董仲舒、刘向之风貌，词作有晏殊、周邦彦之风韵。谭献朋友

[①] 魏建、徐文军主编：《中国文学·明清文学》，齐鲁书社2010年版，第289页。
[②] 钱基博编纂：《复堂师友手札菁华》（下），第1074页。

金武祥也评价谭献曰:"执事学综汉宋,主持坛坫,南皮之谦,极盛一时,良可企羡。"① 肯定了谭献的学术及文学地位,尤其对其晚年于湖北的文学影响给予肯定。

第一节 谭献与晚清词坛

谭献是晚清一大词家,在清代词史上占有重要地位。张振镛《中国文学史分论·叙词》云:"谭、王二人之词,于清季推为大家。"② 张振镛认为谭献、王鹏运皆为晚清词家。民国时期陈乃乾编纂的十卷本《清名家词》,将谭献《复堂词》列入其中,可见谭献词跻身于清代名家词的行列。钱仲联在《近百年词坛点将录》一文中高度肯定了谭献词及词学的成就:"复堂总结清词,选《箧中词》《箧中词续》,拓常州派堂庑而大之。彊村以前,久执词坛牛耳。自为词托体风骚,一代正宗。"③ 复堂力尊词体,承常州派之绪;总结清词,拓常州派堂庑而大之,形成复堂学派。基于复堂的词学地位,围绕复堂填词图题咏的作品尤多。

一 复堂填词图的影响

谭献在写给邓濂的书信《再答邓君书》中提及填词图一事:"填词一图,妄效其年之颦,题句绝倒,十人俱废。"④ 这里表明谭献《复堂填词图》为效仿陈维崧《迦陵填词图》而作。复堂填词图有两个方面值得注意。

首先,复堂填词图的绘制情况。目前可考见得知,复堂填词图有四幅,由陈豪、吴昌硕、顾承庆、蒲华先后绘制。其一,陈豪《复堂填词图》绘制于光绪十五年己丑(1889)重阳日,"蓝洲为予画《填词图》寄至。笔情隐秀,当压卷也"⑤。其二,吴昌硕于光绪十六年庚寅(1890)绘制《烟柳斜阳填词图》。此图现藏于浙江博物馆,落款处题"《烟柳斜

---

① 钱基博编纂:《复堂师友手札菁华》(下),第 965 页。
② 张振镛:《中国文学史分论·叙词》,商务印书馆 1934 年版,第 116 页。
③ 钱仲联:《梦苕庵清代文学论集》,齐鲁书社 1983 年版,第 159 页。
④ 《谭献集》,第 233 页。
⑤ 《复堂日记》补录卷二,第 336 页。

阳填词图》复堂先生命写,庚寅二月吴俊同客沪上"。其三,顾承庆于光绪十八年(1892)重绘《复堂填词图》。此图的绘制原委如下:

去年在鄂以《填词图》索子大题,子大以属陈伯严礼部。其从者误置他画卷中,子大以为散失,故属顾承庆梅君别作一幅,补题寄示。其实子大别后,伯严觉得,题诗见归久矣。①

程颂万写给谭献的书信中也提及此事:

旧承委题填词图幅,书就转交陈君伯严。后知此幅为其从者遗失,不胜心谷。兹以图旨告如皋顾君,乞其重绘一帧,谨题拙词。由徐仲可孝廉转呈执事,借以自赎,不知有当尊意否?②

两条材料表明,顾承庆所绘《复堂填词图》为程颂万将题有自己词作的复堂填词图交付陈三立(字伯严),程颂万误认为此画丢失,请顾承庆重绘一幅。其四,蒲作英于光绪二十六年庚子(1900)七月画《复堂填词图》。《复堂日记》云:"蒲作英画《复堂填词图》见贻。不以斜阳烟柳布色也。"③蒲华,原名成,字作英,晚清海派代表画家。据《复堂日记》可知,蒲华的《复堂填词图》不以辛弃疾"斜阳烟柳"句意为图写对象。

这四幅复堂填词图中,吴昌硕《烟柳斜阳填词图》最有影响。此图的图名取自辛弃疾《摸鱼儿》:"休去倚危栏,斜阳正在、烟柳断肠处"词句。图画绘疏柳数株,烟云掩映之下有草堂二间,窗内一人枯坐,为谭献在填词。这幅画面不禁让人想起词家生活的内忧外患的时代,"烟柳斜阳"正可见词家心事之悲凉。先有吴昌硕《烟柳斜阳填词图》,后有谭献《摸鱼儿·用稼轩韵自题〈复堂填词图〉》词作。继而谭献向朋友广泛征集对《烟柳斜阳填词图》的题咏。围绕吴昌硕《烟柳斜阳填词图》,谭献的朋友以诗、词、文等各种形式进行题写,成为浙西文坛一时韵事。据笔者寓目所见,涉及《复堂填词图》的文学作品有二十多篇(详见附录二

---

① 《复堂日记》续录,第363页。
② 钱基博编纂:《复堂师友手札菁华》(下),第1218页。
③ 《复堂日记》续录,第409页。

题咏复堂填词图作品汇录)。在《复堂填词图》的题咏活动中,留下墨迹的有缪荃孙、况周颐、程颂万、樊增祥、邓濂、许增、沈景修、王继香、张景祁、孙德祖、王尚辰、吴昌硕、王咏霓、秦敏树、万钊、刘炳照、俞廷瑛、马赓良、张宗祥、夏承焘等近代文化名人,可谓"词苑大观"。笔者认为,之所以有如此众多的文人参与《复堂填词图》的题咏活动中,个中原因是基于谭献当时极高的词坛声望。

其次,复堂填词图题咏作品的内容解析。谭献《摸鱼儿·用稼轩韵,自题〈复堂填词图〉》:

> 唱潇潇、渭城朝雨,轻尘多少飞去。短衣匹马天涯客,遥见乱山无数。留不住。又只恐、飘零长剑悲歧路。旧时笑语。待寄与知心,被风吹断,晓梦托萍絮。　　瑶琴上,曲调金徽早误。深宫人复谁妒。一弦一柱华年赋,但有别情吟诉。鸲鹆舞。已草草、青春红袖归黄土。斜阳太苦。独自上高楼,迷离望眼,不见送君处。①

这首词是在吴昌硕绘制《复堂填词图》之后,谭献所作的自题词。词作用比兴手法概括了自己的词风与追求。词中"鸲鹆舞"用晋代谢尚模仿鸲鹆鸟的动作在王导及宾客座前着衣帻而舞的典故抒发自己沉沦下僚、不为世用的惆怅情怀,一股凄凉意绪寓于其中。此词的意象较为零乱,写送别而又回忆往事,既写自己漂泊之行踪,又感叹"红袖归黄土";既自抒怀抱,又化用辛弃疾《摸鱼儿》(更能消几番风雨)中某些意绪。但长剑无倚,"有别情吟诉",感情酸楚悲凉。谭献同代及以后的文人以吴昌硕"烟柳斜阳填词图"为题咏对象,做了不少题画诗词。其内容大致有三:一是图写烟柳斜阳画意,如万钊《题仲修〈烟柳斜阳填词图〉论词绝句》三首其一云:"落红飞絮遍池塘,难遣闲愁是夕阳。春去危阑休更倚,<u>丝丝烟柳断人肠</u>。"② 其中的"落红飞絮""闲愁""夕阳""危阑""烟柳"等意象源于辛弃疾"闲愁最苦,休去倚危阑,斜阳正在,烟柳断肠处"语,营造出哀婉的氛围。二是借景抒情,寄托伤心人别有怀抱的情怀。如万钊《题仲修〈烟柳斜阳填词图〉论词绝句》三

---

① 《谭献集》,第648页。
② 孙克强、裴喆编著:《论词绝句二千首》(下),南开大学出版社2014年版,第620页。

首其三云:"抚景苍茫有所思,壮心老去付填词。飘残涕泪空传恨,绝忆小长芦钓师。"① 这里表明谭献词作有家国身世之感。其作词的情状似朱彝尊《解佩令·自题词集》中所说:"老去填词,一半是、空中传恨。"又如王继香《金缕曲·题谭复堂斜阳烟柳填词图卷,图写稼轩词意》:"万叠愁丝绾。绿濛濛、和烟和雨,斜阳催晚。终古苍茫离别恨,何事烦伊拘管。镇摇曳、亭长亭短。珍重韶光如水逝,恁青青、送入伤春眼。鸦背影、更零乱。　　絮飞萍化华年换。怅兰成、江关老去,风尘游倦。几度倚楼闲眺望,离笛声声凄断。早乐府、旗亭传遍。唤醒晓风残月梦,艳词坛、不许屯田占(一作:倩丹青、写入鹅溪绢)。《金缕曲》,为君按。"② 此词除了描摹斜阳烟柳的图景之外,以韶光流逝寄寓壮志难酬的悲愤,以庾信羁旅北朝而仍有乡关之思,表达谭献系心国事的政治热忱。"艳词坛、不许屯田占"表明谭献词打破了柳永词多抒发艳情的局限,而赋予词作更深的意涵。对谭献的词坛地位给予充分肯定。三是部分篇章表现出对谭献词学理论及词作艺术的精准把握。如王咏霓《题复堂填词第五图二首》其一曰:"题衿重逢汉上,填词无恙复堂。不师秦七黄九,自成北宋南唐。梦窗质实非实,白石清空不空。解识常无常有,名言惟见《箧中》。"③ 此诗阐明了谭献在词学观上推崇晚唐北宋词,代表了常州词派的观点。同时表明谭献吸纳了吴文英的质实与姜夔的清空元素,意指谭献词论推崇幽涩与清空的合一。其词学观在《箧中词》中有突出体现。又如吴昌硕《谭复堂先生疏柳斜阳填词图》云:"复堂词料太凄迷,满眼蘼芜日影低。茅屋设门空掩水,柳根穿壁势拏溪。倚声律细推红友,问字车多碾白堤。最好西湖听按拍,橹声摇破碧玻璃。"④ "红友"指清代词人万树,字红友,精于音律,编有《词律》。吴昌硕认为谭献推崇万树《词律》,表明谭献词作格律谨严。"问字"用刘棻曾向扬雄学作奇字之典,比喻谭献学识渊博,词作造诣极高,当时有不少人向其请教问学,是对谭献词坛正宗地位的肯定。万钊《题仲修〈烟柳斜阳填词图〉论词绝句》

---

① 孙克强、裴喆编著:《论词绝句二千首》(下),第 620 页。
② (清)王继香:《醉吟馆遗著》之《金缕曲·题谭复堂斜阳烟柳填词图卷》,《国学选粹》1917 年第 166 期。
③ (清)王咏霓:《函雅堂集》卷九,清光绪刻本。
④ (清)吴昌硕:《谭复堂先生疏柳斜阳填词图》,吴昌硕著,童音点校《吴昌硕诗集》,华东师范大学出版社 2009 年版,第 84 页。

其二也表明谭献词音乐性极强："移家合住马塍边，自度新声白石仙。要识先生心事在，著书岁月罢官年。"① 这里以南宋自度填词的姜夔比附谭献，言其词作音律谐婉。

二　谭献在常州词派中的地位

夏孙桐《〈广箧中词〉序》言及谭献在常州词派中的地位："复堂学派，私淑毗陵，本其说以抑扬二百余年之作者，评骘精而宗旨正，光绪以来，言词者奉为导师。"② 徐兴业《清代词学批评家述评》云："常州派论词正而且深，特堂奥既辟而蕴义未发，尚有待于来者。及陈廷焯、谭复堂出，承其后绪，而更加精深甚焉。"③ 常州词派的张惠言、周济论词虽正，但蕴而未发，谭献继承并发展了张惠言、周济等人的词学思想，进一步完善了常州派的词学理论，将常派的论词主张发扬光大。笔者在参阅前人研究成果的基础上，将谭献对常州词派的词学贡献总结如下：其一，继张惠言提出词作"低徊要眇"的"深美闳约说"、周济主张词作的含蓄和婉的"浑厚说"之后，谭献提出词的"比兴柔厚说"，这是对常州词派比兴寄托理论的一个发展。其二，词境方面，张惠言有词"兴于微言，低徊要眇，以喻其致"之论，周济强调词的浑化、浑涵，谭献在张、周二人的基础上，提出"虚浑"说，更符合词体固有的柔婉特征。其三，谭献"作者之用心未必然，而读者之用心何必不然"的读者接受理论是对张惠言锤幽凿险解词方式的修正，是对常州词派接受理论的修补与完善。

需要注意的是，谭献作为浙人而服膺常州词派，使得常派词学理论不再局限于常州一隅，从地域上将常派词学从常州推广至浙江。钱基博《现代中国文学史》云："故南北宋者，世所分浙派常派之枢纽也。常州以拙重大，学北宋之浑涵。浙派以松轻灵，学南宋之清空。常州派兴而浙派替。至挽近世，仁和谭仲修崛起同光之间，乃衍张惠言、周济之学以纂《箧中词》十卷，盖皆清词也。又取济所纂《词辨》而评之，自谓持论小异，而折中柔厚则同，所著《复堂词》，大雅遒逸，深得张惠言深美闳约之旨，而传其学于杭县徐珂仲可。由是浙江杭州有常州之学。"④ 钱基博

---

① 孙克强、裴喆编著：《论词绝句二千首》（下），第620页。
② 叶恭绰选辑，傅宇斌点校：《广箧中词》，人民文学出版社2011年版，第1页。
③ 徐兴业：《清代词学批评家述评》，无锡国专1937年印行。
④ 钱基博：《现代中国文学史》，上海古籍出版社2011年版，第187页。

表明谭献作为浙江人而将常州词派发扬光大，使常州词派不仅仅限于常州一地，在浙江也有常派词学的影响。龙榆生《论常州词派》一文在谈及谭献词学时也指明了这一点："谭复堂为清季浙中词学大师，所辑《箧中词》，于张、周二氏，亦深致推挹，又详评《词辨》，发止庵未尽之奥蕴……据此，则两浙词人，亦早沾常州之芳润矣。"① 陈声聪《论近代词绝句》评谭献云："浙常汇合未为奇，能把三人鼎足推。更有金针勤度与，珠玑满载《箧中词》。"诗下附有按语："献等以浙派词人而喜言惠言之学，于是浙常二派合流，而词体益尊，以吾视之，皆学人之词也。"② 陈声聪总结了谭献的词学成就，指明了谭献在浙地推广常州词派理论主张的功绩，肯定了谭献关于纳兰性德、项鸿祚、蒋春霖三人词为词人之词的论断，称赞《谭评词辨》度人金针，表明《箧中词》评点精审，被奉为圭臬。

第二节 谭献与晚清诗文

谭献的诗歌与以王闿运为代表的汉魏诗派有相近之处，其文对章太炎有一定影响。谭献是晚清的骈文大家，谭献诗文在晚清文坛影响深远，下面逐一论述之。

一 谭献诗在晚清诗坛的地位和影响

谭献诗在晚清诗坛的地位及影响表现在如下两方面。

其一，谭献诗在晚清诗坛的地位。钱仲联《近百年诗坛点将录》将谭献比作"地进星出洞蛟童威"，并解释云："复堂论诗重八代，重三唐，而尤推重明七子。盖与李慈铭持论相近，但李不甚言八代耳。至其自作，则慈铭不出清中叶之浙派范围，而谭则步趋七子、渔洋，亦不似王、邓之宗选体。要之皆无创新处。"③ 谭献诗有汉魏诗歌风貌，同时又学唐诗，从模仿明代前后七子入手，又参取了王士禛的神韵，避免了七子的呆滞。

晚清诗坛流派众多，这些流派多呈现出模拟古人的复古倾向。大致说

---

① 龙榆生：《龙榆生学术论文集》，上海古籍出版社2017年版，第504页。
② 陈声聪：《填词要略及词评四篇》，广东人民出版社1986年版，第169页。
③ 钱仲联：《当代学者自选文库：钱仲联卷》，安徽教育出版社1999年版，第684页。

第七章　谭献与晚清文坛

来，有以王闿运、邓辅纶等为代表崇尚汉魏六朝盛唐的湖湘派；以张之洞、樊增祥为代表的兼学唐、宋一派；以陈三立、陈衍等为代表的学习宋诗的"同光体"。从诗歌风貌及诗学理论来看，谭献与以王闿运为代表的湖湘派为近。施补华《寄谭廷献仲修》云："猗欤复堂子，词笔当世珍。游心八代上，学古得其真。空山吐秀语，楮墨皆阳春。"①"游心八代"一语表明谭献对汉魏六朝诗的取法。戴望写给谭献的书信也表明了谭献对汉魏六朝诗的皈依："望（戴望）所心契者，武进刘恺生、湘乡左孟星及中白三人而已，颇有论诗。诸公以足下及湘潭王壬秋为当今巨擘，可以抗行。"②戴望认为谭献与王闿运在诗歌上可并称，是基于二人崇尚汉魏六朝诗歌的共同取向。陈钟英同治十二年（1873）写给谭献的书信有言："吾乡有王子壬秋，撷六朝之腴，极两汉之髓，神明变化，远绍先士，盛轨于千数百年之前。谭君固心仪久之，异日班荆论文，而以鄙说从乎其后，吾知必有得意忘言，相视而笑者。庶几古文之旨，晦而复明，而吾子复古之功，其亦有所考证也夫。"③由这段文字可知，谭献主张复古，在诗文取向上与以王闿运为首的汉魏六朝派有相近之处。

其二，从谭献诗在诗选中的选录情况来看谭献诗在后代的接受和影响。同治八年（1869）张应昌《诗铎》选谭献诗3首；宣统二年（1910）孙雄《道咸同光四朝诗史》收谭献诗歌11首；民国时期陈衍《近代诗钞》（1923）录谭献诗14首；徐世昌《晚晴簃诗汇》（1929）录复堂诗17首。钱仲联《近代诗钞》④（1993）收录复堂诗最多，为66首。随着时间的推移，晚清民国以来对谭献诗歌的选录在数量上呈现出不断上升的趋势，体现了谭献诗歌的关注度在不断提高。下面将各个选本所录谭献诗歌篇目罗列如下。

（清）张应昌《诗铎》卷十二收谭献诗3首：

1. 《哀二贤诗》之《赠太保林文忠公则徐》
2. 《哀二贤诗》之《故安徽巡抚江忠烈公忠源》
3. 《夷场行》

（清）孙雄《道咸同光四朝诗史》乙集卷四收录谭献诗歌11首：

---

① （清）施补华：《泽雅堂诗集》卷三，清同治刻本。
② 钱基博编纂：《复堂师友手札菁华》（上），第112页。
③ 钱基博编纂：《复堂师友手札菁华》（下），第1204页。
④ 钱仲联：《近代诗钞》，江苏古籍出版社1993年版，第569—582页。

1—4.《古意四首和庄棫》

5.《寒夜对月同蒋坦》

6.《赠董用威》

7—8.《送子珍南归三首》之二首

9—10.《和云门效西昆体二首》

11.《作长歌赠云门之行》

(民国)陈衍《近代诗钞》第八册收录谭献诗14首：

1.《祝生歌为吴子珍作》

2.《新河作》

3.《高邮》

4.《海上索居寄京邑诸游好》

5.《悲愤》

6—7.《薛先生全椒村居》二首

8.《望月忆女》

9.《元延鋗拓本》

10.《快阁》

11.《小云楼》

12—13.《绝句》(二首)

14.《夜宿中庙》

(民国)徐世昌《晚晴簃诗汇》卷一百六十四收谭献诗歌17首：

1.《潮》

2.《述旧叙怀送陈云钦北游五十韵》

3.《同王以湘沧浪亭怀古》

4.《答内阁侍读叶名澧》

5.《挽叶润臣观察》

6—8.《哭吴子珍》(三首)

9.《建宁试院送杨晋熙广文丈归杭州》

10.《符雪樵先生挽诗》

11.《金山》

12.《吼山同陶方琦子珍》

13.《飞霞阁吊戴子高》

14.《得陶子珍湖南书》

15.《义士行书张炳垣传后》
16.《湛侯至自黔遂有晋游》
17.《孝肃祠堂》

张应昌《诗铎》、孙雄《道咸同光四朝诗史》、陈衍《近代诗钞》、徐世昌《晚晴簃诗汇》所选谭献诗歌各自不同，没有重复的篇目。可见选者从不同角度对谭献诗进行了选录，如张应昌《诗铎》注重选录社会政治诗，编选目的为"以充铭座词，以为采风备"①。故所选谭献诗篇皆为时政诗。综观这些选本，虽然所选篇目不同，但从题材类型上，基本侧重于选录谭献反映时事之作、与朋友交往的酬唱之作、写景之作。在诗歌形式上，多选谭献五言古体诗及五七言近体诗。艺术上趋向于汉魏之古朴与唐诗之风神。这些诗歌代表了谭献诗歌的成就。

二 谭献文在晚清文坛的地位和影响

章太炎曾问学于谭献，经汪知非介绍，章太炎拜谭献为师。汪知非写给谭献的书信一通言及此事："有余杭章枚叔表叔，名炳麟，素慕夫子重名，愿列门墙，不敢昧然自荐，嘱非先容，想来者必不拒也。附上古文四篇乞垂鉴。"② 章太炎向谭献问学之事，《复堂日记》中有六处记载③，表明了章太炎的文脉传承。

钱基博在《复堂日记》续录跋记中言："余杭章炳麟太炎，汉学称大师，治经尤长疏证，得高邮王氏法，自命其学出德清俞樾曲园。然文章之称晋宋，问学之究流别，其意则本诸复堂者为多。"④ 章太炎（二十三岁）于光绪十六年庚寅（1890）肄业于杭州诂经精舍，从俞樾学，又向谭献请教文辞法度。钱基博《复堂日记补录序》云："故其论文以淡雅为宗，皈依晋宋，章炳麟文之所自出也。"⑤ 点明了章太炎文风的源头来自谭献的影响。章太炎文风"取法魏晋，兼宗两汉"，章太炎推崇魏晋文章。魏晋文风的主要特点是议论透辟，逻辑严密，冲远澹雅，锋利洒脱，不规矩于尺度，富有独创精神。章太炎的政论文"守己有度，伐人有序，和理

---

① （清）张应昌：《诗铎》，清同治八年秀芷堂刻本。
② 钱基博编纂：《复堂师友手札菁华》（下），第1120页。
③ 《复堂日记》，第414页。
④ 《复堂日记》，第414页。
⑤ 《复堂日记》，第6页。

在中,孚尹旁达",具有魏晋文风。钱仲联亦云:"章炳麟早年曾受业于谭献,诗文方面的复古主张,受到他的影响。"① 此外,"章太炎主齐梁之体表汉儒之经术,盖亦源自谭献之说。"②

谭献在骈文领域取得了一定的成就,友朋晚辈多向谭献请教骈文,如庄蕴宽写给谭献的书信言:"大著叹为绝诣。旧冬共来岭表,馆于广雅书局,以暇日辑录乡先哲骈制二十余,与屠孝廉寄赓续附益,校刊已竟,嗣当邮尘,阅览叙文一首,属求点定。"③ 庄蕴宽将辑录的《国朝常州骈体文录》骈文集呈请谭献点定,以求骈文选本的精良。朱启勋在写给谭献的书信中也向谭献请教有关骈文选文之事:"《四六丛话》业已遍阅,文达一叙,源流毕具,精到知论,可补《雕龙》……宋贤诸集经执事别择,必能于腹背之毛而揽六翮……勋近粗定目录,唐以前已略就绪……管窥之见不经指示,终恐迷眩。"④ 谭献的好友张鸣珂曾编纂《国朝骈体正宗续编》,张鸣珂在写给谭献的书信中,也向他请教探讨骈文:"近又荟萃各家骈文,拟选《正宗续编》,惜所见未广,兹先将已经寓目多种抄目呈览。近时坊肆所售《后八家四六》所选张皋文赋数篇,未免高古。李申耆数篇,是于散行之中用排偶之句,均非骈体正宗。又姚梅伯所选分类骈文,纯驳相间,未免贪多,总不及西溪渔隐之旧选也。尊意以为然否?"⑤ 信中,张鸣珂认为张寿荣《后八家四六文钞》所选张惠言辞赋过于古雅,所选李兆洛的篇目多为骈散结合,不是骈文正宗。由姚燮选目、张寿荣主持刊刻的《皇朝骈文类苑》亦有骈散融合、贪多务得的瑕疵,不如曾燠(号西溪渔隐)《国朝骈体正宗》选目纯粹。张鸣珂有意秉持曾燠《国朝骈体正宗》宗旨,编纂《国朝骈体正宗续编》。从《复堂日记》可看到谭献对张寿荣《后八家四六文钞》选人的回应:"《后八家四六》不知何人选……八家者,皋文、莲裳、仲瞿、笠舫、孟涂、方立、申耆、金亚伯也。予谓皋文、申耆不当入此集。"⑥ 这里谭献提到《后八家四六文钞》

---

① 钱仲联:《三百年来浙江的古典诗歌》,《文学遗产》1984 年第 2 期。
② 蔡长林:《文人的学术参与——〈复堂日记〉所见谭献的学术评论》,《中国文哲研究集刊》2012 年第 3 期。
③ 钱基博编纂:《复堂师友手札菁华》(下),第 1112 页。
④ 钱基博编纂:《复堂师友手札菁华》(下),第 1058 页。
⑤ 钱基博编纂:《复堂师友手札菁华》(中),第 812 页。
⑥ 《复堂日记》卷六,第 130 页。

所选骈文八家包括张惠言（字皋文）、乐钧（字莲裳）、王昙（字仲瞿）、王衍梅（字笠舫）、刘开（字孟涂）、董佑诚（字方立）、李兆洛（字申耆）、金应麟（字亚伯）。谭献也认同张鸣珂的观点，认为不当选张惠言、李兆洛二家。如上提到的这些书信内容多为谭献的朋友向其请教骈文，表明谭献在骈文领域造诣不凡，是晚清的骈文大家。具体说来，谭献骈文的影响主要表现在以下两方面。

首先，谭献的骈文受到选家的重视，其中《知非斋诗叙》《梦辞叙》《魏烈女墓碣》三篇被张鸣珂选入《国朝骈体正宗续编》（清光绪十四年寒松阁刻本）卷八中。王先谦《骈文类纂》卷六选录谭献《梦辞叙》骈文一篇。

其次，谭献的弟子徐珂、胡念修等人曾向谭献请教骈文的作法。徐珂曾向谭献请教骈文，据《复堂师友手札菁华》中徐珂写给谭献的书信可知，徐珂将自己的八篇骈文送呈谭献，向谭献请教骈文写作事宜："近颇研习俪文，流连往制，未谙句读，待叩夫金钟，犹幸师承，早奉为玉臬。发箧稍搦管，不遑侍谁。昔之爱怜，盼明公之拂拭。谨录新作八首，奉尘丈席。望垂笔削，雕娸画丑，慕赤白之为章，阴偶阳奇，冀砭针之有术，本未探俪而握要，安能倚马以成篇。夫子盍亦悯其儒输而加之训迪乎？瑶华倘贲，恍亲炙于春风；枯荄不滋，当深沛夫时雨。伏惟鉴察，不胜征营。珂再拜。"① 徐珂曾向谭献借阅《骈体文钞》以学习骈文："再禀者客秋，曾蒙借校《骈体文钞》，属以匆匆岁暮，人事填委，未竟丹黄，伏居姚州，今颇暇矣。敢申前请，乞将全册惠假，排日加功，计一月当可蒇事。"② 于此可见谭献推赏《骈体文钞》，对弟子徐珂也有影响。

弟子胡念修也在骈文上向谭献学习："阅建德胡念修幼嘉《问湘楼骈文初稿》四卷刻本。才清而婉，无俗调，但力尚弱。写忧赋可诵。书类序类持论多有真见，非沿袭者。"③ 谭献评胡念修骈文清婉无俗调，有力弱之弊。胡念修喜好骈文，刻印清代骈文名家彭兆荪相关著述。"胡右阶贻彭甘亭《翻澜笔记》《忏摩录》新刻本……先正以词章名家者往往读书有原本，足以师表后来。右阶方治骈俪，盛年蔚文，洞见本末。传刻遗

---

① 钱基博编纂：《复堂师友手札菁华》（下），第 1148 页。
② 钱基博编纂：《复堂师友手札菁华》（下），第 1151 页。
③ 《复堂日记》续录，第 393 页。

书，其亦有淑艾之意乎？"① 谭献肯定了胡念修学习骈文，能洞见本末。另外，谭献还曾评点李审言骈文："非必浑灏闳博，亦跌宕昭彰矣。究心骈俪家数，已有准则《骚》《选》之遗意。"②

第三节　谭献与晚清文学思想

谭献的词学思想、诗学思想及骈文批评理论与晚清文学思想密切相关。下面着重分析谭献与晚清文学思想的内在关系及谭献在晚清文学中的影响。

一　谭献在近现代词学界的反响

民国时期对谭献词作及词论的认识呈现出两种不同观点。一种持肯定态度，以徐珂、刘毓盘、吴梅、龙榆生等为代表，如徐珂评谭献词"大雅遒逸，深美闳约，推本止庵之旨，发挥而光大之"③。另一种持否定态度，以胡云翼、吴世昌为代表。胡云翼认为谭献词以"模拟"④为主，缺少个性和情感，只是表现了文字技巧，是清词没落的体现。两种观点折射出民国新旧两派词学的分歧。新旧两派的词学评价标准不同，以徐珂为代表的旧派主张词的比兴寄托及社会价值，以胡云翼为代表的新派推崇词的情感表现及审美功能。

（一）民国旧派词学对谭献词论的肯定

本书在绪论部分交代了民国时期旧派词学普遍肯定谭献的词论。如徐珂《近词丛话》云："同、光间有词学大家，前乎王幼霞给谏、况夔笙太守、朱古微侍郎、郑叔问中翰。为海内所宗仰者，谭复堂大令是也。"⑤徐珂从宏观角度对谭献词学在同光时期的历史地位做出评价，认为谭献是晚清四大家王鹏运、况周颐、朱祖谋、郑文焯之前同光词坛的词学大家。谭献对清词的评价，成为后世评价清词的重要依据。具体说来，谭献词论

---

① 《复堂日记》续录，第 401 页。
② 《复堂日记》续录，第 413 页。
③ 徐珂：《清代词学概论》，大东书局 1926 年版，第 12 页。
④ 胡云翼：《新著中国文学史》，北新书店 1935 年版，第 273 页。
⑤ 徐珂：《近词丛话》，唐圭璋编《词话丛编》，中华书局 1986 年版，第 4226 页。

的被肯定表现在如下三个方面。

其一，叶恭绰《广箧中词》、龙榆生《近三百年名家词选》均有对谭献《箧中词》的取资之处。叶恭绰《广箧中词》继《箧中词》而成但又非续编，故称之为"广"，兼具"广"其时代和"广"其选录范围的双重意思。一是"广"其时代。侧重光绪、宣统以来的词人。二是"广"其选录范围。对于谭献漏选的词人如王夫之、屈大均、赵执信、梁清标、曹尔堪、丁澎、洪昇、沈雄等，悉择录若干，以丰富清词流脉。总之，《广箧中词》收录从清初以迄与编者同时的词人，注重光绪、宣统以还诸家，以补《箧中词》之未备。与《箧中词》构成同一个词选系列。在编排体例上，叶恭绰悉依谭献体例，部分词作后附有词评，与《箧中词》一样，都是词选与词评相结合的体例。龙榆生《近三百年名家词选》对《箧中词》也有取资处。《近三百年名家词选》凡例言："本编取材，除诸家专集及其他史传、词话外，于谭氏《箧中词》、叶氏《广箧中词》采录特多。"[①] 具体说来，《近三百年名家词选》对《箧中词》的采录主要有两种情况，其一是采录《箧中词》中谭献的词评。或直接引用作为《近三百年名家词选》某一词作的评语，或作为一种观点，在某词人词作的集评中引用。其二是采录《箧中词》所选清人的词作，作为《近三百年名家词选》的选源之一。如宋徵舆词五首，录自《箧中词》。左辅词二首，录自《箧中词》。

其二，谭献对清词的评语成为后世词史、词学史、文学史评价清词的圭臬。如民国时期张振镛《中国文学史分论·叙词》：

> 他若番禺叶衍兰南雪之《秋梦庵词》，以绮密隐秀称。旌德江顺诒秋珊之《愿为明镜室词》，以婉润称，会稽李慈铭莼客之《霞川花隐词》，以清峻爽拔称。番禺陈澧兰甫之《忆江南馆词》，以温厚和宛称，平湖张金镛海门之《绛跗山馆词》，以清微窅妙称，上元许宗衡海秋之《玉井山房诗余》以幽窈绮密称，钱塘张景祁蘩甫之《新蘅词》，以精研音律称，阳湖刘炳照光珊之《留云借月庵词》，以细意熨帖称，秀水沈景修寒柯之《井华词》，以凄婉称，此皆清季文人

[①] 龙榆生编选：《近三百年名家词选》，上海古籍出版社2014年版，第1页。

之以词名者也。①

这里对清代词人词作的评点，多取资于谭献《复堂日记》《箧中词》的评语。为方便对照，特列张振镛《叙词》清人词评取材谭献评语如表7-1所示。

表7-1　张振镛《叙词》清人词评取材谭献评语一览表

词人	词作	词作评语	出处来源
叶衍兰	《秋梦庵词》	绮密隐秀	《复堂日记》己丑：番禺叶南雪太守衍兰，介许迈孙以《秋梦庵词》属予读定。绮密隐秀，南宋正宗。
江顺诒	《愿为明镜室词》	婉润	《复堂日记》壬申：江君秋珊，旌德人，刻《愿为明镜室词》，来属论定。有婉润之致，不伧劣也。
陈澧	《忆江南馆词》	温厚和宛	《箧中词续》二：（陈澧词）如太白古风，多少和婉。
许宗衡	《玉井山房诗余》	幽窈绮密	《复堂日记》戊辰：阅许海秋《玉井山馆诗余》，幽窈绮密，名家之词。
张景祁	《新蘅词》	精研音律	《箧中词》：韵梅早饮香名，填词刻意姜张，研声切律，吾党六七人，奉为导师。
刘炳照	《留云借月庵词》	细意熨帖	《箧中词》：（刘炳照）集中细意熨帖，情文相生。
沈景修	《井华词》	凄婉	《复堂日记》：为蒙叔校定《井华词》一卷。婉约可歌，亦二张伯仲间。

由表7-1可见，谭献对清代词人的词评为后世所借鉴，几成定论。除此之外，谭献有关"词人之词"的论断也被后世广泛接受。

其三，谭献的词学思想得到徐珂的继承及徐兴业、吴梅等人的赞许。

1. 徐珂对谭献词学的继承

徐珂为谭献的入室弟子，有"谭门颜子"之称，葆光子《〈清代词学概论〉序》评徐珂云："探源北宋，力主有厚入无间之说，而得意内言外之旨。"② 谭献对徐珂的影响表现在如下两方面。

首先，谭献对徐珂诗词骈文、词学的亲笔指导。《复堂日记》光绪十三年丁亥（1887）九月卅日："定徐仲玉词稿。年少才弱，有句无篇，然往往有清气。"③ 光绪十五年己丑（1889），徐珂在杭州应秋试时，拜谒谭

---

① 张振镛：《中国文学史分论》，商务印书馆1934年版，第118页。
② 葆光子：《〈清代词学概论〉序》，徐珂《清代词学概论》，大东书局1926年版，第1页。
③ 《复堂日记》补录卷二，第331页。

献，将十八岁前所作骈文诗词呈请谭献斧正，"师奖勉殷拳，纳之门下"①。光绪十七年辛卯（1891）："点定徐生仲玉行卷。填词婉约有度，诗篇能为直干；骈俪音采凡近，不见体势，情韵则非所长也。"②徐珂对有老师谭献加墨之行卷极为珍视，奔走南北，常随身携带："越二年为辛卯，师点定寄还，即师加墨之行卷也。卷藏行笥，奔走南朔，恒自随。"③可惜的是，戊戌（1898）秋徐珂从天津袁世凯幕府南回之时，有谭献加墨之行卷遇盗散佚。除了对徐珂诗词文的指导外，谭献为指导徐珂学词而对周济《词辨》进行评点，为徐珂指示学词门径。谭献《〈词辨〉跋》："及门徐仲可中翰，录《词辨》，索予评泊，以示规范。"④

其次，谭献对徐珂词学理论的影响。徐珂在词学理论方面得谭献真传，表现在以下两点。

其一，葆光子《〈清代词学概论〉序》对徐珂评价曰："揭浙派之流弊，嘉常派之革新，于名人词选、词韵、词话等书，判别瑕疵，指示去取，持之有故，言之成理，原原本本，一宗师说，可谓谭门之颜子矣。"⑤葆光子表明徐珂继承谭献词学思想，是谭献的入室弟子。徐珂将谭献对清词的分散式评语串联会通，用以描绘清词风貌。如徐珂《清代词学概论》第一章总论言："清初之词，最著者为朱竹垞、陈其年，两人并世齐名，合刻《朱陈村词》，流传天下。竹垞之情深，所作词高秀超诣，绵密精美，其蔽为饾饤。其年之笔重，所作词天才艳发，辞锋横溢，其蔽为粗率。嘉庆以前词人，为竹垞、其年牢笼者，十之七八。继之而起名重一时者，实惟纳兰容若。门第才华，直越北宋之晏小山而上之。其词缠绵婉约，能极其致，南唐坠绪，绝而复续。所惜享年不永，未竟其学耳。厥后数十年，词格愈趋愈下，东南诸行省选声订韵者流，未尝无才隽之士，往往高语清空而失之薄，力求新艳而流于尖，微特距两宋若霄汉，甚且为元明之罪人，能自拔者殊罕。故论词者，自明之末造以迄清之中叶，辄推卧子第一，容若次之，竹垞、其年、樊榭犹不得为上乘也……惟三家（蒋

---

① （清）谭献：《复堂词话》，《复堂词》，华东师范大学出版社2010年版，第86页。
② 《复堂日记》卷八，第195页。
③ （清）谭献：《复堂词话》，《复堂词》，华东师范大学出版社2010年版，第86页。
④ （清）谭献：《词辨跋》，《清人选评词集三种》，第190页。
⑤ 葆光子：《〈清代词学概论〉序》，徐珂《清代词学概论》，大东书局1926年版，第2页。

春霖、纳兰性德、项鸿祚）是词人之词，与朱竹垞、厉樊榭同工异曲，其他则旁流羽翼而已。此吾师谭复堂先生之言也。"① 这里徐珂用谭献对陈子龙、朱彝尊、陈维崧、纳兰性德、浙西词派、"词人之词"等的相关评语，将其按时间顺序串联组合，从而勾勒出清词的发展面貌。

其二，徐珂编纂的词选本如《清词选集评》（1926）、《历代闺秀词选集评》（1926）、《历代词选集评》（1928），仿效其师谭献《箧中词》词选评选结合的体例，而评语多博采各家之言。《历代词选集评》收录唐至明代词作，其中的宋词部分收录了谭献评点周济《词辨》之评语，《清词选集评》多引用谭献《箧中词》评语。此外徐珂《清代词学概论》第四章"评语"，汇录清人词的评语中也有采纳谭献评语，多以"谭复堂师云"的形式表明对谭献评语的吸纳。

除了继承谭献词学思想，徐珂对谭献词学理论也有开拓发展之处，表现有二：第一，徐珂《清代词学概论》中称引谭献处颇多，将清代词学以分章的形式撰写而成，具有现代词学的章节结构及系统性。对谭献点滴式、感悟式的传统词学（即兴式的发挥或只言片语的评点）有所发展。徐珂《清代词学概论》分七章，第一章总论，第二章至第七章涉及派别、选本、评语、词谱、词韵、词话六项内容，"其所牵涉问题，实际上已涵盖后来所说词学所包括的范围……应当看作是一部名副其实的清代词学概论"②。徐珂按照现代词学的编排体例分章节归纳，使得传统词学片段式的词论转变为系统的词论。徐珂《清代词学概论》体现了传统词学向现代词学的过渡。第二，徐珂《词讲义》总结谭献词论中提到的词学范畴，将谭献原来零散分布的词学范畴转变为纳于某个体系之下的词学范畴，化零为整，使人得见谭献词学范畴的系统面貌。如徐珂《词讲义》第十二节"作法"言："填词之作法有三要：曰重，曰拙，曰大，正宋人不可及处。况周颐氏之言也……此外之作法，曰厚，曰穆，曰静，曰自然，曰吞吐离即，曰真，曰质，曰本色，曰高，曰深，曰隽，曰奇，曰幽，曰涩，曰丽，曰峭，曰曲，曰清空，曰淡，曰疏，曰密，曰雅，曰婉，曰神来，曰神韵。"③ 这里，徐珂总结了二十多种词学范畴。他在《词讲义》中对

---

① 徐珂：《清代词学概论》，大东书局1926年版，第2—3页。
② 施议对：《〈清代词学批评史论〉序》，孙克强《清代词学批评史论》，第3页。
③ 徐珂撰，陈谊整理：《词讲义》，转引自上海图书馆历史文献研究所编《历史文献》（第十三辑），上海古籍出版社2009年版，第80页。

每种词学范畴作简要解释后，举例说明这种范畴的运用情况。如解释"峭"云："峭，峭拔，遒劲绝俗也。亦即森竦，'竦'与'耸'同，有整肃之意。"① 同时列举谭献《箧中词》评语，如王僆《清平乐》（雨濛烟暝），谭复堂师云："森竦"；沈起凤《玉蝴蝶·揽秀亭录别》，谭复堂师云："犹有古服劲装之意。"郑沄《齐天乐·岁晚寄怀》，谭复堂师云："森峻威夷。"曾行溎《琐窗寒》（疏柳摇寒），谭复堂师云："逋峭之致，南宋高手。"端木埰《齐天乐·秋尽苦雨》，谭复堂师云："遒峻。"徐珂将谭献词评中与"峭"范畴相关的评语诸如"森竦""逋峭""遒峻"等汇集于下，便于后学了解谭献词学范畴的体系。

2. 徐兴业、吴梅等人对谭献的赞许

徐兴业《清代词学批评家述评》是现代词学史上第一部词学批评史研究专著。是书主要对陈廷焯、谭献、王国维的词学成就予以评价。徐兴业表明谭献的词论既宗常州派之郁厚雅正，又参之以浙派清空之旨。同时徐氏认为谭献的论词观点介于王国维"情感说"和陈廷焯"雅正说"两者之间，体现了传统与现代的过渡："以纯文艺评论文学之结果，则首重'直觉'。其弊也，浅肤浮滑之言，亦自命为感情之结晶。高者如李后主直抒性情，自成高格；低者如郭频伽、陆次云、吴蘭次辈，矫揉造作，满纸谰词，则不得不济之以雅正。词能雅正，则抒情自深，感人也切；此陈廷焯之所主张者。两者貌似相背，其实相辅而行者也。谭复堂之论词观点则介乎两者之间也。"② 徐兴业认为，词以抒发性情为主，但这种以情感表现为主的纯文艺论有浅滑之弊。因此，他主张以常州词派的雅正论来补正之，"他的文学批评标准糅合常州派雅正论与王国维唯美论于一体"③。此外，徐兴业还肯定了谭献"词家三鼎足"之说的见识不凡："鹿潭在复堂前犹有陈廷焯论及之、杜文澜论及之。忆云则于杜文澜词话中一见外，余无推之者。而复堂以之与成、蒋鼎时，真可谓卓见矣。"④

吴梅《词学通论》云："复堂雅制，品骨高骞，窥其胸中，殆将独

---

① 徐珂撰，陈谊整理：《词讲义》，转引自上海图书馆历史文献研究所编《历史文献》（第十三辑），第100页。
② 徐兴业：《清代词学批评家述评》，无锡国专1937年印行，第2页。
③ 陈水云：《中国词学的现代转型》，社会科学文献出版社2016年版，第229页。
④ 徐兴业：《清代词学批评家述评》，无锡国专1937年印行。

秀……开比兴之端，结浙中之局，礼义不愆，根柢具在。"① 吴梅从谭献的词创作与词论两方面论述了谭献为浙词之变的功绩：其一，谭献的词作上溯唐五代词，改变了浙词长期以来学习姜夔、张炎词的局限，谭献曾言："杭州填词，为姜、张所缚。偶谈五代、北宋，辄以空套抹杀。"② 而吴梅指出："仲修词取径甚高，源委悉达。窥其胸中眼中，非独不屑为陈、朱，抑且上溯唐五代，此浙词之变也。"③ 其二，谭献于词学批评中，精准揭示浙西词派空疏枯寂之弊："论浙词之病，尤为中肯，余故谓变浙词者复堂也。"④

（二）胡云翼、吴世昌等人对谭献词学的批驳

胡云翼《新著中国文学史》认为谭献词作缺少个性和情感，以"模拟"⑤为主。"以竞模古人为能事……除了表现一点文字的技巧外，全不能表现一点创造精神"⑥，是清词没落的体现。吴世昌在《词林新话》一书中对谭献的词作及词论基本持否定态度。吴世昌指出："自寄托之说兴，而深涩之论作……于是言情者曲晦其情，感事者故掩其事。倡是说者，若皋文、复堂、亦峰、夔笙诸君，今观其己作，亦未尝无斐然可诵之篇。然辄巧为缘饰，不欲以真情相见……此近世词风之所以不振也。"⑦吴世昌论词的精髓在于一个"真"字，并一以贯之。而张惠言、谭献、陈廷焯、况周颐等人词作的弊病是一味讲求寄托，掩盖了真情实感的表达。吴世昌从两方面批评谭献：其一批评谭献词做作，不自然。如吴世昌言："复堂《金缕曲·江干待发》上片有'听林禽，只作伤心语'句，做作，不自然。"⑧ "复堂《洞仙歌·初秋》下片'如梦帘栊，曾拂檐花笑相见'，败句。'又吹起、十年清怨'，勉强做作。'"⑨ 吴氏的这一批评

---

① 吴梅：《词学通论》，复旦大学出版社 2005 年版，第 117 页。
② 《复堂日记》卷二，第 34 页。
③ 吴梅：《词学通论》，复旦大学出版社 2005 年版，第 138 页。
④ 吴梅：《词学通论》，第 139 页。
⑤ 胡云翼：《新著中国文学史》，北新书店 1935 年版，第 273 页。
⑥ 胡云翼：《中国词史略》，大陆书局 1933 年版，第 237 页。
⑦ 吴世昌：《词跋》，吴世昌《吴世昌全集》第 11 卷，河北教育出版社 2003 年版，第 59 页。
⑧ 吴世昌著，吴令华辑注：《词林新话》，北京出版社 2000 年版，第 375 页。
⑨ 吴世昌著，吴令华辑注：《词林新话》，第 375 页。

是因为其主张作词"说真话,说得明白自然,切实诚恳。"[1] 故而对于谭献词作中的不够自然、做作之处提出不满。其二,批评谭献的词论。吴世昌驳斥谭献比兴寄托说牵强附会,认为复堂之"作者之用心未必然,而读者之用心何必不然"的观点"乃随心所欲,教人造谣,欺人太甚。实乃对真理的嘲弄,良知的奸污"[2]。又言:"复堂谓翰风《摸鱼儿》(渐黄昏)一首'风刺隐然',真是闭目瞎猜,试问风谁刺甚?"[3] 由于以寄托释词,故吴世昌认为谭献对前人之作,多有曲解之处:"竹垞《金缕曲·夏初》明言'簸钱',显用欧阳永叔故事,坦率可爱,而复堂乃谓'人才进退,所感甚深。'此皆不惜强古人以就我,以自圆其说。"[4]

二 谭献骈文批评理论的影响

谭献骈散合一的骈文批评理论在民国影响深远。朱偰于《五四运动前后的北京大学》一文中提到其父朱希祖写于1917年11月5日的日记:"近来北京大学文科教授主持文学者,大略分为三派:黄君季刚与仪征刘君申叔主骈文,而刘与黄不同者,刘好以古文饬今文,古训代今义,其文虽骈,佶屈聱牙,颇难诵读;黄则以音节为主,间饬古字,不若刘之甚,此一派也。桐城姚君仲实、闽侯陈君石遗主散文,世所谓桐城派者也。今姚、陈二君已辞职矣。余则主骈散不分,与汪先生中、李先生兆洛、谭先生献,及章先生(太炎)议论相同,此又一派也。"[5] 由这一资料可知,五四运动前后北京大学的文风可分为三派,第一派以黄侃、刘师培为代表,提倡骈文。第二派以姚仲实、陈衍为代表,提倡桐城派的古文。第三派以朱希祖等人为代表,主张骈散不分,传承汪中、李兆洛、谭献、章太炎骈散结合的文学主张,以为文章的本来面貌是自然流畅,只要说理畅通,不必拘泥于骈散之分,散文中也可用一些骈句。当时持骈散不分理论主张的人较多。由此可见谭献骈散不分理论的影响。

民国孙德谦的骈文理论多受谭献影响。孙德谦为清末民初学者,其

---

[1] 吴世昌著,吴令华辑注:《词林新话》,第2页。
[2] 吴世昌著,吴令华辑注:《词林新话》,第21页。
[3] 吴世昌著,吴令华辑注:《词林新话》,第356页。
[4] 吴世昌:《词跋》,《吴世昌全集》第11卷,第59页。
[5] 朱偰:《五四运动前后的北京大学》,《文化史料丛刊》第5辑,文史资料出版社1983年版,第162页。

《六朝丽指》出版于 1923 年，是民国骈文理论的一个代表著作。孙德谦《六朝丽指》主张骈散不分："文章之分骈散，余最所不信。何则？骈体之中使无散行，则其气不能疏逸，而叙事亦不清晰。"① "夫骈文中苟无散句，则意理不显，吾谓作为骈体均当如此，不独碑志为然……要之，骈散合一，乃为骈文正格。"② 孙德谦认为骈文中若兼具散行成分，不仅能使文气疏宕，而且能使叙事清晰，意理明显。进而提出骈散合一，乃为骈文正格的观点。显然，孙德谦的主张是对谭献骈散合一理论的继承。同时，如前文所言，谭献骈文思想表现出对晋宋骈文萧疏散淡文气的推扬，这一点也影响了孙德谦。孙德谦《六朝丽指》云："主气韵务尚才气，崇散朗务擅藻采"；"骈文之有任、沈，犹诗家之有李、杜，此古今公言也。"③ 从其相关表述中，不难看出受到谭献骈文批评理论的影响。

钱基博《骈文通义》（1934）体现了骈散融合的观点。陈柱《中国散文史》（1937）虽名为散文史，但其章节布局却以骈文作为散文发展的参考坐标。该书共五编，其中前三编将骈文作为散文的参照系，分别题为"骈散未分时代之散文""骈文渐成时代之散文""骈文极盛时代之散文"，这体现了陈柱骈散合一的思想："散文虽欲纯乎散，而不能不受骈文之影响。骈文虽欲纯乎骈，而亦不能不受散文之影响。"④ 这些著作的观点多可看到谭献骈文理论的影响。曹虹表明了谭献骈散合一理论的价值："不拘骈散论蕴含着某种奔放的精神素质，它要求消弭畛域，消解禁忌，因而在一定意义上是世纪之交文界革命理论的前奏。"⑤ 复堂不拘骈散、骈散合一的理论对于散文向近代的过渡，具有精神先驱的意义。

---

① 孙德谦：《六朝丽指》，王水照编《历代文话》第九册，复旦大学出版社 2007 年版，第 8443 页。
② 孙德谦：《六朝丽指》，王水照编《历代文话》第九册，第 8451 页。
③ 孙德谦：《六朝丽指》，王水照编《历代文话》第九册，第 8478 页。
④ 陈柱：《中国散文史·序》，岳麓书社 2011 年版，第 3 页。
⑤ 曹虹：《清嘉道以来不拘骈散论的文学史意义》，《文学评论》1997 年第 3 期。

结　语

　　以往对谭献的认识，多基于他的词学贡献，认为他是常州词派的重要代表人物，有晚清词坛盟主之称。实则谭献的文学成就是多方面的，谭献工诗词、擅骈文，既有诗词文的创作，又有词学批评、诗文批评、骈文批评、戏曲评点。尤其是谭献对李兆洛《骈体文钞》的评点，对于阐发骈散合一的骈文批评理论影响深远。谭献的骈文批评理论丰富，而以往的研究对此关注较少。个中缘由，或许基于谭献的词学成就相对突出，遮蔽了谭献文学的其他方面；抑或是对谭献词学以外的其他方面关注甚少。笔者通过对谭献与晚清文坛的全面系统研究，挖掘出谭献文学成就中被遮蔽和忽视的丰富性与多样性，对谭献有了一个全新的认识。主要表现在以下三方面。

　　首先，谭献既是学者，又是文学家，集双重身份于一身。他早年以训诂小学治经，三十岁之后，受到友朋启发，治今文经学，重视微言大义之学。在晚清内忧外患极为严重的时代背景之下，谭献重视文学的社会政治功能。其文学创作具有较强的干预现实的色彩。"《复堂类集》罅补传注，有说经之文；抉剔子史，阐析词章，有序记、论著之文；明言不得，比兴出之者，又有诗若词有韵之文。"[①] 复堂文的类别众多，功能各异。其诗词多用比兴手法。其文在创作题材上倾向于教育、地域、家族等内容，表现出对教育及乡邦文献的重视。复堂于创作题材方面的倾向很大程度上受到章学诚的影响。此外，谭献对王咏霓、薛福成、张荫桓等人出使欧美，描写异域的诗文予以肯定，如他高度肯定王咏霓"表海壮游，开昔人未有之诗境"[②]。这表明他对在诗中描写新生事物的肯定。谭献的这一认识

---

① 《复堂日记》，第7页。
② 《复堂日记》卷八，第191页。

早于梁启超"诗界革命"（1899）提倡的诗歌应描写"新意境"的观点。梁启超"诗界革命"中的"诗要有新意境"包括"对西方物质文明的描绘与表现……还包括对欧美、亚洲等殊方异域的历史、地理、民情、风物、景观的描写与反映……总之，这种意义上的'新意境'大致是一种异域情调。"① 可见，谭献对诗歌中表现异域情调的肯定，或对梁启超的"新意境"之说有启发之处。谭献诗文在艺术方面表现出对汉魏文风的推崇，其"诗文皆汉魏遗音"②。谭献之所以推崇汉魏诗法，盖源于汉魏诗具有"以词掩意，托物寄兴"的特点，这与他以比兴为体的诗学主张深相契合。同时谭献诗对盛唐诗歌的推崇，主要源于他学习明代前后七子，而明代前后七子有"诗必盛唐"的论调。复堂诗学古功深，存在创新不足的缺憾。相对而言，复堂词作艺术造诣较高，多用比兴手法，具有寄托遥深的艺术风貌。谭献生于浙西，早期濡染浙西词派，后仰慕常派词学，故其词作既有常派重比兴寄托的特点，又有浙派推崇的清空词境。

其次，综观谭献的词学思想及诗文思想，可知其文学思想具有如下三个特点。

第一，谭献学术观与文学观具有一致性。谭献学术上主张今文经学，有经世致用的思想。经世致用的学术思想在谭献的诗文思想、词学思想中皆有体现。复堂于诗学、词学上皆主张风雅比兴，重视诗词的社会政治功能。其诗文思想讲究有实有用，以比兴说诗、讲究温柔敦厚的诗教，词学思想讲求"比兴柔厚"，这些理论均体现了复堂文学思想的一致性。

第二，打破诗词文的文体界限，出现诗词文互衡的现象，诗词融合已成趋势。谭献论诗、论词皆讲求"比兴柔厚"；借鉴"诗史"说，在词学批评中推扬"词史"写作。"体素储洁"这一评语在复堂的诗词文评点中均有体现，表现出复堂对创作主体积储纯洁胸怀的重视以及对文学作品语言质朴流畅、意趣清净幽远的崇尚。"潜气内转"在谭献的骈文批评及词学批评中兼有论及。此外"涩体""笔笔中锋""屈曲洞达""垂缩"等书学理论渗透到词学批评、骈文批评中，体现出文艺与文学的互渗与共融。

第三，谭献的文学思想具有较强的因流溯源的特点。他梳理骈文史、

---

① 萧华荣：《中国诗学思想史》，华东师范大学出版社1996年版，第391页。
② 钱基博编纂：《复堂师友手札菁华》（下），第1064页。

词史、诗歌史的发展流变,有自觉的史学意识。问学追究其流别发展脉络,体现了谭献受章学诚"辨章学术,考镜源流"的影响。钱基博《〈复堂日记〉补录序》认为谭献"类族辨物,究心于流别,承会稽章氏(学诚)之绪"①。蔡长林也表明:"谭献论定学术之优劣,往往从文章入手,却又与晚明以来的诗文评点截然异趣,而是立足于实斋所言辨章学术,考镜源流的视野,来评论诸儒经术文章,然后以是否蕴有对经书微意的探索企图而定高下。"②

最后,谭献文学是观照清代文学发展的一个重要节点,具体表现在如下三方面。

第一,谭献创作的文学作品是我们观照晚清社会现实的一面镜子。其诗词文创作反映了鸦片战争、太平天国运动等近代重要历史事件,具有极高的史料价值。谭献文学作品反映出他对晚清特定时代的认识,其词作讲求家国寄托,其诗篇注重表现忧生念乱的意识,其文章集中于表现教育、肯定地方志为国史取裁等内容。这些方面无一不昭示着谭献作为传统知识分子为解决清廷面临的社会危机而做的种种努力。

第二,谭献的文学批评理论具有极强的现实针对性,是对当时文学批评理论的补偏救弊。词学方面,谭献虽为常州词派的后劲,但却能客观审视清代两大词派浙西词派与常州词派的功过得失,他欣赏的是不拘于任何流派的"词人之词",见解独到,发人深思。个中原因是"词人之词"重性情怀抱的抒发,能够反映忧生念乱的意识。诗学观上,清代的主流诗学主张为"祧唐祢宋",崇尚宋诗。谭献不盲目随声附和,提出诗歌应以比兴为体,推尊汉魏古诗及唐诗,呈现出独特的诗学观。骈文批评理论方面,谭献提出的骈散合一观点,讲求文质并重,注重骈文的内在气韵,推崇疏朗文风。这些主张是当时文学思潮的体现,符合文学发展的实际情形,是对桐城派片面主张散文的一种纠正。

第三,谭献文学思想是清代文学思想的重要组成部分。凡清代文学批评中的一些重要议题在谭献文学思想中皆有体现。诸如词学上的南北宋之争,诗学上的唐宋诗之争,骈文中的骈散之争,这些重要的议题,复堂均有论及。在词学的南北宋之争上,谭献推崇北宋,对南宋也有部分肯定,

---

① 《复堂日记》,第5页。
② 蔡长林:《文人的学术参与——〈复堂日记〉所见谭献的学术评论》,《中国文哲研究集刊》2012年第3期。

体现了由南北宋之争向南北宋融合的趋势。诗学上复堂推尊唐诗,前期对宋诗排斥,后期诗学思想有所修正,仍以尊唐为主,同时也认为宋诗有其价值,故谭献于诗学上表现出由尊唐黜宋向尊唐祧宋的转变。文章的骈散关系上,复堂主张骈散合一。谭献在这些文学论争中,表现出观点折中,不偏执的特点。

总之,谭献与晚清文坛研究不仅对全面了解谭献有重要意义,而且对于深入了解晚清文学也大有裨益。

附录一

谭献文学年表

道光十二年壬辰（1832）一岁
十二月十七日，谭献出生于浙江仁和府。

道光十四年甲午（1834）三岁
似于是年，谭献父谭肇濬殁。

道光二十年庚子（1840）九岁
鸦片战争，英军入侵。

道光二十一年辛丑（1841）十岁
正月，嗣父殁。得蒋亦钦帮助，读书其家。

道光二十四年甲辰（1844）十三岁
应童子试。受知于监院莫粤生。后莫氏以孙女许之。
拜识李枝青，请其指教。拜见陆璈。

道光二十六年丙午（1846）十五岁
就宗文义塾读书，补博士弟子员。
开始学诗。

道光二十七年丁未（1847）十六岁
为童子师，收入微薄。

道光二十八年戊申（1848）十七岁

渐好交游。结交陈炳、俞之俊等人。(《七友传》)
诗歌渐写成卷，诗近百篇，诗风悲艳。(《怀佩轩诗序》)

道光二十九年己酉（1849）十八岁
初应乡试。
与陈炳文定交，作诗《赠陈炳文》(《化书堂初集》卷一)。
游表忠观，并作诗《题表忠观》(《化书堂初集》卷一)。

道光三十年庚戌（1850）十九岁
作《斋中读书》(《化书堂初集》卷一)。

咸丰元年辛亥（1851）二十岁
太平天国运动爆发，持续十四年。
以诗受知于学使万青藜。
乡贤名儒邵懿辰遭劾罢官归里，经袁敬民介绍，谭献奉手请教，获益良多。
作诗《二十初度》(《化书堂初集》卷一)。

咸丰二年壬子（1852）二十一岁
三月三日，上武林城楼，作《登城赋》。

咸丰三年癸丑（1853）二十二岁
春，谭献至山阴某村学馆为塾师。
初秋，旅病会稽，始作词。计有《菩萨蛮》(绮窗香暖屏山掩)四阕、《生查子》(牵衣话别时)、《醉太平》(金杯酒斟)、《高阳台·越山秋夜》《虞美人》(枯荷不卷池塘雨)、《壶中天慢》(庭轩如故)、《甘州·秋情》《忆秦娥》(风凄凄)等。
暮秋，返杭州。作《齐天乐·西湖秋感》及《长亭怨慢·霜风渐尽书和廉卿》。
十一月十八日，游西湖，作《丑奴儿慢》。序有云："十一月十八日暖然如春，偕寄梦生步湖上。"(《蘼芜词》)
是年，始审定编录前朝人词，后成《复堂词录》(《复堂词录叙》)。

咸丰四年甲寅（1854）二十三岁

娶莫氏。

初春，作《摸鱼儿·春雨》《清平乐》（东风吹遍）、《青衫湿·愁雨》《水龙吟·春思用少游韵》。

仲春，作《湘春夜月》（忒迷离）、《双双燕·绿阴词同廉卿作，用梅溪韵》《苏幕遮》（绿窗前）。

暮春，作《一萼红·送春和高茶庵》《青门引》（人去阑干静）、《昭君怨》（烟雨江楼春尽）。

夏，作《醉花阴·立夏》《南浦·送别》。

夏五月十六日，吴怀珍于金华旅邸撰《复堂诗序》。

闰秋，高学淳作《蘼芜词序》。

是年，谭献与吴怀珍等九人结鸣秋之社，每集记以诗文（《清故中宪大夫道衔候选府同知高先生行状》）。

入秋，作《洞仙歌·积雨空斋作》《满庭芳》（花是将离）、《高阳台》（桨落潮平）、《浣溪沙》（昨夜星辰昨夜风）、《临江仙·拟湘真阁》《鹊桥仙·新月和廉卿》《好事近》（花入画屏秋）、《蝶恋花》（庭院深深秋梦断）。

八月初，作《湘月》（林间叶脱）、《角招》（近来瘦）。

八月二十五日，作《八六子》，序云：“中秋后十日，湖舫清集，时至薄暮，恋恋难别，和淮海词一调，柬顾子真、高仲瀛。”

复作《徵招》（渔郎已去无消息）（《蘼芜词》）。

中秋，作诗《教场看月歌甲寅中秋作》（《化书堂初集》卷三）。

深秋，作《采桑子》（阑干一夜霜华重）、《更漏子》（酒杯停）、《鹧鸪天》（城阙烟开玉树斜）、《芳草·赠别》。

咸丰五年乙卯（1855）二十四岁

是年，子谭仑出生于仁和。

咸丰六年丙辰（1856）二十五岁

春，随学使万青藜北上京师。临行，作《金缕曲·江干待发》。

舟行近百日，途中赋诗较多。作《东风第一枝》（省识花风）、《贺新郎》（离思无昏晓）、《少年游》（高楼烟锁）、《长亭怨》（看春老）。

过武盛,作《临江仙·武盛清明》。经苏州,作《浣溪沙·舟次吴门》。

作《蝶恋花》(栀子花残蝴蝶瘦)、《蝶恋花》(楼外啼莺依碧树)六章。

为朱百原作《怀佩轩诗序》,小序言:"丙辰少作。"

咸丰七年丁巳(1857)二十六岁

在京师结交前辈朱琦、叶润臣、冯志沂、许宗衡、王拯、孙衣言、蔡寿祺及同辈尹耕云、庄棫、杨传第等(《复堂谕子书一》)。

春,作《鹧鸪天》(绿酒红灯漏点迟)、《御街行》(苔花楚楚)、《解连环》(后堂春晚)、《相见欢》(往时几度春风)、《少年游》(疏花压鬓)。

作《破阵子》(紫燕黄鹂寒食)。

初识徐树铭(《复堂谕子书一》)。

秋,作《踏莎行·画柳》《浪淘沙》(杨柳暮萧条)。

于京师开始辑录《唐诗录》(《唐诗录叙》)。

蔡寿祺于是年辑《三子诗选》刊于京师。收邓辅纶《白香亭诗》一卷,谭献《复堂诗》一卷、《复堂词》一卷,庄棫《蒿庵诗》一卷、《蒿庵词》一卷。

高学淳及其子高炳麟刻谭献《化书堂集》诗三卷附《蘼芜词》一卷。

咸丰八年戊午(1858)二十七岁

春,作《虞美人》(天风吹落楼头月)、《河传》(楼畔)、《凤凰台上忆吹箫·和庄中白》《临江仙·和子珍》《江城子》(江城垂柳一枝枝)、《甘州》(问萧条)、《阮郎归》(宝钗楼上晚妆残)。

在京师,谭献与庄棫合刻词,刘履芬为其作序,即《庄蒿庵谭仲修诗余合刻序》。

秋,谭献南归浙江。

咸丰九年己未(1859)二十八岁

在浙江拜见薛时雨。《薛中议慰农师六十寿言》:"廷献于全椒薛夫子修相见礼在咸丰协洽之年。"协洽指岁在未,即本年。

秋，应徐树铭之邀，赴福建学使幕。结交杨希闵。（《复堂谕子书一》）

闽游共计七年。（《春晖草堂诗序》）

作《摸鱼子》（再休提琼枝璧月），寄刘履芬。

是年，谭献在福州刻《复堂诗》四卷，词一卷，附吴怀珍《待堂文》一卷。

咸丰十年庚申（1860）二十九岁

三月，谭献的故乡杭州被太平军攻陷（《复堂谕子书一》）。

福建汀州被太平军攻陷，谭献羁留汀州四十余日。作《悲愤》诗。

三月十六日，作《江行杂诗》，序曰："闰三月既望发舟行四日至福州"。

撰《历代诗录》，各叙流别，殊伤偏激（《复堂日记》卷二）。

咸丰十一年辛酉（1861）三十岁

谭母陈氏罹难而殁。

早春，游上海，与王庆昌、龚橙、程耀采等人会面。作《沪渎杂诗》。

冬，送徐树铭假归省觐，作诗《朱亭歌送徐侍郎假归省觐》（《复堂诗》卷三）。

是年，在闽复刻复堂诗三卷，词一卷（《复堂谕子书一》）。

同治元年壬戌（1862）三十一岁

寓福州。

春，结交符兆纶，作诗《赠符大令兆纶》（《复堂诗》卷三）。

闰八月，入徐庆勋司马幕（《复堂日记》卷七）。

闰八月，游厦门，结交戴望（《复堂日记》卷七）。

十月十九日，为戴望作文集序一篇（《复堂日记》补录卷一）。

似在厦门，作《厦门留别》诗、《厦门义学记》（《复堂文》卷二）。

同治二年癸亥（1863）三十二岁

九月十八日，赋《戴生行》一篇送戴望去邵武（《复堂日记》补录卷一）。

十一月十一日，作《来孝女传》一篇，文似不在西晋下也（《复堂日记》补录卷一）。

是年，为周星誉作《东鸥草堂词序》。《唐诗录》一编八集定本录成。

取《两汉文》删辑百余篇为《复堂文录初编》。

同治三年甲子（1864）三十三岁

太平天国运动被镇压，两浙肃清，文治中兴。

正月初七日，为周星诒作《勉意集序》。

二月廿八日，为董子中诗作序，即《学宛堂诗叙》（《复堂日记》补录卷一）。作《赋君子篇赠江弢叔别》（《复堂日记》卷一）。

代章学使撰《叶君修桥碑》（《复堂日记》卷一）。

阅潘鸿《萃堂诗》数十篇。潘鸿即日还杭州，赋录别三章送其行（《复堂日记》卷一）。

符雪樵去世，作《符雪樵先生挽诗》（《复堂日记》卷一）。

是年，作诗《甲子岁暮》（《复堂诗》卷三）。

同治四年乙丑（1865）三十四岁

正月廿三日，作《稼书堂诗叙》（《复堂日记》补录卷一，《复堂文》卷一）。

三月初三日，作《明诗》一文赠潘鸿、朱莲峰（《复堂日记》补录卷一）。

离闽回浙，泛舟千里，作《闽江曲》二十二章（《复堂诗》卷四）。

春，谭献携家眷回到故乡杭州（《复堂日记》卷二）。

执弟子礼侍薛时雨，时薛氏任杭州知府（《薛中议慰农师六十寿言》）。

秋，参加乡试，落第（《复堂谕子书一》）。

九月十五日，谭献与薛时雨并诸同人赴闲福居酒楼会饮，赋《水调歌头》（才上一轮月）（《复堂日记》补录卷一）。

秋杪，薛时雨因病离职，刘笏堂继任，始助谭献入学官署（《复堂谕子书一》）。

同治五年丙寅（1866）三十五岁

春，作《尉迟杯·西湖感旧周韵同潘少梅丈作》《一萼红·吴山》。

谭献被聘为诂经精舍监院（《复堂谕子书一》）。

从《瑶华集》中选录篇目，为编选《箧中词》作准备（《复堂日记》卷二）。

七月，施补华之母卒，谭献撰《施母墓志铭》（《复堂文》卷四）。

八月初一日，撰《王中丞杰都护传》（《复堂日记》补录卷一）。

八月二十日，代中丞撰《重建天竺法喜寺碑记》（《复堂日记》补录卷一）。

秋，游紫阳书院，时山长为孙衣言，作诗《紫阳书院十六咏同山长孙琴西先生作》（《复堂诗》卷四）。

同治六年丁卯（1867）三十六岁

乡试获举，考取举人。主考官为光禄寺少卿张沄卿、翰林院编修、国史馆纂修张之洞（《复堂谕子书一》）。

参加江浙文士集会——湖舫文会，与会者共15人（《复堂日记》卷二）。

马新贻、吴存义奏开浙江书局，李慈铭、张景祁、谭献等为总校（《复堂日记》卷二）。

入浙江采访忠义局，编纂《忠义录》，后并辑入《浙江忠义录》。

同治七年戊辰（1868）三十七岁

正月初四日，长子谭仓夭折（《复堂日记》卷二）。

北上京师应考（《复堂日记》补录卷一）。

三月，为朱琦作《怡志堂文集初编序》，尾署"同治七年三月"。

四月初十日，放榜，落第（《复堂日记》补录卷一）。

五月初八日，赴官秀水教谕（《复堂日记》补录卷一）。

五月初九日，行经超山，作词《湘春夜月》（度芳洲）。

作《上座主湖北督学张先生书》，文中有"献生三十七年矣"（《复堂文》卷二）。

秋，为师薛时雨《藤香馆诗钞》作序，尾署"同治戊辰秋受业弟子仁和谭献"。

同治八年己巳（1869）三十八岁

春，作《送布政使杨公入都叙》，文曰"同治八年季春之月，公以述职，入觐于朝"（《复堂文》卷一）。

三月十一日，撰《武君妻王氏墓志铭》（《复堂日记》补录卷一）。

八月十四日，撰《高古民丈行状》（《复堂日记》补录卷一）。

八月十七日，金安清赠谭献白下萧梁诸刻。谭献作诗《嘉善秋日雨集，金都转安清诒我萧梁碑拓本，纪五言诗一章》（《复堂诗》卷五）。

治《文选》三十卷一过（《复堂日记》卷二）。

同治九年庚午（1870）三十九岁

六月，为老师吴存义作行状，即《诰授资政大夫封光禄大夫吏部左侍郎吴公行状》，又为沈祖懋撰行状，即《四品卿衔国子监司业加五级沈先生行状》（《复堂文》卷三）。

是年，马新贻去世，谭献作《祭马端敏公文》祀之（《复堂文》卷三）。

十二月初九日，进京应试，同行为余右轩、褚成亮两同年（《复堂日记》补录卷一）。

北上舟中为余右轩诗《同怀稿》作序（《复堂日记》卷二）。

纳妾徐氏［谭献妻舅徐彦宽（1886—1930），字薇生，录《复堂诗续》并整理《复堂日记》补录］。

同治十年辛未（1871）四十岁

春，再次入京师应进士试。

三月廿四日，作《群芳小集》，贻诸伶各一绝句（《复堂日记》补录卷一）。

四月廿一日，杨村舟次补撰《群芳小集》绝句（《复堂日记》补录卷一）。

五月初，回至杭州，继续于戴园校书。作诗《戴园寓兴同诸子》。

六月，王诒寿为谭献《群芳小集》题词，云《洞仙歌·题复堂〈群芳小集〉》（《笙月词》卷四）。

初冬，过唐栖，作《金缕曲·唐栖月夜怀芳平甫》。

是年，子谭瑾出生。

同治十一年壬申（1872）四十一岁

正月十九日，作《重刻旧唐书跋》及《答全椒先生长律》一篇（《复堂日记》补录卷一）。

仲春月朔，于吴门舟中为江顺诒作《愿为明镜室词稿序》。

二月，作《霓裳中序第一·怡云小筑梅萼初发，寻春未遇》。

三月，作《虞美人》（柔尘吹暗丝鞭道）二阕。

作《点绛唇·临平道中》。

作《谒金门·春晓》《山花子》（曲曲银屏画折枝）二阕、《望江南》（东风起）。

又经唐栖，作《花犯·唐栖梅花林下作》。

入秋，作《洞仙歌·初秋》。

九月，为王诒寿作《笙月词序》。

九月九日，作《忆旧游》（正潇潇风雨）。

谭献自编《群芳小集》一卷刊刻。

同治十二年癸酉（1873）四十二岁

入春，作《西河·用美成金陵词韵题甘剑侯〈江上春归图〉》。

二月，作《浙江忠义祠碑》（《复堂文》卷二）。

作《最高楼》（烟雨里）。

作《蝶恋花·水香庵饯春》。王诒寿作《蝶恋花·水香庵饯春，同仲修作》。

作《渡江》诗："岩穴求书路，莺花载酒年。"访章学诚遗书、邵二云《南都事略》（《复堂日记》卷三）。

六月十九日，撰《汉铙歌十八曲集解》一卷（《复堂日记》补录卷一）。

八月，丁卯同年公祭朱久香，作《丁卯同年公祭余姚朱侍郎文》，文中有"惟同治十有二年四月壬申，前内阁学士礼部侍郎、我年伯久香朱先生，卒于余姚里第……八月聿秋，火既西流。礼殡将发……告奠筵几"（《复堂文》卷三）。

深秋，作《十六字令》。

同治十三年甲戌（1874）四十三岁

二月，复入京师应会试，落榜，放弃应举（《复堂谕子书》）。

作《浣溪沙·樊云门词卷》二首。

三月十二日，夜月大好，赋《古意》二章（《复堂日记》补录卷一）。

四月初八日，作《群英续集》（《复堂日记》补录卷一）。

五月，陶方琦为《群英续集》作后序（任相梅《谭献年谱》）。

作《齐天乐·题许迈孙〈煮梦庵填词图〉》。

入秋，与同来参加会试的陶方琦连夕步月，用张炎词韵作《琐窗寒》词。

与李慈铭交谊日密，作《一萼红·爱伯〈桃花圣解庵填词图〉》《绮罗香·题李爱伯户部〈沅江秋思图〉，用梅溪韵》。

作《长亭怨·燕台愁雨和陶子珍》。陶方琦（字子珍）作《长亭怨慢·宣南坐雨独理愁绪邀越缦复堂和》（《兰当词》卷下）。

诸友夜聚，感科举不顺，作《二郎神》，序云："清秋夜集，人月如画，当欢欲愁。"

作《解语花·陶少赟〈珊帘试香图〉》。

八月，离别京师，作《临江仙·纪别》。

十一月，假贷戚友，以赀为官，赴官安庆（《复堂谕子书一》）。

作《戴园留别五章》。

光绪元年乙亥（1875）四十四岁

在安庆。应布政使方绍諴邀请，担任幕僚，共两年（《复堂谕子书一》）。

六月，谭献被聘入文闱。再评《骈体文钞》于金陵贡院，即乙亥江宁试院读定本（《复堂日记》卷七）。

七月十五日，赴金陵，作《渡江云·大观亭同阳湖赵敬甫江夏郑赞侯》（《复堂日记》补录卷二）。

七月廿二日，至江宁，游秦淮河，登清凉山（《复堂日记》补录卷二）。

作《桂枝香·秦淮感秋》《题陈蓝洲画》《金陵三首》《同薛慕淮、饴澍兄弟登清凉山翠微亭》《飞霞阁吊戴子高》《随园》《试院对月呈勒按察》《明远楼》《九日》《绝句》《秦淮杂诗》（《复堂诗》卷六）。

光绪二年丙子（1876）四十五岁

立夏节，作《郑文公下碑跋》。

七月初三日，为陈闰甫悼亡诗《梦辞》七律作序（《复堂日记》补录卷二）。

"予欲撰《箧中词》以衍张茗柯、周介存之学，今始事。"（《复堂日记》卷三）

光绪三年丁丑（1877）四十六岁

作书致施补华，施补华有诗《得仲仪安庆、蓝洲武昌书，两君皆薄宦思归，并述昔年戴园文酒之乐，风流云散，万里之外，阅之抚然》记之。

五月六日，新城陈学洪去世，撰《清故新兴场大使陈府君墓志铭》（《复堂文》卷三）。

八月之官歙县，出任歙县县令。

八月廿三日，录《箧中词补》（《复堂日记》补录卷二）。

八月卅日，撰小启谢子禾（《复堂日记》补录卷二）。

为休宁丞张子赤所著《易象大学通解》《乐记订补章句》作序（《复堂日记》卷四）。

冬，赴休宁。作诗《休宁道中大雪》《雪夜示休宁曹宰》（《复堂诗》卷七）。

是年，薛时雨六十岁，作《薛中议慰农师六十寿言》（《复堂文》卷四）。

是年冬，谭献子谭瑜生于官舍。

光绪四年戊寅（1878）四十七岁

春，游问政山，作《大酺·问政山中春雨》。问政山，在安徽歙县东数里。

四月，为薛时雨《藤香馆诗删存》作跋，尾署"光绪四年四月小满日谭献记"。

秋，编定《箧中词》今集五卷。立秋日，作《〈箧中词〉序》。

光绪五年己卯（1879）四十八岁

五月十四日，"奉檄署全椒县篆"（《复堂日记》补录卷二）。

复补《箧中词》数家（《复堂日记》卷四）。

七月，调全椒令。居官两年。

约于是年，作诗《行县作》（《复堂诗》卷七）。

光绪六年庚辰（1880）四十九岁

三评《骈体文钞》于全椒官舍（《复堂日记》卷七）。

九月十二日，撰《吴学士遗文叙》于铜陵舟中（《复堂文》卷四）。

光绪七年辛巳（1881）五十岁

闰八月初十日，卸任全椒令。应卢方伯之邀，担任幕僚。

闰八月二十日，代薛时雨撰《重建醉翁亭记》（《复堂日记》补录卷二）。

九月，奉命代理怀宁令。

九月二日，作《顾子鹏寒林独步图》诗（《复堂日记》卷五）。

是年冬，郑襄赴黔阳作吏，谭献作诗《送郑湛侯之黔》（《复堂日记》卷五）。

是年，作《与黔臬易大夫书》，文中有"今年五十"句（《复堂文》卷二）。

是年，作《吴竹如先生年谱书后》，文中有言"今以五十之年，得见司寇年谱"（《复堂文续》卷三）。

是年，作《王孝子哀辞》，文曰："光绪六年四月朔有五日，会稽孝子王继穀，自沉于鄞月湖死……死后一年，王氏之世父诸兄告于文人，不没其性行，乃为辞以哀之。"同时亦作《答王竹泉同年书》附于《王孝子哀辞》之后（《复堂文》卷四）。

光绪八年壬午（1882）五十一岁

总结《箧中词》之拣选宗旨。"选言尤雅，以比兴为本"（《复堂日记》补录卷二）。

七月，《箧中词》今集刻印而成，由甘元焕题署书名，倩金坛冯煦校订并为之序。附自作《复堂词》为卷六。

九月，作《复堂词录序》于安庆枞阳门内寓舍（《复堂文》卷一）。

十一月廿五日，奉檄权怀宁县令，赈灾（《复堂日记》补录卷二）。

作《晚秋客路尚有蝉声夜复闻蛙感赋》二绝（《复堂日记》卷六）。

光绪九年癸未（1883）五十二岁

初春，作《百字令·和张樵野观察题倪云舠〈花阴写梦图〉》。

二月初二日，作《小重山·二月二日同冯笠尉江皋春行》。

三月，春晚为池上题襟之集（《复堂日记》卷六）。

初秋，作《丁香结·舟夜寄陶汉逸武昌》。

七夕，池上题襟馆招管才叔、胡稚枫、邹墨宾、方宗屏、边卓存、周涑人、方隽叔为迎秋之集（《复堂日记》卷六）。

九月，寿华吟馆小集。

池上送秋小集。唐莹、周星警、方昌翰、谭献等人有诗词唱和（《池上题襟小集》）。

秋末，诸人又有池上第四集。

秋，为马幼眉《鸥堂诗》作序（《复堂文》卷一）。

是年，为吴唐林之母撰墓志铭，即《旌表节孝吴母顾太淑人墓志铭》。据文中"光绪七年秋，得末疾，迫冬不起，以十月下旬七日寿终……献与太守雅故，前年太淑人之讣，邮致黟县，献方宰全椒，道阻，今始有闻也，谨按状要删如右"（《复堂文》卷三），可知文章作于光绪九年。

光绪十年甲申（1884）五十三岁

元日，作《赠方存之甲申元日作》五首（《复堂诗》卷八）。

正月，诸人又有池上第五集。顾森书、方昌翰、谭献、胡志章等均有诗作（《池上题襟小集》）。

春，作《贺新郎·野水用顾兼塘庄眉叔唱和韵》。

夏四月，唐莹去世。谭献撰《唐先生教思碑》（《复堂文》卷二）。

闰五月七日，之官合肥（《复堂日记》卷六）。

六月，为许增《榆园丛刻十种》作序，即《榆园丛刻叙》，尾署"光绪甲申夏六月仁和谭献"（许增《榆园丛刻十种》）。

为王尚辰作《遗园诗馀跋》（《复堂日记》卷六）。

秋，作词《瑞鹤仙影》（越阡度陌）。

秋，谭献诸人结遗园吟秋社。

十月廿五日，模仿钱起《江行无题》之体格，作《江行杂题》自怀宁至合肥作十六首（《复堂日记》补录卷二）。

光绪十一年乙酉（1885）五十四岁

《复堂谕子书一》作于合肥。

二月下旬，自定《复堂类集》（文四卷，诗九卷，词二卷），付杭州书局刻印（《复堂日记》补录卷二）。

六月二十日，谭献与王尚辰赴长沙陆兰生、无为吴毓麒、合肥王缉甫、王衡甫梁缉轩香花墩观荷清集（《复堂日记》卷六）。

夏杪，作《壶中天慢·夏夜访遗园主人不遇》。作《满江红·汉十二辰镜和谦斋》。

重阳日，风日如春，啸侣登高，有教弩台之集（《复堂日记》卷六）。

初冬，作《无闷·早雪》。

十月初十日，《箧中词》印本寄至（《复堂日记》补录卷二）。

十一月廿九日，《复堂类集》刻成，初样送至（《复堂日记》补录卷二）。

十二月二十日，自序《复堂类集》，末署"光绪十一年岁不尽十日，献识"。

方昌翰嘱谭献校正《桐城方氏七世遗书》（《复堂日记》卷六）。

光绪十二年丙戌（1886）五十五岁

调任宿松县令。

宿松试院重修毕，作《宿松县重修试院记》（《复堂文续》卷三）。

撰《方柏堂辅仁录叙》（《复堂日记》卷七）。

是年，谭献将王尚辰、戴家麟、徐子苓三人诗并辑为《合肥三家诗钞》刊刻行世。六月，作《合肥三家诗钞叙》，尾署"光绪十又二年夏六月仁和谭献序"（《复堂文续》卷一）。

七月十六日，为庄棫《蒿庵遗集》作序。尾署"光绪十有二年孟秋之月既望"。

八月，作《光绪丙戌八月自宿松赴行省阻风长枫用陶公规林诗韵二首》（《复堂诗》卷九）。

八月十五日，作《宿松官舍中秋柬黄溥之》。

十月十一日，得沈景修书，寄《纸鸢》四律（《复堂日记》补录卷二）。

在宿松，续办问经精舍（《复堂日记》卷七）。

子谭玑出生。

光绪十三年丁亥（1887）五十六岁

是年初，离宿松前夕，作《罗大夫家传》。

正月十五日，作《丹霄二首·丁亥上元日作》（《复堂诗》卷九）。

正月下旬，作《台城路·题何青耜先生〈白门归棹图〉》。

二月廿四日，撰《亡友传》，共十九人（《复堂日记》补录卷二）。

仲春，为方宗屏《虚白室集》作序，尾署"光绪十有三年仲春谭献叙"（方昌翰《虚白室文钞》卷首）。

三月初七日，撰《皇清诰授中议大夫道衔陕西候补知府恤赠光禄寺卿祁府君墓志铭》（《复堂文续》卷五）。

闰四月，为沈景修作《欧斋记》。

四月十六日，作《校刻衍波词序》，尾署"光绪十有三年闰月既望，谭献书于榆园今雨楼下"。

六月廿四日，为夏曾传撰《在兹堂诗叙》（《复堂日记》补录卷二）。

六月廿五日，题钱武肃王遗像四律（《复堂日记》补录卷二）。

六月廿九日，撰《七友传》（《复堂日记》补录卷二）。

八月初一日，为郑由熙作《莲漪词题识》（其一）。

八月二十二日，许增作《书复堂类集后》，评谭献诗文："峻洁遒美。"

八月，《榆园今雨图》绘成，谭献作《榆园今雨图记》。

九月中旬，檄补含山令。十月中旬，因病辞官（《复堂谕子书二》）。

九月，谭献、沈景修、陈豪、张预祭奠姚季眉太守。谭献撰《祭姚季眉太守文》（《复堂文续》卷五）。

十月中旬，作《千秋岁》（曲阑干外）（《复堂日记》卷七）。

不日，作《一萼红·用遗园韵志感》。

十月下旬，作《水调歌头·汉龙氏镜为遗园赋》（《复堂日记》补录卷二）。

十月，作《重刻微波词叙》。
十二月，作《岁暮杂诗二十首》(《复堂诗》卷九)。

光绪十四年戊子 (1888) 五十七岁
正月初，易佩绅谢病解组来杭，与谭献相见，谭献作诗《答易叔子》江苏布政谢病将归和之 (《复堂诗》卷十)。
为郑由熙作《莲漪词题识》(二)，尾署"戊子处暑后五日，谭献读竟。"
是年冬，作《重刻拜石山房词序》。

光绪十五年己丑 (1889) 五十八岁
正月十一日，代许增跋余怀《玉琴斋词》(《复堂日记》补录卷二)。
三月廿一日，撰《太和张公祠记》(《复堂日记》补录卷二)。
重阳日，陈豪为绘《复堂填词图》寄至 (《复堂日记》补录卷二)。
十一月初九日，撰《庄仲求小传》，夜又撰《吴苍石元盖寓庐诗存叙》(《复堂日记》补录卷二)。
是年，刻鹄斋刊刻谭献《复堂文续》五卷。
是年，幼子谭瑀出生。
作于是年的诗篇：《和何心庵先生消寒》《送罗矩臣游粤》《梅花落》《送高白叔北上》《题孔莲伯词卷》《南雷井柠研》《寄怀樊云门》《古铜剑行为王五谦斋赋》《和答王谦斋、蒯翰卿庐州见怀》(此诗下附：以上己丑) (《复堂诗》卷十)。 作词：《六幺令·寄张韵舫眠琴小筑》。

光绪十六年庚寅 (1890) 五十九岁
正月，应往日座主张之洞之邀，担任武昌经心书院讲席。
二月廿日，作《武昌春望》(《复堂日记》补录卷二)。
三月下旬，会见缪荃孙，作《虞美人·和缪筱珊除日渡汉江》(《复堂日记》卷八)。
五月二十日，撰《方柏堂墓志铭》(《复堂日记》补录卷二)。
六月廿一日，撰《骈体文林序》毕。谭献认为此文与《陈先生遗书序》皆今年最经意之文 (《复堂日记》补录卷二)。
序南昌万钊涧民《涧凫诗草》(《复堂日记》卷八)。

九月初九日，张之洞招集凌霄阁。谭献作诗《九日从张督部凌霄阁集送王比部咏霓》(《复堂诗》卷十)。诗下有"以上庚寅"字样，包括作于是年的诗篇：《题辋川图》《送郑赞侯之官长沙》《武昌春望同云门》《旅兴》《寓感》《黄鹤仙人歌送樊增祥云门之官长安》《南昌万涧盟钊鹤涧诗龛》《月下过张子密枢不值》《再送云门用留别韵》《赠章寿康硕卿》《蔼园》《柬万涧民》(《复堂诗》卷十)。

光绪十七年辛卯（1891）六十岁

春，校定潘衍桐续辑《輶轩诗录》(《复堂日记》卷八)。

春，汪子用招延同乡十六人，为千龄之集。集会后旬日，谭献作《千龄初集记》(《复堂日记》卷八)。

二月，访梁鼎芬于约园。谭献作《赠梁星海鼎芬》诗(《复堂日记》卷八)。

三月，吴山文酒清集。俞廷瑛、边保枢、张雨生、杨葆光为主，陈烺、谭献、高云麟为客，坐抗峰高阁(《复堂日记》卷八)。

五月廿五日，撰《李刚介碑铭》脱稿(《复堂日记》补录卷二)。

六月初七日，为杨辅卿作《康寿室记》(《复堂日记》补录卷二)。

八月初九日，应张小云之约，赴榆园真率会(《复堂日记》卷八)。

八月，赴高云麟豁庐之约，谭献作《豁庐记》记之(《复堂日记》卷八)。

九月初八日，读定郭肇《东埭草堂诗》十卷，作《东埭草堂诗叙》(《复堂日记》补录卷二)。

十月廿日，谭献以十五饼金购得龚橙遗著十册(《复堂日记》卷八)。

十月廿九日，为许增审定新校《文粹缀言》(《复堂日记》补录卷二)。

撰写《新校本文粹叙》。

约于是年冬，况周颐暂客杭州，与谭献过从(《复堂日记》卷八)。

十一月初五日，许增觞同人于榆园。谭献作词《蓦山溪》(宵来稷雪)(《复堂词》卷三)。

十一月十七日，朋友、亲戚、生徒为谭献预祝六十岁生日。袁昶有《寿谭仲修同年六十》(《复堂日记》卷八)。

仲冬，为张僖作《眠琴阁词序》。

作《水调歌头·东坡铜印》(《复堂日记》卷八)。

是年,作《复堂谕子书二》。

约于是年,作《夏侍郎墓志铭》(《复堂文续》卷五)。

作于是年的诗篇:《赠梁星海鼎芬》《和张公束龙潭祷雨韵却寄》《陈蓝洲山水障》《柬程蒲孙、邓石瞿》《题侯铁生瑝森胥江走雨图》《答蒲孙》《题潘峄琴学使缉雅堂校诗图》《西园涉趣图题诗赠潘学使别》《榆园菊花下饮》《送王谦斋还庐州》《李古渔吏隐著书图》(《复堂诗》卷十)。

光绪十八年壬辰(1892)六十一岁

三月十六日,为金和《来云阁》诗撰叙(《复堂日记》补录卷二)。

五月二十日,撰《寄袁爽秋》五言诗二章(《复堂日记》续录)。

六月十五日,撰《董子目录叙》(《复堂日记》续录)。

六月卅日,撰《鲍母黄夫人家传》(《复堂日记》续录)。

闰六月下旬,作《琐窗寒·寄答叶兰台粤中》(《复堂日记》续录)。

七月十四日,又抄《箧中词续》第四一卷,已近十家(《复堂日记》续录)。

七月十六日,为万钊作《蘩波词题识》。

七月十六日,为女词人邓瑜作《蕉窗词评语》。

八月卅日,撰《心云论书诗序》(《复堂日记》续录)。

九月,为叶衍兰《秋梦庵词钞》作序,尾署"光绪壬辰九秋谭献再识"。

孟冬五日,为沈昌宇作《泥雪堂词钞跋》。

十二月十四日,作《论章公弗文书》与杨春圃(《复堂日记》续录)。

是年,为亲家公李宗庚作《清授前广西太平府明江同知故桂平知县嘉兴李君墓志铭》(《复堂文续》卷五)。

光绪十九年癸巳(1893)六十二岁

正月三日,谭献妻子去世(《复堂日记》续录)。

二月初七日,为沈景修作《蒙庐诗序》(《复堂文续》卷二)。

四月初三日,作《答沈伯华》诗(《复堂日记》续录)。

六月，为王咏霓文集作序，即《六潭文集序》，尾署"癸巳六月杭州谭廷献"（王咏霓《函雅堂集》卷首）。

八月初十日，应叶衍兰之请，属选《岭南三家词》，写目录寄去（《复堂日记》续录）。

九月，为南昌万钊撰《鹤涧诗龛诗叙》（《复堂文续》卷二）。

是年，作《张勤果公神碑》（《复堂文续》卷五）。

纪年诗：《司马温公澄泥研拓本》诗下有按语：包括如下诗篇：《司马温公澄泥研拓本》《虹桥板》《题梦家山图》《过焦山怀梁星海》《答范仲林》《答易仲实》《答沈伯华》《题海天落照图》《鹤梅楼同范仲林、陈伯严、梁星海、易实甫》《沄上题襟集题辞》《送仲林并柬伯严》《送陈伯严、范仲林、易实甫游庐山》《送仿青》《录别同雪渔、白叔》《铁如意歌》《沈太守庚东山行旅图纪吉林之游》《访旧一章赠芜湖关使袁重黎》《同袁大夫游赭山塔院》《星海属题画菊寄朱蓉生岭南》《又题绝句》《离会三章简边卓存、顾抡卿、王子常、方宗屏诸君》《答方宗屏》《柬方伦叔、常季兄弟存老二子》《冬夜长》《绝句》《怀星海赴王苏州之丧》《阎海晴刺史炜皖江归棹图》（《复堂诗》卷十一）。

光绪二十年甲午（1894）六十三岁

二月中旬，为刘炳照《留云借月庵填词图》题词，调寄《洞仙歌》（《复堂日记》续录）。

暮春望日，于杭州作《留云借月庵词赠言》。

三月，作《水龙吟·桐绵和邓石瞿诸朴庵》。

立夏后三日，为刘炳照作《留云借月庵词叙》。

七月，谭献自江夏归杭州，闻陆佐勋逝世，作《陆生传》。

仲秋之月，作《粤东三家词钞序》。

是年冬，为友朋樊增祥、袁昶分别作《樊山集序》和《浙江乡人诗序》。

纪年诗：《送杨叔乔锐会试》（诗下有按语：以下甲午）包括如下诗篇：《斋中杂诗》《答戴同卿》《题耦耕图》《展重阳日同人餐菊燕集二首》《诸暨徐母二世双节坊诗》（《复堂诗》卷十一）。

光绪二十一年乙未（1895）六十四岁

正月初四日，撰《廖巡抚六十寿叙》（《复堂日记》续录）。

正月初六日，撰《高宰平先生墓志铭》（《复堂日记》续录）。

正月初七日，郭肇去世，谭献作《东埭居士传》（《复堂文续》卷四）。

三月，作《戴文节公墓表》，尾署"光绪二十一年三月谭献述"。

八月，撰《赵府君墓表》，文中有言："光绪二十一年八月丁亥，疾遂不起……子姓以表墓之文请，谨案状而为之辞"（《复堂文续》卷五）。

九月廿六日，为高芩舲审定《宝研斋藏画题跋》，并作序（《复堂日记》续录）。

冬至后三日，为高芩舲作《荽隐图跋》。

十月十九日，撰《孝女李氏墓志铭》（《复堂日记》续录）。

冬至后十日，作《重刻四史疑年录序》（《复堂文续》卷二）。

光绪二十二年丙申（1896）六十五岁

重九作诗《丙申重九同锷青蓝洲雪渔吴山登高》（《复堂诗续》）。

十月，为吴振棫作《养吉斋丛笔叙》（《复堂文续》卷二）。

光绪二十三年丁酉（1897）六十六岁

应弟子徐珂之请，作《谭评词辨》，约在此前后。审定周济《介存斋论词杂著》亦当同时。

五月三日，陆显勋之父陆枚去世，陆显勋驰书状乞铭，谭献为之作《陆大夫墓志铭》（《复堂文》卷三）。

五月廿一日，辞去经心书院院长之职（《复堂日记》续录）。

八月十五日，为陶芑田《翕园诗录》作序（《复堂日记》续录）。

是年，作《重建再到亭记》（《复堂文续》卷三）。

光绪二十四年戊戌（1898）六十七岁

闰三月十九日，评诒缪荃孙《常州词录》卅一卷（《复堂日记》续录）。

四月廿日，作寄袁昶芜湖书（《复堂日记》续录）。

七月，为葛毓珊作《葛户部墓表》，尾署"光绪二十四年七月仁和谭献撰文"。

八月初二日，代陈豪作《题忠贞录》五古一、五律二（《复堂日记》

续录）。

是年，两次阅读陈廷焯《白雨斋词话》（《复堂日记》续录）。

是年，为徐锷清撰《清故训导徐君墓志铭》，尾署"二十四年某月，诸子奉君合葬某山之茔，后死故人谭献志而铭之"（《复堂文续》卷五）。

光绪二十五年己亥（1899）六十八岁

是年正月，许仁杰卒，谭献作《许教授家传》（《复堂文续》卷四）。

秋七月，为高补庵作《湖墅小志叙》（《复堂文续》卷一）。

八月十二日，审定杨雪渔《幸草亭诗》一册，作《幸草亭诗叙》（《复堂日记》续录）。

孟秋，作《松下清斋印谱叙》。尾署"光绪己亥孟秋时年六十有八"（《复堂文续》卷二）。

十月十九日，沈景修卒，谭献撰《沈府君墓志铭》（《复堂日记》续录）。

十二月，为吕耀斗撰《鹤缘词序》。

光绪二十六年庚子（1900）六十九岁

正月初一日，作《庚子元日》诗（《复堂诗续》）。

三月十五日，作《重刻西斋偶得叙》，尾署"光绪庚子春三月之望"（《复堂文续》卷一）。

七月五日，蒲作英送给谭献《复堂填词图》，不以斜阳烟柳布色（《复堂日记》续录）。

九月初七日，撰《公祭许少宰衷太常文》（《复堂日记》续录）。

九月十二日，撰《赠释朗珠名继海嘉兴楞严寺住持序》（《复堂日记》续录）。

十二月十四日，撰《翁铁梅母夫人墓表》脱稿（《复堂日记》续录）。

冬，徐珂辑编谭献论词诸语成书，请其取名，定名为《复堂词话》（徐珂《复堂词话跋》）。

光绪二十七年辛丑（1901）七十岁

正月，两日读刘熙载《艺概》（《复堂日记》续录）。

四月初七日，撰《李审言学制斋文序》(《复堂日记》续录)。

四月二十日，为袁昶作《资政大夫太常寺卿袁府君墓碑》(《复堂日记》续录)。

初秋，谭献殁。

附录二

题咏复堂填词图作品汇录

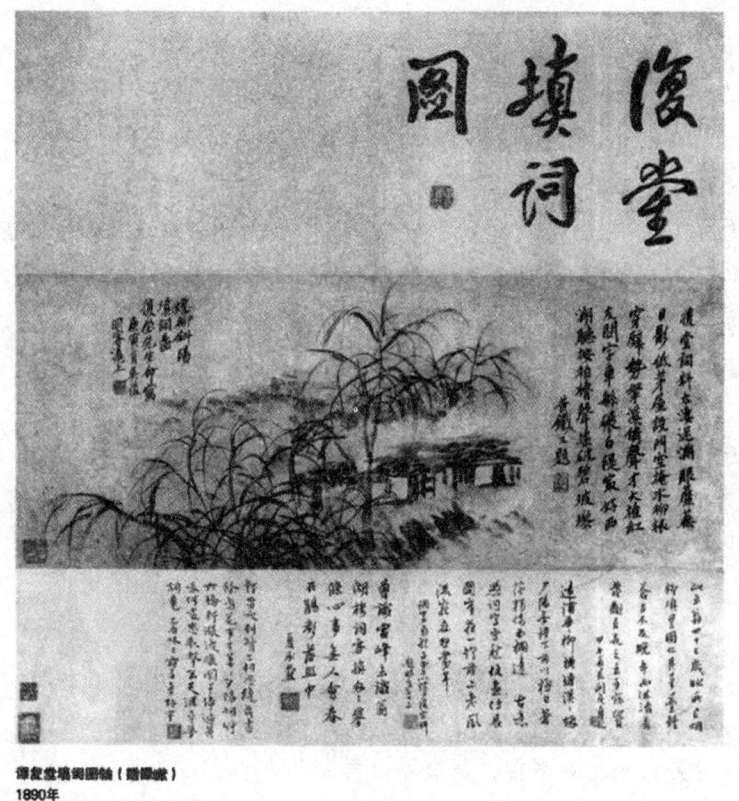

谭复堂填词图轴（赠柳崇）
1890年
纸本
21.5cm×53cm
款识一：烟柳斜阳填词图。复堂先生命写。庚寅二月，吴俊卿客沪上。
钤印：吴俊石室奇昌（白）。
款识二：复堂词料太凄迷，满眼残毛日影低。茅屋设门空捲水，柳根穿壁势紧溪。铸心才大惟红友，同字车繁暖白题。最好西湖听按拍，惜声摇破器玻璃。苔铁又题。

图附 2.1 浙江博物馆藏吴昌硕庚寅一八九〇年绘《为谭复堂写烟柳斜阳填词图》，黄宾虹题首，张宗祥、夏承焘、章劲宇等题跋

谭献《摸鱼儿·用稼轩韵自题〈复堂填词图〉》

　　唱潇潇、渭城朝雨，轻尘多少飞去。短衣匹马天涯客，遥见乱山无数。留不住。又只恐飘零、长剑悲歧路。旧时笑语。待寄与知心，被风吹断，晓梦托萍絮。　　瑶琴上，曲调金徽早误。深宫人复谁妒。一弦一柱华年赋，但有别情吟诉。鹧鸪舞。已草草青春、红袖归黄土。斜阳太苦。独自上高楼，迷离望眼，不见送君处。（谭献《复堂词》卷二）

邓濂《摸鱼儿·用稼轩韵题〈复堂填词图〉》

　　听声声、鹧鸪啼雨，斑骓江上休去。绿阴换尽天涯树，忍把华年重数。君且住。看门外关山、何处非歧路。红襟寄语。奈说尽飘零，春风不管，身世逐飞絮。　　蛾眉好，翻使婵娟耽误。东邻莫更相妒。金徽本是无情物，一点琴心谁诉。翘袖舞。怕琼佩珊珊，容易淹尘土。相思最苦。便结就同心，西陵松柏，也是可怜处。（邓濂《舁庵集》卷三）

万钊《题仲修〈烟柳斜阳填词图〉论词绝句》三首[①]

一
落红飞絮遍池塘，难遣闲愁是夕阳。
春去危阑休更倚，丝丝烟柳断人肠。
二
移家合住马塍边，自度新声白石仙。
要识先生心事在，著书岁月罢官年。
三
抚景苍茫有所思，壮心老去付填词。
飘残涕泪空传恨，绝忆小长芦钓师。
（万钊《鹤涧诗龛集》卷八）

---

① 孙克强、裴喆编著：《论词绝句二千首》（下），第620页。

吴昌硕《烟柳斜阳填词图》①

复堂词料太凄迷，满眼蘼芜日影低。茅屋设门空掩水，柳根穿壁势拏溪。

倚声才大推红友，问字车繁碾白堤。最好西湖听按拍，橹声摇破碧玻璃。

樊增祥《谭仲修填词图叙》②

若夫两版衡门，数椽水屋，艺荷十亩，种柳千行。纳山翠于檐间，摇朱栏于波底。楼前脂水，长照金钗；窗里书灯，远疑渔艇。其中有词人焉，前身白石，侍者朝云。钱王祠畔，锦树为邻，西子湖边，烟波绕宅。经行万里，上下千年，目无未见之书，诗是本朝之史。于是小敛姜芽，结成珠字；微吟红豆，记在金箱。黄九之文章忠孝，一千劫绮障难消；朱十之经义史材，二百韵风怀斯在。但有井泉之处，俱识词仙；不知春水之波，奚干卿事。足以传矣。

抑有感焉，君有渊云之丽，而未涉承明；有宣霸之循，而仅至令长。草草风尘之下，郁郁靴板之间。顾犹烟柳断肠，微云惹梦。案头书判，皆六朝之小文；堂下吏人，无三吴之伧气。青琴对鹤，纱帽随鸥。按歌红烛之筵，索句黄绸之被。一篇传唱，绣黑蝶于弓衣；千里相思，镜玉人于秋浦。既而一竿烟水，两鬓吴霜，归吃鲈鱼，长辞神虎。竹林五咏，决绝于山王之两贤；莲社孤踪，成就于督邮之一拜。洞天招隐，福地观书，作莺脰之渔翁，署金风之亭长。礼堂写定之本，乐府为多；禅人绮语之词，儒家不信。亦可谓天情雅澹，学术深宁者也。

仆与先生，抗手花间，栖心尘外，选楼登其少作，箧衍录其赠诗。胶漆斯投，形骸靡间。孝标之比冯衍，则曰同之者三；东方之戏郭生，动欲搒之至百。夫其并负时名，俱娴吏事；致兼风雅，道合元和。邂逅旗亭，付品题于女伎；仓皇手板，忍性命于须臾。是则同

---

① （清）吴昌硕著，童音点校：《吴昌硕诗集》，华东师范大学出版社2009年版，第84页。
② （清）樊增祥：《樊山集》卷二十三，《清代诗文集汇编》第762册，第395页。

矣。而先生宦海抽帆，家林息影。老鹤依然冲举，双凫去作飞仙。仆则弃甲复来，强颜再出，负湖山之佳约，背鸥鹭之新盟。一则草堂落成，一则印龟重铸。一则衣冠桎梏，等诸不食之马肝；一则歧路徘徊，惜此无味之鸡肋。序君此图，能无颜汗！

嗟乎，李重光春愁似水，姑托神仙隐遁之词；袁小仓薄命为花，最多放诞风流之作。见诃礼法之士，指为白璧之瑕，参讨微言，宁其本志。若仆者拟之于画，则金粉之云林；求之于诗，亦绮罗之元亮矣。南浦黯然，北山行矣。十日痛饮，三年日归。江水有神，息壤在彼。青山一角，愿留为王翰之邻；白日多闲，当遍和清真之韵。

王诒寿《念奴娇·题谭仲修廷献复堂词》①

瑶笙檀板，一声声拍得，万花齐笑。又作九天鸾凤响，愁杀苏门清啸。如此江山，多情烟柳，都入新吟稿。十年湖海，问君有几同调。　我是斫地王郎，吴云越树，恨不相逢早。画舫明湖腰玉笛，与约酒尊同倒。鸥鹭秋眠，鱼龙夜偃，蹋臂天风峭。振衣高唱，通仙飞下琼岛。（王诒寿《笙月词》卷四）

缪荃孙《水龙吟·题谭仲修〈复堂填词图〉》②

夕阳无限红鲜，柳丝难绾征轮驻。长亭短堠，杜鹃催去，流莺留住。划地东风，有谁能障，污人尘土。恁旧欢云蒂，前踪雨絮，都并入，蘋洲谱。　休问刘郎才气，揽青铜、鬓毛非故。卅年踪迹，皖江花月，蓟门烟树。已近黄昏，未通碧落，郁伊谁诉。指危楼一角，远山万点，是侬归路。

况周颐《南浦·题谭仲修丈斜阳烟柳填词图》③

---

① 孙克强、杨传庆、裴喆编著：《清人词话》（下），第1777页。
② （清）缪荃孙著，张延银、朱玉麒主编：《缪荃孙全集·诗文2》，凤凰出版社2014年版，第86页。
③ （清）况周颐著，秦玮鸿校注：《况周颐词集校注》，上海古籍出版社2013年版，第76页。

金粉旧湖山，甚春工、作（去声）出琼箫哀怨。烟水十年心，长堤路、不信无人断肠。斜红瘦碧，望中依约楼台远。有限韶华无限恨，休问等闲莺燕。　　东风凭遍危阑，奈长条似旧，芳期易晚。归去写鸾笺，尊中酒、分付小红须劝。登临极目，余情付与垂丝绾。曾在碧云深处立，好向画图重见。

王继香《金缕曲·题谭复堂斜阳烟柳填词图卷，图写稼轩词意》[1]

　　万叠愁丝绾。绿濛濛、和烟和雨，斜阳催晚。终古苍茫离别恨，何事烦伊拘管。镇摇曳、亭长亭短。珍重韶光如水逝，恁青青、送入伤春眼。鸦背影，更零乱。　　絮飞萍化华年换。怅兰成、江关老去，风尘游倦。几度倚楼闲眺望，离笛声声凄断。早乐府、旗亭传遍。唤醒晓风残月梦，艳词坛、不许屯田占（一作：倩丹青、写入鹅溪绢）。《金缕曲》，为君按。

许增《菩萨蛮·题复堂填词图》[2]

　　迷濛稚柳春将半。隔花春远天涯远。误了踏青期。红鹃尽日啼。　　千金谁买赋。那有旁人妒。都道不如休。花飞楼上愁。

程颂万《长亭怨慢》[3]

　　仲修山长出斜阳烟柳卷子，为复堂填词第六图，属题是阕。时予亦将别武昌矣。

　　是谁画，玉骢吟路。一座旗亭，两行烟树。鬘冷枫桥，小红低按钿箫谱。恨惊辇语，都变了、天涯絮。坐暝向莺帘，又掠到、樽边花雨。　　谁悟。只偷声减字，幻作断肠词侣。斜阳未远，可留在、曲廊朱户。倚玉笛，共向江城，忍偷送、夜潮声去。更圣解桃花，同把梦魂新煮。先生词友李爱伯，有《桃花圣解庵填词图》。许迈孙有《煮梦庵填词图》。

---

① （清）王继香：《醉吟馆遗著》之《金缕曲·题谭复堂斜阳烟柳填词图卷，图写稼轩词意》，《国学选粹》1917 年第 166 期。

② 《清词一千首 箧中词》，第 290 页。

③ 程颂万著，徐哲兮校点：《程颂万诗词集》，湖南人民出版社 2009 年版，第 449 页。

因并及之。

秦敏树《谭仲修献属画〈复堂填词图〉因题（君宦皖江），近请假旋杭》

昔别秋风烟雨楼，今逢柳浦又深秋。
相思廿度见黄菊，握手两人皆白头。
宦迹细循诗卷读，琴歌更倩画图留。
（秦敏树《小睡足寮诗录》卷四）

王咏霓《题复堂填词第五图二首》

题衿重逢汉上，填词无恙复堂。不师秦七黄九，自成北宋南唐。
梦窗质实非实，白石清空不空。解识常无常有，名言惟见箧中。
（王咏霓《函雅堂集》卷九，清光绪刻本）

沈景修《菩萨蛮》

题谭仲修大令廷献《复堂填词图》，图写辛稼轩斜阳烟柳句意。

十年不到西泠路，归来重约闲鸥鹭。堤上旧垂杨，丝丝绾夕阳。　浮云西北去，千里迷平楚。莫上最高楼，漫天飞絮柳。
（沈景修《井华词》卷二，光绪二十五年刻本）

孙德祖《陂塘柳》①

丁亥秋九，余以摄桐乡校，道出武林，同年复堂先生方自宣歙假还。十年之别，一尊暂同，历数旧游，忽忽如梦。先生尝摘稼轩"斜阳烟柳"语为《填词图》，用辛叶自题《摸鱼子》二阕，索小词缀末，辄次原韵得二解。沦落之感，百端交集。非止顶礼词仙，致其歆慕而已。

散诸天，缤纷花雨，一齐收拾将去。片云黄海轻□有，泻出珠玑无数。成小住，仞缕缕、秋痕蘸绿西泠路。云泥漫语，只唱遍清词，好春无际。翠露滴烟絮。　如君者，不信儒冠能误。才论文福还

---

① 钱基博编纂：《复堂师友手札菁华》（中），第662页。

妒。三生慧业从天赋，待叩九阊而诉，空起舞，问冷月，寒蛩镇泣兰根土。休嫌调苦，□水绕孤村，鸦啼落日，是我织愁处。

黯天涯，别风淮雨，和愁将恨徕去。条长条短离亭柳，唯有前尘难数。行且住，怅瞑起，东风魂断东花路。忏余绮语，叹侣我飘零，沾泥也好。万古几春絮（辛未后，余自署词卷春絮）。　怜身世，贫到一闲万误（用竹山词意）。浮生还被天妒，金门不梦凌云赋。花发又寻君诉。君莫舞，弄几辈，文章事业同抔土（谓云门、兰当诸同年）。蛩酸雁苦，何许有□杨。淡烟落日，好觅倚阑处。

王尚辰《陂塘柳》①

仲修使君用稼轩《陂塘柳》"斜阳烟柳"词句绘图徵题，春光将去，伤心人别有怀抱，倒用原韵，质诸知音，遗园一民王尚辰呈草。

问□□，绘新烟影，留春春在何处。隔留遮暮斜阳□。吟到落花心苦，香化土，愁见那、织□幻作杨枝舞，清尊漫诉。奈燕燕莺莺，风风雨雨，故故把人妒。　重来也，不仅夭桃吴误，侬耶漂泊如絮，封侯梦醒经顾老，玉笛一声无语。湖上路，可记否，黄金景缕难牵住，韶光有数，恁水水山山，朝朝暮暮，草草遣春去。

王尚辰《陂塘柳》②

复堂使君用稼轩《摸鱼儿》"斜阳烟柳"词句作图徵题，春光将去，伤心人别有怀抱，倒步原韵质诸法家。

问□□，织新烟雨，将暮吟送何处。钩□教入斜阳景，谁识落红心苦，香化土。怕见那、织□犹学杨枝舞，瑶琴代诉。奈蝶梦惺忪，莺啼冷□。无故把人妒。　凭栏望，不仅夭桃吴误，侬耶漂泊如絮，一尊跌宕天门远，欲奏绿章难语。湖上路，可记否、黄金景缕牵愁住，韶光有数，趁锦瑟年华，练裙俊侣，遮暮遣春去。

---

① 钱基博编纂：《复堂师友手札菁华》（上），第79页。
② 钱基博编纂：《复堂师友手札菁华》（上），第80页。

俞廷瑛《清平乐·题谭仲仪复堂填词图》①

  垂杨树树，旧是听鹂处。拍板一声花欲舞，红豆抛残无数。阑干闲倚斜曛，悲秋何似伤春。拈得销魂句子，尊前合付朝云。

马赓良《浣溪沙三首·题谭复堂斜阳烟柳填词图》②

  霁雨斜阳逗晚明，烟条漠漠短长亭。不关愁也缘惺惺。 绮枕有情怜燕子，画阑无计遣流莺。背人双眼几曾青。

  曼翠修娥乍一时，滕螺十斛称燕支。迢迢往事系人思。 慧业销香尘黯黯，心花催鼓鬓丝丝。玉箫惆怅个侬词。

  江北江南总落花，红楼深掩定谁家。春愁只隔一重纱。 比调如如窥竹肉，赏音地地选筝琶，美人芳草寐些些。

刘炳照《摸鱼儿》③
寄题仲修《烟柳斜阳填词图》，用南昌万涧盟钊韵。时仲修客武昌，予客苏州。

  冷清清，一池春水。东风何事吹皱？韶华转眼随波逝，人与落红俱瘦。骊唱骤，望十里长亭，烟柳还依旧。天知也否？怎九十光阴，斜阳几度，孤负俊游久。 危阑倚，犹忆前番聚首。离怀谁与同剖？青青本是无情树，隔断楚江吴岫。春送后，记昔日攀条，今日销魂又，浇愁借酒。怅老去填词，空中传恨，醉墨满襟袖。

张宗祥《南歌子·题吴昌硕为谭复堂画〈烟柳填词图〉》④

  远浦垂垂柳，横塘漠漠烟。夕阳无语下前川。极目苍茫，独倚曲

---

① （清）俞廷瑛：《琼华词集》卷四，《清代诗文集汇编》第701册，第60页。
② （清）马赓良：《鸥堂遗稿》卷三，《清代诗文集汇编》第729册，第554页。
③ （清）刘炳照：《留云借月庵词》，《清代诗文集汇编》第766册，第115页。
④ 张宗祥：《张宗祥题画诗墨迹》，浙江人民出版社1997年版，第94页。

栏边。　　古意凭词写，牢愁仗画传。展图寒夜小灯前。二老风流，宛在想当年。

夏承焘《题吴昌硕作谭复堂烟柳斜阳填词图》①
　　　　　　　　　　　　　一九五六年作

　　曾识雷峰未识翁，湖楼投老此情同。攀条词客鹃声里，谁画斜阳如此红？

---

① 夏承焘：《天风阁诗集》，浙江人民出版社1982年版，第125页。

附录三

谭献诗词文补遗

现存收录谭献诗词作品最完备的集子是罗仲鼎整理的《谭献集》,此书由浙江古籍出版社于 2012 年出版。但《谭献集》由于编辑范围的限制,多有遗漏失收之作。今从《复堂日记》及晚清诗词别集、序跋中辑得谭氏散佚诗词文,以补阙漏。

一 谭献词补遗

南京图书馆所藏咸丰七年刻本的谭献《蘼芜词》,系谭献早年词作,笔者比对《蘼芜词》刻本与《谭献集》所录词作,去除重出的词作,《蘼芜词》中尚有 19 首词作为《谭献集》所无。此外,《复堂日记》、刘履芬《旅窗怀旧诗》注、冯乾编校的《清词序跋汇编》中也有谭献词作可补入《谭献集》。现按顺序一并补充如下:

〔生查子〕

牵衣话别时,门掩清秋夜。月没晓星沈,门外萧郎马。 思君不见君,梦雨梨花谢。草色似青袍,生满闲亭榭。

〔醉太平〕

金杯酒斟,瑶窗梦沉。阑干春雨愔愔,记相逢素襟。 无心有心,长吟短吟。红墙银汉深深,待传言翠禽。

〔高阳台〕越山秋夜

玉树花残,金尊酒尽,溪山满目清秋。病渴相如,瑶琴欲抚还休。凉风激水哀蝉老，念汉宫、词笔空留。更难堪、点点流萤，飞上帘钩。　阑干旧是销魂地，乍霜栖碧瓦，烟锁红楼。对坐调笙，宵分梦到前游。天涯着意怜芳草，奈王孙、潦倒江头。便从今、有限西风，无限闲愁。

〔虞美人〕

枯荷不卷池塘雨，草色都如许。手持纨扇语殷勤，好是今年聚首又临分。　萦花泥酒浑非旧，病损腰支瘦。可怜身竟似梧桐，一度秋来零落向秋风。

〔壶中天慢〕

庭轩如故，早中秋负了、全无花柳。吹老西风重九近，大是销魂时候。把酒人孤，登高病怯，况味君知否。残香梦醒，镜前真个消瘦。　疏雨特地凄凉，黄昏独自，守帘儿垂后。不耐微寒偏久坐，怕为添衣回首。四壁灯光，半床人影，街鼓声声又，霜凝烟薄，雁飞初过窗牖。

〔甘州〕秋情

厌潇潇、满耳碎愁心，雨中几黄昏。又霜高寒峭，阑干不暖，萧瑟衫痕。自觉重阳近了，记得酒边人。枫落秋江冷，憔悴当门。日暮红窗深闭，望碧云渐合，罗袂轻分。有青山招我，欲醉只空尊。月朦胧、商量留影，便留他、无语怎温存。题诗处、说秋光好，又讳销魂。

〔忆秦娥〕

风凄凄，一钩淡月花枝低。花枝低，十分憔悴，香梦都迷。风前那更灯凄凄，素襟红泪三更啼。三更啼，海棠无语，月又沉西。

〔齐天乐〕西湖秋感

明湖荡漾阑干影，凭栏美人先远。冷落枯荷，飘零蔓草，做弄千山秋晚。青春过眼，记油壁花深，画船波暖。往日垂杨，者番丝鬈为谁短。　　风流年少似柳，倚楼三弄笛。清与萧散。返照离宫，荒烟古渡，付与孤鸿凄断。芳尊共欤，任浅酌流霞，泪珠添满。暮雨归来，水云残梦懒。

〔江城子〕

萧萧落木尽江头，望行舟、草帆收。一雁空山，何处寄离愁。隔浦芦花如我瘦，风一起，任漂流。　　踏霜归去小窗幽，少年游，梦难留。有恨无言，明月上帘钩。素被香消眠不稳，独自个，数更筹。

〔水龙吟〕春思用少游韵

绕楼日日莺啼，小桃花下春寒骤。偶然对镜，离愁偏在，镜中相俟。绿涨溪桥，红深门巷，雨声还有。过春风卅度，江南院宇，王孙草、盈荒甃。　　况是青骢去后，尽凄凉、清明时又。病中意绪，料来侬比，杨枝较瘦。有限流年，不曾行乐，几番搔首。更西园是处，落红满径，认新还旧。

〔一萼红〕送春和高茶庵

最零星，有残红点点，帘外怕经行。翠幕凉烟，绿收猛雨，新燕归撼金铃。无憀共、燕儿笑语，问苔痕、可似旧时青。如此楼台，依然鬈发，春太无情。　　一任芳春归去，愿留将花鸟，慰我飘零。寒食门中，双柑陌上，踪迹分付浮萍。垂杨柳、忍教攀折，只江头、飞絮几时停。记得章台走马，水上箫声。

〔醉花阴〕立夏

　　江上归来逢立夏，槛外余花亚。一笑对芳尊，碧树春云，帘幕迟迟下。　　今年春去棠梨谢，争忍看杯斚。楼上又斜阳，草色如烟，不见青骢马。

〔昭君怨〕

　　烟雨江楼春尽。盼断归人音信。依旧画堂空，卷帘风。　　约略熏香闲坐。遥忆翠眉深锁。鬈影忍重看，再来难。

〔高阳台〕

　　桨落潮平，云移月度，青山容易秋风。半不分明，寻春已是愁中。罗衣颜色都非旧，况西园、深浅花丛。可怜侬、欲采蘼芜，难定行踪。　　渡江曲调翻桃叶，奈银筝柱冷、锦瑟尘蒙。微雨当楼，佩声还在墙东。烟霜庭院多衰草，怕登临、人似飞鸿。更愁浓，树又凋零，水又空濛。

〔临江仙〕拟湘真阁

　　玉树亭台春缥缈，罗衣吹断参差。燕飞偏是落花时，陌头杨柳，叶叶管分离。　　院宇殷勤重问讯，金铃几日扶持。江南红豆一枝枝，江南人面，眼底是相思。

〔鹊桥仙〕新月和莲卿

　　轻云不动，疏灯乍掩，人在阑干前后。绿杨池水乍禁风，便荡得眉儿微皱。　　晚凉罗袂，柔香画扇，消息团圞都负。绮栊深处半分明，认昨夜今宵肥瘦。

〔湘月〕

甲寅八月朔日，宿雨初歇，漱岩春畤，招同访秋。吴山酒楼薄酌，江云欲暝，林风振衣，悲哉秋之为气也。仆本恨人，雅称秋士，矧草木变衰之日，古所由寄慨于登临者乎？和石帚自制曲，一解其声哀怨，实有不自知者。

　　林间叶脱，怕萧条几日，重问风景。雨隔轻帆，正杳渺，一片临江秋兴。倦鸟思归，残山如梦，短鬓斜阳冷。庾郎岑寂，清霜已点朝镜。　　何况中酒衣冠，题诗岁月，起重重愁阵。罗带香囊，早减却、年少才华标胜。野水波寒，离亭草宿，去矣无音信。新凉天气，那堪旧事思省。

〔徵招〕

去年三月余避地钱清，自西小江至九溪，四山清远，人家多种桃树，花时夹岸红云，武陵风景可想，惜已春暮，徒见落英缤纷，不胜杜牧迟来之感。是时高子自吴中归杭，扬帆过皋亭山，桃花盛开，有《红情》《绿意》二词纪游，今年属画工写《皋亭揽胜图》见示。怅触旧游，展卷慨然，和白石老仙黄钟下徵调一解，书之于幅。

　　渔郎已去无消息，迷津再来高士。夜雨送桃花，叹飘零从此，春风今老矣，空摇荡、一江春思。梦醒啼鹃，越山如画，落红都是。　　迤逦故乡云，轻帆挂、羡杀俊游风味。著个石梁横，便天台无二。劳人君复尔，总孤负、神仙招致。几时好，洞口鸡鸣，作避秦生计。

〔八六子〕

中秋后十日，湖舫清集。时至薄暮，恋恋难别，和淮海词一调，柬顾子真、高仲瀛。

　　绕离亭，婆娑衰柳，垂垂西面风生。正返照空林欲下，高城扶醉将归，秋怀自惊。还怜红蓼娉婷，萧鼓不成游赏，雁鸿怎诉心情。　　怕说与、欢踪分离留恋，少年中酒，短桥挥手，恁堪荡漾群鸥水落，迷离荒草峰晴。漫回头，依稀尚闻语声。

（按：以上词出自谭献《蘼芜词》，咸丰七年刻本。）

〔十六字令〕

寒，燕子辞巢渐欲还。无人处，记取旧红阑。

（按：此词见《复堂日记》卷三，河北教育出版社 2001 年版，第 62 页。）

〔定风波〕为新城黄襄男题《行看子》

其一

归兴年年厌晓雅，无风波处也思家。何况风波浑未了，不道，钓竿难觅似黄麻。　老去临渊何所羡，一线，残春心事惜飞花。渔弟渔兄无信息，赢得，鸣榔津鼓梦中差。

其二

雨笠烟蓑两不知，攀杯偷照鬓边丝。无用文章君莫笑，误了，画中人更误伊谁。　网得长鱼鳞莫损，还肯，撇波来去寄相思。酒债寻常行处有，记否，冷吟闲醉少年时。

（按：此二首词见《复堂日记》卷三，第 69 页。）

〔水调歌头〕

才上一轮月，万影起遥天。碧空如水良夜，前有几千年。留得青鞋布袜，消受金飙玉露，高步不知寒。失意等闲耳，掷付酒杯间。　拂青衫，浇垒块，酒家眠。画残往日眉妩，怕对镜光圆。浪说无边风月，便有无穷风雨，影事记难全。灵药终难窃，憔悴玉婵娟。

（按：此词见《复堂日记》补录卷一，第 231 页。）

〔摸鱼子〕

再休提、琼枝璧月,欢场人向何许。寻常一样花开日,依旧香车来去。从间阻,胜渺渺,红尘一带相思路。劳君听取,道橘柚长青,雁鸿不到,蓬转几曾住。　　荒寒早,换了鬓丝几缕。征衣珍重加絮。春灯秋扇浑忘了,难忘当时言语。天易暮,有一尺、斜阳红到无人处。悲歌最苦。任拍遍回栏,吹残短笛,零乱不成句。

[按:此词见(清)刘履芬《古红梅阁集》卷八《旅窗怀旧诗》自注:仁和谭仲修廷献明经戊午客都门,往还最稔。别后以词寄余,调《摸鱼子》。《清代诗文集汇编》第 703 册,上海古籍出版社 2010 年版,第 819 页。]

〔大江东去〕题《藤香馆词》

江云缥缈,看飞鸿、来处几时留迹。前度峭帆人老矣,依旧婆娑风月。细草平沙,危樯独夜,万里闲鸥没。一声欸乃,西岩清响徐发。　　回首春雨江南,酒边心事,难向微波说。嫋嫋鱼竿闲在手,照影已成华发。誓墓文章,随身蓑笠,铜斗翻新阕。数峰青峭,曲终人去时节。

[按:此词见(清)薛时雨《藤香馆词》题词,《清代诗文集汇编》第 671 册,上海古籍出版社 2010 年版,第 698 页。]

〔摸鱼子〕和泖生韵赠咏春

记从前、双弯学画,当筵妙曲曾许。十年已老蛾眉影,看尽东风来去。心事阻,算孤负、轻盈走马章台路。逢春问取。这草绿姑苏,西施去后,莺燕伴人住。　　垂杨柳,依旧千条万缕。浮萍几日飞絮。舞衣尘满浑难著,销受低帷私语。秋又暮。数往日、雕鞍绣毂归何处。逢君更苦。待重拨琵琶,空舟商妇,弹出断肠句。

[按：此词见宋志沂《梅笛庵词剩稿》，同治六年（1867）刻本。]

〔采桑子〕《缝月轩词录》题辞二首

奉题亚白（李恩绶）先生《读骚阁词卷》，同门愚弟谭廷献稿草。

　　隔江山色明如玉，柳傍高楼。人在楼头。镜满长眉付与愁。续帘几点梨花雨，别泪同流。舞袖都收。容易银屏又素秋。

　　玉阶伫立无春到，白雪新词。付与红儿。花落花开两不知。吹桃嚼蕊，当年事、不似今时。只见空枝。倚暖阑干有所思。

[按：此词录自李恩绶《缝月轩词录》一卷，光绪三十年（1904）上海蜚英书馆石印本。注：本词未有词牌，今查应为《采桑子》。]

〔金缕曲〕都门春感，为周郎赋四阕

　　如梦春云晓。遍天涯、东风院宇，燕莺啼觉。草长红心江南路，留得王孙未老。正绿鬓、杨枝俱衮。忽堕明珠金樽侧，有车轮、乍向肠中绕。休浪说，被花恼。　　青袍踏遍长安道。最难忘、分花拂柳，乌衣年少。细雨残红飞难定，只有闲愁待扫。浑不似、当年怀抱。鹦母前头三生话，便相逢不分今生早。无一语，玉山倒。

　　落絮翩翩影。任天风、参差顷断，都无凭准。翠翦铢衣神仙侣，玉袖徘徊自整。便珍重、千言难尽。愿得化为尘与土，且因风、吹上卿斜领。劳拂拭，一临镜。　　笙歌草草人初定。剩无多、银屏画烛，泪花红凝。题遍人间芳华怨，弹到瑶琴弦冷。算宛转、留渠应肯。门外香车须早去，怕夜深风露还凄紧。嘶骑远，酒才醒。

　　芳草知时节。忒匆匆、流莺啼后，珍丛消歇。多少花前惊心事，曾与断红细说。已廿载，伤春伤别。碧海青天迢递梦，照楼台、无恙今宵月。斜汉畔，几圆缺。　　人间宝镜红绵拂。尽留渠、团栾样子，影儿难觅。红豆江乡相思种，无处寻消问息。又付与、柔肠千结。帘外轻红阶下雨,早花花叶叶无颜色。春正好,未须折。

没个消魂处。最迷离、空庭晚照,无人来去。昨日棠梨今日柳,留得春痕几许。恁客子、光阴非故。沉水香残还对镜,问菱花、可解闲言语。双鬓乱,甚心绪。　　芳尘婉娈雕鞍路。不分明、脂憔粉悴,凤城烟雨。十二阑干添几曲,试把回肠细数。者一片、新愁谁诉?萍絮因缘还自笑,我知君不问君知否。聊撅笛,唱《金缕》。

[按:此四首词录自麋月楼主(谭献)撰《群英续集》,见张次溪编《清代燕都梨园史料·群英续集》,上海书店出版社 1988 年版,第 507 页。]

二　谭献诗歌补遗

题无锡薛子振《闽江归棹图》

棹歌声里船头眠,怀归竟归如得仙。君胡磨迹复来踏,上滩下滩舟又牵。
记得张南与赵北,长安秋槐照颜色。握手风尘话苦辛,男儿十载长为客。
书剑萧条两不成,江头春水送人行。《关山》一曲重回首,愁绝人间爱寄生。

(按:此诗见《复堂日记》卷一,第 32 页。)

题画古人四帧

胡天风雪上林春,只有飞鸿识汉臣。
海气荒荒持节去,近来冠剑属何人。(《苏属国》)
无复风流替右军,人间挥洒失羊裙。
须知一样新亭泪,零落当年《誓墓文》。(《王右军》)
帘阴如墨柳微明,飞破春寒送鹤声。
回首家山悔轻别,有梅花处酹先生。(《林处士》)

附录三 谭献诗词文补遗

　　阳羡风光未买田，墨磨人渐改华年。
　　他乡第一安心法，芳草生时只醉眠。（《苏长公》）

（按：此诗见《复堂日记》卷三，第68页。）

为姚季文题《画瞽者》

　　反观内视却无差，意匠何殊色相加。
　　雨夜长悬胸次月，岁寒不落雾中花。（其一）
　　邯郸一枕梦游仙，醒后依然混沌天。
　　不是儿童燃爆竹，只知寒尽不知年。（其二）
　　杨朱歧路总艰难，伛偻循墙步自宽。
　　凭仗一枝筇竹杖，安危留与百僚看。（其三）
　　扣盘扪烛费沉吟，好手金鎞何处寻。
　　五色难迷真识在，妙明原有不盲心。（其四）
　　与父言慈子言孝，桥头日者语通神。
　　乌黔鹄浴仍无定，毕竟谁为明目人。（其五）

（按：此诗见《复堂日记》卷五，第126页。）

大雪偶唱

　　缟素满天下，江城如许寒。愁心何所似，并与雪漫漫。

（按：此诗见《复堂日记》补录卷二，第264页。）

柬谦斋乞竹

　　先生磊砢多节目，贱子刻划合宫商。请分清绝十竿竹，倘引遗园雏凤凰。

（按：此诗见《复堂日记》补录卷二，第302页。）

题王修甫诗卷绝句二首

仙子银潢倚玉笙,《霓裳》学制试高清。
《梅花》《杨柳》非凡唱,便是冬郎雏凤声。(其一)
点笔屏风写《折枝》,枣花帘外雨如丝。
远山处处修眉样,珍重妆成对镜时。(其二)

(按:此诗见《复堂日记》补录卷二,第 305 页。)

闲福居酒楼会饮和薛师二首

一倚危栏夕照秋,拂衣长啸此登楼。
季鹰莫漫思归去,无浪无风且系舟。(其一)
白苹风起渐成秋,无恙青袍共一楼。
高悬玉镜青天外,遥忆美人江上舟。(其二)

(按:此诗见《复堂日记》补录卷一,第 231 页。)

桑根先生书来,道杭州之游。神往而伤,和二绝

依然扶杖问烟雨,笠屐东坡谁写真。
留题姓氏雪色壁,明日游人疑古人。(其一)
残荷早桂香复香,采菱剥芡忙复忙。
骑竹儿童不相识,青天一鹤来钱塘。(其二)

(按:此诗见《复堂日记》卷六,第 131 页。)

梦中得一绝句

烛光红灺鬓毵毵,沦落人间百不堪。春燕春花似相识,眼前风景是江南。

(按：此诗见《复堂日记》卷七，第 160 页。)

赠通玄僧

和上是唐子归来，今日心如古井水。居士早春婆梦醒，十年浪作宦游人。

(按：此诗见《复堂日记》卷六，第 146 页。)

和云门作

杨柳阴中客舍歌，年年面皱向恒河。斗间剑气随星落，衣上缁尘比素多。拥鼻谢公知不免，濡头阮籍饮亡何。人前语笑仍萧瑟，珍重当筵掩袖罗。

(按：此诗见樊增祥著，涂晓马、陈宇俊校点《樊樊山诗集》附和作，上海古籍出版社 2004 年版，第 247 页。)

和云门效西昆体二首

芳尘岁月掩青琴，钗落苔阶何处寻。花外春痕连夜雨，梦中款语少年心。离人琱札频频寄，远道裳衣密密针。绛树双声方婉娈，明珠百琲一沈吟。

早从水畔忆楼头，只隔帘栊不隔愁。上巳莫春吟芍药，停辛伫苦抱空侯。众中眉语花能答，舞困要支酒莫浮。渺渺澄波待西子，未妨重泛五湖舟。

(按：此诗见樊增祥《效昆体二首》后附谭献《和云门效西昆体二首》，樊增祥著，涂晓马、陈宇俊校点《樊樊山诗集》，上海古籍出版社 2004 年版，第 247 页。)

吊江肇塽退谷

老友桐庐江退谷，听松读易道心生。谁知名士流离死，我尚来为访戴行。

（按：此诗据潘衍桐《两浙輶轩续录》卷三十六，江肇塽简介下录。见潘衍桐编纂，夏勇、熊湘整理《两浙輶轩续录》第十册，浙江古籍出版社2014年版，第2763页。）

《快园禊集叙》附诗

岳气峙前尘，海思寒虚瞩。犹悬万里心，乃纵三时目。小息簪佩梦，清言写心曲。晨江挟汉流，拂云赴山麓。芳城倚燕支，名园绚登筑。即事有虚受，霞水往而复。宾酌寓微言，登陟谢羁束。一撷春兰芳，重游佩丛菊。频年邻朱门，恋此桑下宿。

（按：此诗见《复堂文续》卷二，《谭献集》，浙江古籍出版社2012年版，第207页。）

为德清蔡鉴清子衡妾魏遇乱自沉，作哀挽诗

皎皎帷房志，沉渊矢不欺。猗嗟君子女，太息小星诗。
天意犹群盗，人谋在有司。清溪呜咽水，日日照须眉。

（按：此诗见《复堂日记》卷一，第13页。）

题焦尾阁遗稿

人间妇德警非仪，缣素留传绝妙辞。彤管文章辉女史，乌衣门第望佳儿。修来福慧伤年促，阅到艰辛亦数奇。上计光阴犹昨日，不堪华烛照遗诗。

（按：此诗见王舟瑶辑《黄岩西桥王氏家集》，民国五年活字印本。转引自任相梅《谭献年谱》，硕士学位论文，南京大学，2007年。）

题秋灯课诗图

  瞳瞳壁间灯，析析檐际风。凛秋萧游气，集如微吟中。慈母手机丝，织作老逾工。共此一尺光，角草两奇童。食贫过三载，读书乃御穷。章句勿简略，大义以渐通。呜呼风动木，柴也多哀衷。学成不见母，不如为童蒙。何处无秋灯，顾影心忡忡。何诗非蓼莪，开卷涕相从。儿时琐碎事，老大填心胸。子亦无母儿，欲语不能终。

（按：此诗见王舟瑶辑《黄岩西桥王氏家集》，民国五年活字印本。转引自任相梅《谭献年谱》，硕士学位论文，南京大学，2007年。）

再题秋灯课诗图

  忝荻均千古，绵绵子舍心。诗书餐味永，霜露坐霄深。慈线光明共，春晖比兴寻。鲜民同涕泪，宦学愧同岑。图书失连城，完归仗友生。采风尊士女，教孝炳精诚。膏继犹前日，年徂有令名。英贤不知忝，灯影照机声。

（按：此诗见王舟瑶辑《黄岩西桥王氏家集》，民国五年活字印本。转引自任相梅《谭献年谱》，硕士学位论文，南京大学，2007年。）

《群英续集》题诗
沧海遗珠四人
艾而张罗，时有逸翮。以志吾过，采此珠璧。

  雏凤丹山去不还，梧桐花下掩珠关。平生爱作空中语，人在虚无缥缈间。

  左风流不易逢，神清卫玠最雍容。人间乍听湘灵瑟，数遍青青江上峰。（熙春主人钱桂蟾，字秋菱。）

争许情移海上琴,又从弦外得余音。花潭千尺盈盈水,共此青莲一片心。(佩春乔蕙兰,字纫仙,一字郑芗。)

婉娈檀林护好春,分明镜槛洗纤尘。照侬如燕身材后,莫照寻常第二人。(佩春张小芳,字菱仙。)

昆山片玉
永嘉之末,正始之音。峨峨山高,洋洋水深。

如梦莺华似六朝,春流和月影迢迢。江山文藻今无主,独采崇兰读楚骚。(馥森周素芳,字绚秋。)

群英续选十一人

如金三品,披榛伐山。水流月明,天上人间。

韩潭烟月玉人家,紫陌芳尘第几车。点首我闻如是语,灵山妙响是频迦。(瑞春姚宝香,字妙珊。)

帖地弓腰弯复弯,十余年纪正韶颜。便骑竹马来嬉戏,跌宕衣冠只等闲。(咏秀茹喜瑞,小字福儿。)

肯从冶叶斗芳菲,脱个团栾小带围。清冷杨花飞作絮,玉阑干畔不胜衣。(景龢朱蔼云,字霞芬。)

蓬莱婀娜复檀栾,留得仙云一片寒。泛滟羽觞参位置,殿春花发借人看。(绮春秦凤宝,字艳仙。)

郁金裙子不成妍,试读南华秋水篇。玉树人家好兄弟,依然白袷永和年。(春华陈芷芸,字荔衫。)

蓟门柳色已无多,两两春筵斗绮罗。安得枣花帘子下,晓笙遍倚雪儿歌。(瑞春刘宝玉,字璧珊。谢宝云,字月珊。)

韦杜城南五朵云,杨枝最小絮纷纷。博山何日香徐发,一气双烟自不分。(岫云李亦云,字艳秋。)

日出东边雨落西,无情也合隔花迷。镜中润黡交相映,陌上蘪芜叶复齐。(春馥江双喜,字俪云。)

雪肤花貌不参差,绝似人间好女儿。铸就小名金匐叶,轻盈如与斗腰支。(丹林李玉福,字芙秋。)

中年衰乐客辞家，丝竹登场有岁差。一样天涯好明月，青衫重与听琵琶。(遇顺陈喜凤，字桐仙。)

[按：此诗见麋月楼主（谭献）撰《群英续集》，张次溪编《清代燕都梨园史料》，上海书店出版社 1988 年版，第 504 页。]

书后三绝句

肠断西楼一曲歌，倪家阁子冈烟萝。刻华小玉浑难见，奈此茫茫古恨何。(夏郎亦秋没数年矣，其弟鸿福终未一见。)

月骨花魂皆第一，平生任育误多情。春明门外天涯路，酒未寒时侬出城。

客里寻春复送春，等闲落溷与沾茵。神仙三堕罡风劫，花月平章待后人。

[按：此诗见麋月楼主（谭献）撰《群英续集》，张次溪编《清代燕都梨园史料》，上海书店出版社 1988 年版，第 506 页。]

《湖上题壁》残句

冷落踏青人不到，可怜闲杀好阑干。

(按：此句见谭献著，范旭仑、牟晓朋整理《复堂日记》补录卷一，第 232 页。)

残句

春风来不远，明月照如空。

(按：此句见谭献著，范旭仑、牟晓朋整理《复堂日记》补录卷一，第 256 页。)

残句

江晚上明月,停空如不行。

(按:此句见谭献著,范旭仑、牟晓朋整理《复堂日记》补录卷二,第266页。)

偶得二语

薄醉易醒春尽雨,所欢初嫁客中贫。

(按:此句见谭献著,范旭仑、牟晓朋整理《复堂日记》,第160页。)

又得二句

乱后妻孥迟对泣,近时文字畏知音。

(按:此句见《复堂日记》,第160页。)

残句

绣縠雕鞍流水动,软红尘里飞游鞚。

(按:此句见刘履芬《古红梅阁集》卷八《旅窗怀旧诗》诗下注,《清代诗文集汇编》第703册,上海古籍出版社2010年版,第819页。)

三 谭献文补遗

谢(鲍)子禾启

子禾尊兄年大人执事:承惠名墨四铤,耀目珠辉,袭衣兰气。即佩坚凝之才性,如揽馨逸之文章。君房、去尘之遗制,三百年珪璧同尊；易水、素功之良工，十万杵烟云俱古。同此磨墨磨人之感，愿矢如漆如石之交。什袭永珍，百朋让价。新染书香，此日幸窥秘藏；敢辞墨吏，异时竟压归装。

(按：此文见《复堂日记》补录卷二，第277页。)

参考文献

古籍：

（清）樊增祥著，涂晓马、陈宇俊校点：《樊樊山诗集》，上海古籍出版社 2004 年版。

（清）高望曾：《茶梦庵词稿》，《清代诗文集汇编》第 677 册，上海古籍出版社 2010 年版。

（清）黄苏、周济、谭献选评，尹志腾校点：《清人选评词集三种》，齐鲁书社 1988 年版。

（清）况周颐著，秦玮鸿校注：《况周颐词集校注》，上海古籍出版社 2013 年版。

（清）李兆洛选，谭献评：《骈体文钞》，台湾世界书局 2010 年版。

（清）刘履芬：《古红梅阁集》，《清代诗文集汇编》第 703 册，上海古籍出版社 2010 年版。

（清）萝摩庵老人撰，麋月楼主（谭献）注：《怀芳记》，《清代传记丛刊》，台北：明文书局 1985 年版。

（清）麋月楼主（谭献）：《增补菊部群英》，《清代传记丛刊》，台北：明文书局 1985 年版。

（清）麋月楼主（谭献）：《群英续集》，《清代传记丛刊》，台北：明文书局 1985 年版。

（清）潘衍桐编纂，夏勇、熊湘整理：《两浙輶轩续录》，浙江古籍出版社 2014 年版。

（清）孙雄辑：《道咸同光四朝诗史》，上海古籍出版社 2013 年版。

（清）谭献：《化书堂初集》，咸丰七年刻本。

（清）谭献：《复堂词》，咸丰九年刻本。

（清）谭献：《复堂类集》，《清代诗文集汇编》第 721 册，上海古籍出版社 2010 年版。

（清）谭献：《复堂文续》，《清代诗文集汇编》第 721 册，上海古籍出版社 2010 年版。

（清）谭献：《复堂诗续》，《清代诗文集汇编》第 721 册，上海古籍出版社 2010 年版。

（清）谭献辑：《箧中词》，《续修四库全书》第 1732 册，上海古籍出版社 2002 年版。

（清）谭献纂，罗仲鼎、俞浣萍整理：《复堂词录》，浙江古籍出版社 2016 年版。

（清）谭献著，黄曙辉点校：《复堂词》，华东师范大学出版社 2010 年版。

（清）谭献辑，罗仲鼎校点：《清词一千首 箧中词》，西泠印社出版社 2007 年版。

（清）谭献撰，徐珂辑，顾学颉校点：《复堂词话》，人民文学出版社 1959 年版。

（清）谭献撰，徐珂编：《复堂词话》，唐圭璋编《词话丛编》，中华书局 1986 年版。

（清）谭献撰，谭新红辑：《重辑复堂词话》，葛渭君编《词话丛编补编》，中华书局 2013 年版。

（清）谭献著，罗仲鼎、俞浣萍点校：《谭献集》，浙江古籍出版社 2012 年版。

（清）谭献著，范旭仑、牟晓朋整理：《复堂日记》，河北教育出版社 2001 年版。

（清）谭献辑：《合肥三家诗钞》，光绪丙戌刻本。

（清）谭献纂：《汉铙歌十八曲集解》，《丛书集成新编》，台北：新文丰出版公司 1986 年版。

（清）谭献辑：《池上小集》，《丛书集成续编》，台北：新文丰出版公司 1989 年版。

（清）吴昌硕：《缶庐诗》，清光绪十九年刻本。

（清）吴仰贤：《小匏庵诗话》，张寅彭主编《清诗话三编》，上海古籍出版社 2014 年版。

（清）夏寅官：《谭献传》，闵尔昌编《碑传集补》，台北：文海出版社 1973 年版。

（清）张鸣珂：《寒松阁谈艺琐录》，顾廷龙主编《续修四库全书》第 1088 册，上海古籍出版社 1996 年版。

（清）张应昌：《诗铎》，清同治八年秀芷堂刻本。

（清）张荫桓著，孔繁文、任青整理：《张荫桓集》，中华书局 2012 年版。

（清）赵尔巽等：《清史稿·文苑传》，中华书局 1977 年版。

当代著作：

曹虹：《阳湖文派研究》，中华书局 1996 年版。

迟宝东：《常州词派与晚清词风》，南开大学出版社 2008 年版。

陈匪石编著：《宋词举》，金陵书画社 1983 年版。

陈慷玲：《清代世变与常州词派之发展》，台北："国家出版社" 2012 年版。

陈良运主编：《中国历代词学论著选》，百花洲文艺出版社 1998 年版。

陈乃乾辑：《清名家词》，上海书店 1982 年版。

陈声聪：《填词要略及词评四篇》，广东人民出版社 1986 年版。

陈水云：《清代词学发展史论》，学苑出版社 2005 年版。

陈水云：《明清词研究史》，武汉大学出版社 2006 年版。

陈水云：《中国词学的现代转型》，社会科学文献出版社 2016 年版。

陈衍辑：《近代诗钞》，商务印书馆 1923 年版。

陈衍：《石遗室诗话》，人民文学出版社 2004 年版。

陈耀南：《清代骈文通义》，台湾学生书局 1977 年版。

陈子展：《中国文学史讲话》，北新书局 1937 年版。

陈子展：《中国近代文学之变迁》，上海古籍出版社 2000 年版。

陈钟凡：《中国韵文通论》，中华书局 1927 年版。

陈钟凡：《中国文学批评史》，中华书局 1927 年版。

陈柱：《中国散文史》，上海三联书店 2014 年版。

程颂万著，徐哲兮校点：《程颂万诗词集》，湖南人民出版社 2009 年版。

冯乾编校：《清词序跋汇编》，凤凰出版社 2013 年版。

方智范等：《中国古典词学理论史》，华东师范大学出版社2005年版。

傅璇琮、蒋寅主编：《中国古代文学通论》（清代卷），辽宁人民出版社2005年版。

顾廷龙：《艺风堂友朋书札》，上海古籍出版社1980年版。

郭前孔：《中国近代唐宋诗之争研究》，齐鲁书社2010年版。

顾宪融编纂：《填词百法》，中原书局1931年版。

郭延礼：《中国近代文学发展史》，高等教育出版社2001年版。

郭则沄著，屈兴国点校：《清词玉屑》，浙江古籍出版社2014年版。

胡云翼：《中国词史略》，大陆书局1933年版。

黄志浩：《常州词派研究》，中国社会科学出版社2008年版。

黄拔荆：《中国词史》，福建人民出版社2003年版。

黄霖：《近代文学批评史》，上海古籍出版社1993年版。

贾文昭主编：《皖人诗话八种》，黄山书社2014年版。

江润勋：《词学评论史稿》，香港龙门书店1966年版。

蒋哲伦、傅蓉蓉：《中国诗学史》（词学卷），鹭江出版社2002年版。

蒋哲伦、杨万里编撰：《唐宋词书录》，岳麓书社2006年版。

金秬香：《骈文概论》，商务印书馆1934年版。

柯愈春：《清人诗文集总目提要》，北京古籍出版社2001年版。

李灵年、杨忠：《清人别集总目》，安徽教育出版社2000年版。

李睿：《清代词选研究》，安徽大学出版社2011年版。

梁荣基：《词学理论综考》，北京大学出版社1991年版。

林玫仪：《词学论著总目》，台北"中研院"中国文哲研究所筹备处1995年版。

刘麟生：《中国骈文史》，东方出版社1996年版。

刘坡公编著：《学词百法》，中国书店2014年版。

刘世南：《清诗流派史》，人民文学出版社2004年版。

刘毓盘：《词史》，上海古籍出版社2011年版。

刘永济：《词论》，上海古籍出版社1981年版。

刘永济：《微睇室说词》，上海古籍出版社1987年版。

龙榆生编选：《近三百年名家词选》，上海古籍出版社1979年版。

龙榆生：《龙榆生学术论文集》，上海古籍出版社2017年版。

骆鸿凯：《文选学》，中华书局 2015 年版。

吕慧鹃等编：《中国历代著名文学家评传》，山东教育出版社 2009 年版。

吕双伟：《清代骈文理论研究》，人民出版社 2011 年版。

缪荃孙著，张延银、朱玉麒主编：《缪荃孙全集》，凤凰出版社 2014 年版。

莫道才：《骈文通论》，齐鲁书社 2010 年版。

莫立民：《晚清词研究》，中国社会科学出版社 2006 年版。

莫立民：《近代词史》，人民文学出版社 2010 年版。

莫山洪：《骈散的对应与互融》，齐鲁书社 2010 年版。

马卫中：《光宣诗坛流派发展史论》，苏州大学出版社 2000 年版。

马亚中：《中国近代诗歌史》，复旦大学出版社 2011 年版。

潘运告编注：《中国历代书论选》，湖南美术出版社 2007 年版。

彭玉平：《中国分体文学学史》（词学卷），山西教育出版社 2013 年版。

钱基博：《骈文通义》，大华书局 1934 年版。

钱基博：《现代中国文学史》，上海古籍出版社 2011 年版。

钱基博整理编纂：《复堂师友手札菁华》，人民文学出版社 2015 年版。

钱穆：《中国近三百年学术史》，商务印书馆 1997 年版。

钱仲联：《梦苕庵诗话》，齐鲁书社 1986 年版。

钱仲联主编：《清诗纪事》，江苏古籍出版社 1989 年版。

钱仲联主编：《中国近代文学大系》（诗词集），上海书店 1991 年版。

钱仲联选注：《清词三百首》，岳麓书社 1992 年版。

钱仲联：《近代诗钞》，江苏古籍出版社 1993 年版。

钱仲联：《当代学者自选文库：钱仲联卷》，安徽教育出版社 1999 年版。

邱世友：《词论史论稿》，人民文学出版社 2002 年版。

屈兴国编：《词话丛编二编》，浙江古籍出版社 2013 年版。

任访秋主编：《中国近代文学史》，河南大学出版社 1988 年版。

任访秋主编：《中国近代文学大系》（1840—1919 第 3 集第 12 卷散文集 2），上海书店出版社 1992 年版。

任中敏：《词学研究》，凤凰出版社2013年版。

沙先一、张晖：《清词的传承与开拓》，上海古籍出版社2008年版。

沈轶刘、富寿荪选编：《清词菁华》，安徽文艺出版社1986年版。

沈泽棠等著，刘梦芙编校：《近现代词话丛编》，黄山书社2009年版。

施蛰存著，林玫仪编：《北山楼词话》，华东师范大学出版社2012年版。

孙克强：《清代词学》，中国社会科学出版社2004年版。

孙克强：《清代词学批评史论》，上海古籍出版社2008年版。

孙克强、杨传庆、裴喆编著：《清人词话》，南开大学出版社2012年版。

孙克强、裴喆编著：《论词绝句二千首》，南开大学出版社2014年版。

孙克强、和希林主编：《民国词学史著集成》，南开大学出版社2016年版。

孙琴安：《中国评点文学史》，上海社会科学院出版社1999年版。

谭新红：《清词话考述》，武汉大学出版社2009年版。

唐圭璋编：《词话丛编》，中华书局1986年版。

童音点校：《吴昌硕诗集》，华东师范大学出版社2009年版。

王纱纱：《常州词派创作研究》，南京大学出版社2011年版。

王水照编：《历代文话》，复旦大学出版社2007年版。

汪辟疆著，王培军笺证：《光宣诗坛点将录笺证》，中华书局2008年版。

王同舟主编：《中国文学编年史·晚清卷》，湖南人民出版社2006年版。

王易：《词曲史》，江苏教育出版社2005年版。

汪涌豪：《中国文学批评范畴及体系》，复旦大学出版社2007年版。

王运熙、顾易生主编：《中国文学批评通史》（近代卷），上海古籍出版社1996年版。

汪中：《清词金荃》，台北：文史哲出版社2015年版。

魏新河：《词林趣话》，黄山书社2009年版。

魏新河编著：《词学图录》，黄山书社2011年版。

吴宏一：《清代词学四论》，台北：联经出版事业公司 1990 年版。

吴梅：《词学通论》，复旦大学出版社 2005 年版。

吴世昌著，吴令华辑注：《词林新话》，北京出版社 2000 年版。

吴熊和、严迪昌、林玫仪合编：《清词别集知见目录汇编》，台北"中研院"中国文哲研究所筹备处 1997 年版。

奚彤云：《中国古代骈文批评史稿》，华东师范大学出版社 2006 年版。

夏承焘：《月轮山词论集》，中华书局 1979 年版。

夏承焘著，吴无闻注：《瞿髯论词绝句》，中华书局 1983 年版。

谢桃坊：《中国词学史》，巴蜀书社 2002 年版。

萧华荣：《中国诗学思想史》，华东师范大学出版社 1996 年版。

肖鹏：《群体的选择——唐宋人词选与词人群通论》，凤凰出版社 2009 年版。

徐珂：《清代词学概论》，大东书局 1926 年版。

徐珂：《历代词选集评》，商务印书馆 1930 年版。

徐兴业：《清代词学批评家述评》，无锡国专 1937 年印行。

徐世昌辑：《晚晴簃诗汇》，中国书店 1988 年版。

严迪昌编著：《近现代词纪事会评》，黄山书社 1995 年版。

严迪昌：《清词史》，人民文学出版社 2011 年版。

杨柏岭：《晚清民初词学思想建构》，安徽大学出版社 2004 年版。

杨柏岭：《词学范畴研究论集》，安徽师范大学出版社 2014 年版。

杨传庆、和希林辑校：《辑校民国词话三十种》，台湾花木兰文化出版社 2016 年版。

杨联芬主编：《中国散文通史》（近代卷），安徽教育出版社 2012 年版。

杨旭辉：《清代骈文史》，人民出版社 2013 年版。

杨钟羲撰集，刘承干参校：《雪桥诗话》，北京古籍出版社 1989 年版。

叶恭绰编：《全清词钞》，中华书局 1982 年版。

叶恭绰选辑，傅宇斌点校：《广箧中词》，人民文学出版社 2011 年版。

尤振中、尤以丁编著：《清词纪事会评》，黄山书社 1995 年版。

袁行云：《清人诗集叙录》，文化艺术出版社1994年版。
余祖坤编：《历代文话续编》，凤凰出版社2013年版。
赵伯陶：《张惠言暨常州派词传》，吉林人民出版社1999年版。
曾大兴：《20世纪词学名家研究》，中华书局2011年版。
张宏生：《清词探微》，上海古籍出版社2008年版。
张仁青：《中国骈文发展史》，浙江大学出版社2009年版。
张舜徽：《清人文集别录》，中华书局1963年版。
张舜徽：《清人笔记条辨》，华中师范大学出版社2004年版。
张寅彭主编：《民国诗话丛编》，上海书店出版社2002年版。
张璋等编纂：《历代词话续编》，大象出版社2005年版。
张振镛：《中国文学史分论》，商务印书馆1934年版。
郑方泽编：《中国近代文学史事编年》，吉林人民出版社1983年版。
周庆云纂辑，方田点校：《历代两浙词人小传》，浙江古籍出版社2012年版。
朱崇才编纂：《词话丛编续编》，人民文学出版社2010年版。
朱德慈：《近代词人行年考》，当代中国出版社2004年版。
朱德慈：《近代词人考录》，中国社会科学出版社2004年版。
朱德慈：《常州词派通论》，中华书局2006年版。
朱惠国：《中国近世词学思想研究》，上海古籍出版社2005年版。
朱立元：《接受美学导论》，安徽教育出版社2004年版。

研究论文：

曹虹：《清嘉道以来不拘骈散论的文学史意义》，《文学评论》1997年第3期。
蔡长林：《文人的学术参与——〈复堂日记〉所见谭献的学术评论》，《中国文哲研究集刊》2012年第3期。
蔡长林：《文章关乎经术——谭献笔下的骈散之争》，《东华汉学》2012年第16期。
陈水云：《论同光之际江浙词坛的词学思想》，《北方工业大学学报》2000年第4期。
陈水云：《清代的"词史"意识》，《武汉大学学报》2001年第5期。
陈水云：《常州词派与近代词学中的解释学思想》，《求是学刊》2002

年第 5 期。

陈水云：《晚清词学"温柔敦厚"说之检讨》，《台大中文学报》2014 年第 45 期。

陈水云：《常州词派的"根"与"树"——兼论常州词学的流传路径与地域辐射》，《文学遗产》2016 年第 1 期。

方智范：《谭献词论的美学意蕴》，《词学》1993 年第 11 辑。

方智范：《谭献〈复堂日记〉的词学文献价值》，《南京师范大学文学院学报》2003 年第 3 期。

傅宇斌：《论谭献词学"正变"观及其对常州词派的推进》，《中南大学学报》2014 年第 3 期。

傅宇斌：《谭献词论与现代词学之发端》，《中国诗歌研究》2014 年第 11 辑。

谷曙光：《梨园花谱〈群芳小集〉〈群英续集〉作者考略——兼谈〈谭献集〉外佚作补辑》，《文献》2015 年第 2 期。

侯雅文：《论晚清常州词派对"清词史"的"解释取向"及其在常派发展上的意义》，《淡江中文学报》2005 年第 13 期。

胡健：《谭献诗歌的忧生念乱意识探析》，《滇西科技师范学院学报》2015 年第 4 期。

黄坤尧：《清词三大家与"词人之词"的审美变异》，《吉林师范大学学报》2016 年第 5 期。

李剑亮：《论丁绍仪对谭献词学阐释论的影响》，《浙江大学学报》2005 年第 5 期。

李金松：《诗人之诗、才人之诗与学人之诗划分及其诗学意义》，《文学遗产》2015 年第 1 期。

李睿：《论常州派选词之演变》，《古籍研究》2005 年第 1 期。

林友良：《谭献〈箧中词〉浅探》，《东吴中文研究集刊》2004 年第 11 期。

刘深：《谭献与浙西词派》，《古籍研究》2008 年第 2 期。

罗仲鼎：《谭献及其〈箧中词〉》，《浙江广播电视高等专科学校学报》1994 年第 3 期。

罗仲鼎：《清末杭州文化名人谭献》，《浙江传媒学院学报》2011 年第 5 期。

莫崇毅：《劫后花开寂寞红——论道咸时期的"词史"写作》，《江苏师范大学学报》2015年第3期。

欧明俊：《"词中杜甫"说总检讨》，《中国韵文学刊》2007年第2期。

彭玉平：《词学史上的"潜气内转"说》，《文学评论》2012年第2期。

钱仲联：《三百年来浙江的古典诗歌》，《文学遗产》1984年第2期。

沙先一：《推尊词体与开拓词境：论清代的学人之词》，《江海学刊》2004年第3期。

沙先一：《作者之心与读者之意——关于常州派词学解释学的研究札记》，《徐州师范大学学报》2006年第1期。

沙先一：《选本批评与清代词史之建构——论谭献〈箧中词〉的选词学意义》，《文学遗产》2009年第2期。

沙先一：《谭献〈复堂词录〉选词学价值论略》，《词学》第25辑，华东师范大学出版社2011年版。

孙克强：《以梦窗词转移一代风会——晚清四大家推尊吴文英的词学主张及意义》，《河南大学学报》2007年第4期。

孙克强：《清代词学正变论》，《中山大学学报》2008年第6期。

孙维城：《论陈廷焯的"本原"与"沉郁温厚"——兼与况周颐重大说、谭献柔厚说比较》，《安庆师范学院学报》2008年第11期。

王标：《谭献与章学诚》，《杭州师范大学学报》2009年第1期。

王超、曹顺庆：《常州词派与文学接受理论的嬗变与承传》，《古代文学理论研究》2007年第27辑。

王凤丽：《冯煦致谭献手札十一通》，《词学》2014年第31辑。

汪涌豪：《涩：对诗词创作另类别趣的范畴指谓》，《文学遗产》2010年第6期。

邬国平：《常州词派关于词与读者接受的思考》，《文学遗产》1992年第5期。

杨柏岭：《忧生念乱的虚浑——谭献"折中柔厚"词说评价》，《中国文学研究》2004年第4期。

张伯存：《复堂和知堂》，《鲁迅研究月刊》2015年第7期。

章楚藩：《评谭献的词论》，《杭州师院学报》1986年第3期。

张荣华：《章太炎与章学诚》，《复旦学报》2005年第3期。

赵晓辉：《从选本看谭献对常州词派词统之接受推衍》，《湖北社会科学》2007年第4期。

朱泽宝：《论谭献的诗学思想——以〈谭献日记〉为中心》，《江苏第二师范学院学报》2015年第7期。

学位论文：

陈桂清：《清代词学与经学关系研究》，博士学位论文，中山大学，2010年。

顾淑娟：《谭献词学文献研究》，硕士学位论文，福建师范大学，2012年。

郭燕：《谭献与〈箧中词〉研究》，硕士学位论文，中山大学，2006年。

胡健：《谭献诗学研究》，硕士学位论文，云南师范大学，2016年。

侯雅文：《常州词派构成与变迁析论》，博士学位论文，台湾"中央大学"，2003年。

林玫仪：《晚清词论研究》，博士学位论文，台湾大学，1979年。

刘育：《谭献研究——以〈复堂日记〉为中心》，硕士学位论文，北京大学，2010年。

任相梅：《谭献年谱》，硕士学位论文，南京大学，2007年。

田靖：《〈箧中词〉研究》，硕士学位论文，上海交通大学，2008年。

萧新玉：《谭献词学研究》，硕士学位论文，高雄师范大学，1992年。

徐秀菁：《清代常州派四部词选评点唐宋词研究》，博士学位论文，台湾"中央大学"，2014年。

杨棠秋：《谭复堂及其文学》，硕士学位论文，私立东海大学，1993年。

后　记

　　这本书，是在我博士学位论文的基础上修改、扩充、完善而形成的。
　　在本书即将出版之际，首先要感谢我的博士研究生导师孙克强先生拨冗赐序。七年前，有幸考入南开大学文学院，蒙先生不弃，忝列门墙。感谢先生对我学业上的大力帮助。先生在台湾讲学期间，不辞劳苦托人帮我寻找有关谭献在台湾的研究资料。当看到一页页用相机拍下的珍贵资料时，我对先生的感激之情无以言表，唯有好好撰写论文，不辜负先生的一片苦心。感谢先生在论文写作方面对我的指导，先生的指点使迷惘中的我豁然开朗。从先生那里，我知道了对文献要竭泽而渔地搜罗，写论文要有问题意识，论文撰写要有条理……这些点点滴滴都深深地印在我的脑海里。感谢詹福瑞教授、廖可斌教授、张剑教授、查洪德教授、张峰屹教授、张培锋教授、赵季教授在论文答辩中对本文提出的宝贵意见。诸位老师深厚的学养及各自的人格魅力，让我感念至今。
　　感谢外审专家彭玉平教授、彭国忠教授、陈引驰教授、马大勇教授、胡元翎教授对本人博士学位论文提出的切中肯綮的完善意见。感谢内蒙古自治区社科联以及各位匿名评审专家的信任，使我有了学术研究依托及经费资助。感谢我的工作单位内蒙古科技大学和文法学院领导同仁对我在项目研究过程中的积极帮助。感谢中国社会科学出版社以及慈明亮编辑为这部书的出版付出的所有辛劳！感谢丈夫岑耀东博士对我学业和工作的大力支持，感谢我懂事的儿子岑致远，你们永远是我最坚实的后盾和最温暖的港湾。
　　因个人能力水平有限，书中浅薄和不当之处，恳请指正。

刘红红
2022.1.24